स्तुति
(महाभारत आधारित पौराणिक रहस्य गाथा : खंड 2)

इस कहानी के सभी पात्र और घटनाएँ काल्पनिक हैं। इसका किसी भी व्यक्ति या घटना से कोई संबंध नहीं है। यदि किसी व्यक्ति या घटना से समानता होती है, तो वह मात्र एक संयोग होगा। कहानी में वर्णित सभी ऐतिहासिक एवं पौराणिक घटनाओं का समावेश कहानी को रोचकता प्रदान करने के लिए किया गया है।

महाभारत आधारित पौराणिक रहस्य गाथा

खंड 2

स्तुति

एक विलुप्त पुरातन सत्य जिसने इतिहास को बौना कर दिया

सौरभ कुदेशिया

हिन्द युग्म

ISBN : 978-81-946538-2-0

प्रकाशक :
हिन्द युग्म
सी-31, सेक्टर-20, नोएडा (उ.प्र.)-201301
फ़ोन- +91-120-4374046

मुद्रक : मनीपाल टेक्नोलॉजीज लिमिटेड
सभी डिजाइन संकल्पना : सौरभ कुदेशिया
कला-निर्देशन : विजेन्द्र विज

पहला संस्करण : अक्टूबर 2020
दूसरा संस्करण : जून 2023
मूल्य : ₹399

Stuti:
Mahabharat Aadhaarit Pauranik Rahasya Gaatha Khand 2
(A novel by Saurabh Kudesia)

Published By
Hind Yugm
C-31, Sector-20, Noida (UP)-201301
Phone : +91-120-4374046
Email : sampadak@hindyugm.com
Website : www.hindyugm.com

First Edition: Oct 2020
Second Edition: Jun 2023
Price : ₹399

कृष्णात् परं किमपि तत्त्वमहं न जाने

[भगवान श्रीकृष्ण के सिवा दूसरा कोई भी परम तत्त्व है-
यह मैं नहीं जानता।]

स्वर्गीय नचिकेत कुदेशिया की स्मृति में,
श्री चित्रगुप्त महाराज जी और स्व. श्री शारदा शरण सक्सेना जी के
आशीर्वाद से,
परम-पिता श्रद्धेय वासुदेव श्रीकृष्ण जी के चरणों में समर्पित।

आभार

इस श्रृंखला के प्रथम उपन्यास 'खंड 1: आह्वान' को आपने जो प्यार और प्रोत्साहन दिया उसके लिए सर्वप्रथम आपका कोटि कोटि आभार।

आपने 'खंड 1: आह्वान' को बेहतर बनाने के लिए अनेक रोचक सुझाव भेजे जिन्हें मैंने अपनाने का हरसंभव प्रयास किया। कुछ पाठकों का मानना था कि 'आह्वान' में वर्णित वीभत्सता और दोहराव में कमी लाई जानी चाहिए। कुछ हद तक यह सुझाव उचित भी है। किंतु कहानी की पृष्ठभूमि के अनुरूप ऐसे विवरणों का मुख्य उद्देश्य उन पात्रों की क्रूर मनोवृत्ति को उजागर करना है जो युद्ध के किसी नियम को नहीं मानते हैं। उनके युद्ध करने का तरीका शत्रु को पराजित करने के साथ उसके मन में स्वयं के प्रति ऐसा भय बैठाना है जो भविष्य में उनके भीतर कोई विरोध करने का साहस भी नहीं छोड़े।

कई पाठकों को कहानी इतनी रोचक लगी कि वो इसे समाप्त करने के लिए रात भर जागे और अगले भाग के लिए मुझे निरंतर संपर्क करते रहे। श्री सागर चौचेता जी (अहमदाबाद) की 'आह्वान' के प्रति उत्सुकता ने मुझे सदैव चौंकाया। श्री प्रत्युष श्रीवास्तव जी (मुंबई), श्रीमती श्वेता आशीष सक्सेना जी (नासिक) और श्री आलोक रंजन सिंह जी (मुंबई) से कहानी से जुड़े कई पहलुओं पर विस्तार से चर्चा हुई।

श्री जयंत कुमार बालोच जी (जैसलमेर) का 'आह्वान' के प्रति स्नेह और उत्साह देखते ही बनता था। उनके शब्दों में कहें तो 'आह्वान' पाठकों को भीतर तक झकझोरते हुए उसे पढ़ने की ऐसी उत्कंठा बनाती है कि एक बार पकड़ने के बाद पुस्तक छोड़ने का मन नहीं करता है। जिस गहराई से उन्होंने 'आह्वान' पढ़ी है, वो मुझे आश्चर्यचकित करती है। इस कारण उनके साथ 'आह्वान' के विषय पर जब कभी मेरी चर्चा होती तो कई रोचक विषयों को छूते हुए घंटों

बाद भी अधूरी रह जाती। साथ ही मेरे वरिष्ठ सहकर्मी श्री वासुदेव राव हुंडी जी (बैंगलोर) और सहकर्मी श्री रामन आनंद श्रीनिवास जी (बैंगलोर) के साथ उपन्यास के विषयों पर मेरी लंबी चर्चाएँ हुईं।

हिन्द युग्म परिवार के निदेशक श्री शैलेश भारतवासी जी, संपादक श्री विवेक गुप्ता जी और श्री वसीम अकरम जी का धन्यवाद जिनका अनुभव उपन्यास को रोचक बनाने में मददगार रहा।

मेरे दादा स्वर्गीय श्री शारदा शरण सक्सेना, दादी श्रीमती रूप कौर कुदेशिया, पिता श्री सुधीर सक्सेना, माँ श्रीमती सुधा सक्सेना एवं स्वर्गीय श्रीमती शोभा सक्सेना के आशीर्वाद के साथ पत्नी रुचि सक्सेना, मेरे अनुज समीर सरन एवं उनकी पत्नी अवंतिका सक्सेना, और हम सभी की दुलारी शुभी सक्सेना के सहयोग के लिए धन्यवाद!

मेरे स्वर्गीय पुत्र नचिकेत कुदेशिया का धन्यवाद जिसके साथ बिताए दो वर्षों के प्रत्येक पल की स्मृतियाँ ताजे फूलों की खुशबू की तरह ताउम्र मेरे जीवन में महकती रहेंगी। यह उपन्यास श्रृंखला एक छोटी श्रद्धांजलि है उस नन्हे देवदूत के लिए जिसने मुझे सिखाया कि जिंदगी बड़ी नहीं, उद्देश्यपूर्ण होनी चाहिए।

उम्मीद है, 'खंड 1: आह्वान' की तरह यह भाग भी आपको पसंद आएगा। इस महागाथा का आनंद उठाते रहें और अपनी प्रतिक्रियाएँ और सुझाव मुझे भेजते रहें।

सौरभ कुदेशिया
हैदराबाद, फरवरी 2020
Email: authorsaurabhkudesia@gmail.com
Facebook: https://bit.ly/30pQgDk
Instagram: https://www.instagram.com/authorsaurabhkudesia/
Twitter: @saurabhkudesia
Amazon Author Page: https://amzn.to/2Zoa2Sa
Goodreads Author Page: https://bit.ly/2Z8ySq6
Website: https://www.saurabhkudesia.com

रहस्य की परतें

अथ शपथपर्वः

गतांक से आगे...

अध्ययन

डॉ. वर्मा कमरे में लौटे तो उनके हाथ में कई मोटी फाइलें थीं।

"यह इराकी ताड़-पत्रों पर लिखी कहानी का अनुवाद है।" उन्होंने फाइलों को टेबल पर रखा, "इराकी बक्से में सभी ताड़-पत्र क्रम से रखे हुए थे। सबसे ऊपर रखे ताड़-पात्र पर यह चिह्न बना था।" कहकर उन्होंने फाइल में लगा पहला पन्ना सभी को दिखाया-

वह पन्ना देखते ही सभी की आँखें आश्चर्य से फैल गईं।

"यह चिह्न सूर्यकवच पर बने चिह्न जैसा है। इस चिह्न के बीच में कुंडलिनी के स्वाधिष्ठान चक्र का चिह्न है।" डॉ. मजूमदार बोले, "रोहन के कमरे से मिली पांडुलिपि पर ऐसा ही चिह्न था, पर उसके बीच में कुंडलिनी शक्ति के मूलाधार चक्र का चिह्न था।"

"दोनों पांडुलिपियों की उम्र एक जैसी है, उन पर लगा केमिकल एक जैसा है, तो ये चिह्न भी पांडुलिपियों के बीच किसी जुड़ाव का संकेत होगा।" जयंत बोला।

"मुझे शक था कि यह चिह्न पांडुलिपि का क्रम दर्शा रहा है, किंतु एक पांडुलिपि से इस शक को साबित करना मुश्किल था।" डॉ. मजूमदार बोले, "इराकी बक्से में मिली पांडुलिपि पर बने चिह्न ने मेरा दावा सही साबित किया है। मुझे यकीन है कि हम सही रास्ते पर हैं।"

"मेरी टीम ने पांडुलिपि का अनुवाद कर घटनाओं से जुड़े महाभारत और वैदिक ग्रंथों में मिले कई रेफरेंस जोड़े हैं। देखते हैं कि वो हमारे कितने काम आते हैं।" डॉ. वर्मा मुस्कुराकर बोले।

"तो इस सफर की शुरुआत करते हैं।" कहकर डॉ. मजूमदार की नजरें फाइल के पन्नों पर सरकने लगीं।

"बिलकुल! तब तक मेरे एजेंट भी जयंत की बताई जगह से रोहन की पांडुलिपि और उसके कमरे से मिले संकेत लेकर लौट आएँगे।" डॉ. वर्मा बोले।

"यह भी खूब रही!" श्रीमंत जी बोले।

अथ चिरपुंजपर्वः

विस्तृप वन
मृत्युंजय पर्वतीय शृंखला
चिरपुंज
अनंतपुर
मृत्युंजय पर्वतीय शृंखला
नागलोक

अध्याय 1

सरपट भाग रहे घोड़े पर शोण लगाम थामे बमुश्किल अपना संतुलन बनाए बैठा था। सूर्य किरणों से उसकी त्वचा झुलस रही थी। धूल और पसीने से लथपथ उसका मटमैला और कृष्ण-वर्ण निढाल बदन घोड़े की टापों से लयबद्ध डोल रहा था। आँखें बोझिल हो रह-रहकर मुँद रही थीं। कटे-फटे मलिन वस्त्रों से उसके घाव झाँक रहे थे। घावों से फूटती पीड़ा उसे रह-रहकर तड़पा रही थी।

चिरपुंज की विशालकाय गढ़ी पर लहराती राजकीय केसरिया पताकाएँ अब दिखने लगी थीं। अपनी टूटती साँसों को सँजोकर उसने अपने घोड़े को एड़ लगाई और द्रुत गति से नगर द्वार की तरफ बढ़ने लगा।

एक अनजान घुड़सवार को अर्ध-मूर्छित अवस्था में गढ़ी की तरफ बढ़ते देख प्राचीर रक्षकों में खलबली मच गई। नगाड़ों और दुदुंभियों की तेज ध्वनियाँ आकाश में गूँज उठीं। आनन-फानन में कई धनुर्धर और भालाधारी घुड़सवार को अपने निशाने पर लेते हुए परकोटों की आड़ में मोर्चा सँभालकर तैनात हो गए।

गढ़ी की तरफ बढ़ते शोण को अपनी भूल का एहसास हुआ। अनुमति पत्र के अभाव में गढ़ी में प्रवेश करना तो दूर उसके निकट पहुँचना भी उसके लिए संकटपूर्ण था। प्राचीर पर तैनात सशस्त्र प्रहरी उसे संकट समझ कर घातक प्रहार कर सकते थे।

"महाराज अधिराज के लिए विशेष संदेश!" शोण ने चीखते हुए अपना हाथ हवा में हिलाया।

इतनी दूर से प्राचीर रक्षक उसकी आवाज नहीं सुन पाए, किंतु एक अपरिचित को गढ़ी की तरफ बढ़ते देख उनकी चिंता बढ़ गई। चेतावनी देने के लिए प्राचीर से कई बाण हवा में सनसनाए और शोण के आगे धरती में धँस गए।

शोण का घोड़ा हिनहिनाते हुए अगले दोनों पैरों को हवा में उछालते हुए रुका

और शोण अपना संतुलन खोकर औंधे मुँह नीचे आ गिरा। माथे से निकला ताजा रक्त मिट्टी को भिगोने लगा।

अपने माथे का घाव दबाते हुए शोण खड़ा हुआ और लड़खड़ाते हुए नगर द्वार की तरफ बढ़ा। दुर्बलता के कारण कदम उठाना भारी लग रहा था। नगर द्वार कोसों दूर लग रहा था। कुछ कदम चलने के बाद वो लड़खड़ाकर धरती पर गिर पड़ा। ऐसा गिरा कि उठने की शक्ति भी नहीं जुटा पाया।

कर्कश कर्ण-फोड़ू ध्वनि के साथ गढ़ी का सहायक फाटक खुला। गढ़ी से निकले तलवारों और ढालों से लैस चिरपुंज द्वार-रक्षकों ने पलक झपकते शोण को घेर लिया। उनके पीछे नायक दत्तेय और नायक अमरजीत के साथ द्वारपाल अनिकेत वहाँ पहुँचा।

"विश...विशेष...मुद्रिका...धारक! शोण!" शोण के गले से अटकते हुए शब्द निकले। उसने अपना दायाँ हाथ हवा में हिलाया, "शोण! शोण!"

शोण के अस्पष्ट और टूटे हुए शब्द को समझने का प्रयास कर रहे द्वारपाल अनिकेत की दृष्टि शोण के हाथ की मध्यमा में फँसी मुद्रिका पर पड़ी। शुद्ध सोने की उस आयताकार मुद्रिका के ऊपर स्वर्ण-धागों से किसी विचित्र पशु की आकृति उकेरी हुई थी। उस पशु का धड़ तो एक था, किंतु मुँह तीन थे, जो बैल, बकरे और गैंडे के मुँह जैसे थे।

द्वारपाल घबराकर कुछ कदम पीछे हट गया। धरती पर बेसुध पड़े शोण और उसकी मध्यमा में फँसी द्वारका की राज-मुद्रिका[1] देख उसके हाथ-पैर काँप गए। वो अज्ञात नवयुवक कौन था, किस प्रयोजन से चिरपुंज आया, इस दयनीय अवस्था को कैसे प्राप्त हुआ, और उसके हाथ में द्वारका की विशेष राज-मुद्रिका कैसे पहुँची?

मानसिक द्वंद्व के बीच कुछ दिवस पूर्व चिरपुंज के महाराज अधिराज द्वारा पारित विशेष आदेश उसके दिमाग में चेतावनी बन गूँज उठा-

'...द्वारका के विशेष मुद्रिका-धारक की रक्षा का दायित्व चिरपुंज के सभी नागरिकों का है। महाराज अधिराज के आदेश के समतुल्य मुद्रिका-धारक के

1. शाल्व द्वारा द्वारका पर आक्रमण के समय इस राज-मुद्रा का विवरण है, जिसके बिना कोई न तो द्वारका नगर के भीतर आ सकता था और न नगर के बाहर जा सकता था। [महाभारत, वनपर्व, अध्याय 15, श्लोक 19] श्रीहरिवंशपुराण में भी द्वारका की सुरक्षा के लिए राजसी मुद्रा के उपयोग का उल्लेख है। [श्रीहरिवंशपुराण, भविष्यपर्व, अध्याय 74, श्लोक 24-25]

आदेश की अवमानना का दंड राजद्रोह के समकक्ष मृत्यु है।'

महाराज अधिराज के इस विचित्र आदेश से द्वारका की विशेष मुद्रिका और उसका धारक चिरपुंज में चर्चा का विषय बन गया था। कौतुक और भय की कोख से जन्मी अनेक सुगबुगाहट भ्रांतियों के रूप में चिरपुंज के नागरिकों के दिमाग में जंगली घास की तरह फैल गई। हर कोई विशेष मुद्रिका-धारक के विषय में जानने के लिए उत्सुक था, किंतु कोई नहीं जानता था कि वो कौन है और कब, कैसे और किस उद्देश्य से चिरपुंज आएगा।

द्वारपाल का हलक भय से सूख गया। द्वारका का बहुप्रतीक्षित विशेष मुद्रिका-धारक उसकी आँखों के सामने धरती पर मरणासन्न अवस्था में अचेत पड़ा था। उसका नाम द्वारपाल के दिमाग में गूँजने लगा- शोण! द्वारका का विशेष मुद्रिका-धारक शोण!

राजाज्ञा उल्लंघन और विशेष मुद्रिका-धारक की अवस्था से उभरी दिमागी उधेड़बुन ने द्वारपाल को जकड़ लिया। महाराज अधिराज के विचित्र आदेश ने शोण और उसके जीवन की डोर जोड़ दी थी। शोण पर आई आँच उसके जीवन पर भारी पड़ेगी। राज्य सुरक्षा नियमावली के अनुसार बिना अनुमति पत्र के नगर में प्रवेश निषेध था, किंतु महाराज के विशेष आदेश के विपरीत 'विशेष मुद्रिका-धारक' शोण को घायल अवस्था में असुरक्षित छोड़ना भी राजाज्ञा का उल्लंघन था।

द्वारपाल निर्णय नहीं कर पा रहा था कि शोण को द्वारका का विशेष मुद्रिका-धारक मानकर उसका नगर चिकित्सालय में उपचार कराए, अथवा उसे उसके हाल पर छोड़ दे। त्वरित निर्णय लेने की हड़बड़ी में राज्य की सुरक्षा संकट में पड़ सकती थी।

चेहरे पर छलका पसीना पोंछ द्वारपाल ने गढ़ी का मुख्य द्वार खोलने का संकेत किया।

"दत्तेय! तुरंत महाराज को द्वारका के विशेष मुद्रिका-धारक शोण के आगमन की सूचना दो।" सूखे कंठ से उसने अपने अधीनस्थ नायकों को निर्देश दिया, "अमरजीत! राजवैद्य को उचित औषधियों के साथ अतिशीघ्र यहाँ उपस्थित करो। अतिथि की सेवा में स्वच्छ वस्त्र, शीतल जल और आहार की व्यवस्था हो। इनकी सेवा में कोई कमी नहीं रहे।"

नायक दत्तेय और नायक अमरजीत अपनी तलवारें म्यान में रखकर घोड़ों पर सवार हो राजप्रासाद की तरफ दौड़ पड़े।

'विशेष मुद्रिका-धारक' शोण की हालत और महाराज अधिराज के विचित्र आदेश के भय से द्वारपाल अनिकेत के प्राण अटके रहे। उसने घायल शोण को होश में लाने का प्रयास किया, किंतु शोण निश्चेष्ट रहा। ईश्वर से शोण के जीवन रक्षा की प्रार्थना करते हुए द्वारपाल वहीं खड़ा रहा। शोण का जीवित रहना उसके प्राणों के लिए आवश्यक था।

उसके साथ खड़े रक्षक सैनिक एक-दूसरे का मुँह ताक रहे थे। उन्हें द्वारपाल के आदेश की प्रतीक्षा थी, किंतु द्वारपाल के चेहरे पर उड़ती हवाइयाँ बता रही थीं कि वो उन्हें कोई आदेश देने की स्थिति में नहीं था। किसी आदेश के अभाव में रक्षक सैनिक निर्णय नहीं ले पा रहे थे कि वो यहाँ खड़े रहें या अपने स्थान पर वापस लौट जाएँ।

परकोटों के भीतर से अस्पष्ट कोलाहल उठते हुए तेजी से मुख्य द्वार की तरफ बढ़ा। नायक दत्तेय की अश्वारोही टुकड़ी चिरपुंज के वृद्ध राजवैद्य सुघेण के रथ और उनके सहायकों का मार्ग प्रशस्त करते हुए द्रुत गति से मुख्य द्वार की तरफ आ रही थी। उनके साथ सामान लदी पालकियाँ उठाए दासियों और सेवकों का दल भी था। उन्हें देख द्वारपाल के प्राण शरीर में लौटे।

आते ही राजवैद्य के सहायक सेवक और दासियाँ तत्परता से बेसुध शोण की जाँच में जुट गए। दासियों ने तुरत-फुरत गुलाब जल में भीगे रेशम के कपड़ों से शोण के घावों को स्वच्छ कर उन पर औषधि लेप लगाया। फिर उन्होंने शोण के सिर और पैरों पर गुलाब-जल में भीगी पट्टियाँ बाँधीं। इसी बीच राजवैद्य सुघेण शोण को जाँचने लगे। देखा शोण के वक्षस्थल पर अनगिनत छोटे-बड़े नीले-सफेद गोलाकार धब्बे थे। उसके हाथों की उँगलियाँ टेढ़ी-मेढ़ी और सूजी थीं। गले से लेकर जबड़े तक सूजन थी।

राजवैद्य सुघेण के माथे पर सिलवटें उभरीं। शोण की नाड़ी जाँचने के पश्चात उन्होंने अपने सहायकों के कानों में कुछ निर्देश फूँके। उनके निर्देशानुसार सहायकों ने पेटिका से औषधियाँ निकालकर उनका लेप तैयार किया और उसे शोण की छाती, पेट, पीठ और हाथों पर मल दिया।

राजवैद्य के चेहरे पर छाई हताशा देख द्वारपाल का दिल बैठ रहा था।

राजवैद्य और उनके सहायकों के हाव-भाव बता रहे थे कि शोण की स्थिति गंभीर है। यदि राजवैद्य शोण को बचाने में असफल रहे तो वो अपनी असफलता का दोष द्वारपाल के मत्थे मढ़ बच निकलेंगे। राजवैद्य तो कह देंगे कि उन्हें बुलाने में विलंब हुआ जिस कारण विशेष मुद्रिका-धारक का समय रहते उचित उपचार नहीं हो सका। गर्दन नपेगी द्वारपाल की! उसके पास अपना पक्ष प्रमाणित करने के लिए मात्र कुछ गिने-चुने रक्षक सैनिक होंगे, जिनके कथन का वजन राजवैद्य के कथन के आगे पक्षी के पंख जितना होगा।

शोण की नाड़ी की जाँच कर राजवैद्य ने अपने सहायकों को उसे उठाने का संकेत किया।

शोण के स्वास्थ्य के विषय में जानने के लिए द्वारपाल उत्सुक और भय से दूभर था। वो राजवैद्य से शोण के विषय में कुछ पूछता उससे पूर्व राजवैद्य के सहायक शोण को पालकी गें लिटाकर नगर चिकित्सालय की तरफ बढ़ गए।

स्वयं को कोसते हुए द्वारपाल की अपना सिर पीटने की इच्छा हुई। उसका दुर्भाग्य था कि विशेष मुद्रिका-धारक ने चिरपुंज में प्रवेश करने के लिए उस द्वार का चुनाव किया जिसकी सुरक्षा में वो तैनात था।

डरी-सहमी दृष्टि से द्वारपाल ने देखा कि पालकी में बेसुध लेटे शोण की मुट्ठी उसके कमरबंद में फँसे संदेश पत्र पर भिंची थी।

संदेश पत्र के साथ शोण की मुट्ठी में अब द्वारपाल के प्राण भी कैद हो गए थे।

अध्याय 2

रक्त से नहाए जीवन-विहीन भूमंडल में लहू से सने शवों के ढेर, शरीर से भंग हुए अंग, टूटे रथ के हिस्से, टूटी ध्वजा, हथियारों के ढेर बिखरे थे। उस सीमारहित श्मशान में असंख्य चिताएँ सुलग रही थीं। हर दिशा में मृत्यु का सन्नाटा गूँज रहा था। धरा अपना स्वाभाविक वर्ण भूलकर रक्त सनी कीच बनी हुई थी। विकृत शवों के सड़े-गले मांस की तीखी दुर्गंध से वातावरण विषाक्त था। गीदड़, गिद्ध और जंगली जानवरों के झुंड लाशों पर टूटे पड़े अपनी भूख का निवारण कर रहे थे।

इस वृहद श्मशान के बीच युद्धोन्माद में झूमते उस गदाधारी राक्षस के चेहरे से क्रूरता और आँखों से मौत की ज्वाला बरस रही थी। उसका प्रत्येक अट्टहास मृत्यु जैसी भयावह शीतलता और मुर्दा सन्नाटे में लिपटा था। उसकी देह लहू से नहाई हुई थी। गले में मानव रक्त-मांस से सने नरमुंडों की लंबी माला झूल रही थी। उन नरमुंडों से टपकता लहू विचित्र था- किसी दिव्य सुर्ख लाल अग्नि में सुलगते हुए अंगारों की तरह दहकता हुआ।

राक्षस का संपूर्ण बदन उस दिव्य अग्नि में तप कर दमक रहा था। विचित्र अग्नि थी जो न राक्षस को जला रही थी, न उसके बदन पर लगे रक्त को सुखा रही थी, किंतु उस अग्नि के संपर्क में आने वाला प्रत्येक जीव भस्म हो रहा था। अनगिनत सैनिक, घोड़े, हाथी, रथ और हथियार उस अग्नि की भेंट चढ़ गए, किंतु उस रौद्र-रूपिणी अखंड दिव्य अग्नि की भीषणता कम नहीं हो रही थी।

राक्षस अपनी गदा उठाए भयानक चीत्कार करते हुए शोण की तरफ दौड़ा। उसके कदमों की थाप से धरती थर्रा उठी। जहाँ उसके कदम पड़ते वहाँ की धरती फट पड़ती और पिघली धातु का सुनहरा फव्वारा फूट पड़ता। राक्षस ऐसे हुंकार रहा था मानो कोई ज्वालामुखी प्रचंड प्रवाह से अग्नि वमन कर रहा हो।

शोण अपने स्थान पर असहाय खड़ा उस राक्षस को पल-पल अपने निकट आते देख रहा था। उसके पैर धरती में धँसे हुए थे। पूरी शक्ति लगाकर भी वह अपने पैरों को हिला नहीं पा रहा था।

सहसा एक छोटा बालक दौड़कर शोण और राक्षस के बीच खड़ा हो गया। शोण हैरान हुआ। समझा नहीं कि वो बालक वहाँ प्रकट हुआ या पहले से उपस्थित था। जाने किसका बालक था और युद्धभूमि में कैसे पहुँचा था। कदाचित वो बालक अपनी अबोधता में समरभूमि को अपना क्रीड़ा-स्थल समझने की भूल कर रहा था। राक्षस का मार्ग रोक वह शांत खड़ा था, मानो उसकी क्रीड़ाओं का आनंद ले रहा हो। राक्षस का क्रोध और उसके बदन की अग्नि भी उसे विचलित नहीं कर रही थी।

शोण को चिंता हुई। उस अबोध बालक का जीवन संकट में था। उसने मदद के लिए आसपास दृष्टि घुमाई, किंतु उसके अतिरिक्त उस बालक की रक्षा के लिए वहाँ कोई नहीं था। वो राक्षस उस बालक के बेहद निकट था।

शोण अपनी शक्ति सँजोकर उस बालक की तरफ कूदा। जैसे चमत्कार हुआ। उसके पैर धरती से एक झटके से स्वतंत्र हुए और वह हवा में तैरते हुए अगले ही पल उस बालक के निकट पहुँच गया। बालक को तत्परता से गोद में उठाकर शोण भागा।

उस राक्षस के बदन से निकलती अग्नि यकायक कई गुना तीव्र हो गई। क्रोध में भरकर उसने अपनी सुनहरी गदा से शोण के माथे पर शक्तिशाली प्रहार किया।

शोण चीखा और बालक को अपनी छाती से चिपकाए नीचे गिरा। गदा प्रहार से उसका माथा फट गया। माथे से निकला गाढ़ा लहू उसकी चेहरे पर सरकते हुए नीचे टपकने लगा। उसकी पलकें बोझिल होकर झुकने लगीं। आँखों में स्याह शून्य उत्पन्न हुआ और उसकी चेतना शक्ति लुप्त होने लगी। मंथर होती साँसों के साथ समय स्थिर होने लगा। समरभूमि में गूँजती करुण मानव चीत्कारें और कोलाहल दबने लगा। विचित्र और अभूतपूर्व शून्यता शोण पर हावी होने लगी।

शारीरिक सुध जाती रही। भीतर फैलता अंधकार धीरे-धीरे एक बैलगाड़ी में बदलने लगा। फिर बैलगाड़ी में बैठे नागरिक उभरे। उनके बीच बैठा एक बच्चा बैलगाड़ी से उतरकर शोण के पास पहुँचा। समुद्र जैसी असीम गहराई भरी उसकी आँखें शोण के चेहरे पर स्थिर हुईं।

'तुम्हारे कर्मकांड शेष हैं... लौट जाओ!' मधुर संगीत समान उस बालक की आवाज भूमंडल में गूँजी, *'अपनी आहुति से यह यज्ञ संपूर्ण करो!'*

कहकर उसने शोण के माथे का स्पर्श किया। अँधेरा छँट गया। आस-पास दिव्य सुगंध बिखर गई।

शोण ने एक झटके से आँखें खोलीं। हाथ स्वत: माथे को सहलाने के लिए उठ गया। न वहाँ कोई घाव था, न किसी चोट का दाग।

सदैव की भाँति वह स्वप्न उसे बेचैन कर लुप्त हो गया था। वह विचित्र स्वप्न उसके चेतन मन के शिथिल पड़ते ही वृहद वृक्ष की भाँति उसके अवचेतन मन पर हावी हो जाता। स्वप्न में छुपे गूढ़ अर्थों को समझने के प्रयास में वह उलझ कर रह जाता। अंत में तर्क-वितर्कों के बोझ से थक कर हार मान लेता। इस स्वप्न का क्या अर्थ था? कौन था वो अबोध बालक और वो राक्षस? राक्षस उस बालक को क्यों मारना चाहता था? उस बालक ने शोण की रक्षा क्यों की? बालक किस कर्मकांड, आहुति और यज्ञ की बात कर रहा था?

अपने स्वप्न की गुत्थी सुलझाने से अधिक उसे कुछ महत्त्वपूर्ण कार्य पूर्ण करने थे।

उठा तो मुँह में घुली औषधियों की कड़वाहट का एहसास हुआ। गला मरुस्थल बना जल के लिए तरस रहा था। मस्तक औषधीय लेप से सना था। गले, छाती और पीठ पर औषधि में भीगी पट्टिकाएँ बँधी थीं। कमर से नीचे एक साधारण सूती धोती झूल रही थी। देखा द्वारकाधीश का 'विशेष संदेश' उसकी शय्या के निकट आसंदी पर सुरक्षित रखा था।

शय्या पर बैठे-बैठे उसने कक्ष में नजर घुमाई।

चिरपुंज का अतिथि कक्ष राज्य के समृद्धशाली और प्रगतिशील समाज के गौरवशाली इतिहास के समान भव्य था। उत्कृष्ट नक्काशी से उकेरे रत्नों की अनगिनत झिलमिलाती झालरें और ताजे-पुष्पों की मालाएँ बड़े-मजबूत स्तंभों पर झूल रही थीं। स्तंभों के निकट रखे फैले मुँह के भारी पात्रों में सुलग रही सामग्री की सुगंध से पूरा कक्ष महक रहा था। कक्ष के कोनों में मानवाकार प्रतिमाएँ अपने हाथों में रेशम के पारदर्शी कपड़े से ढँकी ताजे फल और सूखे मेवे भरे बड़े थाल थामे सिर झुकाए खड़ी थीं। उनके निकट चाँदी की आसंदी पर गुलाब और केवड़े की पंखुड़ियों से मिश्रित स्वच्छ जल भरे पात्र, कुछ रेशमी वस्त्र और

ताँबे के प्याले रखे थे।

कक्ष के बीच बने श्वेत संगमरमर के छोटे-गोलाकार कुंड के जल में अनगिनत छोटी-बड़ी, रंग-बिरंगी मछलियाँ और कछुए तैर रहे थे। कुंड के केंद्र में काले पत्थर से तराशी हुई मानवाकार स्त्री प्रतिमा नृत्य-भंगिमा में अपनी एड़ी दूसरे पैर की जंघा से सटाए, कमर तिरछी मोड़े उसके सहारे धातु का कलश अपने पतले-पतले हाथों में थामे खड़ी थी। कलश से गिर रही जल-धारा कुंड के जल से निर्बाध संगम कर रही थी।

शय्या से उतरकर शोण ने आसंदी पर रखा स्वच्छ जल पीकर प्यास बुझाई। प्राचीर पर टँगे चित्रों को निहारते हुए वो खिड़की की तरफ बढ़ा। किसी चित्र में सिंहासन पर विराजमान महाराज अपना हाथ हवा में उठाकर न्याय देते दिख रहे थे, तो किसी में वो वन में सिंह से निहत्थे द्वंद्व युद्ध कर रहे थे। एक चित्र में सूर्यास्त के सुर्ख़ केसरिया रंग से भरे आकाश में साक्षी नदी के ऊपर पंख फैलाए कई पक्षी उन्मुक्त उड़ते दिख रहे थे। उनका प्रतिबिंब साक्षी नदी के शांत, सुनहरे जल पर उभरा था। साक्षी नदी में तैर रही एक लंबी नाव को उसके एक छोर पर खड़ा नाविक लंबे डंडे से खे रहा था। नदी के दोनों किनारों पर मृत्युंजय पर्वत श्रृंखला द्वार-रक्षकों की तरह सन्नद्ध थी।

रंगों के प्रभावशाली संयोग से हर चित्र समय के धागे में पिरोए स्मृति के अनमोल मोतियों की माला जैसा प्रतीत हो रहा था।

खिड़की से आते साँझ-बेला के शीतल झोंकों ने शोण के घावों का ममतामय स्पर्श किया। बदन ढीला छोड़कर उसने बाहर झाँका और शीतल वायु से अपने तन-मन को ताजादम होने दिया।

खिड़की के दूसरी तरफ चिरपुंज का रमणीक वातावरण परमात्मा की अनुपम कृति की भाँति साक्षात था। सूर्यदेव अपनी दिव्य सुनहरी आभा आकाश में बिखेरते हुए नेपथ्य में जा रहे थे। सुदूर स्थित मृत्युंजय पर्वत श्रृंखलाओं के बीच बहती साक्षी नदी पिता की गोद में अठखेलियाँ करती किसी चंचल अबोध कन्या की भाँति प्रतीत हो रही थी। साक्षी नदी के स्वच्छ जल पर पर्वतों और आकाश का झिलमिलाता प्रतिबिंब और अस्त होते सूर्यदेव की सुनहरी छटा ऐसे इठला रही थी, मानो कोई पिता अपनी नवजात पुत्री को किरणों के झूले में झुला रहा हो। घरोंदों में लौट रहे पक्षियों के कलरव से आकाश गूँज रहा था।

शांत रमणीक वातावरण के सान्निध्य में शोण के मन में प्रश्नों का भँवर उठने लगा। यही मृग-तृष्णा शांति भरतवंश को महायुद्ध की तरफ धकेल रही है। दुर्गम परिस्थितियों में अभूतपूर्व विकल्प ढूँढ़ने में पारंगत वासुदेव, जिन्हें विद्वान, महर्षि और ब्रह्मर्षि महाप्रभु विष्णु का साक्षात अवतार मानते हैं, वो भी इस विनाश को थामने में असहाय हैं।

यकीनन काल विनाश के लिए सन्नद्ध था, किंतु मानव जाति के उद्धार के प्रयास अंतिम समय में भी शिथिल नहीं हुए थे। महायुद्ध के विजेता का निर्णय कुरुक्षेत्र लेगा, किंतु कुरुक्षेत्र की भूमि से परे जिस दिव्य यज्ञ का आह्वान श्रीकृष्ण और 'प्रथम' ने किया था, उससे मानवता की अंतिम उम्मीदें बँधी थीं। वो दिव्य यज्ञ संपूर्ण मानवता के उत्थान का मार्ग था।

प्रथम का आदेश विचित्र और रहस्यपूर्ण था। एक निश्चित समय-सीमा के भीतर शोण को चिह्नित व्यक्तियों को प्रथम का विशेष संदेश और विशेष मुद्रिका सौंपनी थी। संदेश की कूट भाषा प्राप्तकर्ता ही समझ सकता था। यात्रा के हर पड़ाव पर शोण को अगले संदेश प्राप्तकर्ता के विषय में जानकारियाँ एकत्र कर रणनीति तैयार करनी थी। प्रथम द्वारा प्रदत्त गुप्तचरी और कूटनीति मिश्रित अभियान में पग-पग पर मौत मुँह फाड़े खड़ी थी, किंतु हर संकट में श्रीकृष्ण और प्रथम का आशीर्वाद उसका अदृश्य रक्षक बना।

कदाचित उसके प्रश्नों की लंबी श्रृंखला की कुछ कड़ियाँ इस अभियान के पश्चात खुल सकें।

"काल प्रायोजित मृत्योत्सव का आनंद लो मित्र!" सुरा के नशे में चूर उसका गुप्तचर साथी स्वर्ण-आभूषणों की पोटली को हवा में लहराते हुए बोला था। युद्धोन्माद उसके दिमाग पर...

कक्ष में कदमों की आहट सुन शोण का ध्यान बँटा।

कक्ष में आया सेवक शोण को देख पहले सकपकाया, फिर आदर से उसके सामने झुका। बिना आज्ञा कक्ष में प्रवेश करने की भूल उसके चेहरे पर उभरी।

"श्रीमान! महाराज आपसे भेंट करने पधारे थे, किंतु आपके विश्राम में विघ्न न हो इसलिए लौट गए।" वह सिर झुकाए बोला, "महाराज आपकी सुविधानुसार आपसे भेंट की इच्छा रखते हैं।"

"अनजाने में मुझसे महाराज का अपमान हो गया।" शोण को अपनी भूल

का एहसास हुआ, "आज क्या तिथि है?"

"आज कृष्ण पक्ष की दशमी[2] है, श्रीमान!" सेवक ने उत्तर दिया।

शोण का चेहरा बुझ गया। अभियान के अति महत्त्वपूर्ण चरण में जब प्रत्येक क्षण दुर्लभ है उससे विश्राम में एक दिवस अनावश्यक व्यर्थ हुआ। कार्तिक बहुला अमावस्या[3] में मात्र पाँच दिवस शेष थे।

"श्रद्धेय महाराज के चरणों में मेरी क्षमायाचना सहित अतिशीघ्र भेंट का निवेदन प्रस्तुत करें!" शोण ने संक्षिप्त आदेश दिया।

सेवक सिर झुकाकर गया और कुछ देर बाद लौटा।

"श्रीमान! महाराज सभासदों के साथ सभागार में आपकी प्रतीक्षा कर रहे हैं।" वह बोला।

शोण ने सेवक को प्रतीक्षा करने का आदेश दिया। तुरत-फुरत आसंदी पर रखी रेशम की स्वच्छ धोती धारण कर उसने स्वयं को व्यवस्थित किया।

वासुदेव के 'विशेष संदेश' के साथ वह सेवक के साथ तेज कदमों से सभागार की तरफ बढ़ा।

---

2. हिंदू पंचांग की दसवीं तिथि को दशमी कहते हैं। यह तिथि मास में दो बार आती है। पूर्णिमा के बाद आने वाली दसवीं कृष्ण पक्ष की दशमी, और अमावस्या के बाद आने वाली दसवीं शुक्ल पक्ष की दशमी कहलाती है।

3. इसी दिन महाभारत युद्ध आरंभ हुआ था। कृष्ण बोले- यह मार्गशीर्ष मास चल रहा है। आज से सातवें दिन अमावस्या के दिन युद्ध आरंभ होगा। [महाभारत, उद्योगपर्व, अध्याय 142, श्लोक 16-18]

अध्याय 3

सेवक के पीछे चलते हुए शोण ने लंबा गलियारा पार करने के बाद सभागार में प्रवेश किया।

प्राचीर पर टँगी अनगिनत प्रज्ज्वलित मशालों के प्रकाश में कई गज लंबे-चौड़े चिरपुंज सभागार की शोभा अतुलनीय थी। सभागार के प्रवेशद्वार से दूसरे छोर पर बने संगमरमर के मुख्य चबूतरे तक पहुँचने के लिए जमीन पर लाल रंग का स्वच्छ मोटा कालीन बिछा था। मुख्य चबूतरा तीन सोपान ऊँचा था। हर सोपान की चौड़ाई और ऊँचाई उसका क्रम बढ़ने के अनुपात के साथ कम हो रही थी।

सबसे ऊपर बने छोटे चबूतरे पर ठोस सोने के राज सिंहासन पर महाराज अधिराज अपने विस्तृत ललाट पर हल्दी-चंदन-कुमकुम का तिलक लगाए और मस्तक पर स्वर्णिम किरीट धारण किए विराजमान थे। घनी और रौबदार श्वेत दाढ़ी-मूँछ, बड़ी-बड़ी कांतिमय आँखें, और बलिष्ठ कद-काठी के स्वामी महाराज अधिराज के चेहरे पर प्रौढ़ावस्था में भी यौवन-तेज स्थापित था।

महाराज अधिराज के निकट दाईं तरफ के आसनों पर सेनापति स्कंध और वृद्ध राजवैद्य सुषेण आपस में मंत्रणा करते हुए विराजमान थे। उनके निकट आसनों पर केसरिया वस्त्र धारण किए, गले में मोटे रुद्राक्ष की लंबी मालाएँ पहने, श्वेत-भूरे केश और जटाओं वाले कई वयोवृद्ध ऋषिगण पधारे थे। अन्य आसनों पर चिरपुंज के सभासद और अन्य महत्त्वपूर्ण व्यक्ति विराजमान थे। आसनों के पीछे बारीक नक्काशी से उकेरे स्तंभों पर रखे पात्रों में सुलगती जड़ी-बूटियाँ सभागार में अद्‌भुत आध्यात्मिक सुगंध बिखेर रही थीं।

शोण के पहुँचने पर सभागार में उपस्थित सभासद कौतुक से उसे देखने लगे।

शोण चिंतित था। क्या सभासद वासुदेव के संदेश को समझने के लिए

परिपक्व और योग्य होंगे? क्या महाराज अधिराज प्रस्ताव स्वीकार करने का साहस जुटा पाएँगे? महाराज अधिराज और सभासदों के पास श्रीकृष्ण के प्रस्ताव को अस्वीकारने का विकल्प था, किंतु शोण के विकल्प सीमित थे।

मुख्य चबूतरे के सामने पहुँचकर शोण झुका और हाथ जोड़कर महाराज अधिराज को प्रणाम किया।

महाराज ने शोण पर दृष्टिपात किया। द्वारका का 'विशेष मुद्रिका-धारक' ऊँचे कद, चौड़े सीने, बलिष्ठ बाँहों और सुगठित देह का स्वामी था। बदन पर बँधी औषधि पट्टिकाओं के उभार उसके सुनहरे रेशमी पारदर्शी वस्त्रों की ओट से झाँक रहे थे। काले-घने लंबे केश खुले हुए, कंधे पर झूल रहे थे। सपाट माथा औषधीय लेप से ढँका था, पर आत्मविश्वास के तेज से दमकते मासूम चेहरे और तीखे नाक-नक्श से वह अत्यधिक मोहक और आकर्षक लग रहा था। काले घेरों और सूजन में दबी उसकी बड़ी-बड़ी आँखें मूक रहकर वार्तालाप करती लग रही थीं।

"चिरपुंज में आपका स्वागत है, मित्र! हमें आशा नहीं थी कि इस अवस्था में आपसे भेंट होगी।" महाराज अधिराज का स्वर रौबदार और आत्मीयता से परिपूर्ण था।

"महाराज! राजमार्ग पर तैनात नाग प्रहरियों ने अपना कर्तव्य निभाया और मैंने अपना। इसमें कोई दोषी नहीं है।" शोण ने विनम्रता से सिर झुकाया, "मेरी धृष्टता क्षमा करें, महाराज! आप मुझसे भेंट करने विश्राम कक्ष में पधारे और मैं आपको सम्मान देने का अवसर चूक गया। इस अभद्र व्यवहार के लिए मैं क्षमाप्रार्थी हूँ।"

"अनावश्यक औपचारिकता निर्वाह में स्वयं को व्यथित न करें।" वृद्ध राजवैद्य सुघेण काँपती वाणी में बोले, "कष्ट तो आप झेल रहे थे। उपचार में तनिक विलंब होता तो आपकी मृत्यु निश्चित थी।"

"हे महादेव!" महाराज अधिराज चिंता से बोले, "इनकी ऐसी अवस्था का क्या कारण था, वैद्यवर?"

"अतिथि दुर्लभ तीक्ष्ण विष से प्रभावित थे, महाराज!" राजवैद्य सुघेण गंभीर वाणी में बोले, "ये विष पीड़ित को शनैः शनैः मृत्यु की तरफ धकेलता है। विष सेवन पश्चात भी पीड़ित की सभी इंद्रियाँ सुचारु रूप से कार्य करती रहती हैं।

पीड़ित को विष-प्रभाव में होने का भान भी नहीं होता है। विष का प्रभाव धीरे-धीरे प्रत्यक्ष होता है। प्रथम चरण में स्नायु तंत्र पंगु होता है, द्वितीय चरण में हृदय, रक्त प्रभाव और दृष्टि, और तृतीय चरण में मस्तिष्क। पीड़ित की प्रतिरोधक क्षमता घटती जाती है। अंतिम चरण में शरीर के अंदरूनी अंग गलने लगते हैं और प्रभावित व्यक्ति को पीड़ादायक मृत्यु प्राप्त होती है।"

सभागार में उपस्थित सभासद उस विचित्र विष का प्रभाव सुनकर हतप्रभ रह गए।

"अतिथि सौभाग्यशाली रहे जो मैं अपने गुरु से प्राप्त प्राचीन विद्या से समय रहते इनका उपचार करने में सफल रहा।" कहते-कहते राजवैद्य ठिठके, "मेरा अनुमान है कि इस दुर्लभ विष के आविष्कारक नागराज तक्षक के पुत्र अश्वसेन के विष विशेषज्ञ हैं।"

"अश्वसेन और उसके विष विशेषज्ञ सदैव घातक विष और मोहिनी अस्त्र-शस्त्रों[4] के आविष्कार और उनके प्रयोगों में संलग्न रहते हैं।" महाराज अधिराज क्रोध में बोले, "नीच नाग अपने विष से सारा संसार समाप्त करना चाहते हैं।"

"महाराज! नागों के पाप उनके विनाश का ध्येय बनेंगे, किंतु हमारे कर्म उनके दुष्कर्मों से क्यों प्रभावित हों?" शोण शांत स्वर में बोला, "हमारे समस्त कर्म उस शक्ति को समर्पित हैं, जिसने वासुदेव को उफनती यमुना पार कराई, नंदगाँव में कृष्ण की रक्षा की और वानप्रस्थ की अग्नि को पांडु-पुत्रों के लिए शीतल किया। इस दिव्य शक्ति कवच के रहते हमें नागों से कैसा भय?"

"आपके सुविचारों ने हमें प्रभावित किया! सात्त्विकता वीर पुरुषों का सर्वोत्तम कवच है। महादेव की अनुकंपा से आप शीघ्र अपने शत्रुओं का संहार करेंगे।" महाराज बोले, "किस गंभीर प्रयोजन हेतु आपने अपने प्राण संकट में डाल चिरपुंज आने का कष्ट उठाया?"

"सेवक महाराज की सेवा में श्रीकृष्ण का विशेष आपात संदेश लेकर उपस्थित हुआ है।" शोण ने उत्तर दिया।

"विशेष आपात संदेश! हमारे मित्र श्रद्धेय श्रीकृष्ण और उनके भ्राता बलराम और शेष सभी यादव गण सुखमय तो हैं? वे किसी संकट में तो नहीं?" महाराज

---

4. संभवतया यह अस्त्र छोड़े जाने पर अपने लक्ष्य पर कोई नशीला पदार्थ छोड़ता था जिसके प्रभाव में आने वाले मूर्छित हो जाते थे।

अधिराज चौंके, "हम अधीर हैं उनका संदेश सुनने के लिए!"

"जो आज्ञा महाराज!" शोण ने सिर झुकाया, "मैं शोण, महाराज अधिराज की सेवा में द्वारकापति[5] यादव-श्रेष्ठ श्रीकृष्ण का विशेष संदेश प्रस्तुत करता हूँ। कृपया उपस्थित जन सावधान होकर सुनें।"

अपने कमरबंद से संदेश पत्र को निकालकर शोण ने उस पर बँधा धागा और त्रिमुखी चिह्न वाली द्वारका की लाल राजसी मुहर तोड़ी। संदेश पत्र खोलकर वो ऊँचे स्वर में पढ़ने लगा-

महाराज अधिराज की सेवा में देवकीनंदन कृष्ण का आत्मीय प्रणाम! चिरपुंज के सौहार्द-प्रस्ताव को सहर्ष स्वीकारते हुए द्वारका चिरपुंज को आगामी संकट से सावधान करती है। संकट भाँपकर बिल में छुपकर अपने प्राण रक्षा करने वाले मूषक की भाँति चिरपुंज के वीर अपनी सूझबूझ से चिरपुंज के मान और गौरव की रक्षा करें। चिरपुंजवासी युद्ध को त्यागकर महादेव की शरण लें, अन्यथा चिरपुंज हवन की प्रचंड अग्नि में भस्म होगा। महादेव की अनुकंपा से यादव वीर अपने शत्रुओं का विनाश करने के लिए सक्षम और तत्पर हैं।

संदेश समाप्त कर शोण ने अपनी मध्यमा में फँसी विशेष मुद्रिका उतारकर संदेश के साथ उसे महाराज अधिराज की तरफ बढ़ाया।

महाराज अधिराज के चेहरे पर छाई सौम्य मुस्कान कर्पूर की भाँति उड़ गई। चिंतामग्न वह सिंहासन से उठकर शोण के पास पहुँचे। उसके हाथ से संदेश और मुद्रिका लेकर उन्होंने उसे ध्यान से देखा।

सभासदों के ललाट भ्रम और अपमान मिश्रित सिलवटों से घिर गए। संदेश का मंथन करते हुए सभासद असमंजस के सागर में गोते खा रहे थे। उनके भाव मिश्रित थे- स्पष्ट क्रोध और अविश्वास, असमंजस में लिपटी चुप्पी, अपमान की मूक अभिव्यक्ति और महाराज अधिराज की प्रतिक्रिया की प्रतीक्षा। हर किसी के पास बोलने को बहुत कुछ था, सिवाय साहस के। अंततः श्रीकृष्ण के अनपेक्षित, विचित्र और अपमानजनक संदेश में उलझे सभासदों का धैर्य चुक गया और उनके प्रश्न अंगारों की तरह फूट पड़े।

"चिरपुंज कृष्ण की संपत्ति नहीं है।" एक सभासद रोष से चीखा, "क्या यादव हमारे मित्रवत व्यवहार को हमारी दुर्बलता समझते हैं जो वे हमें युद्ध की

---

5. द्वारका का रक्षक (श्रीकृष्ण का उपनाम)

चुनौती दे रहे हैं?"

"यादव हमारे मित्र हैं। श्रीकृष्ण के संदेश में अवश्य चिरपुंज की शुभेच्छा होगी। हमें इसका मर्म समझने का प्रयास करना चाहिए।" दूसरा सभासद संदेश के समर्थन में बोला।

सभासद अपने-अपने तरीके से संदेश की व्याख्या करते हुए अपना मत प्रकट करने लगे। क्या था द्वारकाधीश का विचित्र संदेश- मित्रवत सुझाव, आने वाले खतरों की सूचना, आदेश, अथवा चिरपुंज को युद्ध की खुली चुनौती? मर्मर ध्वनियाँ असहमति और असहमति विवाद में बदलने लगीं। सभासदों के आक्षेप शोण की तरफ मुड़ने लगे। शाब्दिक झंझावात में मर्यादाएँ टूटने लगीं। कई सभासद उत्तेजित हो शोण को धिक्कारते हुए उसे मृत्युदंड देने की माँग करने लगे। कृष्ण के संदेश का विरोध करने की होड़ में वे सभा की गरिमा भूल रहे थे।

सभागार में पसरी अव्यवस्था देख महाराज अधिराज की भृकुटियाँ तन गईं। उन्होंने संदेश पत्र को मुट्ठी में भींचा और उसे पात्र में सुलग रहे मिश्रण के ऊपर उछाल दिया।

अध्याय 4

संदेश पत्र भस्म होने से पूर्व महाराज का क्रोध भाँपकर सभासद शांत होकर अपने आसनों पर बैठ चुके थे।

सभासद उत्तेजित, सहमे और भयभीत थे। महाराज अधिराज की चुप्पी उनके संशयों को हवा दे रही थी। चिरपुंज संकट में था। क्या महाराज अधिराज शोण को बंदी बनाने का आदेश देने का साहस करेंगे? दुर्योधन ने कृष्ण को बंदी बनाने की योजना बनाई थी तो यादव सेना ने हस्तिनापुर को घेर लिया था।[6] चिरपुंज यादवों और उनके शक्तिशाली संरक्षक कृष्ण का सामना कैसे करेगा?

सभागार के घटनाक्रम से क्षुब्ध सेनापति स्कंध के सब्र का बाँध अंततः टूट गया। क्रोध से फुफकारते हुए वो अपने आसन से उठा और शोण के गले से अपनी तलवार सटाते हुए चीखा, "कृष्ण के अपमानजनक संदेश की कालिख इस बड़बोले दूत के लहू से मिटेगी।"

"सेनापति स्कंध!" महाराज अधिराज की दहाड़ सभागार में गूँजी, "आपके वाक्य और तलवार मर्यादा में रहें। अन्यथा अपनी धृष्टता एवं अनुशासनहीनता का मूल्य आपको अपने प्राणों से चुकाना होगा।"

महाराज की औचक और अप्रत्याशित प्रतिक्रिया से सेनापति स्कंध के साथ-साथ सभी सभासद सकपकाए। सभागार में कृष्ण के दूत के कदम पड़ते ही अशुभ घटनाओं का ताँता लग गया था।

"महाराज! दूत ने हमारी मातृभूमि का अपमान किया है।" सेनापति स्कंध ने महाराज के समक्ष सम्मान से सिर झुकाया, किंतु उसकी तलवार शोण की गर्दन

---

6. कौरवों की सभा में पांडवों का शांति दूत बनकर पहुँचे श्रीकृष्ण को दुर्योधन ने गुप्त रूप से कैद करने की योजना बनाई। इस योजना की भनक लगने पर सात्यकि ने कृतवर्मा को यादव सेना को कौरव सभा भवन को घेरने का आदेश दिया था। [महाभारत, उद्योगपर्व, अध्याय 130, श्लोक 5,10-11]

से सटी रही, "ये दुष्ट दूत और चिरपुंज पर टेढ़ी दृष्टि रखने वाला इसका कपटी स्वामी कृष्ण दोनों मृत्युदंड के अधिकारी हैं।"

"शोण ने अपने प्राण संकट में डालकर ये संदेश हमें देकर दूत होने का दायित्व निभाया है। संदेश का दोष दूत पर मढ़कर उसे दंडित करना अनुचित एवं राज परंपराओं के विरुद्ध है। अपने पद की गरिमा के अनुरूप अपना व्यवहार संयमित रखें!" महाराज ने चेताया, "आपको स्मरण रहे कि राज्य में विशेष मुद्रिका-धारक शोण का मान हमारे समकक्ष है। उनके कंठ से सटी आपकी तलवार की धार हमारे कंठ महसूस कर रहे हैं। हमें कोई अप्रिय आदेश देने के लिए विवश न करें।"

"क्षमा महाराज! आपका अपमान मेरा ध्येय नहीं है, किंतु मातृभूमि का अपमान सहने से वीरगति प्राप्त होना उत्तम है।" सेनापति के शब्दों में उसकी खीज स्पष्ट थी।

"चिरपुंज के सम्मान की चिंता आपसे अधिक हमें है।" महाराज शांत एवं संतुलित स्वर में बोले, "देव, असुर, मनुष्य, गंधर्व और नाग की सामूहिक शक्ति जिनके सम्मुख लेशमात्र है, संसार के ज्ञानी एवं ऋषिगण जिन्हें साक्षात महाविष्णु का अवतार मानकर स्तुति करते हैं, उस सर्वशक्तिमान श्रीकृष्ण के दूत का अपमान हमें अस्वीकार्य है।"

महाराज के व्यवहार से निराश और क्षुब्ध सेनापति स्कंध तलवार म्यान में रख सिर झुकाकर चुपचाप अपने आसन पर बैठ गया।

महाराज की विचित्र प्रतिक्रिया ने सभासदों के साथ महामंत्री विष्णुदत्त को भी असहज किया। सेनापति का कृत्य निंदनीय, किंतु राजनिष्ठा से प्रेरित था। दूत की रक्षा करना महाराज का राज धर्म है, किंतु राज-प्रतिष्ठा और राज्य के सेनापति के सम्मान की रक्षा करना भी उनके लिए उतना ही महत्त्वपूर्ण है।

सभागार में चल रही उथल-पुथल के बीच शोण अविचल, पूर्ण निर्भीकता और अनुशासन से खड़ा था। सेनापति की तलवार की धार, सभासदों की चुभती नजरें और उनके कटु वचनों से अप्रभावित उसकी दृष्टि महाराज के चेहरे पर एकाग्र टिकी थी।

"महाराज! मुझे आपके निर्णय की प्रतीक्षा है।" शोण ने अपना मौन तोड़ा।

अचंभित सभासदों में सुगबुगाहट पुनः सिर उठाने लगी। श्रीकृष्ण का विशेष दूत युद्ध की कड़वी चेतावनी को मित्रवत व्यवहार की मिश्री के साथ महाराज के

गले से नीचे उतारने का प्रयास कर रहा था।

"महाराज! द्वारकापति से संवाद की पृष्ठभूमि अस्पष्ट है।" महामंत्री विष्णुदत्त बोले, "श्रीकृष्ण के संदेश का क्या अर्थ है और उन्हें चिरपुंज के किस निर्णय की प्रतीक्षा है?"

महाराज ने महामंत्री विष्णुदत्त को घूरकर देखा, किंतु उनके मुँह से एक भी शब्द नहीं फूटा। जानते थे कि महामंत्री और सभासदों के चुभते प्रश्नों के उत्तर देंगे तो नए प्रश्नों की बौछार आरंभ होगी। मौन का विकल्प भी उनके पास नहीं था।

महामंत्री विष्णुदत्त हतप्रभ रह गए। इससे पूर्व राज्य के समक्ष उत्पन्न विषम परिस्थितियों में भी महाराज ने कभी सभासदों, विशेषकर महामंत्री विष्णुदत्त के प्रश्नों की अवहेलना नहीं की। महामंत्री के साधारण प्रश्न में ऐसी कौन-सी जटिलता थी कि महाराज को उसका उत्तर देने के लिए सोचना पड़ रहा है?

"इस अनपेक्षित संदेश ने हमें चिरपुंज-द्वारका संधि पर पुनर्विचार करने पर विवश कर दिया है।" महाराज चिंतित और गंभीर वाणी में बोले, "क्या चिरपुंज-द्वारका संधि का मूल उद्देश्य चिरपुंज पर यादवों का आधिपत्य था?"

"महाराज! यादवेंद्र[7] ऐसा चाहते तो ये लक्ष्य वो कई वर्ष पूर्व साध चुके होते।" शोण ने संतुलित उत्तर दिया, "उनके लिए मित्रता सर्वोपरि है। यही मित्रता चिरपुंज-द्वारका संधि का मूल है। आर्यों को संगठित कर यवनों और असुरों जैसी बाहरी शक्तियों से भरतखंड की रक्षा करना उनका ध्येय है। मातृभूमि के प्रति श्रीकृष्ण की निष्ठा जरासंध और कालयवन के अंत से प्रत्यक्ष है। आज भरतखंड पर दुर्योधन की विकृत मनोस्थिति से उत्पन्न महायुद्ध का संकट छाया है। इस संकट का सामना सभी के सहयोग से ही संभव है।"

"कैसा सहयोग और किसके विरुद्ध?" महामंत्री विष्णुदत्त क्रोध से बोले, "भरतखंड के शक्तिशाली वंशों को आपस में लड़ाकर उनकी शक्ति का क्षय करने के सूत्रधार कृष्ण ही हैं। देवालय और श्मशान दोनों स्थानों पर शांति होती है। समस्त भूमंडल को युद्धाग्नि में झोंककर किस प्रकार की शांति स्थापित करना चाहते हैं कृष्ण?"

"कंस, जरासंध, शिशुपाल और कालयवन का छल से वध करने वाले

---

7. यादवों का राजा (श्रीकृष्ण का उपनाम)

कृष्ण दुर्योधन और दुःशासन का वध कर सुविधा से समस्त भूमंडल को युद्धाग्नि से सुरक्षित कर सकते हैं।" एक सभासद बोला, "पर कृष्ण ऐसा क्यों करें? जो यादव कुल को एकमत नहीं कर पाया वो पांडव-कौरवों में संधि कराने के लिए शांति दूत बना बैठा है।[8] असल में पांडवों को उनका अधिकार दिलाने की आड़ में श्रीकृष्ण कौरव कुल से अपना युद्ध लड़ रहे हैं।"

"कृष्ण युद्ध नहीं करता है। वो धर्म की आड़ लेकर अपने शत्रु को छल और कुटिलता से परास्त करता है। पांडव को साधन बनाकर वो उन्हें कौरवों के विरुद्ध अपने राजनीतिक लक्ष्य प्राप्ति के लिए प्रयोग कर रहा है।" एक अन्य सभासद बोला, "पांडव मूर्ख हैं जो वो जरासंध की ललकार से भयभीत हो अपने भाई बलराम के साथ गोमंत पर्वत पर चढ़ने वाले कायर कृष्ण[9] को अपना आश्रयदाता मानते हैं।"

"वो महायुद्ध में पांडवों के पक्ष से अस्त्र न उठाने की प्रतिज्ञा से बँधकर भाग लेंगे, और साथ ही पांडवों के विरुद्ध दुर्योधन को अपनी नारायणी सेना भी देंगे।"[10] सेनापति स्कंध बिफरते हुए बोला, "कृष्ण के राजनीतिक षड्यंत्र का परिणाम संपूर्ण पृथ्वी भोगेगी।"

"शत्रु का सामना उसी की शक्ति से करना कायरता नहीं, बुद्धिमानी होती है।" शोण बोला, "कृष्ण का वर्णन करना तो सूर्य को दीपक दिखाने के समान है। उन्होंने जरासंध और बर्बर राजा कालयवन दोनों को परास्त किया। यादवों को सुदूर समुद्र तट पर पुनर्स्थापित करने[11] के साथ उन्होंने सौभ विमान के स्वामी

8. युधिष्ठिर की सलाह पर संजय दुर्योधन के पास शांति प्रस्ताव लेकर गए कि पांडव केवल पाँच गाँवों से ही संतुष्ट हो जाएँगे। किंतु दुर्योधन ने इस प्रस्ताव को ठुकराकर कहा कि पांडवों को सुई की नोक बराबर भूमि देना भी असंभव है। इसके पश्चात युधिष्ठिर ने पुनः शांति प्रस्ताव के साथ श्रीकृष्ण को कौरव सभा में भेजा। [महाभारत, उद्योगपर्व, अध्याय 31, श्लोक 19; अध्याय 58, श्लोक 18; अध्याय 72, श्लोक 79]

9. मगध शासक जरासंध द्वारा कृष्ण को युद्ध के लिए ललकारने पर कृष्ण अपने भाई बलराम के साथ रणभूमि छोड़कर गोमंत पर्वत पर चढ़ गए। जब दोनों में से कोई जरासंध के हाथ ना लगा तब जरासंध ने अपने सैनिकों को गोमंत पर्वत को आग लगाने का आदेश दिया। [श्रीहरिवंशपुराण, विष्णुपर्व, अध्याय 39-42]

10. दुर्योधन और अर्जुन द्वारा युद्ध में सहायता माँगे जाने पर श्रीकृष्ण ने अर्जुन का सहायक बनना स्वीकारा और साथ ही दस करोड़ गोपों की नारायणी सेना को दुर्योधन के पक्ष में लड़ने का वचन दिया। [महाभारत, उद्योगपर्व, अध्याय 7, श्लोक 16-25]

11. श्रीहरिवंशपुराण, विष्णुपर्व, अध्याय 55-56

शाल्व को पराजित किया।[12] कोई कायर ऐसे शक्तिशाली शत्रुओं को बिना किसी अद्वितीय दैवीय शक्ति के तो परास्त करने से रहा।"

"तो दैवीय शक्तियों से लैस यादवों के शक्तिशाली भगवान कृष्ण को कौरव-पांडव युद्ध में चिरपुंज का सहयोग क्यों चाहिए?" सेनापति स्कंध ने तुरंत कटाक्ष किया, "महाराज! कृष्ण विश्वासघाती है। वो छल-कपट के बल पर अपनी राजनीतिक महत्त्वाकांक्षा साधता है। उसने कौरव-पांडवों के महासमर की पृष्ठभूमि तैयार करने में वर्षों तक परिश्रम किया है।"

"सेनापति उचित कह रहे हैं, महाराज!" महामंत्री विष्णुदत्त बोले, "पांडव कौरवों से युद्ध के पक्ष में नहीं थे। वो वनवास और अज्ञातवास की पीड़ा झेलने के बाद भी सामान्य जीवन व्यतीत करने को तैयार थे, किंतु कृष्ण ने उन्हें कौरवों से युद्ध के लिए उकसाया।[13] ये महायुद्ध यादव विरोधियों को समाप्त करने के लिए बुना कृष्ण का कूटनीतिक षड्यंत्र है। चिरपुंज को कृष्ण के षड्यंत्रों से सावधान रहना चाहिए।"

"आप ही नहीं, शकुनि और दुर्योधन के फैलाए कुचक्र ने कई विद्वानों की मति-भ्रष्ट की है। दुर्योधन कभी भी पांडवों से संधि का पक्षधर नहीं था। न वो पांडवों से संधि करेगा और न पांडवों को शांति से जीवन व्यतीत करने देगा। पांडवों को समाप्त करने के लिए वो नई योजनाएँ बनाता आया है और बनाता रहेगा। उसने पांडवों की संपत्ति छीनने और उनका वध करने के लिए अनेक नीच से नीचतम षड्यंत्र रचे[14] और भरी सभा में सती द्रौपदी का अपमान किया।

12. कृष्ण द्वारा शिशुपाल के वध के उपरांत शाल्व ने घोर तपस्या से शिव को प्रसन्न करके वरदानस्वरूप ऐसा विमान प्राप्त किया था जो चालक की इच्छानुसार किसी भी स्थान पर पहुँचाने में समर्थ था तथा अंधकार की अधिकता के कारण किसी को दिखाई नहीं पड़ता था। यदुवंशियों के लिए त्रासक इस सोम वाहन का निर्माण मयदानव ने लोहे से किया था। [महाभारत, वनपर्व, अध्याय 14, श्लोक 1-22]

13. युधिष्ठिर द्वारा श्रीकृष्ण से कौरव सभा से शांति प्रस्ताव का निवेदन सुनने के पश्चात श्रीकृष्ण ने उनसे राज्य की भीख माँगने की अपेक्षा युद्ध कर शत्रुओं का संहार करने के लिए प्रोत्साहित किया। [महाभारत, उद्योगपर्व, अध्याय 73, श्लोक 1-5]

14. दुर्योधन ने भीमसेन को मारने के लिए उनके भोजन में कालकूट नाम विष डलवाया। फिर उन्हें निश्चेष्ट पाकर गंगा में धकेल दिया। [महाभारत, आदिपर्व, अध्याय 127, श्लोक 44-45, 54]; दुर्योधन ने पांडवों की हत्या करने के उद्देश्य से गुप्त रूप से वारणावत नगर में लाक्षागृह का निर्माण कराया। [आदिपर्व, अध्याय 143, श्लोक 1-19]; दुर्योधन ने शकुनि की सलाह पर पांडवों को द्यूत क्रीड़ा के लिए आमंत्रित किया [सभापर्व, अध्याय 48, श्लोक 19-22] और शकुनि ने द्यूत क्रीड़ा में छल कर युधिष्ठिर के धन, राज्य, भाइयों, एवं द्रौपदी को जीत लिया। [सभापर्व, अध्याय 65, श्लोक 1-45, अध्याय 65]

उसने पांडवों का शांति प्रस्ताव लेकर हस्तिनापुर पहुँचे श्रीकृष्ण को कौरव पक्ष में मिलाने का प्रयास किया, और अपने प्रयास में असफल रहने पर उसने उन्हें बंदी बनाने की नीच योजना बनाई।"[15] शोण बोला, "मात्र कृष्ण ही नहीं, गंगाधर भीष्म, महर्षि व्यास, महामंत्री विदुर समेत सभी विख्यात राजनीतिज्ञ और विद्वान एकमत हैं कि दुर्योधन पांडवों को समाप्त करने के लिए अपनी शक्ति का प्रयोग करने से नहीं चूकेगा। क्या पांडवों को आत्मरक्षा और सम्मानजनक जीवन जीने के लिए प्रेरित करना श्रीकृष्ण का अपराध है?"

"पांडव अपने सम्मान की रक्षा स्वयं करें। उनके लिए चिरपुंज की मासूम प्रजा का लहू क्यों बहे?" सभासदों में से एक चीखा।

"रक्त-पिपासु समरभूमि पक्ष-विपक्ष और निष्पक्ष का भेद नहीं करती है। समरभूमि में कोई निर्दोष या दोषी नहीं, मात्र जीवन की आशा त्यागे युद्ध-पिपासु होते हैं।" शोण दृढ़ और ऊँचे स्वर में बोला, "चिरपुंज के माननीय सभासदों! समस्त संसार को भस्म करने को आतुर इस युद्धाग्नि से चिरपुंज का पृथक रहना असंभव है। इस कटु सत्य को अतिशीघ्र आत्मसात करना चिरपुंज के लिए सर्वोत्तम होगा।"

"क्या अपनी स्वतंत्रता कृष्ण के चरणों में अर्पण कर चिरपुंज काल की मार से सुरक्षित रह सकता है?" एक सभासद उपहास से बोला, "तुम्हारे कालजयी भगवान कृष्ण इस महाविनाश को क्यों नहीं रोक लेते हैं?"

"कर्मों का फल सभी को भोगना पड़ता है। प्रकृति के शाश्वत नियमों से बँधे श्रीकृष्ण सामर्थ्यवान होते हुए भी काल का निर्णय बाधित नहीं करेंगे।" शोण बोला, "माननीय सभासदों! धर्म का आधार भय नहीं, आस्था है। धर्म त्यागकर जीवित रहने से उत्तम होगा हम धर्म रक्षा में प्राणों की आहुति दें।"

"धर्म की आड़ में तुम चिरपुंज की स्वतंत्रता छीनने का षड्यंत्र रच रहे हो।" एक सभासद ऊँचे स्वर में बोला, "कृष्ण चिरपुंज को ढाल बनाकर यादवों को सुरक्षित करना चाहते हैं, किंतु हम दासत्व स्वीकारने के स्थान पर अपने प्राण त्यागना उत्तम मानते हैं।"

"द्वारका-चिरपुंज के संबंधों का आधार मित्रता है, प्रतिद्वंद्विता नहीं। देवकीनंदन वचनबद्ध हैं कि यादवों की पताका चिरपुंज पर कभी नहीं लहराएगी। उनके वचन का निर्वाह यादव संघ हर परिस्थिति में पूर्ण निष्ठा से करेगा।" शोण

15. महाभारत, उद्योगपर्व, अध्याय 130, श्लोक 2-9

ने उत्तर दिया, "अपनी सुरक्षा करने में सक्षम जगन्नाथ[16] को किसी ढाल की आवश्यकता नहीं है, किंतु मानवता की सुरक्षा हेतु उनके आह्वान की उपेक्षा चिरपुंज की मान-प्रतिष्ठा धूमिल कर देगी। इस यज्ञ की उपेक्षा से अर्जित पाप से संतप्त पितरों की क्रोधाग्नि में आपके वंशज अनंतकाल तक जलते रहेंगे।"

"ये तुम नहीं, कृष्ण का दंभ बोल रहा है!" सेनापति स्कंध क्रोध से अपने दाँत पीसते हुए बोला, "दूत नहीं होते तो तुम्हारा मस्तक धड़ से अलग पड़ा होता।"

"मेरे स्वामी देवकीनंदन श्रीकृष्ण से मुझे परिस्थितियों के अनुरूप अपने शब्दों अथवा शस्त्रों को चुनने की स्वतंत्रता प्रदत्त है।" शोण पूर्ण निर्भीकता से बोला, "मैं दूत के नियमों से बँधा आपके समक्ष उपस्थित हूँ, किंतु आपको स्पष्ट हो कि किसी भी परिस्थिति में मेरा मन, आत्मा और देह पूज्य वासुदेव के प्रति अपने दायित्व का निर्वाह करने में पीछे नहीं हटेंगे..." कहते हुए शोण ने अपने शब्द-प्रवाह को थामा और आँखें सेनापति के चेहरे पर स्थिर कीं, "...चाहे मेरे मार्ग में किसी राज्य का सेनापति बाधक हो, अथवा साक्षात यमराज!"

शोण के इस नए रूप से सभासद सहम गए। शोण के व्यवहार में यादव शक्ति का अहंकार था। ऐसे में महाराज की चुप्पी सभी को चुभ रही थी। चिरपुंज के सभागार में खड़ा कृष्ण का एक तुच्छ दूत चिरपुंज को कृष्ण का प्रस्ताव स्वीकारने के लिए विवश कर रहा था और महाराज शांत बैठे थे।

सेनापति स्कंध का हाथ म्यान में रखी अपनी तलवार के मूठ पर कस गया। शोण की गर्दन धड़ से अलग करने के लिए उसे महाराज के एक संकेत की प्रतीक्षा थी।

किंतु महाराज चुप थे। पता नहीं वो भयभीत थे, अथवा दुविधाग्रस्त।

"कितनी सुविधा से आप युद्ध का आह्वान कर रहे हैं!" शोण हताशा से बोला, "महायुद्ध मानवता के अंत के आरंभ की घोषणा है। युगों-युगों तक अनवरत चलने वाले इस महासमर में योद्धाओं के अस्त्र-शस्त्र टकराते रहेंगे, उनके मस्तक कटकर धरती पर लुढ़कते रहेंगे, धरती मानव रक्त से लाल होती रहेगी, स्त्रियाँ विधवा और बच्चे अनाथ होते रहेंगे। एक पीढ़ी समाप्त होगी तो दूसरी उसका स्थान लेगी, लेकिन अनगिनत पीढ़ियाँ स्वाहा होने पर भी इस महासमर की अग्नि शांत नहीं होगी। लहू के अश्रु बहाते हुए मानव अपने कंधों पर

16. जगत के स्वामी (श्रीकृष्ण का उपनाम)

इस महासमर के अवसाद का बोझ उठाए पीढ़ी-दर-पीढ़ी मुक्ति के लिए तड़पता रहेगा, किंतु उसे मात्र मृत्यु से बदतर अभिशप्त जीवन मिलेगा।"

शोण के बदले व्यवहार से महामंत्री विष्णुदत्त अचंभित हुए। कुछ क्षण पूर्व जिसकी बातों में यादव शक्ति का अहंकार झलक रहा था, वही अब मानवता की रक्षा की दुहाई दे रहा था। कपटी यादव कब अपनी बात से पलट जाए कहना मुश्किल है। कृष्ण भी अपनी मोहिनी बातों के पाश में लोगों को फँसाकर उनका आराध्य बना हुआ है। जैसा वाक-चातुर्य कृष्ण, वैसा उसका दूत शोण।

"महाराज! समराग्नि से चिरपुंज को सुरक्षित रखने का ये दुर्लभ अवसर है।" शोण की आँखों में एक करुणापूर्ण मूक निवेदन भाव उभरा, "धार्मिक कार्य का पुण्य असफल रहने पर भी प्राप्त होता है। अपने सम्मानजनक भविष्य के लिए चिरपुंज को ये प्रयत्न करना होगा।"

महाराज का मौन गहरा गया। श्रीकृष्ण के संदेश से संबंधित सभी प्रश्न उनके दिमाग में उथल-पुथल करने लगे। संपूर्ण मानवता को प्रभावित करने वाले निर्णय की उपेक्षा करना घोर अधर्म होगा।

निर्णय-अनिर्णय की ऊहापोह में उलझे उन्होंने सभा में उपस्थित वयोवृद्ध ऋषियों के चरणों में मार्गदर्शन प्रदान करने का मूक निवेदन प्रस्तुत किया।

"राजन! शासक का यश, बल और प्रभुत्व उसके पूर्वजों के आशीर्वाद, गुरु ज्ञान, प्रजा की निष्ठा और उसकी कर्मठता पर निर्भर होता है। इन गुणों की कमी से शासक अधोगति को प्राप्त होता है।" वयोवृद्ध ऋषियों के समूह में बैठे तेजोमय और देदीप्यमान चेहरे वाले एक वृद्ध ऋषि काँपते स्वर में बोले, "चिरपुंज राज सिंहासन के नीचे बने चार चबूतरे शासक को राज-धर्म के इन चार गुणों का स्मरण कराते हुए उसे जीवनपर्यंत ऋषि-मुनियों, विद्वानों और सभासदों से सलाह कर अपने उच्च व्यक्तिगत और राजकीय मूल्यों के अनुरूप प्रजा की सेवा में तत्पर रहने के लिए प्रेरित करते हैं। आपके समस्त निर्णय इन मूल्यों के अंतर्गत हों।"

महामंत्री विष्णुदत्त मन-ही-मन प्रार्थना कर रहे थे कि ऋषियों के सुविचार महाराज को राजहित में उचित निर्णय लेने की सद्बुद्धि प्रदान करें।

"सृष्टि पालनकर्ता श्री विष्णु के साक्षात अवतार युगपुरुष श्रद्धेय वासुदेव के यज्ञ में होम देने के लिए देवता भी लालायित रहते हैं। पुरखों के प्रताप से वो

योग आपको अनायास प्राप्त हुआ है।" अल्प-विराम के बाद वयोवृद्ध ऋषि ने अपनी बात जारी रखी, "राजन! मति-भ्रम में पड़कर इस यज्ञ में सम्मिलित होने का दुर्लभ सौभाग्य मत चूकना।"

महामंत्री हिल गए। यह परामर्श था, अथवा आत्महत्या की आज्ञा? क्या वृद्ध ऋषियों का दिमाग भी सड़ गया है जो वे महाराज को पराधीनता स्वीकारने का सुझाव दे रहे हैं? इससे उत्तम तो वे कोई परामर्श ही नहीं देते।

महाराज ने श्रद्धा से सिर झुकाकर वयोवृद्ध ऋषि का परामर्श आत्मसात किया। कुछ पल आँखें मूँदकर उन्होंने अपने इष्टदेव और पूर्वजों का स्मरण कर उनसे समस्त प्रजा के कल्याणार्थ मार्ग सुझाने का अनुरोध किया। फिर आँखें खोलकर अपनी मुट्ठी में भिंची द्वारका की 'विशेष मुद्रिका' को देख उन्होंने सभाकक्ष में दृष्टि घुमाई।

सभी उनके निर्णय की प्रतीक्षा में थे।

चेहरे पर गांभीर्य की चादर लादे महाराज शोण के पास पहुँचे और उसकी आँखों में झाँका।

"सब कुछ परमात्मा है!" उन्होंने शोण के चौड़े-बलिष्ठ कंधों पर हाथ रखा। उनकी घनी मूँछों और दाढ़ी की ओट से उभरी मंद मुस्कान चेहरे पर फैली, "मनुष्य परमात्मा के आयोजनों का गूढ़ अर्थ समझने में असमर्थ है, किंतु उन आयोजनों में अपना योगदान देने के लिए स्वतंत्र है।"

इससे पहले कि सकपकाए सभासद उनकी बात का मर्म समझ पाते, महाराज ने द्वारका की 'विशेष मुद्रिका' को अपने माथे से छूकर अपनी अनामिका में धारण कर लिया, "वासुदेव के पवित्र यज्ञ में योगदान देने के लिए चिरपुंज समर्पित है, मित्र!"

शोण जड़ होकर महाराज के चेहरे को ताकता रहा। फिर घुटनों के बल झुककर उसने अपना सिर महाराज के चरणों में रख दिया। साथ ही आँखों से कुछ बूँदें लुढ़ककर महाराज के चरणों पर टपक गईं।

"अभिशप्त मानवता को उम्मीद की साँसें प्रदान करने के लिए आपका साधुवाद, महाराज!" शोण रूँधे कंठ से बोला, "भरतखंड का भविष्य आपका सदैव ऋणी रहेगा।"

सभासद भौचक और हैरान थे। महाराज द्वारा श्रीकृष्ण का प्रस्ताव स्वीकारने

का औचक निर्णय लेने के बाद शोण उनके चरणों में झुका उनका धन्यवाद कर रहा था। कैसी अप्रत्याशित घटना थी!

"महाराज! श्रीकृष्ण के प्रस्ताव को बिना बहस स्वीकारना बुद्धिमानी नहीं है!" सेनापति स्कंध का स्वर चिढ़ा और विरोधात्मक, किंतु उत्साह-शून्य था, "चिरपुंज का भविष्य निर्धारित करने वाले इस महत्त्वपूर्ण निर्णय पर सभा में गहन चर्चा और पुनर्विचार आवश्यक है।"

"ये क्षण पुनर्विचार का नहीं, अपितु श्रीकृष्ण को दिए अपने वचन के पालन का है। भीरु की भाँति भयभीत जीवन जीने से उत्तम होगा हम वीरों की भाँति मृत्यु-वरण करें।" महाराज ने सभी संशयों पर एक साथ विराम लगाया।

सभासदों के दिमाग में कई विस्फोट हुए। उलटे-सीधे शब्दों से बुने द्वारकापति के प्रस्ताव को क्या महाराज अधिराज समझ पाए? संधि चिरपुंज के हित में थी तो वो चिरपुंजवासियों के लिए मृत्युवरण कैसे हुई? क्या महाराज ने चिरपुंज के हितों के विपरीत संधि स्वीकारी है?

"दूत शोण! हम चिरपुंज की समस्त प्रजा के साथ आपके आज्ञानुसार यशोदानंदन के पवित्र अनुष्ठान में सम्मिलित होने का वचन देते हैं।" आत्मविश्वास से परिपूर्ण महाराज बोले।

"महाराज! इस अनुष्ठान में द्वारका और चिरपुंज मानवता के प्रतिनिधि मात्र हैं।" महाराज की स्वीकृति पाकर शोण का चेहरा प्रसन्नता से खिल उठा, "निवेदन है कि आप अभियान अविलंब आरंभ करें।"

"राजदूत!" महाराज राजदूत की तरफ मुड़े, "अतिशीघ्र अनंतपुर अधिपति महाराज वीरसेन को हमारा संदेश पहुँचाएँ- यज्ञ का मुहूर्त निश्चित हो चुका है। यज्ञ में हम उनकी सहभागिता के लिए प्रतीक्षारत हैं।" फिर गंभीर स्वर में बोले, "आप महाराज वीरसेन का उत्तर लेकर ही लौटें।"

राजदूत सिर झुकाकर सभाकक्ष से चले गए।

सभा समाप्ति पर सभासद खिन्न और आक्रोशित थे। एक महत्त्वपूर्ण विषय पर सभासदों से सलाह किए बिना महाराज का निर्णय लेना सभी को खटक रहा था। क्या महाराज ने सभासदों को अपमानित करने के लिए उन्हें सभा में निमंत्रित किया था?

महामंत्री विष्णुदत्त भी प्रश्नों के भँवर में उलझे थे। कृष्ण का संदेश स्पष्ट

होते हुए भी भ्रामक एवं संदेहास्पद था। श्रीकृष्ण जैसे उच्चस्तरीय, परिपक्व और चतुर राजनीतिज्ञ मित्र राज्य को अपमानजनक संदेश भेजने की चूक क्यों करेंगे? क्या श्रीकृष्ण का संदेश महाराज द्वारा पूर्व में लिए किसी गुप्त निर्णय का परिणाम है? किस कारण से महाराज ने तत्परता से चिरपुंज की स्वायत्तता कृष्ण को अर्पित की?

राज्य सुरक्षा से जुड़े इतने अनुत्तरित प्रश्न चिरपुंज के लिए शुभ नहीं थे।

अध्याय 5

"एकांत!"

महाराज अधिराज के आदेश की पूर्ति करते हुए सभी सेवक-सेविकाएँ कक्ष से निकल गए।

"अविश्वसनीय! आपने श्रीकृष्ण के कोरे संदेश पत्र और उनकी राजसी मुद्रा हमें पहुँचाने के लिए अपना जीवन दाँव पर लगाया!" महाराज के स्वर में शोण के प्रति अपनत्व मिश्रित व्याकुलता थी, "हम आपके साहस की सराहना करें, अथवा आपके दुस्साहस पर अचंभित हों?"

"इन विषम परिस्थितियों में नियमावली का कड़ाई से पालन करना ही सुरक्षित विकल्प है, राजन!" शोण गंभीरता से बोला, "आपने कोरे संदेश पत्र को भस्म कर उचित किया।"

"किंतु चिरपुंज की चुनौतियाँ संदेश को भस्म करने जितनी सुलभ नहीं हैं।" महाराज के माथे पर चिंता से बल पड़ गए, "नाग हमारे सुरक्षा प्रबंध ध्वस्त कर रहे हैं। अधिकतर सीमा चौकियाँ अप्रभावी हो चुकी हैं। सेना हतोत्साहित है। नागों से एक प्रहर भी चिरपुंज की सुरक्षा करना हमारे लिए असंभव है।"

"क्या इसी कारण से राजमार्ग पर चिरपुंज की सुरक्षा टुकड़ियाँ नहीं थीं?" शोण ने पूछा।

"चिरपुंज का समस्त सीमावर्ती क्षेत्र नागों से असुरक्षित है। पिछली अमावस्या को उन्होंने राजमार्ग पर एक व्यापारी समूह को लूटा और उनका वध करके उनके शव अंग-भंग करके मृत्युंजय पर्वतीय श्रृंखला के वनों में फेंक दिए। कई दिवस पश्चात हमें उनके नुचे और सड़े-गले शव मिले। उनमें दो हिस्सों में कटा एक नवजात शिशु का शव भी था।" महाराज का मन घृणा से भर उठा। रूँधे गले से वह बोले, "हम नागों के लिए मात्र भोज हैं। नृशंस नागों के हाथों हम प्रतिदिन

समाप्त हो रहे हैं। हम असहाय हैं। तक्षक चिरपुंज को निगल जाएगा।"

"परिस्थितियाँ जटिल और विस्फोटक हैं, राजन!" शोण गंभीर वाणी में बोला, "क्षेत्रीय शक्ति-संतुलन नागराज के पक्ष में है। इंद्र के अप्रत्यक्ष सहयोग ने उसकी सैन्य क्षमता में अप्रत्याशित वृद्धि की है।"

"नागराज की वक्र दृष्टि चिरपुंज और अनंतपुर पर लंबे समय से है।" महाराज चिंता से बोले, "चिरपुंज और अनंतपुर की सम्मिलित शक्ति भी नागशक्ति का प्रतिरोध करने की स्थिति में नहीं है। नागों से संधि हमारी एकमात्र ढाल थी, किंतु द्वारका से संधि की घोषणा कर हमने उसे भी खो दिया। अब हम उद्दंड नागों के लिए सहज लक्ष्य हैं।"

"द्विजिह्वी[17] नागों के साथ कोई भी संधि विश्वासयोग्य नहीं है। चिरपुंज और अनंतपुर से नागों का टकराव अपरिहार्य है।" शोण बोला, "तक्षक महायुद्ध के पश्चात आर्यों को पराजित कर भरतखंड में नागशक्ति को स्थापित करने की महत्त्वाकांक्षा रखता है।"

"तक्षक का आर्यों से वैमनस्य थमता क्यों नहीं है?" महाराज ने पूछा।

"आर्यों और नागों की शत्रुता का मूल महर्षि व्यास की भविष्यवाणी और कद्रू का शाप है। युधिष्ठिर के पोते राजर्षि जनमेजय के हाथों संपन्न होने वाले सर्पसत्र सर्पयज्ञ में नागों का महाविनाश रोकने के लिए तक्षक के नेतृत्व में नाग अपने अस्तित्व की रक्षा करने में जुटे हैं।" शोण ने उत्तर दिया।

"कैसा शाप? इससे नागों का महाविनाश कैसे जुड़ा है?" महाराज ने उत्सुकता से पूछा।

"महाराज! सतयुग में दक्ष प्रजापति की रूप-सौंदर्य से संपन्न कद्रू और विनता नामक दो शुभलक्षणा कन्याएँ थीं। संयोग से दोनों बहनों का विवाह महर्षि कश्यप से संपन्न हुआ। एक दिन महर्षि ने उन दोनों से वर माँगने को कहा। कद्रू ने महर्षि के समान तेजस्वी एक हजार नागों को पुत्र रूप में पाने का वर माँगा और विनता ने बल, तेज, शरीर तथा पराक्रम में कद्रू के हजार पुत्रों से श्रेष्ठ केवल दो पुत्र माँगे।"

"महाराज! अमृत मंथन के समय चंद्रमा की किरणों के समान श्वेत वर्ण वाला उच्चैःश्रवा नाम का एक महान वेगशाली सुंदर घोड़ा उत्पन्न हुआ। उसकी

---

17. दो जीभों से युक्त, अर्थात दोमुँही बातें करने वाले।

पूँछ के रंग को लेकर कद्रू और विनता में विवाद हुआ। कद्रू ने उसे काला बताया और शर्त ठहराई कि ऐसा होने पर विनता उसकी दासी बनकर रहेगी, अन्यथा कद्रू उसकी दासता स्वीकारेगी। कुटिल और छली कद्रू ने अपने हजार नाग पुत्रों को किसी भी प्रकार घोड़े की पूँछ के बाल काले करने की आज्ञा दी। जिन पुत्रों ने उसकी आज्ञा नहीं मानी उन्हें उसने पांडववंशी बुद्धिमान राजर्षि जनमेजय के सर्पयज्ञ में नाश होने का शाप दिया।[18] सर्पों की बढ़ती संख्या[19] और उनके बढ़ते उत्पात से व्यथित देवताओं सहित ब्रह्माजी ने संसार हित की इच्छा से कद्रू के शाप का अनुमोदन किया।"[20]

"क्या नागों ने अपनी माता का आदेश पूर्ण किया?"

"नागों ने छल से उच्चैःश्रवा की पूँछ काली कर दी। शर्त में विजयी कद्रू ने विनता को अपनी दासी बना लिया।" शोण बोला, "तदनंतर समय पूरा होने पर विनता और महर्षि कश्यप के दूसरे पुत्र 'गरुड़' का जन्म हुआ। होश सँभालने पर गरुड़ अपनी माता विनता को दासी के रूप में देखकर बेहद दुखी हुए। उन्होंने नागों से अपनी माता को दासत्व से मुक्त करने की प्रार्थना की। बदले में नागों ने गरुड़ से इंद्रलोक से अमृत लाने की विचित्र माँग की।"[21]

"तो कुटिल नाग गरुड़ माता को कद्रू की दासी बनाकर अमरत्व प्राप्त करना चाहते थे।"

"महाराज! यह नागों की अपना अस्तित्व बचाने की योजना थी। गरुड़ अपनी माँ को दासत्व की पीड़ा देने वाले नागों को दंडित करना चाहते थे। महर्षि

18. कद्रू दक्ष प्रजापति की कन्या और महर्षि कश्यप की पत्नी थी। पौराणिक इतिवृत्त है कि एक बार महर्षि कश्यप द्वारा अपनी दोनों पत्नियों को वर माँगने के लिए कहने पर कद्रू ने एक सहस्र तेजस्वी नागों को पुत्र रूप में माँगा तो विनता ने कद्रू के पुत्रों से श्रेष्ठ मात्र दो ही पुत्र माँगे। [महाभारत, आदिपर्व, अध्याय 16, श्लोक 8-9] समुद्र मंथन से निकले श्वेत उच्चैः श्रवा घोड़े की पूँछ के रंग को लेकर कद्रू तथा विनता में विवाद छिड़ा। कद्रू ने उसे काला बताया। दोनों में हारने पर दूसरे की दासी होने की शर्त ठहरी। कद्रू ने अपने सहस्र नाग पुत्रों को आज्ञा दी कि वे काले रंग के बाल बनकर पूँछ में लग जाएँ। जिन सर्पों ने उसकी आज्ञा नहीं मानी उन्हें उसने शाप दिया कि पांडववंशी बुद्धिमान राजर्षि जनमेजय के सर्पसत्र में प्रज्ज्वलित अग्नि उन्हें जलाकर भस्म कर देगी। [आदिपर्व, अध्याय 20, श्लोक 1-8]

19. नागों की संख्या कई हजारों से लेकर कई करोड़ों तक पहुँच जाती है। अतः उनकी गणना करना असंभव है। [महाभारत, आदिपर्व, अध्याय 35, श्लोक 19]

20. महाभारत, आदिपर्व, अध्याय 20, श्लोक 10; अध्याय 38, श्लोक 9

21. महाभारत, आदिपर्व, अध्याय 27, श्लोक 15-16

कश्यप के वरदान से गरुड़ नागों से श्रेष्ठ थे। संसार के सभी नाग संगठित होकर भी गरुड़ का सामना करने में अक्षम थे। ऐसे में गरुड़ की माता विनता अथवा देवलोक का अमृत ही नागों को गरुड़ के क्रोध से बचा सकता था।"

"मित्रवर! क्या देवलोक का दिव्य अमृत यथार्थ में चिर-जीवन का स्रोत है?" महाराज ने कौतुकवश पूछा।

"राजन! प्रत्येक प्राणी की मृत्यु निश्चित है, किंतु जन्म और मृत्यु के बीच का समय उचित पोषण एवं औषधियों के सेवन से बढ़ाया जा सकता है। देव-वैज्ञानिकों द्वारा दिव्य जड़ी-बूटियों और विशेष प्रक्रिया से निर्मित विशेष पेय शारीरिक क्षय मंद कर देता है। इसी पेय को 'अमृत' कहते हैं।"

"अद्भुत!"

"महाराज! शारीरिक क्षय थमने से व्यक्ति की आयु बढ़ जाती है, किंतु अमृत का सेवन आरंभ करने के पश्चात उसका नियमित सेवन करना आवश्यक हो जाता है। अमृत सेवन करते रहने के कारण ही देव चिरंजीवी हैं।"

"देवराज इंद्र अमर कैसे हैं?" महाराज ने पूछा, "त्रेता युग में उन्होंने लंकापति रावण के विरुद्ध प्रभु राम की सहायता की थी।[22] अब द्वापर युग में वह नागों के सहायक बने हैं।"

"राजन! इंद्र किसी देव का नहीं, देवों के सत्ताधारी महाराज की पदवी का नाम है। हर मन्वंतर[23] में भिन्न-भिन्न मनुवंशी राजा, सप्तर्षि, देवगण, इंद्र और उनके अनुयायी मनु होते हैं।"[24] शोण बोला, "अमृत के नियमित सेवन से प्रत्येक इंद्र कई युगों की दीर्घायु प्राप्त करते हैं।"

"ज्ञानवर्धन के लिए धन्यवाद!" महाराज बोले, "किंतु इंद्र से अमृत लाने के लिए नागों ने गरुड़ का सहारा क्यों लिया?"

---

22. देवताओं का राजा इंद्र कहलाता है। राम-रावण युद्ध देखकर किन्नरों ने कहा कि यह युद्ध असमान है क्योंकि रावण के पास तो रथ है और राम पैदल हैं। अतः इंद्र ने अपना रथ और सारथी राम के लिए भेजा, जिसमें इंद्र का कवच, बड़ा धनुष, बाण तथा शक्ति भी थे। विनीत भाव से हाथ जोड़कर सारथी मातलि ने रामचंद्र से कहा कि वे रथादि वस्तुओं को ग्रहण करें। [श्रीमद्वाल्मीकीय रामायण, युद्धकांड, अध्याय 102, श्लोक 5-16]

23. सतयुग, त्रेता युग, द्वापर युग, और कलियुग को मिलाकर एक चतुर्युग, और इकहत्तर चतुर्युग मिलकर एक मन्वंतर बनाते हैं। [श्रीहरिवंशपुराण, अध्याय 2, श्लोक 4]

24. श्रीमद्भागवतपुराण, स्कंध 3, अध्याय 11, श्लोक 24; श्रीविष्णुपुराण, अंश 3, अध्याय 1 एवं 2

"नाग इंद्र से अमृत छीनने में अक्षम थे, इसलिए उन्होंने इस कार्य के लिए गरुड़ को माध्यम बनाया। अमृत-सेवन से नागों को गरुड़ के भय और माता कद्रू के शाप दोनों से मुक्ति मिलती।" शोण बोला, "गरुड़ इस अभियान में असफल होते तो माता विनता रूपी अभेद्य ढाल की आड़ में नाग उनसे सुरक्षित रहते। इस अभियान में गरुड़ की मृत्यु होने पर नाग अपने परम शत्रु से मुक्ति पाते।"

"किंतु ब्रह्माजी द्वारा अनुमोदित विनता का शाप कैसे निष्फल हो सकता था?"

"कदापि नहीं, महाराज! गरुड़ ने देवों पर विजय प्राप्त कर इंद्रलोक से अमृत प्राप्त किया। इस संग्राम के दौरान इंद्र और गरुड़ में प्रगाढ़ मैत्री स्थापित हुई। इंद्र ने विजयी गरुड़ से नागों को अमृत न देने का मित्रवत निवेदन किया।"[25]

"उचित ही कहा देवेंद्र ने!"

"इंद्र के मित्रवत वचनों और नागों के कपटपूर्ण व्यवहार का स्मरण कर विन्तानंदन[26] ने इंद्र को वचन दिया कि उनके जीवित रहते नाग अमृत का सेवन नहीं कर पाएँगे। उन्होंने इंद्र से वर माँगा कि महाबली सर्प उनके भोजन की सामग्री हो जाएँ।[27] वर प्रदान कर इंद्र ने गरुड़ को देवों के युद्ध-कौशल से संपन्न किया।" शोण बोला।

"अर्थात, इंद्र-गरुड़ संग्राम में विजयी नागों के शत्रु गरुड़ अधिक शक्तिशाली बनकर लौटे।" महाराज मुस्कुराए।

"देवों पर विजय प्राप्त कर नागलोक लौटते गरुड़ की भगवान विष्णु से भेंट हुई। गरुड़ के पराक्रम से प्रभावित भगवान नारायण ने उनसे वर माँगने को कहा। गरुड़ ने भगवान विष्णु से दो वर माँगे- पहला सदैव भगवान विष्णु के ऊपर स्थित रहने का, और दूसरा अमृत पीए बिना ही अजर-अमर होने का। दोनों वर ग्रहण करने के पश्चात उन्होंने भगवान विष्णु से वर माँगने को कहा।"[28]

"अद्‌भुत!" महाराज के मुख से सहसा फूट पड़ा, "समस्त सृष्टि के स्वामी को गरुड़ ने वर माँगने को कहा!"

"तब श्री हरि ने महाबली गरुड़ से अपना वाहन होने का वर माँगा। वचन

---

25. महाभारत, आदिपर्व, अध्याय 34, श्लोक 8
26. विनता पुत्र होने के कारण गरुड़ को विन्तानंदन भी कहा जाता है।
27. महाभारत, आदिपर्व, अध्याय 34, श्लोक 12-13
28. महाभारत, आदिपर्व, अध्याय 33, श्लोक 13-15

पूर्ति हेतु गरुड़ ने श्री विष्णु को आराध्य मानकर अपना संपूर्ण जीवन उनके चरणों में अर्पित कर दिया।[29] विष्णु-गरुड़ के बीच हुई संधि संसार में 'गरुड़-ध्वज' नाम से प्रसिद्ध हुई।" शोण के होंठों पर हल्की मुस्कान तैर गई, "गरुड़-विष्णु की इस प्राचीन संधि की प्रतीक गरुड़-ध्वजा श्रीकृष्ण की वाहिनियाँ सदैव धारण करती हैं।"[30]

"पुण्यात्मा गरुड़ का जीवन धन्य है!" महाराज के चेहरे पर आत्मिक शांति तैर गई, "उसके पश्चात क्या उन्होंने नागों को अमृत दिया?"

"गरुड़ ने नागों को अमृत देकर अपनी माता को दासत्व से मुक्त किया, किंतु अमृत नागों के मुँह लगने से पूर्व इंद्र के चर उसे उठाकर ले गए। नागों को एहसास हुआ कि किस प्रकार गरुड़ ने उनके कपटपूर्ण व्यवहार का बदला लिया। इस पूरी घटना ने नागों के कपटी स्वभाव को संसार के समक्ष प्रकट कर उन्हें अपमान और घृणा का पात्र बना दिया।"

"महर्षि व्यास की भविष्यवाणी और कद्रू के शाप से फलित राजर्षि जनमेजय के सर्पयज्ञ में नागों का नाश रोकने के लिए तक्षक आर्यों, विशेषकर पांडवों को समाप्त करने के लिए आतुर है, किंतु आर्यों और नागों के इस टकराव की कड़ियाँ श्रीकृष्ण से कैसे जुड़ गईं?" महाराज ने पूछा।

"श्रीकृष्ण संसार की सभी कड़ियों के उद्गम और अंत हैं।" शोण मुस्कुराया, "वर्षों पूर्व यमुना नदी में कालिया नाग अपनी पत्नियों के साथ निवास करता था। अपने विष से यमुना को विषैला कर उसने आर्यों का जीवन दूभर कर दिया था।"

"हमें स्मरण है कि श्रीकृष्ण द्वारा पराजित कालिया नाग उनके आदेश पर गरुड़ से अभयदान प्राप्त कर अपने परिवार सहित यमुना नदी छोड़कर चला गया था।[31] उसकी पराजय से नागशक्ति लंबे समय तक उपहास का पात्र बनी थी।"

"इसके पश्चात खांडव वन में कृष्णार्जुन से मिले आघात से तक्षक अभी

---

29. महाभारत, आदिपर्व, अध्याय 33, श्लोक 16

30. भगवान विष्णु ने गरुड़ को अपना वाहन बना लिया और उन्हें अपने ध्वज के ऊपर स्थित रहने का वर दिया। [महाभारत, आदिपर्व, अध्याय 33, श्लोक 17]

31. यमुना नदी में श्रीकृष्ण द्वारा परास्त होने पर कालिया नाग अपने परिवार के साथ उनकी शरण में आ गया। तब श्रीकृष्ण ने उसे परिवार सहित यमुना को छोड़कर समुद्र में जाने का आदेश दिया और साथ ही वचन दिया कि सर्पों के शत्रु गरुड़ उन पर प्रहार नहीं करेंगे। [श्रीहरिवंशपुराण, विष्णुपर्व, अध्याय 12, श्लोक 37-44]

तक तिलमिलाया हुआ है।"

"वो खांडव वन जिसे पांडवों ने वन प्रवास के दौरान स्वाहा किया था?" महाराज ने पूछा।

"अग्निदाह में खांडव वन के साथ तक्षक के कई सामरिक हित स्वाहा हुए थे। इंद्र से अभयदान और अमोघ हथियार प्राप्त कर तक्षक पिशाच, राक्षस, दैत्य एवं दानव जातियों के सहयोग से वन में दुर्भेद्य दुर्ग स्थापित कर वन के सीमावर्ती क्षेत्रों में आर्यों का प्रभाव सीमित कर नागशक्ति का विस्तार कर रहा था। किंतु पांडवों और श्रीकृष्ण के पावन चरण पड़ते ही तक्षक का अभियान थम गया।"

"वो कैसे?"

"खांडव वन पर आधिपत्य जमाने और भरतखंड में अपना शक्ति-परिचय देने हेतु पांडवों के लिए खांडव वन से नागशक्ति को जड़ से उखाड़ना आवश्यक था, किंतु तक्षक को मिल रहे शक्तिशाली इंद्र के सहयोग से यह कार्य दुष्कर था। इस कारण स्वयं अग्निदेव भी खांडव वन को जलाने में सात बार विफल रहे थे।"[32] शोण बोला।

"श्रीकृष्ण ने सूझबूझ से इंद्र-तक्षक संधि का तोड़ ढूँढ़ निकाला। अग्निदेव इंद्र को नीचा दिखाने की ताक में थे। इंद्र के सहयोगी तक्षक को पराजित कर अग्निदेव के पास इंद्रदेव को अपमानित करने का सुनहरा अवसर था, किंतु उन्हें भय था कि तक्षक की रक्षा के लिए इंद्रदेव स्वयं युद्ध में उतर सकते हैं। लक्ष्य प्राप्ति के लिए उन्हें किसी शक्तिशाली सहयोगी की आवश्यकता थी।"[33] शोण बोला, "श्रीकृष्ण ने इंद्र और अग्निदेव के मध्य समीकरणों का लाभ उठाया और अर्जुन और अग्निदेव को सहयोगी बनाकर उनकी सम्मिलित शक्ति तक्षक और इंद्र के विरुद्ध मोड़ दी।"

"मूर्ख तक्षक नर-नारायण के साक्षात रूप मधुसूदन और अर्जुन के विरुद्ध अस्त्र-शस्त्र उठाने का दुस्साहस कर बैठा।" महाराज परिहास से बोले।

"अग्नि द्वारा प्रदत्त अस्त्रों[34] से श्रीकृष्ण और अर्जुन ने खांडव वन का विनाश

---

32. अग्निदेव ने खांडव वन को जलाने का सात बार प्रयास किया, किंतु हर बार वहाँ के निवासियों ने उनके प्रयासों को निष्फल किया। [महाभारत, आदिपर्व, अध्याय 222, श्लोक 83]

33. इंद्र द्वारा सुरक्षित खांडव वन को जलाने में असमर्थ अग्निदेव ने श्रीकृष्ण और अर्जुन से सहायता माँगी। [महाभारत, आदिपर्व, अध्याय 222, श्लोक 5-11]

34. वरुण देव ने अग्नि के आदेश पर अर्जुन को गांडीव धनुष तथा बाणों से भरे हुए दो अक्षय एवं

किया। श्रीकृष्ण-अर्जुन और अग्निदेव के संयुक्त आक्रमण से जब खांडव वन जल रहा था[35] उस समय तक्षक हस्तिनापुर में था।[36] इस औचक आक्रमण से वो बच गया, किंतु गहरी क्षति के साथ।"

"अभियान तक्षक का संहार किए बिना कैसे सफल हुआ?"

"खांडव वन में नागों के सैन्य ठिकाने नष्ट कर कृष्णार्जुन ने नागलोक से लेकर खांडव वन तक नागों की सैन्य आपूर्ति श्रृंखला छिन्न-भिन्न कर दी। भरतखंड में नाग प्रभाव विस्तृत करने की नागराज की महत्त्वाकांक्षा धरातल पर आ गिरी। तक्षक को भारी व्यक्तिगत क्षति भी हुई। अभियान के दौरान उसकी पत्नी सर्पिणी अर्जुन से अपने पुत्र अश्वसेन की रक्षा करते हुए प्राण गँवा बैठी।"[37]

"अद्भुत! इंद्र का सहयोग होते हुए भी तक्षक पराजित हुआ!"

"श्रीकृष्ण, अर्जुन और अग्निदेव की सम्मिलित शक्ति से भयभीत इंद्र ने उसे सहयोग नहीं दिया।" शोण बोला, "खांडव वन से नागों को उखाड़ने के पश्चात पांडवों ने इंद्रप्रस्थ की स्थापना कर आर्य इतिहास में नया अध्याय आरंभ किया।[38] उनके सफल अभियान से प्रेरित हो अन्य आर्य-जातियाँ नागों द्वारा अधिगृहीत अपने जनपद उनसे छीनने लगीं। शीघ्र नागों का प्रभाव भरतखंड के कुछ क्षेत्रों तक सिमट गया।"

"श्रीकृष्ण ने कूटनीतिक चातुर्य और राजनीतिक दूरदर्शिता से नागशक्ति क्षीण कर आर्यों के प्रभाव क्षेत्र का विस्तार किया।"

बड़े तरकश भेंट दिए। साथ ही दिव्य घोड़ों से जुता हुआ एक रथ भी प्रस्तुत किया, जिसकी ध्वजा पर सिंह और व्याघ्र के समान और भयंकर आकृति वाला श्रेष्ठ दिव्य वानर विराजमान था। संपूर्ण जगत के स्वामी प्रजापति विश्वकर्मा द्वारा भारी तपस्या के बाद निर्मित वह रथ संपूर्ण आवश्यक वस्तुओं से युक्त तथा देवताओं और दानवों के लिए भी अजेय था। साथ ही वरुण देव ने भगवान श्रीकृष्ण को एक चक्र और कौमौदकी नाम की गदा भेंट की। [महाभारत, आदिपर्व, अध्याय 224, श्लोक 6-28]

35. अग्निदेव ने खांडव वन को सब ओर से प्रज्ज्वलित कर दिया। जिस प्राणी ने वन से बाहर भागने की चेष्टा की, अर्जुन तथा श्रीकृष्ण ने उसे समाप्त कर दिया। वन की रक्षा के लिए इंद्र आए, पर अर्जुन तथा कृष्ण के सम्मुख उनकी एक न चली। कृष्णार्जुन ने नागों के साथ खांडव वन में छुपे बैठे पिशाचों, राक्षसों, दैत्यों और दानवों का भी संहार किया। [महाभारत, आदिपर्व, अध्याय 221-227]

36. खांडव वन पर श्रीकृष्ण, अर्जुन और अग्निदेव के संयुक्त आक्रमण के समय तक्षक नाग कुरुक्षेत्र गया हुआ था। अतः वह खांडव वन दाह से बच गया। [महाभारत, आदिपर्व, अध्याय 226, श्लोक 4]

37. महाभारत, आदिपर्व, अध्याय 226, श्लोक 5-9

38. महाभारत, सभापर्व, अध्याय 3, श्लोक 23-37

"अवश्य महाराज! खांडव वन की अग्नि में भस्म होने से तक्षक बच गया, किंतु अग्नि और अर्जुन के संयुक्त आक्रमण के क्षण मयासुर नामक दैत्य तक्षक के दुर्ग में ठहरा हुआ था। दुर्ग नष्ट होने पर उसने अपने प्राणों की रक्षा के लिए अर्जुन के समक्ष आत्मसमर्पण कर दिया।"[39]

"मयासुर को पांडवों से अभयदान मिलने पर तक्षक प्रसन्न हुआ होगा।"

"तक्षक के लिए मयासुर का पांडवों के समक्ष समर्पण करना दोहरी पराजय थी। उसके तक्षक के पक्ष से निकल जाने से एक तरफ नागशक्ति निर्बल हुई, तो दूसरी तरफ मयासुर को अभयदान देकर पांडवों ने बड़ी सामरिक उपलब्धि प्राप्त की।"

"मयासुर के नाग पक्ष से निकलने से तक्षक के निर्बल होने की बात प्रत्यक्ष है, किंतु यह घटना पांडवों के लिए सामरिक उपलब्धि कैसे हुई?" महाराज ने पूछा।

"राजन! मयासुर दानवों का विश्वकर्मा[40] एवं शिल्प विद्या का महान ज्ञाता है। उस जैसा महान वास्तुशिल्पी युग-युगांतर में जन्म लेता है। वो दुर्ग और प्रासाद में गुप्त रक्षा-कवच और युद्ध-व्यूह प्रयुक्त करने की अद्वितीय और अद्भुत मायावी विद्या का ज्ञाता है। उसने दानवों के बहुत से महलों का निर्माण करने के अतिरिक्त देखने में रमणीय, सुख और भोग-साधनों से संपन्न अनेक प्रकार के उद्यानों, भाँति-भाँति के सरोवरों, विचित्र अस्त्र-शस्त्रों, इच्छानुसार चलने वाले रथों, अट्टालिकाओं, चारदीवारियों, और बड़े-बड़े फाटकों सहित विशाल नगरों, अद्भुत एवं श्रेष्ठ वाहनों तथा बहुत-सी मनोहर एवं अत्यंत सुखदायक सुरंगों का निर्माण किया है।[41] अपने कौशल और कठोर प्रयत्न से उसने धरती और समुद्र

---

39. कृष्णार्जुन द्वारा दाह किए खांडव वन में मात्र अश्वसेन, मयासुर तथा चार शांगर्क नामक पक्षी बच पाए थे। [महाभारत, आदिपर्व, अध्याय 227, श्लोक 47]

40. हिंदू धर्म में विश्वकर्मा जी को निर्माण एवं सृजन का देवता माना जाता है। साधन, औजार, युक्ति व निर्माण के देवता विश्वकर्मा जी के विषय में अनेक भ्रांतियाँ हैं। बहुत से विद्वान विश्वकर्मा नाम को एक उपाधि मानते हैं क्योंकि संस्कृत साहित्य में भी समकालीन कई विश्वकर्माओं का उल्लेख है। जैसे रावण की स्वर्णलंका का निर्माण विश्वकर्मा ने किया था। [श्रीमद्वाल्मीकीय रामायण, सुंदरकांड, सर्ग 2, श्लोक 20] उसी प्रकार इंद्र के कहने पर देवशिल्पी विश्वकर्मा और मयदानव ने मिलकर खांडव वन को इंद्रपुरी जितने भव्य नगर में निर्मित कर दिया, जिसे इंद्रप्रस्थ नाम दिया गया। [महाभारत, सभापर्व, अध्याय 3]

41. महाभारत, सभापर्व, अध्याय 1, श्लोक 6-7

के नीचे पाताल लोक स्थापित किया। लौह से निर्मित इच्छानुसार चलने वाले विलक्षण सोम वाहन का निर्माण किया।[42] नागलोक के गहन और गुप्त भवनों के निर्माण में मयासुर की महत्त्वपूर्ण भूमिका थी। नागलोक के भवनों में प्रयुक्त गुप्त मायावी सुरक्षा-चक्रों के विषय में मयासुर का ज्ञान अद्वितीय है।"

"दैत्य-दानवों के मायावी ज्ञान के विषय में हमने बहुत कुछ सुन रखा है।" महाराज गहरी साँस लेते हुए बोले।

"मयासुर को अधीन कर श्रीकृष्ण ने असुरों की अकल्पनीय मायावी व्यूह योजनाओं और तकनीकी ज्ञान का द्वार नागों के प्रबल शत्रु आर्यों के लिए खोल दिया। श्रीकृष्ण की आज्ञा से शिल्प-निपुण मयासुर ने इंद्रप्रस्थ में पांडवों के लिए विभिन्न रक्षा-कवचों से सुरक्षित दिव्य भवन निर्मित किया।[43]"

"खांडव वन में श्रीकृष्ण ने एक तरफ तक्षक को पराजित करके आर्यावर्त में नागों का प्रभाव कम किया, दूसरी तरफ पांडवों को जम्बूद्वीप[44] के शक्ति केंद्र के रूप में स्थापित किया। उन्होंने अपनी कूटनीति से मयदानव की शक्ति को आर्यों को सशक्त करने में प्रयुक्त किया।" महाराज सहसा बोले, "ऐसा अद्भुत कार्य तो ईश्वरीय शक्ति से ही संभव है!"

"इंद्रप्रस्थ स्थापना तक्षक के दंभ पर कुठाराघात थी। खांडव वन की अग्नि तक्षक के सीने में धधक रही है। राजर्षि जनमेजय के सर्पयज्ञ को विफल कर अपने अपमान का बदला लेने और नागों का विनाश रोकने के लिए उसे जिस अवसर की प्रतीक्षा थी वो आ पहुँचा है।"

---

42. कृष्ण द्वारा शिशुपाल के वध के उपरांत शाल्व ने घोर तपस्या से शिव को प्रसन्न करके वरदान स्वरूप ऐसा विमान प्राप्त किया था जो चालक की इच्छानुसार किसी भी स्थान पर पहुँचाने में समर्थ था तथा अंधकार की अधिकता के कारण किसी को दिखाई नहीं पड़ता था। यदुवंशियों के लिए त्रासक उस सोम वाहन का निर्माण मयदानव ने लोहे से किया था। [महाभारत, वनपर्व, अध्याय 14, श्लोक 1-22]

43. खांडव वन के दहन के समय अर्जुन ने मय दानव को अभयदान दिया था। इससे कृतज्ञ होकर मयासुर के द्वारा किसी प्रकार की सेवा की आज्ञा माँगने पर श्रीकृष्ण ने उससे युधिष्ठिर की सभा हेतु ऐसे भवन का निर्माण करने को कहा जैसा इस पृथ्वी पर अभी तक निर्मित न हुआ हो। मयासुर ने कृष्ण की आज्ञा का पालन करके एक अद्वितीय नगर (इंद्रप्रस्थ) और उस नगर में एक भवन का निर्माण कर दिया। इसके साथ ही उसने पांडवों को देवदत्त शंख, एक वज्र से भी कठोर रत्नजटित गदा तथा मणिमय पात्र भी भेंट किया। [महाभारत, सभापर्व, अध्याय 3]

44. पौराणिक भूगोल के अनुसार जम्बूद्वीप भूलोक के सप्त महाद्वीपों में एक द्वीप है। यह पृथ्वी के केंद्र में स्थित है। [श्रीविष्णुपुराण, अंश 2, अध्याय 2, श्लोक 5-7]

"कैसा अवसर?"

"महायुद्ध तक्षक के लिए भरतखंड में अपना प्रभुत्व बढ़ाने और राजा जनमेजय से नागों की रक्षा करने का दुर्लभ अवसर है। इस अवसर का लाभ उठाने के लिए वो महायुद्ध में दुर्योधन को सैन्य सहयोग देगा। नाग कौरवों के पक्ष से युद्ध करेंगे और तक्षक पुत्र अश्वसेन के नेतृत्व में विष विशेषज्ञों की टोली गुप्त रूप से पांडवों का हत करने का प्रयास करेगी।"[45]

"नागों से सैन्य सहयोग दुर्योधन के लिए अत्यंत लाभकारी होगा। वो पांडवों का विनाश करने के लिए किसी भी मूल्य पर अतिरिक्त बाहुबल के स्वागत के लिए बाँहें फैलाए खड़ा है।" महाराज के शब्दों में आने वाले संकट की छाप थी।

"तक्षक की घृणित चालें यही समाप्त नहीं हुई हैं, महाराज! अपने सैन्य सहयोग के बदले उसने दुर्योधन से कुछ जनपदों की माँग की है जो भविष्य में नागों के सामरिक हितों को साधने में महत्त्वपूर्ण भूमिका निभाएँगे। महायुद्ध पश्चात आर्य शक्ति दुर्बल होगी और तक्षक संपूर्ण भरतखंड पर अपना फन फैलाने के लिए स्वतंत्र होगा।"

महाराज अधिराज के चेहरे पर संदेह और भय में डूबे कई प्रश्न एक साथ घिर आए।

"श्रीकृष्ण का अनुमान है कि तक्षक के सैन्य अभियान का आरंभ छोटे राज्यों से होगा। आर्य-सैन्य समर्थन के अभाव से असुरक्षित इन राज्यों को निगलने में नागराज को सुविधा होगी। प्रत्येक विजय नागों को आर्यों के विरुद्ध शक्तिशाली बनाने में सहायक होगी।" शोण की आँखों में जैसे कोई रहस्य उमड़ रहा था।

"छोटे राज्य!" महाराज की आँखों में भय तैर गया, "जैसे चिरपुंज और अनंतपुर!"

"अपना लक्ष्य प्राप्त करने के लिए तक्षक कोई घृणित कार्य करने से नहीं चूकेगा। चाहे ये लक्ष्य उसे स्वयं के बाहुबल से, इंद्र के सहयोग से, अथवा दुर्योधन के पक्ष से लड़कर प्राप्त हो। चिरपुंज और अनंतपुर के बीच शत्रुता

---

45. नागों ने दुर्योधन के पक्ष से पांडवों से युद्ध किया था। दुर्योधन का मणिमय महान ध्वज नाग चिह्न से विभूषित था। [महाभारत, भीष्मपर्व, अध्याय 17, श्लोक 25]; युद्ध में नागराज तक्षक का पुत्र बृहदबला अर्जुन पुत्र अभिमन्यु के हाथों मारा गया था। [द्रोणपर्व, अध्याय 47]; नागराज तक्षक का दूसरा पुत्र अश्वसेन कर्ण-अर्जुन युद्ध में अर्जुन से अपनी माता के वध का प्रतिशोध लेने के प्रयास करते हुए अर्जुन के द्वारा मारा गया। [कर्णपर्व, अध्याय 90, श्लोक 22, 44-52, 54]

फैलाना नागराज के इसी षड्यंत्र का एक चरण था।"

"महादेव के आशीर्वाद ने समय रहते महाराज वीरसेन और हमारा भ्रम दूर कर दिया, अन्यथा आपसी शत्रुता से दोनों राज्यों का विनाश होता।" महाराज अधिराज गहरी साँस लेकर बोले, "मुझे विश्वास है कि दूर-द्रष्टा श्रीकृष्ण ने तक्षक की योजना की काट अवश्य सोची होगी। सभी प्राणियों के रक्षक यादवेंद्र ने मात्र एक कोरे संदेश को पहुँचाने के लिए अपने दूत के प्राण संकट में नहीं डाले होंगे!"

"तक्षक की घृणित योजना से आर्यों के रक्षार्थ श्रीकृष्ण के प्रयास चरम पर हैं।" शोण गंभीरता से बोला, "नागों द्वारा चिरपुंज और अनंतपुर की शत्रुता को हवा देकर सामरिक लाभ उठाने की योजना को श्रीकृष्ण ने पांडवों के हिताय मोड़ दिया है। तक्षक अपनी योजना पर आगे बढ़ा तो उसका यह कदम नागों के लिए आत्मघाती सिद्ध होगा।"

"हमारी उत्सुकता बढ़ रही है, मित्र!" महाराज अधिराज व्याकुल हो बोले।

"तक्षक अपनी रणनीति में नागों के सबसे शक्तिशाली शत्रु गरुड़ को भूल गया। गरुड़ का स्मरण मात्र नागों को प्रत्येक युग में भयभीत करता है। त्रेता युग में नागपाश में बँधे श्रीराम और लक्ष्मण को गरुड़ ने ही मुक्त किया था।[46] चूँकि गरुड़ लोक पर आक्रमण करना तक्षक की योजना में नहीं है, उसे उम्मीद है कि आर्यों पर नागों के आक्रमण की स्थिति में गरुड़ तटस्थ रहेंगे और उसका अभियान सफल होगा।" शोण बोला, "किंतु वो नहीं जानता कि नागों को इंद्र का गुप्त सहयोग मिलने की सूचना लगते ही गरुड़ ने श्रीकृष्ण के आदेशानुसार नागों को दिया अपना अभयदान वापिस ले लिया है।"

"अभयदान!" महाराज अधिराज के लिए यह बात चौंकाने वाली थी, "सर्पभक्षी गरुड़ ने अपने शत्रु नागों को अभयदान क्यों दिया, और गरुड़ श्रीकृष्ण के आदेश मानने के लिए बाध्य क्यों हैं?"

"पुरातन काल में श्री विष्णु और महादेव के हस्तक्षेप से नाग जाति और गरुड़ जाति के बीच युद्ध विराम स्थापित हुआ था। इसी युद्ध विराम की ढाल से उत्पाती नाग शक्तिशाली गरुड़ों के क्रोध से सुरक्षित हैं, अन्यथा अपनी माता के

46. लंका पर आक्रमण के दौरान श्रीराम और लक्ष्मण दोनों को रावण के भाई इंद्रजित ने नाग पाश में बाँध लिया था। दोनों पर जान का संकट आया देख स्वयं गरुड़ ने वहाँ उपस्थित होकर श्रीराम और लक्ष्मण को नाग पाश से मुक्ति दिलाई थी। [श्रीमद्वाल्मीकीय रामायण, युद्धकांड, सर्ग 50, श्लोक 27-35]

अपमान के प्रतिशोध में सुलगते पराक्रमी गरुड़ संपूर्ण पृथ्वी को नाग-विहीन कर चुके होते।" शोण बोला, "गरुड़ श्रीकृष्ण को भगवान विष्णु का साक्षात अवतार मानते हैं और प्रभु श्री विष्णु को दिए अपने पूर्वजों के वचन का मान रखते हुए श्रीकृष्ण के आदेशों को मानने में अपना सौभाग्य समझते हैं।"

"विनाश काले विपरीत बुद्धि! समस्त ऋषिगण जिस श्रीकृष्ण को साक्षात महाप्रभु श्री विष्णु का अवतार मानते हैं, दुर्योधन और नाग उन्हें परास्त करने की इच्छा रखते हैं!" महाराज गहरी साँस लेकर बोले, "किंतु गरुड़ के सहयोग पश्चात भी नागों की पराजय सरल नहीं है। नागराज महादेव का प्रिय है। गरुड़ नागों से टकराकर मृत्युंजय महादेव को क्रोधित करना नहीं चाहेंगे।"

"तक्षक इसी गुमान में था, किंतु नागों के बढ़ते उत्पातों से आक्रोशित आर्यों एवं अन्य जातियों के स्वर प्रखर होकर महादेव तक पहुँचे हैं। रुष्ट महादेव ने नागों के कुकृत्यों पर अंकुश लगाने के लिए उन्हें अपने सुरक्षा-चक्रों से अस्थायी तौर पर विलग कर दिया है।" शोण बोला।

"इसका क्या अर्थ हुआ?" महाराज ने उत्सुकता से पूछा।

"अत्यंत गंभीर! महादेव के सुरक्षा-चक्रों के अभाव में तक्षक के किसी विवाद में महादेव और उनके गण की कोई भूमिका नहीं होगी। यदि तक्षक ने महादेव के प्रभुत्व का अपने राजनीतिक हित साधने में दुरुपयोग किया तो स्वयं शिव उसे दंडित करेंगे।" शोण ने स्पष्ट किया, "महादेव के निर्णय ने आर्य-नाग-गरुड़ समीकरणों को नई दिशा में मोड़ दिया है। नागों पर महादेव का आशीर्वाद समाप्त होते ही श्रीकृष्ण के आदेशानुसार गरुड़राज ने इंद्र को नागों से अपना सामरिक सहयोग समाप्त करने, अथवा परिणाम भुगतने के लिए तैयार रहने की चेतावनी दे डाली।"

"गरुड़-नाग के नवीन समीकरणों में आर्यों की क्या भूमिका है?"

"आर्य श्रीकृष्ण की शरण में हैं, इसलिए गरुड़ आर्यों की रक्षा करने के लिए प्रतिबद्ध हैं। तक्षक को आर्यों का अहित करने से रोकने के लिए गरुड़ नागों से हुए अपने युद्ध-विराम को स्थगित कर नागलोक पर आक्रमण करने के लिए स्वतंत्र हैं।"

"आर्य श्रीकृष्ण और गरुड़ की ढाल में सुरक्षित हैं, किंतु चिरपुंज और अनंतपुर नागों के लिए खुले लक्ष्य हैं!" महाराज चिंता से बोले।

"महाराज! चिरपुंज और अनंतपुर गरुड़ों के शत्रु नहीं हैं, इसलिए दोनों राज्य गरुड़ के कोप से सुरक्षित हैं।" शोण ने उत्तर दिया, "इस समीकरण को तक्षक गरुड़ों से नाग पक्ष को सुरक्षित रखने में प्रयोग करेगा। आवश्यकता पड़ने पर वो नागों को सुरक्षित रखने के लिए चिरपुंज और अनंतपुर की बलि देने से चूकेगा नहीं।"

"आश्चर्य! नागराज की इस गुप्त योजना को नागलोक से कोसों दूर बैठे श्रीकृष्ण ने कैसे एकत्र किया?" महाराज विस्मय से बुदबुदाए, "क्या विद्वान इसलिए श्रीकृष्ण को सहस्त्राकाश कहते हैं?"[47]

"श्रीकृष्ण के विस्तार का परिमाण तो श्रीकृष्ण ही जानें! मैं तो उनकी सेवा को अपने जीवन का परिमाण समझता हूँ।" शोण हँसते हुए बोला।

"किंतु कृष्ण चिरपुंज और अनंतपुर की रक्षा कैसे करेंगे?" महाराज ने चिंता जताई।

"शक्तिशाली गरुड़ नागों की प्रत्येक ढाल को अप्रभावी करने में सक्षम हैं। यदि तक्षक ने चिरपुंज और अनंतपुर की आड़ में आर्यों का अहित करने का प्रयास किया तो गरुड़ अपनी वचनपूर्ति हेतु नागों के साथ दोनों राज्यों का भी सर्वनाश कर देंगे।" शोण बोला।

"आपने हमें उलझन में डाल दिया है, मित्र! हर समीकरण हमारे विनाश का संकेत है।" महाराज की चिंता चरम छूने लगी, "नागों से सहयोग किया तो हमें गरुड़ों का कोप सहना होगा, अन्यथा नाग दोनों राज्यों का सर्वनाश कर देंगे। नागलोक से सामीप्य होने के कारण हमारे लिए गरुड़-नाग टकराव में तटस्थ रहने का विकल्प भी नहीं है।"

"ऐसी परिस्थिति में अनिर्णय ही सर्वोत्तम निर्णय होता है, महाराज!" शोण ने सुझाया।

"हमारे पास वो विकल्प भी नहीं है, मित्र!" महाराज असहाय से बोले।

"निश्चिंत रहें, महाराज!" शोण सहजता से बोला, "इस जटिल समीकरण की काट वर्षों पूर्व श्रीकृष्ण द्वारा स्थापित चिरपुंज-द्वारका संधि है।"

"वो संधि इस कठिन क्षण में हमारी सहायक कैसे होगी?" महाराज ने उत्सुक हो पूछा।

---

47. सहस्त्र आँखों वाले (श्रीकृष्ण का उपनाम)

"गरुड़ अपने आराध्य श्रीकृष्ण द्वारा रक्षित आर्यों का अहित नहीं होने देंगे। यदि तक्षक ने चिरपुंज और अनंतपुर में बसे आर्यों का अहित करने की धृष्टता की तो उसे गरुड़ और महादेव के सम्मिलित कोप का सामना करना पड़ेगा।" शोण ने समझाया।

"प्रतीत होता है जैसे श्रीकृष्ण ने इस परिस्थिति से निपटने के लिए कोई कारगर योजना सोच रखी है।" महाराज अधीर हुए।

"तक्षक को कौरव-पांडव युद्ध की आड़ में दुर्योधन और इंद्र के सहयोग से नाग सैन्य क्षमता का अप्रत्याशित विस्तार करने का अवसर देने से पूर्व चिरपुंज और अनंतपुर की सम्मिलित सेना यादवों की चतुरंगिणी सेना[48] के विशेष दलो के सहयोग से नागलोक पर आक्रमण करके नाग-शक्ति को छिन्न-भिन्न कर देगी।" कहते हुए शोण के चेहरे पर एक रहस्यमय मुस्कान पसर गई।

"किंतु कृष्ण तो कृतवर्मा के नेतृत्व में भोज, अंधक तथा कुकुरवंशी वीरों के साथ एक अक्षौहिणी नारायणी सेना दुर्योधन को दे चुके हैं।"[49] महाराजा अविश्वास से बोले।

"श्रीकृष्ण की दस करोड़ गोपों की सेना है।[50] उसमें से एक अक्षौहिणी सेना दुर्योधन को देने से यादव शक्ति में कोई अंतर नहीं पड़ेगा।" शोण के चेहरे पर आश्वस्त मुस्कान लहराई, "तक्षक में यादवों का प्रत्यक्ष सामना करने का साहस नहीं है।"

"अर्थात ?" महाराज असमंजस में थे।

"आपके द्वारा वासुदेव की विशेष मुद्रिका धारण करते ही द्वारका-चिरपुंज

---

48. चतुरंगिणी और नारायणी सेना प्राचीन भारतीय संगठित सेना का नाम है। सेना के चार अंग-हस्ती, अश्व, रथ, पदाति माने जाते हैं। जिस सेना में ये चारों हैं, वह चतुरंगिणी कहलाती है। प्रत्येक रथ के साथ 10 गज, प्रत्येक गज के साथ 10 अश्व, और प्रत्येक अश्व के साथ 10 पदाति रक्षक रहते थे। सेना की सबसे छोटी टुकड़ी (इकाई) 'पत्ति' कहलाती है, जिसमें एक गज, एक रथ, तीन अश्व, पाँच पदाति होते थे। ऐसी तीन पत्तियाँ सेनामुख कहलाती थीं। इस प्रकार तीन-तीन गुना कर यथाक्रम गुल्म, गण, वाहिनी, पृतना, चमू, और अनीकिनी का संगठन किया जाता था। 10 अनीकिनी एक अक्षौहिणी के बराबर होती थी। यानी एक अक्षौहिणी में 21,870 गज, 21,970 रथ, 65,610 अश्व, और 1,09,350 पदाति होते थे। कुल योग 2,18,700 होता था। कुरुक्षेत्र युद्ध में ऐसी 18 अक्षौहिणी सेना लड़ी थी। [महाभारत, आदिपर्व, अध्याय 2, श्लोक 19-28]

49. महाभारत, उद्योगपर्व, अध्याय 7, श्लोक 32

50. महाभारत, उद्योगपर्व, अध्याय 7, श्लोक 18

संधि प्रभावी हो गई है। संधि के अनुसार वर्तमान में चिरपुंज के संचालक द्वारकाधीश हैं और आप चिरपुंज में श्रीकृष्ण द्वारा अनुमोदित यादवों के विशेष प्रतिनिधि हैं।" शोण ने समझाया, "श्रीकृष्ण और द्वारका के सभी प्रतिनिधि गरुड़ के सुरक्षा कवच में हैं। यदि नागों ने चिरपुंज पर आक्रमण किया तो उनका आक्रमण किसी गैर आर्य राज्य पर नहीं, बल्कि श्रीकृष्ण पर माना जाएगा। तब नागों को कुचलने के लिए यादव और गरुड़ दोनों स्वतंत्र होंगे।"

"द्वारका-चिरपुंज संधि में श्रीकृष्ण की व्यक्तिगत रुचि लेने के पीछे नागों के सर्वनाश की यह मौन योजना थी।" महाराज पुलकित मन से बोले, "किंतु यदि नागराज ने चिरपुंज पर आक्रमण नहीं किया तो यह योजना धरी रह जाएगी!"

"नागराज का स्वभाव उसे चिरपुंज पर आक्रमण करने के लिए विवश करेगा। यदि उसने गरुड़-शक्ति से भयभीत हो आक्रमण का विचार त्यागा तो भी उसे बिल से निकालने के लिए श्रीकृष्ण के पास योजना है।" शोण ने उत्तर दिया, "श्रीकृष्ण द्वारा अनुमोदित यादव प्रतिनिधि होने के नाते आपको यह ज्ञात होना आवश्यक है कि यादव अपने दिव्यास्त्र अपने किसी भी क्षेत्र में तैनात करने के लिए स्वतंत्र हैं।" कहते हुए शोण ठिठका और महाराज के कानों में फुसफुसाया, "...चाहे वो क्षेत्र यादवों के आधिपत्य में हो, अथवा उनके किसी प्रतिनिधि द्वारा संचालित!"

संशय के बादल छँटे तो महाराज का चेहरा खिल उठा।

"श्रीकृष्ण ने चतुराई से संधि की आड़ में दिव्यास्त्रों को यादवों के आधिपत्य क्षेत्र चिरपुंज में लाने का मार्ग सुगम किया है।" महाराज मुस्कुराते हुए बुदबुदाए, "यादवों से संधि समाप्त होने के पश्चात दोनों राज्य नागों से अपना अस्तित्व कैसे बचाएँगे?"

"राजन! इस संधि का उद्देश्य गैर-आर्य राज्यों की सुरक्षा है। संधि के नियमानुसार संधि निरस्त करने का अधिकार मात्र संधि स्वीकारने वाले प्रतिनिधि को है। प्रतिनिधि ये संधि सुविधानुसार कभी भी निरस्त कर सकते हैं, किंतु श्रीकृष्ण और यादवों को इस संधि को निरस्त करने का अधिकार नहीं है।" शोण ने उत्तर दिया, "वासुदेव की मुद्रिका और इस संधि का पालन करने के लिए श्रीकृष्ण और उनके सहयोगी प्रतिबद्ध हैं।"

"हम और हमारे वंशज देवकीनंदन के इस आशीर्वाद का सदैव सम्मान करेंगे।" कहकर महाराज ने श्रद्धा से मुद्रिका माथे से लगाई, "श्रीकृष्ण की योजना

अद्भुत है। यदि नाग शांत रहते हैं तो चिरपुंज-अनंतपुर की सम्मिलित सेना यादवों की चतुरंगिणी सेना के सहयोग से नागलोक पर दिव्यास्त्रों से आक्रमण कर देगी। यदि नागराज ने मतिभ्रम में चिरपुंज और अनंतपुर पर आक्रमण किया तो यह आर्यों पर सीधा आक्रमण समझा जाएगा और आर्यों के रक्षार्थ गरुड़ युद्ध में कूद पड़ेंगे।"

"महाराज! स्मरण रहे कि द्वारका से संधि के पश्चात चिरपुंज नागों का शत्रु होने के साथ नागों के परम शत्रु आर्यों का मित्र भी है। तक्षक के समक्ष चिरपुंज और अनंतपुर पर आधिपत्य कर दुर्योधन का विश्वास जीतने और चिरपुंज में आने वाले यादवों के दिव्यास्त्रों के दम पर नागों का शक्ति-विस्तार करने का सुअवसर है।"

"अर्थात नागों से हमारा टकराव अवश्यंभावी है।" महाराज हर्षातिरेक से बोले।

"राजन! इस गुप्त योजना के साझेदार मात्र आप, मैं, प्रथम और श्रीकृष्ण हैं। अभियान से जुड़ी संपूर्ण जानकारियों का गुप्त रहना अत्यंत आवश्यक है।" शोण बोला, "तक्षक के पुत्र बृहदबला और अश्वसेन के नेतृत्व में नाग सेना शीघ्र कुरुक्षेत्र के लिए प्रस्थान करेगी। उनके प्रस्थान करते ही नागराज का फन कुचलने का यह अभियान आरंभ होगा।"

"अभियान के दौरान चिरपुंज और अनंतपुर के नागरिकों की सुरक्षा की क्या योजना है?" महाराज ने पूछा।

"नागरिकों की सुरक्षा सर्वोपरि है। दोनों राज्यों के नागरिक अभियान समाप्ति तक महादेव के आश्रम में सुरक्षित रहेंगे।" शोण ने उत्तर दिया।

"मित्र! महादेव के आश्रम के विषय में हमारी उत्सुकता शांत नहीं होती।" महाराज बोले, "उस आश्रम का क्या महत्त्व है और वो महादेव का आश्रम क्यों कहलाता है? क्या वो साक्षात महादेव शिव का निवास स्थल है? वो आश्रम कितना बड़ा है? कैसे संचालित होता है? वहाँ पहुँचने का मार्ग क्या है?"

"क्षमा राजन! महादेव के आश्रम के विषय में मेरा ज्ञान अल्प है। इतना ज्ञात है कि महादेव का आश्रम सांसारिक मोह-माया से विरक्त हुए अनेक सिद्ध तपस्वियों की गहन साधना का गुप्त स्थान है। गरुड़ और महादेव के गण आश्रम की सुरक्षा में तैनात रहते हैं। आश्रम के तत्कालीन अध्यक्ष और मुखिया 'प्रथम' कहलाते हैं। उन्हीं के आदेशानुसार आश्रम की गतिविधियाँ संचालित होती हैं।"

शोण ने उत्तर दिया, "नागरिकों के लिए स्थापित निवास केंद्र मुख्य आश्रम की परिधि से कोसों दूर हैं।"

"शिव के गण 'प्रथम' की आज्ञा क्यों मानते हैं?" महाराज ने अचरज से पूछा।

"महादेव शिव ने अपने पुत्र गणेश को आश्रम की गतिविधियाँ संचालित करने के लिए 'प्रथम' का सलाहकार नियुक्त किया है। गणों के स्वामी होने के कारण गणेश को गणाध्यक्ष एवं गणपति भी कहा जाता है और वह 'प्रथम' की इच्छानुसार गणों को व्यवस्थित कर आश्रम की सुरक्षा सुनिश्चित करते हैं।"

"आपने 'प्रथम' के प्रति हमारी उत्सुकता बढ़ा दी है, मित्र! जिस 'प्रथम' के सलाहकार स्वयं महादेव पुत्र गणेश हों उनका व्यक्तित्व कैसा होगा? क्या हमें महादेव के आश्रम में उनसे मिलने का सौभाग्य प्राप्त होगा?" महाराज ने बाल-सुलभ उत्सुकता से पूछा।

"राजन! 'प्रथम' से भेंट का पुण्य प्राप्त होना किसी कड़ी साधना के फलीभूत होने के समान है। मुख्य आश्रम प्रजापिता ब्रह्मा और महादेव द्वारा प्रयुक्त अनेक अद्भुत सुरक्षा-चक्रों से सुरक्षित है। वो सुरक्षा-चक्र कैसे हैं, कितने सघन और भयंकर हैं, कब और कैसे प्रकट होते हैं, उनका उपाय कैसे होता है- इसका ज्ञान मात्र 'प्रथम' को है। वो अद्भुत व्यूह 'प्रथम' द्वारा निर्धारित माया से स्वयं प्रकट और लुप्त होते हैं। मात्र प्रथम ही जानते हैं कि आश्रम की परिधि कितनी है, आश्रम में कितने लोग निवास करते हैं और वहाँ व्यवस्थाएँ कैसी हैं।" शोण बोला।

"तो क्या हमें मुख्य आश्रम में प्रवेश करने का अवसर प्राप्त होगा?"

"मुख्य आश्रम में बिना 'प्रथम' की अनुमति के स्वयं महादेव भी प्रवेश नहीं कर सकते हैं। हमारा वहाँ प्रवेश करना असंभव है। वहाँ तक पहुँचने के अत्यंत गुप्त एवं दुर्गम मार्गों का ज्ञान 'प्रथम' के आशीर्वाद से चुनिंदा सिद्ध पुरुषों को प्राप्त होता है। श्रीकृष्ण के अनुरोध पर 'प्रथम' ने मुझे चिरपुंज और अनंतपुर की प्रजा को आश्रम के निकट बने निवास केंद्र तक सुरक्षित पहुँचाने का मार्ग दिया है, किंतु इस अभियान की सफलता में समय महत्त्वपूर्ण है।"

"हम धन्य हैं कि श्रीकृष्ण के आशीर्वाद और आपके सहयोग से हमें महादेव के आश्रम और 'प्रथम' के विषय में इतना ज्ञान प्राप्त हुआ।" महाराज ठंडी साँस

छोड़ते हुए बोले। 'प्रथम' के दर्शन की उम्मीद से उनकी आँखों में कुछ क्षण पूर्व उत्पन्न चमक विलुप्त हो गई थी, "मृत्युंजय पर्वतीय शृंखला में नागों की अनेक सुरक्षा चौकियाँ स्थापित हैं। हमें उम्मीद है कि पलायन की योजना में नागरिकों की सुरक्षा पर ध्यान दिया गया होगा।"

"यादव प्रजा की सुरक्षा मेरा उत्तरदायित्व एवं कर्तव्य है। इस कर्तव्य का पालन करने के लिए मैं और मेरे साथी प्रतिज्ञाबद्ध हैं।" शोण अपना सर झुकाते हुए बोला, "मृत्युंजय पर्वतों में छुपे मार्ग की सहायता से दोनों राज्यों के नागरिक नाग प्रहरियों से बचकर आश्रम के निवास केंद्र तक सुरक्षित पहुँच सकते हैं। पिछले कुछ मासों में यादव विशेषज्ञों ने गुपचुप तरीके से उस मार्ग के सुरक्षा प्रबंधों को दुरुस्त कर उसे जनसमुदाय के योग्य बना दिया है।"

"क्या निवास केंद्र दोनों राज्यों के सहस्रों नागरिकों के लिए उपयुक्त हैं? क्या वहाँ नागरिकों के लिए मूल-भूत सुविधाएँ और आवश्यक संसाधन हैं?" महाराज ने पूछा।

"राजन! पर्याप्त सुविधाओं से लैस केंद्र नागरिकों एवं उनके पशुधन को लंबे समय तक सुरक्षित निवास देने में सक्षम है।" शोण ने शांति से उत्तर दिया।

महाराज अधिराज के होंठ एक हल्की संतुष्ट मुस्कान से ऊपर की तरफ मुड़ गए। मन श्रीकृष्ण के प्रति आदर से भर पुलकित हुआ। चिरपुंज के सबसे बड़े शत्रु को उसके ही पाश में बाँधने के लिए कितनी चतुराई और सूझ-बूझ से श्रीकृष्ण ने इस जटिल योजना का ताना-बाना बुना था। सचमुच वो श्रीकृष्ण की सोच के आसपास भी नहीं फटक पाए थे।

"इस वृहत अभियान की सफलता में हमें लेश-मात्र भी संशय नहीं है। आर्यावर्त के शुभार्थ चिरपुंज समर्पित है।" प्रसन्नता से महाराज बोले, "राजदूत महाराज वीरसेन से हमारे संदेश का उत्तर लेकर लौटते ही होंगे। उम्मीद है कि वो इस योजना से सहमत होंगे।"

"वो श्रीकृष्ण का संधि-प्रस्ताव स्वीकार कर चुके हैं। उन्हें मात्र आपके औपचारिक आमंत्रण की प्रतीक्षा थी।" शोण फुसफुसाया।

"क्या श्रीकृष्ण को पूर्वानुमान था कि हम दोनों उनका प्रस्ताव स्वीकारेंगे?" महाराज ने अचरज से पूछा।

"राजन! आपने श्रीकृष्ण के प्रस्ताव को स्वीकार कर उनका मान रखा। अब

आप अपनी सभी चिंताएँ उन पर छोड़कर निश्चिंत हो जाएँ।" शोण मधुरता से बोला, "वे अपने प्रिय भक्तों का योग-क्षेम स्वयं साधते हैं। उनका भक्त न कभी पराजित होता है, न नष्ट।"

महाराज अधिराज के चेहरे पर आश्वस्त मुस्कान थिरकी।

"पलायन की तैयारी का यही उचित क्षण है। इसी बीच मैं विस्तृप वन मार्ग की जाँच कर पलायन का नेतृत्व करने चिरपुंज लौटूँगा।" शोण बोला।

"क्या आपको ज्ञात नहीं कि विस्तृप वन मार्ग शापित और सर्वदा असुरक्षित है?" महाराज के चेहरे पर भय और चिंता घिर आई, "मृत्युंजय पर्वतीय शृंखला से सटे घने वृक्षों की भयानक शृंखलाओं से घिरा विस्तृप वन मौत का खुला द्वार है जिसमें प्रवेश वर्जित है। विस्तृप वन के सीमावर्ती क्षेत्रों में कई हाथ चौड़े मूल तने और अनगिनत शाखाओं वाले घने ऊँचे वृक्ष पाए जाते हैं। वन के सघन क्षेत्रों में पाए जाने वाले वृक्षों के आकार और प्रकार की कल्पना करना भी असंभव है।"

"सभी वन ऐसे ही होते हैं, महाराज!" शोण हँसते हुए बोला।

"विस्तृप वन अन्य वनों जैसा नहीं है, मित्रवर! वन में मजबूत शाखाओं वाले वृक्षों के अभेद्य प्राकृतिक व्यूह में अनगिनत हिंसक सिंह एवं वाराह भयंकर चीत्कार करते हुए विचरण करते हैं। लोगों ने वन में अनेक विचित्र जानवरों को देखने का दावा किया है, जैसे चार हाथों वाला हाथी-मानव और धरती पर रेंगने वाली दैत्याकार मछलियाँ। वन के जन्म से संबंधित अनगिनत किंवदंतियाँ प्रचलित हैं। कोई इसे शाप-ग्रस्त बताती है, कोई दस्युओं का अभयारण्य, कोई इसके गर्भ में बहुमूल्य खजाना दबे होने का उल्लेख करती है, तो कोई इसका विशेष सैन्य क्षेत्र के रूप में महिमा-मंडन करती है। घने वन की आड़ में दस्युओं तथा हिंस्र पशुओं के आश्रयस्थल हो सकते हैं।"

"क्या आपको इन किंवदंतियों और प्रलापों पर विश्वास है?" शोण ने पूछा।

"जितने मुँह, उतनी बातें। जाने क्या सत्य है और क्या कोरा प्रलाप। हमें तो इतना ज्ञात है कि हजारों योजन वर्ग क्षेत्र में फैला विस्तृप वन कभी नागलोक का हिस्सा था, किंतु महादेव के आदेशानुसार कुछ वर्ष पूर्व नागों को इस क्षेत्र से अपना आधिपत्य समाप्त करना पड़ा।" महाराज बोले।

"विस्तृप वन के विषय में आपके क्या विचार हैं?" शोण ने पूछा।

"हमारी मान्यता है कि विस्तृप वन का सत्य विस्तृप वन में ही छिपा है,

किंतु न वन अपनी सीमा में किसी को स्वतंत्रता से विचरने की अनुमति देता है, और न कोई उसकी सीमाओं को लाँघने की हिम्मत जुटा पाता है। वन सीमा का उल्लंघन कर कोई विरला लौटा भी तो विक्षिप्त होकर।" महाराज बोले, "वन के इतिहास में नित्य नए डरावने अध्याय जुड़ते रहते हैं, जिसके चलते स्थानीय लोग इसे धरती पर स्थापित जीवित नर्क कहते हैं। महाराज वीरसेन और हम महादेव को वन का रक्षक मानकर वन सीमा के सम्मान करने को अपना धर्म समझते हैं। नागरिकों के रक्षार्थ हमने विस्तृप वन को 'निषिद्ध क्षेत्र' घोषित कर वन की सीमाओं पर संयुक्त निगरानी शिविर स्थापित किए हैं। वन में अनधिकृत प्रवेश की सजा मृत्युदंड है।"

"अर्थात, विस्तृप वन में प्रवेश की इच्छा कर मैंने स्वयं को मृत्युदंड का पात्र बना लिया है!" शोण सहजता से बोला।

"राज परंपरा के अनुसार दूत अवध्य होता है!" महाराज के चेहरे पर भीनी मुस्कान थिरकी, "किंतु आप सचेत रहें! नाग गुप्तचर और विशिष्ट दस्ते वहाँ विचरते हैं। चिरपुंज में नागों की घुसपैठ को विफल करने के लिए सीमा रक्षक सैनिक कार्रवाई करने के लिए स्वतंत्र हैं।"

"मुझे चिरपुंज के रक्षकों की वीरता पर पूर्ण विश्वास है।" शोण ने मुस्कुराते हुए उत्तर दिया, "किंतु उनका बाहुबल परखने का यह उचित अवसर नहीं है।"

"अवसर आने पर चिरपुंज वीर आपको निराश नहीं करेंगे!" महाराज बोले, "हम प्रथम और श्रीकृष्ण की मित्रता से धन्य हुए। परमात्मा से प्रार्थना करते हैं कि उन जैसी पुण्यात्माओं के सान्निध्य में ऋषि गालव की पावन भूमि सदैव सुरक्षित रहे।"

"आपके निर्णय ने मानवता को नव-जीवन प्रदान किया है, महाराज! प्रथम आपके सहयोग के लिए सदा ऋणी रहेंगे।" शोण बोला।

"परमपिता यह यज्ञ सफल करें।" महाराज अधिराज ने शोण को गले लगाया, "शुभमस्तु!"

अध्याय 6

महाराज के आदेशानुसार चिरपुंज के सभी विभाग प्रमुख और महत्त्वपूर्ण पदाधिकारी सभागार में उपस्थित थे। माहौल असमंजस और घुटन भरा था। सुगबुगाहट के बीच सभी की दृष्टि श्रीकृष्ण के प्रस्ताव पर महाराज अधिराज से विस्तार से चर्चा करने हेतु चिरपुंज में पधारे अनंतपुर के महामंत्री मैत्रेय और सेनापति समरवीर पर थी। दोनों राजकीय सम्मान के साथ गले में ताजे पुष्पों की माला लटकाए और माथे पर सिंदूर-कुमकुम का तिलक लगाए शोण के निकट विराजमान थे।

महाराज वीरसेन का उत्तर संक्षिप्त, किंतु सकारात्मक था-

आमंत्रण हेतु साधुवाद। पवित्र अनुष्ठान में अनंतपुर अपनी आहुतियाँ देने के लिए तत्पर है।

महामंत्री विष्णुदत्त की आत्मा क्षोभ और लज्जा के बोझ से उद्वेलित हो विद्रोह कर रही थी। अपने मौन की आड़ में वो क्षेत्रीय राजनीति में यकायक आई उथल-पुथल में उलझे हुए थे। सभा में परम शत्रु राज्य के महामंत्री और सेनापति की पूरे राजकीय मान-सम्मान के साथ उपस्थिति ने इस बैठक का महत्त्व कई गुना बढ़ा दिया था। किस संकट के चलते महाराज अधिराज ने उन्हें आमंत्रित किया था?

"हम महाराज वीरसेन के आभारी हैं, जिन्होंने चिरपुंज की हमारा निमंत्रण स्वीकार कर हमारा मान बढ़ाया।" महाराज अधिराज की आत्मीयता से परिपूर्ण भारी-भरकम और गंभीर आवाज सभागार में गूँजी, "अनंतपुर के प्रतिनिधि श्रद्धेय महामंत्री मैत्रेय और सेनापति समरवीर का चिरपुंज में हार्दिक स्वागत है।"

"महाराज! अनंतपुर के प्रतिनिधि के रूप में इस ऐतिहासिक घटना का साक्षी बनना मेरा सौभाग्य है।" अनंतपुर के वयोवृद्ध महामंत्री मैत्रेय आसन से उठकर

बोले, "महाराज वीरसेन का विश्वास है कि ये अग्नि-परीक्षा दोनों राज्यों की मित्रता को नई दिशा और मजबूती प्रदान करेगी।"

"महत्त्वाकांक्षी नागराज को चिरपुंज और अनंतपुर जैसे शांतिप्रिय पड़ोसी सदैव खटकते रहे हैं। वो दोनों राज्यों के बीच मतभेद उत्पन्न करने का षड्यंत्र करता रहा है।" महाराज अधिराज गंभीरता से बोले, "महादेव और श्रीकृष्ण की कृपा से नागों का छल प्रकट हुआ। समय आ चुका है कि चिरपुंज और अनंतपुर एकजुट हो नागों का सामना करें।"

"राजन! इस अभियान को महाराज वीरसेन का पूर्ण समर्थन है। अभियान के विषय में त्वरित निर्णय लेने के लिए मैं और सेनापति समरवीर यहाँ उपस्थित हैं।" वयोवृद्ध महामंत्री मैत्रेय बोले, "आपके सभी निर्णय अक्षरशः महाराज वीरसेन को स्वीकार हैं। अनंतपुर के समस्त संसाधन इस अभियान हेतु समर्पित हैं।"

महामंत्री मैत्रेय के अप्रत्याशित कथन सुन महामंत्री विष्णुदत्त विस्मित रह गए। उनके कथन में चिरपुंज और अनंतपुर के बदलते राजनीतिक समीकरण की अनुगूँज थी। सुदूर द्वारका में बैठे कृष्ण ने किस माया से चिरपुंज और अनंतपुर की वर्षों पुरानी शत्रुता को समाप्त कर उन्हें एकमत करने का चमत्कार किया? क्या यह अनंतपुर और चिरपुंज की मित्रता का आरंभ था?

महामंत्री विष्णुदत्त के मन में भरा अनंतपुर के प्रति द्वेष एक सुखद अनुभूति में परिवर्तित हो गया।

"महाराज वीरसेन का सहयोग अभियान के लिए सकारात्मक संकेत है।" महाराज अधिराज प्रसन्नता से बोले, "महायुद्ध को अपनी राजनीतिक महत्त्वाकांक्षा की पूर्ति हेतु प्रयोग करने की नागराज की योजना का सर्वाधिक नुकसान चिरपुंज और अनंतपुर को होगा। इंद्र और दुर्योधन के सहयोग से नाग सशक्त होकर चिरपुंज और अनंतपुर को निगलें इससे पूर्व उनका फन कुचलना आवश्यक है।"

सभागार में भय-मिश्रित शांति फैल गई।

"हमें चुनना है कि हम वीरों की भाँति युद्धभूमि में उत्तम गति प्राप्त करें, अथवा नागों के समक्ष आत्मसमर्पण कर कायरतापूर्ण जीवन व्यतीत करें!" महाराज अधिराज कड़क आवाज में बोले।

"चुनाव विकल्प उपलब्ध होने पर होता है। परिस्थितियाँ जटिल, विजय की संभावना नगण्य और प्रतिकार में अक्षम होने पर भी हम चिरपुंजवासियों को

अपनी स्वतंत्रता के विषय में किसी मंथन की आवश्यकता नहीं है!" सेनापति स्कंध फुफकारते हुए बोला, "मातृभूमि की सेवा में अर्पित कर हम स्वयं को धन्य समझेंगे।"

"हम नागों के समक्ष आत्मसमर्पण नहीं करेंगे।" सभागार में सभासदों का सम्मिलित कोलाहल हुआ, "हम संकल्प लेते हैं कि न हम युद्ध विमुख होंगे, न युद्धभूमि छोड़ेंगे।"

"संकल्प नहीं, शपथ लेनी होगी!" महाराज अधिराज का ऊर्जित स्वर प्रखरता से सभागार में गूँजा, "हम महादेव और अपने पूर्वजों की शपथ लेते हैं कि हम अपनी मातृभूमि की रक्षा के लिए अंतिम साँस तक लड़ेंगे। यदि हम नागों से भयभीत होकर भागे तो धर्म हमारा परित्याग करे। हमारे पूर्वज हमें धिक्कारें और हमारे समस्त पुण्य नष्ट हो जाएँ। जन्म-जन्मांतर तक हम घोर नरक की पीड़ा भोगते हुए अपनी मुक्ति को तड़पें।"

"स्वीकार है! हम शपथ लेते हैं!" सभी ने सम्मिलित स्वर में महाराज अधिराज की शपथ का अनुसरण किया।

"आपकी निष्ठा और विश्वास चिरपुंज की शक्ति है। नागों को उन्हीं की भाषा में उत्तर देने का क्षण आ पहुँचा है।" महाराज का सीना गर्व से फूल गया, "हम तत्काल प्रभाव से मित्र शोण को चिरपुंज और अनंतपुर की सम्मिलित सेना का संयुक्त सेनापति घोषित करते हैं। सेनापति स्कंध और सेनापति समरवीर शोण के नेतृत्व में सैन्य तैयारियाँ प्रारंभ करें। दोनों राज्यों के सभी पदाधिकारी शोण के प्रत्येक आदेश को हमारा और महाराज वीरसेन का आदेश मानकर उनका अक्षरशः पालन करें।"

"राजन! आपका प्रत्येक आदेश हमें स्वीकार है!" सेनापति समरवीर आसन से उठकर विनम्रता से बोला, "मैं संयुक्त सेनापति को बताना अपना दायित्व समझता हूँ कि अनंतपुर की सेना में 8,270 अश्वारोही और 13,730 पदाती सैनिक हैं। हमारे सैनिकों के पास सीमित अस्त्र-शस्त्र, कवच और संसाधन हैं जो राज्य की रक्षा करने में कुछ हद तक सक्षम हैं, किंतु शक्तिशाली नागों का सामना करने के लिए अनुपयुक्त हैं। नाग सैनिक उत्तम संसाधन, उन्नत रासायनिक और विषैले अस्त्र-शस्त्रों से सुसज्जित हैं। उनकी अनुमानित संख्या लाखों-करोड़ों में है। नाग सेना के कितने विभाग हैं, उनका संगठन कैसा है, कितने रथी, पदाती,

अश्वारोही और धनुर्धर हैं इस विषय में हमें कोई सूचना नहीं है। इतनी बड़ी सेना में विशेष सैनिक बल, छापामार, आत्मघाती और रासायनिक युद्ध में सिद्ध सैन्य दल भी हो सकते हैं।"

"मैं सेनापति समरवीर के पक्ष से सहमत हूँ।" सेनापति स्कंध बोल पड़ा, "मातृभूमि के प्रति प्रेम युद्ध में विजय का एकमात्र निर्णायक नहीं होता है। अनंतपुर की सेना के साथ चिरपुंज के 12,030 अश्वारोही और 19,970 पदाति सैनिकों को जोड़कर भी हमारी संयुक्त सेना नाग सेना की चौथाई भी नहीं है। रक्षात्मक युद्ध शैली में अभ्यस्त हमारे सैनिक शक्तिशाली नागों के समक्ष भूसे के ढेर समान हैं।"

"युद्ध शक्ति बल से नहीं, रणनीति, सूझबूझ, इच्छा शक्ति और कौशल से जीते जाते हैं। एक मामूली चींटी भी अपने से कई गुना बड़े हाथी को परास्त करने की क्षमता रखती है।" शोण गंभीरता से बोला, "कृष्ण की रणनीति के कारण मथुरा पर 18 बार आक्रमण करने के बाद भी जरासंध उन्हें परास्त नहीं कर पाया और अंततः उन्हीं की माया में फँसकर अपनी गति को प्राप्त हुआ।[51] यवन के शक्तिशाली योद्धा कालयवन को श्रीकृष्ण ने अपने सूझबूझ से सूर्यवंशी मुचुकुंद के सहयोग से तिनके की भाँति भस्म कर दिया था।[52] श्रीकृष्ण ने नरकासुर का वध कर उसकी कैद से सोलह सहस्त्र कुमारियों को मुक्त कराया था।[53] संपूर्ण मथुरा

51. श्रीकृष्ण ने भीमसेन और अर्जुन के साथ मगध नरेश जरासंध का द्वंद्व युद्ध में वध करने की योजना बनाई। [महाभारत, सभापर्व, अध्याय 20, श्लोक 4-5] भीमसेन जब जरासंध के साथ द्वंद्व युद्ध में उलझे हुए थे, श्रीकृष्ण ने जरासंध का वध करने की इच्छा से भीमसेन की ओर देखकर एक नरकट (एक घास जिसके पौधे का तना खोखला गाँठ वाला होता है) हाथ में लिया और उसे दातुन की भाँति बीच से चीरकर जरासंध को मारने का संकेत किया। भीमसेन ने श्रीकृष्ण के संकेत को समझकर जरासंध को दो टुकड़ों में चीर डाला और दोनों टुकड़ों को विपरीत दिशा में फेंक दिया। [महाभारत, सभापर्व, अध्याय 24, श्लोक 5-9]

52. मान्धाता पुत्र मुचुकुंद त्रेता युग में इक्ष्वाकु वंश के राजा थे, जो देवासुर संग्राम में देवताओं के पक्ष से युद्ध कर उसमें विजयी हुए थे। देवताओं के द्वारा उन्हें वर माँगने के लिए कहने पर युद्ध से थके मुचुकुंद ने निंद्रा का वर माँगा। साथ ही इच्छा जताई कि यदि कोई उन्हें उठाए तो वह मुचुकुंद की दृष्टि पड़ते ही भस्म हो जाए। मथुरा पर विजय पाकर कालयवन भगवान श्री कृष्ण के पीछे भागते-भागते गिरिराज पहुँचा जहाँ एक गुफा में मुचुकुंद सो रहे थे। कालयवन ने मुचुकुंद को कृष्ण समझकर लात मारकर जगाया और उनके देखते ही वह भस्म हो गया। [श्रीहरिवंशपुराण, विष्णुपर्व, अध्याय 57, श्लोक 43-55]

53. प्रागज्योतिषपुर में नरकासुर का वध कर श्रीकृष्ण ने उसके भवन में प्रवेश करके वहाँ के धन-वैभव तथा सोलह सहस्त्र कुमारियों को द्वारका भेजा था। [श्रीहरिवंशपुराण, विष्णुपर्व, अध्याय 64;

को भयभीत करने वाला कालिया नाग कृष्ण से परास्त होकर भागा था। संसार में अपने बल और कौशल का दंभ भरने वाला नागराज तक्षक भी भाग्यवश खांडव वनाग्नि से बचा था।"

"नागराज को परास्त करने के लिए कृष्ण के गुणगान से अधिक सैन्य रणनीति की आवश्यकता है।" महामंत्री विष्णुदत्त सहजता से बोले, "अपनी योजना तनिक विस्तार से समझाएँ।"

"नागराज अपनी कुत्सित चालें चले उससे पूर्व उसे इतना गहरा आघात दिया जाए, जिससे उबरने में उसे लंबा समय लगे।" शोण गंभीरता से बोला, "नागों को पराजित करने के लिए हमें एक ऐसे अभियान की आवश्यकता है जो कल्पनातीत हो। अभियान जितना सुनियोजित, औचक एवं गुप्त होगा, नागों को अधिकतम क्षति पहुँचने की संभावना उतनी प्रबल होगी।"

"यह होगा कैसे?" महामंत्री विष्णुदत्त ने पूछा।

"चिरपुंज और अनंतपुर की संयुक्त सेना नागलोक पर औचक आक्रमण करेगी। तक्षक स्वप्न में भी नहीं सोचेगा कि दो छोटे राज्यों के मुट्ठी भर सैनिक नागलोक जैसे अभेद्य दुर्ग पर आक्रमण करने का साहस करेंगे।"

"नागलोक पर आक्रमण! ये रणनीति है, अथवा मृत्यु वरण?" महामंत्री विष्णुदत्त को अपने नीचे से धरती खिसकती लगी।

"प्रस्ताव हास्यास्पद है। नागलोक की सामरिक स्थिति अत्यंत सुदृढ़ है। दुर्गम मृत्युंजय पर्वत शृंखला से घिरा नागलोक एक प्राकृतिक दुर्ग की भाँति है जिसे नागों ने पूर्ण योजनाबद्ध रूप से सुरक्षित किया है।" सेनापति स्कंध के माथे पर बल पड़ गए।

"मैं सेनापति के तर्क से सहमत हूँ।" सेनापति समरवीर बोला, "नागलोक सहस्र योजन विस्तृत है। उसका बाहरी दरवाजा ही सौ योजन लंबा और पाँच योजन चौड़ा है।[54] मात्र उड़ती सूचनाओं के आधार पर हमें ज्ञात है कि नागलोक के भीतर अनगिनत परकोटे वाले विशाल दुर्ग हैं। प्रत्येक परकोटे पर अत्यंत गुप्त एवं विध्वंसक सुरक्षा प्रणालियाँ प्रयुक्त हैं। शत्रुओं के चलाए हुए जलते गोले और

श्रीविष्णुपुराण, अंश 5, अध्याय 29]

54. महाभारत, आश्वमेधिकपर्व, अध्याय 58, श्लोक 36-41

अलात[55] को भी विफल करने वाली शक्तियाँ सुसज्जित हैं।"

"नागों के दुर्ग तीखे यंत्र, शतघ्नी और लौह जाल और बड़े-बड़े चक्रों से सुरक्षित हैं। तोमर, अंकुश, शतघ्नी, लांगल, भुशुण्डी, पत्थर के गोले, अन्यान्य अस्त्र-शस्त्र, फरसे, बहुत-सी सुदृढ़ ढालें और गोला-बारूद से भरी हुई तोपें तैनात हैं। सुना है कि नागलोक के भीतर अदृश्य रूप से बिछाए लोहे के विषाक्त काँटों भरे व्यूहवद्ध मार्ग हैं। अनेक भूमिगत मार्ग हैं जो नागलोक के विभिन्न क्षेत्रों को जोड़ते हैं। किस द्वार और स्थान पर कितने रक्षक बल तैनात हैं, इसके बारे में हमें तनिक भी सूचना नहीं है।" महामंत्री मैत्रेय बोले।

"राज्य का समस्त सैन्य बल यदि नागलोक पर आक्रमण करने के लिए चला गया तो नगर की सुरक्षा कैसे होगी?" महामंत्री विष्णुदत्त ने व्याकुलता से पूछा, "रक्षक बलों के अभाव में राज्य में अराजकता फैल सकती है। दस्यु दल नगर में लूट-पाट कर सकते हैं। नागरिक विद्रोह हो सकता है। तक्षक के लिए ये सभी परिस्थितियाँ दोनों राज्यों का अधिग्रहण करने के लिए अनुकूल होंगी। नागरिक नाग सेना का प्रतिकार नहीं कर सकेंगे।"

"नाग सेना का प्रतिकार करने के लिए नगर में नागरिकों का होना भी तो आवश्यक है।" शोण के चेहरे पर एक शरारती मुस्कान लहराई, "नागलोक पर आक्रमण चिरपुंज और अनंतपुर के समस्त नागरिकों के सुरक्षित पलायन के पश्चात आरंभ होगा।"

"चिरपुंज के 84 सहस्त्र और अनंतपुर के 32 सहस्त्र नागरिक पलायन कर कहाँ जाएँगे?" सेनापति स्कंध तैश में बोला, "भयानक विस्तृप वन में, साक्षी नदी के तल में, अथवा नागलोक में बैठे तक्षक के चरणों में?"

"निर्दोष प्रजा की बलि चढ़ाना हमें स्वीकार नहीं है। प्रजा के बिना राज्य और सत्ता का क्या महत्त्व?" महामंत्री विष्णुदत्त बोले।

"आप मृत्युंजय पर्वत को अपना देव मानते हैं। वही आप सभी की रक्षा करेंगे।" शोण के चेहरे पर रहस्यमय मुस्कान उभरी।

सेनापति स्कंध ने खीजते हुए शोण को घूरा। समझ नहीं आया कि शोण की बात पर हँसे, अथवा रोए। अपरिपक्व सोच से अनर्गल वार्तालाप करने वाले शोण की जाने किस प्रतिभा से प्रभावित होकर महाराज ने उसे संयुक्त सेनापति नियुक्त

---

55. प्रज्ज्वलित लौहमय अस्त्र

किया। क्षेत्रीय भू-भाग से अनभिज्ञ है और दंभ चिरपुंज और अनंतपुर की सुरक्षा करने और नागलोक पर आक्रमण करने का भर रहा है।

"मृत्युंजय पर्वत श्रृंखला दो भागों में बँटी है, जिसके बीच में साक्षी नदी बहती है। नदी के दक्षिणी तट से कुछ कोस दूर मृत्युंजय पर्वत श्रृंखला का एक भाग स्थित है जो नागलोक को तीन दिशाओं से सुरक्षित करता है। साक्षी नदी के दूसरे तट के निकट मृत्युंजय पर्वत श्रृंखला का उत्तरी भाग है, जिसका सँकरा घुमावदार मार्ग विस्तृप वन सीमा को छूते हुए कई कोस आगे जाकर राजमार्ग से जुड़ता है।" सेनापति स्कंध एक साँस में बोलता गया, "हमारे गुप्तचरों के अनुसार मृत्युंजय पर्वत के उत्तरी और दक्षिणी भाग की चोटियों में नागों की अनगिनत निगरानी चौकियाँ हैं। उनमें बैठे नाग रक्षक साक्षी नदी के दोनों तटों से जुड़े पर्वतीय श्रृंखला के दुर्गम मार्ग की चौकसी करते हैं। नाग रक्षकों के भय से कई कोसों का वह अदम्य घुमावदार मार्ग 'विष-मार्ग' के नाम से कुख्यात है।"

"क्या मृत्युंजय पर्वत पर नागों के सामरिक प्रबंधों के विषय में आपके गुप्तचरों को कोई अन्य जानकारी है?" शोण ने पूछा।

"हमें ही कहाँ पूरी जानकारी है। कितनी नाग चौकियाँ हैं, उनकी सटीक स्थिति क्या है, उनमें कितने नाग प्रहरी हैं, उनके पास कौन-से अस्त्र-शस्त्र और सुविधाएँ हैं और उनकी आपूर्ति व्यवस्था क्या है- ये हमारे लिए भी गुप्त विषय हैं।" सेनापति स्कंध ने उत्तर दिया, "चौकियों से नाग सैनिक राजमार्ग से यात्रा करने वाले व्यापारियों एवं नागरिकों का वध करते हैं। हमने शवों में धँसे बाणों और भालों की जाँच कर उनका संभावित वेग, दिशा और दूरी ज्ञात करने का प्रयास किया। हमें मात्र इतना समझ आया कि हमलों का उद्‌गम साक्षी नदी के उत्तरी तट और दक्षिणी तट से सटे मृत्युंजय पर्वत पर स्थित है और एक नहीं, अनेक हैं।"

"क्या दोनों राज्यों के सैन्य बल विष-मार्ग में नागरिकों की सुरक्षा के लिए सक्षम नहीं होंगे?" शोण ने प्रश्न दागा।

"साक्षी नदी के दोनों तट नाग धनुर्धरों, भालाधारियों और शतघ्नियों की निगरानी सीमा में हैं। 'विष-मार्ग' जैसे अदम्य क्षेत्र में जहाँ असंख्य नाग-सैनिक घात लगाए बैठे हैं, वहाँ सहस्त्रों नागरिकों की सुरक्षा मात्र 54 सहस्त्र घुड़सवार और पदाती सैनिकों के बल पर छोड़ना मौत के मुँह में निःशब्द चलने के समान

होगा।" सेनापति स्कंध ने उत्तर दिया।

"नाग-शक्ति का इससे बड़ा अपमान क्या होगा कि चिरपुंज और अनंतपुर के मुट्ठी-भर सशस्त्र बल विष-मार्ग से अपने नागरिकों को सुरक्षित निकाल ले जाएँ।" शोण के चेहरे पर यकायक तनाव बिखर गया, "और यही होगा!"

"किंतु दोनों राज्यों के नागरिक पलायन कर कहाँ जाएँगे?" महामंत्री विष्णुदत्त ने प्रश्न दागा।

"उत्तरी मृत्युंजय पर्वतीय श्रृंखला के आगे उत्तर-पश्चिमी दिशा में स्थित गरुड़-संरक्षित क्षेत्र में सभी नागरिक नागों से लंबे समय तक सुरक्षित रहेंगे।" शोण ने उत्तर दिया, "गरुड़ों के भय से नाग वहाँ कदम नहीं रखेंगे।"

"वहाँ तक पहुँचने का मार्ग अत्यंत गुप्त है। न जाने मार्ग में कैसे संकट हों।" महामंत्री मैत्रेय चिंता से बोले।

"जरासंध के आक्रमण से बचने के लिए यादव जनसमुदाय ने मथुरा से द्वारका तक की लंबी यात्रा पूर्ण की थी।[56] उस यात्रा से जुटाए अनेक अनुभव इस पलायन को व्यवस्थित करने में हमारी मदद करेंगे।" शोण बोला, "यादवों ने उचित उपक्रम से गरुड़-संरक्षित क्षेत्र तक पहुँचने की दुष्कर यात्रा को जनसाधारण के लिए सुगम बनाया है। मार्ग में नागरिकों और पशुओं के विश्राम के लिए विभिन्न पड़ाव और सुविधाएँ होंगी।"

"किंतु विष-मार्ग पर नागरिकों की सुरक्षा कैसे होगी?" सेनापति स्कंध ने पूछा।

"विष-मार्ग का उपयोग आवश्यक नहीं है। वर्षों पूर्व महादेव के गणों ने

---

56. अत्याचारी राजा कंस का वध करके कृष्ण ने उसके ससुर जरासंध को क्रोधित कर दिया था। कंस की मृत्यु का प्रतिशोध लेने के लिए जरासंध ने 17 बार मथुरा पर आक्रमण किया, किंतु यादवों ने उसे परास्त किया। [श्रीहरिवंशपुराण, विष्णुपर्व, अध्याय 37, श्लोक 5; श्रीविष्णुपुराण, अंश 5, अध्याय 22, श्लोक 11] जरासंध के द्वारा मथुरा पर पुनः आक्रमण करने पर बलराम और श्रीकृष्ण ने नगरवासियों की रक्षा के लिए मथुरा से दक्षिण भारत की ओर प्रस्थान किया और परशुराम की सलाह पर दोनों गोमंत पर्वत पर चढ़ गए। [श्रीहरिवंशपुराण, विष्णुपर्व, अध्याय 39, श्लोक 55-68] इसके पश्चात श्री कृष्ण ने मथुरा को असुरक्षित जान कर यादवों से मथुरा छोड़ दूसरा नगर बसाने के लिए कहा। जरासंध और कालयवन की शक्तिशाली सम्मिलित सेना के मथुरा पर आक्रमण करने की सूचना मिलने पर यादवों ने मथुरा से पलायन कर राजा रेवत की विहार भूमि 'द्वारवती' में पड़ाव डाला। इसी स्थान पर श्रीकृष्ण ने द्वारका नगरी बसाने का निर्णय लिया। [श्रीहरिवंशपुराण, विष्णुपर्व, अध्याय 56, श्लोक 5-14]

अपने अन्वेषण के दौरान एक स्थान से दूसरे स्थान तक शीघ्रता और सुगमता से पहुँचने के उद्देश्य से मृत्युंजय पर्वत श्रृंखला में कई गुप्त भूमिगत मार्गों का निर्माण किया था। उनमें से एक गुप्त मार्ग चिरपुंज सीमा से कुछ कोस दूर उत्तर-पूर्वी दिशा में स्थित है। पिछले कुछ मासों में यादव विशेषज्ञ उस गुप्त मार्ग को चौड़ा कर जनसमुदाय की यात्रा के लिए सुलभ बना चुके हैं। इस गुप्त मार्ग से नागरिक उत्तरी मृत्युंजय श्रृंखला के पर्वतों के भीतर से दो दिवस पश्चात गरुड़-संरक्षित क्षेत्र तक सुरक्षित पहुँच सकते हैं।"

महामंत्री विष्णुदत्त अवाक रह गए। उन्हें सहसा स्मरण आया। श्रीकृष्ण ने अपने संदेश में चिरपुंजवासियों को बिल में घुसकर रक्षा करने को कहा था। ये श्रीकृष्ण तो अद्भुत कलाओं से युक्त हैं। अपने एक इशारे पर वह कभी मथुरावासियों की रक्षा के लिए अपनी उँगलियों पर गोवर्धन पर्वत उठा लेते हैं[57], तो कभी समुद्र को पीछे धकेल कर द्वारका नगर स्थापित कर देते हैं।[58] अब उन्होंने दोनों राज्यों की प्रजा की सुरक्षा के लिए मृत्युंजय पर्वत में गुप्त मार्ग ढूँढ़ निकाला।

"इस असंभव योजना की सफलता के लिए दोनों राज्यों में सहयोग आवश्यक है। अगले तीन दिनों में हमें नागरिकों को मृत्युंजय पर्वत की निचली चोटियों में बने गुप्त द्वार तक पहुँचाना होगा।" कहते हुए शोण चेतावनीपूर्ण स्वर में बोला, "अन्यथा हमें अपने कंधे असंख्य शवों का बोझ उठाने लायक मजबूत करने होंगे।"

शोण की बात में छुपी चेतावनी भाँपकर सभी सहम गए।

"इतने बड़े जन समुदाय की यात्रा का प्रबंध मात्र तीन दिन में कैसे होगा?" महामंत्री मैत्रेय ने चिंता जताई, "नागरिकों में बूढ़े, बच्चे और स्त्रियाँ हैं। भारी संख्या में पशुधन हैं। अनगिनत रुग्ण और शारीरिक रूप से अक्षम नागरिक हैं। यह असंभव कार्य है!"

---

57. इंद्र के कोप से गोकुलवासियों की रक्षा करने के लिए श्रीकृष्ण ने गोवर्धन पर्वत धारण किया था। 'धारण' का अर्थ यहाँ पर्वत को पशुओं और गोकुलवासियों के निवास के लिए उपयुक्त स्थान बनाने से समझना चाहिए। [श्रीहरिवंशपुराण, विष्णुपर्व, अध्याय 18, श्लोक 27-55]

58. द्वारका की स्थापना के समय देवताओं के शिल्पकार विश्वकर्मा ने कहा कि यदि जल के स्वामी समुद्र कुछ भूमि छोड़ सकें तो द्वारकापुरी भली-भाँति विस्तृत एवं उत्तम लक्षणों से संपन्न हो सकेगी। श्रीकृष्ण ने समुद्र को अपने जल को बारह योजन समेटने का आदेश दिया। श्रीकृष्ण के आदेशानुसार समुद्र ने जल का उपसंहार करके उतनी भूमि छोड़ दी। [श्रीहरिवंशपुराण, विष्णुपर्व, अध्याय 58, श्लोक 33-38]

"नागरिकों की सुरक्षा हमारी सर्वोच्च प्राथमिकता है। नाग आक्रमण से नागरिकों की सुरक्षा के लिए मित्र शोण की योजना सर्वश्रेष्ठ विकल्प है। इस योजना के विषय में कोई संशय नहीं होना चाहिए।" महाराज अधिराज ने अपना अंतिम निर्णय सुनाया, "मित्र शोण! हम शेष योजना सुनने को आतुर हैं।"

महामंत्री विष्णुदत्त की चिंता बढ़ रही थी। नागलोक पर चिरपुंज और अनंतपुर की सेनाओं के संयुक्त आक्रमण के लिए महाराज अधिराज का यकायक सहमत होना शुभ संकेत नहीं था। प्रतीत हो रहा था कि नागों के विरुद्ध यह अभियान अप्रत्याशित नहीं था, बल्कि कृष्ण के मार्गदर्शन में इसकी आधारशिला गुप्त रूप से रखी जा चुकी थी। शोण का युद्धोन्माद स्पष्ट था, किंतु महामंत्री विष्णुदत्त न शोण की योजना की काट ढूँढ़ पा रहे थे, न उसका समर्थन करने में सहज महसूस कर रहे थे। उन्हें अपने गुप्तचरों पर क्रोध आ रहा था। सभी क्या भांग चढ़ाए पड़े थे जो कई मासों से चल रही श्रीकृष्ण की योजना की उन्हें भनक भी नहीं हुई?

"भूमिगत मार्ग से गरुड़-संरक्षित क्षेत्र की तरफ नागरिकों के प्रस्थान करते ही दोनों राज्यों की संयुक्त सेना मृत्युंजय पर्वत में बने एक अन्य गुप्त मार्ग से नागलोक में प्रवेश कर उसके तृतीय द्वार पर आक्रमण करेगी।"

"नागलोक का तृतीय द्वार!" सेनापति स्कंध का मुँह आश्चर्य से खुला रह गया। वह तो नागलोक के प्रथम द्वार के सुरक्षा-चक्रों का आधा-अधूरा ज्ञान बखान कर फूला नहीं समा रहा था और यहाँ द्वारका से आया श्रीकृष्ण का दूत उसे नागलोक के तृतीय द्वार के बारे में बता रहा था।

"आप नागलोक के सुरक्षा प्रबंधों के विषय में इतना कैसे जानते हैं?" उसने विस्मय से पूछा।

"अभी महत्त्वपूर्ण यह है कि इस जानकारी से हम अभियान की सफलता कैसे सुनिश्चित करें।" शोण बोला, "सहस्र योजन विस्तृत नागलोक अनेक दिव्य परकोटों के व्यूह से सुरक्षित है। परकोटों के अतिरिक्त नागलोक में कुछ भूमिगत मार्ग हैं, जिनका निर्माण आपातकालीन स्थिति में नागों को वहाँ से सुरक्षित बाहर निकालने के लिए हुआ था। ये भूमिगत मार्ग नागलोक के सभी द्वारों से जुड़े हैं।"

"मृत्युंजय पर्वत जैसे अभेद्य प्राकृतिक दुर्ग और दिव्य परकोटों में नाग स्वयं को सुरक्षित समझते हैं। नागलोक के प्रथम द्वार की अपेक्षा भीतरी सुरक्षा द्वार एवं घेरे अशक्त हैं। उन भीतरी द्वारों पर सीधा हमला करना दुष्कर है, किंतु

ऐसा होने पर उसका प्रतिकार करने में नागों को समय लगेगा।" शोण अपनी योजना समझाने लगा, "हमले के लिए चिरपुंज और अनंतपुर की संयुक्त सेना तीन छापामार समूहों में विभाजित होगी। प्रथम समूह सेनापति स्कंध के नेतृत्व में तृतीय द्वार पर हमला करेगा। द्वितीय समूह का नेतृत्व सेनापति समरवीर करेंगे। तीसरा समूह मेरे नेतृत्व में इन दोनों समूहों का सहयोग करेगा। इस अभियान में सभी सैनिक संशप्तक योद्धा[59] होंगे।"

"नागलोक पर आक्रमण की क्या योजना है?" सेनापति समरवीर ने पूछा।

"हम भूमिगत मार्गों से नागलोक में प्रवेश कर तृतीय द्वार पर आक्रमण करेंगे। नागलोक के दूसरे द्वारों से यहाँ सहायता पहुँचने में जितना समय लगेगा वो तृतीय द्वार को ध्वस्त करने के लिए पर्याप्त होगा। जब तक नाग प्रहरी तृतीय द्वार पर एकत्र होंगे, प्रथम छापामार दल नागलोक के भीतरी द्वारों को तोड़ने के लिए बढ़ेगा। नागलोक के सुरक्षा व्यूह को यथासंभव क्षतिग्रस्त किया जाएगा। इस हमले को रोकने के लिए प्रथम द्वार पर तैनात नाग बल को हटना पड़ेगा, जिस कारण प्रथम द्वार की सुरक्षा कुछ समय के लिए शिथिल पड़ेगी। इसी क्षण दूसरा छापामार दल प्रथम द्वार पर हमला करेगा। नाग नागलोक के भीतर और बाहर दोनों तरफ से घिर जाएँगे ।"

"किंतु चिरपुंज और अनंतपुर के छापामार दल नागों को अधिक देर नहीं सँभाल सकेंगे!" सेनापति स्कंध ने संशय जताया।

"नागों से सीधा युद्ध लाभकारी नहीं होगा।" शोण बोला, "इसलिए प्रत्येक दल के सैनिक छोटी-छोटी टुकड़ियों में बँटकर नागों पर छुपकर वार करेंगे। इस शैली से नागों को क्षति पहुँचाते हुए वे स्वयं सुरक्षित रहेंगे।"

"किंतु तृतीय द्वार से ही नागलोक पर हमला क्यों?" सेनापति समरवीर ने पूछा।

"तृतीय द्वार के निकट नागों के दो प्रमुख आयुध भंडार स्थित हैं जहाँ से नागलोक के सभी द्वारों पर आयुध आपूर्ति होती है। प्रमुख आयुध भंडारों के नष्ट होने से आयुध आपूर्ति बाधित होगी। नाग प्रतिरोध शिथिल होगा और हमें नागों के

---

59. ऐसा योद्धा जिसने बिना सफल हुए लड़ाई आदि से न हटने की शपथ खाई हो। महाभारत युद्ध में अर्जुन ने दस हजार से अधिक संशप्तकों का संहार किया था। [महाभारत, कर्णपर्व, अध्याय 53, श्लोक 42-46]

अन्य आयुध भंडारों को नष्ट करने का अवसर प्राप्त होगा। ऐसे में हम नागों को समर्पण करने, अथवा मैदान छोड़ने के लिए विवश कर सकते हैं।" शोण बोला।

"और नागलोक के तृतीय द्वार तक पहुँचने का मार्ग?" सेनापति स्कंध ने पूछा।

"उसकी जानकारी आपको समय रहते मिल जाएगी।" शोण बोला।

"उचित है!"

"कुछ सुरक्षा नियमों का कड़ाई से पालन होना आवश्यक है।" शोण सधी वाणी में बोला, "तत्काल प्रभाव से परकोटों की सुरक्षा बढ़ा दी जाए। नगर में आने-जाने वाले हर व्यक्ति की सघनता से जाँच हो। सूर्यास्त से पूर्व सभी नागरिक नगर के भीतर लौट आएँ और नगर-द्वार बंद कर दिए जाएँ। सूर्यास्त पश्चात नगर में किसी को आने-जाने की अनुमति नहीं हो। रात्रि में परकोटे पर्याप्त प्रकाशित हों और सशस्त्र-बल से सुरक्षित रहें। प्रत्येक संदिग्ध गतिविधि की सूचना मुझे तुरंत मिले।"

"पलायन से पूर्व नगर में उपस्थित सभी वृद्ध, युवा, रुग्ण, अपाहिज और यात्रा करने में अक्षम और पशुधन की गणना कर उनकी जानकारी मुझ तक पहुँचाई जाए।" शोण ने निर्देश दिए, "अन्न भंडारों में कीटनाशकों का नियमित छिटकाव हो। जलाशयों का जल अधिक से अधिक मात्रा में मटकों और छकड़ों में भरवाया जाए। ईंधन संग्रह कर उसका प्रयोग सीमित करें। कोषागार और राजमहल में उपलब्ध सभी बहुमूल्य वस्तुओं और धन की सुरक्षा के लिए कुछ सैन्य टुकड़ियाँ तैनात हों। महाराज के लिखित आदेश के बिना कोषागार से एक भी मुद्रा बाहर नहीं निकले।"

"मुख्य वैद्य सुषेण! आप घायलों की चिकित्सा के लिए तेल, चर्बी, मधु, घी, औषधियाँ, अंगारे, कुश और मूँज के साथ-साथ ढाक, बाण, घास और विष में बुझाए हुए बाणों का शीघ्र संग्रह करें। नाग विष से होने वाले दुष्प्रभाव के विषय में नागरिकों को जागरूक करें। किसी अज्ञात व्याधि के लक्षण प्रत्यक्ष होने पर पीड़ित को शेष नागरिकों से पृथक कर उसे कड़ी निगरानी में रखें।"

"नगर-सेवा प्रमुख! नगर में जितनी बैलगाड़ियाँ, रथ, और सामान ढोने के साधन हैं उन्हें यात्रा हेतु उपयुक्त बनाएँ। भिखारियों, हिजड़ों, पागलों, विदूषकों और नृत्यांगनाओं को तुरंत नगर से बाहर निकाल दें।"

"सेनापति स्कंध और सेनापति समरवीर! नगर सीमा पर चौकसी कड़ी रहे। सीमा सुरक्षा-चौकियों में अस्त्र-शस्त्र और औषधियों का पर्याप्त भंडार हो। अतिरिक्त अस्त्र-शस्त्र युवा नागरिकों में बँटवा दें।"

सभी अधिकारियों ने सिर झुकाकर शोण के निर्देशों को स्वीकार किया।

"स्मरण रहे! आगामी तीन दिवस चिरपुंज और अनंतपुर के अस्तित्व और उसके भविष्य के लिए निर्णायक हैं। हमारी एक चूक से भरतखंड से दोनों राज्यों का नाम हमेशा के लिए विलुप्त हो जाएगा।" शोण ने चेतावनी के साथ अपनी बात समाप्त की।

सभा समाप्त हुई, पर महामंत्री विष्णुदत्त का मन व्याकुल रहा। शोण की आत्मघाती योजना को महाराज अधिराज का समर्थन मिलना अप्रत्याशित था। सभागार से निकलकर उनके कदम नगर हाट की तरफ मुड़ गए।

शोण का सत्य जानने और अपने विश्वस्त गुप्तचर की योग्यता आँकने का उनके पास यह उत्तम अवसर था।

अध्याय 7

रात के घने अंधकार से ढँका मृत्युंजय पर्वत श्रृंखला का सूनसान सीमांत क्षेत्र बेहद डरावना लग रहा था। साक्षी नदी तट के ऊबड़-खाबड़ और पथरीले मार्ग पर झुरमुटों और वृक्षों की आड़ में कोहनियों के बल रेंगते हुए शोण विस्तृप वन के घने क्षेत्र की दिशा में बढ़ रहा था। अँधेरे का लाभ उठाने के लिए काले वस्त्र पहनकर उसने अपना सिर और चेहरा काले कपड़े से ढँका था।

ऊँची चोटियों पर स्थित नाग सुरक्षा चौकियों में बैठे नाग सैनिकों की चौकसी के कारण दिन के उजाले में विस्तृप वन में प्रवेश करना जितना असुरक्षित था, रात के अँधेरे में उतना ही सुरक्षित था। मृत्युंजय पर्वत की चोटियों पर बैठे नाग सुरक्षाकर्मियों की दृष्टि से वृक्षों की आड़ में बचते हुए शोण वन में बढ़ने लगा।

अँधेरे में सघन वन में मार्ग ढूँढ़ना कठिन था। जमीन पर नागों द्वारा बिछाए पत्तों से ढँके लौह-पंजे, वृक्षों की मजबूत लताओं से बने पाश जैसे अनगिनत गुप्त सुरक्षा प्रबंध मौत के खुले मुँह थे। उनसे बचना पानी पर बिना तरंगें उत्पन्न किए चलने जितना दुष्कर था। दैत्याकार वृक्षों के घने झुंड में नाग सैनिकों की उपस्थिति के चलते मशाल प्रज्ज्वलित करना भी असुरक्षित था।

वन की सघनता बढ़ने के साथ रह-रहकर जानवरों की डरावनी आवाजें सुनाई देने लगीं थीं। अँधेरे में किसी वृक्षों की ओट से कभी किसी जानवर की चमकती आँखें दिखतीं, तो कभी दूर कहीं से किसी की गुर्राहट सुनाई देती। झाड़ियों की सरसराहट से लगता जैसे कोई निकट हो, किंतु अँधेरे में कुछ स्पष्ट नजर नहीं आता।

जानवरों की हलचल के बीच कुछ अजीब कमजोर आवाजें उभरीं और शोण के निकट आते हुए नियमित सरसराहट में बदलने लगीं।

शोण उस सरसराहट को उपेक्षित कर वन में बढ़ता रहा। वर्षों से विस्तृप

वन भ्रमण करने के कारण उसे विभिन्न जानवरों द्वारा उत्पन्न ध्वनि की पहचान हो गई थी। यह ध्वनि अपरिचित थी। जीव-जंतुओं की अनेक दुर्लभ प्रजातियों से भरे विस्तृप वन में शायद यह किसी नई प्रजाति का जीव था जिससे शोण अनभिज्ञ था।

किंतु वह सरसराहट न मंद हुई, न उसने शोण का पीछा छोड़ा।

शोण का माथा ठनका। कोई जानवर इतने लंबे समय तक उसका पीछा क्यों करेगा? यह सरसराहट नागों के पदचापों से भिन्न थी। नाग तो अभी तक उस पर आक्रमण कर चुके होते। नाग दल में आखेट करते हैं, जबकि सरसराहट से भान हो रहा था कि कोई अकेला है। विस्तृप वन के गुप्त सुरक्षा प्रबंधों से बचकर निषिद्ध क्षेत्र में किसी पथिक के जीवित पहुँचने की संभावना नगण्य थी। तो क्या कोई शोण का पीछा कर रहा था?

अपनी शंका दूर करने के लिए शोण ने अपना जाँचा-परखा पुराना दाँव प्रयोग किया। विस्तृप वन के निषिद्ध क्षेत्र का सटीक ज्ञान आज पुनः उसका विश्वसनीय मददगार सिद्ध होने वाला था।

यकायक वह मुड़कर घने वृक्षों के बीच खुले सँकरे स्थान में घुसा और तेजी से वन के वृक्षों, लताओं और झुरमुटों से बीच वन में बिछे सुरक्षा-चक्रों से बचते-बचाते भागने लगा। उसने महसूस किया कि उसके भागते ही वह विचित्र सरसराहट भी तीव्र होकर उसके साथ बढ़ने लगी थी। स्पष्ट था कि वो जो भी था उसका ही पीछा कर रहा था।

वो वृक्षों के बीच लुका-छुपी करते हुए शोण वन में अपने पसंदीदा स्थान पर पहुँचा। वह स्थान मजबूत तने वाले बड़े वृक्षों के झुंड से घिरा था जो देखने में एक समान थे। नाग सैनिकों को छलने के लिए शोण कई बार इस स्थान का सफलतापूर्वक उपयोग कर चुका था।

वो वृक्षों के बीच बनी सँकरी जगह में घुसा और रेंगकर निकट के झुरमुटों में दुबककर बैठ गया। आसपास से आती झुरमुटों की चरमराहट से पता चल रहा था कि उसका पीछा करने वाला वहाँ पहुँच चुका है।

कुछ देर बाद उसे वहाँ एक दुबली-पतली, बीमार और विक्षिप्त बुढ़िया दिखी। कमर झुकाए धीमी चाल से घूमते हुए वह आसपास कुछ ढूँढ़ रही थी। लंबे, घने, सफेद बाल चेहरे को ढाँके उसके कंधे और पीठ पर बेतरतीब से झूल

रहे थे। कंधे पर फटे-पुराने कपड़े की छोटी पोटली टँगी थी। फटी-पुरानी काली साड़ी पहने वह हवा में उड़ता काला साया लग रही थी। वह क्षण भर के लिए प्रकट होकर अगले पल हवा में गायब होती और कुछ देर बाद दूसरे स्थान पर प्रकट होती।

पग-पग पर संकट से भरे विस्तृप वन के दुर्गम क्षेत्र में एक कमजोर और बीमार बुढ़िया की उपस्थिति अप्रत्याशित थी। उसका काँपता बदन और कमजोर चाल देख लगता नहीं था कि वह इतनी देर से शोण का पीछा कर रही थी।

शोण साँस साधे झुरमुट की आड़ में बुढ़िया पर दृष्टि बनाए बैठा रहा। यदि वो शोण का पीछा कर रही थी तो क्यों?

लंबे-घने बालों से ढँका उस बुढ़िया का चेहरा क्षण भर के लिए अनावृत हुआ। उसकी लंबी ठुड्डी ऊपर मुड़ी थी। झुर्रियों से भरे उसके चेहरे की त्वचा नीचे झूल रही थी।

शोण बुढ़िया को पहचान कर चौंका। बुढ़िया के भेष में वो नागराज की सबसे विश्वस्त और चतुर गुप्तचर विसर्पी[60] शरण्या थी। उसकी उपस्थिति शोण के लिए सुखद आश्चर्य के साथ अपशकुन थी। अभियान के इस महत्त्वपूर्ण चरण में शरण्या से टकराव शोण पर भारी पड़ सकता था।

शोण अपने विकल्प टटोल रहा था कि दूर कहीं से पत्तों के चरमराने की मंद आवाज उसके कानों में पड़ी। कोई दबे पाँव उसकी तरफ आ रहा था। कदाचित शरण्या के साथ नाग, अथवा विसर्पी थे। सरसराहट पर ध्यान केंद्रित कर उसने आगंतुकों की संख्या, दूरी और दिशा का अनुमान लगाया। कदमों की आहट से लग रहा था कि कोई नाग प्रहरी दल वहाँ आ रहा था।

सीमित समय में नाग प्रहरियों और शरण्या जैसी दक्ष गुप्तचर से बचने के लिए शोण को तुरंत निर्णय लेना था।

शरण्या के पलटते ही शोण झुरमुटों की ओट से निकलकर उस दिशा में भागा जिधर से उसे नाग प्रहरियों के आने का अनुमान था। भागते समय उसने अपने कदमों की आहट जानबूझकर नहीं दबाई।

शोण के आशानुरूप उसके कदमों की आहट सुन शरण्या चौंककर मुड़ी और उसको देखते ही उसके पीछे भागी।

---

60. नाग और मानव के संयोग से उत्पन्न संतान।

कुछ दूर भागने के बाद शोण पेड़ का सहारा लेकर हाँफते हुए रुका। शरण्या भी रुकी और ज्वलंत दृष्टि से अपने शिकार शोण पर गड़ाए सावधानी से उसकी तरफ बढ़ी।

हाँफता हुआ शोण शरण्या के पीछे वृक्षों की ओट से प्रकट हुए पीले प्रकाश बिंदुओं को देख मन ही मन मुस्कुराया। वृक्षों की आड़ में नाग प्रहरी मोर्चा सँभाल चुके थे। योजनानुसार वह शरण्या को अपने पीछे उस स्थान पर ले आया था जहाँ उसे नाग प्रहरियों के होने का अनुमान था। इधर नागों की उपस्थिति और शोण की योजना से अनभिज्ञ शरण्या उसे क्रोध से घूरते हुए उसकी तरफ बढ़ी।

अचानक शोण झुका और हवा में उछलते हुए उसने अपनी खुरपी शरण्या की तरफ उछाली।

शोण के औचक आक्रमण से शरण्या चौंकी, किंतु वह सावधान थी। इधर शोण के हाथ से खुरपी छूटकर हवा में सनसनाते हुए उसकी ओर उछली, और उधर उसने अपनी कमर पीछे मोड़कर दोनों हाथ जमीन पर टिकाए और पैर हवा में उछालते हुए पलटी मारी। अगले पल वह सहजता से खड़ी हो गई और शोण की फेंकी खुरपी उसके बालों को छूते हुए वन के अंधकार में गुम हो गई।

शरण्या ने क्रोधवश शोण को घूरा। उस पर खुरपी से हमला करने की बचकानी हरकत के बाद शोण शांत खड़ा था। वह न हाँफ रहा था, न शरण्या से भागने का प्रयास कर रहा था। बस सहजता से शरण्या को देख रहा था। वो क्या चाहता था?

निकट से तेज स्वर में नाग तुरही गूँजी और तुरंत ही कई तुरहियों का स्वर उसमें जुड़ गया। तुरहियों की तेज ध्वनि से विचलित हो जानवर चीत्कार करने लगे। चारों तरफ कोलाहल मच गया।

शरण्या चौंकी। नागों से सुरक्षित विस्तृप वन के सघन क्षेत्र में नागों पर कौन-सा संकट आन पड़ा, जिसने उन्हें मदद माँगने के लिए विवश किया। संकट का कारण ढूँढने के लिए वो जैसे ही मुड़ी, दंग रह गई।

वृक्ष के सहारे एक नाग प्रहरी अपनी आँखें फाड़े ढेर पड़ा था। शोण की फेंकी खुरपी उसके वक्षस्थल में धँसी थी। उसके निस्पंद हाथ में नाग तुरही फँसी थी। कदाचित उसी ने प्राण त्यागने से पूर्व तुरही फूँककर अपने साथियों को सचेत किया था।

सारा मामला शरण्या के सामने स्पष्ट था। शोण उससे डरकर नहीं, बल्कि उसे नाग प्रहरियों से उलझाने की योजना के साथ भाग रहा था। अवसर मिलते ही उसने शरण्या के पीछे खड़े नाग प्रहरी को अपनी खुरपी का शिकार बना लिया।

शरण्या शोण की दिशा में पलटी, किंतु वह शरण्या की असावधानी और वन के सघन अँधेरे का लाभ उठाकर भाग चुका था।

शरण्या को अपनी मूढ़ता पर क्रोध आया। वो आई थी शोण के विस्तृप वन में आने का प्रयोजन ज्ञात करने, पर अपनी असावधानी में शोण की चाल में फँसकर नाग प्रहरियों से उलझ गई थी।

तुरही की आवाज सुनकर नाग प्रहरी वहाँ पहुँचने वाले थे। शोण का पीछा करना भूल कर शरण्या पलटी और उछलकर वृक्ष की मोटी जड़ों पर चढ़कर दूसरी तरफ कूदकर भागी।

किंतु भाग्य ने उसका साथ नहीं दिया। लताओं में उलझकर वो संतुलन खोकर औंधे मुँह गिरी। जबड़ा हिल गया और होंठ छिल गए। पैर पर गहरा घाव बन गया।

कमरबंद से खुरपी निकालकर वो लताओं को काटकर मुक्त हुई। उठकर वह लँगड़ाते हुए कुछ कदम आगे बढ़ी कि विवश हो रुक गई।

अध्याय 8

पूर्ण सावधानी बरतते हुए भी शरण्या नाग प्रहरियों से घिर गई थी। कंधे पर टँगी पोटली को नीचे पटककर उसने उन्हें देखा।

नाग प्रहरी संख्या में पाँच थे। बदन लंबा और दुबला-पतला, जैसे हड्डियों के ढाँचे पर अनेक बड़े धब्बे लिए चिकनी त्वचा चढ़ी हो। हाथ-पैर लंबे और टेढ़े थे। गर्दन सुराहीदार। लंबे, अंडाकार चेहरे पर धँसी उनकी पीले-पीली छोटी आँखें अँधेरे में प्रकाश बिंदुओं की तरह चमक रही थीं। छोटे, पतले और सपाट होंठों के ऊपर बिना हड्डी की चपटी नाक के दो छोटे छिद्र दिख रहे थे।

शरण्या ने आसपास देखा। उन पाँच नाग प्रहरियों के अतिरिक्त उसे अन्य प्रहरी नहीं दिखा। अँधेरे में वृक्षों और झुरमुटों की आड़ में छुपे नाग प्रहरियों की संख्या और उनकी शक्ति का अनुमान लगाना असंभव था। न जाने आसपास कितने नाग प्रहरी घात लगाए बैठे हों और कितने तुरही की आवाज सुनकर यहाँ मदद के लिए पहुँचने वाले हों।

अपने साथी की मौत से क्रोधित वे शरण्या को घेरकर उसकी तरफ बढ़े। एक प्रहरी शरण्या के सामने से बढ़ा। उसके तीन साथी अगल-बगल से शरण्या की तरफ बढ़े। धनुर्धर नाग वृक्ष पर चढ़कर शरण्या को अपने बाणों का लक्ष्य बनाकर बैठ गया।

शरण्या ने नाग प्रहरियों की शक्ति का अनुमान लगाया। साधारण कवच चढ़ाए वे छोटी-हल्की तलवारें और खुरपियों से लैस थे। हवा में कपास के कण की तरह तैरते हुए वे अपना स्थान तेजी से परिवर्तन करते हुए शरण्या की तरफ बढ़ रहे थे। कदाचित वे शरण्या को जीवित पकड़ना चाहते थे।

दाँत किटकिटाने जैसी विचित्र डरावनी आवाज उत्पन्न करते हुए एक नाग प्रहरी ने तलवार से शरण्या पर वार किया।

शरण्या उसे छकाते हुए अपने दोनों पैरों को सटाकर घुटने मोड़कर झुकी और हवा में उछलते हुए उस नाग प्रहरी की पीठ की तरफ पहुँची। सकपकाया नाग प्रहरी जब तक पलटता, शरण्या अपने हाथों में उसकी गर्दन फँसाकर नीचे झूल गई।

शरण्या के हाथों में फँसा नाग प्रहरी अपना संतुलन बनाने के लिए कमर के बल पीछे मुड़ा। उसके सिर का पिछला हिस्सा उसकी एड़ी से छूने लगा। वह शरण्या के हमले से तो बच गया, किंतु उसकी गर्दन असुरक्षित हो गई। शरण्या ने उसकी गर्दन अपने हाथ में फँसाई और उछलकर उस पर अपने बदन का भार डालते हुए नीचे गिरी।

हड्डी टूटने की तेज आवाज के साथ नाग प्रहरी की गर्दन पीठ से झूलती हुई जमीन से टकराई और उसके ऊपर उसकी प्राणहीन देह आ गिरी। देह के भार से उसकी खोपड़ी के परखच्चे उड़ गए और उसका मस्तिष्क आस-पास बिखर गया।

क्रोध में भड़के उसके साथी अपनी तलवार लहराते हुए एक साथ शरण्या पर लपके। शरण्या कलाबाजी करते हुए उनसे दूर जाकर खड़ी हो गई।

नाग प्रहरी भी फुर्ती से अपनी तलवारें लहराते हुए उसकी तरफ उछले। वे तलवारें इतनी फुर्ती और वेग से घुमा रहे थे कि साधारण तलवारें भी दिव्यास्त्र जैसी प्रतीत हो रही थीं। उनकी तलवारों से पक्षी के पंख फड़फड़ाने जैसी ध्वनि गूँज रही थी। शरण्या पूर्ण एकाग्रता और दक्षता से नाग प्रहरियों से अपना बचाव करने लगी। एक मामूली चूक और वह कई छोटे हिस्सों में बिखरी होती।

शरण्या को उलझा देख तीसरा नाग प्रहरी अपने मृत साथी के हाथ में फँसी तुरही की तरफ लपका। उसकी मदद के लिए वृक्ष पर मोर्चा सँभाले बैठे नाग धनुर्धर के धनुष से कई तीर सनसनाते हुए शरण्या की तरफ छूटे।

नाग प्रहरियों ने शरण्या की क्षमता को कम आँका था। अपना बचाव करते हुए उसकी दृष्टि सभी नाग प्रहरियों पर थी। कमर मोड़कर वह हाथों के सहारे उलटी हुई और अपने पैरों को हवा में उछालते हुए उसने दूसरी तरफ पलटी मारी। हवा में उछलते हुए उसने अपने दोनों पैरों से तुरही की तरफ बढ़ रहे नाग सैनिक की पीठ पर जोरदार आघात किया।

शरण्या का आघात शक्तिशाली था। तुरही की तरफ बढ़ते नाग प्रहरी के पैर जमीन से उखड़ गए। अपना संतुलन खोकर वह वृक्ष से टकराया और मूर्छित होकर वहीं ढेर हो गया।

शरण्या नाग प्रहरियों के आक्रमणों से सुरक्षित रहते हुए उन्हें हताहत करने का कोई अवसर नहीं चूक रही थी। वह कभी अपना बदन लचकाते हुए उन प्रहरियों से दूर खड़ी हो जाती, कभी हवा में उछलकर उन पर वार कर देती।

उसके अधिकतर दाँव नाग प्रहरी निष्फल कर रहे थे। शरण्या विचित्र स्थिति में फँसी थी। नाग प्रहरियों को निकट आने देना उसके लिए घातक था, लेकिन उनकी निकटता उसे वृक्ष की आड़ में बैठे धनुर्धर से सुरक्षित रखने के लिए आवश्यक थी। इस संघर्ष का लंबा खिंचना उसके हित में नहीं था। तुरही की आवाज सुनकर अन्य नाग प्रहरी यहाँ आ पहुँचते तो उसकी मुसीबत बढ़ जाती।

शरण्या ने वृक्ष की मचान पर बैठे नाग धनुर्धर की स्थिति का अनुमान लगाया। इस बार जैसे ही दोनों नाग प्रहरी उसके निकट आए, शरण्या ने एक की गर्दन दबोचकर उसे नीचे झुकाया और उसकी पीठ पर चढ़ गई। नाग प्रहरी चंगुल से मुक्त हो सके इसके पूर्व शरण्या ने फुर्ती से उसकी कमर से लटक रहीं दोनों खुरपियाँ खींचकर अपने हाथों की उँगलियों के बीच फँसाईं और हवा में उलटी छलांग मारते हुए एक खुरपी वृक्ष पर बैठे नाग धनुर्धर और दूसरी नीचे खड़े नाग प्रहरी का लक्ष्य कर फेंकी।

खुरपी वृक्ष पर बैठे धनुर्धर की बाईं आँख में धँसी। मर्मर करुण आवाज और गाढ़े लहू की लहर छोड़ता हुआ वह पके फल की भाँति नीचे गिरा। दूसरा प्रहरी सतर्क था, किंतु शरण्या के वार से नहीं बच सका। शरण्या की फेंकी खुरपी उसकी गर्दन के पार हो गई।

शरण्या उछल कर मृत नाग धनुर्धर के पास पहुँची और उसकी आँख में फँसी खुरपी के मूठ को पकड़ कर बाहर खींचा। रक्तरंजित खुरपी मृत नाग की पुतली और नसों में उलझी बाहर निकली। उसमें फँसी पुतली को सहजता से अलग कर शरण्या ने उसे मृत नाग प्रहरी के बदन से पोंछकर साफ किया। फिर खुरपी घुमाते हुए वह जीवित बचे नाग प्रहरी की तरफ पलटी।

इकलौता बचा प्रहरी भय से पहले ही दूभर था। उसमें न शरण्या पर आक्रमण करने की हिम्मत बची थी, न प्राण बचाकर भागने की, और न मदद की गुहार लगाने की। उसे विश्वास नहीं हो रहा था कि एक कमजोर बुढ़िया, जिसका बदन काँप रहा था, जो सीधी खड़ी नहीं हो पा रही थी, उसने अनगिनत शूरवीर योद्धाओं को धूल चटाने वाले नाग प्रहरियों का एक भूखी शेरनी की तरह भक्षण किया था।

उसका मूर्छित साथी सुध में आने लगा था। सुध में आते ही वह आसपास अपने साथियों के शव देख सहम गया। उसे समझ नहीं आया कि कुछ ही पलों में यहाँ क्या, कैसे हुआ। कभी वो शरण्या को देखता, कभी अपने साथियों के शव को, कभी भय से काँपते एक मात्र जीवित बचे अपने साथी को।

वो कुछ करता इससे पहले शरण्या पीठ के बल पलटी मारकर उसके निकट पहुँची और अपनी खुरपी पूरी शक्ति से उसके तलवे पर मारी।

नाग प्रहरी पीड़ा से चीत्कारा। खुरपी उसका तलवा भेदकर, रक्त फैलाते हुए धरती में धँस गई। वह बेबस खड़ा रह गया। न वो अपने पैर से खुरपी निकाल सकता था, न अपने कदम हिला सकता था। सिर पर मौत की तरह हावी शरण्या से पीछा छुड़ाना उसके लिए असंभव था।

शरण्या हवा में उछली और अपना घुटना मोड़कर दूसरे नाग प्रहरी के कंधे पर प्रहार किया। प्रहरी के कंधे पर अपने दूसरे पैर का दबाव बनाकर वह उछलकर उसकी पीठ की तरफ पहुँची। उसकी पीठ से अपनी पीठ सटाकर उसकी गर्दन अपनी हाथों में फँसाकर वह उसे हवा में उछालने जा रही थी कि नाग प्रहरी ने चपलता से दोनों टाँगों को हवा में उछालकर उलटी पलटी मारी। अगले क्षण उसने शरण्या के चंगुल से मुक्त होकर उस पर अपनी तलवार से वार किया।

शरण्या ने झुककर नाग प्रहरी का वार निष्फल किया और अपने एक पैर पर संतुलित होकर दूसरा पूरी शक्ति से नाग प्रहरी के घुटने पर मारा।

नाग प्रहरी के घुटने की हड्डी टूटी और उसका पैर उलटा मुड़कर हवा में झूल गया। संतुलन खोकर नीचे गिरकर वो अगली साँस भी नहीं ले पाया था कि शरण्या ने पूरी शक्ति से अपनी कोहनियों से उस नाग प्रहरी के मुँह पर प्रहार किया। नाग प्रहरी का सिर फटकर कई टुकड़ों में बिखर गया। गाढ़े रक्त और मांस के टुकड़ों से आसपास की धरती सन गई।

जीवित बचे एकमात्र नाग प्रहरी के प्राण हलक में आ लगे। भय से काँपता वह सोच रहा था कि इससे उत्तम तो वह मूर्छित ही पड़ा रहता। कम से कम उसके प्राण तो शेष रहते। दर्द से बिलबिलाते हुए वह अपने पैर में धँसी खुरपी को बाहर निकालने लगा। इस उठा-पटक में खुरपी पैर से तो नहीं निकली, किंतु धरती से बाहर निकल आई। नाग प्रहरी इतना भयभीत था कि वह अपने पैरों में खुरपी फँसाए ही लँगड़ाते हुए तुरही की तरफ भागा।

शरण्या छलाँग मारकर उस के पास पहुँची और अपनी दोनों हथेलियों को जोड़कर एक सीध में उसकी गर्दन पर जोरदार आघात किया।

नाग प्रहरी की आँखें फटी रह गईं। शरण्या के मजबूत पंजे उसके गले की खाल और मांस को चीरते उसकी गर्दन की हड्डी तक पहुँच गए। दबाव में उसकी आँखें कोटरों से बाहर निकल आईं। फटी गर्दन से बहते रक्त से उसके कंधे और पीठ भीग गई। उसका दिल धड़क रहा था, किंतु सांसें अटकी थीं।

शरण्या ने उसकी गर्दन की हड्डी अपने हाथों में जकड़कर पूरी शक्ति से खींची। हड्डी टूटने के साथ नाग प्रहरी का गला लहू की तेज फुहार छोड़ता हुआ दो हिस्सों में खुल गया। शरण्या ने गले की नसों और मांसपेशियों को हाथों में दबोचकर बाहर निकाला।

रक्तरंजित मांसपेशियों में उलझी नाग प्रहरी की मृत देह कटे वृक्ष की तरह नीचे गिरी।

शरण्या ने गहरी साँस लेकर आसपास देखा। सभी नाग प्रहरी मारे गए थे। वह सुरक्षित थी। हाथ से चिपके मांस के टुकड़े झटककर उसने कमरबंद से अपने रक्त-रंजित हाथ पोंछे। धरती पर पड़ी खुरपी कमरबंद में खोंसी।

भारी मन से अपनी पोटली उठाकर वह लौटने लगी। विस्तृप वन जैसे प्राकृतिक व्यूह में शोण को ढूँढ़ना भूसे के ढेर से सुई ढूँढ़ने जैसा था। रात गहराने के साथ वन में तापमान गिर रहा था। कुछ देर में पूरा विस्तृप वन हड्डियां कँपाने वाली शीत लहर से ढँकने वाला था। शोण को ढूँढ़ने में समय व्यय करने पर सूर्योदय से पूर्व नागलोक लौटना असंभव था।

तभी वृक्ष से कोई नीचे कूदा। संकट भाँपकर शरण्या तेजी से आक्रामक मुद्रा में उधर पलटी। देखा थोड़ी दूर पर शोण खड़ा उसे घूर रहा था।

शरण्या का क्रोध भड़क गया। उसे नाग प्रहरियों से उलझा कर शोण वहीं छिपा हुआ था। कमरबंद से खुरपी निकालकर वह शोण की तरफ बढ़ी।

"तुम यहाँ क्या कर रहे हो?" खुरपी शोण के गले से सटाकर उसने पूछा।

"प्रश्नोत्तर के लिए यह क्षण और स्थान अनुपयुक्त है!" शोण ने शरण्या का हाथ पकड़कर अपने गले से खुरपी हटाई और उसे अपने पीछे आने का संकेत कर पलटकर वृक्षों के बीच जा घुसा।

गुस्से से दाँत भींचते हुए शरण्या लड़खड़ाते हुए शोण के पीछे चल पड़ी।

अध्याय 9

रात्रि की कालिमा से ढँके आकाश में तारे किसी दुल्हन के श्रृंगार की तरह टिमटिमा रहे थे।

शोण के चेहरे पर दृष्टि गड़ाए शरण्या बरबस अपनी वर्षों पुरानी स्मृतियों को ढूँढ़ने लगी थी। शोण की आँखें पूर्ववत शांत और स्थिर थीं, किंतु उसकी बाल-सुलभता गांभीर्य की दुर्भेद्य छाया में ढँक गई थी। उसकी कद-काठी पहले से अधिक सुदृढ़ हो गई थी।

शोण के निकट होकर भी वो उससे वर्षों दूर थी।

"तुम सुरक्षित हो!" शोण ने वृक्षों की ओट में ओझल हो रहे कच्चे मार्ग की तरफ संकेत किया, "यह मार्ग तुम्हें सीधा नागलोक पहुँचा देगा। अब कोई नादानी मत करना।"

"इतने वर्षों बाद तुम मेरी सुरक्षा के लिए तो चिरपुंज नहीं आए हो, शोण!" शरण्या तुनककर बोली।

"मुझे तुम्हारी चिंता नहीं करनी चाहिए?" शोण ने पूछा।

"तुम्हें मेरी चिंता थी?"

"सदैव!"

"फिर विसर्पियों की बस्ती स्वाहा कैसे हुई, शोण?" शरण्या में मन का गुबार फूटा, "जो मारे गए वे मुझसे अधिक तुम्हें अपना मानते थे। किंतु उन्हें जब तुम्हारी आवश्यकता पड़ी तो तुम नहीं थे।"

"तुम्हें लगता है हमने कुछ नहीं किया?" शोण ने अविश्वास से पूछा।

"हम तुम्हारे कृष्ण की प्रतीक्षा में मरते रहे, पर हमारी मदद को कोई नहीं आया।" शरण्या चीखी, "हमारी चूक थी जो मान बैठे कि छली-कपटी यादव अपने वचन निभाएँगे।"

"उस घटना की राख अभी भी मेरे माथे से लगी है। मुझे उस घटना की कोई सूचना नहीं थी।" शोण बुझे स्वर में बोला।

"जीवनपर्यंत तुम उस राख को अपने माथे से मिटा नहीं पाओगे, शोण!" शरण्या बोली, "निर्दोष विसर्पियों ने आर्यों को नागराज के विष से सुरक्षित रखने के लिए अपने प्राण दिए। उन्हें क्या पता था जिन पर भरोसा कर उन्होंने अपने प्राण दाँव पर लगाए थे, उन्हें तो कभी उनकी मदद के लिए आना ही नहीं था।"

"आचार्य तुम्हारी मदद के लिए गए थे, शरण्या!" शोण बोला, "किंतु उनके आने से पूर्व..."

"असत्य से तुम आर्यों का छल मत छिपाओ, शोण!" शरण्या की आँखें भर आईं, "हमारे घाव हमारे हृदय की गहराई से अधिक गहरे हैं। जो हृदय आर्यों के लिए ममता से भरे रहते थे, अब उनमें आर्यों के लिए मात्र घृणा और नफरत है।"

"शरण्या!" शोण अवाक रह गया, "मुझे तुम्हारी चिंता है। सभी विसर्पियों की चिंता है।"

"तो क्या जीवित बचे विसर्पियों को पल-पल मरते देखकर प्रसन्न होने के लिए यहाँ आए हो? जीवित मौत जिस विस्तृप वन में विचरती है तुमने उसकी सीमा का उल्लंघन करने का साहस क्यों किया?" शरण्या ने तेज आवाज में पूछा।

"मैं मार्ग भटक गया था" शोण ने संक्षिप्त उत्तर दिया।

"हम सभी मार्ग भटकते रहे हैं। कभी अज्ञानता से, कभी इच्छा से। तुम किस मनोरथ से मार्ग भटके हो?" शरण्या के वाक्यों में उपहास था, "अविश्वसनीय है कि यादव विद्यापीठ का सर्वश्रेष्ठ प्रशिक्षु शोण मार्ग भटक गया और विस्तृप वन में विसर्पी शरण्या को मारने की योजना बना बैठा।"

"सर्वश्रेष्ठ को सर्वश्रेष्ठ काटता है, देवी!"

"स्वयं देख लो! यादव विद्यापीठ की सर्वश्रेष्ठ प्रशिक्षु नागराज के समक्ष पंगु साबित हुई।" शरण्या के शब्दों में ताना था।

"नागराज के समक्ष सौभालिक काका की पुत्री शरण्या ने समर्पण किया था। यादव विद्यापीठ की सर्वश्रेष्ठ प्रशिक्षु ने नहीं!" शोण बोला, "हर घटना के लिए स्वयं को दोष देना बंद करो।"

शरण्या ने मुँह फेरा। अपने आँसू प्रकट कर वो शोण के समक्ष कमजोर नहीं

पड़ना चाहती थी।

"द्वारका और हस्तिनापुर से आने वाले सभी व्यापारियों और दूतों को मैं पहचानती हूँ, किंतु जब महामंत्री विष्णुदत्त में मुझे मुद्रिका-धारक का विवरण दिया तो मुझे विश्वास नहीं हुआ कि इन गंभीर परिस्थितियों में कृष्ण ने अपना संदेश भेजने के लिए हस्तिनापुर के एक व्यापारी को चुना!" शरण्या शोण को क्रोध से घूरते हुए बोली, "क्या कृष्ण के सभी दूत और यादव योद्धा मारे गए जो उन्हें एक तुच्छ व्यापारी को संदेशवाहक बनाकर यहाँ भेजना पड़ा?"

"मनुष्य अपना संपूर्ण जीवन स्वयं की क्षमता पर विश्वास करने में व्यतीत कर देता है।" शोण फुसफुसाया, "लेकिन जिस क्षमता पर विश्वास न हो कई बार वही उसे विजेता बनाती है।"

"तुम्हारे मधु घुले शब्द महाराज अधिराज को मुग्ध कर सकते हैं, मानव-देह में छुपे विषधर नागों को पहचानने में सक्षम विसर्पी शरण्या को नहीं।" शरण्या का क्रोध उफन पड़ा।

"हम एक ही गुरु के प्रतिबिंब हैं। हम पृथक हो सकते हैं, किंतु अपने मूल से कट नहीं सकते हैं। शोण की असलियत तुमसे गुप्त नहीं है!" शोण का स्वर यकायक गंभीर हो गया।

"मैं भी इसी भ्रम में थी, किंतु तुमने मुझे पुनः गलत साबित किया!" शरण्या तुनककर बोली, "तुम पर कई लोगों की दृष्टि है। महामंत्री विष्णुदत्त के साथ नागराज भी यादवों के मुद्रिका-धारक के चिरपुंज आगमन का उद्देश्य ज्ञात करने के लिए उत्सुक हैं।"

"तुम एक पथिक को विशेष समझ कर अपना समय अनावश्यक व्यय कर रही हो।" शोण तत्परता से बोला, "तुम्हारा लक्ष्य मैं नहीं हूँ।"

"भरी सभा में महाराज अधिराज को विशेष मुद्रिका देने की मूढ़ता कर तुम अपनी उपस्थिति गुप्त रखने की उम्मीद करते हो?" शरण्या के शब्दों में कटाक्ष था, "अब कृष्ण के किस प्रयोजन को सिद्ध करने के लिए तुम विस्तृप वन आए हो?"

"स्वार्थ मेरा था। चिरपुंज की हाट में विस्तृप वन के बारे में विचित्र वार्तालाप सुनकर वन का साक्षात्कार करने की इच्छा जाग्रत हुई।" शोण मुस्कुराते हुए बोला, "सुनने में आया कि हजारों योजन वर्ग क्षेत्र में फैला विस्तृप वन एक समय नागलोक का हिस्सा हुआ करता था। कुछ वर्ष पूर्व महादेव के आदेशानुसार नागों

को इस क्षेत्र से अपना आधिपत्य समाप्त करना पड़ा।"

"अविश्वसनीय! विस्तृप वन में बारे में बिना कुछ जाने तुम मुँह उठाए यहाँ चले आए!" शरण्या तुनककर बोली, "क्या तुम नहीं जानते कि आधिपत्य समाप्त होने के पश्चात भी नाग विस्तृप वन को नागलोक का क्षेत्र मानते हैं? वृक्षों से घिरे विस्तृप वन में गैर-नाग जातियों, विशेषकर आर्यों का प्रवेश वर्जित है। वन में सभी प्रवेश मार्गों पर नागों की सुरक्षा चौकियाँ हैं जिनमें तैनात नाग प्रहरी किसी को वन में प्रवेश नहीं करने देते हैं।"

"तो कुछ क्षण पूर्व तुमने जिनकी हत्या की वो नाग रक्षक थे?" शोण ने चेहरे पर बनावटी आश्चर्य लाते हुए पूछा।

"वह हत्या नहीं, आत्मरक्षा थी।" शरण्या बिफरी, "नाग सैनिक की हत्या तुमने की, किंतु उसके साथी मुझे उसकी मौत का दोषी समझ बैठे। उन्हें नहीं मारती तो मुझे मृत्युदंड मिलता।"

"आपका युद्ध कौशल प्रभावशाली है!" शोण बोला, "नागराज आदर और प्रशंसा के पात्र हैं जो उन्होंने सर्वगुण संपन्न विसर्पियों को दास बनाने का अद्वितीय कौशल अर्जित किया है।"

"वैसे ही जैसे आर्य अपने रक्षार्थ निरीह प्राणियों की बलि चढ़ाने के कौशल से युक्त हैं!" शरण्या तपाक से बोली।

"मृत्युदंड से बचने के लिए उन नाग सैनिकों का वध उचित था।" शोण बोला, "यदि अपनी आत्मरक्षा हेतु दूसरे प्राणी का हत करना न्यायसंगत है, तो एक व्यक्ति के प्राणों की आहुति देकर असंख्य निरपराध प्राणों की रक्षा करना भी न्यायसंगत और धर्मानुकूल कार्य होगा।"

"महात्मा विदुर के नीतिनुसार परिवार के लिए एक व्यक्ति की बलि, संपूर्ण ग्राम के लिए एक परिवार, संपूर्ण देश के लिए एक ग्राम, और अपनी आत्मा के लिए संपूर्ण संसार का त्याग कर देना चाहिए[61], किंतु इसके लिए व्यक्तिगत स्वार्थ से मुक्त होना होगा।" शरण्या बोली।

"देखकर प्रसन्नता हुई कि वर्षों के दासत्व के पश्चात भी विसर्पी नागों के विष से अछूते हैं।" शोण धीरे से बोला।

"मुझे तुम्हारे कुतर्कों की नहीं, चिरपुंज में तुम्हारी सक्रियता का कारण ज्ञात

---

61. महाभारत, उद्योगपर्व, अध्याय 37, श्लोक 17

करने की उत्सुकता है।" शरण्या झुँझलाई, "द्वारका-चिरपुंज-अनंतपुर की मैत्री संधि का पाश किस मछली को फाँसने के लिए बुना जा रहा है।"

"यह प्रश्न एक गुप्तचर पूछ रही है, अथवा मेरी पूर्व सह-प्रशिक्षु?" शोण ने पूछा।

"जिसे तुम उत्तर देना चाहो। मेरी मित्रता और राज्य-निष्ठा में कोई जुड़ाव नहीं है!" शरण्या तुनकते हुए बोली, "तुम्हारे लिए मेरी मित्रता का मान होता तो तुम्हारे चिरपुंज आने की सूचना मुझे महामंत्री विष्णुदत्त से नहीं मिलती।"

"मेरे चिरपुंज आगमन की सूचना गुप्तचर शरण्या से गुप्त रहना वाकई उसका अपमान है!" शोण शरारती मुस्कान के साथ बोला।

"अपने तर्क सहेज कर रखो! तुम्हें इनकी आवश्यकता शीघ्र पड़ेगी।" शरण्या ने गुस्से से अपने दाँत पीसे, "तुम्हारी मूढ़ता पर हँसी आती है, शोण! नागलोक पर आक्रमण की घातक योजना को चिरपुंज सभा में घोषित करते हुए तुम उस योजना को गुप्त रखने की उम्मीद कैसे रख सकते हो?"

शोण चौंका और अपने अचरज को शरण्या से छुपाने का उसने कोई प्रयास नहीं किया। यकीनन शरण्या की बातों में उसकी दिलचस्पी बढ़ गई थी।

"तुमने मुझे अपनी अद्वितीय गुप्तचरी कला से प्रभावित किया। इस सूचना का क्या मोल मिला तुम्हें?" चेहरे पर प्रश्नचिह्न लादे शोण ने शरण्या से पूछा।

"सावधान!" शरण्या ने शोण का हाथ पकड़कर उसे रोका।

शोण ने चौंककर अपने कदम रोके। देखा आगे जमीन पर विषाक्त लौह-काँटों का जाल बिछा हुआ था। घास से ढँका होने के कारण वो रात्रि के अंधकार में अदृश्य हो गया था।

शोण शरण्या को कृतज्ञता भरी दृष्टि से देखते हुए मुस्कुराया।

"मेरे बिना तुम्हारा यहाँ जीवित बचना असंभव है।" शरण्या फुसफुसाई।

"तुम्हारे बिना मेरे जीवित बचने का कोई प्रयोजन नहीं है!" शोण शरण्या की आँखों में झाँकते हुए बोला।

"तुम्हारे कृत्य देखकर मुझे तुम्हारे जीवित बचे रहने पर आश्चर्य होता है।" शरण्या धीमे स्वर में बोली। इस बार उसके शब्द अपनत्व भरी चिंता में डूबे थे, "कृष्ण द्वारा चिरपुंज और अनंतपुर को ढाल बनाकर नागराज के विरुद्ध रचे षड्यंत्र के सूत्रधार तुम क्यों बने हो?"

"पुराने घावों को भरने का समय दो।" शोण बोला, "सत्य से आँखें मूँदकर तुम जगत पालक कृष्ण को अपना शत्रु क्यों मानती हो?"

"क्योंकि तुम्हारे कृष्ण अपने दिए घावों को ताजा रखने के लिए कोई कसर नहीं छोड़ते हैं। कालिया नाग को यमुना नदी से निष्कासित करते हुए उन्हें मासूम नाग और विसर्पियों की पीड़ा कहाँ नजर आई।[62] नागराज जब निहत्थे विसर्पियों को दास बनाकर नागलोक लाया था, तब कृष्ण कहाँ थे?" शरण्या तुनकते हुए बोली, "सत्य यह है कि तुम्हारे कृष्ण के संसार में किसी दूसरे का कोई स्थान नहीं है।"

"किंतु मेरा संसार तो सिर्फ तुमसे, वासुदेव, आचार्य और शैला माता से ही बना है।" शोण मधुरता से बोला, "यह संपूर्ण संसार कृष्णमय है। संसार में कृष्ण से पृथक कोई सत्य नहीं है। संपूर्ण धरा उनका साम्राज्य है। सृष्टि के प्रत्येक कण से उनका नाता है। अपने भ्रम से मुक्त होकर इस सत्य का साक्षात्कार करने का साहस जुटाओ। दंभ से पराभूत हो स्वयं को सृष्टि से विमुख कर तुम सुख की कामना कैसे कर सकती हो?"

"यह दंभ नहीं, कृष्ण के प्रति मेरा क्रोध है जो वर्षों से मेरी धमनियों में विष बनकर दौड़ रहा है। प्रत्यक्ष सदैव सत्य नहीं होता है।" शरण्या के चेहरे पर फीकी हँसी थिरकी, "तुम्हारा कृष्ण मेरे कुटुंब का हत्यारा है।"

"श्रीकृष्ण प्रत्येक निर्णय जनसमुदाय के हित में लेते हैं। कालिया के विष से यमुना का जल विषैला हो रहा था। उसे परिवार सहित यमुना से विस्थापित कर कृष्ण ने सैकड़ों लोगों की प्राण रक्षा की।" शोण बोला, "यदि श्रीकृष्ण कालिया नाग का विनाश चाहते तो वह गरुड़ से उसे अभयदान देने को नहीं कहते।"[63]

"कृष्ण चिरपुंज और अनंतपुर को अपनी राजनीति चालों से मंत्रमुग्ध कर इस क्षेत्र को विनाश की दिशा में धकेल रहा है।" शरण्या गुस्से से बिफरी, "क्या तुम्हें कृष्ण की कुटिल चालों के परिणामों का अनुमान नहीं है?"

"दास का धर्म परिणामों की चिंता किए बिना अपने स्वामी के आदेशों का

62. कालिया नाग यमुना नदी में अपनी पत्नियों के साथ निवास करता था। उसके जहर से यमुना नदी का पानी जहरीला हो गया था। यह देखने पर श्रीकृष्ण ने कालिया नाग से युद्ध कर उसे पराजित कर दिया। तब कालिया नाग की पत्नियों ने श्रीकृष्ण से कालिया नाग को छोड़ने के लिए प्रार्थना की। तब श्रीकृष्ण की आज्ञा से गरुड़ ने कालिया नाग को अभयदान दिया और वह अपने परिवार सहित यमुना नदी छोड़कर चला गया। [श्रीहरिवंशपुराण, विष्णुपर्व, अध्याय 12]

63. श्रीहरिवंशपुराण, विष्णुपर्व, अध्याय 12, श्लोक 42

पालन करना होता है।" शोण गंभीरता से बोला, "तुम्हारे कर्म तुम्हारे स्वामी तक्षक की आज्ञा में निहित हैं। इस कारण तुम इस सत्य से मुँह मोड़ रही हो कि चिरपुंज और अनंतपुर के सहयोग से आर्यावर्त नागों से सुरक्षित हो सकता है।"

"कैसा सहयोग?" शरण्या बिफरते हुए बोली, "क्या तुम्हें नहीं दिखता कि आर्य और नाग के टकराव की आड़ में कृष्ण दो राज्यों के भोले-भाले नागरिकों की बलि देना चाहते हैं?"

"इस क्षेत्र में स्थायी शांति स्थापना में विषधर नाग सबसे बड़े अवरोध हैं। वे कदापि विश्वास योग्य नहीं हैं। शांति की आड़ में वो अपनी घृणित चालें चलते हैं। नागराज अपनी महत्त्वाकांक्षा की पूर्ति के लिए किसी की बलि चढ़ाने से पीछे नहीं हटेगा। ये सच वर्षों से नागराज के पापों से तड़पते विसर्पियों से गुप्त तो नहीं है।"

शरण्या क्रोध से कुलबुला कर रह गई। अपने तर्कों की आड़ में शोण ने उसकी दुखती रग को दबाया था। वो शोण की बातों में घुली कड़वी सच्चाई को ठुकरा नहीं सकती थी, किंतु उसके समक्ष स्वयं को कमजोर साबित करना भी उसे स्वीकार नहीं था।

"संसार नागों की आक्रामकता पर प्रश्न उठाता है, उन्हें हेय दृष्टि से देखता है, किंतु आर्यों के अत्याचारों से यह संसार आँखें मूँद लेता है। युद्ध पिपासु आर्य अपने अहं के लिए संपूर्ण पृथ्वी को महायुद्ध की अग्नि में झोंकने को आतुर हैं।" शरण्या बिफरते हुए बोली, "तुम्हारे कृष्ण तो जैसे संसार के सभी नियमों से ऊपर हैं। उनके मुँह से निकला प्रत्येक वाक्य ब्रह्म वाक्य और धर्म है। कृष्ण के मूढ़ अनुयायी उनके अन्याय को भी न्याय मानकर उन्हें भगवत रूप में पूजते हैं। कृष्ण का निर्णय ही धर्म होता है। चाहे उनका निर्णय छल से जरासंध[64] और शिशुपाल का वध हो[65], अथवा अर्जुन से अपनी बहन सुभद्रा के हरण का आग्रह।"[66]

"क्योंकि नागों की भाँति पांडव और श्रीकृष्ण सत्ता और प्रभुत्व लोभी नहीं हैं। विधि धर्म और न्याय का पक्षधर होती है। कृष्ण भी विधि के नियमों से बँधे हैं। कृष्ण पांडव पक्ष में हैं मात्र इसलिए उनका पक्ष धर्म का नहीं है, अपितु पांडव पक्ष धर्मानुकूल है इसलिए श्रीकृष्ण उनके पक्ष में हैं।" शोण ने शांति से उत्तर

64. महाभारत, सभापर्व, अध्याय 20, श्लोक 4-5
65. महाभारत, सभापर्व, अध्याय 45, श्लोक 21-25
66. महाभारत, आदिपर्व, अध्याय 218, श्लोक 17-23

दिया, "यह व्यक्तिगत मूल्यों का नहीं, अपितु विपरीत विचारधाराओं का टकराव है। नागराज और श्रीकृष्ण इन विपरीत विचारधाराओं के प्रतीक मात्र हैं। नागराज अधर्म और अन्याय का प्रतीक है, इसलिए श्रीकृष्ण उसके विरोधी हैं।"

"भली-भाँति समझती हूँ कि तुम्हारे जैसे कृष्ण के अंध-भक्तों को उनकी आलोचना सहन करना कितना कठिन होगा।" शरण्या तमकते हुए बोली, "कृष्ण का धर्म छल और कपट आधारित है जो समय और परिस्थिति के अनुसार बदलता है। वो अपनी राजनीतिक चालों को धर्म का नाम देकर लोगों को छलता है। उसके कुचक्र में फँसकर तुम्हारे जैसे असंख्य निर्दोष अपने प्राण त्याग चुके हैं। जाने कितना लहू पीकर कृष्ण की पिपासा शांत होगी।"

"प्रत्येक जीव अपना मार्ग चुनने के लिए स्वतंत्र है। सभी अपने कर्मों और निर्णयों के अधीन हैं और कर्मानुसार प्रकृति के विधान में लिखित अपने कर्मों का फल भोगते हैं। व्यक्ति का कर्म कुल, जाति और देश के कर्मों का निर्माण करता है। यही कर्म सभी के उत्थान एवं पतन का कारण बनता है।" शोण गंभीरता से बोला, "काल सभी को कर्मानुसार पुरस्कृत एवं दंडित करता है। आर्य और नाग भी अपने कर्मों का फल भुगतेंगे। इस व्यवस्था में देवकीनंदन का क्या दोष?"

"कर्म और न्याय का दंभ भरने वाले कृष्ण पक्षपात के दोषी हैं। वो आर्यों के कुचक्रों के प्रति आँखें मूँदकर शेष जातियों पर द्वेषभाव सहित अपना एकतरफा निर्णय थोपते हैं।" शरण्या बोली, "वो पृथ्वी को जीवन विहीन करने वाले इस महायुद्ध के प्रायोजक हैं। उनकी कुटिल चालों ने समस्त आर्यावर्त को महायुद्ध की अग्नि में झोंक दिया है।"

"जगत का संहार और सृजन काल अधीन है। काल प्रत्येक अपराध का न्याय कर अपराधी के दंड का निर्धारण करता है। विधि का न्याय कर्मफल को फलित अवश्य करेगा। चाहे वो कर्म श्रीकृष्ण का हो, अथवा किसी जनसाधारण का। यदि श्रीकृष्ण महायुद्ध के आयोजन के दोषी हैं तो वे असंख्य लोग भी दोषी हैं जो महायुद्ध का विरोध नहीं, अपितु मौन रहकर उसका समर्थन कर रहे हैं।" शोण बोला, "हानि अस्त्र-शस्त्र नहीं, उनको थामने वाले हाथ देते हैं। कर्मों का आधार उन्हें पूजनीय अथवा निंदनीय बनाता है। दूसरों के कर्मों में दोष ढूँढने से हम अपने कर्मों से मुक्त नहीं होंगे।"

"तुम्हारा दायित्व क्या है, शोण?" शरण्या की आवाज में घुटन और

छटपटाहट थी, "अपनी राजनीतिक महत्त्वाकांक्षा पूर्ण करने के लिए चिरपुंज और अनंतपुर की मासूम प्रजा को चारे की तरह प्रयोग करने की कृष्ण की योजना का तुमने विरोध क्यों नहीं किया? तुम्हें पुत्र-तुल्य मानने वाले महाराज अधिराज को आर्यों का साधन बनाते हुए तुम्हारी आत्मा तुम्हें धिक्कारती नहीं?"

"वैसे जैसे विसर्पियों की आत्मा ने उन्हें नागराज की अधीनता स्वीकारने से पूर्व नहीं धिक्कारा?" शोण बोला।

"वो अधीनता विसर्पियों पर थोपी गई थी।" शरण्या चीखी, "मुट्ठी भर विसर्पी नागों से अपनी अंतिम साँस तक लड़ते रहे, किंतु तुम्हारे कृष्ण ने हमारी कोई मदद नहीं की। विसर्पियों को नागराज की अधीनता स्वीकारनी पड़ी। कृष्ण ने खांडव वन के साथ हमारा भविष्य भी भस्म किया। वर्षों पूर्व शांत हो चुकी खांडव वन की अग्नि विसर्पियों की आत्मा को अभी तक सुलगाए हैं। अब तुम वही पीड़ा चिरपुंज और अनंतपुर के नागरिकों को देना चाहते हो?"

"काल के भय से मेरे कर्तव्य शिथिल नहीं होंगे। मैंने महाराज अधिराज को वचन दिया है कि नागों के विरुद्ध इस युद्ध में चिरपुंज और अनंतपुर की प्रजा का लहू नहीं बहेगा।" शोण कठोर स्वर में बोला, "मैं अपना वचन पूर्ण करूँगा।"

"जैसे कृष्ण ने विसर्पियों की रक्षा का वचन देकर उनकी रक्षा की थी?" शरण्या ने ताना मारा, "सत्य स्वीकारो! शक्तिशाली नाग सेना के समक्ष चिरपुंज और अनंतपुर की अनुभवहीन सेनाएँ आँधी में तिनके की भाँति उड़ जाएँगी।"

"यदि तिनका किसी भारी चट्टान से दबा हो, तो?" शोण की आँखों की चमक बढ़ गई।

शरण्या के चेहरे पर पल भर में ही कई भाव उतार-चढ़ाव कर गए। उसने तनिक विचार किया, फिर फुसफुसाते हुए बोली, "मुझे उस चट्टान के विषय में सब कुछ जानना है।"

"कुछ वर्ष पूर्व नागों के आतंक से त्रस्त महाराज अधिराज ने चिरपुंज की सुरक्षा के लिए यादवों से सहयोग की गुहार लगाई थी।" शोण बोला।

"मुझे यह भी स्मरण है कि घमंडी यादवों ने महाराज अधिराज के इस अनुरोध को विचार योग्य भी नहीं समझा था।"

"वो निर्णय कृष्ण की दूरगामी सोच का परिणाम था।" शोण बोला, "महादेव के आशीर्वाद से सुरक्षित नागों से सीधा टकराव लेना यादवों के लिए आत्मघाती

होता। यादव कौरव-पांडव के समर्थन के मुद्दे पर पहले ही बँटे थे। इस विषय पर मनमुटाव टालने के लिए चिरपुंज को यादव सैन्य सहयोग न देने का निर्णय हुआ।"

"अर्थात, यादवों ने अपनी कायरता छुपाने के लिए महादेव की आड़ ली!" शरण्या ने कटाक्ष का अवसर नहीं चूका।

"चिरपुंज को यादव सैन्य सहयोग टला, किंतु नागशक्ति का विनाश करने का निर्णय नहीं। श्रीकृष्ण महादेव को क्रोधित किए बिना नागों को सबक सिखाना चाहते थे। नागलोक की सुदृढ़ भौगोलिक स्थिति के कारण उस पर आक्रमण करना आत्मघाती होता। नागशक्ति को कुचलने में यादव शक्ति का न्यूनतम ह्रास हो इस उद्‌देश्य से श्रीकृष्ण ने सेनापति सात्यकि के साथ एक गुप्त सैन्य रणनीति बनाई और यादव परिषद को कुछ कठोर कदम उठाने के लिए सहमत किया।"

"कैसे कठोर कदम?" शरण्या के कान शोण के शब्दों पर जैसे चिपक गए।

"यादवों की आपूर्ति श्रृंखला इतनी सुदृढ़ नहीं है कि वो सुदूर द्वारका से अपनी विशाल सेना को लेकर अनेक राज्यों को पार करते हुए नागलोक पर प्रभावशाली आक्रमण कर नागराज को शक्तिहीन कर सकें। इतनी लंबी यात्रा में यादव वाहिनियों को गुप्त रखना असंभव था। यादव वाहिनियों की गतिविधियाँ नागराज और महादेव दोनों को सचेत कर देतीं। यदि यादव वाहिनियाँ नागलोक पर औचक आक्रमण करने में सफल भी होतीं, तो नागलोक के प्राकृतिक दुर्ग पर तैनात सुदृढ़ रक्षा-प्रणालियों को अति शीघ्र भेदकर नागराज को पराजित करना असंभव था।"

"जानती हूँ। यादव वाहिनियों के आक्रमण को विफल करने के लिए नागलोक का दुर्जेय दुर्ग और नाग प्रहरी ही पर्याप्त हैं।"

"लंबा युद्ध यादव वाहिनियों के लिए घातक होता। नाग सुलभता से उनकी आपूर्ति श्रृंखला काटकर उन्हें समर्पण के लिए विवश कर देते। नागलोक की सुरक्षा में महादेव के गण यादव वाहिनियों के विरोध में उतरते तो महादेव और श्रीकृष्ण के बीच अनावश्यक मतभेद उत्पन्न होने का भी संकट था। यह यादवों की सैन्य और कूटनीतिक पराजय होती।"

"अब क्या योजना है?" शरण्या ने पूछा।

"चिरपुंज-द्वारका संधि की आड़ में चिरपुंज और अनंतपुर के सहयोग से

यादव नागलोक पर दिव्यास्त्रों से आक्रमण करेंगे।" शोण बोला, "कृष्ण के आदेशानुसार महाराज अधिराज और महाराज वीरसेन से इस योजना पर सहमति लेने के लिए मैं चिरपुंज आया हूँ।"

"नागों के विरुद्ध दिव्यास्त्र का प्रयोग!" शरण्या सहम गई। सूचना वाकई चौंकाने वाली थी, "महादेव यादवों को इसकी अनुमति नहीं देंगे।"

"इसलिए ये अभियान महादेव से गुप्त है।" शोण बोला, "विषैले जैविक हथियारों से लैस नागों का विनाश करने के लिए यादव दिव्यास्त्र शीघ्र ही चिरपुंज और अनंतपुर पहुँचने वाले हैं।"

"और वो विशेष मुद्रिका?"

"धारक को यादवों के दिव्यास्त्र प्रयोग करने की विशेष अनुमति प्रदान करती है।" शोण ने उत्तर दिया।

"द्वारका-चिरपुंज संधि पश्चात महाराज अधिराज उस मुद्रिका के अधिकारी हैं। अर्थात, वह नागों के विरुद्ध यादवों के दिव्यास्त्र प्रयोग करने के लिए स्वतंत्र हैं।" शरण्या बुदबुदाई, "किंतु यदि दिव्यास्त्र आने की भनक नागराज को हुई तो वो उन्हें समाप्त करने के लिए चिरपुंज और अनंतपुर पर आक्रमण करेगा।"

"क्षेत्र की भौगोलिक स्थिति और दिव्यास्त्रों की सीमित प्रहारक क्षमता के कारण चिरपुंज और अनंतपुर से नागलोक पर दिव्यास्त्रों का प्रहार अधिक प्रभावी नहीं होगा।" शोण मुस्कुराते हुए बोला, "महादेव के आश्रम के समीप कुछ ऐसे सुरक्षित स्थान हैं जहाँ से संपूर्ण नागलोक को दिव्यास्त्र के प्रभाव क्षेत्र में लिया जा सकता है। पिछले कुछ मासों में यादव विशेषज्ञों ने गुप्त रूप से उन स्थानों का संधान कर उन्हें दिव्यास्त्र प्रहारक केंद्र के रूप में विकसित किया है। दिव्यास्त्र पहुँचते ही वहाँ से नागों के विनाश का अभियान आरंभ होगा।"

"तुम्हारे कृष्ण की दुष्टता का कोई अंत नहीं है। वो आश्रम महादेव के चरणों में जीवन समर्पित किए भक्तों का स्थान है। दिव्य आत्माएँ जिस महादेव के आश्रम को खोजने में अपना जीवन गुजार देती हैं, उस आश्रम को तुम्हारे कृष्ण अपने राजनीतिक लक्ष्य साधने के लिए नरसंहार का केंद्र बना रहे हैं।" शरण्या बिफरते हुए बोली।

"इस उद्देश्य के लिए वही एकमात्र उचित स्थान है। संपूर्ण आश्रम महादेव और गरुड़ से संरक्षित होने के कारण नाग वहाँ आक्रमण नहीं कर सकेंगे।"

शोण बोला।

"क्या तुम्हारे दूर-द्रष्टा कृष्ण भूल गए कि महादेव के आश्रम तक दिव्यास्त्र पहुँचाने के लिए उन्हें नागलोक के सीमावर्ती मार्ग से गुजरना होगा?"

"यादव गुप्तचर दोनों राज्यों में नागों के आक्रमण का भय फैला चुके हैं। नागों के किसी भी संभावित हमले से भयभीत दोनों राज्यों के पास सुरक्षा के सीमित विकल्प हैं।" शोण बोला, "कुछ दिवस पश्चात दोनों राज्यों से नागरिक पलायन होगा जिसकी आड़ में यादव विशेषज्ञों की निगरानी में चिरपुंज से दिव्यास्त्रों को प्रहारक केंद्र तक पहुँचाने का कार्य पूर्ण होगा।"

"चिरपुंज और अनंतपुर तक लाने के स्थान पर दिव्यास्त्र सीधे प्रहारक केंद्र तक पहुँचाए जा सकते हैं?" शरण्या ने पूछा।

"प्रहारक केंद्र में दिव्यास्त्रों को लंबे समय तक सुरक्षित रखने की व्यवस्था नहीं है, इसलिए चिरपुंज में दिव्यास्त्रों को कुछ दिन गुप्त तौर पर रखने के पश्चात उन्हें वहाँ पहुँचाया जाएगा।" शोण ने उत्तर दिया, "नागलोक पर दिव्यास्त्रों के प्रयोग का कुछ दुष्प्रभाव चिरपुंज और अनंतपुर पर भी पड़ेगा। इस कारण से भी दोनों राज्यों से नागरिकों का पलायन आवश्यक है। यादव वैज्ञानिकों की गणना के अनुसार कुछ दिवस पश्चात क्षेत्रीय जलवायु परिवर्तन के कारण दिव्यास्त्रों का प्रयोग होने पर नागलोक पर सर्वाधिक असर पड़ेगा और चिरपुंज और अनंतपुर दिव्यास्त्र के दुष्प्रभाव से मुख्यतया अछूते रहेंगे।"

"यादवों के दिव्यास्त्रों की मारक क्षमता कितनी है?" शरण्या ने पूछा।

"दिव्यास्त्र मध्यम मारक क्षमता के हैं जो नागों के भूमिगत जैविक अस्त्र-शस्त्र के भंडार और उनके सैन्य ठिकानों को नष्ट करने के लिए पर्याप्त है।" शोण बोला।

"कहना तो नहीं चाहती, पर तुम्हारे कृष्ण की योजना प्रशंसनीय है।" शरण्या बोली, "नागों के विष से उनका संहार करने की उत्तम योजना बनाई है उन्होंने।"

शोण के चेहरे पर भीनी मुस्कान थिरकी और उसकी आँखें शरण्या के चेहरे पर टिक गईं।

"कोई मदद कर सकती हूँ तुम्हारी?" लंबी चुप्पी के बाद शरण्या ने पूछा।

"तुम अपने धर्म के चुनाव की अधिकारी हो, किंतु उससे जुड़े कर्म और दायित्वों की बंधक। दुष्टों की संगति सदैव पीड़ा और दुख का कारण बनती

है।" शोण की आवाज अधिकारपूर्ण थी, "विसर्पियों को अपना सम्मान पाने का दुर्लभ अवसर मिला है। अपने कर्मों से सौभालिक काका को गौरवान्वित करो!"

शोण को आश्चर्य और कृतज्ञता से निहारते हुए शरण्या की आँखों से कुछ बूँदें नीचे टपक गईं।

"ये अनमोल आँसू तुम्हारी शक्ति हैं। इन्हें व्यर्थ न करो!" शोण ने शरण्या की भीगी पलकों से अपनी उँगलियाँ सटाईं और आँसू की बूँदों को अपनी हथेली में उतार लिया।

शरण्या ने अपना सिर झुका लिया।

"सौभालिक काका के विषय में..." शोण दबे स्वर में बोला।

"...उन्होंने अंतिम साँस तक आचार्य को दिए अपने वचन का मान रखा।" शरण्या सिसकते हुई बोली, "मुझे दुनिया में किसी से मदद की उम्मीद नहीं थी, सिर्फ तुमसे थी। मुझे विश्वास था कि तुम हमारी नागों से रक्षा करोगे जैसे तुमने यादवों से हमें बचाया था। पर तुम... तुम नहीं आए! कृतवर्मा, कृष्ण, पांडव– हमें बचाने कोई नहीं आया।"

भीगी आँखें लिए शोण ने शरण्या को अपनी बाँहों में समेट लिया। शरण्या सिसकती रही। वर्षों बाद अपनत्व की ऊष्मा उसका बिखरा अस्तित्व पिघलाकर उसे उस शरण्या से मिलवा रही थी जिसे वो भूल चुकी थी।

"इस बार सत्तू नहीं लाए?" अनायास उसने रूँधे गले से पूछा।

"सत्तू में अब पुराना स्वाद नहीं रहा।" शोण भर्राए गले से बोला।

शरण्या चुप रही। एक-दूसरे की बाँहों में सिमटकर दोनों के आँसू जुड़ गए।

अध्याय 10

शरण्या को विदा कर शोण उलटे पैर विस्तृप वन की तरफ भागा। वृक्षों के बीच मार्ग ढूँढ़ता हुआ वो कुछ देर बाद अपने गंतव्य पर पहुँचा। घने वृक्षों की मोटी मजबूत शाखाओं और जड़ों की आड़ में एक छोटा छिद्र था जो अँधेरे में बेहद गौर से देखने पर ही नजर आ रहा था। वन में ऐसे छिद्र मिलना आम बात थी। लेकिन ये छिद्र विचित्र और विशेष था। लताओं और जड़ों से घिरे उस संकीर्ण छिद्र के भीतर सुविधा से रेंगने लायक स्थान था।

शोण लेटकर उस छिद्र में दाखिल हुआ और कोहनियों के बल आड़े-टेढ़े रेंगते हुए सुरंग के दूसरे मुहाने से निकला।

वन का वह हिस्सा बेहद डरावना और वीरान था। वृक्ष और झाड़ियाँ इतनी घनी थीं कि उनके बीच कोई स्थान ही नहीं बचा था। जैसे-तैसे वो उनमें घुसा और वृक्षों को टटोलते हुए बढ़ने लगा। एक वृक्ष के पास पहुँचकर वो रुका। उस वृक्ष की छाल छिली थी और उसके सामने एक हाथ की दूरी पर समान ऊँचाई और चौड़ाई के सात वट-वृक्ष कतार में लगे थे।

शोण ने मध्य में स्थित वृक्ष के तने को टटोला। तने के ऊपर एक छोटा छेद था। उसने छेद के भीतर उँगली डालकर हल्का दबाव बनाया। एक मंद यांत्रिक ध्वनि के साथ वृक्ष के आस-पास की मिट्टी हल्का कंपन करते हुए धँसने लगी। शीघ्र ही वहाँ एक छोटा गड्ढा उभर आया जिसमें एक लोहे का बक्सा दबा था। शोण ने उस बक्से के भीतर रखी कुंजी निकालकर बक्से को वापस गड्ढे में फेंक दिया।

कुंजी लेकर वह कतार में लगे सात वट-वृक्षों के मध्य में स्थित वृक्ष के निकट पहुँचा। वृक्ष के तने की पतली दरार में उसने कुंजी फँसाकर पहले बाएँ और फिर दाएँ घुमाई, और फिर उसे दरार में पूरा घुसेड़ दिया। कुंजी दरार में

माखन में गरम छुरी की तरह धँसते हुए गुम हो गई। वृक्ष के आस-पास की जमीन थरथराई और जड़ों के बीच एक बड़ी दरार उभर आई।

शोण उस दरार में घुस गया। बाहर से मामूली दरार दिखने वाली असल में गुफा द्वार थी। भीतर ऊबड़-खाबड़ पत्थरों से बने घुमावदार और ढलानी मार्ग से जुड़ी सुरंगों का अंतहीन व्यूह फैला था। दीवारों पर जड़े स्फटिक के बड़े चमकते पत्थर सुरंगों को प्रकाशित कर रहे थे। उनका कोई ओर-छोर नहीं था। हर सुरंग में अनेक गुफा द्वार थे।

एक से दूसरी गुफा, फिर दूसरी से तीसरी... शोण सुरंगों को पार करते हुए अपने लक्ष्य की तरफ बढ़ने लगा। कुछ देर ऐसे ही बढ़ते हुए वो इस बार गुफा द्वार में प्रवेश कर बाहर निकला तो जैसे दूसरी दुनिया में आ पहुँचा।

उसके पीछे वो गुफा द्वार लुप्त हो गया। उसके स्थान पर घास के झुरमुट और चिकने पत्थर दिखने लगे। गुफा के दूसरी तरफ का हिस्सा विस्तृप वन के डरावने और भूतिया हिस्से से भिन्न था। न वहाँ घने अँधेरे का आवरण ओढ़े वृक्षों की अंतहीन शृंखला थी और न रह-रहकर वन की शांति को भंग करती जानवरों की डरावनी आवाजें। बड़े-बड़े घने वृक्षों के स्थान पर असंख्य तारे समेटे खुला आकाश फैला था।

प्रकृति का मोहक रूप देख उसका मन प्रफुल्लित हो उठा। वातावरण की शीतल वायु ने उसकी थकान हर ली।

वहाँ से कुछ दूर पर घास-फूस और लकड़ी की बनी एक साफ-सुथरी और व्यवस्थित कुटिया थी जो अगम्य क्षेत्र की प्राकृतिक सुंदरता के साथ सरल, अद्भुत, एवं संतुलित सामंजस्य बैठाती हुई लुभावनी और रमणीय लग रही थी।

तेज कदमों से चलते हुए शोण कुटिया के पास पहुँचा।

कुटिया की खिड़की से दीपक का प्रकाश छनकर बाहर आ रहा था। द्वार पर आटे-सिंदूर के मिश्रण से स्वस्तिक का बड़ा चिह्न बना था। साथ ही ताजे फूल-पत्तियों से बना तोरण टँगा था। दीवारों से सटी क्यारियों में गुलाब, मुंगेर सहित अनेक प्रजातियों के रंग-बिरंगे फूल उगे थे। मुँडेर साक्षी नदी के किनारे मिलने वाले चिकने पत्थरों से सजी थी। निकट गोबर के उपले और लकड़ी के लट्ठे बिखरे थे। कुछेक लट्ठे जमीन में आधे-अधूरे तरीके से गड़े थे। कदाचित कुटिया के चारों तरफ बाड़ बनाने का काम हो रहा था।

अपने धड़कते दिल को सँभालते हुए शोण ने द्वार पर हल्की दस्तक दी। कई युगों का लंबा अंतराल सिमट आया था प्रतीक्षा के उन चंद क्षणों में।

कुटिया का द्वार खुला और भीतर से गेरुए रंग की साड़ी पहने शैला अपने हाथ में प्रज्ज्वलित दीपक थामे निकली। शैला के आभा-पूर्ण गौर-वर्ण अंडाकार चेहरे पर सधी हुई पतली भौंहों से ढँकी बड़ी-बड़ी ममतामय आँखें शोण को देखकर प्रसन्नता से भर गईं।

शोण का चेहरा खिल उठा। शैला के रूप में जैसे सौम्यता के धरातल पर निर्झर बहती ममतामय गंगा उसके सामने साक्षात प्रकट हुई थी। शैला के माथे पर लाल कुमकुम की बिंदी सजी थी। उसके करीने से गुँथे बाल गुलाब और मुंगेर के फूलों की माला से सुसज्जित थे। सुर्ख लाल सिंदूर से भरी माँग उसके चेहरे को अद्‌भुत गरिमा प्रदान कर रही थी।

"माते!" शोण ने झुककर शैला के चरणों का स्पर्श किया, "आपके आशीर्वाद और ममता की छाया मुझ पर सदा रहे।"

"तुम्हारा स्थान तो मेरे हृदय में है!" शैला ने शोण को निहारते हुए अपने सीने से लगा लिया।

"आशा है तुम्हारी यात्रा सुखद रही होगी!" आत्मीयता से परिपूर्ण एक भारी-भरकम पुरुष वाणी गूँजी।

शोण ने देखा, कक्ष के भीतर गेरुआ वस्त्र धारण किए एक बलिष्ठ पुरुष काया खड़ी थी। घने सफेद बाल और सफेद लंबी दाढ़ी के बीच से झाँकती उनकी चुंबकीय दिव्य ज्योति से परिपूर्ण दृष्टि शोण पर थी।

"आचार्य!" शोण प्रसन्नतापूर्वक उनके चरणों में झुक गया, "मुझे उम्मीद नहीं थी कि आपके दर्शन का सौभाग्य प्राप्त होगा।"

"आयुष्मान भव! सदैव धर्म के मार्ग पर अग्रसर रहो!" आचार्य रुद्रदेव ने शोण के सिर पर हाथ फेरते हुए आशीर्वाद दिया। फिर हँसते हुए बोले, "निश्चिंत रहो! मेरी उपस्थिति माँ-पुत्र की भेंट में बाधक नहीं बनेगी।"

"मेरा तात्पर्य यह कदापि नहीं था, आचार्य!" शोण झेंप गया।

"तुम्हारा तात्पर्य मैं भली-भाँति समझता हूँ!" आचार्य जोर से हँसे। फिर शैला की तरफ पलटकर पूछा, "अपने पुत्र के लिए भोजन की व्यवस्था नहीं करोगी, शैला?"

"ऐसा कैसे हो सकता है, आचार्य!" शैला अपनी ममतामय दृष्टि शोण के चेहरे पर टिकाए बोली। चटाई बिछाकर उसने शोण को बैठने का संकेत किया। फिर भोजन की व्यवस्था करने के लिए रसोईघर में गई।

शोण ने देखा कि आचार्य उसे देखकर मंद-मंद मुस्कुरा रहे हैं। वह सकपकाया मानो उन्होंने फिर उसकी कोई चोरी पकड़ी हो।

"तुम्हारा व्यापार कैसा चल रहा है, पुत्र?" आचार्य की वाणी में अपनत्व की मिठास थी, "सब कुशल-मंगल तो है?"

"आपके आशीर्वाद से सब कुशल-मंगल है, आचार्य!" शोण ने उत्तर दिया, "कुछ अड़चनें थीं, किंतु देवकीनंदन के आशीर्वाद से वे भी सहज सुलझ गईं।"

"तुम्हारी सफलता पर मुझे रत्ती मात्र भी संदेह नहीं है।" आचार्य बोले।

"द्वारपाल की भूमिका में मेरा चुनाव अप्रत्याशित था।" शोण झिझकते हुए बोला।

"ये तुम्हारा आश्चर्य बोल रहा है, अथवा संदेह?"

"आश्चर्य-मिश्रित संदेह!" शोण बोला।

"नियति के निर्णयों को समझने की हमारी अपरिपक्वता उन्हें हमारे लिए अप्रत्याशित बनाती है। वासुदेव और मैं तो उसके निर्णयों को लागू करने में निमित्त मात्र हैं।" आचार्य उसकी बात सुनकर हँसे, "मैंने वासुदेव से अभियान के लिए सर्वोत्तम साधन और पात्र की माँग की और उन्होंने अपना वादा पूर्ण किया।"

"मुझे समझना चाहिए था।" शोण बुदबुदाया, "वासुदेव ने कहा था कि प्रथम को सर्वोत्तम सहायक की आवश्यकता है।"

"तुमने अपने धैर्य, बुद्धि और सामर्थ्य से इस अभियान के लिए अपनी पात्रता सिद्ध की है। इस विषय में तुम्हें संदेह नहीं होना चाहिए।" आचार्य की सफेद दाढ़ी के पीछे से भीनी मुस्कान झाँकी।

"आचार्य! क्या इस अभियान में अकारण प्राण गँवाने वाले अनगिनत जीवों के प्रति मेरा कोई उत्तरदायित्व नहीं है?" शोण ने झिझकते हुए पूछा।

"प्रत्येक पात्र एवं घटना का ब्रह्मा-रचित सृष्टि में महत्त्व है। प्रत्येक जीव परमात्मा के किसी उद्देश्य के लिए जन्मता है और उद्देश्य-पूर्ति पश्चात देह त्यागता है। जिसने जन्म लिया उसकी मृत्यु निश्चित है। इस सनातन नियम को विस्मृत कर जीवन को शाश्वत एवं मृत्यु को अंत मानने वाले मूढ़ होते हैं। सत्य

का साक्षात्कार किए मुमुक्षु[67] तो जीवन को क्षणिक मानकर मृत्यु का उल्लास मनाते हैं।" आचार्य गंभीर वाणी में बोले।

"तो मैं इस सत्य को क्यों नहीं स्वीकार कर पा रहा हूँ?" शोण व्यथित रहा।

"प्रकाश के प्रभाव से उत्पन्न परछाइयों के बनने-बिगड़ने को शाश्वत सत्य मान कर तुम सभी क्रियाओं के संचालक प्रकाश-स्रोत को भूल रहे हो। तुम्हारी प्रकृति प्रश्नों के उत्तर ढूँढ़ने में नहीं, उनमें सामंजस्य बैठाने में है। प्रकृति से सामंजस्य होगा तो प्रश्न नहीं उठेंगे और उनके उत्तर ढूँढ़ने की आवश्यकता नहीं होगी।" आचार्य ने समझाया, "तुम मात्र अपने कर्मों के उत्तरदायी हो। तुम्हारे कर्म तुम्हारी तपस्या की सफलता सुनिश्चित करेंगे।"

"किंतु पुण्यात्माओं की पीड़ा मुझे व्यथित करती है, आचार्य!" शोण सकुचाते हुए बोला।

"उनके लिए शोक करना उनके तप का अपमान है। तुम प्रकृति की संतुलन व्यवस्था में बाधा मत बनो। प्रकृति को अपने निर्णय के अनुरूप कार्य करने दो। तुम प्रकृति को सहयोग दो, प्रकृति तुम्हारा योग-क्षेम स्वयं साध लेगी।" आचार्य बोले।

शोण ने नजरें झुका लीं। आचार्य उसके भीतर दबी गूढ़ बातों को सहजता से समझ लेते हैं। उनका शांत निश्चल मन जैसे स्वच्छ जल से भरा कुंड है जिसमें उसे स्वयं का प्रतिबिंब और सदैव अपने समस्त प्रश्नों के उत्तर मिलते हैं।

"आपसे कुछ भी गुप्त नहीं है, सर्वज्ञ!" शोण हाथ जोड़कर बोला, "महाराज अधिराज को विश्वास में ले चिरपुंज की सभा में अभियान संबंधित महत्त्वपूर्ण पक्षों को अनुत्तरित रखना मेरी योजना का हिस्सा था। मुझे उम्मीद थी कि उन उत्तरों को ढूँढ़ने के लिए नागराज और महामंत्री विष्णुदत्त के गुप्तचर मेरे पीछे लगेंगे, किंतु मुझे उम्मीद नहीं थी कि वो गुप्तचर शरण्या होगी।"

"प्रकृति की अपनी सीमाएँ हैं। एक जीवनदायक औषधि भी भिन्न परिस्थितियों में विष बन जाती है।" आचार्य गंभीरता से बोले, "तुम अपने धर्म के लिए लड़ रहे हो और विसर्पी अपने स्वामी के स्वार्थ के लिए।"

"इस अभियान में विसर्पी शरण्या की भूमिका महत्त्वपूर्ण है। वो महामंत्री विष्णुदत्त के साथ नागराज की भी विश्वस्त गुप्तचर है। उस तक इस महत्त्वाकांक्षी

---

67. जिसे इस लोक या परलोक के भोगों की इच्छा नहीं उसे मुमुक्षु कहते हैं।

अभियान के विषय में पहुँचने वाली हर सूचना नागराज तक अवश्य पहुँचेगी।" शोण बोला।

"भोले-भाले विसर्पी नागराज को पूर्ण निष्ठा से अपना भगवान मानते हैं, किंतु उनकी धमनियों में बह रहा आर्य रक्त नागों को चुभता है। विसर्पी नागशक्ति का महत्त्वपूर्ण स्तंभ हैं ये जानते हुए भी नाग उन्हें हेय दृष्टि से देखते हैं। उन्हें अपमानित और प्रताड़ित करते हैं।" आचार्य बोले, "नागराज के प्रति अपनी निष्ठा प्रमाणित करने का विसर्पी कितना भी प्रयास करें, नागों के लिए वो सदैव अपने हित साधने के साधन मात्र रहेंगे।"

"किंतु नाग-मानव संयोग से उत्पन्न विसर्पियों का धर्म मानवता और नाग धर्म दोनों से प्रेरित है।" शोण बोला।

"तक्षक उन्हें नाग जाति का अंश स्वीकार नहीं करेगा। वो अपने हितों के लिए विसर्पियों को समाप्त करने से भी नहीं चूकेगा। विसर्पी भी इस सत्य से परिचित हैं कि नागराज के प्रति उनका समर्पण उनके विनाश का कारण बनेगा।" आचार्य बोले।

"वासुदेव कहते हैं कि यह धर्म-युद्ध है। साथ ही स्वीकारते हैं कि धर्म की व्याख्या व्यक्ति एवं काल द्वारा निर्धारित होती है। कालचक्र के साथ धर्म की व्याख्या बदलती है। एक का धर्म दूसरे का अधर्म होता है। ऐसे में विसर्पियों का मार्ग अधर्म का मार्ग क्यों हुआ?" शोण ने पूछा।

"प्रकृति सभी को अपना मार्ग चुनने का अवसर देती है। कुछ उस अवसर को चूक जाते हैं और कुछ इस विधान का ज्ञान होते हुए भी अनभिज्ञ बने रहते हैं। तुमने वासुदेव की आज्ञा को अपना धर्म समझा और शरण्या जैसे अनेक विसर्पियों ने नागराज की सेवा को अपना धर्म माना। मार्ग के चुनाव ने तुम दोनों की नियति निर्धारित की। इसमें अचरज कैसा?"

"क्या आपको विश्वास है कि महायुद्ध में अनगिनत जीव हत्याएँ पांडवों की विजय और धर्म-स्थापना में सहायक होंगी?"

"धर्म जीवन रक्षक है, एवं युद्ध मानवता का अंत। किंतु धर्म और नैतिकता आधारित युद्ध पुण्यदायक होता है। इसलिए धर्म स्थापना के लिए महायुद्ध अवश्य सहायक होगा।" आचार्य ने समझाया, "धर्म की गति गहन है। शास्त्रानुसार अकारण जीवहत्या पाप है, किंतु यदि कोई दुष्कृत्य सृष्टि संतुलन में सहायक

होता है तो उसका कर्ता पुण्य का भागी होता है।"

"धर्म स्थापित हुआ या नहीं यह कौन निर्धारित करेगा?" शोण ने पूछा, "यह महायुद्ध मृत्यु का अनुष्ठान है। इसमें असंख्य प्राणों की आहुति होगी।"

"युद्ध पश्चात धर्म-अधर्म की परिभाषा और विजय के मापदंड उत्तरजीवी[68] निर्धारित करते हैं। जन्म-मृत्यु तो सृष्टि संतुलन के साधन मात्र हैं। सृष्टि का प्रत्येक कण परमात्मा द्वारा निर्धारित सीमा में अपना जीवन निर्वाह करता है। इस सीमा का उल्लंघन करने वालों को सृष्टि दंडित कर अपना संतुलन पुनर्स्थापित करती है। संतुलन के लिए उपयुक्त पात्रों की रक्षा एवं उन्नति प्रकृति स्वयं करती है। अन्य पात्र इतिहास में विलुप्त होने का अभिशाप भोगते हैं।" आचार्य बोले, "नाग और कौरव इस संसार पर एकछत्र राज्य चाहते हैं। उनकी दृष्टि में अन्य जातियाँ अस्तित्वहीन हैं। उनकी व्यवस्था प्रकृति के संतुलन और नियमों के विपरीत है। इसलिए प्रकृति का संतुलन बनाए रखने के लिए उनका विनाश अवश्यंभावी है।"

"महाविनाश के प्रति चित्रगुप्तों की उदासीनता निंदनीय है। सर्वश्रेष्ठ साधन, इच्छाशक्ति और कूटनीतिक बल से संपन्न होते हुए भी वह अपनी चुप्पी से चंद युद्ध पिपासुओं को मानव जाति का सर्वनाश करने की अनुमति दे रहे है।" शोण द्रवित होते हुए बोला, "संसार से समस्त योद्धाओं का सर्वनाश करने की क्षमता रखते हुए भी सर्वशक्तिमान मुमुक्षु चित्रगुप्त इस विनाश को रोकने का प्रयास क्यों नहीं करते हैं? चित्रगुप्तों के प्रथम इस महाविनाश से कैसे उदासीन रह सकते हैं?"

"जिसे तुम विनाश कहते हो, मुमुक्षु चित्रगुप्तों के लिए वो सृष्टि द्वारा संतुलन स्थापित करने का उपाय है। सर्वशक्तिमान, सर्वज्ञ और सर्वव्यापी चित्रगुप्तों का कर्तव्य क्षेत्र सृष्टिकर्ता ब्रह्मा को दिए वचन से सीमित है।" आचार्य का चेहरा यकायक भावहीन हुआ, "इस वचन का निर्वाह करना मुमुक्षु चित्रगुप्तों का अस्तित्व और नियति है। इसी वचन के तहत हम पुरातन काल से सृष्टि की रक्षा करते आए हैं।"

"क्या सनातन धर्म की रक्षा का प्रण लेने वाले चित्रगुप्तों का महाविनाश का

---

68. संबंधियों की मृत्यु के बाद भी जीवित बचे व्यक्ति को उत्तरजीवी कहते हैं। यहाँ उत्तरजीवी से तात्पर्य युद्ध के बाद जीवित बचे व्यक्तियों से है।

मूक दर्शक बनना कर्तव्य-विमूढ़ता नहीं है?" शोण ने पूछा।

"चित्रगुप्त दोनों पलड़ों के उतार-चढ़ाव को प्रदर्शित करने वाली तुला की धुरी हैं। तुला की धुरी पलड़े में चढ़े भारों का निर्धारण नहीं करती है। उसी तरह परमात्मा द्वारा प्रदत्त बुद्धि का प्रयोग कर मानव अपना शुभ-अशुभ मार्ग चुनने के लिए स्वतंत्र है। इसलिए मानव आयोजित किसी विनाश को थामना चित्रगुप्तों का कार्य नहीं है।" आचार्य बोले।

"धुरी के अभाव में सृष्टि संतुलन कैसे स्थापित होगा, महात्मन्?" शोण ने पूछा, "धर्म की क्षति रोकने हेतु क्षत्रिय धर्म का पालन करते हुए हिंसा का उपयोग भी अहिंसा की श्रेणी में आता है। फिर चित्रगुप्त इस युद्ध को रोकने का प्रयास क्यों नहीं कर रहे है?"

"श्रीकृष्ण और महर्षि व्यास ने महायुद्ध के दुष्परिणाम से महाराज धृतराष्ट्र को सजग किया था[69], किंतु अहंकार-मुग्ध और मति-भ्रष्ट निर्णायक उनकी इस चेतावनी से सचेत नहीं हुए। जो अंध-बुद्धि राजनीतिज्ञ महायुद्ध के विषय में महर्षि की भयानक भविष्यवाणी सुनने के पश्चात भी हाथ बाँधे बैठे रहे उनके लिए भविष्य के परिणाम अप्रत्याशित नहीं होने चाहिए। चित्रगुप्त उनके लिए अपने कर्तव्यों से विमुख क्यों हों?" आचार्य शून्य में घूरते हुए मानो भविष्य पढ़ रहे थे, "संसार के श्रेष्ठ महर्षियों के वचनों को ठुकराने वाले एक तुच्छ वनवासी ब्राह्मण के वचनों को क्यों महत्त्व देंगे?"

"तुच्छ ब्राह्मण के न सही, किंतु चित्रगुप्तों के 'प्रथम' की सलाह नकारना उनके लिए असंभव है। सलाह क्यों, 'प्रथम' उन्हें आदेश दे सकते हैं।" शोण बोला, "श्रीकृष्ण और महादेव के साथ संसार के सभी ऋषिगण 'प्रथम' की आदेशपूर्ति के लिए वचनबद्ध हैं।"

"श्रीकृष्ण और महादेव चित्रगुप्तों के अधीन नहीं हैं। प्रजापिता ब्रह्मा को दिए अपने वचन से बँधे हुए वे चित्रगुप्तों के आदेश का पालन करते हैं, किंतु वो किसी भी आदेश को मानने के लिए बाध्य नहीं हैं।" आचार्य की आँखों की चमक बढ़ गई, "मत भूलो कि इस अक्षत व्यवस्था के अधीन चित्रगुप्त संसार में विचरते हुए भी अस्तित्वहीन हैं और 'प्रथम' एक किंवदंती है। अनेक मन्वंतरों

---

69. व्यास जी द्वारा अमंगल सूचक उत्पातों एवं नरसंहार का वर्णन। [महाभारत, भीष्मपर्व, अध्याय 2-3]

की साधना के पश्चात मुमुक्षु चित्रगुप्त जिस प्रयोग को साध पाए हैं उसे सांसारिक लोभ में फँसकर व्यर्थ करना मूढ़ता होगी।"

"मन्वंतरों पुरानी इस व्यवस्था से साक्षात्कार करने की पात्रता मात्र कुछ सिद्ध पुरुषों को प्राप्त है। क्या इसी कारण से परिणामों का आभास और उन्हें पलटने की क्षमता होने के बाद भी चित्रगुप्त सदैव गुप्त और तटस्थ रहते हैं?" शोण ने पूछा, "पूज्य! चित्रगुप्तों की साधना और त्याग अद्भुत और अद्वितीय है। उनका त्याग संसार के समक्ष प्रत्यक्ष होना चाहिए। चित्रगुप्त के मार्गदर्शन से संसार के अस्तित्व पर छाया यह विनाश छँट सकता है।"

"हर सत्य का प्रत्यक्ष होना आवश्यक नहीं होता है। शक्तिशाली सत्य भी किंवदंती, मिथक और कोरी कल्पना के चक्र में फँसकर देर-सबेर धूमिल और विस्मृत हो जाता है। किंतु अप्रत्यक्ष सत्य चिरकाल तक सुपात्रों के माध्यम से प्रसारित होता हुआ सुरक्षित रहता है।" आचार्य ने मृदुल वाणी में उत्तर दिया, "सत्य को वो ढूँढ़ते हैं जो स्वयं को इस सृष्टि और उसके सत्य से विलग समझते हैं। सुपात्र के लिए तो सृष्टि अपने समस्त गूढ़ सत्य स्वयं प्रकट कर देती है।"

"मुझे पूर्ण विश्वास है कि केंद्रों की सुरक्षा पर चित्रगुप्त कोई समझौता नहीं करेंगे।" शोण बोला, "किंतु भविष्य की चुनौतियों का सामना करने के लिए चित्रगुप्तों को प्रत्यक्ष होना आवश्यक है।"

"चित्रगुप्त स्वयं को परिस्थितियों से तटस्थ रख कर सभी चुनौतियों का सामना वैसे ही करेंगे जैसे वे अनगिनत मन्वंतरों से करते आए हैं। परिस्थितियों से जुड़ाव समाप्त होगा तो उनसे हमारे कार्य भी व्यथित नहीं होगे। वासुदेव के अनुसार कलियुग[70] में एक स्तंभ संपूर्ण भवन का भार उठाएगा।"

"क्या चित्रगुप्त इस चुनौती के लिए तैयार हैं?" शोण ने पूछा।

"मुमुक्षु चित्रगुप्त स्वयं को हिरण्यगर्भ की अग्नि में होम कर देंगे, किंतु अपने वचन से विमुख नहीं होगे। चित्रगुप्तों के अस्तित्व का एकमात्र आधार यही वचन है। दुर्गम परिस्थितियों और प्रबल चुनौतियों का सामना करते हुए चित्रगुप्त अंतिम साँस तक इस वचन का पालन करेंगे।" आचार्य गंभीरता से बोले, "तुम्हारे अभियान की सफलता चित्रगुप्तों के वचन को आधार प्रदान करेगी।"

---

70. भगवान विष्णु के अंशावतार श्रीकृष्ण के निज धाम को पधारते ही पृथ्वी पर कलियुग का आरंभ हुआ था। [श्रीविष्णुपुराण, अंश 4, अध्याय 24, श्लोक 108]

"मैं आपका विश्वास टूटने नहीं दूँगा, पूज्य!" कहते हुए शोण ने सिर झुकाया, "शरण्या नागराज को हमारी समस्त योजना पहुँचा चुकी होगी। कदाचित अब तक नागराज ने हमारे अभियान की काट भी तैयार कर ली हो।"

"वासुदेव ने निःसंदेह अपना सर्वोत्तम सहायक मुझे सौंपा है।" आचार्य के चेहरे पर रहस्यमय, किंतु संतोषप्रद मुस्कान थिरकी, "केंद्र द्वार बंद करने और सुरक्षा-चक्र सक्रिय करने की प्रक्रिया आरंभ हो चुकी है। कुछ केंद्र पालक निकासी प्रक्रिया पूर्ण कर अपने केंद्रों को बंद कर चुके हैं। कुछ द्वार बंद होने की अंतिम प्रक्रिया में हैं।" कुछ क्षण का विराम लेकर आचार्य गहरे स्वर में बोले, "तुम्हारे अभियान पर वासुदेव की विशेष दृष्टि है।"

"मैं वासुदेव की चिंताओं से अवगत हूँ, आचार्य! केंद्र की सभी जाँच पूर्ण हो चुकी है। सुरक्षा-चक्र सुचारु रूप से कार्य कर रहे हैं, किंतु नागराज से जुड़ी चिंताएँ कम नहीं हो रही हैं।"

"और कम होंगी भी नहीं।" शैला फलों से भरे पत्ते के दोने शोण के सामने रखते हुए बोली, "कलेवा[71] ग्रहण करने के पश्चात संसार की चिंता करना, शोण!"

"यह कलेवा मेरे लिए दिव्य भोग है, माते! परमात्मा से प्रार्थना करता हूँ कि प्रत्येक जन्म में आप दोनों के चरणों में मुझे स्थान मिले।" शोण बोला।

कलेवा समाप्त कर शोण ने पानी पीकर गला तर किया। शैला खाली दोने उठाकर भीतर गई।

"तुम्हारे पास विकल्पों का अभाव नहीं है।" आचार्य जैसे शैला के जाने की प्रतीक्षा में थे, "आवश्यकता पड़ने पर उनका प्रयोग करने से हिचकना नहीं।"

"गुरुदेव! इस कथा का अंत कैसे होगा?" शोण ने सकुचाते हुए पूछा।

"अनंत मार्ग का कैसा अंत?" आचार्य बोले, "कई पूर्वज इस अनंत मार्ग पर यात्रा कर चुके हैं...और अनगिनत वंशज इस यात्रा में सम्मिलित होने के लिए प्रतीक्षा कर रहे हैं।"

"इस यात्रा का क्या उद्देश्य है, गुरुदेव?"

"हर पीढ़ी को उस सनातन सत्य से साक्षात्कार कराना जो मानव अस्तित्व का आधार है।"

---

71. वह हलका भोजन जो सबेरे बासी मुँह किया जाता है।

"कैसा सत्य?"

"वह सनातन सत्य जो प्रत्येक ग्रंथ का मूल है- भय नित्य एवं आस्था विकल्प है। आस्था धर्म की जनक है, किंतु आस्था विहीन कर्म से भय उत्पन्न होता है। भय रावण का जनक है, तो आस्था श्रीराम का। भय और आस्था का द्वंद्व ही जीवन है।" आचार्य ने मृदुल वाणी में उत्तर दिया, "जहाँ सत्य प्रतिष्ठित हो वहाँ अपने कर्मों को निष्ठापूर्वक करने का सार्वभौमिक प्रण होता है। हमारे अस्तित्व का यही एकमात्र मूलमंत्र है।"

शोण ने आचार्य के समक्ष श्रद्धा से सिर झुकाया।

"केंद्र के द्वार निर्धारित समय पर बंद होंगे। मुझे केंद्र के भीतर तुम्हारी प्रतीक्षा होगी।" आचार्य बुदबुदाए। कुछ देर वह शोण के चेहरे पर दृष्टि जमाए रहे। फिर ऊँची आवाज में बोले, "शोण के जाने का समय हो गया है, शैला!"

"इतनी शीघ्र!" शैला भीतर से भागती हुई आई। चेहरे पर सवालिया चिह्न लिए उसने एक पल आचार्य को देखा फिर उदास दृष्टि से शोण को निहारा, "अभी तो मैंने इसे मन भर देखा भी नहीं!"

"सभी के आने-जाने का समय निश्चित है, देवी!" आचार्य स्थिर वाणी में बोले, "हमें किसी के कर्तव्य-निर्वाह में व्यवधान उत्पन्न करने का अधिकार नहीं है।"

शैला का चेहरा मुरझाकर नीचे लटक गया। लंबे समय पश्चात शोण से मिलने का यह क्षणिक सुख उसे न जाने कितने समय तक सँजोकर रखना होगा। कब शोण से पुनः भेंट होगी? आचार्य भी कितने निष्ठुर हैं। कुछ क्षण और शोण को रोक लेते। वह कहते तो शोण अवश्य रुक जाता। उनका कहा शोण ने कभी नहीं टाला। आज भी नहीं टालता। किंतु आचार्य ने कुछ नहीं कहा।

शैला ने अपने व्याकुल मन को समझाया। हो सकता है कि इसमें आचार्य का कोई दोष नहीं हो। कदाचित शोण ही जाने को व्यग्र हो। उसके कंधों पर उसके कर्तव्यों का भार है। अपने व्यस्त जीवन से वह कुछ पल निकाल कर इतनी दूर आचार्य और शैला से भेंट करने आया यही बहुत था।

वह उदास थी, किंतु उदास चेहरे से शोण को विदा करने का अपशकुन नहीं करना चाहती थी। उसका उदास चेहरा स्मरण कर सीधा और सरल शोण विचलित होता रहेगा।

"अपना ध्यान रखना, पुत्र! हमारा आशीर्वाद तुम्हारे साथ है। तुम्हारा व्यापार फले-फूले!" उसने चेहरे पर कृत्रिम मुस्कान लाद शोण के सिर पर हाथ फेरा, "मुझे तुम्हारे द्वारका से लौटने की प्रतीक्षा रहेगी।"

शोण उदास, निराश और शांत रहा। शैला माता को देख उसका चेहरा आत्मग्लानि के बोझ से झुक गया। द्वारका प्रस्थान का असत्य कहकर माता से आँखें मिलाने का साहस नहीं हुआ। उन्हें कैसे कहता कि वो जिस अभियान की पूर्ति के लिए द्वारका से निकला है वो उसके प्राणों पर भारी पड़ सकता है। वो कैसे कहता कि उसे स्वयं ज्ञात नहीं कि इस अभियान में वह जीवित रहेगा या नहीं और इसलिए आचार्य और शैला माता के दर्शन करने चला आया।

"मुझे आशीर्वाद दें, आचार्य! मेरा प्रत्येक जन्म चित्रगुप्तों की सेवा में समर्पित हो।" कहकर शोण ने आचार्य और शैला के चरणों का स्पर्श किया।

"शतं जीव शरदो वर्धमानः शतं हेमन्ताञ्छतमुवसन्तान!" [72] आचार्य और शैला ने शोण के सिर पर हाथ रखकर आशीर्वाद दिया, "तुम्हारी यात्रा सफल हो!"

आचार्य और शैला से मुँह फेरकर शोण तेजी से कुटिया से बाहर निकला। अधिक देर रुकता तो माता उसकी आँखों में झाँककर उसके मन की पीड़ा भाँप लेती।

कुटिया के द्वार पर व्यथित मन से खड़ी शैला जाते हुए शोण को तब तक निहारती रही जब तक वो उसकी आँखों से ओझल नहीं हो गया।

---

72. तुम सौ वर्षों तक जीवित रहो। तुम सुख से सौ वसंत और सौ हेमंत तक जियो। [ऋग्वेद, मंडल 10, सूत्र 161, श्लोक 4]

अध्याय 11

अनगिनत मानव खोपड़ियों और हड्डियों को जोड़कर बनाए उस डरावने विशाल सिंहासन के हत्थे पर अपने लंबे-पतले पैर पसारे नागराज तक्षक औंधा पड़ा था। उसके लंबे-चौड़े बदन की चिकनी खाल पर उभरी आड़ी-टेढ़ी लकीरें मशाल के प्रकाश में झिलमिला रही थीं। मोटे रत्नों से जड़ी अनेक बड़ी मालाएँ उसके गले को शोभित करते हुए झूल रही थीं। हाथ में थामे सोने के प्याले में भरी मदिरा छलकते हुए उसके छोटे-पतले होंठों का सान्निध्य प्राप्त कर उसका गला तर कर रही थी। प्याला खाली होने से पूर्व साथ खड़ी दासी उसमें मदिरा उड़ेल रही थी।

मदिरा के नशे में चूर उसकी दृष्टि वहाँ से कुछ दूर मजबूत पत्थरों की गोलाकार दीवार से संरक्षित मल्लभूमि पर टिकी थी। वहाँ एक नाग और एक मानव योद्धा मिट्टी और पसीने से लथपथ, गुत्थम-गुत्था थे। सैकड़ों नाग मल्लभूमि को घेरे उन्हें उत्साहित करते हुए कोलाहल मचा रहे थे।

दोनों योद्धा एक-दूसरे को परास्त करने के लिए अपने दाँव-पेंचों का भरपूर इस्तेमाल कर रहे थे। नाग योद्धा की चौड़ी छाती, ऊँचा कद और लंबे व सशक्त हाथ-पैर इस द्वंद्व युद्ध को उसके पक्ष में असंतुलित रूप से मोड़ रहे थे। उसके प्रत्येक कंधे पर दो हाथ थे जो एक-दूसरे से स्वतंत्र रहते हुए उसके आक्रमण को बेहद प्रभावी बना रहे थे। उसके प्रत्येक वार से मानव योद्धा के बदन से लहू फूटकर मल्लभूमि की मिट्टी लाल कर रहा था।

चार हाथ वाले लंबे-चौड़े एवं शक्तिशाली नाग योद्धा के समक्ष मानव योद्धा एक कमजोर प्रतिद्वंद्वी था। वह नाग योद्धा के निकट भी नहीं फटक पा रहा था। हवा में हाथ-पैर हिलाते हुए कमजोर दाँव-पेंचों से वो अपना बचाव करने का असफल प्रयास कर रहा था। मल्लभूमि छोड़कर भागने का प्रयास करता तो नाग दर्शक और सैनिक उसे पकड़कर वापस मल्लभूमि के भीतर धकेल देते।

असंतुलित द्वंद्व युद्ध का समापन शीघ्र हुआ। नाग योद्धा ने अपने चारों हाथों में मानव योद्धा को दबोचकर ऊपर उठाया और उस पर अपना दबाव बढ़ाया। नाग योद्धा की पकड़ से छूटने के लिए मानव योद्धा चीखते हुए हाथ-पैर मारने लगा। उसकी साँस टूटने लगी। मुँह से खून की उलटी निकल पड़ी। आँखों की पुतलियों में खून भर आया। शीघ्र उसकी हड्डियाँ तेज आवाज के साथ चटकीं और वो निष्प्राण हो नाग योद्धा की बाँहों में झूल गया।

नाग योद्धा ने उसकी निढाल देह को हवा में उछालकर मल्लभूमि पर फेंका और घृणा से उस पर थूका। उसके विषैले थूक के संपर्क में आते ही मानव योद्धा की त्वचा बदबूदार श्वेत धुआँ छोड़ते हुए काली पड़ गई।

उत्साहित नाग दर्शकों के कोलाहल से मल्लभूमि गूँज उठी। विजयी नाग योद्धा ने अपने चारों हाथों को जोड़कर सिंहासन पर विराजमान नागराज का नमन किया।

"अपनी विजय संपूर्ण करो!" नागराज चीखा। क्रोध में उसकी नाक के पतले-चपटे छोटे छिद्र खुल गए। उसकी छोटी-छोटी हरी पुतलियों में वीभत्सता का सागर उमड़ आया।

विजयी नाग योद्धा ने मानव योद्धा के सीने में अपना पंजा मारकर उसे फाड़ दिया। छाती से निकले ताजे खून के बीच वह अपना पंजा फटी छाती के भीतर घुसाता रहा। कुछ देर बाद उसका हाथ मानव योद्धा का रक्तरंजित हृदय और उससे जुड़ी अनगिनत पतली नसों को दबोचे बाहर निकला।

नाग योद्धा विजय उल्लास से चीखा। उसने ललचाई दृष्टि से मुट्ठी में फँसे अपने प्रतिद्वंद्वी के रक्तरंजित हृदय को देखा जिसमें अभी भी तनिक स्पंदन शेष था। अपने पैने दाँतों को वह हृदय में गड़ाकर उसे चबाने लगा। ताजे नर-मांस के भोज्य से मिली तृप्ति उसके चेहरे पर प्रखर हुई। देखते-देखते उसने बचे-खुचे हृदय को अपनी लंबी जीभ में लपेट कर मुँह में गपक लिया।

चेहरे पर कुटिल गौरवान्वित मुस्कान लादे नागराज ने अपने गले से रत्नों की माला उतार कर नाग योद्धा की तरफ उछाल फेंकी।

"नागराज की जय! नागराज की जय!" मल्लभूमि हर्षित नागों के सम्मिलित जय घोषों से गूँज उठी।

अध्याय 12

अनेक वस्त्र और आभूषणों से सज्ज, लवंग, कर्पूर इत्यादि सुगंध से सुवासित देह की स्वामिनी नवयुवती के रूप में शरण्या ने क्रीड़ा क्षेत्र में प्रवेश किया। लंबे बाल, सुंदर नेत्रों से सुशोभित पूर्णिमा के चंद्र जैसा सुंदर मुख, चंदन के लेप से निखरी सुवर्ण देह, नाक में मोती और नाभि पर झुमका उसका लावण्य मोहक बना रहे थे।

मल्लभूमि में पड़े मानव योद्धा के शव पर अनेक नाग टूटे हुए थे। खाल, मांस, अंग-प्रत्यंग, अंतड़ियाँ- जिसके हाथ जो लग रहा था वो उसी से अपने 'ताजे भोजन' का आनंद उठा रहा था। खाली हाथ रहने वाला शव से रिसते रक्त को स्वाद लेकर चाट रहा था। बीच-बीच में वे 'भोजन' के बँटवारे को लेकर आपस में नोक-झोंक कर रहे थे।

शीघ्र ही मानव योद्धा के शव से मांस का प्रत्येक हिस्सा नुच गया और मल्लभूमि में अस्थियों का ढेर बचा। उन अस्थियों को भी कुछ नाग अपनी पतली-लंबी जीभ लपलपाते हुए चाट रहे थे। निहत्थे आर्य के नृशंस हत्यारे नाग योद्धा के पराक्रम का गुणगान करते हुए दर्शक छँटते जा रहे थे।

शरण्या ने घृणा से अपना मुँह दूसरी तरफ फेरा। आमोद-प्रमोद के नाम पर नाग-वीभत्सता का तांडव देखना उसकी नियति बन चुका था। नाग सीमावर्ती क्षेत्रों से ग्रामीणों और व्यापारियों का अपहरण कर उन्हें नागलोक में कैद करते। फिर उन्हें दास बनाकर हेय कार्यों में प्रयुक्त करते और उन्हें प्रताड़ित कर उनकी पीड़ा का आनंद उठाते। भोजन से वंचित रख उनसे कड़ा परिश्रम लिया जाता। कई अपहृत इस दौरान दम तोड़ देते। जो बचते उन्हें नागों का अत्याचार सहना होता। कोई अपहृत परिश्रम लायक नहीं बचता तो उसे किसी नाग योद्धा के अहंकार की तुष्टि के लिए मल्लभूमि में पटक दिया जाता। पराजित बंदी को मृत्यु

मिलती और नाग सैनिक उसकी मृत देह का भोग करते।

इतने वर्षों में वह नागों की कुत्सित प्रथाओं से न स्वयं को जोड़ पाई थी और न उनसे पूर्णत: विलग हो पाई थी। बस अपने अस्तित्व के दो छोरों के मध्य त्रिशंकु बनी झूल रही थी।

अनमनी-सी, अपनी चंचल एवं पतली कमर लहराते हुए, प्रत्येक कदम के साथ नूपुर का मधुर शब्द बिखेरती वह सिंहासन पर बैठे नागराज के सामने पहुँची।

"क्या सूचना लाई हो, विसर्पी?" आसन पर पसरा सेनापति त्रिकुंश गरजा।

"महान नागराज की सहृदयता के समान यह सूचना अकल्पनीय है!" शरण्या ने वाणी में जबरन शहद घोला।

"हमारे मनोरंजन में विघ्न डालने के लिए इस सूचना का अकल्पनीय होना अति-आवश्यक है, विसर्पी!" नागराज ने अपनी गर्दन घुमाकर एक उचाट दृष्टि शरण्या पर फेंकी।

"चिरपुंज और अनंतपुर ने यादवों से दिव्यास्त्र प्राप्त कर नागलोक पर संयुक्त आक्रमण करने की योजना बनाई है। दिव्यास्त्रों के साथ यादव बल चिरपुंज के लिए निकल पड़े हैं।"

तक्षक ने अपने प्याले में भरे मद्य को एक साँस में गटका। साथ खड़ी सेविका ने तुरंत उसका प्याला मद्य से भरा।

"अच्छा मनोरंजन कर लेती हो, विसर्पी!" सेनापति त्रिकुंश अपनी हँसी सँभालते हुए बोला, "पुरस्कार में तुझे आज भरपेट भोजन मिलेगा!"

"यह गंभीर सूचना है, श्रीमान!" शरण्या सकपकाते हुए बोली।

"गंभीर!" नागराज अपनी हँसी थामते हुए बोला, "कायर यादव महादेव के क्रोध का सामना करने लायक शक्तिशाली हो गए- यह परिहास नहीं तो क्या है? क्या मूर्ख यादव और उसके दंभी और ढोंगी अगुआ ग्वाले कृष्ण को स्मरण नहीं रहा कि महादेव शिव के आशीर्वाद से सुरक्षित नागों के समक्ष उसकी ये योजनाएँ बचकानी हैं? हम महादेव के प्रिय नागराज तक्षक हैं। उस ग्वाले की भभकियों से डरने वाले मगध के कोई नगर सेठ अथवा प्रधान नहीं!"

"और मूर्ख चिरपुंज और अनंतपुर वासी समझते हैं कि महाराज तक्षक के कोप से वह दंभी कृष्ण उनकी रक्षा करेगा!" त्रिकुंश ने कटाक्ष मारा

"श्रीकृष्ण ने यह अभियान महादेव से गुप्त रखा है।" शरण्या धीमी आवाज में बोली।

"श्री!" त्रिकुंश शरण्या के मुँह पर अपने प्याले में भरा मद्य उछालते हुए चीखा, "एक विसर्पी दासी के भीतर उस ग्वाले कृष्ण के प्रति आदरभाव कैसे उत्पन्न हो गया? अपने एकमात्र स्वामी सर्वशक्तिमान नागराज के समक्ष तुम्हारा यह दुस्साहस! क्या तुम्हें अपने प्राण प्रिय नहीं हैं, मूर्ख विसर्पी?"

मद्य से भीगी शरण्या अपमान से सुलग उठी। मन हुआ चीख कर बोले कि नागराज इतने शक्तिशाली हैं तो नागलोक पर आने वाले विपत्ति का समाधान भी वही निकालें। उसके लिए उन्हें 'दास' विसर्पियों की मदद लेने की क्या आवश्यकता है।

बहुत कुछ कहना चाहती थी शरण्या, किंतु अपने शब्दों को थामकर चुप रह गई। जानती थी कि उसके मुँह से निकला हर अनियंत्रित शब्द कारागृह में कैद अनगिनत विसर्पियों पर वज्र बनकर गिरेगा। शरण्या की उद्दंडता का परिणाम उन बेचारों को सहना होगा जो पहले ही नागराज के अत्याचारों से त्रस्त हैं। उन्हें पीड़ा से बचाने के लिए वह ऐसे अनगिनत अपमान वर्षों से सहती आई है। आज भी सह लेगी।

"आज से तीन दिवस पश्चात दोनों राज्यों से नागरिकों को गुप्त तौर पर किसी सुरक्षित स्थान पर स्थापित किया जाएगा।" वह उखड़े स्वर में बोली। सूचना देने की औपचारिकता पूरी कर वह शीघ्रता से लौटना चाहती थी। उसके बाद नागराज जानें और उनके सलाहकार।

नागराज आसन से उठा और लड़खड़ाते हुए शरण्या के निकट पहुँचा। चेहरे पर अप्रसन्नता और क्रूरता-मिश्रित भाव लादे उसने शरण्या को घूरा।

उसके विषैले पसीने की दुर्गंध से शरण्या कुलबुला उठी। उदर से लेकर गले तक उसकी मांसपेशियाँ सकुचाने लगीं। उसके स्थान पर कोई और प्राणी होता तो तक्षक के विषैले पसीने की दुर्गंध अब तक उसके प्राण हर चुकी होती।

"अर्थात तीन दिवस पश्चात चिरपुंज और अनंतपुर दोनों नागरिक विहीन होंगे?" तक्षक की छोटी-छोटी हरी पुतलियाँ सिकुड़ीं।

शरण्या ने भाँपा कि नागराज की आँखों में यादवों का भय नहीं, बल्कि गहरी कुटिलता थी।

"नागों द्वारा किसी मानव-विहीन भूमि के टुकड़े का अधिग्रहण करने पर महादेव को क्या आपत्ति होगी।" तक्षक ने अपनी लंबी जीभ लपलपाते हुए होंठों पर फेरी। जैसे वह किसी अवसर को निगलने की संभावना टटोल रहा हो।

"उचित कहा, सर्वशक्तिमान! नागों को भी विस्तार करने एवं आत्मरक्षा करने का अधिकार है।" त्रिकुंश नागराज का समर्थन करते हुए जोर से बोला।

"...और हम अपने इस अधिकार का पूरी शक्ति से प्रयोग करेंगे।" मद्य के नशे से डूबी तक्षक की आँखों में कुटिलता की चमक यकायक कई गुना बढ़ गई, "कायर को दिव्यास्त्र देना मृत व्यक्ति को भोजन देने के समान है। कायर चिरपुंजवासी और अनंतपुरवासी यादवों से भिक्षा में मिले दिव्यास्त्रों को नागों के विरुद्ध संचालित करने का साहस कहाँ से प्राप्त करेंगे?"

"कदाचित यादव दिव्यास्त्रों के साथ कुछ साहस भी उन्हें दें!" सेनापति त्रिकुंश ने तंज कसा।

"उन्हें साहस दान देने के लिए यादवों के पास साहस होना भी तो आवश्यक है। एक कायर दूसरे कायर को क्या साहस देगा!" नागराज ने फिर अट्टहास किया। उसके अट्टहास में सेनापति त्रिकुंश का अट्टहास भी सम्मिलित हो गया।

शरण्या का मन भय से बैठ गया। सिर झुकाए वह तक्षक के दिमाग को पढ़ने का प्रयत्न करते हुए खड़ी रही। चिरपुंज और अनंतपुर के निवासियों से पशुवत व्यवहार करने वाले नागराज उन्हें दिव्यास्त्रों से नागलोक का विनाश करने की छूट तो कतई नहीं देंगे। क्या सोच रहे होंगे नागराज- नागलोक को दिव्यास्त्र के आक्रमण से कैसे सुरक्षित करें या महादेव को क्रोधित किए बिना अपने शत्रु राज्यों के दुस्साहस का कैसे उत्तर दें? क्या नागराज कोई और कुटिल योजना बुन रहे थे?

"महान नागराज की शक्ति के समक्ष यादवों के दिव्यास्त्र तिनके के समान हैं।" शरण्या नागराज के समक्ष सिर झुकाकर आदरभाव से बोली। नागराज से वार्तालाप करते हुए उसके भीतर रिक्तता पसर रही थी। जाने क्या था इस रिक्तता का स्रोत- नागराज का भय, शोण के साथ किए विश्वासघात की ग्लानि, विसर्पियों के जीवन की चिंता, अथवा ये सभी?

"शब्दों का मायाजाल अपने आखेट के लिए सुरक्षित रखो सुंदरी!" तक्षक के मुँह से शब्दों के साथ गर्म विषैली साँस का झोंका निकला, "हमारे आराध्य

मृत्युंजय अपने श्रृंगार के लिए लहू माँग रहे हैं। हम उनके चरणों में चिरपुंज और अनंतपुर वासियों के मुंड अर्पित करेंगे। चिरपुंज और अनंतपुर के साथ कायर यादवों के दंभी भगवान कृष्ण का भी पीड़ादायक अंत होगा।"

"महाराज! निहत्थे नागरिकों पर आक्रमण कर नाग स्वयं को संसार में घृणा का पात्र बना लेंगे!" शरण्या बिफरी।

"दयालु नाग निहत्थे नागरिकों पर क्यों आक्रमण करेंगे?" नागराज कुटिलता से बोला, "नागलोक के विनाश की योजना में संलग्न चिरपुंज और अनंतपुर की प्रजा को दंडित करने का महान कार्य तो हमारे प्रिय विसर्पी करेंगे।"

"विसर्पी!" सहसा शरण्या भीतर तक सिहर गयी। डर से उसके बदन के रोंगटे खड़े हो गए। विसर्पियों को ढाल की तरह प्रयोग करने की नागराज की योजना सुनकर उसे स्वयं को संभालना कठिन हो गया था, "मुट्ठी भर कमजोर और निहत्थे विसर्पी सशस्त्र बलों का सामना कैसे करेंगे?"

"यह सोचना विसर्पियों का काम है। निहत्थे विसर्पियों पर दिव्यास्त्रों से आक्रमण करने पर यादव महादेव के नियमों के उल्लंघन के दोषी होंगे। तब उस चतुर कृष्ण को महादेव का क्रोध भस्म कर देगा।" नागराज ने शरण्या को घूरा।

"आप विसर्पियों के महानायक हैं। हम आपको अपना रक्षक मानते हैं। आपको पूजते हैं। हमारी रक्षा करना आपका धर्म है।" शरण्या गिड़गिड़ाते हुए नागराज के समक्ष झुक गई, "हम भोले-भाले विसर्पी शांति के पूजक हैं। सर्वशक्तिमान नागराज के आदेश से हमने अपनी शक्तियाँ सीमित की हैं। हमें इस युद्ध में मत उलझाएँ, श्रीमान!"

"सर्वशक्तिमान नागराज की कृपा प्राप्ति के लिए देवता भी अपनी पात्रता सिद्ध करते हैं। इस विधि में विसर्पी अपवाद नहीं हैं।" साथ खड़े त्रिकुंश ने टका-सा उत्तर दिया, "अपने आराध्य के लिए जीवन न्योछावर करने का अवसर प्राप्त होना विसर्पियों का सौभाग्य है।"

"क्या विसर्पियों की नागराज के प्रति निष्ठा का यही फल है?" शरण्या चीखी। उसके भीतर नागराज के प्रति उत्पन्न विद्रोह जैसे अब फूटने ही वाला था।

"तुच्छ विसर्पियों को दयालु नागराज के दिए जीवनदान से संतुष्ट होना चाहिए। नागराज के प्रति विसर्पियों की निष्ठा ही उन्हें जीवित रखे हुए है।" त्रिकुंश क्रोध से चीखा, "विसर्पी! तुम्हारा कार्य पूर्ण हुआ। तुम जा सकती हो।"

अपमान और घृणा में सुलगती शरण्या ठगी-सी खड़ी रह गई। सेनापति त्रिकुंश के शब्दों में वही विष था जो नाग सदैव विसर्पियों पर वमन करते आए हैं। इच्छा हुई कि पलटकर बोले कि जिस सत्ता और शक्ति के अहंकार में नागराज चूर हैं उसका आधार विसर्पियों के शक्ति और उनके संसाधन हैं। इस दासत्व में भी विसर्पी नागराज में अपनी श्रद्धा बनाए हुए हैं तो इस उम्मीद से कि कदाचित उनके समर्पण से प्रभावित हो नागराज उन्हें नागों के समकक्ष वो मान और सम्मान दें जिसके वे सदैव से अधिकारी रहे हैं।

किंतु तर्क उससे किया जाता है जिसके पास बौद्धिक क्षमता हो। नागराज की बुद्धि उसके अहं की भेंट चढ़ चुकी है। उसकी दृष्टि में उसके विचारों से अतिरिक्त किसी तर्क का स्थान नहीं है। नागों की दृष्टि में हेय और अपमानित विसर्पियों के तर्कों का तो कदापि नहीं। नागराज के पास अपने विष के अतिरिक्त किसी को देने के लिए कुछ नहीं है।

नागराज को उचाट प्रणाम कर वह अशांत मन से लौटी। नागराज और सेनापति त्रिकुंश द्वारा कहे कटु सत्य से घायल थी वह। विसर्पियों ने स्वयं ही नागराज के समक्ष समर्पण किया था। अपने आत्मसम्मान से अधिक उन्होंने अपने प्राणों की रक्षा करना सर्वोपरि समझा। उनका समर्पण उनके अपमान और विनाश का कारण बना तो कैसा आश्चर्य?

अपमान की आँच में झुलसती शरण्या की आत्मा चीत्कार कर रो पड़ी।

आज से पूर्व भी नागराज उसका अपमान करते आए हैं, किंतु शरण्या ने हर अपमान की पीड़ा झेलते हुए स्वयं को टूटने से बचाया। आज वर्षों बाद उसे इस अपमान से घृणा हुई थी। वह आत्मा जिसे वह भूल चुकी थी, वह उसे अपने अस्तित्व का एहसास कराते हुए नागराज से प्राप्त अपमान का विद्रोह करने का साहस कर रही थी। शरण्या का अतीत उससे वे सभी प्रश्न पूछ रहा था जिनसे वह अब तक बचती आ रही थी। पता नहीं यह शोण से हुई भेंट का परिणाम था, अथवा नागराज के मुख से निकले विषैले शब्दों का।

शोण की योजना नागराज को पहुँचाकर वह दिव्यास्त्रों से नागलोक का विनाश रोकना चाहती थी। उसे उम्मीद थी कि इस सूचना के पश्चात नागराज महादेव के भय से जनहानि करने से बचेंगे। नागलोक में विसर्पियों की निष्ठा पर सदैव उठने वाले प्रश्नों पर विराम लगेगा। नागलोक में सदैव अपमानित होने वाले

विसर्पियों को तनिक राहत मिलेगी।

किंतु उससे नागराज की कुटिलता की गहराई भाँपने में बड़ी चूक हुई। उसकी आत्मा उसे धिक्कारने लगी। नागराज के प्रति अपने कर्तव्यों का निर्वाह करते हुए वह कब नागों जैसी स्वार्थी हो गई, उसे भान नहीं हुआ। शोण ने उस पर विश्वास कर उससे गुप्त अभियान की जानकारियाँ साझा कीं, किंतु उसने विसर्पियों का हित साधने के लोभ में ही सही उन जानकारियों को नागराज तक पहुँचा दिया। कदाचित नागराज से यादवों की योजना गुप्त रखना ही विसर्पियों के साथ चिरपुंज और अनंतपुर के नागरिकों के लिए उचित होता।

शरण्या के इस विश्वासघात का मूल्य चिरपुंज और अनंतपुर के अनगिनत नागरिक और नागराज के अधीन समस्त विसर्पियों को चुकाना होगा। उसके द्वारा नागराज को दी गईं जानकारियाँ विसर्पियों के विनाश का मूल बनने वाली थीं। अपनी मूढ़ता में उसने नागराज को यादव शक्ति को नीचा दिखाने का सुनहरा अवसर देते हुए नागलोक में कैद सभी विसर्पियों का जीवन दाँव पर लगा दिया था।

क्रीड़ा क्षेत्र से निकलकर वह मूर्तवत खड़ी रही। उससे अपराध नहीं, पाप हुआ था। अपराध का दंड मिल जाता है, किंतु बिना प्रायश्चित पाप से मुक्ति नहीं मिलती है। उसे अपनी भूल का प्रायश्चित करना था। उसे नागराज के प्रति अपनी निष्ठा और विसर्पियों के सम्मान के बीच चुनाव करना था। अपनी बोझिल आत्मा की शांति से अधिक नागलोक के कारागृहों में वर्षों से कैद उन अनगिनत निर्दोष विसर्पियों की मुक्ति के लिए जो नागों के अत्याचार सहते हुए अपनी प्रत्येक साँस के साथ अपनी मृत्यु की प्रतीक्षा कर रहे हैं।

कदाचित इस प्रायश्चित के पश्चात वह शोण का सामना करने का साहस जुटा सके।

अध्याय 13

किसी दुःस्वप्न की तरह चिरपुंज उदास और शांत था। नुक्कड़ों पर हास-परिहास के ठहाके, नृत्यालयों में घुंघरुओं की खनक, मधुशालाओं में सुरा पात्रों की टकराहट, उद्यानों में बच्चों की किलकारियाँ- सभी कुछ उस मुर्दा शांति की भेंट चढ़ गए थे। मदिरालय बंद थे। नगर हाट में डरावना सन्नाटा था। न वहाँ कोई व्यापारी था, न कोई ग्राहक। पिछले तीन दिनों में नगर की समस्त सामाजिक और व्यावसायिक गतिविधियों पर विराम लग गया था।

हर तरफ बैलगाड़ियाँ और उन पर सामान लादते आशंकित और भयभीत नागरिक दिख रहे थे। वे राजकीय निर्देशों का पालन करने को बेबस थे, किंतु उनकी शांति में विद्रोह, दुख और विषाद रह-रहकर फूट रहा था। अपने पुरखों की भूमि को छोड़ना किसी के लिए सहज नहीं था। सभी ने अपने साथ चिरपुंज की मिट्टी सँजोई थी। न जाने कब उन्हें अपने पुरखों की भूमि के दर्शन का अवसर पुनः प्राप्त हो।

कोई भावुकता में बिलख रहा था, तो कोई अपनी सूनी बेबस आँखों से अपनी स्मृतियाँ एकत्र कर रहा था। कोई आक्रोश में कृष्ण और महाराज अधिराज के प्रति अनर्गल बक रहा था। कोई भी कुछ छोड़ना नहीं चाहता था, किंतु सब कुछ पीछे छूट रहा था- सुख-दुख मिश्रित भूली-बिसरी स्मृतियाँ, अविस्मरणीय पल और पुरखों की पहचान।

पलायन का कार्य शोण की योजनानुसार हो रहा था। स्वस्थ और युवा नागरिकों के स्वयंसेवक दल पलायन के विभिन्न कार्य संपन्न कर रहे थे। कुछ स्वयंसेवक नागरिकों का सामान बैलगाड़ियों में लादने में मदद कर रहे थे। कई नागरिक अपना घर छोड़ने के लिए तैयार नहीं हो रहे थे। स्वयंसेवक उन्हें समझा-बुझा कर सभी के साथ ले जाने के लिए प्रयास कर रहे थे।

शोण ने नागरिकों की सुरक्षा पर विशेष ध्यान दिया था। सभी बैलगाड़ियाँ घास, झाड़ियाँ और पत्तियों के आवरण में ऐसे ढँकी थीं कि उनकी गति बाधित किए बिना उसमें नागरिक और सामान छुप सकें। कोलाहल दबाने के लिए जानवरों के खुरों और बैलगाड़ियों के पहियों पर भूसे-भरे मोटे कपड़े बाँधे गए थे। सभी नागरिकों और सशस्त्र बलों ने अपने पैरों पर मोटा कपड़ा बाँधा था। दुधमुँहे और छोटे बच्चों को यात्रा आरंभ करने से पूर्व भाँग चटाकर सुला दिया गया था। यात्रा के दौरान गर्भवती स्त्रियों के आराम और खान-पान का भी ध्यान रखा गया था।

अनेक बैलगाड़ियों में जल से भरे विशालकाय लकड़ी के पीपे, दुग्ध भरे मिट्टी के मटके, फल, अन्न और खाने-पीने की अन्य वस्तुएँ लदी थीं। कुछ बैलगाड़ियों में जड़ी-बूटियों के गट्ठर, ताजे कटे धान और मवेशियों व पालतू जानवरों का चारा था। यात्रा में नागरिकों को अनुशासित करने के साथ उनकी आवश्यकताओं का ध्यान रखने के लिए स्वयंसेवकों और चिकित्सकों के अतिरिक्त दल गठित किए गए थे।

चिरपुंज की सुरक्षा व्यवस्था कड़ी थी। सैन्य बल छोटे-छोटे समूहों में नगर में प्रत्येक गतिविधि पर दृष्टि गड़ाए हुए थे। चर तेजी से सूचनाओं का आदान-प्रदान कर रहे थे। परकोटों पर सभी द्वारपाल अपनी टुकड़ियों के साथ सभी गतिविधियों पर दृष्टि जमाए सन्नद्ध थे। राजमार्ग और नागलोक से सटी सीमा पर तैनात गुप्तचर शोण को सूचनाएँ पहुँचा रहे थे।

सूर्योदय के साथ यात्रा आरंभ हुई। सर्वप्रथम नायक भद्रक के नेतृत्व में मार्गदर्शक अश्वारोही दल चिरपुंज की राजसी ध्वजा थामे उत्तरी फाटक से बाहर निकला। इस दल का कार्य मार्ग की बाधाओं को हटाकर नागरिक कारवाँ का मार्ग प्रशस्त करना था। मार्ग-दर्शक दल के पीछे अश्ववाहिनियाँ, उसके पीछे तलवारें, भाले और ढाल थामे शिरस्त्राण और कवचधारी सशस्त्र पदाति सैनिक दल नगर के बाहर निकले। उनका अनुसरण करते हुए नागरिक और सामानों से लदी असंख्य बैलगाड़ियाँ कतारों में नगर के मुख्य द्वार से निकलीं। शारीरिक रूप से स्वस्थ नागरिक कंधों पर सामान लादे पैदल ही चल पड़े।

नागरिक समूह के बीच महाराज अधिराज, महामंत्री विष्णुदत्त, शोण, सेनापति स्कंध और चिरपुंज के सभासद सादे वस्त्रों में अलग-अलग बैलगाड़ियों में सवार

थे। सभी विशिष्ट लोगों की बैलगाड़ियों को महाराज अधिराज के अंगरक्षक और विश्वस्त सैनिक नागरिक वेषभूषा में घेरकर चल रहे थे।

अश्ववाहिनियाँ और पदाति सैनिक दल दाएँ और बाएँ से नागरिक कारवाँ को सुरक्षित करते हुए चले। कारवाँ के दाएँ पक्ष के सुरक्षाबलों का नेतृत्व नायक अग्रत और बाएँ पक्ष के बलों का नेतृत्व नायक बकुला के हाथों में था। अंत में नागरिक-समूह के पृष्ठ-भाग को सुरक्षित करते हुए नायक अदव्य का अश्व वाहिनी और सशस्त्र सैनिकों का दल निकला।

चिरपुंज के विशालकाय परकोटे को नम आँखों से प्रणाम कर सभी बढ़ने लगे। देखते-देखते कोसों दूर तक असंख्य बैलगाड़ियों और नागरिकों का समूह फैल गया। चिरपुंज के सीमांत मैदानी मार्ग से होते हुए सभी मृत्युंजय पर्वत श्रृंखला के उत्तरी-पूर्वी पहाड़ी मार्ग की तरफ बढ़ने लगे।

यात्रा से पूर्व शोण ने सभी नायकों को उनकी भूमिका स्पष्ट कर दी थी। नायक जानते थे कि किस टुकड़ी को कब, कहाँ और कैसे नागरिकों की रक्षा करते हुए पलायन की योजना को मूर्त रूप देना है। अभियान के प्रत्येक चरण में समय महत्त्वपूर्ण था, इसलिए सभी के बीच उचित समन्वय होना आवश्यक था। सूर्यास्त के बाद अँधेरा घिरने के साथ वातावरण में शीतलता बढ़ने वाली थी और मृत्युंजय पर्वत श्रृंखला का घुमावदार मार्ग बिना प्रकाश के तय करना संकटपूर्ण था।

सूर्यास्त[73] तक कारवाँ घुमावदार पहाड़ी मार्ग पर शोण के निर्धारित स्थान पर पहुँचा। पथदर्शक घुड़सवार टुकड़ी के नायक भद्रक ने कारवाँ को रुकने का संकेत किया। उसका संकेत आदेश बन पीछे तक प्रचारित होता गया। जो जहाँ था वहीं थम गया।

नायक भद्रक ने कुछ अश्व सवारों को मार्ग की जाँच करने का संकेत किया। तुरंत ही अश्व सवार घुमावदार मार्ग की जाँच करने गए और शीघ्र जाँच पूर्ण कर लौटे।

मार्ग निष्कंटक था!

---

73. हिंदू धर्म के अनुसार दिन के चार और रात के चार प्रहर मिलाकर 24 घंटे में आठ प्रहर होते हैं। औसतन एक प्रहर तीन घंटे या साढ़े सात घटी का होता है जिसमें दो मुहूर्त होते हैं। एक घटी 24 मिनट की होती है। दिन के चार प्रहर- पूर्वाह्न, मध्याह्न, अपराह्न और सायंकाल। रात के चार प्रहर- प्रदोष, निशिथ, त्रियामा एवं उषा।

नायक भद्रक ने अपने कमरबंद से लाल कपड़ा निकालकर उसे हवा में लहराया।

देखते ही देखते प्रत्येक स्वयंसेवक अपने हाथों में वैसा ही कपड़ा थामकर हवा में लहराने लगा। संकेत तत्परता से प्रसारित हुआ और कारवाँ में सन्नाटा पसरने लगा। मवेशी, नागरिक, सैन्य बल जैसे बुत बन गए। कहीं कोई हलचल शेष नहीं रही। घास-पत्तियों और जंगली झाड़ियों से ढँकी बैलगाड़ियाँ नागरिकों की सुरक्षित ढाल बन गईं। प्रतीत हो रहा था जैसे मार्ग पर दूर-दूर तक घनी झाड़ियों के झुंड बिखरे हों।

शोण सेनापति स्कंध के साथ बैलगाड़ी से उतरकर नायक भद्रक के पास पहुँचा।

सेनापति स्कंध शोण की अपरिपक्वता पर खीज रहा था। अपने हठ में वह चिरपुंज की समस्त प्रजा को सीधे मौत के मुँह में ले आया था। मृत्युंजय पर्वत श्रृंखला का ढलानी मार्ग पूर्णतः असुरक्षित था। एक तरफ गहरी खाई थी, तो दूसरी तरफ यमदेव की तरह मुँह फाड़े खड़े मृत्युंजय पर्वत श्रृंखला के दैत्याकार पर्वत। न जाने किस दिशा से, कौन-सी नाग चौकी में बैठे, किस नाग प्रहरी की दृष्टि उन पर पड़ जाए और वह प्रहार कर बैठे। रात्रि घिरने लगी थी और साथ तापमान तेजी से गिर रहा था। ऐसे में नागरिकों के साथ यहाँ अधिक देर रुकना असुरक्षित था।

शोण नायक भद्रक और कुछ स्वयंसेवकों के साथ घुमावदार मार्ग की ढलान से उतरने लगा। सेनापति स्कंध हैरान था। शोण ऐसे निश्चिंत टहल रहा था मानो मृत्युंजय पर्वत श्रृंखला के खतरनाक क्षेत्र में नहीं उद्यान में हो। क्या वह भूल गया कि उसके साथ चिरपुंज के 83 सहस्त्र नागरिक, 32 सहस्त्र सैन्य बल और मंत्री परिषद के सभी सदस्यों के साथ स्वयं महाराज अधिराज की जीवन डोर जुड़ी है।

नायक भद्रक और स्वयंसेवक दल भी शोण की हरकतों से हैरान था। शोण सभी को पीछे छोड़ता हुआ ढलान पर उगी घनी झाड़ियों में घुसने लगा। नायक भद्रक और स्वयंसेवकों को उसकी गति से तालमेल बनाने में कठिनाई हो रही थी। अँधेरे में ऊबड़-खाबड़ ढलानी मार्ग पर फिसलने के डर से भद्रक और स्वयंसेवक दल के सदस्य एक-दूसरे का हाथ थामे सावधानी से आगे बढ़ रहे थे, किंतु इससे उनकी गति मंथर पड़ रही थी और शोण से उनकी दूरी बढ़ती

जा रही थी। झाड़ियों के बढ़ते घनेपन के कारण भी उन्हें शोण पर दृष्टि रखने में कठिनाई हो रही थी।

तभी शोण सभी की आँखों के सामने से लुप्त हो गया, जैसे वह जमीन में जा धँसा हो। भद्रक ने आँखें फाड़-फाड़कर अँधेरे में चारों तरफ देखा, किंतु शोण नहीं दिखा। किसी अनहोनी की आशंका से घबराते हुए वह स्वयंसेवकों को लेकर उस तरफ बढ़ा जहाँ अंतिम बार उसने शोण को देखा था।

समय रहते भद्रक नहीं रुकता तो वो भी उस गड्ढे में गिरता जिसमें शोण गिरा था।

शोण ने भद्रक को नीचे आने का संकेत किया। अपने बदन पर लगी मिट्टी झाड़ते हुए वह उठकर आस-पास की झाड़ियाँ हटाने लगा।

सकपकाया भद्रक स्वयंसेवकों के साथ गड्ढे में उतरकर झाड़ियाँ हटाने में शोण की मदद करने लगा। विचित्र झाड़ियाँ थीं। भारहीन और हाथ लगाते ही जैसे स्वयं हटती हुईं। साथ में कुछ भारी सूखे वृक्ष भी पड़े थे। सभी मिलकर उन्हें हटाने लगे। क्यों हटा रहे हैं किसी को समझ नहीं आ रहा था।

शीघ्र ही उन्हें उत्तर मिला। झाड़ियाँ और वृक्षों के हटने से एक चौड़ा और समतल घुमावदार मार्ग प्रकट हुआ जो पहाड़ी के तल में बनी गुफा से जुड़ रहा था। उस गुफा का मुहाना इतना ऊँचा और चौड़ा था कि तीन-चार रथ आसानी से एक-दूसरे से सटकर उसमें प्रवेश कर सकते थे।

घुमावदार मार्ग और गुफा को देखकर नायक भद्रक और स्वयंसेवक हक्के-बक्के रह गए। अनेक बार इस मार्ग से उन्होंने यात्रा की होगी, कई नागरिक एवं व्यापारी दल यहाँ से गुजरे होंगे, नाग सैनिक इस क्षेत्र में नियमित पहरा देते हैं, फिर भी सभी की दृष्टि से यह गुफा कैसे गुप्त रही? क्या इस दुर्गम क्षेत्र में यह गुफा रातों रात उत्पन्न हो गई?

शोण ने पत्थर से गुफा के मुहाने पर तीन बार ठोका। गुफा के भीतर पत्थर ठोकने की प्रतिध्वनि गूँजी। गूँज समाप्त होने से पूर्व गुफा के भीतर अँधेरे को चीरता हुआ एक छोटा प्रकाश बिंदु उभरा, फिर दूसरा और फिर कई प्रकाश बिंदु एकत्र हो हवा में तैरते हुए गुफा द्वार की तरफ बढ़ने लगे। जैसे-जैसे वे निकट आने लगे, प्रकाश बिंदुओं के बीच स्वर्णिम प्रकाश में नहाई मानव आकृतियाँ उभरने लगीं। भद्रक ने देखा कि वह मशालें और अनंतपुर की ध्वजा थामे

अनंतपुर के नायक अद्रिपति की सैन्य टुकड़ी थी।

"सुस्वागतम्!" नायक अद्रिपति ने बाहें फैलाकर शोण को गले लगाया।

"सभी को गुफा के भीतर प्रवेश कराओ!" शोण ने नायक भद्रक को आदेश दिया।

नायक भद्रक उलझन में था कि अनंतपुर के सैनिक इस गुप्त गुफा के भीतर कब और कैसे पहुँचे। वह स्वयंसेवकों के साथ उलटे पैर कारवाँ की तरफ भागा और वहाँ पहुँचकर एक साँस में महाराज अधिराज को सारी घटना कह सुनाई।

सूचना सुनकर महाराज अधिराज महामंत्री विष्णुदत्त और सेनापति स्कंध के साथ बैलगाड़ी से बाहर निकले और अपने अंगरक्षकों के सुरक्षा घेरे में ढलानी मार्ग से होते हुए गुफा तक पहुँचे। उनके पीछे नायक बकुला और उसके साथी सभासदों को बैलगाड़ियों से उतारकर उन्हें सुरक्षित गुफा के द्वार तक लाए।

अनंतपुर के सैनिकों ने अपने हथियार झुकाकर महाराज अधिराज, महामंत्री विष्णुदत्त और सेनापति स्कंध का सम्मान किया। महाराज अधिराज के अंगरक्षकों के गले मिलकर उन्होंने उनके हाथों में मशालें थमाईं। फिर सभी को साथ लेकर गुफा में प्रवेश किया।

इधर स्वयंसेवक दल नागरिकों को गुफा में प्रवेश कराने लगे। अँधेरे में ढलानी मार्ग पर नागरिकों को ले जाना कठिन था। नाग सैनिकों के भय से मशाल प्रज्ज्वलित करना भी संकटप्रद था। निर्णय हुआ कि नागरिक छोटे-छोटे समूहों में बँटकर गुफा में प्रवेश करेंगे। एक स्वयंसेवक एक नागरिक समूह का नेतृत्व कर उन्हें सुरक्षित गुफा में प्रवेश करा कर अन्य नागरिकों का मार्गदर्शन करने के लिए वापस आएगा। पदाति सैनिक और घुड़सवार मार्ग पर शेष नागरिकों की सुरक्षा में तैनात रहेंगे। सभी नागरिकों को गुफा में सकुशल पहुँचा कर अंत में सैन्य दल गुफा में प्रवेश करेंगे।

योजना पर अमल आरंभ हुआ। मुख्य मार्ग से गुफा को जोड़ने वाले ढलानी मार्ग के दोनों तरफ पदाति सैनिक एक-दूसरे का हाथ पकड़कर मानव श्रृंखला बना कर खड़े हुए। पथदर्शक स्वयंसेवकों के साथ नागरिक छोटे समूहों में घुमावदार मार्ग से होते हुए गुफा की तरफ बढ़ने लगे।

रात्रि के दूसरे प्रहर से पूर्व नागरिकों के अंतिम समूह ने गुफा में प्रवेश किया। इसके पश्चात पदाति सैनिक और अश्व वाहिनियों ने गुफा में प्रवेश किया।

गुफा में सभी का सुरक्षित प्रवेश हो गया तो शोण कुछ स्वयंसेवकों के साथ गुफा से बाहर निकला। मुख्य मार्ग से गुफा तक पहुँचने वाले ढलानी मार्ग को पूर्व की भाँति उसने झाड़ियों से ढँका। स्वयंसेवकों के साथ गुफा में लौटकर उसने गुफा द्वार को भी झाड़ियों से ढँक दिया। गुफा पूर्व की भाँति गुप्त और सुरक्षित हो गई जैसे कभी अस्तित्व में नहीं थी।

कृष्ण की माया से निर्मित बिल!

गुफा के विशाल स्वरूप को आश्चर्य से देखते हुए महाराज अधिराज, महामंत्री विष्णुदत्त और सेनापति स्कंध उसके भीतर बढ़ने लगे। गुफा का कोई ओर-छोर नहीं था। अनगिनत उपमार्ग जाल की तरह भीतर फैले थे। आकाश से बरसती पानी की बूँदें जैसे समुद्र में गिरकर गुम हो जाती हैं, उसी तरह मशालें थामे चिरपुंज के नागरिक और सैन्यबल गुफा के भीतर बने उप मार्गों में समाकर विलुप्त हो गए थे।

गुफा के भीतर जैसे एक संपूर्ण महानगर बसा था। अनगिनत स्फटिक शिलाओं की चमक और प्रज्ज्वलित मशालों के प्रकाश ने रात-दिन का भेद मिटा दिया था। रात्रि की शीतलता का गुफा के भीतर भान नहीं हो रहा था। स्वयंसेवकों की पूरी सेना नागरिकों की सुविधा में जुटी थी। गुफा में भोज्य पदार्थों का समुचित संग्रह था। गुफा के एक हिस्से में रसोई थी, जिसमें पक रहे व्यंजनों की सुगंध फैल रही थी। अनेक स्वयंसेवक छोटे-छोटे ठेलों पर अनाज और फल लादे उन्हें नागरिकों में वितरित कर रहे थे। जगह-जगह पेय योग्य द्रव से भरे अनगिनत भारी-भरकम और बड़े-बड़े छकड़े रखे थे। नागरिकों के स्वास्थ्य की देखरेख के लिए अनगिनत चिकित्सक और सहायक तैनात थे।

"मित्र शोण! दोनों राज्यों के 2 लक्ष नागरिकों के आश्रय के लिए इतने कम समय में इतनी उत्तम व्यवस्था की हमें उम्मीद नहीं थी। इस अद्वितीय व्यवस्था में हम सुविधा से गुफा में कई मास तक निवास कर सकते हैं।" महाराज अधिराज अपने अचरज को दबा नहीं पाए, "श्रद्धेय श्रीकृष्ण ने चिरपुंज और अनंतपुर के नागरिकों की सुरक्षा के लिए मृत्युंजय पर्वत श्रृंखला को भेदकर अभय मार्ग का निर्माण किया है। हम हृदय से उनका आभार व्यक्त करते हैं।"

"राजन! इन भूमिगत मार्गों का मूल निर्माण महादेव के गणों ने धातुओं एवं खनिजों की खोज के दौरान सुगम आवागमन के लिए किया था। प्रथम के

आदेशानुसार विश्वकर्मा जी और मयासुर के मार्गदर्शन में महादेव के गणों एवं यादव भूविज्ञानियों ने इन मार्गों में सुधार कर गुफा को नागरिकों के लिए उपयुक्त बनाया है।" शोण बोला, "इन भूमिगत मार्गों की संपूर्ण जानकारी मात्र प्रथम एवं इन मार्गों के निर्माता गणों को है।"

चलते-चलते शोण ने सिर झुकाकर एक गुफा में प्रवेश किया। महाराज अधिराज, सेनापति स्कंध, महामंत्री विष्णुदत्त और चिरपुंज के शेष सभासद उसका अनुसरण करते हुए गुफा के भीतर आए। देखा मशालों के प्रकाश के बीच वहाँ महाराज वीरसेन, महामंत्री मैत्रेय, सेनापति समरवीर और अनंतपुर के अनेक सभासद विचार-विमर्श में व्यस्त थे।

उन्हें देख महाराज वीरसेन अपना वार्तालाप छोड़कर उठे और महाराज अधिराज को हर्ष से गले लगाया।

"विलंब के लिए क्षमा चाहते हैं। आपको अधिक देर प्रतीक्षा तो नहीं करवाई ?" महाराज अधिराज विनम्रता से बोले।

"मात्र कुछ वर्षों की!" कहते हुए महाराज वीरसेन की आँखें छलक आईं, "इससे अधिक प्रतीक्षा का सामर्थ्य हम में शेष नहीं है।"

वर्षों पुरानी शत्रुता को एक झटके में बिखरते देख महाराज अधिराज अपनी प्रतिक्रिया निर्धारित नहीं कर पाए। मन में उठी सुखद अनुभूति आँखों के मार्ग से बूँदें बनकर उनके गालों पर लुढ़क आई।

"आपकी मित्रता पाकर अभियान के परिणामों की हमें कोई चिंता नहीं है। शत्रुता का समय गुजर गया। यह क्षण मित्रता निभाने का है।" महाराज अधिराज रूँधे गले से बोले। उन्होंने शोण को कृतज्ञता से देखा, "इस ऐतिहासिक क्षण का श्रेय श्रीकृष्ण और मित्र शोण को जाता है, जिनके प्रयासों से हमें परमात्मा की इच्छापूर्ति में निमित्त बनने का सौभाग्य प्राप्त हुआ।"

"हम सहमत हैं। श्रीकृष्ण के आशीर्वाद और मित्र शोण के सहयोग से दोनों राज्यों में मित्रता के इस दुर्लभ अध्याय का आरंभ हुआ।" कहकर महाराज वीरसेन ने महाराज अधिराज को गले लगाया।

"मित्र शोण! हमारे लिए क्या निर्देश हैं ?" महाराज अधिराज ने पूछा, "आगे का मार्ग कैसे तय करना है ?"

"महाराज! नागरिक यात्रा से थके हुए हैं। भोजन एवं तनिक विश्राम के

पश्चात यात्रा आरंभ होगी। आप लोग भी विश्राम करें।" शोण ने उत्तर दिया, "विश्राम पश्चात हम भूमिगत मार्ग से गरुड़-संरक्षित क्षेत्र की तरफ प्रस्थान करेंगे।"

"जैसा आप उचित समझें, मित्र!" महाराज अधिराज प्रसन्नता से बोले, "उम्मीद है तब तक यादव सेना भी यहाँ पहुँच चुकी होगी।"

शोण ने चेहरे पर फीकी मुस्कान लादते हुए सहमति में सिर हिलाया। सुलभ दिखने वाली परिस्थितियों की जटिलता से वह परिचित था। एक चूक श्रीकृष्ण के इस महत्त्वाकांक्षी अभियान को कूटनीतिक आत्मघात में परिवर्तित कर सकती थी।

'प्रथम' के अतिरिक्त मृत्युंजय पर्वत श्रृंखला में छुपे गुप्त मार्गों का ज्ञाता होने के सौभाग्य ने आज उस पर कई आत्माओं का बोझ डाल दिया था।

अध्याय 14

दैत्याकार मृत्युंजय पर्वत श्रृंखला से घिरी साक्षी नदी के स्वच्छ जल पर बिखरी सूर्य-किरणों की सुनहरी चादर और शीतल वायु के मंद-मंद बहते झोंकों ने प्राकृतिक सौंदर्य का ऐसा पाश फेंका कि नायक कैरव उससे मुग्ध हुए बिना नहीं रह पाया।

"श्रीमान! क्या यहीं पड़ाव डाल लें?" नायक कैरव ने पूछा, "पिछले तीन प्रहरों से हमने विश्राम नहीं किया है। सभी थके हुए हैं।"

महानायक अजिंक्य ने गरुड़-ध्वजा थामे चल रही अश्व, पदाति और धनुर्धर यादव वाहिनियों को देखा। साथ में चिकित्सक दल और अनगिनत सेवकों और भृत्यों को भी देखा। सबसे अंत में उसकी दृष्टि वाहिनियों से सुरक्षित बैलगाड़ियों और रथों पर पड़ी जिन पर श्रीकृष्ण द्वारा नागराज तक्षक को भेजे 'विशेष उपहार' और अस्त्रों से भरे हुए मिट्टी और चमड़े के असंख्य पात्र लदे थे।

द्वारका से नागलोक तक की इस लंबी यात्रा में सभी थक चुके थे। समय बचाने के लिए यात्रा में अधिक विश्राम नहीं किया था। नागलोक का प्रवेशद्वार साक्षी नदी के दक्षिणी छोर से कुछ सौ कोसों की दूरी पर था। तनिक विश्राम करने के पश्चात यात्रा में सुविधा होगी। कारवाँ बड़ा था और साक्षी नदी के इस तट पर सभी के विश्राम के लिए यह स्थान पर्याप्त था, किंतु द्वारका से लाए श्रीकृष्ण के 'विशेष उपहार' से साथ दुर्गम विस्तृप वन के निकट पड़ाव डालना असुरक्षित था।

"पड़ाव डालने की आवश्यकता नहीं है।" महानायक अजिंक्य ने आदेश दिया, "अल्प-विराम के पश्चात यात्रा आरंभ होगी।"

वाहिनियों के व्यूह टूटने लगे। अश्व सवार घोड़े से उतर गए। भृत्य अश्वों की काठी खोलकर उन्हें साक्षी नदी के जल में स्नान कराने और उनके चारे-पानी

की व्यवस्था में जुट गए। लकड़ी के पीपों में साक्षी नदी का स्वच्छ जल भरा गया। बैलगाड़ियों और रथों पर लदे 'विशेष उपहार' की सुरक्षा के लिए कुछ वाहिनियों को छोड़कर शेष सैनिक अपने कवच और शिरस्त्राण उतार कर साक्षी नदी के जल में स्वच्छ और तरोताजा होने के लिए कूद पड़े।

महानायक अजिंक्य अपना कवच उतारकर साक्षी नदी के बहते जल में पैर डालकर अपनी थकान उतारने लगा। स्नान कर सभी वाहिनी नायक अजिंक्य के पास बैठकर अल्पाहार का आनंद लेते हुए वार्तालाप करने लगे।

"कौरवों के सलाहकारों की सोच पर काल हावी है, अन्यथा वे पांडवों के शांति प्रस्ताव को अस्वीकार नहीं करते।" नायक निमिष बोला, "महायुद्ध टालने के लिए पाँच गाँव का मोल तुच्छ है।"[74]

"काल ने सभी की बुद्धि भ्रष्ट की है। पांडवों की भी मति मारी गई थी जो दुर्योधन और शकुनि की कुटिल चालों को समझते हुए भी युधिष्ठिर उनके द्यूत क्रीड़ा के आमंत्रण को स्वीकार बैठे।"[75]

"काल की गति कौन समझ सकता है?" नायक चित्रकेतु बोला, "क्या हमने सोचा था कि इस प्रहर द्वारका से सहस्त्र कोस दूर यहाँ बैठे होंगे? हम तो कुरुक्षेत्र प्रस्थान की उम्मीद लगाए थे।"

"मुझे श्रीकृष्ण का आदेश औचक नहीं लगता है। अवश्य ही प्रस्ताव की संवेदनशीलता को देखते हुए इसे अंतिम समय तक गुप्त रखा गया होगा।" नायक जयवंत ने अनुमान लगाया।

"आपका तात्पर्य है कि श्रीकृष्ण और हमारे अतिरिक्त कोई नहीं जानता कि महानायक अजिंक्य के नेतृत्व में यादवों की नौ अश्व वाहिनियाँ, आठ पदाति सैनिक वाहिनियाँ और चार धनुर्धर वाहिनियाँ नागलोक के निकट हैं?" नायक इतिश ने कौतुक से पूछा।

"इसकी चिंता महानायक अजिंक्य को होनी चाहिए!" नायक चित्रकेतु के चेहरे पर नटखट मुस्कान थिरकी, "हम तो मात्र महानायक के आदेशों का पालन

---

74. युधिष्ठिर ने दुर्योधन से पाँच गाँव माँगे थे, किंतु दुर्योधन उन्हें सुई की नोक बराबर जमीन भी देने के लिए राजी नहीं हुआ। [महाभारत, उद्योगपर्व, अध्याय 72, श्लोक 14-17; अध्याय 127, श्लोक 25]

75. दुर्योधन से जुए में हार कर लौटे युधिष्ठिर को जब धृतराष्ट्र ने पुनः जुए का निमंत्रण दिया तो वह शकुनि के छल को जानते हुए भी जुआ खेलने लौट आए। इसके बाद सभी के समझाने पर भी युधिष्ठिर जुए से नहीं हटे और हार गए। [महाभारत, सभा पर्व, अध्याय 76]

करते हैं। महानायक ने हमें कौन-सा आदेश क्यों दिया यह वही जानें!"

सभी नायक एक साथ जोर से हँसे। महानायक अजिंक्य का चेहरा देखने लायक था।

"देवकीनंदन को अचानक नागराज तक्षक के लिए शांति प्रस्ताव भेजने की क्या सूझी?" नायक हेतल ने पूछा।

"कदाचित वो नागराज को शांति प्रस्ताव और उपहार से लुभाकर कौरव पक्ष से युद्ध करने से रोकने का प्रयास कर रहे हैं।" नायक निमिष ने तर्क दिया, "नागराज का महायुद्ध में तटस्थ रहना पांडवों के हित में होगा।"

"नागराज को शांति प्रस्ताव और उपहार भेजने की योजना हास्यास्पद है।" नायक नचिक ने मुँह में भोजन का निवाला लिया, "नागराज मूढ़ नहीं कि इन उपहारों से प्रभावित होकर अपनी रणनीति बदल दे।"

"मूढ़ नहीं, चतुर कहो!" नायक तेजल भी उनके वार्तालाप में कूद पड़ा, "कंस, जरासंध, शिशुपाल, कालयवन ने अपनी शक्ति के दंभ में देवकीनंदन कृष्ण को ललकार कर मृत्युवरण किया। नागराज को शांति प्रस्ताव भेजकर श्रीकृष्ण नागों को अपनी रक्षा करने का अंतिम अवसर दे रहे हैं। अभी भी यदि नागराज को सद्बुद्धि नहीं आई तो उसका भी विनाश निश्चित है।"

"किंतु एक शांति संदेश के लिए इतनी अप्रत्याशित सुरक्षा व्यवस्था की क्या आवश्यकता थी? वाहिनियों के साथ एक छोटे युद्ध के लिए पर्याप्त अस्त्र-शस्त्र और भोजन, वाहिनियों की सेवा के लिए भृत्य और देखभाल के लिए चिकित्सकों के दल के साथ श्रीकृष्ण नागराज को शांति प्रस्ताव भेज रहे हैं, अथवा युद्ध की चुनौती?" नायक अजातशत्रु ने अपनी चुप्पी तोड़ी।

"क्या तुम्हें स्मरण नहीं कि श्रीकृष्ण ने पांडवों के शांति प्रस्ताव को हस्तिनापुर ले जाते समय कृतवर्मा और सात्यकि के नेतृत्व में यादव सेना को चुनौती के तौर पर हस्तिनापुर सीमा पर छोड़ा था? दुर्योधन के स्वभाव और उसके कुटिल दाँव-पेंचों से परिचित श्रीकृष्ण ने उसके मन में छुपे शांति प्रस्ताव के प्रति विचारों को भाँप लिया था।" नायक प्रत्यूष बोल पड़ा।

"मैं तुम्हारे तर्कों से सहमत हूँ।" महानायक अजिंक्य बोला, "श्रीकृष्ण द्वारा नागराज को शांति संदेश भेजने के लिए वाहिनियों का चुनाव अप्रत्याशित नहीं प्रतीत होता है। पर्वतीय युद्ध में दक्ष एवं पारंगत हमारी वाहिनियों के अतिरिक्त

इस अभियान के लिए यादव चतुरंगिणी सेना में कोई उपयुक्त वाहिनी नहीं है।"

"अर्थात नागराज के लिए कृष्ण ने स्पष्ट संदेश भेजा है। शांति प्रस्ताव की अवहेलना करने का दुस्साहस किया तो उन्हें मुँह-तोड़ उत्तर मिलेगा।" नायक तेजल बोला, "मैं सोच रहा हूँ कि कुछ नागों को दास बनाकर द्वारका ले चलूँ। घर पर माँ और पत्नी को कुछ विश्राम मिलेगा।"

"नागराज तक्षक को ही ले जाओ। साथ में नागलोक के सभी नाग भी दास बन जाएँगे।" नायक अमेय ने चुटकी ली।

"इतने नागों को दास बनाकर पालने की क्षमता नहीं है मुझमें!" कहकर नायक तेजल जोर से हँसा, "मेरे लिए तो एक हट्टा-कट्टा दास ही पर्याप्त है।"

चर्चा के लिए विषय बहुतायत में थे। कुछ नायक ऊँघने लगे तो शेष विषय बदलते हुए अपनी हँसी-ठिठोली और नोक-झोंक से व्यस्त रहे। महानायक अजिंक्य उनकी बातें सुनते हुए कुछेक विषय छेड़ देता था। उनकी आपसी बातों और नोक-झोंक से उसका मन हल्का हुआ। इतने वर्षों में अनगिनत सैन्य अभियान पूर्ण करने के बाद वे सभी आपस में घुल-मिलकर एक बड़ा परिवार बन गए थे। श्रीकृष्ण के निर्देशों का पालन करने के साथ परिवार का सबसे वरिष्ठ सदस्य होने के नाते इस परिवार की सुरक्षा का दायित्व उसके कंधों पर था।

अल्प-विश्राम के पश्चात नायक अपने कवच कसने लगे। अश्वों की मालिश पूर्ण कर भृत्यों ने चपलता से उनके ऊपर काठी चढ़ाई। सैनिक भी अल्पाहार समाप्त कर अपने कवच चढ़ाने और अस्त्र-शस्त्र थामने लगे। साक्षी नदी का जल चर्म-थैलियों में भरकर उन्होंने अपने कमरबंद से बाँधा। शिरस्त्राण, कवच और अस्त्र-शस्त्र से लैस होते हुए सैनिक अपनी वाहिनियों के साथ जुड़ने लगे।

नायकों ने अपनी वाहिनियों की जाँच कर उन्हें प्रस्थान के लिए व्यूहबद्ध किया। उपहारों से लदी बैलगाड़ियों और रथों के साथ चिकित्सक दल, भृत्य और सेवक तैनात हुए। उन्हें नायक अमेय, नायक निमिष, नायक अजातशत्रु और नायक गुणक के नेतृत्व में धनुर्धर वाहिनियों ने अपने घेरे में सुरक्षित किया। धनुर्धर वाहिनियों के सुरक्षा घेरे को नायक हेतल, नायक बालेंदु, नायक भौमिक, नायक बिसज, नायक प्रत्यूष, नायक नचिक, नायक जिमूता और नायक तेजल के नेतृत्व में पदाति सैनिक वाहिनियों ने सुरक्षित किया।

भीतरी व्यूह व्यवस्थित होने के पश्चात नौ अश्वारोही वाहिनियाँ व्यूहबद्ध हुईं। बाहरी सुरक्षा-चक्र के अग्र-भाग में नायक जयवंत अपनी अश्वारोही वाहिनी के साथ और उनके पीछे नायक कैरव अपनी अश्वारोही वाहिनी के साथ तैनात हुए। व्यूह के अग्र-दाएँ भाग पर नायक इतिश, अग्र-बाएँ भाग पर नायक अद्वैत, मध्य दाएँ भाग पर नायक सौबल, मध्य बाएँ भाग पर नायक सबर, पृष्ठ दाएँ भाग पर नायक प्रदोष, पृष्ठ बाएँ भाग पर नायक कौस्तुभ एवं पृष्ठ-भाग की सुरक्षा में नायक चित्रकेतु की अश्वारोही वाहिनी तैनात हुई।

महानायक अजिंक्य ने घोड़े पर सवार होकर संपूर्ण व्यूह का निरीक्षण किया। व्यवस्था से संतुष्ट होकर वह व्यूह के मध्य में चिकित्सक दल के निकट पहुँचा और वाहिनियों को प्रस्थान का आदेश दिया।

गरुड़-ध्वजा थामे व्यूहबद्ध यादव वाहिनियाँ साक्षी नदी का पुल पार कर दक्षिणी मृत्युंजय पर्वत से सटे घुमावदार मार्ग पर बढ़ने लगीं।

सूर्यास्त पश्चात मृत्युंजय पर्वत की आड़ और ऊँचे-चौड़े वृक्षों ने घुमावदार मार्ग पर रात्रि की कालिमा को तनिक शीघ्र फैला दिया था। वातावरण में कोहरे के साथ शीतलता पसरती जा रही थी। घुमावदार मार्ग जर्जर अवस्था में था। कहीं टूटा था, तो कहीं टूटे पेड़, जल भराव और पर्वत से लुढ़की चट्टानों और पत्थरों से अवरुद्ध था।

महानायक अजिंक्य को वाहिनियों की मंथर पड़ती गति से चिंता हुई। मार्ग दुर्गम होने का भान होता तो वह अल्प-विराम में समय व्यर्थ नहीं करता। योजनानुसार इस क्षण वाहिनियों को नागलोक के प्रथम द्वार के निकट होना चाहिए था, लेकिन अवरोध उनकी गति प्रभावित कर रहे थे। नायक जयवंत की पथदर्शक अश्वारोही वाहिनी भृत्यों के सहयोग से अवरोध हटाकर मार्ग प्रशस्त कर रही थी, किंतु इसमें समय व्यतीत हो रहा था। घने वृक्ष, सँकरे घुमावदार मार्ग, दैत्याकार मृत्युंजय पर्वत श्रृंखला की चोटियाँ- हर स्थान उनके लिए सर्वदा अपरिचित और असुरक्षित था। अँधेरे में पर्वत चोटियों से किसी हमले का प्रतिकार करते हुए उपहार से लदी बैलगाड़ियों और रथों की सुरक्षा करना दुस्साध्य कार्य था। सँकरे और घुमावदार मार्ग पर व्यूह रचना के विकल्प सीमित थे और यादव वाहिनियाँ सुलभ आखेट थीं।

आगे मार्ग अधिक तंग हो गया। अश्वारोही और पदाति सैनिक सटकर लंबी

कतारों में फैलने लगे। महानायक अजिंक्य ने वाहिनियों को सतर्कता से आगे बढ़ते रहने के साथ वाहिनियों के ध्वज-धारकों को सीमित संख्या में मशाल जलाने का आदेश दिया। मशालों के प्रकाश में अवरोधों की पहचान सुलभ हुई और साथ में ध्वज-धारकों के हाथ में थमी गरुड़-ध्वजा स्पष्ट दिखने लगी।

महानायक अजिंक्य की चिंता बढ़ गई। मशालों का प्रकाश वाहिनियों की क्षमता और व्यूह प्रकट करने के साथ वन में छुपे दस्यु दलों को आकर्षित कर सकता था।

अध्याय 15

"श्रीमान!" पथप्रदर्शक दल के अश्वारोही ने मशाल हिलाकर एक मोटे-वृक्ष की ओर संकेत किया।

नायक जयवंत ने देखा उस वृक्ष के तने पर नाग राजसी चिह्न उकेरा हुआ था। दो नाग अपना फन फैलाए आपस में गुँथे हुए थे और उनके बीच एक गोलाकार वस्तु रखी थी जिससे कुछ रेखाएँ ऊपर उठ रही थीं।[76] आस-पास के कई वृक्षों पर वैसा ही चिह्न था।

नायक जयवंत ने हाथ हिलाकर वाहिनियों को सावधान रहने का संकेत किया और आगे बढ़ने लगा।

अभी उन्होंने कुछेक कोस का मार्ग पार किया था कि देखा एक आकृति उनका मार्ग रोके खड़ी थी। पथदर्शक अश्वारोही उसे देखकर रुके। वह आकृति उनकी तरफ बढ़ते हुए एक लंबे, दुबले-पतले विचित्र जीव में बदलने लगी।

उसके लंबे चेहरे पर सुर्ख लाल रंग के लेप से धारीदार निशान थे। गर्दन सुराहीदार थी। राख सनी उसकी देह पर मृग चर्म चढ़ा था। कमरबंद से फरसा झूल रहा था। हाथ में लंबा धनुष और दोनों कंधों पर बाणों से भरी तूणीर थी।

---

76. नागलोक के भीतर रखे अंडे का प्रतीक जो अपनी प्रभा से उद्भासित होता है। प्रजाजनों की सृष्टि आरंभ होने से लेकर यह न अंडा न फूटता है न हिलता है। [महाभारत, उद्योगपर्व, अध्याय 99, श्लोक 17]

वह अकेला नहीं था। उसके साथ धनुष-बाण, शक्ति[77], तोमर[78], पाश[79], त्रिशूल[80], फरसा[81], एवं ऋष्टि[82] से लैस उसके साथी थे।

उन्हें देख नायक जयवंत ने अनुमान लगाया कि वे नाग जाति के थे। कदाचित नागरक्षक यादव वाहिनियों को नागलोक की तरफ बढ़ते देख जाँच करने आए थे।

जयवंत ने गरुड़ ध्वजा थामे एक अश्वारोही को उनसे संवाद करने के लिए भेजा।

"महाराज तक्षक के लिए द्वारका से..." अश्वारोही का वाक्य पूर्ण होने से पूर्व एक बाण हवा में सनसनाया और उसके हाथों में थमी गरुड़-ध्वजा चीरते हुए अँधेरे में लुप्त हो गया। दूसरा बाण सनसनाते हुए अश्वारोही के गले में धँसा और वो ढेर होकर अपने घोड़े पर झूल गया।

"हम नागराज तक्षक के लिए शांति प्रस्ताव लेकर आई यादव शांति वाहिनियाँ हैं।" नायक जयवंत गला फाड़कर चीखा।

"नाग क्षेत्र में बिना अनुमति प्रवेश वर्जित है। यह यादवों का क्रीड़ास्थल नहीं जहाँ तुम अपनी इच्छानुसार विचरण कर रहे हो।" मार्ग में खड़ा नाग रक्षक कड़े स्वर में बोला, "तुम्हारी धृष्टता का दंड मिलेगा।"

उसकी बात समाप्त होते ही उसके साथी वीभत्स अट्टहास कर उठे।

नायक जयवंत का चेहरा क्रोध से तन गया। यादव वाहिनियों का मार्ग रोकने वाले नाग रक्षक आक्रामक थे। शांतिप्रद तरीके से वार्तालाप के लिए बढ़ते यादव

---

77. यह लंबाई में गज भर होती है, हत्था बड़ा होता है, मुँह सिंह के समान होता है, और इसमें बड़ी तेज जीभ और पंजे होते हैं। यह बड़ी भारी होती है और दोनों हाथों से फेंकी जाती है।

78. यह बाण जैसा होता है और इसमें लोहे का मुँह बना होता है। साँप की तरह इसका रूप होता है। इसका धड़ लकड़ी का होता है। नीचे की तरफ पंख लगाए जाते हैं, जिससे वह आसानी से उड़ सके। यह प्राय: डेढ़ गज लंबा होता है।

79. इन्हें इस्पात के महीन तारों को बटकर बनाया जाता है। एक सिर त्रिकोणवत होता है। नीचे जस्ते की गोलियाँ लगी होती हैं। श्रीहरिवंशपुराण में एक अन्य प्रकार के पाश का वर्णन है, जिनके किनारों के भागों में छुरे लगे हुए थे। [श्रीहरिवंशपुराण, विष्णुपर्व, अध्याय 63, श्लोक 46]

80. यह एक तीन चोंच वाला धात्विक सिर का भाला या हथियार होता है, जो कि लकड़ी या बाँस के डंडे पर भी लगा हो सकता है।

81. यह कुल्हाड़े जैसा आयुध है।

82. एक प्राचीन सर्वसाधारण शस्त्र जो तलवार का रूप है।

अश्वारोही को उन्होंने बिना चेतावनी अकारण मारा।

वो हैरान था। साधारण अस्त्र-शस्त्रों से सुसज्जित मुट्ठी भर नाग रक्षक 21 सशस्त्र यादव वाहिनियों का मार्ग रोकने का दुस्साहस कर रहे थे। यह उनकी मूढ़ता थी, अथवा उनकी किसी योजना का हिस्सा?

उसे अपने प्रश्न का शीघ्र उत्तर मिला। ढलानी मार्ग के वृक्षों में एक कमजोर और विचित्र सांकेतिक ध्वनि गूँजी। शीघ्र ही कई वृक्षों की आड़ से वैसी ही विचित्र ध्वनियाँ गूँज उठीं।

जयवंत चौंककर सतर्क हुआ। वे ध्वनियाँ उन संकेतों की भाँति थीं जिन्हें छापामार दल आपस में तालमेल बनाने के लिए प्रयोग करते हैं।

यकायक मार्ग अवरुद्ध किए खड़े नाग रक्षकों के कंधों पर टँगे धनुष उनके हाथों में उतरे और उन धनुषों से अनगिनत बाण हवा में सनसनाते हुए जयवंत की अश्वारोही वाहिनी के ऊपर से होते हुए पीछे खड़ी यादव वाहिनियों पर बरस पड़े।

जयवंत दंग रह गया। मार्ग रोके नाग रक्षक संख्या में गिने-चुने थे लेकिन जिस त्वरित गति और संख्या में यादव वाहिनियों पर बाण बरसे थे उससे लग रहा था जैसे पूरी नाग धनुर्धर वाहिनी वहाँ जुटी थी।

संकट-सूचक यादव दुदुंभियाँ गूँज उठीं। यादव वाहिनियाँ पहले से सावधान थीं। पदाति सैनिकों ने अपनी ढालों से बैलगाड़ियों, चिकित्सक दल और महानायक अजिंक्य को ढँकते हुए भीतरी सुरक्षा घेरा कड़ा किया। नाग सैनिकों के बाण पानी की बूँदों की तरह उनकी ढालों से टकरा कर छितराने लगे। नायक अमेय, नायक अजातशत्रु, नायक गुणक और नायक निमिष की धनुर्धर वाहिनियाँ हरकत में आईं और पदाति सैनिकों की ढालों की आड़ में अपने बाणों का संधान कर नागों को प्रति-उत्तर देने के लिए तत्पर हो गईं।

"सावधान! सावधान!" पृष्ठ-भाग में तैनात नायक चित्रकेतु की वाहिनी में कोलाहल हुआ। भालों एवं भारी ढालों से सुसज्जित नाग सैनिकों का दूसरा झुंड युद्धघोष करते हुए यादव वाहिनियों की तरफ बढ़ रहा था। अँधेरे में उनकी संख्या का अनुमान लगाना कठिन था, लेकिन उनके कोलाहल से प्रतीत हो रहा था जैसे कई भालाधारी और धनुर्धर नाग वाहिनियाँ वहाँ आ जुटी थीं। आते ही वे यादव व्यूह के पृष्ठ-भाग पर भालों और बाणों से हमला करने लगे।

महानायक अजिंक्य ने स्थिति का आकलन किया। नाग वाहिनियों ने

सुनियोजित रूप से यादव वाहिनियों पर धावा बोला था। यादव वाहिनियाँ अब न आगे बढ़ सकती थीं और न पीछे लौट सकती थीं। एक तरफ यादव वाहिनियों के अग्र भाग पर नाग धनुर्धर बाणों की अनवरत वर्षा कर रहे थे, तो दूसरी तरफ नाग भालाधारी कारवाँ के पृष्ठ-भाग को भेदने का प्रयास कर रहे थे।

अभी तक यादव वाहिनियों को नागों के हमले में कोई भारी क्षति नहीं हुई थी और वे सुरक्षित थीं। किंतु यादवों की रक्षात्मक शैली उन पर भारी पड़ने वाली थी। पृष्ठ-भाग में तैनात नायक जिमूता की पदाति सैनिक वाहिनी और नायक चित्रकेतु की अश्ववाहिनी किसी शक्तिशाली आक्रमण के दबाव में कमजोर पड़ सकती थी।

यादव वाहिनियों को सुरक्षित करने के लिए व्यूह के अग्र और पृष्ठ-भाग को मजबूत कर नाग सैनिकों पर आक्रमण किया जा सकता था। किंतु सँकरे, ढलानी एवं घुमावदार मार्ग में यादव वाहिनियाँ शीघ्रता से व्यूह परिवर्तन कर नागों पर प्रभावी पलट वार करने की स्थिति में नहीं थीं। व्यूह परिवर्तन से पूर्व नागों की योजना भाँपना आवश्यक था। मात्र अनुमान के आधार पर निर्णय लेना यादव वाहिनियों पर उल्टा भी पड़ सकता था।

नागों का आक्रमण विचित्र था। वे यादव वाहिनियों पर अग्र और पृष्ठ-भाग से निश्चित दूरी बनाते हुए छोटे-छोटे गुटों में आक्रमण कर रहे थे। एक गुट आक्रमण करता और पीछे हट जाता। उसके स्थान पर दूसरा गुट आक्रमण करता। वह पीछे हटता तो तीसरा गुट आक्रमण करता। इस योजना से उनके आक्रमण की निरंतरता बनी हुई थी। उनके आक्रमण का लक्ष्य यादव वाहिनियों के केंद्र में स्थित बैलगाड़ियाँ और रथों का समूह था। निरंतर आक्रमण से वे यादव व्यूह के भीतरी सुरक्षा घेरे में तैनात पदाति सैनिकों को अपने स्थान से हिलने का अवसर भी नहीं दे रहे थे। यादवों की एक चूक, और नाग बाण और भाले व्यूह के भीतरी सुरक्षा घेरे को भेद देते।

महानायक अजिंक्य को तुरंत निर्णय लेना था। शांति प्रस्ताव के साथ आई यादव वाहिनियों पर नागों ने अकारण आक्रमण किया था। यादवों ने नागों को शांति प्रस्ताव भेजा था, उनके विरुद्ध युद्ध घोषित नहीं किया था। यदि नागों को इस शांति प्रस्ताव में रुचि नहीं तो इसके लिए यादव वाहिनियों पर आक्रमण करना अनावश्यक था। इस आक्रमण के पीछे नागों की जो मंशा छुपी हो, पर कृष्ण के

'उपहार' की रक्षा का दायित्व महानायक अजिंक्य का था।

अजिंक्य ने व्यूह के दाएँ भाग में तैनात नायक तेजल की पदाति सैनिक वाहिनी और नायक इतीश के अश्वारोहियों को अग्र-भाग में और नायक प्रदोष की अश्वारोही वाहिनी के साथ नायक नचिक की पदाति सैनिक वाहिनी को पृष्ठ-भाग में तैनात होने का आदेश दिया। स्थान परिवर्तन के साथ यादव वाहिनियाँ नवीन व्यूह में संगठित हुईं। व्यूह का अग्र और पृष्ठ-भाग मजबूत कर महानायक अजिंक्य ने यादव वाहिनियों को आक्रमण का आदेश दिया।

यादव दुदुंभियों, तुरहियों और शंखों के सम्मिलित कोलाहल से मृत्युंजय पर्वत थर्रा उठा। आक्रमण का आदेश प्राप्त होते ही नायक जयवंत की अश्वारोही वाहिनी मार्ग अवरुद्ध किए खड़े नाग धनुर्धरों पर टूट पड़ी।

सँकरे मार्ग पर अश्वों को अधिक गति तो नहीं मिली, किंतु जितनी गति प्राप्त हुई वह नाग धनुर्धरों को भयभीत करने के लिए पर्याप्त सिद्ध हुई। नाग धनुर्धरों बचने के लिए ढलानी मार्ग के वृक्षों की तरफ भागे, किंतु मात्र कुछेक ही अपने प्राण बचाने में सफल हुए। अधिकतर नाग धनुर्धर यादव अश्वारोहियों के हाथों ढेर हुए।

नायक जयवंत ने देखा, मार्ग नाग धनुर्धरों से मुक्त हो गया था, किंतु अभी भी चट्टानों से अवरुद्ध था। उन अवरोधों को हटाने में कुछ प्रहर लग सकते थे। आगे अधिक अवरोध हुए तो उन्हें हटाने में और अधिक समय लग सकता था।

अपनी वाहिनी की त्वरित सफलता नायक जयवंत के गले नहीं उतर रही थी। आस-पास पड़े नाग धनुर्धरों के शव उसके संशय को बल दे रहे थे। 21 यादव वाहिनियों को मात्र 15-20 नाग धनुर्धर चुनौती दे रहे थे। अपने सैनिकों को एक शिथिल आक्रमण में चारे की तरह प्रयोग करना नागों की मूर्खता थी, अथवा उनकी रणनीति का हिस्सा?

महानायक अजिंक्य को हालात से अवगत कराना आवश्यक था। आस-पास सतर्कता से दृष्टि घुमाते हुए नायक जयवंत अपनी वाहिनी के साथ शेष वाहिनियों के पास लौटने लगा।

अचानक ढलानी मार्ग के वृक्षों की ओट से अनगिनत पाश हवा में तैरते हुए जयवंत की अश्वारोही वाहिनी के अश्वों पर बरस पड़े। पाशों में उलझकर कई सवार अपने अश्वों सहित गिर पड़े। कुछ पाशों से बचने के प्रयास में अश्वों की

पीठ से छिटक कर दूर जा गिरे। कुछ सवार अपने अश्वों से गिरे और अन्य अश्वों की चपेट में आकर अपने प्राण गँवा बैठे।

नायक जयवंत की वाहिनी इस औचक आक्रमण से सँभली भी नहीं थी कि ढलानी मार्ग के वृक्षों की ओट से भारी शिलाओं के साथ लकड़ी के कई मोटे-लंबे लट्ठे हवा में उछलते हुए उन पर बरस पड़े।

जयवंत ने संकट भाँपकर तुरंत अपने घोड़े की लगाम खींचकर उसे मोड़ा। उसका घोड़ा हिनहिनाते हुए अपने अगले दोनों पैरों को हवा में उछालकर वहीं ठहर गया। जयवंत तो सुरक्षित रहा, किंतु उसके साथ चल रहा अश्वारोही जब तक अपना घोड़ा रोक पाता ढलानी मार्ग से फेंकी एक बड़ी शिला उसके वक्ष-स्थल से टकराई और उसे घोड़े से छिटका कर अपने साथ खींचते हुए पर्वतीय चट्टानों से जा टकराई। सब इतना शीघ्र हुआ कि उसे बचने का अवसर ही नहीं मिला। उसकी कुचली हुई रक्तरंजित देह चट्टानों पर चिपक कर रह गई।

ढलानी मार्ग से वृक्षों के साथ बाणों की बौछार पुनः आरंभ हो गई। इस बार आक्रमण शक्तिशाली था। जयवंत की वाहिनी के साथ ढलानी मार्ग से सटी मुख्य वाहिनी का संपूर्ण बायाँ भाग उसका लक्ष्य था।

नायक जयवंत की वाहिनी का शेष वाहिनियों से संयुक्त होना आवश्यक था। सभी अश्वारोही अपने घोड़े दौड़ाते हुए हवा में झूलते वृक्षों से बचते-बचाते कारवाँ की तरफ भागे। कुछ अपने घायल अश्वों को छोड़कर अपने साथियों के अश्वों पर सवार हो गए तो कुछ पैदल ही भाग चले।

ढलानी मार्ग से बाणों के वेग और संख्या में अत्यधिक वृद्धि हो गई थी। अंधकार और घने वृक्षों के कारण आक्रमण का स्रोत पहचानना सुलभ नहीं था।

जयवंत अपने घोड़े की कमान अपने पैरों में फँसाए नीचे झूला और ढाल की आड़ में घोड़े की कमर से उलटा लटककर उसने ढलानी मार्ग के वृक्षों का निरीक्षण किया।

घने वृक्षों की आड़ में बने मचानों पर धनुष-बाणों से लैस शारीरिक अनुपात में लघु, किंतु अत्यंत कठोर भुजा वाले नाग सैनिक छुपे हुए थे। उनकी भयंकर श्याम-वर्ण देह मृग छाला अथवा पर्णवस्त्र से ढँकी थी। दृष्टि-भ्रम उत्पन्न करने के लिए उन्होंने शरीर पर मटमैला लेप और जंगली पत्तियों की चादर ओढ़ रखी थी जिसने उन्हें अँधेरे और घने वृक्षों की पृष्ठभूमि में छुपा दिया था। मचानों में

सुविधा से बैठे वे यादव वाहिनियों पर बाण वर्षा कर रहे थे। छद्म आवरण और मोटी-मोटी लकड़ियों के नुकीले गट्ठों की आड़ में छुपे प्रक्षेपण यंत्रों से वे यादव वाहिनियों पर शिलाएँ और लकड़ी के मोटे लट्ठे बरसा रहे थे। अपनी संख्या और स्थिति गुप्त रखने के लिए लताओं से झूलते हुए त्वरित गति से स्थान परिवर्तन कर रहे थे।

लट्ठों, बाणों और शिलाओं का त्रिस्तरीय आक्रमण यादव वाहिनियों पर भारी पड़ रहा था। घायलों की संख्या बढ़ रही थी। सर्वाधिक क्षति अश्व-वाहिनियों को उठानी पड़ी थी।

एक बाण जयवंत के साथी अश्वारोही की दाहिनी जंघा और घोड़े की काठी को भेदते हुए घोड़े के पेट में जा धँसा। उसका घोड़ा दर्द से हिनहिनाते हुए तिरछा लहराया और तेज आवाज के साथ नीचे गिरा। उस पर सवार अश्वारोही तेज झटके के साथ हवा में कलाबाजी खाते हुए धरती पर औंधे मुँह गिरा और वेग के कारण घोड़े के साथ कुछ दूर तक घिसटता चला गया। घोड़े की पीठ से झूलते जयवंत ने संकट भाँपकर अपने घोड़े को सही क्षण पर नहीं मोड़ा होता तो उसका घोड़ा उस अश्वारोही से टकरा जाता।

जयवंत ने देखा वह अश्वारोही जीवित था। अपना पैर हाथों से दबाए वह दर्द से बिलबिलाते हुए उठने का प्रयास कर रहा था।

जयवंत घोड़े से कूदकर नीचे लेटा और ढाल की आड़ में रेंगते हुए उसके पास पहुँचा। उसे अपनी ढाल की आड़ में लेकर जयवंत ने उसके पैर में धँसे बाण को खींचकर निकाला। जयवंत का सहारा लेकर घायल अश्वारोही खड़ा हुआ तो लड़खड़ा कर नीचे गिर पड़ा।

जयवंत उसे उठाने के लिए जैसे ही झुका वह उसके पैर की दुर्दशा देखकर सिहर गया। उसके पैर का मांस पिघली धातु की तरह नीचे टपक रहा था। वह अश्वारोही अपनी हालत देख स्वयं भयभीत था। पैर सहलाने के लिए उसने हाथ उठाया तो चीख पड़ा। पैर के मांस की भाँति उसके हाथ का मांस भी गल रहा था। हाथ के मांस रहित हिस्से से उसकी हड्डियाँ झाँकने लगी थीं।

जयवंत असहाय-सा अपने साथी और उसके घोड़े के बदन के मांस को गलकर नीचे बिखरता देखता रहा। वह कैसे उसे ढाढ़स देता और उसकी क्या मदद करता। कुछ ही पल में उसके साथी और उसके घोड़े की स्मृति के रूप में

मांस के कीचड़ में सनी हड्डियाँ बची थीं।

जयवंत खड़े-खड़े पसीने से भीग गया। वह कैसा विचित्र विषैला बाण था और कितना घातक प्रभाव था उसका। ऐसे विषैले बाण तो यादव वाहिनियों को क्षण भर में समाप्त कर देंगे।

"विषाक्त बाण!" जयवंत ने चीखकर अपने साथियों को सावधान किया। घोड़ों और ढालों की आड़ में विषैले बाणों से बचते-बचाते सभी मुख्य व्यूह से आ मिले। न जाने कितने ढेर हुए थे।

जयवंत समझ गया कि अग्र-भाग को सुरक्षित करने का उसका प्रयास असफल हुआ था। उसकी वाहिनी द्वारा धराशायी नाग धनुर्धरों के स्थान पर अनेक नाग धनुर्धर एकत्र होकर यादव वाहिनियों पर पुनः बाण वर्षा करने लगे थे।

इस बार उनकी संख्या सैकड़ों में थी।

अध्याय 16

रात्रि के अंधकार में मृत्युंजय पर्वत श्रृंखला के सँकरे घुमावदार मार्ग पर यादव व्यूह के अग्र, पृष्ठ एवं बाएँ पक्ष पर घातक आक्रमण कर नागों ने उन्हें एक अकारण युद्ध में उलझा दिया था।

अग्र-भाग की सुरक्षा में तैनात जयवंत की वाहिनी को सर्वाधिक क्षति हुई थी। वाहिनी के कई अश्वारोही प्राण गँवा बैठे। अनेक घायलावस्था में अग्र-मार्ग को नाग वाहिनियों से मुक्त कराने में प्रयासरत थे।

किंतु यह सुलभ नहीं था। अग्र-भाग पर नाग धनुर्धर छापामार शैली में हमला कर रहे थे। वे मार्ग रोककर जयवंत की वाहिनी पर बाण-वर्षा करते और प्रतिकार करने पर ढलानी मार्ग के वृक्षों की आड़ में छुप जाते। राहत की बात थी कि कारवाँ के अग्र-भाग में तैनात नायक कैरव की अश्व-वाहिनी अभी सुरक्षित थी और जयवंत की वाहिनी के साथ नागों का सशक्त प्रतिकार कर रही थी।

यादव वाहिनियों की रक्षात्मक शैली उन पर भारी पड़ रही थी। बैलगाड़ियों और रथों में लदे उपहार के रक्षार्थ व्यूह का यथावत रहना अति आवश्यक था, किंतु रक्षात्मक शैली में नाग सैनिकों पर प्रभावशाली आक्रमण नहीं हो सकता था। ढलानी मार्ग पर नुकीले वृक्षों के अवरोधों के कारण अश्वारोही वाहिनियाँ वृक्षों में छुपे नाग धनुर्धरों पर हमला करने की स्थिति में नहीं थीं। कारवें के भीतरी सुरक्षा-चक्र में ढालों की आड़ से नायक अमेय, नायक निमिष, नायक अजातशत्रु और नायक गुणक के नेतृत्व वाली धनुर्धर वाहिनियाँ अवसर मिलने पर अग्र, पृष्ठ और बाएँ भाग को घेरे नाग सैनिकों पर बाण-वर्षा कर रही थीं, किंतु अँधेरे में पता नहीं चल रहा था कि उनके बाण नाग सैनिकों तक पहुँच रहे थे या बीच में कट रहे थे। कदाचित कुछ नाग सैनिक आहत भी हो रहे थे, किंतु नए सैनिक उनका स्थान लेते हुए आक्रमण शिथिल नहीं होने दे रहे थे। पृष्ठ-भाग पर यादव धनुर्धर भारी

पड़ रहे थे। भारी बाण-वर्षा से उन्होंने नाग वाहिनियों को बढ़ने से रोक रखा था।

बाएँ पक्ष के अश्वारोही और पदाति सैनिक ढलानी मार्ग के वृक्षों की आड़ से बरसते बाणों और शिलाओं से व्यथित होने लगे थे। नागों के विषैले बाणों ने उनके विकल्प सीमित कर दिए थे। कई सैनिक विषैले बाणों से हत हुए थे। नायक अद्वैत, नायक सबर एवं नायक कौस्तुभ की वाहिनी के अश्वारोही अपने अश्वों और ढालों की आड़ में बरसते वृक्ष और बाणों से रक्षा का प्रयास कर रहे थे, किंतु हताहतों की संख्या बढ़ती जा रही थी। ढलानी मार्ग के वृक्ष यादव धनुर्धरों का प्रतिकार अप्रभावी कर रहे थे।

यथास्थिति भी यादव वाहिनियों के लिए प्रतिकूल थी। नागलोक से अबाधित आपूर्ति-श्रृंखला से जुड़े नागों का यादव वाहिनियाँ अपने सीमित संसाधनों और अस्त्र-शस्त्रों से लंबा प्रतिरोध तो कर सकती थीं, किंतु न उन्हें परास्त कर सकती थीं और न सुरक्षित वापस लौट सकती थीं। नागों को रोकने के लिए उनका निरंतर प्रतिकार आवश्यक था, किंतु नागों का अधिक अहित किए बिना हताहतों की संख्या बढ़ने के साथ अस्त्र-शस्त्रों का व्यर्थ व्यय होना चिंताजनक था।

दूर कहीं नाग तुरही गूँजी और उसके साथ यादव वाहिनियों पर आकाश से मिट्टी के छोटे मटकों की जैसे वर्षा आरंभ हो गई। सुलगती घास-फूस से ढँके वे मटके फूटते ही विषैले सफेद धुएँ का गुबार छोड़ने लगे। धुएँ की चपेट में आए यादवों की आँखें जलने लगीं। अपनी छाती दबाकर खाँसते हुए वे बेसुध हो गिरने लगे। कुछ सैनिकों ने मटकों के धुएँ को अपनी ढाल से ढँककर रोकने का प्रयास किया, किंतु यह पर्याप्त नहीं था। वे कुछेक मटके अपनी ढालों से निष्क्रिय करते तो उसके स्थान पर अनगिनत मटके और आ गिरते।

धुएँ से बेदम यादव सैनिकों में भगदड़ मच गई। जिसे जो दिशा दिखी प्राण हाथ में लिए उस दिशा में बचने के लिए भागा। भगदड़ से वाहिनियों के भीतरी व्यूह असुरक्षित होने लगे।

नाग धनुर्धरों ने अवसर का लाभ उठाया। यकायक तीनों दिशाओं से संख्या और वेग में दुगने-चौगुने बाण भीतरी सुरक्षा घेरे में तैनात यादव पदाति सैनिक और धनुर्धरों पर बरस पड़े। मटकों से निकल रहे धुएँ से घिरे यादवों पर नाग बाण प्राणघातक सिद्ध हुए। अपनी जान बचाने के लिए भागते सैनिक एक-दूसरे को घायल करने लगे। जो एक बार गिरा उठ न सका।

नायक अमेय और उसके साथी हरकत में आए। सभी मिलकर मटकों को उठाकर वापस नाग वाहिनियों पर फेंकने लगे। जिन मटकों के मुँह पर लगी घास-फूस पूर्ण रूप से जल नहीं पाई थी उन्हें फोड़ दिया गया। कुछ मटकों के ऊपर लगी घास-फूस को सुलगने से पूर्व ही मटकों से अलग कर दिया।

ऐसे समय में भृत्यों ने सूझबूझ से काम लिया। वो तत्परता से रथों में रखी जल से भरी चर्म-थैलियों को अपने कंधों पर लादकर यादव वाहिनियों के बीच स्थान बनाते हुए मटकों पर पानी डालकर उन्हें निष्क्रिय करने लगे। पदाति सैनिकों ने अपनी ढालों से उन्हें सुरक्षित किया और शीघ्रता से विषैला धुआँ छोड़ते मटकों को फोड़ा।

धुआँ कुछ छँटा तो क्षति का अनुमान लगा। अनेक सैनिक मृत हुए थे। कई अचेत पड़े थे। कई खाँसते और पीड़ा से कराहते हुए धरती पर औंधे पड़े थे। चर तत्परता से वाहिनियों की स्थिति और उन्हें हुई क्षति की जानकारी महानायक अजिंक्य तक पहुँचाने लगे। नायक जयवंत की अश्वारोही वाहिनी को सर्वाधिक क्षति पहुँची थी। वाहिनी के नाम पर मात्र कुछ अश्वारोहियों के साथ नायक जयवंत ही शेष बचे थे। नायक कैरव, नायक अद्वैत, नायक सबर, नायक कौस्तुभ की वाहिनियों के अनेक अश्वारोही मारे जा चुके थे। धनुर्धर और पदाति वाहिनियों को भी भारी नुकसान हुआ था। भगदड़ में कई चिकित्सक और भृत्य भी घायल हुए थे, किंतु अपनी चिंता छोड़कर वे हताहतों का उपचार कर रहे थे।

विषैले धुएँ के प्रभाव से उबरते हुए यादव वाहिनियाँ पुनः व्यूहबद्ध हुईं। राहत की बात थी कि यादव वाहिनियों के अग्र, पृष्ठ और बाएँ भाग पर नागों की बाण वर्षा थम गई थी। मुर्दा एवं डरावनी शांति के बीच घायलों की कराह गूँज रही थी।

"सावधान! वहाँ कुछ है!" कोई पहाड़ी की तरफ संकेत करते हुए चीखा।

मशालें उस दिशा में उठीं। देखा काली चमकीली त्वचा वाले असंख्य नाग सैनिक पीठ पर तलवार और तोमर टाँगे मृत्युंजय पहाड़ी से रेंगते हुए नीचे उतर रहे थे। वे पहाड़ी पर हर तरफ छितराए हुए थे। लग रहा था जैसे पूरा नागलोक यादव वाहिनियों पर टूट पड़ा था।

महानायक अजिंक्य को नाग बाण वर्षा थमने का कारण समझ में आया।

"केंद्र सुरक्षित करो!" अपनी तलवार लहराते हुए महानायक अजिंक्य घोड़े से कूदा और बैलगाड़ियों और रथों की आड़ में दौड़ते हुए चीखा, "पहाड़ी पर

निशाना साधो!"

नायक बालेंदु, नायक भौमिक, नायक बिसज, नायक नचिक, नायक तेजल, नायक जिमूता की पदाति वाहिनियाँ तत्परता से बैलगाड़ियों और रथों को अपनी ढालों की आड़ में घेरकर तैनात हुईं। नायक अमेय, नायक निमिष, और नायक अजातशत्रु की धनुर्धर वाहिनियाँ बैलगाड़ियों, रथों, और ढालों की आड़ में मोर्चा बाँधकर बैठ गईं। घायल धनुर्धर और पदाति सैनिक भी रेंगते हुए अपनी वाहिनियों से आ मिले।

वृक्षों की ओट में छुपे नाग सैनिकों की आँखों में विजय-उन्माद झलकने लगा। यादव वाहिनियों का अंत निकट था।

पर्वत से रेंगकर उतरते नाग सैनिक कोलाहल मचाते हुए अपनी तलवार और तोमर लहराते हुए यादव वाहिनियों पर टिड्डी दलों की तरह टूट पड़े। पर्वत से जैसे काले जल की नदी शक्तिशाली वेग से उफनती हुई यादव वाहिनियों पर टूट पड़ी। यादव धनुर्धर हरकत में आए। प्रत्यंचा की टंकारों के साथ नीचे से उठी बाणों की दीवार से पर्वत से उतरती नागों की काली जलधारा टकराने लगी। धरती और आसमान में मध्य दो विपरीत धाराओं का विस्फोटक संगम हुआ। प्रत्यंचाओं की टंकार, बाणों की सरसराहट, पर्वत और नाग सैनिकों की ढाल से टकराते बाणों से उत्पन्न चिंगारियों, और अनवरत बरसते लहू के साथ चीख-पुकार और कोलाहल के बीच मृत्यु का संगीत वातावरण में गूँजने लगा। बाण-बिंधे नाग सैनिकों के शव पके फल की भाँति नीचे गिरने लगे। सुरक्षित नीचे पहुँचे नाग सैनिकों का स्वागत यादव भालों और बरछियों ने किया।

शस्त्रों के टकराने की भयंकर ध्वनि के बीच कहीं क्रोध से अपशब्द निकल रहे थे, कहीं मार्मिक चीत्कार गूँज रही थी। जाने कितने प्राण देह त्याग चुके थे, कितने देह में कैद थे। नागों का आक्रमण और यादव वाहिनियों का प्रतिकार धरती को रक्त से सींच रहा था।

पहाड़ी से उतर रहे नाग सैनिकों की बढ़ती संख्या के समक्ष तेजी से हत हो रहे यादव धनुर्धरों का प्रतिरोध शिथिल पड़ने लगा। यादव वाहिनियाँ पहाड़ी से उतरते नाग सैनिक और नीचे पहुँच चुके नाग सैनिकों के बीच फँसने लगीं। यादव सैनिकों पर नागों की फुर्ती और बदन की लचक भारी पड़ रही थी। नाग यादव तलवारों की गति को चकमा देते हुए उन पर घातक पलट वार कर रहे थे। यद्यपि

यादव सैनिक चुस्ती-स्फूर्ति में उनसे कम नहीं थे, किंतु नाग उनके वार से ऐसे बच रहे थे जैसे पत्थरों के बीच से पानी निकल जाता है।

इधर अग्र और पृष्ठ मार्ग को अवरुद्ध किए नाग सैनिकों ने सम्मिलित युद्ध घोष करते हुए यादव वाहिनियों पर धावा बोला। उनके आक्रमण को विफल करने के लिए अग्र और पृष्ठ-भाग की यादव अश्वारोही वाहिनियाँ पदाति सैनिक वाहिनियों के साथ नाग हमलावरों पर टूट पड़ीं। अश्वारोही वाहिनियों के हटने से यादवों के भीतरी व्यूह कुछ क्षण के लिए शिथिल पड़े जिसे मृत्युंजय पर्वत से उतरे नाग सैनिकों ने तुरंत ताड़ लिया। परिणामस्वरूप यादव वाहिनियाँ तीन भागों में बँट गईं। व्यूह का अग्र और पृष्ठ-भाग केंद्रीय भाग से कटकर दोनों दिशाओं से नाग सैनिकों से घिर गया। कई नाग सैनिक बैलगाड़ियों और रथों पर चढ़कर उन्हें क्षति पहुँचाने लगे।

"दुष्ट नाग! तुम्हें जीवित रहने का अधिकार नहीं है।" महानायक अजिंक्य की आँखें क्रोध से जलने लगीं। अपनी तरफ बढ़ते नाग सैनिक की गर्दन दबोचकर उसने उसके सिर को पहाड़ी से टकराकर कुचल दिया, "तुमने अपनी मृत्यु स्वयं निमंत्रित की है। तुम्हें विनाश प्रिय है, तो तुम्हें विनाश ही प्राप्त होगा।"

महानायक अजिंक्य ने अपने कमरबंद में फँसी तुरही निकाली। यह विशेष तुरही श्रीकृष्ण ने उसे किसी बड़े संकट में फँसने पर प्रयोग करने के लिए दी थी। अजिंक्य के मुँह से लगते ही तुरही से तीव्र तरंग व्योम में छूटने लगी। तुरही से निकली ध्वनि इतनी तीव्र थी कि मृत्युंजय पर्वत की चोटी एवं एक-दो कोस दूर मोर्चा जमाए बैठे नाग सैनिकों को भी सुनाई दी।

अस्त्र-शस्त्रों की टंकारों के बीच एक मद्धिम स्पंदन उभरा जो धातु रगड़ने जैसी कर्कश ध्वनि के रूप में प्रखर हुआ। युद्धरत यादव और नाग सैनिक कुछ क्षण के लिए उस विचित्र ध्वनि से स्तब्ध हो बैलगाड़ियों को कौतुक से देखने लगे।

यादव बैलगाड़ियों के पट खुलकर उठने लगे। उन पर चढ़े नाग सैनिक अपना संतुलन खोकर नीचे आ गिरे। बैलगाड़ियों के खुले पटों से घास के कई हाथ ऊँचे प्राचीर उठ खड़े हुए। प्राचीर की आड़ से अनगिनत सधे हुए कदमों की तालमय थाप गूँज उठी।

ढलानी मार्ग में वृक्षों पर तैनात नाग सैनिक इस अप्रत्याशित परिवर्तन से चिंतित हुए। यादवों पर भारी पड़ रहे नागों का विराम यादवों को पुनर्गठित होने

का अवसर देने के समान था।

वृक्ष पर तैनात नाग नायक ने आक्रमण का आदेश देने के लिए अपने मुँह से नाग तुरही सटाई ही थी कि एक निःशब्द बाण शून्य से प्रकट होकर उसके गले को चीरते हुए पीछे वृक्ष में जा धँसा। गले से ताजे रक्त की धारा छोड़ते हुए नाग नायक की देह किसी पुतले की भाँति वहीं झूल गई। उसका साथी हैरानी से उसे देख रहा था कि दूसरा बाण उसके माथे में आ धँसा। देखते ही देखते वृक्षों की आड़ में स्वयं को सुरक्षित समझे बैठे नाग सैनिक पके फल की भाँति नीचे गिरने लगे। कोई समझ नहीं पाया कि यादव वाहिनियाँ शांत थीं तो आक्रमण कहाँ से हुआ।

इस औचक हमले से हैरान शेष नाग धनुर्धरों ने तत्परता से वृक्षों पर अपना स्थान बदला। उनके बाणों के फलक अग्नि से सुलगने लगे। यादव वाहिनियों के अग्र और पृष्ठ-भाग को घेरे खड़े नाग धनुर्धरों ने उनका अनुसरण किया। अगले क्षण यादव वाहिनियों के अग्र, पृष्ठ और बाएँ भाग से असंख्य अग्नि-बाण बैलगाड़ियों और रथों पर बरस पड़े। कई यादव और नाग सैनिकों ने उन बाणों की चपेट में आकर प्राण गँवाए, कई अग्नि-बाण यादव बैलगाड़ियों के छप्पर में जा धँसे।

बैलगाड़ियों के ऊपर लगी घास-फूस प्रज्ज्वलित हो तनिक सुलगी और बुझ गई। उनमें धँसने वाले नाग बाणों के फलक ऐसे बुझे मानो जल में जा गिरे हों। झुँझलाए नाग धनुर्धरों ने पुनः अग्नि-बाणों का संधान किया और पहले से दुगनी संख्या में अग्नि-बाण हवा में सरसराते हुए यादव बैलगाड़ियों पर आ धँसे।

इस बार भी परिणाम निराशाजनक रहा।

नाग धनुर्धर हैरान हुए। जिन अग्नि-बाणों से घास-फूस की बैलगाड़ियों को स्वाहा हो जाना चाहिए था वे उन पर अप्रभावी रहे थे।

अध्याय 17

सुरंगों के भीतर सुरंगें और उनके भीतर और सुरंगें! सभी सुरंगें एक जैसी, उनको जोड़ने वाले मार्ग एक जैसे। हर सुरंग से निकलने पर लगता जैसे पुनः उसी में जा घुसे हो।

मशालों के प्रकाश में न समय का बोध हो रहा था न यात्रा का समापन होता दिख रहा था। कदम भर की दूरी कोस भर दूर की लग रही थी। गुफा की भीतरी सुरंगों के अंतहीन फैलाव से साक्षात्कार करते हुए महाराज अधिराज और महाराज वीरसेन का धैर्य चुक रहा था। हर सुरंग में प्रवेश करते हुए उन्हें लगता कि गंतव्य आ पहुँचा, किंतु शोण को मार्ग पर आगे बढ़ता देख उनका चेहरा बुझ जाता। दोनों ने कभी पालकी में बैठकर तो कभी पैदल यात्रा की। विश्राम से शारीरिक थकान कम हुई, किंतु मन ऊबा एवं व्यथित रहा। यात्रा में एक विषय उठता जो खिंचते हुए दूसरे विषय का आरंभ करता। दूसरा विषय समाप्त होता तो तीसरे विषय पर चर्चा होने लगती। धीरे-धीरे बातचीत के विषय भी समाप्त होने लगे।

शोण सुरंगों की भूलभुलैया में यंत्रवत बढ़ रहा था। उसका अनुसरण करते हुए चिरपुंज और अनंतपुर के स्वयंसेवक, अपनी वाहिनियों के साथ सेनापति स्कंध और सेनापति अनंत, और नागरिकों का अपार समूह चल रहा था। नागरिकों के लिए यात्रा सुविधाजनक बनाने के लिए भृत्यों के दल खाने-पीने के पदार्थों के साथ उपस्थित थे। अनेक स्थानों पर रुककर नागरिकों ने विश्राम किया।

किंतु शोण कहीं नहीं रुका और न उसने विश्राम किया। उसे देखकर लग ही नहीं रहा था कि उसे विश्राम की आवश्यकता है। न उसके चेहरे पर थकान थी, न उसकी चुस्ती-फुर्ती में कमी थी।

"मित्र शोण! हम महादेव के आश्रम से कितनी दूर हैं?" महाराज अधिराज ने व्यग्र हो पूछा।

"क्षमा राजन! नागरिकों की गति मंथर होने के कारण आश्रम पहुँचने में विलंब हो रहा है।" शोण ने शालीनता से उत्तर दिया, "मात्र कुछ प्रहरों में हम वहाँ होंगे।"

"हमें तो यह भी स्मरण नहीं कि कितने प्रहर बीत चुके हैं।" यात्रा से उकताए महामंत्री विष्णुदत्त बोले।

"सुरंगों में समय का भान नहीं होता है।" शोण विनम्रता से बोला, "किंतु आप निश्चिंत रहें! हम अपने गंतव्य के निकट हैं।"

"आप जैसे विश्वस्त मार्गदर्शक के होते हमें मार्ग और समय की चिंता नहीं है। हमें तो आपका दुगुना धन्यवाद करना चाहिए। एक हमारी रक्षा करने के लिए..." महाराज अधिराज ने मुस्कुराते हुए महाराज वीरसेन को देखा, "और दूसरा महाराज वीरसेन से वार्तालाप करने का ऐसा उत्तम अवसर प्रदान करने के लिए।"

"उत्तम वचन, मित्र!" महाराज वीरसेन आदर से बोले, "परमात्मा की इच्छा से हम एक पथ पर अग्रसर हैं।"

"वर्षों पुरानी शत्रुता का मैल इस यात्रा में धुल गया है।" महाराज अधिराज भावुकता से बोले, "दोनों राज्यों के सुनहरे भविष्य के लिए हम इसी पल श्रद्धेय श्रीकृष्ण को साक्षी मानकर इस कटुता को सदैव के लिए त्यागते हैं।"

"मैं आपके प्रस्ताव का समर्थन करता हूँ। वचन देता हूँ कि दोनों राज्यों के बीच वैमनस्य का बीज पुनः नहीं पनपेगा!" महाराज वीरसेन ने गंभीर वाणी में अपना निर्णय सुनाया।

"हर हर महादेव! हर हर महादेव!" साथ चल नागरिकों ने प्रसन्नतापूर्वक घोष किया, "महाराज अधिराज की जय! महाराज वीरसेन की जय!"

उनकी प्रसन्नता देख शोण का मन संतोष से भर गया। श्रीकृष्ण ने उचित कहा था कि यह अभियान मृत संबंधों को पुनर्जीवित कर मजबूत भविष्य की आधारशिला स्थापित करेगा।

अध्याय 18

धरती पर पड़ा घायल यादव सैनिक मृत अश्व के नीचे दबे अपने पैर की पीड़ा भूलकर आँखें फाड़-फाड़कर बैलगाड़ियों को एकटक देखने लगा। उपहार से लदी यादव बैलगाड़ियाँ घास-फूस का आवरण जलने से बख्तरबंद वाहनों के चलते-फिरते लौह दुर्ग में परिवर्तित हो गई थीं।

अगले ही क्षण उन बख्तरबंद वाहनों की आड़ से अनगिनत काले साए प्रकट हुए। उनकी कद-काठी और वेशभूषा नाग सैनिकों से पृथक थी। चुस्त, काले वस्त्रों में लिपटी उनकी विशालकाय, सुगठित देह किसी विचित्र भारी कवच के साथ लोहे के साँचे में ढली प्रतीत हो रही थी। उनके चेहरे भयानक काले मुखौटे से ढँके थे। तत्परता से वे चारों तरफ बिखर गए।

घायल यादव सैनिक के प्राण हलक में आ अटके। वे काले साए धरती फाड़कर निकले थे अथवा आकाश से उतरे थे। जीवित प्रेत की भाँति प्रतीत होने वाले वे किस प्रजाति के नाग थे?

समय कम था, विपदा भारी थी। मृत अश्व के नीचे दबा उसका पैर बिना किसी सहायता के बाहर निकाला नहीं जा सकता था। वह अपना बचाव करने में असमर्थ था और नाग सैनिकों से उलझे अपने साथियों से मदद की उम्मीद भी नहीं कर सकता था। एक तरफ से जीवित प्रेत उसकी तरफ बढ़ रहा था और दूसरी तरफ से नाग सैनिक। घायल अवस्था में धरती पर निस्सहाय पड़ा वह दोनों दिशाओं से मौत को अपनी तरफ बढ़ते देख रहा था।

गहरी साँस लेकर यादव सैनिक ने अपनी तलवार के मूठ पर अपना हाथ कसा। नाग सैनिक के निकट पहुँचते ही उसने अपनी तलवार उसकी तरफ मोड़ दी।

जैसे चमत्कार हुआ। आक्रामक नाग सैनिक हवा में स्थिर हो हाथ-पैर मारने लगा जैसे किसी से छूटने का प्रयास कर रहा हो। न यादव सैनिक की तलवार

उसे छू पाई और न वह उसके पास पहुँच पाया। शीघ्र उसके हाथ-पैर शिथिल पड़ने लगे। चेहरे की क्रूरता बेबसी और भय में बदलने लगी। उसकी छाती टेढ़ी होकर आगे से फूलने लगी। चेहरे पर पीड़ा के भाव के साथ आँखें लाल हो चलीं। कवच में दरार उभरने के साथ लहू की पतली धारा उसके कवच पर सरकने लगी। धीरे-धीरे लहू का बहाव बढ़ने लगा और साथ ही उस दरार का फैलाव भी। अचानक उसकी छाती और कवच को भेदकर रक्तरंजित धातु का एक पंजा बाहर निकला, फिर दूसरा। दोनों पंजे उसकी फटी छाती और कवच को चीरते हुए उन्हें विपरीत दिशा में खींचने लगे।

नाग सैनिक की गर्दन एक तरफ झूल गई। छाती में धँसे धातु के दोनों पंजे उसकी छाती को दो हिस्सों में फाड़ते हुए निकले। नाग सैनिक की रक्तरंजित मृत देह धरती पर गिर पड़ी और लहू-मांस से लथपथ उसके अस्थि-पिंजर झाँक उठे।

मृत नाग सैनिक के पीछे खड़े उस जीवित प्रेत को देख घायल यादव सैनिक के प्राण भय से हलक में आ लगे। जीवित प्रेत के हाथों पर चढ़ा धातु का बड़ा पंजा नाग सैनिक के लहू और मांस से सना था। नाग सैनिक को समाप्त कर वो जीवित प्रेत उसकी तरफ बढ़ा। भय से पहले ही दोहरे घायल यादव सैनिक की साँस अटक गई। किंतु आश्चर्य! जीवित प्रेत ने मृत अश्व को हटाकर घायल यादव सैनिक के पैर को बाहर निकाला और उसे सहारा देकर खड़ा किया। इसके बाद उसे छोड़ वह जीवित प्रेत हवा में उछला और बिजली की गति से अपनी तलवार घुमाते हुए नाग-सैनिकों पर टूट पड़ा। उसके लौह पंजे नाग सैनिकों के बदन में धँसकर उनके प्राण हरने लगे। उसके मार्ग में पड़ने वाले नाग रक्त-रंजित हो ढेर होने लगे।

नाग सैनिकों का काल बनकर प्रकट हुए जीवित प्रेतों के अस्त्र-शस्त्र भी विचित्र थे। अग्नि-वमन करते चक्र जो उनके आदेशों पर प्रकट हो नाग सैनिकों के बदन चीरकर उनके हाथ में स्वत: लौट रहे थे। लंबी त्रिमुखी तलवार जो कई हाथ दूर से नागों का संहार कर रही थी। सबसे घातक थे उनके हाथों में चढ़े धातु के पंजे जो नाग सैनिकों के बदन में धँसकर उसे एक झटके में चीर रहे थे।

नागों का संहार करते हुए जीवित प्रेत छोटे-छोटे विचित्र गोले ढलानी मार्ग पर फेंकने लगे। तीव्र ध्वनि के साथ फटकर आस-पास के क्षेत्र को अग्नि से प्रज्ज्वलित करने वाले वे गोले ढलानी मार्ग में छुपे नागों को रोकने में अत्यंत प्रभावशाली साबित हुए। वृक्षों में स्थित नाग मचान और शिला प्रक्षेपण यंत्र अग्नि

में जलकर अनुपयोगी होने लगे। वृक्षों की आड़ में छुपे नाग सैनिक भयभीत होकर भाग खड़े हुए या अग्नि में जलकर अपने प्राण गँवा बैठे।

जीवित प्रेतों का पराक्रम नागों की आरंभिक विजय को पराजय में बदलने लगा। नाग सैनिकों का कब, कहाँ और कैसे संहार करना है यह निर्णय अब जीवित प्रेत कर रहे थे। जिस दिशा में उनके कदम बढ़ते वहाँ नाग सैनिकों के शव बिखरने लगे। जमीन पर, वृक्षों की ओट में छुपे बैठे, पर्वत से कूद रहे नाग सैनिक और यादव वाहिनियों के अग्र एवं पृष्ठ-भाग का मार्ग अवरुद्ध किए हुई नाग वाहिनियों पर जीवित प्रेतों के अस्त्र काल बनकर बरस पड़े। नागों के विषैले बाण भी जीवित प्रेतों पर निष्फल रहे, किंतु जीवित प्रेतों के अद्‌भुत अस्त्रों से कोई भी नाग सैनिक सुरक्षित नहीं बचा। जो लड़ नहीं सका, भागा। जो भागा, मारा गया। जो नहीं भागा उसे लड़ने और भागने दोनों का अवसर नहीं मिला। यादवों पर आक्रमण करने वाले नागों को मात्र मौत मिल रही थी।

"सारे आक्रमणकारी मारे गए!" महानायक अजिंक्य क्रोध से चीखा, "शांति के रक्षक द्वारकापति दुष्टों के संहारक भी हैं। नागराज तक ये संदेश स्पष्ट पहुँचे!"

जीवित प्रेतों की सफलता से उत्साहित हो यादव वाहिनियाँ दुगुने जोश से नाग सैनिकों पर टूट पड़ीं। यादव दुदुंभियाँ, शंख और तुरहियाँ चारों ओर गूँज उठीं। घायल यादव सैनिक भी अपने हथियार उठाकर यथासंभव नागों से टकराने लगे। यादव धनुर्धर पर्वत से उतर रहे नाग सैनिकों को बाणों से छलनी करने लगे। नायक जयवंत और नायक कैरव की अश्वारोही वाहिनी सम्मिलित होकर पूरे वेग से अग्र-भाग को अवरुद्ध किए नाग धनुर्धरों पर टूट पड़ी।

उधर पृष्ठ-भाग में नायक चित्रकेतु की अश्वारोही वाहिनी ने नायक प्रत्यूष के पदाति सैनिकों के साथ भयंकर घोष करते हुए नागों पर धावा बोला। नागों के पाँव उखड़ गए। उनके व्यूह छिन्न-भिन्न हो गए। अनगिनत नाग सैनिक मारे गए। शेष अँधेरे का लाभ उठा उलटे पैर भाग खड़े हुए।

क्रोध से महानायक अजिंक्य का चेहरा सख्त होने लगा। नागों द्वारा छेड़े इस युद्ध के समापन का समय आ चुका था।

उसका संकेत मिलते ही जीवित प्रेतों ने अपने लंबे-मजबूत धनुषों पर बाण चढ़ाकर उन्हें आकाश में छोड़ दिया। धुएँ की लकीर छोड़ते हुए वे विचित्र बाण भयानक ध्वनि और तीव्र प्रकाश उत्पन्न करते हुए आकाश में लुप्त हो गए।

अध्याय 19

गरुड़ महानायक तार्क्षी के लिए यह रात्रि अन्य किसी रात्रि की तुलना में अतिरिक्त लंबी और अनावश्यक रूप से ठहरी हुई थी। युगों जितनी धीमी गति से सरकता प्रत्येक पल उसकी व्याकुलता में वृद्धि कर रहा था।

सुगठित देह पर लौह कवच और सिर पर शिरस्त्राण चढ़ाए वह उत्तरी मृत्युंजय पर्वत श्रृंखला की चोटियों में बनी किसी सुरक्षित गुफा के मुहाने पर खड़ा था। आँखें व्याकुलता से साक्षी नदी और दक्षिणी मृत्युंजय पर्वत श्रृंखला के ऊपर अठखेली करते मेघों और नक्षत्रों पर टिकी थीं। गांभीर्य की अनगिनत परतों में छुपे उसके चेहरे को पर्वत से टकराते शीतल वायु के थपेड़े सहला रहे थे।

अनेक गरुड़ नायक अपनी सशस्त्र वाहिनियों के साथ उसके आदेश की प्रतीक्षा में सन्नद्ध खड़े थे।

संकेत की प्रतीक्षा से व्याकुल हो रहा अपना मन भटकाने के लिए उसने वाहिनियों का पुनः निरीक्षण किया। वाहिनियाँ तत्पर थीं। उनकी व्यवस्था पूर्ण थी। इस अभियान के लिए सर्वश्रेष्ठ गरुड़ नायक चुने गए थे। इस रात्रि के लिए सभी ने अनगिनत बार अभ्यास किया था।

रात्रि की सघनता चीरते हुए दक्षिणी मृत्युंजय पर्वत श्रृंखला के ऊपर कई चमकते पुंज उठे और आकाश में प्रकाश बिखेरते हुए लुप्त हो गए। उन पुंजों को देख महानायक तार्क्षी और अन्य गरुड़ नायकों की छोटी-छोटी गोलाकार आँखों की चमक कई गुना बढ़ गई।

संकेत स्पष्ट था। सुप्त गुफा जाग्रत हुई। महानायक तार्क्षी के साथ सभी गरुड़ नायक अपनी वाहिनियों का नेतृत्त्व करते हुए आकाश में उड़ चले। अंतिम पुंज का प्रकाश मंद होने से पूर्व गरुड़ वाहिनियाँ आकाश में निःशब्द तैरते बादलों की तरह नागलोक की तरफ बढ़ चलीं।

अध्याय 20

मृत्युंजय पर्वत श्रृंखला की प्राकृतिक खोहों को तराश कर नागों ने उन्हें चौकियों के रूप में विकसित किया था। नागलोक की सुरक्षा व्यवस्था में ये गुफाएँ नागों का प्रथम सुरक्षा-चक्र थीं। रात्रि के अँधेरे में राजमार्ग की गतिविधियों पर पर्वत की ऊँचाई से दृष्टि रखना भूसे के ढेर से सुई ढूँढ़ने के समान था, किंतु पर्वत पर विभिन्न ऊँचाइयों में छितराई नागों की अनगिनत चौकियों ने नाग प्रहरियों के इस दुष्कर कार्य को सुलभ कर दिया था। प्रहरियों को प्रभावी मदद उपलब्ध कराने के लिए चौकियों को नागलोक के दुर्ग से जोड़ा गया था।

दक्षिणी मृत्युंजय पर्वत श्रृंखला की एक ऐसी ही गुफा में तैनात नाग शंखज राजमार्ग पर दृष्टि जमाए बैठा था। रक्षकों की पाली बदलने में अभी काफी समय शेष था। उसके बाकी साथी चौकी में लेटे ऊँघ रहे थे।

अचानक आकाश में कई तारे उभरे, कुछ देर चमके और फिर लुप्त हो गए। शंखज उन तारों को देख चौंककर सजग हुआ। वे तारे नहीं, किंतु तारे जैसे कुछ विचित्र प्रकाश पुंज थे। उनका प्रकाश विचित्र और तीव्र था। गुफा से झाँककर उसने देर तक आकाश में ढूँढा, किंतु उन प्रकाश पुंजों के पुनः दर्शन नहीं हुए।

किंतु कुछ विचित्र अवश्य था। आकाश में मेघ और नक्षत्र दिखने बंद हो गए थे। लग रहा था अमावस्या समय पूर्व आ गई हो। गुफा के बाहर मंद-मंद बहती वायु थमने लगी थी। कदाचित यह बवंडर के आने की पूर्व सूचना थी। धूमिल वातावरण में चोटियों पर स्थित अन्य नाग चौकियों में लगी मशालों का प्रकाश भी दिखना बंद हो गया था।

शंखज भ्रमित हुआ। धूल का बवंडर... मृत्युंजय पर्वत पर... वह भी रात्रि में! यह बेहद विचित्र और डरावना था।

यकायक वायु स्पंदित हो शक्तिशाली तरंगों में परिवर्तित हुई और मृत्युंजय

पर्वत से टकराई। एक के पश्चात दूसरी, फिर तीसरी, फिर जैसे तरंगों की झड़ी लग गई। अप्रत्याशित वेग से पर्वतीय चट्टानों से टकराती वायु भंयकर शोर उत्पन्न करने लगी। धूल के तीव्र अंधड़ उठने लगे। क्षण भर में आँधी तीव्र झंझावात का रूप ले भयंकर हो चली। अब तो दिशा और ऊँचाई दोनों का भान नहीं हो पा रहा था।

इसी बीच दूर कहीं नाग तुरही की ध्वनि गूँजी। उसके तुरंत पश्चात अन्य नाग चौकियों से भी तुरही की संकट-सूचक ध्वनियाँ गूँजने लगीं। कदाचित आँधी से विचलित हो प्रहरी एक-दूसरे को सावधान कर रहे थे।

शंखज घबराते हुए अपने साथियों को सावधान करने के लिए भागा। देखा तुरही की ध्वनि सुनकर वो सब पहले ही जाग चुके थे।

तभी गुफा काँपी। लगा जैसे कोई बड़ा वृक्ष आँधी में उड़ता हुआ गुफा के आस-पास गिरा हो। अभूतपूर्व घटना थी। शंखज और उसके साथी हैरान हुए। मृत्युंजय पर्वत की चोटियों पर वायु का वेग कभी इतना तीव्र नहीं हुआ कि भारी वृक्षों को उखाड़कर पर्वत की ऊँचाई पर इतनी शक्ति से फेंके कि गुफा थरथरा उठे।

सभी सोच में डूबे ही थे कि अचानक झंझावात के बीच अँधेरे को चीरता हुआ एक बड़ा गोलाकार प्रकाश पुंज गुफा के सामने प्रकट हुआ। शंखज और उसके साथी कुछ समझते उससे पूर्व वह प्रकाश पुंज तेज चमक और ध्वनि निकालते हुए फट पड़ा।

शंखज और उसके साथियों की आँखें उसके तीव्र प्रकाश से चौंधिया गईं। धमाके से सभी मशालें बुझ गईं और गुफा में गाढ़ा धुआँ भर गया। धमाके से शंखज के कुछ साथी अपना संतुलन खोकर गुफा से बाहर जा गिरे। जो गुफा के भीतर थे उनके बदन पर प्रकाश पुंज से निकले धातु के अनगिनत छोटे-छोटे टुकड़े धँस गए। जले मांस की बदबू और पीड़ा भरी कराहो के साथ गुफा में चीख-पुकार मच गई। अँधेरे में कोई नहीं समझ नहीं पा रहा था कि क्या हो रहा था। दम-घोंटू धुएँ से बेदम हुए शंखज और उसके साथी अँधेरे में मार्ग टटोलते हुए द्वार की तरफ बढ़े। कुछ नागलोक को सूचित करने के लिए गुफा के पिछले द्वार की तरफ भागे, किंतु अँधेरे और धुएँ में चट्टानी दीवारों से टकराकर ढेर हो गए।

एक-दूसरे का सहारा लेकर शंखज अपने कुछ साथियों के साथ जैसे-तैसे गुफा से निकला। तभी एक और प्रकाश पुंज हवा में तैरता हुआ आया और तीव्र

चमक और ध्वनि के साथ फटा। गुफा के भीतर बचे शंखज के साथियों के चीथड़े उड़ गए। धमाका इतना शक्तिशाली था कि गुफा के बाहर खड़े शंखज और उसके साथी भी छिटककर पहाड़ी चट्टानों पर गिर पड़े।

मूर्च्छा छँटने पर शंखज ने अपनी सुध ली। पीड़ा से बदन टूट रहा था। रक्त से सना कवच क्षतिग्रस्त था। प्रकाश पुंज से निकले धातु के गर्म टुकड़े उसका कवच भेदकर उसकी देह को कई स्थानों से जलाकर काला कर चुके थे। उठने का प्रयास किया तो हाथ-पैर पीड़ा से बिलबिला कर रह गए। जैसे-तैसे खड़ा होकर उसने मदद के लिए चारों तरफ देखा।

अँधेरे में वहाँ हुए विनाश का आंशिक अनुमान ही लगा पाया शंखज। उसकी चौकी ध्वस्त हो गई थी। पर्वत से गिरे टूटे पत्थरों ने गुफा द्वार को ढँककर उसका कोई चिह्न भी शेष नहीं छोड़ा था। रात्रि का अँधेरा चीरते हुए अनगिनत प्रकाश पुंज उत्तरी और दक्षिणी मृत्युंजय पर्वत श्रृंखला के ऊपर बिखरे हुए दिन के उजाले का आभास दे रहे थे। समूची पर्वत श्रृंखला विस्फोटों से थर्रा रही थी। टूटती चट्टानों का ऐसा भयंकर शब्द हो रहा था मानो प्रलय आ गई हो।

आकाश से बरसते प्रकाश-पुंजों से बीच वहाँ अधिक देर खड़े रहना असुरक्षित था। नागलोक से जुड़े मार्ग के अवरुद्ध होने के पश्चात वहाँ से शीघ्र मदद आने की उम्मीद कम थी।

अपनी स्थिति और दिशा का अनुमान लगाते हुए शंखज लँगड़ाते हुए एक तरफ बढ़ने लगा।

अध्याय 21

मशाल थामे शरण्या दर्जन भर विसर्पियों के साथ सावधानी से सुरंग में बढ़ रही थी। उसके बदन पर नाग रक्षकों का कवच चढ़ा था जिसे उसने विसर्पियों को कारागृह से स्वतंत्र कराते हुए चुराया था। उसके साथ चल रहे विसर्पी अपने हाथों में मशालें, फावड़े और कुदालें थामे थे। कुछ के कमरबंद में पत्थर बँधे हुए थे।

"तुम्हें इन सुरंगों के बारे में कैसे पता चला?" साथ चल रहे वृद्ध ने पूछा।

शरण्या खीज गई। कारागृह से छूटने के बाद से वृद्ध सभी की नाक में दम किए हुए था। अभी तक सहस्त्र प्रश्न पूछते रहने के बाद भी अनगिनत प्रश्न उसके दिमाग में सुलग रहे थे। प्रश्न पूछते हुए उसे यह भी स्मरण नहीं रहता कि वह नागलोक के नीचे गुप्त सुरंग में है और उसकी तीव्र आवाज कारागृह में तैनात नाग रक्षकों का ध्यान आकर्षित कर सभी विसर्पियों के प्राण संकट में डाल सकती थी।

अपना जीवन दाँव पर लगा कर शरण्या ने बड़ी कठिनाई और चतुराई से जीवित बचे मुट्ठी भर विसर्पियों को नाग कारागृहों से निकाला था। नागलोक के अंतिम कारागृह में बंदी विसर्पियों को मुक्त कराने के बाद सभी को सुरक्षित नाग लोक से बाहर निकलना था। पग-पग पर प्राणों का संकट था। किंतु उस वृद्ध को अपने और शेष विसर्पियों के प्राणों से अधिक अपने प्रश्नों के उत्तर प्रिय थे।

"शरण्या के पिता सौभालिक नागलोक के सभी कारागृहों के निर्माता थे। विसर्पियों पर नागों के बढ़ते अत्याचार देख जब उन्हें लगा कि नागराज इन कारागृहों का प्रयोग विसर्पियों को प्रताड़ित करने में कर सकता है तो उन्होंने विसर्पियों की रक्षा के लिए इनमें गुप्तद्वारों एवं गुप्त सुरंगों का निर्माण किया।" शरण्या का एक साथी वृद्ध के कानों में फुसफुसाया, "अपनी मौत से पूर्व उन्होंने शरण्या को इन गुप्त मार्गों का ज्ञान दिया था।"

वृद्ध की जिज्ञासा तनिक शांत हुई, परंतु शांत रहना जैसे उसके स्वभाव के विपरीत था।

"पुत्री! पुनर्विचार कर लो!" वह स्नेहपूर्ण चिंता में बोला, "हम नागलोक लौटने का विकल्प सदैव के लिए खो देंगे।"

"भूख और दुर्बलता से जीवित कंकालों में बदल गए विसर्पियों के पास नागलोक में मृत्यु से बेहतर क्या कोई विकल्प है? यहाँ जानवर भी हमसे बेहतर स्थिति में हैं।" क्रोध से बिफरते हुए शरण्या ने साथ आए विसर्पियों की तरफ दृष्टिपात किया, "अपना स्वाभिमान खोए विसर्पी नागों की जूठन को प्रसाद समझ ग्रहण करने में अपना सौभाग्य मानने लगे हैं। इससे अधिक हमारा पतन क्या होगा? क्या आपको नागों द्वारा मदिरालय एवं मांस भंडार केंद्रों में बदले गए विसर्पियों के अनगिनत देव-स्थलों का स्मरण नहीं?"

शरण्या की बात सुनकर वृद्ध के साथ-साथ सभी विसर्पियों के सिर अपमान और क्षोभ से झुक गए। वर्षों से नागों के अत्याचारों से व्यथित भूखे-दुर्बल विसर्पी अपमान सहने को अपने जीवन का अंग मान बैठे थे। इस कठिन समय में विसर्पियों को नागलोक में अपने देव-स्थलों से जीवित रहने के लिए प्रेरणा मिल जाती थी, किंतु नागराज ने विद्रोह की आशंका से उन देव-स्थलों को विखंडित कर उन्हें मदिरालय एवं मांस भंडार बनवा दिया। विसर्पियों से उनका प्रेरणा-स्रोत छीनकर नागराज ने विसर्पियों और नागलोक के जुड़ाव की अंतिम कड़ी भी तोड़ डाली। इन्हीं कारणों से वर्षों से नागों का अत्याचार झेल रहे विसर्पियों में जब शरण्या ने नागलोक छोड़ने की उम्मीद जगाई तो सभी ने उसकी योजना को स्वीकार किया।

"यह संसार शक्ति का सम्मान करता है, और शक्ति आत्मसम्मान से अर्जित होती है। आत्मसम्मान के बिना विसर्पियों का कोई भविष्य नहीं है!" शरण्या सुरंग में बढ़ती रही, "नागलोक में हमें वो सम्मान कदापि नहीं मिलेगा जिसके हम अधिकारी हैं। हमारा स्वतंत्र अस्तित्व ही हमें सम्मानजनक जीवन देगा।"

"नागराज विसर्पियों को नागों के समान अधिकार कभी नहीं देंगे। ऐसे दंभी नागराज के सम्मान के लिए विसर्पी का अस्तित्व संकट में डालना मूढ़ता है।" एक युवा विसर्पी वृद्ध को डपटते हुए बोला, "अब यदि तुम्हारा मुँह नागलोक से

बाहर पहुँचने से पहले खुला तो इसे हमेशा के लिए बंद कर दूँगा।"

वृद्ध सहमकर सभी के साथ सुरंग में आगे बढ़ने लगा। शरण्या और शेष विसर्पियों का विरोध करने की उसमें क्षमता नहीं थी, किंतु वह जानता था कि विसर्पी जिस स्वतंत्र अस्तित्व की इच्छा से शरण्या का अनुसरण कर रहे हैं उसे वे वर्षों से नागों का दासत्व सहते हुए कब का भूल चुके हैं। नागों से भिक्षा में मिले संसाधनों से जीवनयापन करते मुट्ठी भर दुर्बल, डरे-सहमे विसर्पी शक्तिशाली नागों के विरुद्ध सशक्त विद्रोह में कैसे सक्षम होंगे?

सामने सुरंग पत्थरों से अवरुद्ध थी। सभी ने पत्थरों को हटाया। पत्थर हटे तो उनकी आड़ में छुपी दीवार प्रकट हुई।

सभी के चेहरे खुशी से दमक उठे। वह दीवार अवश्य ही गुप्त प्रवेश मार्ग थी। ऐसे ही एक गुप्त द्वार से शरण्या ने उनके कारागृह में प्रवेश कर उन्हें स्वतंत्र किया था।

दीवार से एक पत्थर शरण्या ने खींचकर निकाला और दीवार में उभरे छेद से दूसरी तरफ झाँका।

वह नाग कारागृह ही था। दीवार पर टँगी मशालों के प्रकाश में कई बंद लौह द्वार दिख रहे थे। द्वारों के सामने पतले गलियारे में कुछ नाग प्रहरी टहल रहे थे। गलियारे के दूसरे छोर पर लगे लोहे के बड़े द्वार की छोटी खिड़की से कारागृह के बाहर तैनात नाग प्रहरी बीच-बीच में भीतर झाँक रहे थे।

छेद से नाग रक्षकों पर दृष्टि जमाए शरण्या उचित अवसर की प्रतीक्षा करने लगी।

अध्याय 22

"हे महादेव!" शंखज के प्राण हलक को आ अटके।

उससे कुछ कदम दूर कई नाग प्रहरी शस्त्र उठाए भय से काँप रहे थे। उनके सामने हाथी जैसे मजबूत पैरों वाला एक विचित्र विशालकाय जीव अपनी लंबी-पतली, लचीली गर्दन घुमाते हुए आस-पास की स्थिति का अनुमान लगा रहा था। जानवर और पक्षी के संयुक्त रूप जैसे उस विचित्र जीव का निचला हिस्सा सिंह जैसा और ऊपरी हिस्सा पक्षी की भाँति था। उसके पंजे मजबूत और विशाल थे। उसका बदन बड़े-बड़े डैनों से ढँका था। उसकी पीठ पर छोटी-छोटी आँखें और लंबे चेहरे वाला विशालकाय कवचधारी काला साया कमान थामे बैठा था। उसकी पतली लंबी नाक आगे से झुकाव लेते हुए उसके होंठों को ढँक रही थी। उसके हाथ लंबे-चौड़े, उँगलियाँ लंबी और नाखून टेढ़े-मेढ़े और दाँतेदार थे। रात्रि के अंधकार में उसकी एक झलक किसी का हृदय विदीर्ण करने के लिए पर्याप्त थी।

'शरभ पक्षी!' भय से थरथर काँपते शंखज ने अपने आस-पास दृष्टि घुमाई।

रात्रि के अंधकार में डूबे आकाश में जितनी दूर और ऊँचाई तक शंखज की दृष्टि जा सकती थी, वहाँ अनगिनत शरभ पक्षी अपने विशालकाय डैने फैलाए उड़ रहे थे। उनके बड़े-बड़े डैने फड़फड़ाने से अंधड़ उठ रहे थे। उन पर सवार काले साए मृत्युंजय पर्वत में स्थित नाग चौकियों पर कोई दिव्य अस्त्र फेंक रहे थे जो तेज ध्वनि और चमक उत्पन्न करते हुए नाग चौकियों को नष्ट कर रहे थे। मृत्युंजय पर्वत पर स्थित दुर्गम और अभेद्य मानी जाने वाली अनगिनत नाग चौकियाँ गरुड़ों के दिव्य अस्त्र से नष्ट हो गई थीं। गिनी-चुनी सुरक्षित नाग चौकियों में जीवित बचे नाग सैनिक अग्नि-बुझे बाणों और भालों से शरभ पक्षियों का असफल प्रतिकार कर रहे थे।

यकायक अन्य नाग चौकियों से आते मशाल का प्रकाश लुप्त होने का कारण शंखज को अब समझ आया। नाग चौकियों पर गरुड़ सेना का औचक आक्रमण हुआ था। नाग प्रहरियों को सँभलने का अवसर भी नहीं मिला। चीत्कार, चीखों और विस्फोटों के बीच संकटसूचक नाग तुरहियाँ लगातार गूँज रही थीं, किंतु मदद के लिए नाग सेना अभी तक नहीं पहुँची थी। क्या पता नागलोक तक हमले की सूचना पहुँची भी या नहीं? यह भी संभव है कि नागलोक से सशस्त्र बल सहायता के लिए निकले हों, किंतु गरुड़ सेना ने उन्हें यहाँ पहुँचने से पूर्व मार्ग में ही मार गिराया हो।

इसी बीच नाग प्रहरी भाले लेकर शरभ पक्षी पर टूट पड़े। उनके फेंके भारी भाले शरभ पक्षी से टकरा कर तिनकों की भाँति छितरा गए। नाग प्रहरी इस आक्रमण के पश्चात निःशस्त्र हो गए, किंतु शरभ पक्षी का क्रोध भड़क गया। वह अपने डैने फैलाए भयंकर चीत्कार करता उनकी तरफ दौड़ा।

शरभ पक्षी के भारी पैरों की थाप से पर्वतीय चट्टानें थरथरा उठीं। अपनी गर्दन ऊपर करते हुए वह पूरी शक्ति से चीत्कारा। आस-पास से वैसी ही कई तेज कर्ण-फोड़ू चीत्कारें गूँजीं।

भय से जड़ हो चुका शंखज निर्णय नहीं ले पा रहा था कि अपने साथियों की मदद के लिए रुके, नागलोक जाकर हमले की सूचना दे, अथवा स्वयं के प्राण बचाए। कुछ हाथ दूर खड़े अपने साथियों की चीख भी उसे अनंत से आती प्रतीत हो रही थी। वह लँगड़ाते हुए अपने प्राण बचाने के लिए भागा और निकट पड़े टूटे वृक्षों की आड़ लेकर अपने साथियों को देखने लगा।

आकाश से एक साथ कई शरभ पक्षी अपने विशाल डैने फैलाए नाग प्रहरियों पर चीत्कारते हुए झपटे। नाग अपने प्राण बचाने के लिए इधर-उधर भागे, किंतु उनके सुरक्षित बचने से पूर्व एक शरभ पक्षी हवा में गोता मारते हुए नीचे आया और अपने पंजों में दो नाग प्रहरियों को दबोचकर वापस आकाश में उड़ गया। आकाश में कलाबाजी खाते हुए उस शरभ पक्षी ने अपने नुकीले दाँत एक नाग सैनिक के बदन में गड़ाकर उसे अपने मुँह में गपक लिया। दूसरा नाग सैनिक अभी भी उसके पंजों में फँसा बचने का प्रयास कर रहा था। शरभ पक्षी ने उसे भी हवा में उछालकर अपने मुँह में गपका, पर वह उसके मुँह में पूरी तरह नहीं गया। शरभ पक्षी के मुँह में फँसा नाग सैनिक चीखते हुए हाथ-पैर मारने लगा

और इस उछल कूद में उसके बदन का निचला हिस्सा पक्षी के मुँह से छिटक कर लहू छोड़ता हुआ नीचे आ गिरा।

टूटे वृक्षों की आड़ में दुबके शंखज ने अपनी साँसें रोक ली। उसकी साँसों की आवाज सुनकर शरभ पक्षी आ जाते तो उसे दूसरी साँस लेने का अवसर नहीं मिलता।

अपने शिकार समाप्त कर शरभ पक्षी आकाश में उठते हुए नागलोक की तरफ उड़ चले। संकट टलता देख शंखज वृक्ष की आड़ से निकला। चारों तरफ मृत्यु का भय-मिश्रित सन्नाटा था। हवा में घुले गंधक के कण प्रत्येक साँस के साथ फेफड़े सुलगा रहे थे। न जाने कितने नाग प्रहरी मारे गए, कितने जीवित बचे। शंखज को आस-पास अपने अतिरिक्त कोई नाग प्रहरी नहीं दिखा।

वह घायल था। जीवित और सुरक्षित था यही उसके लिए पर्याप्त था। उसे भय था कि यहाँ रुका तो अधिक समय तक जीवित नहीं रह पाएगा।

प्राण बचाकर वह पर्वत की ऊबड़-खाबड़ सतह पर गिरते-पड़ते जो भागा तो उसने एक बार भी पीछे मुड़कर नहीं देखा। भागते-भागते वह हाँफ गया, पर उसने अपने कदम नहीं रोके।

जाने कब उसका पैर फिसला, जाने किस से उसका सिर टकराया और वो मूर्छित हो खाई में गिर पड़ा।

अध्याय 23

दुदुंभियों, ढोल-नगाड़ों, तुरहियों और घंटों का तीव्र कोलाहल सुन शरण्या और सभी विसर्पी चौंके। यह कोलाहल नागलोक पर आए किसी संकट का सूचक था।

शरण्या ने दीवार में उभरे छेद से झाँककर कारागृह का निरीक्षण किया। गलियारे का लौह द्वार खुल गया था और कारागृह के भीतर नाग प्रहरियों की संख्या में वृद्धि हो गई थी। 10-12 नाग प्रहरी झुंड बनाए वार्तालाप कर रहे थे। शरण्या को उनका वार्तालाप सुनाई नहीं दिया, किंतु उनके चेहरे के हाव-भाव से वह इतना भाँप गई कि वे बेहद भयभीत थे।

वार्तालाप समाप्त कर या कदाचित अधूरा छोड़ वे घबराए हुए कारागृह से बाहर भागे।

शरण्या का मन भय-मिश्रित सतर्कता से भर गया। क्या नागों को विसर्पियों के कारागृहों से भागने की सूचना लग गई थी और दुदुंभियों और ढोल-नगाड़ों का कोलाहल नाग प्रहरियों को सचेत करने के लिए था? नागलोक के सभी प्रवेश और निकास मार्ग बंद कर प्रहरी कारागृहों से भागे विसर्पियों को ढूँढ़ने निकल पड़े होंगे। कदाचित नागराज ने विसर्पियों को पकड़ने वाले के लिए पारितोषिक की घोषणा भी की हो। नागलोक के इतिहास में प्रथम बार विसर्पियों ने कारागृह से जीवित भागने का दुस्साहस जो किया था।

तुरंत ही उसने राहत की साँस ली। अपने पिता की मृत्यु के पश्चात मात्र उसे ही नागलोक में बनी गुप्त सुरंगों की जानकारी है और उनमें प्रयुक्त सुरक्षा यंत्रों को निष्क्रिय करने की सटीक विधि ज्ञात है। ये गुप्त सुरंगें और इनमें प्रवेश करने की विधि, दोनों नागों से गुप्त हैं। नाग प्रहरी कितनी भी चतुराई दिखाएँ, इन सुरंगों में प्रवेश नहीं कर सकते हैं। यदि वे प्रवेश करने में सफल भी हुए तो सुरंगों में

लगे सुरक्षा यंत्रों में फँसकर जीवित नहीं लौट पाएँगे।

शरण्या का चेहरा प्रसन्नता से खिल गया। दैवयोग से नाग प्रहरी कारागृह को असुरक्षित छोड़ चले गए और उसका कार्य सुलभ हो गया।

उसने विसर्पियों को सुरक्षित होने का संकेत किया। फिर दीवार के छेद में हाथ डालकर उसने भीतर लगी कील दबाई। दीवार के निचले हिस्से में कुछ पत्थर सरकाते हुए एक खिड़की खुली जिससे शरण्या ने कारागृह में प्रवेश किया।

सुरंग में मद्धिम प्रतीत होने वाला दुदुंभियों और ढोल-नगाड़ों का कोलाहल प्रत्यक्ष में अत्यंत तीव्र था। शरण्या गलियारे को पार कर लौह द्वार के निकट पहुँची और बाहर झाँका। उसकी उम्मीद के विपरीत दूर-दूर तक कोई नाग प्रहरी नहीं था। वह हैरान हुई। नागलोक पर आए किस अभूतपूर्व संकट के चलते सभी प्रहरी कारागृह को असुरक्षित छोड़कर चले गए थे।

सुरंग में लौटकर उसने अपने साथियों को कारागृह में आने का संकेत दिया। दीवार में बनी खिड़की से एक-एक कर कुछ विसर्पी कारागृह में प्रविष्ट हुए। सभी अविलंब पत्थर, फावड़े, और कुल्हाड़ी लेकर कारागृह के बंद लौह द्वारों पर टूट पड़े। कुछ विसर्पी सुरंग में रुककर गलियारे की निगरानी करने लगे। कुछ कारागृह के मुख्य मार्ग से बाहर दृष्टि जमाकर खड़े हुए। दुदुंभियों और ढोल-नगाड़ों का तीव्र कोलाहल उनके लिए वरदान साबित हुआ। कारागृह के लौह द्वार से टकराते पत्थर, फावड़ों और कुल्हाड़ियों की ध्वनियाँ उस तीव्र कोलाहल में दब गईं।

तनिक परिश्रम के पश्चात लौह द्वार के कुंडे टूट गए। द्वार खोलकर शरण्या ने अपने साथियों के साथ भीतर प्रवेश किया। कारागृह के अँधेरे में दबा-कुचला सत्य दम तोड़ने से पूर्व अपना अंतिम साक्ष्य देने उठ खड़ा हुआ।

शव-भंडार बने कारागृह में जीवन शवों पर टूटे जंगली चूहों के रूप में ही शेष था। रक्त और मांस से सने कारागृह में विसर्पियों के शव और उनके अंग-प्रत्यंग जहाँ-तहाँ बिखरे पड़े थे। बहुतेरे शव सड़-गल चुके थे या सड़ने के कगार पर थे। अधिकतर शव जंगली चूहे कुतर गए थे।

कारागृह विसर्पियों पर हुए नाग अत्याचारों की करुणामय व्यथा चीख-चीख कर कह रहा था। जगह-जगह मल-मूत्र बिखरा था। कई लाशों के मुख मल-मूत्र से सने थे। कदाचित नाग सैनिकों ने उन्हें प्रताड़ित करते हुए उनके साथ

दुर्व्यवहार किया था, अथवा नागों के अत्याचार से व्यथित विसर्पियों ने अपने मल-मूत्र से अपनी भूख-प्यास मिटाने का प्रयास किया था।

कारागृह के एक कोने में मानव-अस्थियों का बड़ा ढेर रखा था। कई विसर्पी खौलते तेल से भरे पात्रों के ऊपर लौह जंजीरों से बँधे झूल रहे थे। कुछ की आँखों में लोहे की लंबी छड़ें धँसी थीं। कुछ कंकाल बने जंजीरों से लटके थे, तो कुछ की देह अग्नि में भुनकर काली पड़ने के पश्चात भी सुलग रही थी। देह से प्राण छूट गए थे, किंतु उनके चेहरों पर व्याप्त पीड़ा स्पष्ट झलक रही थी। स्पष्ट था कि उन्हें प्रताड़ित करते हुए जीवित जलाया गया था। नारकीय यातनाओं को झेलते हुए कदाचित उन्होंने नागों से अपनी मृत्यु की भिक्षा भी माँगी होगी, किंतु निष्ठुर नागों ने अभागे विसर्पियों को सम्मानजनक मृत्यु का अधिकार भी प्राप्त नहीं होने दिया।

वितृष्णा और घिन से शरण्या की आँखें नम हो गईं। उसके आने से पूर्व मृत्यु कारागृह में कैद विसर्पियों को नाग निर्मित नरक की पीड़ा से मुक्ति दे चुकी थी। उसने हाथ जोड़कर मन ही मन मृतक विसर्पियों की आत्माओं की शांति की प्रार्थना की। इससे अधिक उसके पास वहाँ करने के लिए कुछ नहीं था। समय सरक रहा था। कारागृहों से बचाए गए विसर्पियों को सुरक्षित नागलोक से बाहर निकालना था। नाग प्रहरी लौट आते तो दुर्बल विसर्पियों पर भारी पड़ते।

सभी कारागृह से बाहर निकले। बाहर दुदुंभियों और ढोल-नगाड़ों का कोलाहल अनवरत चालू था। सभी एक-एक कर सुरंग में लौटने लगे।

अचानक बाहर एक कर्ण-फोड़ू विस्फोट हुआ। नागलोक में चारों तरफ हो रहा कोलाहल उस विस्फोट में दब गया। कारागृह की दीवारें थरथरा उठीं। शरण्या और उसके साथी स्तब्ध हो अपने स्थान पर जड़ हो गए। यह कैसा विस्फोट था? धरती फटी अथवा आकाश गिर पड़ा? सभी तेजी से सुरंग में उतरे। शरण्या ने दीवार के छेद में लगी कील दबाकर खिड़की को बंद किया और सभी की मदद से छेद को पत्थर से बंद कर सुरंग द्वार को पत्थरों से ढँक दिया।

मशाल थामकर शरण्या पूर्ववत सभी का मार्गदर्शन करते हुए सुरंग में बढ़ने लगी। अब उसे नागलोक के कारागृहों से जीवित बचाए विसर्पियों को नागलोक से बाहर निकालना था।

अध्याय 24

आकाश फाड़कर मानो यमदेव मृत्युदूतों की सेना के साथ नागलोक पर स्वयं टूट पड़े हो। ब्रह्मांड के नक्षत्र प्रकाश-पुंजों के रूप में नागलोक पर बरस पड़े। महानायक तार्क्षी के नेतृत्त्व में गरुड़ वाहिनियों के औचक हमले से स्तब्ध नाग प्रहरी जब तक अपने अस्त्र-शस्त्र सँभालते, उनकी अनेक सुरक्षा प्रणालियाँ ध्वस्त हो गईं।

नागलोक में संकट-सूचक दुदुंभियाँ, ढोल-नगाड़े, तुरहियाँ और घंटे बज उठे। भूमिगत छावनियों से नाग वाहिनियाँ निकल कर प्राचीरों पर मोर्चा सँभालने लगीं। सहायक आपूर्ति व्यवस्था में जुट गए। चर तत्परता से वाहिनियों में आदेश प्रसारित करने लगे। भयंकर शोर के साथ प्राचीरों में तैनात शतघ्नियों से असंख्य गोले गरुड़ वायु सेना पर बरस पड़े। नाग धनुर्धरों ने अपने विष-बुझे बाणों का मुख गरुड़ों की तरफ मोड़ दिया। प्राचीरों की ओट में छुपे प्रक्षेपण यंत्रों से भंयकर शोर करते हुए लोहे के बड़े गोले हवा में उठने लगे। वे गोले ऊँचाई तक उठते और फिर खुलकर हवा में विषैली धुंध छोड़ते हुए काँटेदार लौह जाल बिखेर देते। नाग प्राचीरों की तरफ बढ़ते अनगिनत प्रकाश-पुंजों को उन लौह-जाल ने आकाश में फाँसकर निष्क्रिय किया।

प्राचीरों की आड़ से अनेक नागपाश[83] हवा में लहराते हुए शरभ पक्षियों पर बरस उठे। शरभ पक्षी सवारों का संचालन कौशल देखते ही बनता था। शरभ पक्षी के गले में फँसी कमान से कुशलतापूर्वक उसकी गति और दिशा नियंत्रित करते हुए वे नागों सैनिकों द्वारा फेंके पाशों और लौह जाल से बचते हुए उनकी सुरक्षा प्रणालियों पर प्रकाश पुंजों से हमला कर रहे थे। उनके फेंके प्रकाशपुंज प्रकाश बिखेरते हुए प्राचीरों पर तैनात नाग सैनिकों की संख्या और स्थिति को प्रकट करते

83. मोटी रस्सी का फंदा।

हुए नाग सुरक्षा प्रणालियों को भारी क्षति पहुँचाने लगे। कई नाग शतघ्नियाँ और प्रक्षेपण यंत्र उन प्रकाश-पुंजों की चपेट में आकर अनुपयोगी हो गए।

कुछ शरभ पक्षी नाग प्रक्षेपण यंत्र से फेंके लौह जालों में उलझे और प्राचीर से टकरा कर नीचे आ गिरे। लौह जाल में उलझा एक शरभ पक्षी जैसे ही प्राचीर पर गिरा, नाग सैनिक भाले लेकर उस पर टूट पड़े। लौह जाल में बँधा होने पर भी शरभ पक्षी उन पर भारी पड़ा। उसने कुछ नाग सैनिकों को अपने पैरों से कुचल दिया तो कुछ को दूर उछाल फेंका। अपनी विफलता से बौखलाए नाग सैनिकों ने तलवार से उसके चालक का सिर धड़ से अलग कर दिया। उसके पश्चात उन्होंने शरभ पक्षी पर भारी भालों से हमला कर उसकी आँखें फोड़ दीं।

घायल और अंधा शरभ पक्षी अपने पंख फैलाते हुए प्राचीर की तरफ भागा और संतुलन खोकर लौह जाल सहित दूसरी तरफ गिर पड़ा। लौह जाल प्राचीर में फँसा और शरभ पक्षी की गर्दन पर फंदे की तरह कस गया।

प्राचीरों पर तैनात नाग धनुर्धर और भालाधारी गरुड़ वायु सेना का पुरजोर प्रतिरोध कर रहे थे, किंतु शक्तिशाली गरुड़ वायु सेना के समक्ष वे खुले आहार प्रतीत हो रहे थे। शरभ पक्षी पर सवार गरुड़ तेजी से नीचे आते और उन पर हमला कर पुनः आसमान की ऊँचाई छू लेते। आकाश में कलाबाजी खाते शरभ पक्षी नागों के लिए असंभव लक्ष्य साबित हो रहे थे। गरुड़ वायु सेना का हत करना तो दूर, वे उनका सशक्त प्रतिकार करने में भी असमर्थ साबित हो रहे थे। गरुड़ों का कवच भेदने में नागों के शस्त्र और विष दोनों असफल हो रहे थे। नागों के फेंके तीर और भाले गरुड़ सेना के स्थान पर नीचे गिरकर नाग सैनिकों पर ही भारी पड़ रहे थे।

नाग रक्षा प्रणालियाँ निष्क्रिय होने लगीं। नागों का गुप्त सुरक्षा व्यूह क्षणिक सफलता के बाद धरा का धरा रह गया। गरुड़ हमले से हड़बड़ाए नाग सैनिक अपने ही बिछाए सुरक्षा उपकरणों में उलझकर प्राण गँवाने लगे। गरुड़ वायु सेना ने नागों के कई आयुध केंद्र नष्ट कर दिए। उनके रक्षार्थ तैनात नागों को मार गिराया। उनकी शतघ्नियों, प्रक्षेपण यंत्रों और सुरक्षा यंत्रों को नष्ट कर दिया।

केंद्रों से अस्त्र-शस्त्र की आपूर्ति भंग होते ही पहले से छितराई नाग वाहिनियों के लिए नागलोक की सुरक्षा करना असंभव हो गया। मृतकों और हताहतों की संख्या बढ़ने लगी। परकोटे प्रकाश-पुंजों से जले-भुने नाग शवों से पटने लगे।

जीवित बचे नाग सैनिकों का मनोबल टूटने लगा। कमजोर प्रतिकार करते हुए वे तेजी से ढेर होने लगे। जिस दुर्गम मृत्युंजय पर्वत की ढाल में वे स्वयं को सुरक्षित समझे थे, उसे गरुड़ सेना ने आधे प्रहर से भी कम समय में भेद दिया था। गरुड़ों के समक्ष नागों को अपने प्राण बचाना भी भारी पड़ रहा था। कई नाग नायक मारे गए। जो जीवित बचे, अपने प्राण बचाकर भाग गए या भय से दुबक गए। नेतृत्त्व के अभाव में नागों का अनुशासन टूट गया। नाग सैनिकों में कोलाहल मच गया। गरुड़ों का सामना करने के लिए न उनके पास साहस बचा, न इच्छाशक्ति। अपने प्राण बचाने के लिए हर कोई भागता दिख रहा था।

किंतु वे भागकर कहाँ जाते? गरुड़ वायु सेना ने संपूर्ण नागलोक को एक पिंजरे में बदल दिया था जिसमें फँसे नाग गरुड़ों का भोज बनते हुए सिर्फ उनसे अपने प्राणों की भिक्षा माँग सकते थे।

अध्याय 25

सुरंग के मुहाने को ढँकी घनी झाड़ियों को सरकाकर शरण्या ने बाहर झाँका। रात्रि का अंधकार अभी छँटा नहीं था। साक्षी नदी की कल-कल और शीतल वायु के हलके झोंके संकेत कर रहे थे कि वे नागलोक से निकल आए हैं।

मुँह काले कपड़े से ढँक वो सुरंग से निकली और चारों तरफ निरीक्षण किया। आस-पास नाग सैनिकों के होने की संभावना कम थी, पर सावधानी आवश्यक थी।

शरण्या दबे पाँव आगे बढ़ रही थी कि कोई भारी चीज उसकी पीठ से टकराई। उसके पैर उखड़े और वह हवा में उछलते हुए धरती पर आ गिरी। उठती उससे पूर्व उसकी पीठ पर दूसरा प्रहार हुआ। वस्त्रों के भीतर कवच धारण किए होने के बावजूद उस प्रहार ने उसे कुछ पल के लिए चेतना-शून्य कर दिया। कवच नहीं होता तो इस प्रहार ने अवश्य ही उसके प्राण हर लिए होते।

वह सिर झटककर उठी और हवा में कलाबाजी करते हुए पेड़ की ऊँची शाखा पर चढ़कर चारों तरफ दृष्टि घुमाते हुए अपने हमलावरों को ढूँढ़ने लगी। उन्हें ढूँढ़ने के साथ स्वयं को सुरक्षित रखने के प्रयास में वह अपना स्थान बदलते हुए एक वृक्ष से दूसरे वृक्ष पर कूदने लगी।

कुछ देर में उसे नीचे एक लंबा-चौड़ा काला साया दिखाई पड़ा जिसकी अँधेरे में चमकती नीली आँखें शरण्या पर गड़ी थीं। उसका मुँह छोटा और अंडाकार था। नाक की हड्डी चपटी होकर मुँह से चिपकी थी और नाक की जगह मुँह पर सिर्फ दो छोटे-छोटे छेद थे। छोटे, पतले और आपस में चिपके होंठ उसके एक कान से शुरू होकर दूसरे कान को छू रहे थे। लंबाई में वह शरण्या से डेढ़-दो गुना था। उसकी मांसल, दृढ़ और सुगठित देह पर वृक्ष और लताओं के रंग से मिलता-जुलता विचित्र पदार्थ लगा था जो वन में उसे छुपने में मदद कर रहा था।

उसकी फुर्ती और बदन की लचक दंग करने वाली थी। चलते हुए वह धरती से कुछ अंगुल ऊपर हवा में तैरता लग रहा था। एक पल उड़ता हुआ लगता, तो अगले पल धरती पर रेंगता। उसके लंबे हाथ चार जोड़ों में बँटे थे, जिससे वह फुर्ती और सुलभता से अपने वारों को परिवर्तित कर घातक प्रहार कर सकता था। दो प्रहारों में ही वो शरण्या को अपनी शक्ति का परिचय दे चुका था।

उभयचर नाग!

शरण्या उसे पहचानकर सिहर गई। नागों की इस दुर्लभ प्रजाति के बारे में उसने मात्र किंवदंतियों और प्राचीन कथाओं में ही सुना था। उसे साक्षात पहली बार देख रही थी। जल और भूमि दोनों में विचरने वाली नागों की इस प्रजाति की युद्ध शैली से शरण्या अनभिज्ञ थी जो उसके लिए यकीनन एक कठिन चुनौती साबित होने वाला था।

नाग जिस तीव्रता से अपना स्थान परिवर्तित कर रहा था, शरण्या को उस पर दृष्टि बनाए रखने में विशेष मेहनत करनी पड़ रही थी। दृष्टि तनिक फिसलती तो नाग को पुनः ढूँढ़ना दुष्कर होता। शरण्या की असावधानी का लाभ उठाकर वह उस पर प्राणघातक हमला कर सकता था।

उभयचर नाग की नीली आँखें शरण्या पर जड़ हुईं। अचानक उसने हाथों को कमर से सटाकर अपने बदन को सिकोड़ा और ऊपर उछला। हवा में कमर को झटका देकर अपने हाथों को चक्र की तरह घुमाते हुए वह शरण्या की तरफ लपका।

शरण्या चपलता से दूसरी डाल पर कूदी। जिस डाल पर वह खड़ी थी, उभयचर नाग के हाथ उस पर लिपट गए। अगले क्षण वह डाल जोरदार ध्वनि के साथ चटककर अनगिनत छोटे-छोटे टुकड़ों में टूटकर बिखर गई।

शरण्या हतप्रभ रह गई। उसने सुना था कि नागों ने गुप्त रूप से केंचुली वार और फन आक्रमण जैसी अद्वितीय युद्ध शैली विकसित की है जो सँकरे और बाधाओं से घिरे स्थलों में प्रतिद्वंद्वी के लिए प्राणघातक सिद्ध होती है। आज उसने उस शैली को अपने विरुद्ध उपयोग होते हुए भी देख लिया। यह उभयचर नाग उस अद्‌भुत युद्ध शैली में अभ्यस्त था जिसकी काट शरण्या के पास नहीं थी।

उसने वृक्ष से छलाँग मारी और उभयचर नाग के सिर पर पैरों से प्रहार किया। लगा मानो उसने किसी चट्टान पर अपना पैर दे मारा हो। वह उछली और

अपना दाँव बदलकर उसने नाग की गर्दन अपने हाथ में दबोच ली।

लेकिन यह क्या! तुरंत नाग का बदन लिजलिजा हो गया। शरण्या के हाथ से फिसलकर वह घूमा और उसके कंधे पर प्रहार किया। उसका प्रहार इतना शक्तिशाली था कि शरण्या को अपना हाथ शरीर से अलग होता लगा।

शरण्या के वार से पूर्ण दक्षता के साथ बचते हुए उभयचर नाग उस पर भारी पड़ने लगा। वह कभी अपने दाँतों से शरण्या के बदन को काटता तो कभी अपने हाथ-पैरों के लंबे पैने विष भरे नाखूनों से उसके बदन की खाल उधेड़ देता।

उभयचर नाग के विष से अधिक उसकी अप्रतिम लचक शरण्या को विचलित किए थी। नाग का बदन किसी लिजलिजे पदार्थ से भरा लग रहा था। शरण्या के वार की सारी शक्ति वह पदार्थ सोख लेता। शरण्या के शक्तिशाली प्रहार उस उभयचर नाग पर खरोंच भी नहीं डाल पा रहे थे। इसके विपरीत जब वह वार करता तो शरण्या को उसका हर अंग पत्थर की तरह ठोस लगता। पता नहीं वह उभयचर नाग किस विचित्र मायावी युद्धशैली का प्रयोग कर रहा था जो उसके बदन को इच्छानुसार ठोस और लिजलिजा बना रहा था।

विचित्र उभयचर नाग के शक्तिशाली वारों से शरण्या अधमरी होने लगी। अपनी सफलता से उत्साहित हो वह उभयचर नाग अधिक आक्रामक होकर नई स्फूर्ति और ऊर्जा से भरकर शरण्या पर ताबड़तोड़ हमले करने लगा। कभी वह अपनी दोनों टाँगों को हवा में उछालकर उसके मुँह और गले पर प्रहार करता, तो कभी अपने लंबे हाथों को उसके कंधे पर फँसाकर उन्हें मोड़ने का प्रयास करता। शरण्या उसके एक दाँव की काट सोचती, तो वह दूसरे दाँव में उलझा देता।

इस बार शरण्या का दाँव चला और उसने उभयचर नाग के पैरों को दबोच लिया। लेकिन उसकी खुशी पल भर में छू हो गई। उभयचर नाग अपना बदन चिकना और लिजलिजा कर शरण्या की पकड़ से फिसला और घूमकर उसके पीछे पहुँचा। शरण्या के पैंतरा बदलने से पूर्व उसने उसकी बाँहों को पीछे मोड़कर झटके से उन्हें खींचा और अपना सिर शरण्या के सिर पर दे मारा।

शरण्या को लगा जैसे उसका सिर भारी पत्थर से टकराया। कुछ क्षण के लिए वो मूर्छित हुई। उभयचर नाग ने अपना पूरा भार उसकी पीठ पर डालकर उसे नीचे दबाया और उसके सिर पर हाथों से ताबड़तोड़ प्रहार करने लगा।

शरण्या उसके चंगुल में फँस गई थी। उसकी दोनों टाँगें उभयचर नाग ने

अपनी टांगों के नीचे इस सख्ती से दबाई हुई थीं कि शरण्या उन्हें हिला भी नहीं पा रही थी। उसने अपने हाथों को झटका देकर उभयचर नाग को अपने ऊपर से हटाने का प्रयास किया, किंतु सफल नहीं हुई।

शरण्या की उठा-पटक से चिढ़कर उभयचर नाग ने मुँह फाड़कर शरण्या के सिर पर अपना जबड़ा फँसाया और उसे अपने भीतर खींचने लगा। शरण्या की साँसें अटकने लगीं। उसका दिमाग सुन्न पड़ने लगा। उसका सिर नाग के मुँह से टपकती लार से भीग गया।

अर्ध-मूर्छित अवस्था में शरण्या को निकट किसी के कूदने की आवाज आई। कुछ देर बाद उसके सिर पर फँसा उभयचर नाग का जबड़ा स्थिर हो गया। उसके प्रहार थम गए और शरण्या पर उसकी पकड़ कमजोर पड़ गई।

शरण्या ने नीचे झुककर पीछे की तरफ झटका दिया और उभयचर नाग के चंगुल से मुक्त हो रेंगते हुए उससे दूर निकल आई। साँस लेकर बदन में प्राण लौटे तो उसने मुड़कर देखा।

उभयचर नाग का सिर उसकी निस्पंद देह से कटा अलग पड़ा था। कदाचित जब वह शरण्या को मारने का प्रयास कर रहा था, तभी किसी ने उसका वध कर दिया। शरण्या ने अपने अज्ञात रक्षक को आस-पास ढूँढ़ा, किंतु अँधेरे में कोई नजर नहीं आया।

शरण्या ने सभी विसर्पियों को सुरंग से निकाला और उनके साथ वृक्षों की आड़ में छुपते हुए साक्षी नदी की तरफ बढ़ने लगी।

अध्याय 26

शंखज ने आँखें झपकाकर खोलीं। झाड़ियों और बेलों में उलझा हुआ वह धरती पर औंधा पड़ा था। कमरबंध से खुरपी निकालकर वो बेलों से मुक्त हुआ और दृष्टि घुमाकर स्थान का अनुमान लगाया।

बहते जल की आवाज साक्षी नदी के निकट होने का संकेत थी। वहाँ मदद के लिए नाग प्रहरी मिल सकते थे। निकट पड़ी एक मोटी डाल उठाकर शंखज उसके सहारे लड़खड़ाते हुए नदी की तरफ बढ़ा।

तट पर मंद ध्वनियाँ सुन शंखज ने वृक्ष की आड़ से झाँका। देखा तट पर एक वृद्ध नाग सैनिक घुटने के बल बैठा अपनी अंजुली में जल भरकर पी रहा था। जल पीने की उसकी अधीरता देख प्रतीत हो रहा था कि वह अत्यधिक प्यासा था।

जल पीकर वह अपनी लाठी के सहारे खड़ा होकर धीरे-धीरे लंगड़ाते हुए चलने लगा। कदाचित वो घायल और कमजोर था।

उसे देख शंखज की उम्मीद जागी। उसकी सहायता से वह अन्य नाग सैनिकों से मिल सकता था। कदाचित उसके साथी आस-पास हों।

तभी निकट झाड़ियों की ओट से निकला एक साया दौड़ता हुआ उस नाग सैनिक को गिराकर उस पर सवार हो गया।

इस आकस्मिक हमले से नाग सैनिक के हाथ से उसकी लाठी छिटक कर दूर जा गिरी। जैसे-तैसे वो अपने हमलावर का कमजोर प्रतिकार करने लगा। उसके हमलावर ने उसका मुँह ऐसा दबाया कि वह बेचारा चीख भी नहीं पाया। यकीनन वो साया नाग सैनिक पर झपटने की ताक में बैठा था।

शंखज को लगा कि उसकी मदद के बिना वो नाग सैनिक उस हमलावर के हाथों मारा जाएगा। एक हाथ में वृक्ष की डाल और दूसरे में खुरपी थामे वह लड़खड़ाते हुए उस नाग सैनिक की तरफ भागा।

तभी आस-पास वृक्षों की ओट से कई साए निकले और शंखज को घेर लिया। कदाचित वे वृद्ध नाग के हमलावर के साथी थे। वे नागों से भिन्न थे। बदन दुबले-पतले थे। हाथों में फावड़े, कुल्हाड़ियाँ और लाठियाँ थीं। दस्यु-दल अथवा सशस्त्र बल से अधिक वे कामगार लग रहे थे। चेहरे पर असमंजस और घबराहट थी। कदाचित वे शंखज को मात्र भयभीत करने की इच्छा रखते थे।

नाग सैनिक पर हमला करने वाले उनके साथी की कद-काठी सुदृढ़ और प्रशिक्षित थी। बदन फुर्तीला और लचीला था। किसी प्रशिक्षित सैनिक की भाँति उसने नाग सैनिक को ऐसा दबाया था कि वह बेचारा हिल-डुल भी नहीं पा रहा था। बस उसके चंगुल में फँसा भय से काँप रहा था।

"कौन हो तुम? यहाँ क्या कर रहो?" शंखज ने खुरपी पर अपनी पकड़ मजबूत कर कड़क आवाज में पूछा।

"हमसे प्रश्न पूछने वाले तुम कौन हो?" उधर से पलट प्रश्न आया।

"नागलोक की सीमा में खड़े होकर नागों से परिचय लेने का साहस करने वाले तुम कौन हो?" शंखज ने भी प्रतिप्रश्न किया।

"वही विसर्पी जिनका साहस नागराज का विष विषैला बनाता है!" नाग सैनिक पर सवार उनका साथी बोला। शंखज के पास पहुँचकर उसने उसे ऐसे घूरा मानो उसके प्राण हर लेगा।

"विसर्पी!" शंखज के तेवर नरम पड़ गए। वृक्ष की डाल और खुरपी थामे हाथ झुकाकर वह विस्मय में बोला, "तुम विसर्पी नहीं हो सकते हो। विसर्पी दूसरों की रक्षा में अपने प्राण दे सकते हैं। वे किसी के प्राण नहीं ले सकते हैं।"

"सुना तुमने, शरण्या?" दल का एक साथी उपहास से बोला, "विसर्पियों को दास बनाकर उन्हें प्रताड़ित करने वाले नाग आज उन्हें अपने धर्म और मूल्यों का ज्ञान दे रहे हैं।"

शंखज समझ गया कि उसके सामने खड़ी उनकी साथी का नाम शरण्या था और कदाचित वही उन विसर्पियों की नेता थी।

"विसर्पियों के स्वामी कहाँ भाग रहे हो?" खुरपी शंखज के गले पर रखते हुए शरण्या अपने दाँत पीसते हुए बोली।

"नागलोक!" शंखज ने दृढ़ता से उत्तर दिया। वह घायल अवश्य था, किंतु विसर्पियों से भयभीत नहीं।

"सौभाग्यशाली हो जो नागलोक से दूर हो!" नीचे गिरा वृद्ध नाग सैनिक कातर स्वर में बोला। चेहरा ढलती उम्र की संकेतक झुर्रियों से भरा था। बदन पर कवच था, किंतु अव्यवस्थित और नाम मात्र के लिए चढ़ा हुआ, "नागलोक में कोई सुरक्षित नहीं है!"

उसकी बात सुनकर शंखज और शरण्या चौंककर उसके निकट पहुँचे। शंखज ने सहारा देकर वृद्ध नाग को बैठाया।

"ऐसा क्या हुआ नागलोक में?" शरण्या ने पूछा।

"प्रलय!" अपने घावों को सहलाते हुए वृद्ध नाग चिढ़ते हुए बोला, "तुम दोनों नागराज की शक्ति होने का दावा करते हो, फिर नागलोक पर आई इतनी बड़ी विपत्ति से अनभिज्ञ कैसे हो?"

शंखज और शरण्या दोनों चौंके। क्या हुआ नागलोक में? कौन-से प्रलय की बात कर रहा था वृद्ध नाग? अभी तक तो नागलोक सुरक्षित था। न बाहरी आक्रमण का संकट था, न आंतरिक सुरक्षा में कमी थी। क्या नागलोक पर कोई प्राकृतिक आपदा आन पड़ी थी?

"गरुड़ सेना ने नागलोक पर हमला कर भारी विनाश किया।" वृद्ध नाग सैनिक कातरता से बोला, "अनगिनत नाग सैनिक मारे गए, अनगिनत घायल हुए और बहुतेरों की कोई सूचना नहीं है। न जाने कितने अपने प्राण बचा पाए। नाग वाहिनियाँ छिन्न-भिन्न हो गई हैं। अधिकतर नाग आयुध केंद्र नष्ट हो गए।"

शरण्या स्तंभित रह गई। एक रात्रि में इतना सब हो गया! वह नागलोक से विसर्पियों को सुरक्षित निकालने की योजना में ऐसी व्यस्त थी कि गरुड़ आक्रमण की उसे भनक भी नहीं हुई। आक्रमण का संकेत मिला भी होगा तो विसर्पियों को बचाने की हड़बड़ी में उसने ध्यान नहीं दिया होगा।

उसे नागलोक में गूँजती संकट सूचक तुरहियों का स्मरण आया। अवश्य वे गरुड़ आक्रमण की चेतावनी देने के लिए गूँज रही थीं। कारागृह में तैनात नाग प्रहरी वहाँ से भागे विसर्पियों को ढूँढ़ने के लिए नहीं, गरुड़ आक्रमण से घबराए भाग रहे थे। उनके पास कारागृहों से भागते विसर्पियों की सुध लेने का समय ही कहाँ था। कैसा सुखद संयोग था कि जिस क्षण शरण्या विसर्पियों को नागलोक से सुरक्षित निकालने के प्रयास में जुटी थी उसी समय सारे नाग प्रहरी गरुड़ हमले के प्रतिकार में व्यस्त थे।

"मृत्युंजय पर्वत पर स्थित नाग चौकियों को गरुड़ सेना के आगमन की अग्रिम सूचना नहीं मिली?" शरण्या ने अचरज से पूछा।

"पता नहीं इस अफरातफरी में किसने, किसको, क्या सूचना पहुँचाई। सूचना पहुँची भी होगी तो सूचना प्राप्त करने वाला जीवित रहा होगा या नहीं। अब क्या अंतर पड़ता है कि किसने, कब, क्या निर्णय लिया।" वृद्ध नाग बुझे स्वर में बोला।

"नाग चौकियों में कोई जीवित बचता तो सूचना पहुँचाता। गरुड़ सेना के औचक आक्रमण में हमें न प्रतिकार करने का अवसर मिला, न नागलोक तक आक्रमण की सूचना पहुँचाने का।" शंखज के मुँह से स्वर स्वतः निकले।

"तुम ये कैसे जानते हो?" शरण्या ने पूछा।

"मैं मृत्युंजय पर्वत पर स्थित नाग चौकी पर तैनात था। गरुड़ सेना ने सर्वप्रथम नाग चौकियों पर हमला कर उन्हें ध्वस्त किया। मेरे कई साथी उनके हमले में मारे गए। मैं किसी तरह अपने प्राण बचाने में सफल रहा। गरुड़ सेना ने पहाड़ी चौकियों से नागलोक जाने वाले सभी मार्ग काट दिए थे। नागलोक तक आक्रमण की सूचना कैसे पहुँचती!"

"पहुँचती भी तो क्या बदल जाता। नाग सेना को भयंकर क्षति पहुँची है। सुरक्षा-चक्र छिन्न-भिन्न हो गए हैं। नागलोक में अराजकता फैल गई है। हर कोई अपने प्राण बचाकर भाग रहा है। कई नाग उस भगदड़ में मारे गए। कई नाग भूमिगत हो गए। नागलोक शवों से पटा है।" वृद्ध की आँखों में आँसू तैर आए, "मेरा पुत्र भी प्रहरी था। अपने मृत साथी का कवच मुझे पहनाकर उसने मुझे नागलोक से सुरक्षित बाहर निकाल दिया, किंतु स्वयं गरुड़ सेना से लोहा लेने वहीं रुक गया। पता नहीं वो जीवित होगा कि नहीं!"

शरण्या गहरी साँस लेकर बैठ गई। विसर्पियों को कारागृह से निकालने की योजना को कार्यान्वित करने में यदि उससे विलंब होता तो विसर्पियों के शव भी नागलोक में बिखरे होते।

"मुझे विश्वास है आपका पुत्र जीवित और सुरक्षित होगा।" शरण्या ने वृद्ध नाग को ढाढ़स दिया, "आपको उस पर गर्व होना चाहिए। मातृभूमि की रक्षा में अपने प्राण संकट में डालने वाले दिव्य नागों को महादेव सदैव सुरक्षित रखें!"

शरण्या के बदले रूप ने शंखज को हैरान किया। कुछ पल पूर्व वृद्ध के प्राण

लेने के लिए उसके सीने पर सवार हुई शरण्या अब उसके पुत्र के जीवन की कामना कर रही थी। हमलावर शरण्या और रक्षक शरण्या में से कौन विश्वासयोग्य है।

"गरुड़ नागलोक पर अकारण आक्रमण क्यों करने लगे?" शरण्या ने अचरज से पूछा।

"मुझ जैसा अदना नाग इतना सब कैसे जानेगा?" वृद्ध कातर स्वर में बोला, "नाग प्रहरियों से सुनने में आया कि नागों ने भूल से पर्वत के ढलानी मार्ग से आ रहे यादव नागरिक दल पर हमला कर दिया। कई यादव व्यापारी उसमें मारे गए। कुछ प्रहरी बता रहे थे कि वह नागरिक दल नहीं, यादवों की शांति सेना थी जो नागराज के लिए कृष्ण का संधि-प्रस्ताव लाई थी। नागों के इस कृत्य से गरुड़ क्रोधित हो गए और उन्होंने नागलोक पर चढ़ाई कर दी।"

वृद्ध नाग की बात सुन शरण्या चकराई। शोण के माध्यम से उसे यादव दिव्यास्त्रों के चिरपुंज और अनंतपुर पहुँचने की सूचना थी। चिरपुंज और अनंतपुर द्वारा संयुक्त अभियान के तहत नागलोक पर आक्रमण करने की योजना भी उसे ज्ञात थी। किंतु इस समीकरण में यकायक यादव नागरिक दल, यादव शांति सेना और गरुड़ कहाँ से आ जुड़े? मृत्युंजय पर्वत का ढलानी मार्ग जो जनसाधारण की यात्रा योग्य सुरक्षित नहीं था, वहाँ यादव नागरिक दलों को यात्रा करने की क्या सूझी? यादवों का क्या दोष, नागों की मति पर क्या पत्थर पड़ गए थे जो उन्होंने यादव नागरिक दल पर हमला किया? सबसे बड़ा अनुत्तरित प्रश्न- विसर्पियों को ढाल बनाकर चिरपुंज और अनंतपुर के संयुक्त अभियान को विफल करने की नागराज की योजना का क्या हुआ?

"क्या नागराज और सेनापति त्रिकुंश सुरक्षित हैं?" शरण्या ने कौतुक से पूछा।

"कुछ कहते हैं कि गरुड़ आक्रमण के समय वे नागलोक में नहीं थे। कुछ नागलोक में उन्हें देखने का दावा करते हैं। कुछ कहते हैं कि नागराज अपने पुत्र अश्वसेन के साथ नागलोक से सुरक्षित प्राण बचाकर भागने से सफल रहे। कुछ कहते हैं कि उन्हें गरुड़ बंदी बनाकर गरुड़ लोक ले गए।" वृद्ध नाग गहरी साँसें भरते हुए बोला, "उनकी अनुपस्थिति से नाग सेना का मनोबल टूट गया। नाग सेना गरुड़ सेना से लोहा लेती तो कैसे और किसके लिए- समस्त नाग कुल को कलंकित करने वाले उस नागराज के लिए जो अपनी सेना और संपूर्ण नागलोक

को इस विपदा में छोड़ कायर की भाँति अपने प्राण बचा भाग गया!"

शरण्या के मन पर पड़ा बोझ कुछ हल्का हुआ। विलंब से सही, परमात्मा ने उसकी वर्षों पुरानी प्रार्थना सुनी थी। गरुड़ों ने नागशक्ति का मर्दन कर नागराज का दंभ खंडित कर दिया था।

"मेरे पास तुम्हें देने को कुछ नहीं है। अपने पुत्र को मैं खो चुका हूँ!" वृद्ध नाग गिड़गिड़ाते हुए काँपते स्वर में बोला, "जानता हूँ कि विसर्पी नागों से घृणा करते हैं, किंतु मैं घायल वृद्ध नाग तुमसे अपने प्राणों की भिक्षा माँगता हूँ। चाहो तो मुझे यहीं मार दो!"

शरण्या को तनिक संतोष मिला। काल का दंड मूक और औचक होता है। विसर्पियों को अपने चरणों की धूल मानने वाले नाग आज उनसे अपने प्राणों की भीख माँग रहे थे। शरण्या की आँखों में कारागृह में नारकीय कष्ट भोगते हुए दुर्गति को प्राप्त हुए विसर्पियों की छवि तैर गई। नागों द्वारा विसर्पियों पर किए अत्याचारों की काली स्मृतियाँ जाग्रत होने लगीं। नागराज का विसर्पियों पर हमला कर उन्हें अपना दास बनाना, नागों द्वारा विसर्पियों को प्रताड़ित करना, उनके देव-स्थलों को मदिरालय और मांस भंडारों में परिवर्तित कर उन्हें अपने कदमों से रौंदना, शरण्या के पिता सौभालिक का सार्वजनिक वध- हर वो घटना जो नागों से घृणा करने का कारण बने। संसार को अपने विष से पीड़ित करने वाले विषधरों का समूल नाश ही उनके दुष्कृत्यों का समुचित दंड होगा।

नागों को कोसकर उसके मन का अवसाद तनिक कम हुआ तो आँखें नम हो गईं। स्वयं से घृणा हुई। भोले-भाले, शांत स्वभाव वाले विसर्पियों को नागराज के अत्याचारों ने ऐसा परिवर्तित किया कि आज उन्हें परपीड़ा आनंदित कर रही थी।

आँखों की नमी से मन का मैल धुला तो आत्म-वाणी प्रखर हुई। वर्षों से नागों का दासत्व और उनकी घृणा सहने के बाद पर भी उसके भीतर विसर्पियों के स्वाभाविक गुण शेष थे। नागों द्वारा प्रताड़ित जीवों का शाप उन्हें अवश्य लगेगा। उनके विष का उपचार परम-सत्ता स्वयं करेगी। नागों का विष समाप्त करने के लिए शरण्या और विसर्पियों को स्वयं विषैला होने की आवश्यकता नहीं थी।

वृद्ध नाग को देख शरण्या को लगा जैसे उसके रूप में उसके पिता अपने जीवन की भिक्षा माँग रहे हों। उसे वृद्ध नाग पर तरस आया। उसके शब्दों और व्यवहार में अपने प्राणों की रक्षा का पीड़ा-मिश्रित विनय था।

समय जैसे वर्षों पुरानी घटना पर थम गया। अपने पिता सौभालिक को बचाने का जो अवसर शरण्या ने खोया था, विधि वो अवसर उसे पुनः प्रदान कर रही थी। इस अवसर को चूककर शरण्या स्वयं की अपराधी बनती। अपने पुत्र को खोने से दुखी बेचारा घायल वृद्ध वन के हिंसक जानवरों से अपनी रक्षा करने में अक्षम था।

"आप चिंतित न हों। आपकी सुरक्षा मेरा दायित्व है।" शरण्या ने उसे ढाढ़स दिया, "आपके घाव गहरे हैं। इनका शीघ्र उपचार करना होगा।"

"दायित्व तो तुमने ले लिया, किंतु हम कहाँ जाएँगे?" शंखज ने कातर स्वर में पूछा, "नागलोक तुम्हारे लिए सुरक्षित नहीं है। तुम लोग अगर वहाँ लौटे तो तुम्हारे लिए बाहरी संसार के द्वार सदैव के लिए बंद हो जाएँगे।"

"यहाँ 'हम' कौन है?" शरण्या ने प्रश्नवाचक दृष्टि से शंखज को घूरा, "मैं विसर्पी हूँ और तुम नाग। हमारा कोई मेल नहीं। हम नागलोक नहीं लौट सकते, किंतु तुम नागलोक क्यों नहीं लौट जाते? तुम्हें नागलोक में कैसा भय?"

"मुझे विकल्प मिलता तो नागकुल में जन्म ही नहीं लेता।" शंखज का चेहरा मुरझा गया, "कदाचित पूर्व जन्म के किसी पाप के कारण मेरा नाग योनि में जन्म हुआ। उन्हीं पापों को अपने कंधों पर ढोए नाग बना संसार में विचर रहा हूँ। इसके अन्यथा नाग संस्कृति से मेरा कोई जुड़ाव नहीं है। नाग विष को त्यागकर मैं इस सृष्टि से जुड़ना चाहता हूँ। किसी ऋषि-मुनि के चरणों में वैदिक ज्ञान प्राप्त करना चाहता हूँ। दूर-सुदूर भ्रमण कर ज्ञानियों से शास्त्रार्थ करने की इच्छा रखता हूँ। मानव मांस की अपेक्षा पिसे-भुने जौ और चने से बने ताजे सत्तू का स्वाद लेना चाहता हूँ। नागलोक में मुझे यह अवसर कभी प्राप्त नहीं होगा।"

शरण्या शंखज को ताकती रही। नाग-संवेदनाओं से जैसे यह उसका प्रथम साक्षात्कार था।

"नागलोक असुरक्षित है। गरुड़ नागलोक पर पुनः आक्रमण कर सकते हैं, इसलिए वहाँ लौटना उपयुक्त नहीं होगा।" वृद्ध नाग ने समझाया, "भाग्य से हम यहाँ सुरक्षित हैं।"

"किंतु भाग्य कब तक हमारा साथ देगा?" शंखज खीजा, "हमें कहीं तो जाना होगा।"

शरण्या सोचने लगी। नागलोक से विसर्पियों की मुक्ति एक बड़ी उपलब्धि

थी, किंतु इस उपलब्धि के साथ विसर्पियों के भविष्य की चिंताएँ भी जुड़ी थीं। नागों से शारीरिक मुक्ति प्राप्त कर चुके विसर्पियों को लंबा युद्ध करना था- अपने खोए आत्मसम्मान को प्राप्त करने का युद्ध, अपने अस्तित्व का युद्ध, अपने आत्मिक उत्थान का युद्ध।

"अपने भविष्य की ओर!" शरण्या को इससे उत्तम उत्तर नहीं सूझा। कुछ बातें समय पर छोड़ने में ही उसे भलाई लगी।

"भोजन, धन, भूमि से रहित मुट्ठी भर विसर्पी नागराज से कब तक सुरक्षित रहेंगे? नागराज को क्रोधित कर तुम्हें कौन आश्रय देने का साहस करेगा? नागराज तुम्हें पाताल से भी ढूँढ़ निकालेगा।" वृद्ध नाग बुझे स्वर में बोला।

"दासत्व स्वीकारने से उत्तम हमें नागों से लड़ते हुए अपने प्राण त्यागना स्वीकार है।" शरण्या बिफरी, "नागराज की काली छाया से दूर, स्वावलंबी और मेहनती विसर्पी अपने ध्वस्त इतिहास की नींव पर उस शक्तिशाली और उज्ज्वल भविष्य को जन्म देंगे जिसकी चमक संसार को चकाचौंध करेगी।"

"नागराज को..." वृद्ध नाग बोलने को हुआ तभी आसमान से एक काली चट्टान हवा में तैरती हुई उसके सामने गिरी। वृद्ध के शब्द गले में अटककर रह गए। यदि वह चट्टान एक अंगुल भर भी इधर-उधर होती तो वृद्ध की चटनी बन गई होती।

देखा चट्टान का भ्रम उत्पन्न करने वाला दरअसल काला कपड़ा चढ़ाए एक दीर्घकाय व्यक्ति था। काले कवच से ढँकी उसकी बलिष्ठ देह काली चट्टान जैसी लग रही थी। उसकी अकस्मात उपस्थिति से सहमकर सभी ने अपने हथियारों और औजारों को मजबूती से थाम लिया।

"भयभीत होने की आवश्यकता नहीं है। मुझे अपना मित्र समझें!" आगंतुक दीर्घकाय व्यक्ति ने सभी को आश्वस्त किया।

"कौन मित्र?" शरण्या ने बिफरते हुए पूछा।

"नायक श्रवण! मैं शोण के आदेश से विसर्पियों की सुरक्षा में तैनात था।" वह दीर्घकाय व्यक्ति मंद-मंद मुस्कुराया, "उन्होंने उचित कहा था कि आप अपनी सुरक्षा करने में सक्षम हैं।"

"मेरी सुरक्षा में तैनात थे तो उस उभयचर नाग ने मुझ पर हमला कैसे किया?" शरण्या ने पूछा। यकायक उसे कुछ स्मरण आया, "तो मेरे अज्ञात

रक्षक तुम थे?"

श्रवण ने मुस्कुराते हुए अपना सिर स्वीकारोक्ति में हिलाया।

"जैसा निकम्मा शोण, वैसे उसके निकम्मे साथी!" शरण्या गुस्से से दाँत पीसते हुए बुदबुदाई, "तुम क्या चाहते हो हमसे?"

"विसर्पियों को सुरक्षित स्थान पर ले जाने का आदेश है।" कहते हुए श्रवण ने वृद्ध नाग और शंखज को घूरा, "मात्र विसर्पियों को!"

"हम साथ जाएँगे, अन्यथा कोई नहीं जाएगा!" शरण्या दृढ़ता से बोली।

शंखज और वृद्ध नाग ने कृतज्ञता भरी आँखों से शरण्या का धन्यवाद किया।

"अपने निर्णय के परिणामों की उत्तरदायी आप स्वयं होंगी।" श्रवण ने चेताया।

"सदैव रहती हूँ!" शरण्या ने उत्तर दिया।

श्रवण ने शरण्या के साथ आए विसर्पियों को देखा। सभी दुर्बल थे। उनमें इतनी क्षमता नहीं थी कि घायल वृद्ध नाग को उठाकर चल सके। शंखज भी घायल था।

श्रवण ने अपने वस्त्रों के भीतर से एक छोटी पोटली निकाली और उसमें रखी कुछ जड़ी-बूटियों को अपने हाथ पर मलकर उनका मिश्रण तैयार किया।

"यह आपके घावों की पीड़ा कम करेगा।" कहकर उसने मिश्रण शंखज और वृद्ध नाग को दिया।

वृद्ध नाग को अपने कंधों पर लाद श्रवण साक्षी नदी के किनारे उगे वृक्षों की तरफ बढ़ा। विसर्पियों के साथ शरण्या उसके पीछे चल पड़ी। शंखज भी अपनी लाठी के सहारे लँगड़ाते हुए चल पड़ा।

कुछ देर वृक्षों के बीच कच्चे रास्ते पर चलते रहने के बाद श्रवण एक स्थान पर रुका। वहाँ वृक्ष कम और सूखी झाड़ियाँ अधिक थीं।

वृद्ध नाग को कंधों से उतारकर श्रवण उन सूखी झाड़ियों के ढेर को खींचकर निकालने लगा। सभी का अचरज चरम छूने लगा जब झाड़ियाँ हटने से वहाँ भूमिगत सुरंग निकली। विस्तृप वन के पग-पग की बारीकी से जानकारी रखने का दंभ भरने वाली शरण्या भी उस सुरंग को देखकर हतप्रभ थी।

"यह..." शरण्या का आश्चर्य छलक पड़ा।

"...विस्तृप वन के अनगिनत रहस्यों में से एक!" श्रवण मुस्कुराया।

शरण्या चुप हो गई। कुछ देर बाद उसने चहकते हुए प्रश्न दागा, "जहाँ हम जा रहे हैं क्या वहाँ सत्तू मिलेगा?"

श्रवण चौंका। उचित कहा था शोण ने कि इन विसर्पियों की सोच का कोई छोर नहीं है। न समय देखा, न स्थान, बस दिमाग में चल रही उधेड़बुन मुँह से उगल दी। यहाँ सभी को अपने प्राणों की चिंता थी, पर शरण्या को सत्तू की सूझ रही थी।

"जितना चाहो उतना, किंतु उसके लिए पहले हमारा यहाँ से सुरक्षित निकलना आवश्यक है।" चेहरे पर जबरन मुस्कान लादते हुए श्रवण बोला। कोई कुछ और पूछे इससे पूर्व वृद्ध नाग को कंधे पर लादे उसने सुरंग में प्रवेश किया।

शरण्या ने शंखज को देखा। सत्तू की बात सुनकर उसका चेहरा बाल-सुलभ प्रसन्नता से खिल गया था।

उसका खिला चेहरा देख शरण्या को भला लगा। वर्षों पश्चात उसने किसी चेहरे पर छाई सुलभ प्रसन्नता का साक्षात्कार किया था। उसके मन में एक क्षण के लिए हँसते हुए सौभालिक काका, शोण, आचार्य रुद्रदेव और शैला माता की छवि उभरी। सभी जैसे उसके साथ प्रसन्नता से मुस्कुराते हुए खड़े थे।

उनकी मुस्कुराहट शरण्या को भीतर से गुदगुदाते हुए उसके चेहरे पर प्रखर हुई। उसने देखा, मात्र उसका ही नहीं, उसके साथ आए सभी विसर्पियों के चेहरे आत्मसम्मान और अर्जित स्वतंत्रता की प्रसन्नता से दमक रहे थे। नागराज से मुक्ति प्राप्त कर वर्षों पूर्व खोए सम्मान को पुनः पाकर सभी सुखी और संतुष्ट थे। सुरंग में प्रवेश करते हुए उनके चेहरे चिंताओं के बोझ तले बुझे नहीं, अपितु भविष्य की संभावनाओं से उत्साहित थे। अपने काले इतिहास को पीछे छोड़ते हुए सभी प्रसन्न और प्रफुल्लित थे।

सुरंग में प्रवेश करती शरण्या ने देखा कि सूर्यदेव की लालिमा साक्षी नदी के जल पर बिखरने लगी थी।

नम आँखों के साथ शरण्या के चेहरे पर भीनी मुस्कान थिरकी।

लंबी प्रतीक्षा के बाद सूर्योदय हुआ था।

बाहर भी और भीतर भी।

अध्याय 27

उत्कंठित मन की बेचैनी अथवा लंबी यात्रा से उत्पन्न हुई थकान- कारण जो भी था पर गुफा की दीवार पर बने कोयले से उकेरे उस साधारण चिह्न को देख महामंत्री विष्णुदत्त यकायक सहम गए। दिमाग जिस संकट का संकेत दे रहा था, दिल उसे वहम समझकर ठुकरा रहा था। एक तरफ दिल शोण के भोले-चेहरे पर विश्वास करने का तर्क दे रहा था, तो दूसरी तरफ दिमाग श्रीकृष्ण के प्रस्ताव और उसके बाद हुए घटनाक्रमों में शोण की भूमिका की समीक्षा में उलझा था।

दिल और दिमाग में उलझते जा रहे महामंत्री विष्णुदत्त अधिक देर अपने द्वंद्व को नहीं साध पाए। तर्कों की उथल-पुथल के बीच उनके दिमाग में रोपित आशंकाएँ शीघ्र विकराल रूप ले उन्हें भयभीत करने लगीं।

नागरिक पलायन की आड़ में शोण ने बड़ी चतुराई से नागराज को बिना रक्तपात के दोनों राज्यों पर नाग पताका लहराने का सुलभ अवसर दे दिया था। यादवों से संरक्षित चिरपुंज और अनंतपुर को पराजित कर यादवों का अभिमान तोड़ने के साथ नागों को भरतखंड की प्रमुख शक्ति के रूप में स्थापित करने का उत्तम अवसर अनायास ही नागराज को प्राप्त हो गया था।

यकायक उनके मस्तिष्क-पटल पर वह भयानक दृश्य उभरा। चिरपुंज और अनंतपुर पर नाग पताका लहरा रही थी। उस पताका की काली छाया विशालकाय होते हुए दोनों राज्यों की सीमाएँ लाँघकर पूरे भरतखंड पर फैलती जा रही थी।

घबराए महामंत्री विष्णुदत्त तुरंत भागते हुए सेनापति स्कंध के निकट पहुँचे।

"मुझे गहरे षड्यंत्र की बू आ रही है। हमें शीघ्र ही नगर लौटना होगा!" विष्णुदत्त सेनापति स्कंध के कान में फुसफुसाए, "इस गुप्त मार्ग से महादेव के आश्रम तक पहुँचाने की कहानी मनगढ़ंत और ढकोसला लगती है।"

"आपको विश्राम की आवश्यकता है, महामंत्री जी! थकान से आप भ्रमित

हो रहे हैं।" सेनापति स्कंध बोला।

"भ्रमित मैं नहीं, हम सब हुए हैं, सेनापति!" महामंत्री विष्णुदत्त ने गुफा की दीवार पर कोयले से बने एक चिह्न की तरफ संकेत किया, "इसे मैंने बनाया था। इस चिह्न का अर्थ है कि हम इस स्थान से पहले भी गुजर चुके हैं।"

महामंत्री की बात पर सेनापति स्कंध ने विचार किया। तनिक विचलित भी हुआ, "आपसे अवश्य ही कोई चूक हुई है।"

"यदि ये चूक नहीं हुई?"

सेनापति सिहर गए। महामंत्री के प्रश्न ने जितनी संभावनाएँ उजागर की थीं, उनमें से एक भी सकारात्मक नहीं थी।

"इतने विशाल जनसमुदाय में से कोई नहीं समझ पाया कि हम इतने समय से गुफा के एक ही हिस्से में घूम रहे हैं!" सेनापति ने अपना माथा पीटा, "हमसे इतनी बड़ी चूक कैसे हो गई?"

"गुफा में मेरा बनाया यह चिह्न यही कह रहा है!" महामंत्री विष्णुदत्त के चेहरे पर हवाइयाँ उड़ रही थीं, "शोण इतने समय से हमें झाँसा दे रहा है। उसकी योजना में फँसकर दो राज्य बिना किसी प्रतिरोध के नागों की झोली में सहज पहुँच गए हैं। उस पर विश्वास करना हमारी बड़ी भूल थी।"

महामंत्री की तर्कसंगत बातों ने सेनापति को गहरी सोच में डाल दिया।

"शोण ने बताया था कि चिरपुंज आते समय राजमार्ग पर नाग सैनिकों ने उस पर हमला किया था।" महामंत्री विष्णुदत्त अपने अनुमानों को बल प्रदान करने के लिए तर्क प्रस्तुत करते हुए बोले, "यह गुप्त मार्ग नागों से सुरक्षित था तो शोण ने चिरपुंज आते समय इसका प्रयोग क्यों नहीं किया? यदि इस गुप्त मार्ग के प्रयोग के दौरान शोण पर नागों ने हमला किया, तो यह मार्ग जनसमुदाय के लिए कैसे सुरक्षित हुआ?"

"जनपलायन के स्वांग से शोण अपने कौन से लक्ष्य साध रहा है?" सेनापति के चेहरे पर हवाइयाँ उड़ने लगीं।

"हमें तुरंत महाराज को इस संकट से अवगत करना होगा। हो सके तो सभी के साथ अतिशीघ्र राज्य में लौटना होगा।" महामंत्री के माथे पर बल पड़ने लगे।

"वो महाराज वीरसेन और शोण के साथ गुफा में एकांत चर्चा में व्यस्त हैं।" सेनापति घबराया।

दोनों ने चौंकते हुए एक दूसरे को देखा। शोण का षड्यंत्र प्रत्यक्ष होने के बाद उसका महाराज अधिराज और महाराज वीरसेन के साथ एकांत में होना अशुभ था।

म्यान से तलवार निकाल सेनापति स्कंध गुफा की तरफ भागा और महामंत्री विष्णुदत्त घबराए हुए उसके पीछे।

अध्याय 28

गुफा के भीतर कदम रखते ही सेनापति स्कंध और महामंत्री विष्णुदत्त के होश उड़ गए। महाराज वीरसेन और महाराज अधिराज के साथ अनंतपुर के महामंत्री मैत्रेय और सेनापति समरवीर वहाँ भौंचक्के खड़े थे। उनके सामने एक वृद्ध नाग की लहूलुहान मृत देह रखी थी। कई नागों के साथ शोण वहाँ सिर झुकाए घुटनों के बल बैठा था।

महामंत्री विष्णुदत्त और सेनापति स्कंध अवाक रह गए। जिस गुफा में महाराज वीरसेन, महाराज अधिराज और शोण एकांत चर्चा में व्यस्त थे वहाँ नाग कैसे और किस प्रयोजन से पहुँचे? क्या गुफा के प्रवेश द्वार पर तैनात सैनिकों ने उन्हें भीतर जाते नहीं देखा? अथवा, क्या वे पहले से वहाँ दुबके हुए थे? क्या संधि की आड़ में शोण ने नागों के सहयोग से महाराज वीरसेन और महाराज अधिराज के वध की योजना बनाई थी?

सेनापति स्कंध की भुजाएँ फड़कने लगीं। क्रोध से उसका चेहरा तन गया। उसने शोण के मुँह पर अपनी तलवार के मूठ से सख्त प्रहार किया। शोण जैसे ही नीचे गिरा, सेनापति स्कंध ने अपनी तलवार उसकी गर्दन पर सटा दी।

"दुष्ट! विश्वासघाती!" चीखते हुए सेनापति स्कंध ने शोण की छाती पर लात मारी।

"यह क्या पाप किया आपने, सेनापति?" महाराज अधिराज चीखे और सेनापति स्कंध को धक्का देखकर शोण के ऊपर से हटाया।

"इस दुष्ट ने आप पर कुदृष्टि डाली है!" सेनापति स्कंध क्रोध से फुफकारते हुए बोला, "यह तो नागों से भी अधिक विषधर निकला। जिस दिन इसने चिरपुंज में कदम रखा था उसी दिन इसे मार डाला होता तो यह दिन नहीं देखना पड़ता।"

"शांत हो जाएँ, सेनापति! महादेव की कृपा और मित्र शोण की युक्ति से हम

सुरक्षित और कुशल हैं।" महाराज अधिराज बोले।

सेनापति स्कंध हक्का-बक्का रह गया। शोण का षड्यंत्र प्रकट होने पर भी महाराज उसकी रक्षा कर रहे थे। महाराज ही नहीं, महाराज वीरसेन के साथ गुफा में उपस्थित सभी लोग शांति से खड़े थे। नागों को देखकर भी उनमें कोई प्रतिक्रिया नहीं थी। क्या उन्हें स्मरण नहीं कि नागों से बचने के लिए दोनों राज्यों के नागरिक पलायन का कष्ट उठा रहे हैं?

महाराज अधिराज ने शोण को उठाकर आत्मीयता से उसे गले लगाया।

"हमें क्षमा करें! हम अज्ञानवश अपने देव को भक्षक समझ बैठे!" महाराज अधिराज के रूँधे गले से अटकते हुए शब्द निकले।

सेनापति स्कंध और महामंत्री विष्णुदत्त ठगे-से खड़े रह गए। नागरिक पलायन की आड़ में छल से चिरपुंज और अनंतपुर पर नागों का आधिपत्य जमाने का षड्यंत्र रचने वाले दुष्ट शोण को महाराज अधिराज इतना सम्मान क्यों दे रहे थे?

"महाराज! सेवक इस आदर-सम्मान का पात्र नहीं है।" शोण विनम्रता से बोला, "इस अभियान की सफलता श्रीकृष्ण के प्रति आप लोगों के अटूट विश्वास से सुनिश्चित हुई है।"

"महाराज! इस दुष्ट की बातों में मत आइए।" महामंत्री विष्णुदत्त गुस्से से चीखे, "संधि की आड़ में कृष्ण ने चिरपुंज और अनंतपुर पर नागों का आधिपत्य जमाने की योजना बनाई, और यह उस योजना का सूत्रधार बना। नागलोक पर आक्रमण और जनसाधारण का पलायन इस घृणित योजना को छुपाने के लिए आवरण मात्र था।" कहते हुए उन्होंने गुफा में उपस्थित नागों को घृणा से घूरा, "अवश्य ही इन नागों को इसने आपके वध के लिए तैनात किया होगा।"

"यह छलावा चिरपुंज और अनंतपुर की सुरक्षा और नागों के विनाश के लिए बुना गया था।" गुफा में एक स्त्री की गंभीर वाणी गूँजी, "किंतु आश्चर्य है कि चिरपुंज के चतुर एवं अनुभवी महामंत्री इसे समझ नहीं पाए।"

उस स्त्री को देखते ही महामंत्री विष्णुदत्त के पैरों के नीचे की धरती खिसक गई। वह स्त्री उनकी विश्वस्त गुप्तचर शरण्या थी जिसे उन्होंने शोण की सूचना एकत्र करने का काम सौंपा था।

उसकी अप्रत्याशित उपस्थिति से विष्णुदत्त हैरान हुए। उसे मृत्युंजय पर्वत

में बने गुप्त मार्गों की जानकारी कैसे हुई? शोण की गुप्त पलायन योजना की जानकारी उसे कैसे लगी? शोण की योजना ज्ञात होने पर भी उसने सारी जानकारियाँ महामंत्री विष्णुदत्त से क्यों साझा नहीं कीं? क्या वह भी शोण की योजना में भागीदार थी?

"तुम कौन हो?" सेनापति स्कंध ने पूछा, "और ये नाग सैनिक यहाँ कैसे पहुँचे?"

"यह हमारी जीवनदाता विसर्पी शरण्या है।" उत्तर धरती पर बैठे शरण्या के साथी ने दिया, "हमें नाग कहकर अपमानित मत करो। हम विसर्पी हैं।" उसने चेतावनी मिश्रित प्रतिरोध किया।

"सुनकर अच्छा लगा!" सेनापति स्कंध ने उपेक्षित दृष्टि से उन्हें घूरा, "किंतु यहाँ क्या करने आए हो?"

"नागों के दासत्व में खोई अपनी पहचान वापस लेने की घोषणा करने।" शरण्या ने उत्तर दिया, "शोण के अभियान ने विसर्पियों को अपना खोया सम्मान पुनः प्राप्त करने का अवसर दिया और विसर्पी नागराज के दासत्व से मुक्त हुए।"

"यह बहरूपिया शोण अपनी बातों में फँसाकर दोनों राज्यों की प्रजा को गुफाओं की भूल-भुलैया में घुमा रहा है। यहाँ हम न जाने कितने प्रहर व्यतीत कर चुके हैं।" सेनापति स्कंध बिफरते हुए बोला।

"महाराज! शोण पर विश्वास करना हमारी चूक थी।" महामंत्री विष्णुदत्त ने सेनापति की बात को बल दिया, "महादेव के आश्रम की तरफ प्रस्थान कर हमने चिरपुंज और अनंतपुर को नागों का सहज लक्ष्य बना दिया। कदाचित अब तक चिरपुंज और अनंतपुर पर नाग ध्वजा लहरा चुकी हो।"

"जनपलायन छलावा अवश्य था, किंतु उसका उद्‌देश्य वह नहीं जो आप सोच रहे हैं।" महाराज अधिराज शांत स्वर में बोले। वह शोण की तरफ पलटे, "मित्र शोण! हमारी सोच श्रीकृष्ण जैसे सर्वव्यापी नहीं है, किंतु विसर्पी शरण्या की बातों से हम इतना भाँप गए हैं कि इस अभियान से श्रद्धेय मधुसूदन ने चिरपुंज और अनंतपुर की प्रजा के हित के साथ कई अन्य हित भी साधे हैं।"

"महाराज! विसर्पियों की स्वतंत्रता शोण का बुना एक और छल है। विसर्पी शरण्या मेरी गुप्तचर है। मेरे ही आदेश पर यह शोण का पीछा कर रही थी।" महामंत्री विष्णुदत्त झुँझलाकर बोले।

"आप हमारे विशेष आदेश के उल्लंघन की स्वीकारोक्ति का परिणाम जानते हैं?" महाराज अधिराज ने महामंत्री विष्णुदत्त को ज्वलंत दृष्टि से घूरा।

विष्णुदत्त सकपकाकर चुप रह गए।

"शरण्या जैसे गुप्तचरों की निष्ठा स्वर्ण-मुद्राओं के भार पर निर्भर होती है।" शोण बोला, "उसकी निष्ठा का कुछ अंश मैंने भारी मोल देकर क्रय किया।"

"तुम शरण्या के विषय में कैसे जानते हो?" महामंत्री विष्णुदत्त के नीचे से धरती खिसक गई।

"ये पूछिए कि मैं शरण्या के विषय में क्या जानता हूँ!" शोण गंभीरता से बोला, "आपकी विश्वासपात्र शरण्या असल में नागराज की विश्वस्त गुप्तचर है..." कहते हुए शोण रुका, "...अथवा कहें कि वह नागराज की विश्वस्त गुप्तचर थी। दोनों राज्यों के प्रत्येक राजनीति, सामरिक, अथवा व्यावसायिक निर्णय की सूचना शरण्या के माध्यम से नागों तक सहजता से पहुँच रही थी। इसी कारण से इतने वर्षों से नाग दोनों राज्यों में उत्पात मचाए थे।"

महामंत्री विष्णुदत्त अवाक रह गए।

"साथ ही दोनों राज्यों से नागरिक पलायन की योजना पलायन आरंभ होने से पूर्व शरण्या के माध्यम से नागराज तक पहुँच गई थी।" शोण बोला।

"दोनों राज्यों की प्रजा की सुरक्षा दाँव पर लगाकर नागरिक पलायन की गुप्त योजना नागराज तक पहुँचा कर आपने राजद्रोह किया है, महामंत्री!" महाराज अधिराज का क्रोध से भरा तेज स्वर गूँजा, "आप मृत्युदंड के पात्र हैं।"

महामंत्री विष्णुदत्त का सिर लज्जा से झुक गया। जिस राज्य की सुरक्षा के लिए उन्होंने अपना जीवन समर्पित किया, आज वह उसी के अपराधी बन गए थे।

"महाराज! महामंत्री सम्मान के पात्र हैं। राजहित में वे राजद्रोह करने से भी नहीं चूके।" शोण शांत स्वर में बोला, "यदि महामंत्री राजद्रोह के दोषी हैं तो मुझे भी मृत्युदंड दीजिए, क्योंकि शरण्या के माध्यम से नागरिक पलायन की सूचना नागराज तक मैंने पहुँचाई थी।"

"आप क्या कह रहे हैं?" महाराज अधिराज अविश्वास से बोले।

"महाराज! महामंत्री विष्णुदत्त को मुझ पर आरंभ से संशय था और अपने संशय को आधार देने के लिए उन्होंने गुप्तचर शरण्या को मेरे कार्यकलापों पर दृष्टि रखने के लिए तैनात किया, किंतु उन्होंने नागरिक पलायन की योजना को

शरण्या से गुप्त रख अपने पद की गरिमा का ध्यान भी रखा।" शोण ने उत्तर दिया, "शरण्या के माध्यम से नागराज तक नागरिक पलायन की सूचना बड़े ही सुनियोजित प्रकार से पहुँचाई गई।"

"अब समझी कि उस रात विस्तृप वन में तुमसे भेंट के दौरान हमारी सूचनाओं का आदान-प्रदान आकस्मिक नहीं था।" शरण्या अपने दाँत पीसते हुए शोण से बोली। साथ ही उसने सभी को विस्तृप वन में शोण के साथ हुई अपनी भेंट की जानकारी दी।

"महाराज! शरण्या से मेरी भेंट आकस्मिक, किंतु दैवयोग से उचित समय पर हुई थी। मुझे विश्वास था कि नागराज की सर्वश्रेष्ठ गुप्तचर विसर्पी नागलोक पर आने वाले किसी भी संभावित संकट की सूचना नागराज तक अवश्य पहुँचाएगी।" शोण बोला, "हमारी भेंट दोनों राज्यों के नागरिकों के साथ विसर्पियों का हित साधने में सहायक सिद्ध हुई। नागराज मेरे इस छलावे में बुरी तरह फँस गया।"

"विसर्पियों का हित!" शरण्या ने टोका, "जिस योजना से हमारे प्राण संकट में पड़ गए वह हमारे लिए हितकारी कैसे हो गई? कारागृहों को तोड़ने से लेकर नागलोक से बाहर निकलने का लक्ष्य विसर्पियों ने अपने सामर्थ्य से साधा है।"

"नागराज के प्रति अपनी निष्ठा को प्रमाणित करने के लिए विसर्पियों ने अनेक निर्दोषों का लहू बहाया है। यह निष्ठा विसर्पियों की आत्मा पर बोझ बनते हुए उन्हें उनके मूल स्वभाव से भटका रही थी। विसर्पियों को इस बोझ से उबारने का यही उचित अवसर था।" शोण बोला।

"तो तुमने नागलोक से निकलने में हमारी मदद क्यों नहीं की?" एक विसर्पी ने पूछा।

"विसर्पियों को नागलोक से सुरक्षित निकालना गरुड़ सेना के लिए कठिन नहीं था, किंतु वासुदेव चाहते थे कि विसर्पी नागलोक से उस आत्मसम्मान के साथ निकलें जिसे नागों ने उनसे वर्षों पूर्व छीना था।" शोण ने उत्तर दिया, "मुझे विसर्पियों की क्षमता पर सदैव भरोसा था। साथ ही यकीन था कि शरण्या शेष विसर्पियों को नागलोक से सुरक्षित बाहर निकालने में सक्षम है।"

"यदि हम किसी संकट में फँस जाते?" शरण्या ने शंका प्रकट की।

"विसर्पियों की सुरक्षा के लिए मेरे नेतृत्व में आत्मघाती दल गुप्त रूप से

तैनात था। इस दल का प्रत्येक सदस्य अपने प्राण न्योछावर करके भी विसर्पियों की सुरक्षा के लिए प्रतिज्ञाबद्ध था।" साथ खड़ा नायक श्रवण बोला।

शोण ने नायक श्रवण के दोनों कंधों पर हाथ रखा, "श्रवण के दल ने अपना कार्य पूरी दक्षता से संपन्न किया। विसर्पियों का पीछा कर रहे अनेक नाग सैनिकों को इनके दल ने विसर्पियों का अहित करने से पूर्व समाप्त कर दिया। किंतु विसर्पियों ने अपनी स्वतंत्रता स्वयं अर्जित की है।"

शरण्या अवाक रह गई। उसे तो लग रहा था कि शोण ने अपनी योजना में उसका प्रयोग किया, किंतु अब समझी कि उसकी योजना की आधारशिला में विसर्पियों का हित था।

"महाराज! यादवों के दिव्यास्त्र चिरपुंज और अनंतपुर पहुँचने की सूचना को नागराज ने नागों के हित साधने में प्रयोग किया। दिव्यास्त्र छिन कर वो उन्हें यादव जनपदों पर आक्रमण करने के लिए कूटनीतिक अस्त्र की तरह प्रयोग करता और यादवों की छवि धूमिल करते हुए नागों के प्रति सहानुभूति अर्जित करता। भविष्य में वह इस घटना को आधार बना यादव जनपदों पर नाग पताका लहराता।" शोण बोला।

"नागराज की योजना तो अत्यंत विध्वंसकारी थी।" महाराज वीरसेन घबराए हुए बोले, "क्या यादव दिव्यास्त्र सुरक्षित केंद्र तक पहुँच पाए? यदि दिव्यास्त्र नागराज के हाथ लग गए तो दोनों राज्यों का समूल नाश निश्चित है।"

"महाराज! इस अबोध 'यदि' ने नागराज की योजना विफल करते हुए उसे इतना गहरा आघात दिया है जिससे उबरने में उसे वर्षों लगेंगे।" शोण मुस्कुराया।

"हम समझे नहीं। कृष्ण की योजना नागराज को ज्ञात होते हुए भी वह कैसे परास्त हो गया?" महाराज अधिराज ने पूछा।

"श्रीकृष्ण नागों को परास्त करना अवश्य चाहते थे, किंतु चिरपुंज और अनंतपुर को सुरक्षित रखते हुए। नागलोक पर दिव्यास्त्रों से आक्रमण होता तो उसके दुष्प्रभाव से चिरपुंज और अनंतपुर वर्षों तक जीवन-विहीन हो जाते। क्षेत्रीय ऋतु बदलती और दोनों राज्यों की उपजाऊ भूमि अन्न उत्पादन के लिए अयोग्य हो जाती।" शोण बोला।

"दिव्यास्त्र तो चिरपुंज पहुँचे ही नहीं!" महाराज वीरसेन बोल पड़े, "योजनानुसार सभी नागरिकों को महादेव के आश्रम में स्थापित कर हमें दिव्यास्त्रों

से नागलोक पर हमला करना था।"

"नागों को अपने बिलों से बाहर निकालने के लिए एक ऐसे प्रलोभन की आवश्यकता थी जिसे नाग उपेक्षित न कर पाएँ।" शोण ने उत्तर दिया, "दिव्यास्त्र प्रयोग की योजना नागों को भ्रमित करने के लिए थी।"

"अर्थात ?"

"शरण्या के माध्यम से नागराज तक दिव्यास्त्रों के चिरपुंज और अनंतपुर पहुँचने की सूचना पहुँच गई। नागलोक पर आए संकट को टालने के लिए नागराज के लिए यादव दिव्यास्त्रों की काट ढूँढ़ना आवश्यक था।" शोण बोला, "इतने कम समय में उसे यादव दिव्यास्त्रों की काट मात्र तीन व्यक्ति प्रदान कर सकते थे– महादेव शिव, नागराज का मित्र दुर्योधन, और स्वयं श्रीकृष्ण! महादेव नागराज के कृत्यों से अप्रसन्न थे, इसलिए उनसे नागराज को यादव दिव्यास्त्रों की काट मिलने की उम्मीद नहीं थी। दुर्योधन पांडवों के विरुद्ध अर्जित अपनी शक्ति का व्यय नागराज के लिए नहीं करता, और श्रीकृष्ण से अपनी पुरानी शत्रुता के चलते नागराज चाहकर भी उनसे मदद नहीं माँग सकता था।"

"नागराज इंद्र से मदद ले सकता था।" महाराज अधिराज बोले।

"गरुड़ से पराजित देवराज इंद्र का हित तो देव-गरुड़ संधि[84] की आड़ लेकर नागराज से दूरी बनाने में ही था।" शोण हँसते हुए बोला, "किसी बाहरी सहयोग के अभाव में यदि नागराज को दिव्यास्त्र चाहिए थे तो उसे उन्हें अपने बल पर ही हासिल करना था। ऐसे में यादव दिव्यास्त्रों की लूट नागराज के लिए सर्वाधिक सुरक्षित और त्वरित उपाय था।"

"यदि नागराज यादव दिव्यास्त्र हासिल कर लेता तो चिरपुंज और अनंतपुर का अस्तित्व मिट जाता।" महाराज वीरसेन बोले।

"इसी बीच श्रीकृष्ण ने एक चतुर दाँव चला जिसने नागराज की पराजय शत-प्रतिशत सुनिश्चित कर दी।" शोण बोला, "उन्होंने पांडवों की तरफ से नागराज को गुप्त संधि-प्रस्ताव भेजा।"

"नागराज से संधि में श्रीकृष्ण का क्या हित था?" महाराज वीरसेन ने कौतुक से पूछा, "यह कृष्ण की कैसी माया है? नागलोक को यादव दिव्यास्त्रों

---

84. देव-गरुड़ संग्राम में गरुड़ के विजयी होने पर इंद्र-गरुड़ संधि हुई। [महाभारत, आदिपर्व, अध्याय 34, श्लोक 6-7]

से नष्ट करने का वचन देकर उन्होंने नागों को संधि-प्रस्ताव क्यों भेजा ?"

"महायुद्ध में नागराज कौरवों के पक्ष से लड़ने का वचन दे चुका है, किंतु यदि वह कृष्ण का संधि-प्रस्ताव स्वीकारता तो एक तरफ युद्ध में पांडव पक्ष मजबूत होता, दूसरी तरफ नागशक्ति के हटने से कौरव पक्ष कमजोर पड़ता। संधि होने पर यादव जनपद नागों से सुरक्षित रहते। ये संधि चिरपुंज और अनंतपुर को नागों के कोप से बचाने का असाधारण प्रयास था।"

"अर्थात, कृष्ण एक तीर से चार लक्ष्य साध रहे थे। चिरपुंज और अनंतपुर की सुरक्षा, पांडव पक्ष को शक्तिशाली बनाना, कौरवों को कमजोर करना, और साथ ही नागराज से संधि कर उसे अपने वश में करना।" महामंत्री विष्णुदत्त विस्मय से बोले।

"यदि नागराज श्रीकृष्ण के संधि-प्रस्ताव को अस्वीकार कर देता ?" महाराज अधिराज ने पूछा।

"वो तो उसे करना ही था! मधुसूदन भली-भाँति जानते थे कि नागराज का स्वभाव उसे संधि-प्रस्ताव स्वीकारने नहीं देगा। उन्होंने मात्र इतना सुनिश्चित किया कि संधि-प्रस्ताव अस्वीकारने के पश्चात नागराज को अपने बचाव के लिए कोई मार्ग नहीं मिले।" शोण ने गंभीरता से उत्तर दिया।

"नागराज इस संधि-प्रस्ताव को स्वीकार कर अपनी सभी पूर्व त्रुटियों को सुधार सकता था।" महाराज अधिराज ने पूछा, "पर उसने ऐसा क्यों नहीं किया ?"

"नागराज संधि-प्रस्ताव के बारे में जानता तो कोई निर्णय लेता। वो तो नागलोक पर यादव दिव्यास्त्रों के अवश्यंभावी आक्रमण की सटीक सूचना से ऐसा बौखलाया था कि उसे शांति प्रस्ताव के साथ आई यादव वाहिनियाँ दिव्यास्त्र वाहक लगीं।" शोण हँसा, "नागराज के पास यादव दिव्यास्त्रों की काट नहीं थी, इसलिए उसने दिव्यास्त्रों का मुख नागलोक की तरफ मुड़ने से पूर्व उन्हें बलपूर्वक अपने अधिकार में लेने का निर्णय लिया। मृत्युंजय पर्वत के संकुलित ढलानी मार्गों पर नाग सेना सामरिक रूप से सुदृढ़ स्थिति में थी। रात्रि के अंधकार में पहाड़ी मार्ग से अनभिज्ञ यादव वाहिनियों से दिव्यास्त्र छीनने का नागराज के पास दुर्लभ अवसर था।"

"कृष्ण का भ्रमजाल!" महाराज अधिराज सहज ही बुदबुदा उठे, "मतिभ्रष्ट नागराज ने श्रीकृष्ण के शांति प्रस्ताव के साथ आई यादव वाहिनियों को दिव्यास्त्र

से लैस समझने की भूल की और वह यादव वाहिनियों पर आक्रमण कर बैठा।"

"अर्थात, नागलोक पर यादव दिव्यास्त्रों का आक्रमण अवश्यंभावी है।" महाराज वीरसेन प्रसन्नता से चहक उठे।

"दिव्यास्त्र आए होते तो नागलोक पर आक्रमण होता, महाराज! नागलोक को ध्वस्त करने वाले पूरे अभियान की धुरी उन दिव्यास्त्रों पर टिकी थी जो द्वारका से चिरपुंज और अनंतपुर कभी भेजे ही नहीं गए थे।" शोण ने ठहाका लगाया, "दिव्यास्त्रों की सूचना मात्र से परास्त हो सकने वाले कायर नागराज के लिए दिव्यास्त्र क्यों व्यर्थ किए जाएँ?"

शोण के रहस्योद्घाटन से महाराज अधिराज की आँखें अचरज से फैल गईं। सारा मामला समझ में आते ही उन्होंने जोरदार ठहाका लगाया।

"नागों को बिल से निकालने के लिए श्रीकृष्ण ने उन्हें संधि-प्रस्ताव भेजा जिसे नागों ने दिव्यास्त्र समझ कर लूटने का प्रयास किया। दिव्यास्त्रों के लोभ में नागराज भूल गया कि यादव गरुड़ संरक्षण में हैं।" शोण बोला, "महादेव के सुरक्षा-चक्रों से निकले नाग पहले ही असुरक्षित थे। उस पर उन्होंने श्रीकृष्ण के शांति प्रस्ताव के साथ आई यादव वाहिनियों पर सीधा आक्रमण किया। नागों ने गरुड़ राज को नागलोक पर आक्रमण करने के लिए स्वयं आमंत्रित किया। गरुड़ उनका आमंत्रण क्यों अस्वीकाते?"

"इस योजना में नागरिक पलायन की क्या आवश्यकता थी?" महाराज वीरसेन ने पूछा।

"गरुड़ हमले की स्थिति में नागराज दोनों राज्यों को ढाल बना सकता था। स्वयं को सुरक्षित करने के लिए वह दोनों राज्यों में नागरिकों का संहार करने से भी नहीं चूकता। ऐसा होने पर वह घटना का सारा दोष गरुड़ पर मढ़ देता। निर्दोष नागों पर गरुड़ आक्रमण का प्रतिरोध करने महादेव के गण नागलोक की सुरक्षा में उतरते और नागराज बच जाता।" शोण बोला, "दोनों राज्यों से नागरिकों का पलायन नागराज को ऐसे किसी अवसर से वंचित करने के साथ उसे आश्वस्त करना था कि दिव्यास्त्रों से नागलोक पर आक्रमण अवश्यंभावी है।"

"नागरिक पलायन का उद्देश्य नागरिकों को महादेव के आश्रम तक पहुँचाना नहीं था।" महाराज अधिराज ने प्रसन्नता से ठहाका मारा, "श्रीकृष्ण ने द्वारका में बैठे-बैठे नागलोक को ध्वस्त कर दिया। नागराज न अपना फन फैला

पाया, न महादेव की शरण में जा पाया।"

"अपने आराध्य श्रीकृष्ण के प्रति नागराज के दुस्साहस को गरुड़ राज ने दंडित किया।" शंखज दाँत भींचते हुए बुदबुदाया, "चिरपुंज और अनंतपुर को नागराज के कोप से बचाने के लिए पलायन का स्वांग रचा गया, किंतु नागराज की भूल का परिणाम नागलोक के निर्दोष नागों ने अपने प्राणों से चुकाया।"

"भूल नहीं, छल!" शरण्या गुस्से से चीखी, "नागराज को समझना होगा कि छल-कपट में कई लोग नागराज से भी अधिक पारंगत हैं और वे उसे उसी की भाषा में उत्तर देने का सामर्थ्य रखते हैं।"

"महाराज! यह यज्ञ सफलतापूर्वक संपन्न हुआ। चिरपुंज और अनंतपुर के होम से नागराज को उसके दुष्कर्मों का उचित दंड मिला। उसके घमंड और शक्ति का नाश हुआ। श्रीकृष्ण के शांति प्रस्ताव लेकर आई यादव वाहिनियों पर आक्रमण कर नागराज ने समस्त भरतखंड को नागों का शत्रु बना लिया है। गरुड़ के आक्रमण से क्षतिग्रस्त नागशक्ति को उबरने में वर्षों लगेंगे।"

"नागराज इसी अपमान का पात्र है!" शरण्या क्रोध से फुफकारी, "अपने फैलाए कुचक्र में फँसकर नाग विनाश को प्राप्त हुए। संसार को निगलने की ताक में बैठे नागराज में अब किसी छोटे राज्य पर भी अपनी इच्छा थोपने के लायक सामर्थ्य नहीं है।"

"मृत्युंजय पर्वत से सभी नाग चौकियाँ ध्वस्त हो गई हैं। राजमार्ग नागों के नियंत्रण से मुक्त हैं। चिरपुंज और अनंतपुर के लिए अन्य राज्यों से व्यापार करने का मार्ग प्रशस्त हो गया है। दोनों राज्यों के व्यावसायिक हितों के लिए यह स्थिति वरदान है।" शोण बोला, "दोनों राज्य यादव संधि की ढाल में गरुड़ कवच से पूर्णतः सुरक्षित हैं। नागराज उन पर टेढ़ी दृष्टि डालने का साहस नहीं करेगा।"

"श्रीकृष्ण ने हमारे सभी कष्ट हर लिए!" महाराज वीरसेन विस्मय से बोले।

"वासुदेव के लिए चिरपुंज और अनंतपुर की रक्षा सर्वोपरि है। उनका आशीर्वाद उन निर्दोषों के साथ है, जिन्होंने नागराज के कुकृत्यों की सजा भुगती है। उन्होंने वे निर्णय लिए जो आरंभ में कठोर और प्रतिकूल प्रतीत होते हुए भी अंततः सर्वजन शुभार्थ थे।" शोण बोला। अभियान की सफलता उसके चेहरे पर दमक रही थी, "श्रद्धेय वासुदेव द्वारा प्रदत्त मेरा अभियान सफलतापूर्वक संपूर्ण हुआ।"

"अद्भुत! वासुदेव ने नागों के विष से ही उनका संहार किया!" महाराज अधिराज प्रसन्नता से बुदबुदाए, "बिलों में घुसकर अपनी रक्षा करने का अर्थ चिरपुंज और अनंतपुर के नागरिकों को इन गुफाओं के जाल में सुरक्षित रखने का संकेत था। श्रीकृष्ण का यह यज्ञ महर्षि व्यास की भविष्यवाणी और कद्रू के शाप को फलित करने की दिशा में एक अहम कदम है। विसर्पी भी नागों की दासता से मुक्त हुए। इस सफल अभियान से उत्पन्न क्षेत्रीय सुरक्षा भरतखंड के भविष्य को सुरक्षित करने में सहायक होगी।"

"ये मृत नाग कौन है?" महामंत्री विष्णुदत्त ने पूछा।

"नागलोक से भागा एक घायल वृद्ध नाग!" शरण्या ने उत्तर दिया, "नायक श्रवण की मदद से हम इन्हें यहाँ उपचार के लिए लाए थे, किंतु इन्हें बचा नहीं पाए।"

महामंत्री विष्णुदत्त का सिर लज्जा से झुक गया। मतिभ्रम में वह सत्य नहीं पहचान सके।

"चिरपुंज की सीमा से कोसों दूर बैठे श्रीकृष्ण ने चिरपुंज और अनंतपुर का एक बूँद लहू बहाए बिना मात्र एक दाँव से इस क्षेत्र का शक्ति संतुलन पुनः चिरपुंज और अनंतपुर के पक्ष में पलट दिया।" विष्णुदत्त विस्मय से बोले, "यह किसी दैवीय चमत्कार से कम नहीं है।"

"चिरपुंज और अनंतपुर की रक्षा हेतु श्रीकृष्ण द्वारा रचित इस अभियान का प्रभाव संपूर्ण भरतखंड महसूस करेगा।" शोण बोला, "नागों को शक्तिशाली होने से रोकने का दायित्व अब चिरपुंज और अनंतपुर पर है। महासमर हमारी उम्मीद से कहीं पहले प्रारंभ हो चुका है। कार्तिक अमावस्या तो उसके अंतिम अध्याय का आरंभ होगी।"

"आपने उचित कहा, मित्र! महासमर अनवरत है। इसका आरंभ और अंत नहीं है।" महाराज अधिराज बोले, "हम वचन देते हैं कि हमारी पीढ़ियाँ श्रीकृष्ण के प्रत्येक आदेश को अपना धर्म मानकर द्वारका संधि का पालन करेंगी।"

"अभियान के दौरान आप सभी के प्रति मुझसे जो भी अपराध हुए हैं, मैं उनका दंड भुगतने के लिए प्रस्तुत हूँ।" शोण अपना सिर झुकाते हुए बोला, "इस विषय में आप लोगों का प्रत्येक निर्णय मुझे मान्य होगा।"

गुफा में यकायक शांति पसर गई। महामंत्री विष्णुदत्त और सेनापति स्कंध

के सिर झुक गए। कुछ आत्मग्लानि के बोध से, कुछ शोण के प्रति यकायक बढ़ी श्रद्धा से।

महामंत्री विष्णुदत्त डबडबाई आँखों से शोण के चरणों में झुक गए।

"अज्ञानतावश आपको अपमानित करने के लिए हमें क्षमा करें, संयुक्त सेनापति!" महामंत्री विष्णुदत्त ग्लानि से बोले।

"आप मेरे पिता तुल्य हैं!" शोण ने महामंत्री विष्णुदत्त को उठाया और झुककर उनके चरणों का स्पर्श किया, "पिता का हाथ पुत्र के सिर पर शोभा देता है, चरणों में नहीं!"

महामंत्री विष्णुदत्त बुत बन गए। सामने शोण उनके चरणों में झुका हुआ था। समझ नहीं पाए कि शोण का अपमान करने के बाद वह पिता की भाँति उसे कैसे आशीर्वाद दें। भीगी आँखों से जब दृष्टि धुँधलाने लगी तो काँपते हाथों से उन्होंने शोण के कंधे थामकर उसे उठाया।

"एक प्रश्न अभी भी मेरे दिमाग में कुलबुला रहा है। वासुदेव का संदेश लाते समय आपने मृत्युंजय पर्वत में स्थित इन सुरक्षित गुप्त मार्गों का प्रयोग क्यों नहीं किया?" उनके काँपते शब्दों में शोण के प्रति अपनत्व था।

"ऐसा करता तो नागों को मुझे हत करने का अवसर नहीं मिलता। तब आप लोगों को परिस्थितियों की भयावहता समझाना कठिन होता। पलायन के प्रयास शिथिल होते जो दोनों राज्यों के नागरिकों के लिए आत्मघाती सिद्ध होते।"

"अर्थात, हमारी सुरक्षा के लिए आपने अपने प्राणों को भी संकट में डाल दिया?" महामंत्री विष्णुदत्त की डबडबाई आँखें शोण के चेहरे पर टिक गईं।

"शोण के प्राण असंख्य नागरिकों के प्राणों से अधिक मूल्यवान नहीं हैं। वासुदेव का आदेश था कि अभियान में दोनों राज्यों के किसी भी नागरिक का एक बूँद लहू भी धरती पर नहीं गिरना चाहिए।" शोण मृदुल वाणी में बोला, "आप सुनिश्चित कर लें कि आदेशपूर्ति में सेवक से कोई त्रुटि तो नहीं हुई।"

महामंत्री विष्णुदत्त अवाक रह गए। श्रीकृष्ण की योजना को साकार करने के लिए शोण ने अपने प्राण संकट में डालकर मृतप्राय अवस्था में चिरपुंज में आना स्वीकारा। दोनों राज्यों के नागरिकों की सुरक्षा के लिए वह मृत्यु के मुख में जाने के लिए तैयार बैठा था।

"हमारे रक्षार्थ यादवों ने अपना रक्त बहा दिया!" महामंत्री विष्णुदत्त भर्राए

गले से बोले। मन शोण के प्रति प्रेम और श्रद्धा से भर गया।

"उन्होंने वासुदेव के प्रति अपना कर्तव्य निभाया है।" शोण तटस्थ होकर बोला, "कर्तव्य का कोई मोल नहीं होता है।"

महामंत्री विष्णुदत्त निरुत्तर रह गए। शोण जैसी पुण्यात्माओं पर संदेह करने के अपराध-बोध से उनकी आत्मा बिलख उठी।

"तुम कौन हो?" शोण के सिर पर हाथ फेरते हुए उन्होंने पूछा, "इतने वृहत अभियान को गुप्त तौर पर सुव्यवस्थित ढंग से संचालित करने वाले हाथ सामान्य नहीं हो सकते हैं। दिव्य ओज और तेज से संपन्न तुम किसी उच्च कोटि की देवात्मा का अंश प्रतीत होते हो। ऐसी उच्च राजनीतिक और सामरिक परिपक्वता तुमने किस साधना से प्राप्त की है?"

"संदेश-वाहक! वासुदेव का दास! यही मेरा संपूर्ण सत्य और अस्तित्व है। प्रकृति आने वाले विनाश की जो पूर्व चेतावनी देती है मैं वही हूँ।" शोण ने गंभीरता से उत्तर दिया।

"जिनका दास इतना दैवीय है, वो वासुदेव स्वयं कैसे होंगे? बिना एक तिनका उठाए उन्होंने नागों को परास्त कर दिया।" महाराज अधिराज रूँधे गले से बुदबुदाए, "यह कैसा यज्ञ था, मित्र? बिना कुछ किए वासुदेव ने हमें कृतार्थ कर दिया। क्या हमारे कर्म इतने तुच्छ हैं कि हमें उनके यज्ञ में होम करने का सौभाग्य भी नहीं प्राप्त हुआ?"

"निश्छल मन से किया त्याग इस संसार में सर्वोत्तम आहुति है। ये यज्ञ आप सभी ने अपनी निष्ठा, श्रद्धा और भक्ति से संपूर्ण किया है।" शोण बोला, "वासुदेव पर विश्वास रखने वाले कभी पराजित नहीं होते हैं। संपूर्ण संसार जिसका एक अंश हो वो सर्वशक्तिमान और सर्वव्यापी परमेश्वर किसी न किसी रूप में सदैव आपकी मदद और आपके विश्वास की रक्षा करेंगे।"

"श्रीकृष्ण की माया श्रीकृष्ण ही समझ सकते हैं। मुझ अदना-सा राजनीतिज्ञ उनके दिव्य स्वरूप से भाव-विभोर होने में ही अपना सौभाग्य समझता है।" कहकर महामंत्री विष्णुदत्त ने अपनी आँखों की नमी को हाथों से पोंछकर दूर किया। कुछ देर अपनी सोच में डूबे रहे। फिर अपने हाथ से मुद्रिका उतारी, उसे शोण को थमाया और रूँधे गले से बोले, "यह मेरे पुत्र का अंतिम प्रतीक है। चाहता हूँ कि यह मेरे आशीर्वाद के रूप में सदैव तुम्हारी रक्षा करे।"

शोण ने उस मुद्रिका को आदर सहित अपनी आँखों से छूकर माथे से लगाया।

गुफा में उपस्थित लोगों की नम आँखों में शोण के प्रति आदर और सम्मान उमड़ रहा था। भावुक महाराज अधिराज ने शोण को अपनी बाँहों में भर लिया। उन्होंने छोड़ा तो महाराज वीरसेन ने शोण को अपने गले लगा लिया।

"तो हमारे लिए क्या आदेश है, मित्र?" महाराज अधिराज ने पूछा।

"आपकी मातृभूमि आपकी प्रतीक्षा कर रही है, राजन!" शोण विनम्रता से बोला, "मेरा कार्य पूर्ण हुआ। अब सेवक को प्रस्थान की अनुमति दीजिए।"

"हम आपका किस प्रकार धन्यवाद करें, मित्र?" महाराज अधिराज मृदुल वाणी में बोले, "हम तो इस गुप्त अभियान के विषय में संसार को बता भी नहीं सकते हैं।"

"इस अभियान की सफलता ही मेरा सर्वोत्तम पुरस्कार है। यह उपलब्धि विलुप्त होने वाले इतिहास से कई गुना बेहतर है। मुझे अपना जीवन इस पूर्ण सिद्धि में व्यतीत करने दें।" शोण आदर से बोला।

"साधुवाद! साधुवाद! धन्य है आपका जीवन! धन्य है आपके जन्मदाता!" महाराज अधिराज आत्म-विभोर हो बोले, "हमारी इच्छा है कि आपके प्रस्थान से पूर्व दोनों राज्यों की प्रजा को आपके दर्शन लाभ का सौभाग्य प्राप्त हो।"

"मैं भी उनके दर्शन करने का सौभाग्य प्राप्त करना चाहूँगा!" शोण बोला।

गुफा में नगाड़े गूँज उठे। नागरिक एकत्र होने लगे। यात्रा के दौरान सूचनाएँ प्रसारित करने के लिए नगाड़ों का उपयोग सामान्य था, किंतु सभी नगाड़ों का एक साथ गूँजना किसी विशेष घटना का संकेत था।

एक ऊँचे पत्थर पर महाराज अधिराज, महाराज वीरसेन और शोण चढ़े। सभी नागरिक उन्हें घेरकर खड़े हुए।

"मुझे बताते हुए हर्ष हो रहा है कि राज्य पर छाया संकट टल चुका है। हम शीघ्र अपने राज्य लौटेंगे!" महाराज अधिराज हर्षोल्लास से बोले।

"महाराज की जय हो!" गुफा भारी जय-जयकार से काँप उठी। यात्रा की थकान से मुरझाए चेहरों पर प्रसन्नता की लहर तैर गई।

महाराज अधिराज ने हाथ उठाकर सभी को शांत किया।

"चिरपुंज पर आए इस कठिन क्षण में हमारी सहायता करने के लिए हम

यादव श्रेष्ठ श्रीकृष्ण एवं मित्र शोण के आभारी हैं।" महाराज अधिराज भारी वाणी में बोले, "चिरपुंज सदैव उनका ऋणी रहेगा।"

"अनंतपुर की प्रजा भी अपने प्राणरक्षक श्रीकृष्ण और शोण की सहायता की सदैव ऋणी रहेगी।" महाराज वीरसेन बोले, "हमारा आभार स्वीकारें, मित्र शोण!"

महाराज वीरसेन अपने हाथ जोड़कर शोण के सामने घुटनों के बल झुक गए जैसे अपने आराध्य देव के समक्ष समर्पण कर रहे हों। महाराज वीरसेन का अनुसरण करते हुए महाराज अधिराज, महामंत्री मैत्रेय और सेनापति समरवीर, नाग शंखज, शरण्या और उसके विसर्पी साथी और नायक श्रवण भी शोण के समक्ष घुटनों के बल बैठ गए।

महाराज अधिराज और महाराज वीरसेन के अंगरक्षकों ने उनका अनुसरण किया और सभी अपने हथियार झुकाकर बैठ गए। एक-एक करके अनंतपुर और चिरपुंज की सभी टुकड़ियों के नायक शोण को नमन करते हुए जमीन पर बैठने लगे। उनके साथ उनकी टुकड़ी के सैनिक भी नतमस्तक हुए। धीरे-धीरे चिरपुंज और अनंतपुर का अपार जनसमुदाय शोण के सामने झुक गया।

सेनापति स्कंध ठगा-सा खड़ा था। उसके और शोण के अतिरिक्त गुफा में दूर-दूर तक कोई खड़ा नहीं दिख रहा था। चारों तरफ शोण के आगे शांत भाव से सिर झुकाए, घुटनों के बल बैठे नागरिक और सैनिक दिख रहे थे।

"ठहरो!" सेनापति स्कंध का तेज स्वर गुफा में गूँजा। शोण से अपना पुराना हिसाब चुकता करने का यह उसका अंतिम अवसर था। अपनी तलवार मजबूती से थामकर वह शोण को घूरते हुए उसकी तरफ बढ़ा।

"आपने हमें अपनी मातृभूमि के लिए प्राण न्योछावर करने के सौभाग्य से वंचित कर हमारा अपमान किया है, संयुक्त सेनापति!" सेनापति स्कंध के चेहरे पर अपमान, क्रोध, अविश्वास और गहराई तक छले जाने की पीड़ा झलक उठी। वह रूँधे गले से बोला, "जो जीवन मातृभूमि के उपयोग में नहीं आया वह व्यर्थ है।"

"आपके रण-कौशल प्रदर्शन का यह उचित अवसर नहीं था।" शोण सेनापति स्कंध के मानसिक द्वंद्व को भाँपते हुए बोला, "काल आपके रण-कौशल को उचित क्षण के लिए संजो रहा है। मुझे पूर्ण विश्वास है कि उचित अवसर आने

पर सेनापति स्कंध की शौर्य गाथा पीढ़ियों को युगों-युगों तक चमत्कृत करेगी।"

"किंतु संयुक्त सेनापति..." सेनापति स्कंध अधिक नहीं कह पाया। जाने कब उसके अनकहे शब्द बूँदों का रूप लेकर आँखों से बाहर निकले। उसके जीवन का यह एकमात्र ऐसा अति-महत्त्वपूर्ण और निर्णायक युद्ध था जिसमें उसकी तलवार लहू के स्वाद से वंचित रही थी।

"अभियान समाप्ति पश्चात आप मेरा आदेश मानने के लिए बाध्य नहीं हैं। 'संयुक्त सेनापति' से अधिक मुझे 'मित्र' शब्द प्रिय है।" कहते हुए शोण ने अपने शब्द प्रवाह को थामा, "क्या आप मेरा यह सुझाव मानेंगे, मित्र सेनापति स्कंध ?"

"आदेशों की बाध्यता पद से नहीं, मन से होती है।" सेनापति स्कंध रूँधे गले से बोला। नतमस्तक हो उसने अपनी तलवार हाथों में थामकर शोण को प्रस्तुत की, "मैं और मेरी तलवार सदैव संयुक्त सेनापति के आदेशों के अधीन रहेगी।"

अध्याय 29

सूर्य किरणें मृत्युंजय पर्वत के वृक्षों को चीरते हुए ढलानी मार्ग पर फिसल रही थीं। उन्हें सदैव बाधित करने वाले उस मार्ग के कई वृक्ष आज अपने स्थान पर नहीं थे। मार्ग के वृक्षों, क्षतिग्रस्त बैलगाड़ियों और रथों को काटकर अनगिनत चिताएँ बनाई गई थीं। वृक्ष पर्याप्त सूखे नहीं थे तो ज्वलनशील पदार्थ की सहायता से उन्हें अंतिम संस्कार के लिए उपयुक्त बनाया गया था। प्रभात-बेला में सुलगती लकड़ियों का धुआँ घुला था। अग्नि में धधकती सामूहिक चिताएँ मृतक यादव सैनिकों को अंतिम विदाई दे रही थीं।

घायल सैनिक, भृत्य और चिकित्सक मार्ग में बिखरे शवों से अपने साथियों के शव ढूँढ़कर निकाल रहे थे। कुछ शवों का भक्षण करने के अवसर की प्रतीक्षा में जुटे जानवरों को भगा रहे थे। सुरक्षित बची बैलगाड़ियों और रथों में घायल सैनिकों का उपचार हो रहा था।

घायल और थका महानायक अजिंक्य वहाँ चुपचाप खड़ा ढलानी मार्ग में सुलगती अनगिनत चिताओ की तपिश को दूर से ही महसूस कर रहा था। श्रीकृष्ण के 'विशेष उपहार' से लदी बैलगाड़ियों की सुरक्षा का मोल अनगिनत यादव सैनिकों ने अपने प्राणों से चुकाया था।

आकाश से कई शरभ पक्षी गरुड़ महानायक तार्क्षी और गरुड़ नायकों को लिए ढलानी मार्ग पर उतरे। तार्क्षी के साथ सभी गरुड़ नायक महानायक अजिंक्य के निकट पहुँचे। जलती चिताओं के सामने सिर झुकाकर उन्होंने मृतकों को श्रद्धांजलि अर्पित की। फिर सभी गरुड़ नायक एक-एक कर महानायक अजिंक्य के गले लगे।

"उम्मीद है हमें आने में विलंब नहीं हुआ!" गरुड़ महानायक तार्क्षी बोले।

"कदापि नहीं, मित्र! आपका आगमन हमारे लिए सदैव प्रसन्नता का विषय

होता है।" कहते हुए अजिंक्य ने उनको पुनः गले लगाया, "आपके सहयोग के लिए कोटि-कोटि धन्यवाद!"

"ऋणी तो हम आपके हैं। लंबे समय के पश्चात हमारी क्षुधा शांत हुई है।" महानायक तार्क्षी बोले, "आपने वासुदेव का विश्वास सार्थक किया।"

"उम्मीद है आपको सुस्वादु भोजन प्राप्त हुआ होगा!" अजिंक्य बोला।

"ऐसे भोजन के लिए हम सदैव लालायित रहते हैं!" तार्क्षी ने कहा, "आपने हमारे भोजन का उत्तम प्रबंध किया। हमारा आभार स्वीकारें!"

"यह आपके सहयोग से संभव हुआ है।" अजिंक्य बोला।

"गरुड़ इतिहास में यादव शौर्य का यह अध्याय स्वर्ण-अक्षरों में लिखा जाएगा।" महानायक तार्क्षी बोले, "हमें आज्ञा दें मित्र! महादेव के गण यहाँ पहुँच गए तो गरुड़ राज और महादेव के संबंधों के कई अतिरिक्त अध्याय लिखने पड़ जाएँगे।"

"शुभमस्तु, मित्र!" अजिंक्य ने हाथ हिलाकर उसे विदा किया।

"शुभमस्तु!" तार्क्षी ने अपने शरभ पक्षी पर सवार हो गरुड़ नायकों को प्रस्थान का संकेत किया। अनगिनत शरभ पक्षी उन्हें लिए अपने बड़े-बड़े डैनों से आकाश को ढँकते हुए गरुड़ लोक की ओर उड़ चले।

अध्याय 30

मृत्युंजय पर्वत की गुफा से निकले शोण ने ढलानी मार्ग पर शरण्या को खड़ा देख अपना घोड़ा रोका और उतरकर उसके पास पहुँचा। अपनी यात्रा का अगला चरण आरंभ करने से पूर्व उसे शरण्या के प्रश्नों का बोझ उतारना आवश्यक था।

"अविश्वसनीय! हस्तिनापुर का एक व्यापारी नागलोक ध्वस्त करने के इस जटिल कूटनीतिक और सैन्य अभियान का सूत्रधार बना!" शरण्या गुस्से से भरी थी।

"व्यापारी हूँ। मुनाफे और नुकसान पर पैनी दृष्टि रखता हूँ।" शोण मुस्काराया।

"और मुझे कितनी स्वर्ण-मुद्राओं में तुमने क्रय किया?" शरण्या बिफरी, "हर परिस्थिति से निपटने का उपाय रहता है तुम्हारे पास!"

"कोई तर्क तो प्रस्तुत करना था। हर कोई सत्य का साक्षात्कार करने में सक्षम नहीं होता है।" शोण जोर से हँसकर बोला।

"मैंने पहले ही कहा था कि कृष्ण के छल का कोई अंत नहीं है। वह कहता कुछ है, करता कुछ और, और होता कुछ और है।" शरण्या बोली।

"जानकर प्रसन्न हूँ कि कृष्ण में तुम्हारा विश्वास अभी भी दृढ़ है।" शोण मुस्कुराया, "और कृष्ण ने तुम्हारा विश्वास टूटने नहीं दिया।"

"यह सब मात्र उस कृष्ण के लिए!" शरण्या ने विस्मय से पूछा, "क्यों शोण? क्यों?"

"अपने प्रश्न दूसरों से पूछना बंद करो!" शोण ने उसे समझाया, "प्रश्न पूछो तो उसका उत्तर सहने की क्षमता भी रखो। उत्तरों की अवहेलना कर स्वयं को मत छलो।"

"मुझे प्रश्न नहीं, उनके उत्तर भयभीत करते हैं।" शरण्या की आँखों से चंद बूँदें लुढ़क गईं, "अभी तक प्रश्नों में उलझी रही। शेष जीवन के लिए प्रश्न ढूँढ़

रही हूँ।"

"यह विसर्पी शरण्या का सत्य नहीं है!" शोण बोला, "संसार में भटकना सुलभ है, किंतु इस भटकन में अपनी मुक्ति का मार्ग प्रशस्त करना ही साधना है। अपने जीवन के उद्देश्य की पहचान कर अपने कर्म और निष्ठा से साधना सिद्ध करो।"

"तुम भली-भाँति जानते हो कि मेरे लिए यह सुलभ नहीं है।" शरण्या रूँधे गले से बोली।

"सुलभ तो जीवन भी नहीं होता है, किंतु उसे मृत्यु के हाथों सिसकने के लिए नहीं छोड़ा जाता है।"

"मैं अपने कर्तव्य और भक्ति के बीच त्रिशंकु बनी झूल रही हूँ। असाध्य पीड़ा और अपमान सहते हुए भी नागराज से प्रतिशोध लेने की इच्छा विसर्पियों को जीवित रखे थी। अब वह कारण भी जाता रहा। अब तक संसार के लिए मृतप्राय रहे नागराज के दासों का संसार में क्या भविष्य होगा।"

"अपने संसार का निर्माण स्वयं करो। वह संसार जहाँ विसर्पियों को आदर और सम्मान प्राप्त हो। अपने सत्कर्मों से संसार को ऐसा प्रकाशित करो कि संसार तुम्हें दुष्ट नाग प्रवृत्ति के विस्तार नहीं, अपितु नागों के सकारात्मक विकल्प के रूप में स्वीकारे। विसर्पी सदैव से इस सम्मान के अधिकारी थे।" शोण ने उत्तर दिया, "देवी! कृष्ण ने तुम्हें मार्ग नहीं दिखाया है। न उन्होंने तुम्हें इस मार्ग पर चलने के लिए प्रेरित किया है। उन्होंने तो तुम्हारी बंद आँखों को खोलकर तुम्हें अपने मार्ग का चुनाव करने के लिए स्वतंत्र किया है।"

"इतने वर्षों में नागराज के लिए रूप बदलते हुए मैं अपना मूल रूप भूल चुकी हूँ।" शरण्या भर्राई आवाज में बोली, "क्या तुम्हारे वासुदेव हम भटकों के मार्गदर्शक बनेंगे?"

"विसर्पियों को अपने मान-सम्मान की रक्षा के लिए किसी नागराज अथवा कृष्ण की आवश्यकता नहीं है। अपने मान-सम्मान के वे स्वयं रक्षक हैं। इसी आत्मसम्मान की शक्ति से उन्होंने नागराज से स्वतंत्रता प्राप्त की और यही उनका प्रेरणा-स्रोत है।" शोण बोला, "नागों से मिली प्रताड़ना विसर्पियों के आत्मिक उत्थान के लिए आवश्यक थी। विसर्पियों ने अपने तप से स्वतंत्रता प्राप्त की है। अवनति से उन्नति की इस यात्रा में मैं और कृष्ण तो उनके सह-पथिक मात्र थे।"

"तुम्हारी गुप्त सूचनाएँ नागराज से साझा कर मैंने तुम्हारे साथ जो विश्वासघात

किया उसके लिए क्या तुम मुझे क्षमा कर सकते हो?" शरण्या ने एक दबा-बुझा आग्रह किया।

शोण चुपचाप खड़ा शरण्या को देख मुस्कुराता रहा।

"तुम्हें ज्ञात था कि मेरे माध्यम से तुम्हारे अभियान की जानकारियाँ नागराज को मिलेंगी?" शरण्या बिफरी।

"मुझे अपनी विसर्पी बहन की निष्ठा और उसकी शिक्षा पर विश्वास था। मैंने अपना दायित्व निभाया और उसने अपना।" शोण शांत वाणी में बोला

शरण्या समझी कि शोण ने चतुराई से उसे अपनी योजना में प्रयुक्त किया था।

"एक प्रश्न अभी भी दिमाग में घूम रहा है।" शरण्या झिझकते हुए बोली, "नायक श्रवण और उसकी टुकड़ी ने नागलोक से निकलने में हमारी सहायता क्यों नहीं की?"

"इसके लिए नायक श्रवण की टुकड़ी को नागलोक के बाहर से गुप्त भूमिगत मार्गों में प्रवेश करना होता। ऐसे में मार्गों के प्रकट होने का संकट था। एक बार भूमिगत मार्ग नागों के समक्ष प्रकट हो जाते तो नागलोक में गुप्त रूप से प्रवेश करना असंभव हो जाता।" शोण ने उत्तर दिया, "विसर्पियों को नागलोक से निकलने का अवसर पुनः नहीं मिलता। इसीलिए नागलोक के भूमिगत मार्गों का गुप्त रहना ही श्रेयस्कर था।"

शरण्या चुप हो गई। कुछ देर बाद रूँधे गले से बोली, "विसर्पियों को नागराज की कैद से मुक्त करा कर तुमने उनकी आत्मा को सदैव के लिए कृष्ण का बंधक बना दिया है। किंतु इस पराधीनता में भी विचित्र स्वतंत्रता और आनंद की अनुभूति है। जिस कृष्ण ने नरकासुर का संहार कर उसकी कैद से सोलह हजार स्त्रियों को छुड़ाकर सम्मानजनक जीवन देने के लिए अपनी पत्नी स्वीकारा[85], क्या उनके चरणों में विसर्पियों को स्थान प्राप्त होगा?"

"तुम्हारे समर्पण में दासत्व है। कृष्ण को दास बनकर नहीं, कृष्णमय होकर प्राप्त करो।" शोण ने सपाट उत्तर दिया।

"विसर्पियों के पास अपने जीवन और उम्मीद के अतिरिक्त समर्पण करने के लिए कुछ शेष नहीं है। हम वही श्रीकृष्ण के चरणों में समर्पित करते हैं।" शरण्या ने

---

85. श्रीकृष्ण ने प्राग्ज्योतिषपुर में नरकासुर का वध कर उसके भवन में प्रवेश करके वहाँ के धन-वैभव तथा सोलह सहस्त्र कुमारियों को द्वारका भेजा था। [श्रीहरिवंशपुराण, विष्णुपर्व, अध्याय 64]

वचन दिया, "उम्मीद है कि वो हमें यह ऋण उतारने का एक अवसर अवश्य देंगे।"

"वासुदेव के प्रति तुम्हारा यह समर्पण ही तुम्हारी साधना है। इस साधना को अपने त्याग से परिपूर्ण करो।" शोण ने उत्तर दिया, "कृष्ण के प्राण सभी जीवों के प्राणों से जुड़े हैं। यह संसार कृष्णमय है। कृष्ण मुक्ति का मार्ग अवश्य हैं, किंतु इस मार्ग पर तुम्हें स्वयं चलना होगा।"

"क्या हम विसर्पियों के भाग्य में प्रतीक्षा के अतिरिक्त कुछ नहीं है?" शरण्या ने सिर झुकाकर धीरे से पूछा।

"प्रतीक्षा से बड़ा युद्ध तो संसार में कोई नहीं है। विसर्पियों को अपना युद्ध स्वयं लड़ना होगा जैसे वे सदैव लड़ते आए हैं।" शोण बोला, "नागराज का भय भूलकर तुम सभी तुरंत यहाँ से दूर महादेव के आश्रम चले जाओ। मार्ग मैं बतलाता हूँ। वहाँ शक्ति-अर्जन करते हुए विसर्पी अपने प्रकट होने के लिए उचित समय की प्रतीक्षा करें।"

शरण्या ने गहरी साँस ली। उसके सभी प्रश्न समाप्त हो गए थे।

"मुझे प्रस्थान की अनुमति दो, देवी!" शोण ने शरण्या की आँखों में झाँका, "यह अंतहीन यात्रा मुझे एकल ही पूर्ण करनी है।"

"शोण की देह विदा कर सकती हूँ, किंतु उसकी आत्मा को स्वयं से विलग करना मेरे लिए मृत्यु-तुल्य होगा।" शरण्या की आँखें नम हो चलीं, "तुम्हारी सह-पथिक बनने का सौभाग्य तो प्राप्त नहीं कर पाई, किंतु तुम्हारी सफलता के लिए परमात्मा से प्रार्थना करती रहूँगी।"

"मैंने श्रद्धेय सौभालिक को जीवनपर्यंत तुम्हारी रक्षा करने का वचन दिया है। काल और दूरी से अप्रभावित मेरी साँसों की डोर तुमसे सदैव जुड़ी रहेगी।" शोण बुदबुदाया।

"मुझे विश्वास है कि शोण अपने वचन से विमुख नहीं होगा।" शरण्या ने शोण के सीने पर सिर झुकाते हुए अपनी आँखें मूँद लीं।

"तुम्हारा विश्वास शोण को अपने धर्म और वचन से कभी भटकने नहीं देगा।" शोण ने मुस्कुराकर शरण्या को अपनी बाँहों में भर लिया।

अध्याय 31

बर्फीली चट्टान पर बिछी मृग छाला पर शिव आँखें मूँदे सुखासन में ध्यानमग्न बैठे थे। चेहरे पर असंख्य सूर्यों का तेज सिमटा हुआ था। केशों की लंबी जटाएँ मुकुट रूप में सजी, उनके दोनों बलिष्ठ कंधों पर झूल रही थीं। गले में नरमुंडों की माला के साथ अनगिनत रुद्राक्ष झूल रहे थे। संपूर्ण शरीर भभूत से ढँका था।

आँखें खोली तो सामने कृष्ण को प्रतीक्षा करते पाया। चेहरे पर भीनी मुस्कान के साथ शिव ने आशीर्वाद मुद्रा में हाथ उठाकर पूछा, "अधिक प्रतीक्षा तो नहीं करवाई, मधुसूदन?"

"इस प्रतीक्षा का पुण्य भी असंख्य तपोबल से कई गुना अधिक है, महाप्रभु।" कृष्ण ने चेहरे पर भीनी मुस्कान के साथ हाथ जोड़कर आदर से सिर झुकाकर उन्हें प्रणाम किया, "महायुद्ध से पूर्व प्रभु के दर्शन लाभ लेने चला आया।"

"वाक-चातुर्य में तुम्हारा कोई सानी नहीं, कृष्ण!" सहस्त्र घुँघरुओं की खनक बिखेरती मुस्कान शिव के चेहरे पर थिरकी, "प्रतीत होता है कि महायुद्ध की व्यवस्था में अत्यंत व्यस्त हो। और कितने युद्ध शेष हैं, कृष्ण?"

"युद्ध कहाँ समाप्त होते हैं, प्रभु!" श्रीकृष्ण मधुर वाणी से बोले, "मात्र स्वरूप परिवर्तित कर अनवरत जारी रहते हैं। कभी भीतर, कभी बाहर!"

"तुम्हारी माया मुझे सदैव भ्रमित करती है, कृष्ण!" शिव हँसे, "प्रत्येक युद्ध के रचनाकार हो तुम। युद्ध भी तुम्हीं लड़ते हो। युद्ध का आनंद भी तुम्हीं उठाते हो। युद्ध के परिणाम भी तुम निर्धारित करते हो, और विजयी भी स्वयं होते हो, किंतु युद्ध का परिणाम यह सृष्टि भोगती है।"

"प्रभु! न यह सृष्टि मुझसे विलग है, न मैं इससे। सांसारिक कर्मभूमि में सभी के कर्म अपने नियमों का पालन करते हुए आपस में टकराते हैं। एक का

कर्म दूसरे का अकर्म, और एक का धर्म दूसरे का अधर्म होता है। प्रकृति संतुलन स्थापित करती है और कृष्ण धर्मादेश से इस संतुलन में अपनी भूमिका का निर्वाह करता है।"

"तुम्हें कौन आदेश दे सकता है, कृष्ण!" शिव के वाक्य में व्यंग्य था, "अपने शाब्दिक मधुपान से तुम संसार को लुभाकर धर्म की विवेचना करते हो, किंतु अवसर मिलने पर अपने वचन का उल्लंघन करने से नहीं चूकते। तुम्हारी लीलाओं ने मुझे विचित्र दुविधा में डाल दिया है, गोविंद!"

"किस वचन का उल्लंघन, प्रभु?" श्रीकृष्ण हाथ जोड़कर निश्छल स्वर में बोले, "क्या भक्त से कोई त्रुटि हुई?"

शिव के मुख से क्रोधाग्नि का गरल बाहर आने को उद्यत हुआ, किंतु संयम के बाँध ने उसे थाम लिया। कृष्ण की लीला और उनका छल शिव के लिए नवीन नहीं था। कितनी बार कृष्ण के शब्द जाल में फँसकर शिव उनके प्रस्तावों को स्वीकार कर छले गए हैं।

"मैंने नागों के विनाश के लिए चित्रगुप्तों के यज्ञ को समर्थन नहीं दिया है, वासु! नाग मेरे संरक्षण में हैं यह ज्ञात होते हुए भी यादवों ने नागलोक सीमा उल्लंघन करने का दुस्साहस कैसे किया?" शिव ने स्पष्ट किया।

"यह असत्य है, प्रभु!" कृष्ण भोलेपन से बोले, "सुदूर द्वारका में बैठे यादव महादेव द्वारा संरक्षित नागों की सीमा उल्लंघित करने के न इच्छुक हैं, और न वे ऐसा करने में सक्षम हैं।"

"भोलेपन की आड़ में अपना छल मत छिपाओ, वासु! यादव वाहिनियाँ तुम्हारे आदेश के बिना मृत्युंजय पर्वत श्रृंखला में उपस्थित नहीं हो सकती थीं।" शिव का स्वर ऊँचा हुआ।

"प्रभु! यादव वाहिनियाँ यादव परिषद के अधिकार क्षेत्र में हैं, और परिषद मेरा आदेश मानने के लिए बाध्य नहीं है।" कृष्ण मधुर वाणी में बोले, "यादव परिषद सदैव से नागराज से संधि की पक्षधर थी। इसी प्रयोजन से उन्होंने यादव वाहिनियों को संधि-प्रस्ताव के साथ नागलोक भेजा था। किंतु यादवों का संधि-प्रस्ताव लेकर पहुँची वाहिनियों पर नागों ने हमला कर दिया।"

"तक्षक ऐसा क्यों करने लगा?" शिव के शांत चेहरे पर प्रश्न-चिह्न उभरे, "अवश्य ही यादव शांति वाहिनियों पर हमला करने के लिए उसके पास उचित

कारण रहा होगा।"

"यादव महानायक अजिंक्य को उनसे वार्तालाप का अवसर मिलता तो कदाचित इस प्रश्न का उत्तर भी मिल जाता।" कृष्ण चपलता से बोले, "किंतु नागराज के उत्तर की प्रतीक्षा में वह यादव वाहिनियों को असुरक्षित तो नहीं छोड़ सकते थे।"

"उत्तर तुम्हें ज्ञात है, केशव! तुम शांति प्रस्ताव की आड़ में नागों के विरुद्ध एक सुनियोजित सैन्य अभियान रचने के दोषी हो।" शिव ने कृष्ण को टोका, "अन्यथा इस अभियान में गरुड़ सेना के सम्मिलित होने का क्या कारण था? तुम्हारे आदेश से गरुड़ सेना ने इस अभियान में सम्मिलित होकर नागलोक की संप्रभुता का उल्लंघन किया।"

"गरुड़ अपने हित के लिए निर्णय लेने के लिए स्वतंत्र हैं। गरुड़ राज निर्णय लेने के अपने अधिकार का प्रयोग कैसे और कब करते हैं यह उनकी इच्छा और सामर्थ्य पर निर्भर करता है। गरुड़ कूटनीति कृष्ण और यादव परिषद के निर्णय से स्वतंत्र है।" कृष्ण बोले।

"क्या गरुड़ अपने आराध्य कृष्ण के आदेशों के अधीन नहीं हैं?" शिव ने प्रश्न दागा।

"गरुड़ अपने वचनों के अधीन हैं। मैं तो सदैव उन्हें वचन पालन के लिए प्रेरित करता हूँ। मेरे मान की रक्षा करते हुए गरुड़ों ने यादवों को दिए अपने रक्षा कवच का मान रखा तो इसमें उनका क्या दोष है?" कृष्ण गंभीरता से बोले।

"और इसलिए उन्होंने नाग लोक पर आक्रमण किया?" शिव ने कृष्ण की बात काटी।

"यादव गरुड़ शक्ति से संरक्षित हैं यह ज्ञात होते हुए भी नागों ने शांति प्रस्ताव के साथ आई यादव वाहिनियों पर सुनियोजित सैन्य तैयारियों के साथ क्रूरतापूर्ण हमला किया। यादवों द्वारा मित्रवत भेजी भेंटों को लूटने का प्रयास किया। फिर यादवों के रक्षार्थ, नागों के विरुद्ध अपनी शक्ति का प्रयोग कर गरुड़ राज कैसे अपराधी हुए?"

"वो गरुड़ राज की प्रतिक्रिया नहीं, नागों के विरुद्ध एक सुनियोजित सामरिक अभियान था। अन्यथा नागों के यादव वाहिनियों पर आक्रमण के मात्र एक प्रहर के भीतर गरुड़ वाहिनियाँ सन्नद्ध होकर नागलोक पर हमला कैसे करतीं।" शिव

बोले, "नागलोक पर आक्रमण की सूचना लगने पर गण वहाँ पहुँचते उससे पूर्व गरुड़ वाहिनियाँ उसे क्षतिग्रस्त कर गरुड़ लोक लौट चुकी थीं।"

"तो महादेव की चिंता का विषय क्या है- नागलोक की क्षति, गरुड़ वाहिनियों का सुरक्षित गरुड़ लोक लौटना, अथवा गणों का विलंब से नागलोक पहुँचना ?" कृष्ण ने भोलेपन से पूछा।

शिव अवाक हो गए। कृष्ण अपनी भूल मानने के स्थान पर उन्हें ही भ्रमित करने में जुट गए थे।

"मात्र एक प्रहर में नागलोक के सुरक्षा प्रबंधों को ध्वस्त करने की योजना औचक नहीं हो सकती है। स्पष्ट है कि गरुड़ सेना इस आक्रमण के लिए पूर्णतः सन्नद्ध थी।" शिव ने आँखें तरेरीं।

"अपने पारंपरिक शत्रुओं के विरुद्ध किसी भी आकस्मिक स्थिति से निपटने के लिए गरुड़ वाहिनियाँ सदैव तत्पर रहती हैं। मुझे विश्वास है कि गरुड़ लोक पर आक्रमण करने का ऐसा अवसर नागराज भी नहीं चूकता।"

"किंतु नाग सेना ने गरुड़ लोक पर नहीं, गरुड़ सेना ने नागलोक पर आक्रमण किया है।" शिव ऊँची आवाज में बोले, "और इस अभियान का चक्रव्यूह तुमने बुना था।"

"नाग-गरुड़ द्वंद्व के बीच द्वारका में बैठा यह ग्वाला कृष्ण कहाँ से आ गया, प्रभु ?" कृष्ण भोलेपन से बोले, "क्या महामानव को लगता है कि चंद यादव वाहिनियाँ द्वारका से कोसों दूर नाग क्षेत्र में नागों को उकसाने का साहस जुटा सकती हैं ?"

"नागों को उकसाने का!" शिव ने टोका, "देख रहा हूँ कि इस गंभीर विषय में भी तुमने शब्दों का मायाजाल बुनना नहीं छोड़ा, वासु!"

"कदाचित यह विषय ही चर्चा हेतु उपयुक्त नहीं है, प्रभु!" कृष्ण चपलता से बोले, "नागराज ने शांति प्रस्ताव के साथ नागलोक आई यादव वाहिनियों पर हमला किया। यादवों के रक्षार्थ गरुड़ ने नागों पर वार किया। इस प्रत्यक्ष सत्य को बताने के लिए क्या शब्दों की आवश्यकता है ?"

"उचित और अनुचित की व्याख्याओं से तुम अपने राजनीतिक कुचक्र तो चला सकते हो, किंतु उनसे सत्य नहीं छिपा सकते हो।" शिव गंभीर वाणी में बोले।

"एकं सत्यं बहुधा विप्र! एक ही सत्य को ज्ञानी विभिन्न रूपों में पूजते हैं।"

श्रीकृष्ण ने शब्दों की गंभीरता को अपने शांत स्वर का बल दिया, "धर्म और अधर्म की परिभाषाएँ पक्ष परिवर्तन के साथ परिवर्तित होती हैं। नाग, गरुड़ और यादव, सभी अपने-अपने धर्म से बँधे हैं। सभी ने अपना धर्म निभाया। ऐसे में इस घटना के लिए मात्र गरुड़ों को दोषी ठहराना अनुचित है।"

"धर्म की आड़ में अधर्म को विस्तार की अनुमति देना सांसारिक नियमों के विरुद्ध है। न्याय और अन्याय की विवेचना काल और पक्ष से भिन्न है, वासु!" शिव ने तेज स्वर से कृष्ण का तर्क काटा, "नागों की पीड़ा मुझे पीड़ित करती है। यह ज्ञात होते हुए भी तुमने नागलोक को दिव्यास्त्र से नष्ट करने की योजना बनाई?"

"प्रभु, आप सृष्टि के सर्वाधिक घातक और विनाशकारी दिव्यास्त्रों के निर्माता हैं। आपके द्वारा निर्मित अस्त्र-शस्त्र अकाट्य हैं। संसार का कोई दिव्यास्त्र और उससे जुड़ी सुरक्षा प्रणालियाँ आपसे गुप्त नहीं हैं।" कृष्ण ने शिव की उलझन का लाभ उठाया, "आप बताएँ कि क्या दिव्यास्त्रों को समुचित सहायक व्यवस्था के बिना एक स्थान से दूसरे स्थान पर भेजना संभव है?"

"यह व्यवस्था दिव्यास्त्रों के संरक्षण नियमों के विपरीत है।" शिव ने उत्तर दिया। कहते हुए मन में संशय उठा। न जाने कृष्ण उनकी किस बात को कब अपने तर्कों से उनके ही विरुद्ध मोड़ दें।

"प्रभु! क्या दिव्यास्त्रों को साधारण बैलगाड़ियों में, समुचित सहायक प्रणालियों के अभाव में, द्वारका से कोसों दूर नागलोक लाना संभव है?" कृष्ण ने दूसरा प्रश्न उछाला।

"यह असंभव है! रख-रखाव के अभाव में दिव्यास्त्र अप्रभावी हो सकते हैं।" शिव ने अपना निर्णय सुनाया।

"फिर तो अवश्य ही दिव्यास्त्रों के विषय में यादवों का ज्ञान अधूरा रहा होगा। अथवा उनकी मति मारी गई होगी जो बैलगाड़ी में लदे अप्रभावी दिव्यास्त्रों से नागलोक को ध्वस्त करने की योजना बनाई। कदाचित नागराज इतने भोले हैं कि वह यादव शांति वाहिनियों के साथ उपहार लदी साधारण बैलगाड़ियों और रथों को दिव्यास्त्रों से सुसज्जित समझकर उन पर आक्रमण करने की भूल कर बैठे।" कृष्ण के चेहरे पर शरारती मुस्कान थिरकी, "प्रभु! यादव वाहिनियों के विरुद्ध ये षड्यंत्र रचने से पूर्व उन्होंने आपकी सलाह तो अवश्य ली होगी।"

शिव कृष्ण के तर्कों में छुपे तथ्यों से न सहमत हो पा रहे थे न असहमत।

"प्रभु! छल हुआ है, किंतु यह छल नागराज का है। उसने शांति प्रस्ताव के साथ आई यादव वाहिनियों पर घात लगाकर हमला किया। यदि नाग गुप्तचरों को यादव वाहिनियों के नागक्षेत्र में प्रवेश करने की इतनी सटीक अग्रिम जानकारी थी कि वे एक सैन्य अभियान सुनियोजित कर सकें, तो वे यादव वाहिनियों के नागलोक आने के उद्देश्य से भी अवगत रहें होंगे। सत्य यह है कि महत्त्वाकांक्षी नागराज ने यादवों का शांति प्रस्ताव उपेक्षित कर उन पर आक्रमण किया। परिणाम आपके समक्ष है।"

"किंतु यादवों ने नागराज को शांति प्रस्ताव क्यों भेजा?"

"महायुद्ध निकट है, प्रभु! शत्रु पक्ष को दुर्बल कर अपने पक्ष को सशक्त करने के कूटनीतिक दाँव-पेंच चरम पर हैं। नागराज को शांति प्रस्ताव भेजकर मैं उन्हें पांडव-पक्ष में जोड़ने की उम्मीद कर रहा था।" कहकर कृष्ण ने शिव के चेहरे पर उभरे असमंजस को भाँपा, "किंतु मुझे क्या पता था कि मेरे शांति प्रस्ताव का नागराज ऐसे तिरस्कार करेंगे।"

"यदि तुम्हारे प्रस्ताव में यादवों और नागों का हित था तो तुमने इसे गुप्त क्यों रखा?"

"यह सूचना सार्वजनिक होने पर क्या दुर्योधन शांत बैठता?" कृष्ण ने सहजता से उत्तर दिया।

शिव चुप हो गए। चुप क्या हुए, मंथन में फँसकर उन्हें चुप होना पड़ा। वही हुआ जिसका उन्हें भय था। कृष्ण के पास हर घटना और परिस्थिति को सँभालने के लिए तर्क रहता है। अपनी माया से वह किस भाव को किस रूप में प्रकट करें यह वही जान सकते हैं।

शिव भली-भाँति जानते थे कि शांति प्रस्ताव के साथ यादव वाहिनियों को भेज कृष्ण ने नागों को उकसाया था। अपनी विजय की संभावना से चकाचौंध हुए मूर्ख नागराज की बुद्धि पर ऐसे पत्थर पड़े कि उसे शांति प्रस्ताव लेकर प्रस्तुत हुई यादव वाहिनियाँ दिव्यास्त्र से लैस लगीं। दिव्यास्त्रों के लोभ में उसने उन पर आक्रमण किया। प्रति-उत्तर में गरुड़ राज ने नागलोक पर आक्रमण कर नागराज के दंभ को कुचल दिया। यादव वाहिनियों पर आक्रमण कर नागराज ने अपने ही पैरों पर कुल्हाड़ी मारी। चिरपुंज और अनंतपुर को

सुरक्षित करते हुए नागों को गरुड़ों के साथ युद्ध में उलझाने के साथ कृष्ण ने यादवों को आर्यावर्त में नागों पर सीधे आक्रमण करने का बहाना भी दे दिया।

शिव मंद-मंद मुस्कुराए। वह कृष्ण से पृथक नहीं थे। कृष्ण से उनका मतभेद हो सकता है, मनभेद नहीं। कृष्ण से उनका बंधन राजनीति और छल-कपट से परे, मोह का था। मोह से अधिक कृष्ण पर अटूट विश्वास के चलते वो कृष्ण के प्रत्येक छल को जानते-बूझते हुए भी उनके हठ और तर्कों के समक्ष कमजोर पड़ जाते थे।

शिव की मनोस्थिति से भली-भाँति परिचित कृष्ण ऐसे गंभीर विषयों पर उनकी असहमति को सहमति से परिवर्तित करते आए थे। अभी भी वो वही कर रहे थे।

"नागों के प्रति तुम्हारा द्वेष थमता क्यों नहीं है, कृष्ण?" शिव ने शांत स्वर में पूछा, "नाग-आर्यों के टकराव की ऊष्मा समस्त पृथ्वी को भस्म कर देगी।"

"मैं मात्र न्याय और धर्म का पक्षधर हूँ, महादेव! मेरा न कोई शत्रु है, न मित्र!" कृष्ण बोले, "मैं नाग वंश का अहित सोचता तो संसार से वह वंश समूल समाप्त हो चुका होता। नाग भक्षक गरुड़ सर्वश्रेष्ठ एवं शक्तिशाली नाग वासुकि के सहायक नहीं होते!"[86]

शिव मन ही मन मुस्कुराए। कृष्ण पुनः उन्हें अपने सुचिंतित तर्क-पाश में उलझाने लगे थे।

"यादव वाहिनियाँ अपने सख्त सुरक्षा प्रबंधों की सहायता से नागों से सुरक्षित रहीं, किंतु यदि नाग अपने अभियान में सफल होते तो क्या उनकी विजय से महादेव प्रसन्न होते? आपके दिए अभयदान का अपमान करने वाला नागराज इस दुस्साहस के पश्चात निर्दोष कैसे हुआ और उसे दंडित करने वाले गरुड़ इस घटना के कैसे दोषी हुए?" कृष्ण सधे स्वर में बोले, "महाप्रभु यह निश्चित करें कि अन्याय किसने, किसके साथ किया। यादवों द्वारा भेजे संधि-प्रस्ताव का नागराज ने हिंसक उत्तर दिया। ऐसे में यादव और उनके रक्षक गरुड़ शांत क्यों रहते और नाग क्यों न दंडित होते?"

---

86. नाग वासुकि की तपस्या से प्रसन्न होकर पितामह ब्रह्मा ने उन्हें पृथ्वी का बोझ धारण करने के साथ पाताल लोक में निवास करने का आज्ञा दी। साथ ही विनतानंदन गरुड़ को उनका सहायक बना दिया। [महाभारत, आदिपर्व, अध्याय 36, श्लोक 21-25]

शिव शांत हो गए। उनका मंथन अपने अंतिम पड़ाव के निकट था।

"तक्षक को अपने कृत्यों का उचित दंड मिला, वासु!" शिव गहरे स्वर में बोले, "विधि तक्षक के कर्मों का फल स्वयं देगी।"

"हे नीलकंठ! संसार के लिए नागों के विष का समाधान होना अति आवश्यक है, अन्यथा नागों के पाप महादेव की पवित्रता को धूमिल करेंगे।" कृष्ण जैसे भविष्यवाणी कर रहे थे।

"हम किसी के साथ अन्याय होते नहीं देख सकते हैं। ब्रह्मा-रचित इस सृष्टि में हम दोनों के दायित्व और सीमाएँ निर्धारित हैं, मधुसूदन!" शिव बोले, "अपनी सीमाओं में रहकर तुम अपना दायित्व निभाओ, और मैं अपना!"

"क्या आपके दायित्व में संसार को पीड़ित करने वाले नागों को शरण देना अनिवार्य है, प्रभु?" कृष्ण ने पूछा।

"मेरी शक्तियाँ किसी को कष्ट देने के लिए नहीं, वरन उनके उत्थान के लिए हैं। जिसका मन-प्राण मुझसे जुड़ गया मैं उसका अतीत भूल जाता हूँ। मैं पापियों को सुधारने के साथ उन्हें क्षमा करता हूँ। उनका विष स्वयं धारण कर लेता हूँ। तुम्हारे कोप से सताया नागराज मेरी शरण में नहीं आएगा तो किसकी शरण में जाएगा? मैंने उसका परित्याग किया तो वह किसका आश्रय लेगा? यदि मैं नागों का रक्षक न बनूँ तो उनका रक्षक कौन होगा? मैं सभी जातियों में शांति स्थापित होते देखना चाहता हूँ, किंतु तुम्हारा युद्ध मेरे प्रयासों को शिथिल करता है।"

"स्वयं से लड़ा युद्ध कदापि सहज नहीं होता है, प्रभु!" कृष्ण मधुर वाणी में बोले, "आर्यावर्त को सुदृढ़ करने के लिए यह युद्ध आवश्यक था।"

"आर्यों को अपना धर्म स्वयं सिद्ध करने दो!" शिव ने जैसे आदेश दिया, "उनकी आहुति इस दिव्य यज्ञ को शक्ति देने के साथ आर्यावर्त के उत्थान में सहायक होगी।"

"यह धर्मशक्ति कभी राम तो कभी कृष्ण रूप में अवतरित होती है, प्रभु! मरा हुआ धर्म मारने वाले का नाश, और रक्षित धर्म रक्षक की रक्षा करता है। कृष्ण तो उस धर्म का मात्र एक संदेशवाहक है।"

"तुम्हारा धर्मयुद्ध धर्म को समाप्त कर देगा, वासु! तुमने नाग-आर्यों के बीच नवीन युद्ध की भूमिका तैयार की है।" शिव ने चेताया, "तक्षक अभी जीवित है।

उसके प्रतिशोध की ज्वाला समस्त संसार को भस्म कर देगी। चित्रगुप्तों का यज्ञ संकट में पड़ सकता है। इस विनाश के जिम्मेदार तुम होगे।"

"धर्म और युद्ध एक-दूसरे से विलग नहीं हो सकते हैं। यदि तक्षक ने अपनी वृत्ति नहीं त्यागी तो धर्म रक्षार्थ कृष्ण भी किसी न किसी रूप में उसके विरुद्ध खड़ा होगा।" कृष्ण संयत वाणी में बोले, "और मुझे पूर्ण विश्वास है कि महादेव कभी भी धर्म-विरुद्ध नहीं होंगे!"

"इस धर्मयुद्ध में अपनी भूमिका के बारे में बात करो, कृष्ण!" शिव सधी वाणी में बोले, "छल को धर्म की आड़ में मत छिपाओ!"

"कृष्ण तो प्रत्येक युद्ध में मात्र अपना पात्र निभाता है।" कृष्ण मुस्कुराए। मुँह से स्वर ऐसे फूटे मानो अनगिनत वीणाएँ एक साथ झंकार उठी हों, "इस सृष्टि में प्रत्येक व्यक्ति को अपना युद्ध स्वयं लड़ना होता है। कृष्ण तो मात्र उस युद्ध के लिए व्यक्ति की अपने धर्म में निष्ठा को मजबूत करता है, हे नीलकंठ!"

"किसके विरुद्ध, वासु?"

"स्वयं के विरुद्ध!" कृष्ण मुस्कुराए, "इस सृष्टि का प्रत्येक प्राणी जन्म से लेकर मृत्यु तक सदैव अपने भीतर चल रहे इस महायुद्ध में ही तो व्यस्त रहता है, महाप्रभु!"

"कभी-कभी तुम्हारी बातें मेरी समझ से बाहर होती हैं, कृष्ण!" शिव मंद-मंद मुस्कुराए, "तुम्हारा विस्तार अंतहीन है।"

"कृष्ण तो आपके द्वारा निर्धारित इस संसार की परिधि मात्र है, प्रभु!" कृष्ण मृदुलता से बोले, "आपकी माया असीमित है, इसलिए आपका दास कृष्ण भी असीमित है।"

शिव के अधर मृदुल सौम्य मुस्कान से खिल उठे। कृष्ण के साथ उनके इस द्वंद्व का भी वही परिणाम निकला था जो उन्होंने सोचा था।

शिव ही पराजित हुए थे और शिव ही विजयी।

अध्याय 32

कुरुक्षेत्र लौटते कृष्ण ने सारथी दारुक को रथ रोकने का संकेत किया।

"क्या हुआ, केशव?" दारुक ने रथ रोककर पूछा।

"रथ नदी की दिशा में मोड़ लो।" कृष्ण ने आदेश दिया।

"तनिक प्रतीक्षा कर लेते तो उत्तम होता, माधव! कुरुक्षेत्र मात्र एक प्रहर दूर है। शिविर में उचित विश्राम प्राप्त होगा।" दारुक ने सुझाया।

"विश्राम नहीं, मुझे नदी तट पर श्राद्ध कर्म पूर्ण करना है।" कृष्ण बोले।

"किसका श्राद्ध कर्म, अनिरुद्ध?" दारुक सकपकाया।

"कृष्ण का!" कृष्ण के चेहरे पर जैसे यकायक सूर्य की किरणों का तेज उभर आया, "हर युद्ध में कृष्ण के हाथों कृष्ण ही तो मरता है।"

दारुक समझ नहीं पाया कृष्ण को क्या ठिठोली सूझी। महायुद्ध आरंभ होने में समय था। फिर कृष्ण किस युद्ध और किसके श्राद्ध कर्म की बात कर रहे थे? कृष्ण और शिव की वार्ता के विषय में भी उसके मन में अनेक प्रश्न उभर रहे थे, किंतु वो उन्हें भीतर दबाए बैठा रहा। जानता था कि कृष्ण से लाख प्रश्न कर ले, किंतु वह प्रश्नों का उत्तर उचित क्षण आने पर ही देंगे।

कृष्ण की माया कृष्ण ही जानें। सिर झुकाते हुए दारुक ने उनके आदेशानुसार रथ को नदी की दिशा में हाँक दिया।

अध्याय 33

शोण सरपट घोड़ा भगाए जा रहा था। सूर्यास्त होने के साथ केंद्र द्वार बंद होने में अधिक समय नहीं था। निषेधाज्ञा लागू होने से पूर्व उसका केंद्र में प्रवेश करना आवश्यक था। द्वार बंद होने पर उन्हें बाहर से खोलना असंभव होता। केंद्र सुरक्षित होने पर आचार्य की अनुमति के अभाव में सूचना का आदान-प्रदान रुक जाता।

तभी कई दिशाओं से वायु में महीन कंपन घुलते हुए तीव्र गति से शोण की ओर बढ़ने लगे। संकट महसूस कर शोण कमान दाँतों में दबा घोड़े की पीठ से नीचे झूल गया।

उसका घोड़ा हिनहिनाते हुए तेजी से मुड़ा और लहराते हुए नीचे गिरा।

अनेक दिशाओं से अनगिनत लघु चंद्राकार लोहे के चक्र हवा में तैरते हुए घोड़े से टकराए। कुछ उसके बदन में धँस गए और कुछ आस-पास छितरा गए। घोड़े के बदन से लहू फूट पड़ा। चक्रों ने उसकी हड्डियाँ तक काट डालीं। उठने के प्रयास में वो ढेर हो गया। शोण घोड़े को ढाल की तरह इस्तेमाल करने में क्षण मात्र भी विलंब करता तो उसका शव भी वहाँ पड़ा होता।

संकट टला नहीं था। वायु में महीन कंपन पुनः थरथराने लगे। अचानक अनगिनत चंद्राकार लोहे के चक्र हवा में प्रकट हो स्वचालित यंत्रों की भाँति उसकी ओर उछले।

शोण तत्परता से मृत घोड़े की आड़ से निकलकर तेजी से भागा।

चक्र भी दिशा बदलकर हवा में तैरते हुए उसका पीछा करने लगे। शोण ने दौड़ते हुए अपने कमरबंद से लटकी पोटली खोली। उसमें से कई गोलाकार कंचों को निकालकर वह उन्हें तेजी से अपने आस-पास फेंकने लगा। वे कंचें तेज ध्वनि और चिंगारी के साथ फूटे और उनके भीतर से धुएँ के साथ कई छोटे-छोटे

मक्खीनुमा यंत्र भिनभिनाहट जैसी ध्वनि उत्पन्न करते हुए शोण के आस-पास मँडराने लगे।

शोण के आस-पास यांत्रिक मक्खियों का वह अद्‌भुत झुंड उड़ने लगा। शोण की रक्षा में वे स्वतंत्र निर्णय ले रहे थे। उसके निकट जो चंद्राकार लोहे के चक्र पहुँचते उन पर यांत्रिक मधुमक्खियाँ चिपकतीं और उन्हें महीन चूर्ण में परिवर्तित कर पुनः शोण की सुरक्षा में तैनात हो जातीं। शीघ्र ही उन्होंने चक्रों को नष्ट कर शोण को सुरक्षित कर दिया। अब वहाँ लोहे के चक्रों की तीव्र ध्वनि के स्थान पर शोण की यांत्रिक मक्खियों की भिनभिनाहट गूँज रही थी।

इस आकस्मिक आक्रमण से शोण का क्रोध भड़क उठा। उसके पास समय कम था, किंतु इतना अवश्य था कि आक्रमणकारियों को सबक सिखा सके। उसने अपनी पोटली से एक हथेली-भर बड़ी मटकी निकाली। उसके मुख पर ढँके चर्म को खींचकर उतारा और मटकी के भीतर भरे तरल पदार्थ को उसने आस-पास छिड़क दिया।

पलक झपकते ही घने हरे कोहरे के आवरण में आस-पास का क्षेत्र ढँक गया। तापमान तेजी से बढ़ने लगा। हरे कोहरे के बीच अनगिनत लोगों की चीत्कार गूँजने लगी, जो शीघ्र कोलाहल और फिर भगदड़ में परिवर्तित हुई।

वृक्षों की आड़ और घास के आवरण में छुपे कई लोग निकले और चीखते हुए इधर-उधर भागने लगे। उनके बदन झुलस कर विकृत हो रहे थे। बदन से मांस पिघलकर टपक रहा था। कई वृक्षों से नीचे गिरकर अपने प्राण गँवा बैठे। कई बदन की जलन से बचने के लिए पीड़ा से बिलबिलाते हुए जमीन में लोटकर अपना शरीर रगड़ने लगे। उनके कवच पिघल कर शरीर से चिपकने लगे और शीघ्र ही वे भुने माँस में परिवर्तित होकर ढेर होने लगे। जले हुए मांस की दुर्गंध चारों ओर फैल गई।

वृक्षों पर उछलते-कूदते शोण अपने लक्ष्य पर पहुँचा। सामने ढलान पर दो वृक्षों के बीच बनी खोह धीरे-धीरे सिकुड़ रही थी। ढलान पर घिसटते हुए शोण उस सिकुड़ती खोह में घुस गया।

उसके पीछे वह खोह पूरी तरह बंद हो गई।

उसने चैन की साँस ली। आचार्य के आदेशानुसार केंद्र के द्वार अपने निश्चित समय पर बंद हुए थे। तनिक भी विलंब होता तो अनर्थ हो जाता। खोह

के बंद होने के साथ वह ढलान भी गायब हो गई थी। दूर-दूर तक विशाल घने वृक्षों का साम्राज्य पसरा दिख रहा था।

उसने देखा कि वहाँ से कुछ कदमों की दूरी पर आचार्य रुद्रदेव अपने सहायकों के साथ गुफा द्वार के सामने उसकी प्रतीक्षा में खड़े थे।

शोण का ध्यान अपनी हालत पर गया। सारा शरीर धूल-धूसरित था। वस्त्र अस्तव्यस्त और मलिन थे। उसने तुरत-फुरत अपने वस्त्रों पर सनी मिट्टी झाड़ी और आचार्य के चरण स्पर्श किए।

"तुम्हारा स्वागत करने वाले दुर्योधन के गुप्तचर थे।" आचार्य ने शोण के सिर पर हाथ फेरा, "देखकर प्रसन्न हूँ कि तुम अपने यंत्रों का उपयोग भूले नहीं हो।"

"उन्होंने मुझे विवश किया था, आचार्य!" वह बोला।

"पिछले कुछ दिवसों से क्षेत्र में उनकी गतिविधियों में अप्रत्याशित वृद्धि हुई है।" आचार्य शोण के साथ गुफा की तरफ बढ़े, "तुम पर दिव्यास्त्रों का प्रयोग कर उन्होंने नियमों का उल्लंघन किया है। तुमने उन्हें उचित सबक सिखाया।"

"तो क्या उन्हें केंद्र..." शोण ने आश्चर्य से पूछा।

"नहीं! केंद्र के सभी द्वार सुरक्षित रूप से बंद किए जा चुके हैं।" आचार्य सहजता से बोले, "नागराज अभी जीवित है। अपने दोनों पुत्रों, सेनापति त्रिकुंश और अंगरक्षकों के साथ वह भागने में सफल रहा।"

शोण इस रहस्योद्घाटन से चौंका। नागलोक से दूर होते हुए भी आचार्य के पास नागराज के विषय में इतनी सटीक जानकारी कैसे है? यदि उन्हें ज्ञात है कि नागराज नागलोक से भागने में सफल रहा तो उन्हें यह भी ज्ञात होगा कि उसने किस उपाय से अपने प्राण बचाए। ऐसा है तो उन्होंने नागराज को बंदी बनाने का प्रयास क्यों नहीं किया?

"आपको नागराज के जीवित रहने का इतना विश्वास कैसे है?" शोण ने पूछा, "अभी तो नागलोक से सभी शव भी नहीं हटाए गए होंगे।"

"मुझे नीलकमल पर विश्वास है!" आचार्य को जैसे शोण के प्रश्न का पहले से अंदेशा था, "उन्होंने तक्षक का मार्ग प्रशस्त किया। शेष कार्य तक्षक के अंगरक्षकों ने पूर्ण किया।"

शोण चकित हुआ। नागराज की हत्या के अभियान को विफल करने में

नीलकमल की क्या मंशा थी? नागराज को जीवित छोड़कर पांडवों के प्राण संकट में डाल आचार्य किस लक्ष्य को साध रहे थे? और नागराज के जीवित होने पर वह प्रसन्न क्यों थे?

"क्या नागराज को नागलोक से सुरक्षित बचा ले जाने में नीलकमल की भूमिका थी?" शोण ने विस्मय से पूछा, "किंतु नागराज के जीवित रहते पांडवों की रक्षा कैसे होगी?"

आचार्य के चेहरे पर छाई रहस्यमय मुस्कान अधिक गहरा गई।

"पांडव कृष्ण के सुदर्शन चक्र से संरक्षित हैं। इसलिए जनमेजय के नाग संहारक यज्ञ की सफलता के बीज पांडव हैं, यह ज्ञात होते हुए भी नागराज पांडवों पर टेढ़ी दृष्टि डालने का साहस नहीं करेगा।" वह बोले, "चिरपुंज अभियान की सफलता के पश्चात पांडवों का प्रत्यक्ष सामना करने का साहस तक्षक में नहीं है। वह महायुद्ध समाप्त होने की प्रतीक्षा करेगा।"

"नागराज केंद्र की सुरक्षा के लिए अनावश्यक संकट है।" शोण चिंतित होते हुए बोला, "चिरपुंज अभियान का एक लक्ष्य नागराज से केंद्र की सुरक्षा को दीर्घकाल के लिए सुनिश्चित करना था। नागराज के जीवित रहते केंद्र की सुरक्षा असंभव है।"

"केंद्र की सुरक्षा में यदि नागराज स्वयं तैनात हो तो यह कार्य असंभव नहीं है।" आचार्य मुस्कुराए।

शोण सकपकाया। आचार्य की आँखों में उसे कोई रहस्य तैरता लगा।

"केंद्र की सुरक्षा के लिए आवश्यक है कि यह वीरान क्षेत्र जनसाधारण की पहुँच से दूर रहे, किंतु इस क्षेत्र में अनावश्यक सैन्य गतिविधियाँ केंद्र को अधिक समय तक गुप्त नहीं रहने देंगी। कोसों दूर तक फैले इस क्षेत्र की सुरक्षा व्यवस्थाएँ गुप्त रूप से स्थापित करना सुलभ नहीं है। इन व्यवस्थाओं में अत्यधिक व्यय होगा। साथ ही केंद्र के रहस्यों को गुप्त रखना भी कठिन होगा।" आचार्य बोले।

"अर्थात!"

"गरुड़ राज द्वारा पराजित और अपमान व प्रतिशोध की ज्वाला में झुलस रहा नागराज केंद्र की सुरक्षा के लिए सर्वोत्तम पात्र है। नागों को इस क्षेत्र में अपना आधिपत्य प्रमाणित करने और इस चिरपुंज अभियान में हुई अपमान की पुनरावृत्ति रोकने के लिए अपने सुरक्षा-चक्रों को इतना कड़ा करना होगा कि क्षेत्र में कोई

भी गतिविधि उनसे गुप्त नहीं रहे। साथ ही गरुड़ वाहिनियाँ भी नागों के प्रतिकार की संभावना से सावधान हैं। नागलोक और प्रत्येक क्षेत्रीय गतिविधि पर उनकी कड़ी दृष्टि रहेगी।" आचार्य बोले।

"अर्थात, केंद्र की सुरक्षा में नाग और गरुड़ तैनात हैं!" शोण मुस्कुराया।

"...और महादेव के गण भी!" आचार्य बोले, "जो गरुड़ और नागों के मध्य किसी संभावित टकराव को टालने के लिए नागलोक और गरुड़ लोक के आस-पास अपने प्रहरी शिविर स्थापित कर चुके हैं। महादेव ने नागलोक सहित संपूर्ण क्षेत्र को अपना संरक्षित क्षेत्र घोषित किया है। उन्होंने गरुड़ राज और नागराज को क्षेत्रीय शांति बनाए रखने की चेतावनी दी है। गरुड़-नाग का मामूली टकराव भी महादेव की प्रतिष्ठा को गहरा धक्का देगा, इसलिए क्षेत्र में उपस्थित महादेव के गण ऐसी किसी स्थिति को अनियंत्रित होने से पूर्व ही उसे रोकने के लिए कूद पड़ेंगे।"

"महाशक्तियों के टकराव में चिरपुंज और अनंतपुर कैसे सुरक्षित रहेंगे?" शोण ने पूछा।

"द्वारका संधि दोनों राज्यों को गरुड़ कवच में सुरक्षित रखेगी। दोनों राज्य गरुड़ और नागों के टकराव का कारण बन सकते हैं यह जानकर महादेव के गण उनकी नागों से रक्षा करेंगे। अभियान के पश्चात चिरपुंज और अनंतपुर के सैन्यबल अत्यंत चौकन्ने हैं। यादव, गरुड़ एवं महादेव के गणों के सहयोग से महाराज अधिराज और महाराज वीरसेन विस्तृप वन सीमा पर अतिरिक्त चौकियाँ स्थापित करने के साथ अपने सुरक्षाबलों को आधुनिक बना सकेंगे। चिरपुंज और अनंतपुर को यादवों की तरफ से आर्थिक और सैन्य सहायता प्राप्त होगी। दोनों राज्यों में आर्यों की उपस्थिति व्यावसायिक हितों से अधिक सुरक्षा कारणों से अत्यंत महत्त्वपूर्ण है।"

शोण ने चुप्पी साध ली। बहुत कुछ था उसके सोचने-समझने के लिए। बहुत कुछ था जिसे वह समझकर भी नहीं समझ पा रहा था। कदाचित उसका समझना इतना आवश्यक नहीं था जितना वह पूर्व में सोच रहा था।

"अपने परम शत्रु की मुक्ति का मार्ग सहज करने वाले वासुदेव और प्रथम धन्य हैं!" शोण सहज ही बुदबुदा उठा, "उन्होंने गरुड़ शक्ति से नागों को शक्तिहीन कर पराजित नागों को अपने लक्ष्य प्राप्ति के सुलभ साधन के रूप में

प्रयुक्त किया। इस अद्भुत योजना ने दो विपरीत ध्रुवीय शक्तियों को एकाकार करने का चमत्कार किया। किसने सोचा था कि गरुड़ और नाग जैसे परंपरागत शत्रुओं का एक-दूसरे के प्रति द्वेष इस दिव्य अभियान की सफलता की धुरी बनेगा।"

"इसी कारण से केंद्र के द्वार समय पर बंद होना अत्यधिक आवश्यक था। गरुड़, नाग, महादेव के गण और दुर्योधन के गुप्तचर विस्तृप वन में सघनता से दृष्टि जमा चुके हैं।" आचार्य बोले, "केंद्र की सुरक्षा में युक्त मयदानव के मायावी चक्र सक्रिय हो चुके हैं।"

"यह केंद्र महादेव के गण, गरुड़, नाग, यादव, चिरपुंज और अनंतपुर के सैन्य बल की अभेद्य ढाल में सुरक्षित है। विस्तृप वन के इस गुप्त केंद्र के निवासियों के लिए बाहरी संसार, और बाहरी संसार के लिए यह केंद्र अस्तित्वहीन और अदृश्य रहेगा।" शोण बुदबुदाया, "किंतु विसर्पियों के विषय में आपकी क्या योजना है?"

"विधि ने इस यज्ञ में विसर्पियों का आह्वान किया है!" आचार्य ने उत्तर दिया, "विसर्पी नागों के अंश हैं, किंतु नागों से विलग उनकी वृत्ति सात्विक है। नाग और मानव शक्ति का संगम एवं परिष्कृत अवतार हैं विसर्पी। वे अपनी भक्ति और शक्ति से अद्भुत सिद्धियाँ प्राप्त करेंगे। अपने अद्वितीय तप से वे भरतखंड के इतिहास में उच्चतम स्थान प्राप्त करेंगे। संसार विसर्पियों के तपो-बल से व्यथित न हो इसलिए जल में घुले नमक की भाँति उनका अस्तित्व गुप्त रहेगा। सिद्ध पुरुष भी कड़ी साधना के पश्चात उनका असल स्वरूप देख सकेंगे।"

"उसके लिए उन्हें नागराज से सुरक्षित बचना होगा।" शोण बोला, "कद्रू माता के शाप से नाग कुल का नष्ट होना निश्चित है। ऐसे में विसर्पी अपनी सुरक्षा कैसे करेंगे?"

"वासुदेव ने महादेव के आश्रम के निकट एक गुप्त आश्रम स्थापित किया है। महायुद्ध समाप्त होने तक विसर्पी वहाँ सुरक्षित रहेंगे।" आचार्य बोले, "ऋषि जनमेजय के सर्पयज्ञ में उन सर्पों का विनाश होगा जो क्षुद्र, पापाचारी तथा प्रचंड विषधारी हैं। धर्मात्मा नाग सुरक्षित रहेंगे।[87] विसर्पियों का सात्विक स्वभाव उनका रक्षक बनेगा। महादेव की शक्तियों से परिपूर्ण विसर्पी गुप्त रहते हुए धर्मोत्थान में

---

87. महाभारत, आदिपर्व, अध्याय 38, श्लोक 10

सहायक होगे। जिन विसर्पियों पर नागों ने अत्याचार किया, वही विसर्पी भविष्य में नाग कुल के रक्षक बनेंगे।"[88]

"इस अभियान में यादव सेना की तरफ से सम्मिलित विसर्पी नायक किस हाल में हैं?" शोण ने व्याकुलता से पूछा।

"मात्र विसर्पी ही नहीं, इस अभियान में सम्मिलित सभी यादव नायक सुरक्षित हैं।" आचार्य मुस्कुराए, "विशेषकर तुम्हारे विसर्पी गुरु भाई!"

"उम्मीद है नागों से प्रतिशोध लेकर वे संतुष्ट होंगे।" शोण के मन का बोझ कुछ हल्का हुआ।

"इस अभियान में उनका चयन औचक नहीं था। यज्ञ में आहुति देने वाला प्रत्येक हाथ यज्ञ फल का अधिकारी होता है। अज्ञानवश ही सही, किंतु इस यज्ञ में नागराज ने भी अपने विष की आहुति दी है। ये दिव्य दान नागों की मुक्ति में सहायक होगा।" आचार्य गंभीरता से बोले, "यह शुभारंभ है उस अंतहीन यात्रा का जिसके हम सभी सह-पथिक हैं।"

शोण विस्मित था। बिना एक बाण चलाए केशव ने कितने लक्ष्य साधे थे।

"मानवता के भविष्य के लिए किया चित्रगुप्तों का त्याग क्या संसार में कभी प्रत्यक्ष होगा?" शोण ने पूछा, "यह कैसा अभागा भविष्य है जो अपने रक्षक को ही नहीं पहचान सकेगा?"

"चित्रगुप्तों का त्याग गुप्त रहना ही संसार के हित में है।" आचार्य धैर्यपूर्ण वाणी में बोले, "संसार उनके सत्य का साक्षात्कार करने के लिए परिपक्व नहीं है। चित्रगुप्तों का दिव्य सत्य सुपात्र के समक्ष स्वयं प्रत्यक्ष होगा।"

शोण ने आचार्य के समक्ष सिर झुकाकर उनके वचनों को आत्मसात किया। आचार्य जिन प्रश्नों को जन्म देते हैं, उनके उत्तर उनके पास ही होते हैं।

"वासुदेव ने तुम्हारे लिए एक छोटी भेंट भेजी है।" आचार्य ने निकट रखी ताजे फलों से भरी टोकरियों की तरफ संकेत किया, "कहलवाया है कि द्वारका से माता के लिए भेंट लिए बिना कैसे जा सकते हो।"

फलों की टोकरियाँ देखते हुए शोण मन-ही-मन मुस्कुराया। वासुदेव जानते

---

88. नागराज वासुकि की बहन जरत्कारू और महर्षि जरत्कारू के संयोग से उत्पन्न विसर्पी आस्तीक के आग्रह पर जनमेजय ने सर्पों का विनाश करने वाले सर्पयज्ञ को समाप्त किया था। [महाभारत, आदिपर्व, अध्याय 38, श्लोक 13]

थे कि यह अभियान सफल होगा। अभियान की कमान शोण के हाथों में थी, पर उसे सुदूर स्थित वासुदेव नियंत्रित कर रहे थे। अभियान सफल कर वासुदेव ने उसका श्रेय शोण के हाथों पर रख दिया। उसने अपने कर्म वासुदेव को समर्पित किए और उन्होंने उसकी प्रत्येक बाधा दूर कर उसे विजयी बनाया।

"तुम्हारी माता आँखें बिछाए तुम्हारी प्रतीक्षा कर रहीं हैं!" आचार्य बोले।

"उनकी प्रतीक्षा समाप्त हुई, आचार्य!" शोण गंभीरता से बोला, "...और हमारी आरंभ!"

दोनों जानते थे कि कार्तिक बहुला अमावस्या पृथ्वी पर एक संपूर्ण युग के लिए छाने वाली थी।

। इति चिरपुंजपर्वः संपूर्णः ।

माया

टेबल पर खाली कपों का ढेर था। पांडुलिपि पढ़ने में सभी ऐसे रमे कि डिनर करना भी भूल गए। चिरपुंजपर्व पढ़ने के बाद सभी खोए हुए चुपचाप बैठे रहे।

"तो क्या लगता है आपको?" डॉ. वर्मा ने फाइल बंद कर टेबल पर रखी।

"कहानी में महाभारत से जुड़ी कई घटनाओं का वर्णन है। कुछ पात्र जाने-पहचाने हैं, पर अनेक पात्र नए हैं। आचार्य रुद्रदेव, शैला, शोण, शरण्या, महाराज अधिराज, महाराज वीरसेन- महाभारत में इन पात्रों का कोई जिक्र भी नहीं है।" श्रीमंत जी बोले।

"कहानी महाभारत के इर्द-गिर्द घूम रही है, पर अधूरी लग रही है। यह मुमुक्षु चित्रगुप्त कौन हैं? उनका महाभारत कथा में क्या रोल था? चिरपुंजपर्व में किस केंद्र का विवरण है और उसका इनसे, श्रीकृष्ण और महादेव से क्या लेना-देना है?" प्रियंका बोली, "इस अधूरी कहानी से हम कैसे समझें कि इसका सूर्यकवच या रोहन की वसीयत से क्या संबंध है?"

"अभी तक मिले सभी संकेत श्रीकृष्ण और महाभारत के इर्द-गिर्द घूम रहे हैं। रोहन की वसीयत से लेकर मछलियों में मिले संकेतों तक पहुँचने का रास्ता श्रीकृष्ण और महाभारत कथा के प्रसंगों से जुड़ा था। ये कहानी भी महाभारत से जुड़ी है।" श्रीमंत जी बोले।

"मुझे लगता है कि रोहन की वसीयत में जो दिख रहा है वो नहीं है, और जो नहीं दिख रहा है वही है।" डॉ. मजूमदार सोचते हुए गंभीरता से बोले।

"क्या मतलब है आपका?" डॉ. वर्मा ने पूछा।

"वसीयत में श्रीकृष्ण का नाम लिए बगैर रोहन ने हमें उनके जरिए मछलियों में छुपी पर्चियों तक पहुँचाया। उसने वसीयत में अपने लॉकर में रखी सभी चीजें विराट को सौंपीं, पर लॉकर खाली था। लॉकर के भीतर जो चिह्न मिला उसका

वसीयत में जिक्र नहीं था, पर कमरे से मिली पांडुलिपि पर वैसा ही चिह्न था। उसने वसीयत में अपनी पांडुलिपियाँ छपवाने का निर्णय श्रीमंत जी पर छोड़ा, पर यह नहीं बताया कि पांडुलिपि अधूरी है।"

"अधूरी चीजों से याद आया– ड्रॉइंगरूम के कोने में टँगी मछलियों की संख्या 12 से घटाकर 10 कर दी गई थी और रोहन के बंद कमरे से हमें महाभारत के 18 खंडों में से सिर्फ 15 खंड मिले थे।" जयंत बोल पड़ा।

"इन संकेतों से मुझे शक हुआ कि इस केस से कृष्ण और महाभारत का कोई एंगल जुड़ा है जिस पर हमारा ध्यान नहीं गया है।" डॉ. मजूमदार बोले, "और रोहन अपने संकेतों के जरिए इस पर हमारा ध्यान डालना चाहता है।"

"महाभारत जैसे महान ग्रंथ की कोख से श्रीमद्भगवद्गीता का जन्म हुआ। दोनों के मुख्य पात्र श्रीकृष्ण हैं। इराक से मिली पांडुलिपि की कहानी भी महाभारत और श्रीकृष्ण के इर्द-गिर्द सिमटी है।" डॉ. वर्मा बोले, "शायद महाभारत और गीता के महानायक श्रीकृष्ण के गूढ़ व्यक्तित्व को समझकर हमें इस पांडुलिपि में बिखरी कहानी को समेटने में कोई मदद मिले।"

"इस बारे में आप क्या सोचते हैं?" श्रीमंत जी ने विनम्रता से पूछा।

"मैंने महाभारत का कई बार अध्ययन किया है। इसकी शुरुआत नर-नारायण रूप में उपस्थित कृष्ण और अर्जुन की वंदना से होती है।[89] मेरे लिए महाभारत ग्रंथ सिर्फ भगवान श्रीकृष्ण या कौरव-पांडवों की कहानी नहीं है, बल्कि सभी मानवीय मूल्यों को छूते हुए एक साधारण मनुष्य के ईश्वरत्व प्राप्त करने के सफर का दर्शन है।" डॉ. वर्मा बोले।

"वह कैसे?" श्रीमंत जी ने पूछा।

"किसी को भगवान मानकर उसकी सारी मेहनत को हम सिर्फ चमत्कार का नाम देकर भूल जाते हैं कि उस व्यक्ति ने भगवान का दर्जा अपने सांसारिक दायित्वों का निर्वाह करते हुए हासिल किया, सिर्फ भगवान का दर्जा हासिल करने के लिए अपने सांसारिक दायित्वों का निर्वाह नहीं किया।"

"श्रीकृष्ण के बारे में आपका क्या विश्लेषण है?" श्रीमंत जी ने पूछा।

---

89. नारायणं नमस्कृत्य नरं चैव नरोत्तमम्। देवीं सरस्वतीं व्यासं ततो जयमुदीरयेत्। अर्थात, अंतर्यामी नारायणस्वरूप श्रीकृष्ण, नरस्वरूप नरश्रेष्ठ अर्जुन, देवी सरस्वती, तथा व्यास जी को नमस्कार करके जय (पुराण-इतिहास आदि) का पाठ करना चाहिए। [महाभारत, अध्याय 1, श्लोक 1]

"श्रीकृष्ण के बारे में कुछ कहना सूरज को दीपक दिखाने के बराबर है। उनके गूढ़, दिव्य, अलौकिक और विराट व्यक्तित्व की गहराई समझने के लिए आवश्यक असीमित सोच मेरे पास नहीं है।" डॉ. वर्मा बोले, "लेकिन उन्हें पुरातन महाभारत कथा का एक सामान्य पात्र मानकर उनके व्यक्तित्व और निर्णयों को महाभारत काल के राजनीतिक और सामाजिक परिप्रेक्ष्य में तौलकर हमारे लिए कई बातें समझना आसान होगा।"

"वह कैसे?"

"शुरुआत करते हैं ग्वाले कृष्ण से जो जन्म से अनेक कठिनाइयों का सामना करते हुए बड़ा हुआ। उस ग्वाले के गुणों का विस्तार अपने अस्तित्व की लड़ाई लड़ते हुए कई गुना तेजी से हुआ। कठिन परिस्थितियों ने उसके व्यक्तित्व को शक्तिशाली और प्रभावी बनाने में बड़ी भूमिका निभाई। परिणामस्वरूप यौवन की दहलीज छूने से पूर्व मथुरा का वह ग्वाला यादवों की जन्मभूमि और महाराज सुरासेन के राज्य मथुरा से कंस के शासन को चमत्कारिक और अप्रत्याशित रूप से समाप्त कर एक किंवदंती के रूप में उभरा।"

"कंस सम्राट जरासंध का दामाद और सेनापति था जिसकी शक्ति के आगे कुरुवंश समेत भारतवर्ष के सभी शासक सिर झुकाते थे। कंस की मौत का बदला लेने के लिए जरासंध कृष्ण के पीछे पड़ गया।" डॉ. वर्मा बोले, "जरासंध के कोप से बचाने के लिए कृष्ण के पास पूरे भारत में कोई सहयोगी नहीं था। यादवों पर शासन करने का अधिकार सिर्फ यादव परिषद के पास था। इसलिए कृष्ण का बिखरे हुए यादवों पर राज करना संभव नहीं था। युवा कृष्ण ने कड़ी कूटनीति और राजनीतिक परिपक्वता का परिचय देते हुए यादव शक्ति को एकजुट कर जरासंध के विरुद्ध कड़ी चुनौती पेश की। यह चुनौती इतनी शक्तिशाली थी कि भारतवर्ष में अपनी शक्ति का डंका बजवाने वाला जरासंध अपनी शक्तिशाली सेना से मथुरा पर 17 बार चढ़ाई करने के बाद भी कृष्ण को पकड़ने में नाकाम रहा।"[90] डॉ. वर्मा ने थोड़ा विराम लेकर अपनी बात जारी रखी।

---

90. मगधराज जरासंध की दोनों कन्याओं (अस्ति और प्राप्ति) का विवाह कंस से हुआ था। [श्रीहरिवंशपुराण, विष्णुपर्व, अध्याय 34, श्लोक 5-6] कृष्ण द्वारा अपने दामाद कंस का वध करने पर जरासंध उनसे क्रोधित था। कंस की मृत्यु का प्रतिशोध लेने के लिए उसने 17 बार मथुरा पर आक्रमण किया, किंतु यादवों ने उसे हर बार परास्त किया। [श्रीहरिवंशपुराण, विष्णुपर्व, अध्याय 37, श्लोक 5; श्रीविष्णुपुराण, अंश 5, अध्याय 22, श्लोक 11]

"कृष्ण के नेतृत्व में यादव जरासंध के हमलों को विफल करने में कामयाब तो हुए, लेकिन इन हमलों में यादव शक्ति और धैर्य पर गहरी चोट हुई। कृष्ण भाँप चुके थे कि मथुरा जरासंध के अधिक हमले झेलने में सक्षम नहीं है। जरासंध ने कालयवन के साथ मिलकर जब मथुरा पर हमला करने की योजना बनाई तो कृष्ण को यादवों के साथ मथुरा छोड़ना पड़ा।"[91] डॉ. वर्मा कहते हुए रुके, "जिस समय यादवों का अस्तित्व और कृष्ण की नेतृत्व-क्षमता दाँव पर लगी थी उस समय हस्तिनापुर में किसी और का भी बुरा दौर चल रहा था।"

"पांडव?" डॉ. मजूमदार बोले।

"जी हाँ! कृष्ण की बुआ कुंती[92] के पुत्र जो धृतराष्ट्र पुत्र दुर्योधन के साथ हस्तिनापुर राज-सिंहासन के हकदार थे। धृतराष्ट्र के छोटे भाई पांडु पिता बनने में असमर्थ थे, इसलिए उन्होंने अपनी पत्नी कुंती और माद्री को ऋषि दुर्वासा से मिले वर से देवताओं से पुत्र प्राप्ति की आज्ञा दी थी।[93] देवताओं से प्राप्त कुंती और माद्री पुत्र पांडु वंश के नहीं थे तो कौरव हस्तिनापुर राज सिंहासन पर उनका अधिकार नहीं मानते थे। राजा का पुत्र ही राजा हो सकता है इस तर्ज पर हस्तिनापुर के वर्तमान राजा धृतराष्ट्र का बड़ा बेटा दुर्योधन खुद को हस्तिनापुर का भावी राजा मानता था।[94] कौरवों और पांडवों की दुश्मनी को कृष्ण ने भुनाने में देर नहीं लगाई।"

"कौरव-पांडवों की दुश्मनी के लिए कृष्ण कहाँ से दोषी हो गए?" श्रीमंत जी ने पूछा।

---

91. जरासंध के मथुरा पर आक्रमण करने पर बलराम और श्रीकृष्ण ने नगरवासियों की रक्षा के लिए मथुरा से दक्षिण भारत की ओर प्रस्थान किया। परशुराम की सलाह पर दोनों गोमंत पर्वत पर चढ़ गए। [श्रीहरिवंशपुराण, विष्णुपर्व, अध्याय 39, श्लोक 55-68] जरासंध और कालयवन की शक्तिशाली सम्मिलित सेना के मथुरा पर आक्रमण करने की योजना के बारे में सुनकर यादवों ने मथुरा से पलायन कर राजा रेवत की विहार भूमि 'द्वारवती' में पड़ाव डाला। जहाँ श्रीकृष्ण ने द्वारका नगरी बसाने का निर्णय लिया। [श्रीहरिवंशपुराण, विष्णुपर्व, अध्याय 56, श्लोक 5-14]

92. पांडवों की माता कुंती श्रीकृष्ण के पिता वासुदेव की बहन होने के नाते कृष्ण की बुआ थी। [महाभारत, आदिपर्व, अध्याय 190, श्लोक 21]

93. संतान उत्पत्ति में असमर्थ महाराज पांडु ने अपनी पत्नी कुंती को श्रेष्ठ पुरुष से संतान प्राप्त करने का आदेश दिया। [महाभारत, आदिपर्व, अध्याय 119, श्लोक 27] उनकी आज्ञा से कुंती ने ऋषि दुर्वासा से प्राप्त वर से देवताओं का आवाहन कर युधिष्ठिर, भीम और अर्जुन को प्राप्त किया। साथ ही उसने माद्री के अनुरोध पर वर की सहायता से उसे नकुल और सहदेव के रूप में पुत्र-रत्न की प्राप्ति कराई। [आदिपर्व, अध्याय 122-123]

94. महाभारत, आदिपर्व, अध्याय 140, श्लोक 35-36

"जरासंध को टक्कर देने के लिए कृष्ण को शक्तिशाली सहयोगी की जरूरत थी। कौरवों और पांडवों की दुश्मनी जरासंध के विरुद्ध उनकी सशक्त ढाल बनी।" डॉ. वर्मा बोले, "दुर्योधन जरासंध का सहयोगी था। उसने मथुरा पर आक्रमण में जरासंध का सहयोग किया था।[95] इस प्रकार दुर्योधन पांडवों और कृष्ण दोनों का दुश्मन था। उसी तरह कौरवों के दुश्मन होने के कारण पांडव जरासंध के भी दुश्मन थे। कृष्ण दुश्मन के दुश्मन को दोस्त बनाकर पांडवों के खेमे में शामिल हो गए।"

"आप गलत कह रहे हैं।" श्रीमंत जी बोले, "कृष्ण को पांडवों की नहीं, पांडवों को कृष्ण की आवश्यकता थी। पांडवों को शक्तिशाली करने में कृष्ण का बड़ा हाथ था।"

"राजनीति में नफा-नुकसान का आकलन किए बिना कोई संबंध नहीं बनाए जाते। कृष्ण ने भी वही किया। उन्होंने समय रहते कौरव शक्ति को कमजोर करना शुरू किया। साथ ही पांडवों से जुड़ने के बाद उन्होंने उन्हें शक्तिशाली बनाने में कोई कसर नहीं छोड़ी, जैसे अपनी सूझ-बूझ से उन्होंने मयदानव से पांडवों के लिए इंद्रप्रस्थ में माया-भवन की रचना करवाई।"[96] डॉ. वर्मा बोले, "भाग्य से अर्जुन-द्रौपदी विवाह ने कृष्ण को कौरवों को साधने का मौका दे दिया।"

"पांडवों ने द्रुपद को अपने गुरु द्रोण के आदेश पर हराया था।[97] उनसे पराजित होने के बाद भी द्रुपद ने अपनी बेटी द्रौपदी का विवाह अर्जुन से क्यों करवाया?" डॉ. मजूमदार ने पूछा।

"द्रुपद द्रोणाचार्य से अपने इस अपमान का बदला लेने के लिए सुलग रहा था।[98] लेकिन यह आसान नहीं था। हस्तिनापुर के राजगुरु होने के नाते द्रोणाचार्य पर कोई भी हमला कुरुओं पर हमला माना जाता। कुरुवंश की शक्ति के आगे

---

95. जरासंध का सहयोग करते हुए दुर्योधन ने अपनी पाँच अक्षौहिणी सेना के साथ यादवों से युद्ध किया था। [श्रीगर्ग संहिता, द्वारका खंड, अध्याय 1, श्लोक 10-16; श्रीहरिवंशपुराण, विष्णुपर्व, अध्याय 34, श्लोक 16-21]

96. खांडव वन के दहन के समय अर्जुन से अभयदान प्राप्त करके बचे मयदानव को श्रीकृष्ण ने युधिष्ठिर की सभा हेतु ऐसे भवन का निर्माण करने को कहा जैसा इस पृथ्वी पर अभी तक निर्मित न हुआ हो। मयासुर ने कृष्ण की आज्ञा का पालन करके एक अद्वितीय नगर (इंद्रप्रस्थ) और उस नगर में एक भवन का निर्माण किया। [महाभारत, सभापर्व, अध्याय 1-3]

97. महाभारत, आदिपर्व, अध्याय 137

98. महाभारत, आदिपर्व, अध्याय 165, श्लोक 28

द्रुपद और उनकी सेना कमजोर थी। इस कारण से द्रुपद लंबे समय तक द्रोणाचार्य से अपने अपमान का बदला नहीं ले पाया।" डॉ. वर्मा बोले।

"कुरुओं से अपने अपमान का बदला लेने के लिए द्रुपद ने अपने पुत्र धृष्टद्युम्न और पुत्री द्रौपदी को पैदा कर जन्म से ही कुरुवंश के विनाश को उनके जीवन का लक्ष्य बना दिया।[99] यह निश्चित था कि कौरव-पांडवों में युद्ध की स्थिति में हस्तिनापुर राज-सिंहासन से जुड़े होने के कारण द्रोणाचार्य कौरवों का पक्ष लेंगे। पांडवों का सहयोग कर द्रुपद ने द्रोणाचार्य से अपने अपमान का बदला लेने का सुनहरा अवसर लपक लिया।"

"माना कि द्रुपद स्वार्थ सिद्धि के लिए अर्जुन-द्रौपदी विवाह के लिए राजी हुए थे, पर द्रौपदी स्वयंवर की चुनौती तो अर्जुन के साथ सभी राजाओं के लिए थी।" विराट बोला।

"राजनीतिक गठबंधन का आधार स्वार्थ-पूर्ति होती है। अर्जुन-द्रौपदी विवाह में द्रुपद का स्वार्थ नहीं होता तो जिस तरह द्रौपदी ने स्वयंवर में कर्ण का हाथ थामने से इनकार कर दिया था[100], उसी तरह वह अर्जुन का हाथ थामने से भी इनकार कर सकती थी।" डॉ. वर्मा बोले, "कौरवों और जरासंध का विनाश करने के लिए कृष्ण के लिए द्रुपद और पांडवों का मेल उत्तम संयोग था। इसके बाद कृष्ण ने अपना दूसरा दाँव खेला। उन्होंने युधिष्ठिर को भारतवर्ष पर अपना प्रभुत्व साबित करने के लिए राजसूय यज्ञ करने का सुझाव दिया।"[101]

"यह क्या होता है?" विराट अचरज से बोला।

"राजसूय यज्ञ यजुर्वेद में वर्णित विख्यात यज्ञ है जो राजा स्वयं को चक्रवर्ती सम्राट स्थापित करने के लिए करते थे। यज्ञ संपन्न होने के बाद एक अभिमंत्रित घोड़ा छोड़ा जाता जिसका यज्ञ कराने वाले राजा के सैनिक पीछा करते। वह घोड़ा जिस राज्य से गुजरता उस राज्य के राजा को घोड़ा छोड़ने वाले राजा से या तो युद्ध करना होता या उसकी अधीनता स्वीकारनी होती।" डॉ. वर्मा बोले।

"युधिष्ठिर को राजसूय यज्ञ करने के सलाह देने के पीछे कृष्ण की क्या सोच थी?" विराट ने पूछा।

99. महाभारत, आदिपर्व, अध्याय 166

100. महाभारत,आदिपर्व, अध्याय 186, श्लोक 23

101. युधिष्ठिर द्वारा उत्तम यज्ञ की इच्छा प्रकट करने पर कृष्ण ने उन्हें राजसूय यज्ञ करने का सुझाव दिया। [महाभारत, सभापर्व, अध्याय 33, श्लोक 18-24]

"कृष्ण जानते थे कि जरासंध को परास्त करना यादवों के बूते का नहीं है[102] इसलिए उन्होंने जरासंध को मारने के लिए पांडवों का इस्तेमाल किया। उन्होंने युधिष्ठिर को समझाया कि राजसूय-यज्ञ में सबसे बड़ी बाधा मगध नरेश जरासंध है, क्योंकि उसने अनेक राजाओं को बंदी बना रखा है तथा वह बड़ा ही निर्दयी है।[103] कृष्ण की बातों में आकर पांडव जरासंध को मारने मगध चल पड़े।" डॉ. वर्मा बोले, "कृष्ण की चतुरता देखिए कि मगध पर आक्रमण कर जरासंध को पराजित करने के बजाय उन्होंने अर्जुन और भीम के साथ भेष बदलकर मगध में घुसकर जरासंध को मारने की योजना बनाई। जरासंध-भीम द्वंद्व युद्ध में जब जरासंध भीम पर भारी पड़ने लगा, तब कृष्ण ने भीम को जरासंध को मारने का उपाय बताया। नतीजतन, जरासंध भीम के हाथों मारा गया।"[104]

"जरासंध को मारकर श्रीकृष्ण मगध की जनता की भलाई चाहते थे।" श्रीमंत जी बोले, "वरना जरासंध की मृत्यु के बाद वह उसके पुत्र सहदेव को मगध के सिंहासन पर क्यों बैठाते?"

"श्रीकृष्ण का यह कदम दूरगामी राजनीतिक सूझबूझ से भरा था। पहले उन्होंने बिना किसी नुकसान के भीम के जरिए अपने परम शत्रु जरासंध को समाप्त किया, फिर चतुरता के साथ जरासंध के पुत्र को मगध सिंहासन पर बैठाकर शक्तिशाली मगध को अपना सहयोगी बना लिया। साथ ही जरासंध के अनेक राजनीतिक बंदियों को आजाद कर उन्हें युधिष्ठिर के राजसूय यज्ञ में सहयोग देने के लिए भी राजी कर लिया।"[105] डॉ. वर्मा बोले, "जरासंध को छुए बिना कृष्ण ने उसे मार डाला और उसकी मौत से अपने अनेक राजनीतिक हित भी साध लिए।"

"और कृष्ण पांडवों के पूज्य बन गए।" विराट बोला।

"बिलकुल! जरासंध के बाद कृष्ण की दूसरी बाधा थी शिशुपाल- जरासंध

---

102. महाभारत, सभापर्व, अध्याय 14, श्लोक 36

103. महाभारत, सभापर्व, अध्याय 14, श्लोक 62-69

104. श्रीकृष्ण ने भीमसेन और अर्जुन के साथ मगध नरेश जरासंध का द्वंद्व युद्ध में वध करने के योजना बनाई। भीमसेन जब जरासंध के साथ द्वंद्व युद्ध में उलझे हुए थे, श्रीकृष्ण ने जरासंध का वध करने की इच्छा से भीमसेन की ओर देखकर एक नरकट (एक घास जिसके पौधे का तना खोखला गाँठ वाला होता है) हाथ में लिया और उसे दातुन की भाँति बीच से चीरकर जरासंध को मारने का संकेत किया। भीमसेन ने श्रीकृष्ण का संकेत समझकर जरासंध को दो टुकड़ों में चीरकर दोनों टुकड़ों को विपरीत दिशा में फेंक दिया। [महाभारत, सभापर्व, अध्याय 20, श्लोक 4-5; अध्याय 24, श्लोक 5-9]

105. महाभारत, सभापर्व, अध्याय 24, श्लोक 31-37, 43

का सेनापति, चेदी का राजा और कृष्ण का कट्टर शत्रु। युधिष्ठिर ने अपने राजसूय यज्ञ में भारत के अन्य राजाओं के साथ उसे भी आमंत्रित किया।[106] यज्ञ में भीष्म और द्रोणाचार्य जैसे प्रभावशाली जनों के होते हुए भी युधिष्ठिर द्वारा कृष्ण को अधिक पूजनीय मानने पर शिशुपाल क्रोधित होकर कृष्ण को बुरा-भला कहने लगा।"[107] डॉ. वर्मा बोले, "कृष्ण शिशुपाल की हर बात को शांति से तब तक सुनते रहे जब तक यज्ञ में उपस्थित लोगों को शिशुपाल के घमंडी होने का यकीन नहीं हो गया। उसके बाद कृष्ण ने बड़ी आसानी से शिशुपाल का वध कर दिया[108] और उसके दुर्व्यवहार की आड़ में उन्हें अपने कृत्य के लिए किसी को कोई स्पष्टीकरण भी नहीं देना पड़ा।"

"कृष्ण ने कंस, जरासंध और शिशुपाल जैसे शक्तिशाली राजाओं को अपनी कुशाग्र बुद्धि और राजनीतिक सूझबूझ से चुटकियों में धराशायी कर दिया। इसके लिए लोग उन्हें पूजने लगे तो इसमें गलत क्या है?" जयंत बोला।

"कुछ गलत नहीं है! अपनी राजनीतिक सूझबूझ से कृष्ण मानवीय संकल्पों और कर्मों की वे ऊँचाइयाँ छूने लगे थे जिन्हें मानवीय श्रेष्ठता की पराकाष्ठा ही कहा जाएगा!" डॉ. वर्मा बोले।

"कृष्ण ने अपने दुश्मनों का सूझबूझ से सफाया किया यह बात तो समझ में आती है, लेकिन जरासंध वध के बाद तो कृष्ण की कौरवों से कोई दुश्मनी नहीं रही थी, फिर उन्होंने पांडवों का साथ क्यों दिया?" प्रियंका ने पूछा, "क्या इसलिए क्योंकि पांडव उनकी बुआ के बेटे थे?"

"क्योंकि यदु शक्ति का विस्तार रोकने के लिए जरासंध का मित्र दुर्योधन जीवित था। सभी जनपद कुरु राज्य की शक्ति से डरकर उनसे सौहार्दपूर्ण संबंध बनाए रखते थे। कुरु शक्ति को सीधे टक्कर देकर यादव भी भारी नुकसान उठा चुके थे।"[109] डॉ. वर्मा बोले, "दुर्योधन को हटाने में कृष्ण की सबसे बड़ी बाधा

---

106. युधिष्ठिर के राजसूय यज्ञ में भारत के अन्य राजाओं की तरह शिशुपाल भी अपने पुत्रों के साथ आमंत्रित था। [महाभारत, सभापर्व, अध्याय 34, श्लोक 14-16]

107. महाभारत, सभापर्व, अध्याय 37

108. महाभारत, सभापर्व, अध्याय 45, श्लोक 6-25

109. रुक्मिणी नंदन प्रद्युम्न के नेतृत्व में यादवों ने राजसूय यज्ञ के दौरान हस्तिनापुर पर चढ़ाई की थी। कौरवों और यादवों के घोर युद्ध के पश्चात श्रीकृष्ण और बलराम ने दोनों पक्षों में संधि करवाई थी। [श्रीगर्ग संहिता, विश्वजीतखंड, अध्याय 19-21]

उनके बड़े भाई बलराम थे। बलराम ने दुर्योधन के साथ कई वर्ष मिथिला में बिताए थे और उसे गदा युद्ध में प्रशिक्षित किया था।[110] भीम और दुर्योधन दोनों बलराम के शिष्य थे[111], किंतु बलराम को दुर्योधन प्रिय था और वह अपनी बहन सुभद्रा का विवाह उससे करना चाहते थे।[112] कृष्ण के लिए यह विवाह फायदे का सौदा नहीं था। इस विवाह से कौरवों और यादवों की नजदीकियाँ बढ़तीं और कृष्ण के लिए दुर्योधन के विरुद्ध जाना और मुश्किल हो जाता।"

"यानी कृष्ण का फायदा इस विवाह को रोकने में था।" श्रीमंत जी ने पूछा।

"जाहिर बात थी। कृष्ण को बलराम-दुर्योधन की मित्रता खटकती थी। बलराम का यादव परिषद में महत्त्वपूर्ण स्थान था। दुर्योधन को अपने रास्ते से हटाने के लिए कृष्ण को बलराम के विरुद्ध जाना होता और तब कृष्ण का यादवों से सीधा टकराव होता। दुर्योधन पांडवों से कहीं अधिक राजनीतिक परिपक्व था और पांडवों की तरह कृष्ण की बातों में आसानी से फँसने वाला नहीं था। कृष्ण ने बलराम की दुर्योधन-सुभद्रा विवाह की योजना पर पानी फेरने के लिए दूसरी योजना बनाई।"

"कैसी योजना?" प्रियंका ने पूछा।

"कृष्ण ने अर्जुन को मोहरा बनाकर उसे अपनी बहन सुभद्रा के अपहरण की सलाह दी। इसके लिए उन्होंने अर्जुन को अपना पूरा सहयोग दिया।"[113] डॉ. वर्मा बोले, "फिर अर्जुन को सुभद्रा हरण के लिए दंड देने पर उतारू बलराम और यदुवंशी समुदाय को उन्होंने ही समझा-बुझा कर शांत किया और अर्जुन-सुभद्रा विवाह संपन्न कराया।"[114]

---

110. दुर्योधन ने बलराम से गदा युद्ध सीखा था। [श्रीविष्णुपुराण अंश 4, अध्याय 13, श्लोक 106] वह बलराम जी को भगवान कहकर पुकारता था। [श्रीगर्ग संहिता, श्रीबलभद्रखंड, अध्याय 9, श्लोक 1] उसने प्रद्विपक मुनि से व्रज में बलराम जी की रासलीला तथा बलराम जी की पूजा के लिए विविध प्रार्थनाओं एवं क्रियाओं और बलराम जी के सहस्रनाम की जानकारी ली थी। [श्रीगर्ग संहिता, श्रीबलभद्रखंड, अध्याय 10-13] बलराम जी का एक नाम 'दुर्योधन-गुरु' भी है। [श्रीगर्ग संहिता, गोलोकखंड, अध्याय 10, श्लोक 42]

111. महाभारत, उद्योगपर्व, अध्याय 157, श्लोक 33

112. श्रीमद्भागवतमहापुराण, स्कंध 10, अध्याय 86, श्लोक 2-3

113. अर्जुन को सुभद्रा को हरने का सुझाव और अनुमति देने के साथ श्रीकृष्ण ने उसे आगे क्या करना है यह बतलाया। [महाभारत, आदिपर्व, अध्याय 218, श्लोक 21-23] अर्जुन की मदद के लिए कृष्ण ने सभी प्रकार के अस्त्र-शस्त्र से लदवा कर अपना सुवर्णमय रथ उसे दिया। [आदिपर्व, अध्याय 219, श्लोक 1-5]

114. महाभारत, आदिपर्व, अध्याय 220, श्लोक 1-12

"तो अर्जुन-सुभद्रा के विवाह की आड़ में कृष्ण ने यादव शक्ति को पांडवों के पक्ष में मोड़ दिया। कौरव-पांडव युद्ध में अब यादवों को या तो पांडवों का साथ देना होता या युद्ध से हटना होता।" श्रीमंत जी बोले, "लेकिन अगर यादव शक्ति पांडवों के साथ थी तो कृष्ण ने दुर्योधन के अनुरोध पर उसे पांडवों के विरुद्ध अपनी नारायणी सेना क्यों दी?"[115]

"दुर्योधन के अनुरोध और कृष्ण के इच्छा के बिना भी नारायणी सेना का कौरव पक्ष में लड़ना तय था।" डॉ. वर्मा बोले, "अपने पुत्र सांब की एक बेवकूफी से कृष्ण न चाहते हुए भी महाभारत युद्ध में कौरवों का सहयोग करने पर मजबूर थे। सांब दुर्योधन की पुत्री लक्ष्मणा से प्यार करता था। उसने स्वयंवर के बीच से लक्ष्मणा का अपहरण किया लेकिन कौरवों द्वारा पकड़ा गया।"[116]

"क्या कृष्ण ने दुर्योधन से सांब को रिहा करने का अनुरोध किया?"

"दुर्योधन से ऐसा अनुरोध करना कृष्ण के लिए राजनीतिक आत्महत्या के समान होता। भारतवर्ष में कृष्ण के राजनीतिक कद को इस कदम से गहरा धक्का लगता।" डॉ. वर्मा बोले, "कृष्ण ने चतुराई दिखाते हुए बलराम को दुर्योधन से सुलह के लिए भेजा। बलराम ने बातचीत और कुछ हद तक कौरवों को धमकाकर सांब और लक्ष्मणा का विवाह करवाया।"[117]

"यानी कृष्ण दुर्योधन के समधी थे!" जयंत बोला, "और इस नाते वह पांडवों के विरुद्ध युद्ध में कौरवों को समर्थन देने के लिए विवश थे।"

"कौरव-यादव परिवार का रिश्ता जुड़ने के बाद यादवों को दुर्योधन के विरुद्ध युद्ध लड़ने के लिए राजी करना कृष्ण के लिए बेहद मुश्किल था।" डॉ. वर्मा मुस्कुराते हुए बोले, "यादव परिषद पर कृष्ण का जोर नहीं था, इसलिए विवाद में पड़ने के बजाय नारायणी सेना की कमान दुर्योधन के हाथ में थमाना ही उनके लिए बेहतर विकल्प था।"

"मुझे नहीं लगता कि कृष्ण ने इस मजबूरी के लिए चलते दुर्योधन को नारायणी सेना दी थी।" श्रीमंत जी बोले, "असल बात थी कि अर्जुन दुर्योधन से पहले कृष्ण के पास सहायता माँगने पहुँचा था और उसने कृष्ण को माँगा।"[118]

115. महाभारत, उद्योगपर्व, अध्याय 7

116. श्रीमद्भागवतमहापुराण, स्कंध 10, अध्याय 68, श्लोक 1-12

117. श्रीमद्भागवतमहापुराण, स्कंध 10, अध्याय 68, श्लोक 20-52

118. अर्जुन और दुर्योधन द्वारा युद्ध में एक साथ सहायता माँगने के लिए पहुँचने पर श्रीकृष्ण ने अर्जुन

"कृष्ण की विशिष्ट राजनीतिक सूझबूझ को देख लगता नहीं कि उनका युद्ध में पांडवों का सहयोग करना इस छोटी बात पर निर्भर था कि दुर्योधन और अर्जुन में कौन छोटा-बड़ा है, या कौन उनसे सहायता माँगने पहले पहुँचा था।" डॉ. वर्मा ने मुस्कुराते हुए उत्तर दिया, "युद्ध में किस पक्ष का सहयोग करना है यह इस बात पर निर्भर करता है कि कौन-सा पक्ष राजनीतिक उद्देश्यों की पूर्ति में अधिक सहायक है। अगर जागने पर कृष्ण दुर्योधन को पहले देखते तो भी वह किसी दूसरे बहाने से अर्जुन का ही पक्ष लेते।"

"अर्जुन ने नारायणी सेना छोड़कर यदि कृष्ण को माँगा तो इसमें कृष्ण का क्या दोष?" श्रीमंत जी ने तर्क दिया।

"क्योंकि कृष्ण पहले सुनिश्चित कर चुके थे कि दुर्योधन के लिए कोई भी विकल्प लाभकारी न हो।" डॉ. वर्मा ने कहा, "नारायणी सेना की जगह दुर्योधन ने कृष्ण को माँगा होता तो भी युद्ध के परिणामों में कोई फर्क नहीं पड़ता, क्योंकि कृष्ण घोषणा कर चुके थे कि युद्ध में वह हथियार नहीं उठाएँगे।[119] इस घोषणा की आड़ में कृष्ण ने बड़ी चतुराई से पांडवों और कौरवों के सामने खुद को निष्पक्ष रखते हुए यादव परिषद से विवाद टाला। साथ में दुर्योधन को विकल्प का आभास देकर असल में उसे नारायणी सेना चुनने के अलावा कोई विकल्प नहीं दिया।"

"दुर्योधन के लिए हथियार न उठाने वाले कृष्ण किस काम के थे!" श्रीमंत जी बोले।

"बिलकुल! दुर्योधन के लिए कृष्ण को चुनना लाभकारी नहीं था। उसके पास नारायणी सेना को चुनने या खाली हाथ लौटने का विकल्प था। दुर्योधन ने नारायणी सेना चुनी, पर इस लेन-देन में जीते सिर्फ कृष्ण!" डॉ. वर्मा बोले, "कृष्ण का पक्षपातपूर्ण रवैया बलराम जी से छिपा नहीं था। उन्होंने कृष्ण को दोनों पक्षों में समान सहयोग रखने की बात कई बार कही, किंतु कृष्ण का पांडवों के प्रति पक्षपात जारी देख उन्होंने खिन्न होकर कौरव-पांडव युद्ध से तटस्थ रहने

को पहले देखने और छोटे होने के कारण पहले माँगने का अधिकार दिया था। [महाभारत, उद्योगपर्व, अध्याय 7, श्लोक 16-17]

119. अर्जुन और दुर्योधन द्वारा युद्ध में सहायता माँगने पर श्रीकृष्ण ने दोनों को सहायता देना स्वीकारा। साथ ही उन्होंने युद्ध में न लड़ने और शस्त्र धारण न करने की अपनी इच्छा भी जाहिर की। इसके बाद उन्होंने अर्जुन को अपनी मनचाही वस्तु चुनने का अधिकार दिया। अर्जुन ने उन्हें चुना और दुर्योधन को कृष्ण की नारायणी सेना मिली [महाभारत, उद्योगपर्व, अध्याय 7, श्लोक 15-25]

का फैसला लिया।"[120]

"दुर्योधन को नारायणी सेना की कमान देकर कृष्ण ने उसकी मदद तो की थी।" विराट बोला।

"कृष्ण नारायणी सेना की क्षमता से अच्छी तरह वाकिफ थे। यादव सेनानायकों में उनकी पैठ थी और वे कृष्ण का अहित नहीं कर सकते थे। युद्ध के दौरान नारायणी सेना ने कई बार पांडव बल का नुकसान नहीं किया, क्योंकि कृष्ण पांडव पक्ष में थे।" डॉ. वर्मा बोले, "नारायणी सेना से अधिक कृष्ण को बलराम से डर था। श्रीकृष्ण जानते थे कि दुर्योधन बलराम का प्रिय था और अगर उन्होंने कौरव पक्ष से युद्ध में भाग लिया तो पांडवों पर भारी पड़ेंगे। इसलिए जब बलराम ने कौरव-पांडव युद्ध से दूर रहने की मंशा जाहिर की तो कृष्ण ने उनका विरोध नहीं किया।"

"आप तो हर बात का दोष कृष्ण पर ही मढ़ रहे हैं। जबकि उन्होंने कौरव-पांडवों के बीच सुलह कराने में कोई कसर नहीं छोड़ी थी।" डॉ. मजूमदार बोले, "वह पांडवों की तरफ से शांति प्रस्ताव लेकर हस्तिनापुर गए और दुर्योधन से पांडवों के लिए पाँच गाँव देने का अनुरोध किया, लेकिन दुर्योधन पांडवों को सुई की नोक बराबर जमीन देने के लिए भी तैयार नहीं हुआ।[121] उलटे पांडवों के शांति प्रस्ताव को ठुकराकर उसने कृष्ण को बंदी बनाने की योजना बनाई।"[122]

"कृष्ण हमेशा से जानते थे कि दुर्योधन उनके शांति प्रस्ताव को ठुकरा देगा। शांति प्रस्ताव का दाँव तो उन्होंने पांडवों और खुद को युद्ध के आरोपों से बचाने और दुर्योधन को युद्ध का मुख्य कारण सिद्ध करने के लिए फेंका था।[123] असल में कृष्ण युधिष्ठिर को युद्ध के लिए प्रोत्साहित करने का कोई मौका नहीं छोड़ते थे।"[124] डॉ. वर्मा बोले, "जब पूरा हस्तिनापुर दुर्योधन को पांडवों का शांति प्रस्ताव ठुकराने के लिए कोस रहा था, कृष्ण कौरव पक्ष को कमजोर करने के

---

120. बलराम जी ने कृष्ण से दोनों पक्षों (कौरव-पांडव) में समान संबंध होने की बात कई बार दोहराई, किंतु उनकी बात कृष्ण को जँची नहीं। इसलिए बलराम ने निश्चय किया कि वह न पांडवों की सहायता करेंगे न दुर्योधन की। कृष्ण को अर्जुन पर सभी प्रकार से निछावर होते देख और कृष्ण के अपने संबंधी दुर्योधन के प्रति व्यवहार से क्षुब्ध बलराम ने तीर्थ यात्रा पर जाने का निश्चय किया। [महाभारत, उद्योगपर्व, अध्याय 157, श्लोक 28-35; अध्याय 7, श्लोक 27-29]

121. महाभारत, उद्योगपर्व, अध्याय 72, श्लोक 14-17; अध्याय 127, श्लोक 25

122. महाभारत, उद्योगपर्व, अध्याय 130, श्लोक 3-8

123. महाभारत, उद्योगपर्व, अध्याय 72, श्लोक 85-88

124. महाभारत, वनपर्व, अध्याय 12, श्लोक 5-7; उद्योगपर्व, अध्याय 73

लिए अपनी चालें चल रहे थे। उन्होंने कर्ण से अकेले मुलाकात कर उसे उसकी असली मां कुंती के बारे में बताया और उसे राज्य का लालच देकर पांडव पक्ष में मिलाने की कोशिश की।[125] हालाँकि कर्ण ने उनका यह प्रस्ताव ठुकरा दिया[126], लेकिन कर्ण को उसके जन्म की हकीकत बताकर कृष्ण उसके मन में कई दुराग्रह बो गए जो बाद में पांडवों की विजय में मददगार हुए।"

"कृष्ण का मकसद पाँचों पांडवों और कर्ण के बीच सुलह कराना था। कर्ण को उसके जन्म की हकीकत बताकर कृष्ण उससे अर्जुन का बचाव कर रहे थे।" डॉ. मजूमदार ने तर्क रखा।

"कृष्ण अगर पांडवों और कर्ण के बीच सुलह चाहते तो यह काम बहुत पहले कर चुके होते। कर्ण और कुंती के रिश्ते को कृष्ण पहले से जानते थे। उन्हें ऐन युद्ध के वक्त यह बात कर्ण को बताने की क्यों सूझी? उन्होंने कर्ण के जन्म की हकीकत उसे ही क्यों बताई, पांडवों को क्यों नहीं?" डॉ. वर्मा बोले, "कर्ण को उसके जन्म की हकीकत बताकर कृष्ण सिर्फ अपना राजनीतिक हित साध रहे थे। वह यदि पांडवों को युद्ध के लिए नहीं उकसाते तो पांडव युद्ध नहीं करते।"

"युद्ध शुरू होने से पहले कर्ण को उसके जन्म की हकीकत सिर्फ कृष्ण ने नहीं कुंती ने भी बताई थी।[127] यह सब जानकर भी दुर्योधन का साथ देने का निर्णय कर्ण का था, कृष्ण का नहीं।" डॉ. मजूमदार बोले, "इसमें कैसा राजनीतिक कदम?"

"कुंती अगर वाकई अपने पुत्रों की रक्षा चाहती तो वह कर्ण के बारे में युधिष्ठिर से बात कर सकती थी। जिस कर्ण को उसने जन्म से ही अपने से दूर रखा उसके प्रति उसका कुछ फर्ज था या फिर उसके जीवन का कुंती के लिए कोई मोल नहीं था?" डॉ. वर्मा बोले, "कुंती का दाँव खाली गया। उसके समझाने पर भी कर्ण ने दुर्योधन का साथ नहीं छोड़ा, लेकिन उसने कुंती को खाली हाथ नहीं जाने दिया। कर्ण से मुलाकात के बाद कुंती कर्ण से अपने चार पुत्रों का जीवनदान लेकर लौटी।[128] सोचने की बात है कि कर्ण से अर्जुन को छोड़कर बाकी पांडवों का जीवनदान लेने वाली कुंती ने कर्ण की रक्षा का कोई वादा नहीं दिया। सारे वचन कर्ण से लिए गए। बाकी पांडवों को छोड़ भी दिया जाए तो

125. महाभारत, उद्योगपर्व, अध्याय 140

126. महाभारत, उद्योगपर्व, अध्याय 141, श्लोक 15-18

127. महाभारत, उद्योगपर्व, अध्याय 145, श्लोक 2-5

128. महाभारत, उद्योगपर्व, अध्याय 146, श्लोक 21

क्या कुंती के लिए कृष्ण के सहयोग से केवल अर्जुन से कर्ण की रक्षा का वचन लेना मुश्किल था? स्वयं श्रीकृष्ण भी तो अर्जुन और शेष पांडवों को कर्ण की हकीकत बताकर उनसे कर्ण की रक्षा का वचन ले सकते थे।"

"पर कृष्ण ने ऐसा नहीं किया।" जयंत बुदबुदाया, "किसको किससे खतरा था- कर्ण को अर्जुन से या पांडवों को कर्ण से?"

"न कर्ण को अर्जुन और पांडवों से खतरा था, और न अर्जुन को कर्ण से खतरा था। कर्ण की हकीकत से असली खतरा कृष्ण की महत्त्वाकांक्षा को था। कृष्ण जानते थे कि कर्ण की हकीकत जानकर पांडव, विशेषकर युधिष्ठिर अपने बड़े भाई कर्ण को अपना राजा मान लेंगे।[129] जिस कौरव-पांडव विवाद की भूमिका बनाने में कृष्ण जीवन भर एड़ी-चोटी का जोर लगाते रहे, उसका मूल एक झटके से समाप्त हो जाता। पांडवों का राजा घोषित होते ही कर्ण मित्रता के मोह में अपना सब कुछ दुर्योधन को लौटाने में एक क्षण नहीं लगाता।[130] जिस हस्तिनापुर सिंहासन पर दुर्योधन को हटाकर युधिष्ठिर को बैठाने के लिए कृष्ण अपना जोर लगा रहे थे, वह घूम-फिरकर तश्तरी में सजकर दुर्योधन के पास वापस पहुँच जाता और कृष्ण के हाथ से पांडव भी निकल जाते।" डॉ. वर्मा बोले, "इसलिए कृष्ण कर्ण की हकीकत पांडवों से छिपा गए।"

"भाग्यवश भीष्म भी कर्ण के जन्म की असलियत से वाकिफ थे। वो जानते थे कि कर्ण बल में अर्जुन और श्रीकृष्ण के समान है।[131] कर्ण को अपने पांडव भाइयों का अपमान करने से रोकने के लिए वो उसे नीचा दिखाते रहते थे।[132] युद्ध में कर्ण और पांडव एक-दूसरे का खून नहीं बहाएँ, इसलिए उन्होंने युद्ध परिषद की बैठक में कर्ण का अपमान कर उसे अपने धराशायी होने तक युद्धभूमि में कदम नहीं रखने की प्रतिज्ञा लेने के लिए विवश कर दिया।[133] भीष्म युद्ध शुरू होने के 10वें दिन धराशायी हुए और तब तक पांडव और कर्ण युद्धभूमि में एक-दूसरे के कोप से बचे रहे।" डॉ. वर्मा बोले।

"आप बेवजह हर बात के लिए कृष्ण को दोषी ठहरा रहे हैं।" डॉ. मजूमदार

---

129. महाभारत, उद्योगपर्व, अध्याय 140, श्लोक 17-23

130. महाभारत, उद्योगपर्व, अध्याय 141, श्लोक 22

131. महाभारत, भीष्मपर्व, अध्याय 122, श्लोक 16

132. महाभारत, भीष्मपर्व, अध्याय 122, श्लोक 9-13

133. महाभारत, उद्योगपर्व, अध्याय 62, श्लोक 7-13

तुनकते हुए बोले, "कृष्ण ने पांडवों का साथ इसलिए दिया था क्योंकि पांडव कौरवों को हराने की ताकत रखते थे। कृष्ण ने उन्हें अपनी शक्तियों का सही प्रयोग करने में मार्गदर्शन किया तो क्या गलत किया।"

"कृष्ण को पांडवों की क्षमता पर भरोसा होता तो वो युद्ध की शुरुआत से लेकर अंत तक अपनी चालें नहीं चलते रहते। युद्ध की शुरुआत में कृष्ण ने बड़ी चतुराई से पांडवों को सभी दिग्गज कौरवों के पास भेजकर उन्हें परास्त करने का उपाय पूछने का सुझाव दिया।[134] कर्ण को मानसिक रूप से कमजोर करने के लिए उन्होंने उसके जन्म की कहानी उसे सुनाई। उन्होंने अर्जुन को गीता ज्ञान देकर युद्ध के लिए प्रेरित किया।" डॉ. वर्मा बोले।

"आप जबरदस्ती बाल की खाल खींच रहे हैं।" श्रीमंत जी झुँझलाए, "एक-दो घटनाओं से नहीं साबित होता कि पांडव कौरवों को परास्त नहीं कर सकते थे।"

"मेरे पास ऐसी घटनाओं की लंबी फेहरिस्त है।" डॉ. वर्मा बोले, "युद्ध के तीसरे दिन भीष्म के शौर्य से कृष्ण इतना विचलित हुए कि युद्ध में हथियार न उठाने की अपनी प्रतिज्ञा को ताक पर रख वो अपना सुदर्शन चक्र उठाकर खुद ही उन्हें मारने के लिए उतारू हो गए।[135] इसके बाद नौवें दिन उन्होंने भीष्म को मारने के लिए चाबुक उठा लिया।[136] दोनों बार अर्जुन ने उनका गुस्सा शांत किया। वो भीष्म को मारने के लिए अस्त्र-शस्त्र न उठाने की अपनी प्रतिज्ञा को भी तोड़ने के लिए तैयार थे।[137] उन्होंने पांडवों को विश्वास दिलाया कि भीष्म को हटाना आवश्यक है[138] और पांडवों को भीष्म से मिलकर उनके वध का उपाय पूछने का सुझाव दिया।[139] अर्जुन भीष्म को मारने के लिए तब भी तैयार नहीं हुए तो कृष्ण ने उन्हें समझा-बुझा

---

134. भीष्म के पराक्रम से व्यथित युधिष्ठिर युद्ध छोड़ वन प्रस्थान के लिए तैयार हो गए थे, तब कृष्ण ने उन्हें भीष्म से उनके वध का उपाय पूछने का सुझाव दिया। [महाभारत, भीष्मपर्व, अध्याय 107, श्लोक 18-19, 43-55]

135. महाभारत, भीष्मपर्व, अध्याय 59, श्लोक 82-104

136. महाभारत, भीष्मपर्व, अध्याय 106, श्लोक 53-75

137. नवें दिन की युद्ध समाप्ति के बाद श्रीकृष्ण ने युधिष्ठिर से भीष्म के साथ युद्ध करने की आज्ञा माँगी और कहा कि वह युद्ध में भीष्म को ललकारकर धृतराष्ट्र पुत्रों को मार डालेंगे। किंतु युधिष्ठिर ने कृष्ण की युद्ध में हथियार न उठाने की प्रतिज्ञा का स्मरण करा उनके इस प्रस्ताव को ठुकरा दिया। [महाभारत, भीष्मपर्व, अध्याय 107, श्लोक 28-29, 44]

138. महाभारत, भीष्मपर्व, अध्याय 107, श्लोक 40

139. महाभारत, भीष्मपर्व, अध्याय 107, श्लोक 52-54

कर भीष्म वध के लिए राजी किया।[140] उनके सुझाव पर युद्ध के नियमों को ताक में रख पांडवों ने शिखंडी को ढाल बना भीष्म का वध किया।[141] उसके बाद कृष्ण ने अर्जुन को बचाने के लिए भगदत्त के बाण का निवारण किया जिसके बाद अर्जुन ने उन्हें पुनः उनकी शस्त्र न उठाने की प्रतिज्ञा का स्मरण कराया।"[142]

"द्रोण को मारने के लिए कृष्ण ने युधिष्ठिर से झूठ बुलवाया।[143] युद्ध के दौरान उन्होंने कई बार पांडवों के बीच आपसी मतभेदों को शांत कर पांडव पक्ष का नुकसान होने से रोका। कर्ण से हारने के बाद युधिष्ठिर और अर्जुन के बीच हुए विवाद को उन्होंने अपनी चतुराई से पांडवों के नुकसान में बदलने से रोका।[144] उन्होंने भीम के पुत्र घटोत्कच को कर्ण से उसकी दिव्य शक्ति समाप्त कराने के लिए इस्तेमाल किया।[145] घटोत्कच की मौत के बाद पांडव पक्ष में सभी दुखी थे, सिर्फ कृष्ण के चेहरे पर खुशी थी।[146] यह जानते हुए भी कि कर्ण कुंती का पुत्र है उन्होंने अर्जुन को कर्ण के वध के लिए उकसाया।[147] अर्जुन से युद्ध के दौरान जब शस्त्रहीन कर्ण अपने रथ का फँसा पहिया निकाल रहा था, तब कृष्ण ने अर्जुन को उकसाकर उसका वध करवाया।[148] उन्होंने भीम को गदा युद्ध के नियमों के विरुद्ध दुर्योधन की जाँघों पर गदा मारने का संकेत किया[149], और भीम के इस कृत्य पर गुस्साए बलराम जब उन्हें मारने के लिए आगे बढ़े तो कृष्ण ने उन्हें

140. स्वयं भीष्म से शिखंडी को ढाल बना उनके वध का उपाय जानकर भी अर्जुन अपने पिता पांडु के भी पितृ तुल्य भीष्म को मारने के लिए तैयार नहीं थे, किंतु श्रीकृष्ण ने उन्हें समझा-बुझा कर भीष्म के वध के लिए राजी किया। अर्जुन से भीष्म का वध करने वाला वचन सुनकर श्रीकृष्ण बेहद प्रसन्न हुए। [महाभारत, भीष्मपर्व, अध्याय 107, श्लोक 86-107]

141. महाभारत, भीष्मपर्व, अध्याय 119

142. महाभारत, द्रोणपर्व, अध्याय 29, श्लोक 19-23

143. महाभारत, द्रोणपर्व, अध्याय 190, श्लोक 9-12

144. युधिष्ठिर ने कर्ण का वध करने में असफल अर्जुन को अपमानजनक वचन कहे जिसे सुनकर अर्जुन उन्हें मारने के लिए प्रतिज्ञाबद्ध हो गए, किंतु कृष्ण ने युक्ति से युधिष्ठिर की रक्षा करते हुए अर्जुन की प्रतिज्ञा तुड़वाई। [महाभारत, कर्णपर्व, अध्याय 68-71]

145. महाभारत, द्रोणपर्व, अध्याय 173, श्लोक 35, 58

146. महाभारत, द्रोणपर्व, अध्याय 180, श्लोक 12

147. महाभारत, कर्णपर्व, अध्याय 73

148. महाभारत, कर्णपर्व, अध्याय 91

149. महाभारत, शल्यपर्व, अध्याय 58, श्लोक 2-21

समझा-बुझा कर शांत किया।"[150]

"मान लिया कि अगर कृष्ण नहीं होते तो पांडव जीत नहीं सकते थे।" डॉ. मजूमदार झुँझला गए, "कृष्ण ने पांडवों की विजय सुनिश्चित करने के लिए हर संभव प्रयास किए तो इसमें गलत क्या किया?"

"मैं गलत-सही का फैसला कहाँ कर रहा हूँ? मैं वही दोहरा रहा हूँ जो महाभारत ग्रंथ में लिखा है।" डॉ. वर्मा बोले।

"आपकी मानें तो पांडवों की जीत सिर्फ और सिर्फ कृष्ण की देन थी।" डॉ. मजूमदार बोले, "जबकि मेरा मानना है कि पांडव बिना कृष्ण के सहयोग के, अपनी शक्ति के बल पर भी कौरवों को जीत लेते।"

"पांडव अनाड़ी थे जो कौरवों को जीतना तो दूर उनके सामने टिकने लायक भी नहीं थे। कौरव छल करेंगे, यह जानकर भी जुए का आमंत्रण मिलने पर युधिष्ठिर जुआ खेलने चल पड़े। एक बार छल से हारे और फिर दोबारा छल से हारने के लिए खेलने बैठ गए।[151] यह कहाँ की समझदारी हुई?" डॉ. वर्मा हँसते हुए बोले, "युद्ध के अंतिम दिन जब कौरवों के सभी महायोद्धा मारे गए और पांडवों की जीत में सिर्फ दुर्योधन रोड़ा था, उस समय भी युधिष्ठिर दुर्योधन को किसी भी एक पांडव का युद्ध में वध कर राज्य जीतने का वचन दे बैठे। युधिष्ठिर की बेवकूफी देख कृष्ण तो क्रोधित होकर पांडवों को राज्य भोगने के लिए अनुपयुक्त मान बैठे थे।"[152]

"अगर पांडव इतने अनाड़ी थे तो वे कैसे जीते?" विराट ने पूछा।

"पांडवों की विजय का पूरा श्रेय कृष्ण को जाता है। पांडवों की सेना संयोजन से लेकर उनके पक्ष में कौरवों के योद्धाओं को कमजोर कर उन्हें

150. महाभारत, शल्यपर्व, अध्याय 60, श्लोक 1-30

151. दुर्योधन से जुए में हारे युधिष्ठिर को जब धृतराष्ट्र ने पुनः जुए का आमंत्रण दिया तो वह शकुनि के छल को जानते हुए भी जुआ खेलने लौट आए। इसके बाद सभी के समझाने पर भी युधिष्ठिर जुए से नहीं हटे और पुनः हार गए। [महाभारत, सभापर्व, अध्याय 76]

152. युधिष्ठिर ने दुर्योधन को वर दिया कि वह पाँचों पांडवों में से जिसके साथ युद्ध करना चाहे उसका वध करके राजा हो सकता है। [महाभारत, शल्यपर्व, अध्याय 32, श्लोक 62] युधिष्ठिर के इस बेतुके वर पर कृष्ण ने क्रोधित होकर युधिष्ठिर से कहा कि पांडव समेत संसार का कोई भी शूरवीर और देवता भी दुर्योधन को परास्त करने में समर्थ नहीं है। एक की हार-जीत से सबकी हार-जीत की शर्त लगाकर धर्मराज द्वारा इस भयंकर युद्ध को जुए का दाँव बनाने की नासमझी करने पर क्रोधित कृष्ण बोले कि निश्चय ही राजा पांडु और कुंती देवी की संतानें राज्य भोगने के लिए नहीं, बल्कि भीख माँगने और अनिश्चित काल तक वनवास भोगने के लिए पैदा हुई हैं। [महाभारत, शल्यपर्व, अध्याय 33, श्लोक 1-16; अध्याय 58, श्लोक 10-12]

पराजित करने की योजना पर कृष्ण लगातार काम करते रहे। अपनी कूटनीति और सूझबूझ से उन्होंने कौरवों को युद्ध के शुरू होने से पहले ही कमजोर कर दिया था। यह बात उन्होंने गीता में बड़े साफ तौर पर स्वीकारी है।[153] कृष्ण ने कौरवों को मारने के लिए कपट और कूटनीति का सहारा लिया।[154] कृष्ण ने पांडवों की मदद की, बदले में पांडवों ने उन्हें अपना भगवान और गुरु माना। इस लेन-देन में कृष्ण और पांडव दोनों का फायदा हुआ।" डॉ. वर्मा गहरी साँस लेकर बोले, "एक साधारण जन की तरह महाभारत कथा में दाखिल हुए ग्वाले कृष्ण अपने जीवन में अनगिनत असंभव कार्यों का श्रेय लेकर भगवान श्रीकृष्ण के रूप में इतिहास में अमर होकर निकले। इसलिए मैं भगवान की उपमा को मानवीय मूल्यों की परम सीमा मानता हूँ, जिसे मनुष्य अपने जीवन में कर्मों की एक-एक सीढ़ी चढ़ते हुए प्राप्त करता है।"

"जिस तरह आपने कृष्ण की राजनीतिक मंशा का खाका खींचा है, उससे लगता है कि उनके हर निर्णय के पीछे गहरी सोच काम कर रही थी। अर्जुन को गीता ज्ञान देने के पीछे कृष्ण का क्या मकसद रहा होगा?" श्रीमंत जी ने पूछा, "रोहन के घर से मिले संकेत गीता से जुड़े हुए हैं इसलिए हमारा यह समझना बेहद जरूरी है।"

"कोई दो राय नहीं कि गीता एक महान ग्रंथ है। इसके कई आयाम हैं। हर आयाम विशिष्ट गहराई लिए हुए है, जिसे समझने में शायद पूरी जिंदगी भी कम पड़ जाए। इसमें कर्मयोग, ज्ञानयोग और भक्ति-योग की गूढ़ दार्शनिक बातें हैं जो हमारे जीवन पर सीधा असर डालती हैं।" डॉ. वर्मा बोले, "इसके अतिरिक्त गीता कृष्ण की असली मंशा का आईना भी है।"

"कृष्ण की असली मंशा- यानी अर्जुन को युद्ध के लिए प्रेरित करना?" जयंत कंधे उचकाते हुए बोला, "जब कुरुक्षेत्र के मैदान में अर्जुन ने अपने

---

153. कृष्ण बोले- तुम (अर्जुन) युद्ध के लिए खड़े हो जाओ और यश को प्राप्त करो तथा शत्रुओं को जीतकर धन-धान्य से संपन्न राज्य को भोगो। ये सभी मेरे द्वारा पहले से ही मारे हुए हैं। हे सव्यसाचिन्! तुम निमित्तमात्र बन जाओ। [श्रीमद्भगवद्गीता, अध्याय 11, श्लोक 33]

154. दुर्योधन के मारे जाने पर श्रीकृष्ण स्वीकारते हैं कि कौरव महारथियों को पांडव धर्मानुकूल सरलता पूर्वक युद्ध करके नहीं मार सकते थे, इसलिए उन्हें मारने के लिए उन्होंने अपनी माया और कूटनीति का प्रयोग किया। यदि वह युद्ध में कपट नहीं करते तो पांडवों को विजय और राज्य नहीं प्राप्त होता। [महाभारत, शल्यपर्व, अध्याय 61, श्लोक 60-67]

परिजनों के विरुद्ध युद्ध करने से इनकार कर दिया तो श्रीकृष्ण ने उसे उसके योद्धा धर्म का ध्यान दिलाकर उसे युद्ध के लिए प्रेरित किया।"

"गीता ज्ञान के पीछे कृष्ण की यही सोच काम कर रही थी, लेकिन उनका असल उद्‌देश्य सिर्फ अर्जुन को अपने कर्म-निर्वाह का संदेश देना नहीं, बल्कि उससे भी कहीं बड़ा था।" डॉ. वर्मा बोले, "याद रहे कि युद्ध को रोकने के कृष्ण के सारे प्रयास सिर्फ छलावे थे। युद्ध कौरव-पांडव के बीच नहीं, बल्कि कृष्ण-कौरव के बीच था। इस युद्ध में पांडव तो सिर्फ कृष्ण के मोहरे थे।"

"कृष्ण तो दुर्योधन के पास पांडवों का शांति प्रस्ताव लेकर गए थे।" डॉ. मजूमदार ने टोका, "दुर्योधन ने अपनी बेवकूफी में उसे ठुकराया तो उसके दोषी कृष्ण कैसे हुए?"

"दुर्योधन ने भले ही पांडवों को नुकसान पहुँचाने और उन्हें प्रताड़ित करने की लाख कोशिश की हो, लेकिन सभी दिक्कतों का सामना करने के बाद भी पांडव युद्ध नहीं चाहते थे।[155] यह कृष्ण थे जो सलाह-मशवरा देने के बहाने पांडवों को युद्ध के लिए भड़काते रहे।"[156] डॉ. वर्मा बोले, "शांति प्रस्ताव तो कृष्ण का युद्ध के दोष से खुद को और पांडवों को बचाने का सिर्फ एक बहाना था।[157] शांति प्रस्ताव के बहाने कृष्ण दुर्योधन और उसके सहयोगी को नीचा दिखाने के साथ कौरवों की युद्ध तैयारी का जायजा लेने गए थे।"[158]

"कृष्ण की योजना ठीक चल रही थी, लेकिन युद्ध के ऐन वक्त अर्जुन ने अपने हथियार डाल दिए। कृष्ण के लिए यह बड़ी चिंता थी। वह जानते थे कि अगर अर्जुन ने हथियार नहीं उठाए तो कोई भी पांडव कौरवों के विरुद्ध हथियार नहीं उठाएगा। इसलिए उन्होंने अपने समस्त ज्ञान और अनुभव को शब्दों में बुना और अर्जुन को दोबारा युद्ध के लिए राजी भी कर लिया और उसके इस निर्णय से बड़ी सफाई से अपना पल्ला भी झाड़ लिया।"[159]

---

155. महाभारत, उद्योगपर्व, अध्याय 74, श्लोक 23

156. महाभारत, उद्योगपर्व, अध्याय 73, अध्याय 75

157. महाभारत, उद्योगपर्व, अध्याय 72, श्लोक 85

158. महाभारत, उद्योगपर्व, अध्याय 73, श्लोक 29-38

159. श्रीकृष्ण अर्जुन से कहते हैं- इस प्रकार यह गोपनीय से भी अति गोपनीय ज्ञान मैंने तुझसे कह दिया। अब तू इस रहस्य युक्त ज्ञान को पूर्णतया भलीभाँति विचार कर, जैसे चाहता है वैसे ही कर। [श्रीमद्‌भगवद्‌गीता, अध्याय 18, श्लोक 63]

“आप जबरदस्ती बाल की खाल खींच रहे हैं।” डॉ. मजूमदार झुँझलाए।

“कृष्ण को महाभारत का एक राजनीतिक पात्र मानने से उनके निर्णयों की वजह जानना तनिक आसान होगा।” डॉ. वर्मा बोले, “जरा सोचिए, कुरुक्षेत्र के मैदान के बीच कृष्ण-अर्जुन संवाद इतना प्रसिद्ध क्यों हुआ?”

“ज्ञानियों ने गीता को सभी वेदों का सार बताया है। यह हर व्यक्ति के लिए प्रेरणा-स्रोत है।” डॉ. मजूमदार बोले।

“बिलकुल! लेकिन गीता सिर्फ ‘श्रीमद्भगवद्गीता’ नहीं है?” डॉ. वर्मा मुस्कुराए।

“गीता ‘श्रीमद्भगवद्गीता’ नहीं तो क्या है, डॉ. वर्मा?” डॉ. मजूमदार झुँझला उठे।

“गीता का अर्थ होता है कविता या गीत जो गाया जा सके।” डॉ. वर्मा मुस्कुराए, ‘श्रीमद्भगवद्गीता’ तो सिर्फ एक गीता है। इसके अलावा 30 से अधिक गीताएँ हमारे पौराणिक ग्रंथों में बिखरी हुई हैं।[160] सिर्फ महाभारत में ही कई गीताओं का वर्णन है।[161] इन सभी गीताओं में किसी गूढ़ विषय का ज्ञान है।”

“व्हॉट!” डॉ. मजूमदार चौंक गए, “सभी गीताओं में श्रीमद्भगवद्गीता क्यों प्रसिद्ध हुई?”

“विषय के अतिरिक्त श्रीमद्भगवद्गीता के प्रसिद्ध होने की एक प्रमुख वजह है जगह और समय का सर्वोत्तम चुनाव!” डॉ. वर्मा बोले, “जिसे कृष्ण के ज्ञान में डूबे शब्दों ने अविस्मरणीय और अलौकिक घटना बनाकर उसका कद संपूर्ण

---

160. उदाहरणार्थ- कपिलगीता [श्रीमद्भागवतमहापुराण, स्कंध 3, अध्याय 23-33]; रुद्रगीता [श्रीमद्भागवतमहापुराण, स्कंध 4, अध्याय 24]; भिक्षुगीता [श्रीमद्भागवतमहापुराण, स्कंध 11, अध्याय 23-29]; पिंगलगीता [श्रीमद्भागवतमहापुराण, स्कंध 11, अध्याय 8, श्लोक 22-44]; ईश्वरगीता [कूर्मपुराण, उत्तरभाग, अध्याय 1-11]; व्यासगीता [कूर्मपुराण, उत्तरभाग, अध्याय 12-15]; देवीगीता [श्रीमद्देवीभागवतमहापुराण, स्कंध 7, अध्याय 31-40]; शिवगीता [पद्मपुराण, पातालखंड]; यमगीता [श्रीविष्णुपुराण, अंश 3, अध्याय 7]; अष्टावक्रगीता; जयन्तेयगीता; पांडवगीता

161. यक्षगीता [महाभारत, वनपर्व, अध्याय 313-314]; श्रीमद्भगवद्गीता [भीष्मपर्व, अध्याय 25-42]; शम्पाकगीता [शांतिपर्व, अध्याय 176]; मङ्किगीता [शांतिपर्व, अध्याय 177]; बोध्यगीता [शांतिपर्व, अध्याय 178]; विचिख्नुगीता [शांतिपर्व, अध्याय 265]; हारीतगीता [शांतिपर्व, अध्याय 278]; वृत्रगीता [शांतिपर्व, अध्याय 279-280]; पराशरगीता [शांतिपर्व, अध्याय 290-298]; हंसगीता [शांतिपर्व, अध्याय 299; श्रीमद्भागवतमहापुराण, स्कंध 11, अध्याय 13 से आगे]; हरिगीता [शांतिपर्व, अध्याय 346, श्लोक 11]; उत्तर/अनुगीता [आश्वमेधिकपर्व, अध्याय 16-51]; ब्राह्मणगीता (अनुगीता के अंतर्गत) [आश्वमेधिकपर्व, अध्याय 20]

महाभारत से भी बड़ा कर दिया।"

"कैसे?" डॉ. मजूमदार बोले।

"कृष्ण ने अर्जुन को गीता ज्ञान सिर्फ अपना प्रिय समझ कर नहीं, बल्कि उसे और बाकी पांडवों को युद्ध से भागने से रोकने के लिए दिया था। वरना अर्जुन को युद्ध से न भागने की शिक्षा देने वाले कृष्ण वही कृष्ण थे जो जरासंध के ललकारने पर मैदान छोड़ भाग गए थे।"[162] डॉ. वर्मा मुस्कुराए, "इस दुनिया की रीत अजीब है। मैदान से भागना कब पराजय का प्रतीक और कब युद्ध चातुर्य बन जाए, कहना मुश्किल है। कृष्ण का ज्ञान अर्जुन को कौरवों के विरुद्ध युद्ध के लिए राजी करने में अचूक हथियार साबित हुआ और श्रीमद्भगवद्गीता के नाम से विख्यात हुआ।"

"कैसा अचूक हथियार?" श्रीमंत जी ने पूछा।

"श्रीमद्भगवद्गीता निर्णय-अनिर्णय, जीवन-मरण, जय-पराजय के बीच हो रहे क्षणिक द्वंद्व का प्रतिबिंब है। यह जीवन की कठिनाइयों में उलझे मनुष्य को हौसला देने वाला प्रेरणा-स्रोत है। युद्ध के मैदान में अपने परिजनों को अपने विरुद्ध खड़े देख अर्जुन भी इसी द्वंद्व से गुजर रहा था।" डॉ. वर्मा ने उत्तर दिया, "अगर सिर्फ श्रीमद्भगवद्गीता की बात करें तो आपको जानकर हैरानी होगी कि कुरुक्षेत्र युद्ध के बाद अर्जुन ने श्रीकृष्ण से दोबारा गीता ज्ञान देने का अनुरोध किया, क्योंकि वह गीता ज्ञान भूल चुका था। इस पर श्रीकृष्ण ने उसे डपटा और उसे गीता का थोड़ा-बहुत ज्ञान दोबारा दिया।"[163]

"तो कुरुक्षेत्र वाले गीता प्रसंग के इतना प्रसिद्ध होने की क्या वजह थी?" प्रियंका ने पूछा।

"कृष्ण उत्कृष्ट श्रेणी के राजनीतिज्ञ और कुशल वक्ता थे। वो अच्छी तरह जानते थे कि उनके कहे किस वाक्य का कब, कहाँ, किस पर, कैसे और कितना असर होगा। इसलिए वो अपनी ऊर्जा को सही समय और स्थान देखकर प्रयोग में लाते हुए मन-मुताबिक परिणाम प्राप्त करते गए।"

"वो कैसे?" जयंत ने पूछा, "और इस बात का गीता से क्या संबंध है?"

---

162. मगध के शासक जरासंध द्वारा युद्ध के लिए ललकारे जाने पर कृष्ण अपने भाई बलराम के साथ रणभूमि छोड़कर गोमंत पर्वत पर चढ़ गए। जरासंध ने उन दोनों को बहुत ढूँढ़ा लेकिन दोनों में से कोई भी उनके हाथ ना लगा। [श्रीहरिवंशपुराण, विष्णुपर्व, अध्याय 39-42]

163. महाभारत, आश्वमेधिकपर्व, अध्याय 16-51

"अपनी मौत को सामने देखकर वही मुस्कुरा सकता है जिसे या तो मौत से डर नहीं हो, या जो मौत को देखकर सदमे में हो। लेकिन कृष्ण ने इन दोनों सीमाओं को लाँघकर वो किया जिसकी किसी को उम्मीद नहीं थी। वह सिर्फ मुस्कुराए ही नहीं, बल्कि अपनी मुस्कुराहट के साथ उन्होंने अपनी ज्ञान-गंगा का मुँह कुरुक्षेत्र की तरफ मोड़ दिया और मौत के मुहाने पर खड़ी 18 अक्षौहिणी[164] सेना के बीच अर्जुन को धर्म, कर्म और जीवन का सही अर्थ समझाया।" डॉ. वर्मा बोले, "श्रीकृष्ण जानते थे कि युद्ध का परिणाम जो भी हो, उन्हें अपनी बात रखने के लिए कुरुक्षेत्र से बेहतर पृष्ठभूमि नहीं मिलेगी। जब पूरे विश्व पर विनाश के बादल छाए थे, श्रीकृष्ण ने चमत्कारिक रूप से अपने ज्ञान और शब्दों से गीता को रचकर कुरुक्षेत्र भूमि में मौत के गर्भ से जीवनदर्शन के बीज अंकुरित किए। मौत निकट थी और कृष्ण मुस्कुराते हुए अर्जुन को जीवन जीने का मार्ग समझा रहे थे। कोई मानव ऐसा करने की सोच भी नहीं सकता है। इसलिए कृष्ण के मुँह से निकला हर शब्द देव-वाणी बन गया। श्रीमद्भगवद्गीता युगों-युगों के लिए मानस स्मृति पर हावी हो गई।"

"ये सब बेहद दिलचस्प है, डॉ. वर्मा!" श्रीमंत जी आश्चर्य से बुदबुदाए, "तो गीता के बारे में आपकी क्या राय है?"

"हम श्रीमद्भगवद्गीता की कुछ साधारण बातों पर नजर डालते हैं।" डॉ. वर्मा बोले, "श्रीमद्भगवद्गीता में कृष्ण के दिखलाए विश्वरूप का वर्णन है।[165] कृष्ण के इस विश्वरूप के अलग-अलग मायने हैं और मैं इसकी गहराई में नहीं जाऊँगा। लेकिन गीता के इसी अध्याय में कृष्ण कहते हैं कि अर्जुन ने उनका जो विश्वस्वरूप देखा है उसे इससे पहले कभी किसी ने नहीं देखा था।"[166] डॉ. वर्मा ने पूछा, "क्या ऐसा कहकर कृष्ण कोई और चाल चल रहे थे?"

"उन्होंने सच तो कहा था।" डॉ. मजूमदार बोले, "श्रीकृष्ण के वृहद रूप के दर्शन करने वाले अर्जुन पहले व्यक्ति ही तो थे?"

"युद्ध से पहले अर्जुन के अलावा माता यशोदा, ऋषि दुर्वासा, कई गोपियों,

164. कुरुक्षेत्र के मैदान में कुल 18 अक्षौहिणी सेनाएँ एकत्र हुई थीं जिसमें से दुर्योधन के पक्ष में ग्यारह अक्षौहिणी और पांडवों के पक्ष में सात अक्षौहिणी सेना थी। [महाभारत, उद्योगपर्व, अध्याय 155, श्लोक 26-27]

165. श्रीमद्भगवद्गीता, अध्याय 11

166. श्रीमद्भगवद्गीता, अध्याय 11, श्लोक 47

अक्रूर के साथ द्रोणाचार्य, भीष्म, विदुर, संजय, महाराज धृतराष्ट्र और दुर्योधन ने भी कृष्ण के विश्वरूप के दर्शन किए थे। युद्ध के बाद कृष्ण ने अपने विश्वरूप के दर्शन उत्तंग ऋषि को भी कराए थे।"[167] डॉ. वर्मा बोले, "माना कि श्रीकृष्ण द्वारा अपना दिव्य रूप दिखलाने की अधिकतर घटनाएँ पुरानी थीं इसलिए वो भूल गए, किंतु हस्तिनापुर की सभा में विश्वरूप दिखाने की घटना युद्ध शुरू होने से ठीक पहले हुई थी। इतनी ताजा बात श्रीकृष्ण के दिमाग से कैसे निकल गई?"

"अब इस बारे में तो हम कुछ नहीं कह सकते हैं।" श्रीमंत जी बोले, "शायद अर्जुन ने उनका जो रूप देखा वो बाकी लोगों के देखे गए रूपों से अलग था?"

"या फिर क्या कृष्ण ने यह बात अर्जुन को अपना सबसे प्रिय और करीबी जताने के लिए और उसका हौसला बढ़ाने के लिए कही थी?" डॉ. वर्मा ने पूछा।

"आप कहना क्या चाहते हैं?" जयंत बोला।

"महाभारत और गीता पर गौर करें तो पता चलेगा कि श्रीमद्भगवद्गीता गुप्त कृष्ण-अर्जुन संवाद नहीं है।" डॉ. वर्मा बोले, "महाभारत के युद्ध का विवरण और उससे जुड़ी घटनाएँ दरअसल संजय द्वारा आँखों देखी घटनाओं की स्मृति पर आधारित हैं जो उन्होंने युद्धभूमि से लौटकर महाराज धृतराष्ट्र को बताई थीं जिसमें भीष्म के मारे जाने की सूचना शामिल है।[168] गीता की शुरुआत भी धृतराष्ट्र के उस श्लोक से होती है, जिसमें वह संजय से कुरुक्षेत्र युद्धभूमि में हुई घटनाओं

---

167. मिट्टी खाने का आक्षेप लगने पर श्रीकृष्ण ने अपना मुँह खोलकर यशोदाजी को दिखाया। तब यशोदा को कृष्ण के मुँह में सारा ब्रह्मांड दिखाई दिया [श्रीगर्गसंहिता, गोलोकखंड, अध्याय 18, श्लोक 16-20]; ऋषि दुर्वासा ने कृष्ण के विराट रूप के दर्शन किए [श्रीगर्गसंहिता, गोलोकखंड, अध्याय 20, श्लोक 6-20]; गोपियों ने कृष्ण के नारायण स्वरूप के दर्शन किए [श्रीगर्गसंहिता, वृंदावनखंड, अध्याय 22, श्लोक 24-30]; अक्रूर ने भगवान श्रीकृष्ण के परब्रह्म स्वरूप का साक्षात्कार किया [श्रीगर्गसंहिता, श्रीमथुराखंड, अध्याय 5, श्लोक 1-8]; दुर्योधन द्वारा श्रीकृष्ण को बंदी बनाए जाने की कोशिश के बाद श्रीकृष्ण ने अपना विश्वरूप दर्शन प्रकट किया जिसे द्रोणाचार्य, भीष्म, विदुर, संजय के साथ अन्य लोगों ने देखा। साथ ही उन्होंने अपना विश्वरूप दर्शन देखने के लिए अंधे महाराज धृतराष्ट्र को भी दिव्य नेत्र प्रदान किए। [महाभारत, उद्योगपर्व, अध्याय 131, श्लोक 1-23]; उत्तंग ऋषि के अनुरोध पर भगवान श्रीकृष्ण ने उन्हें अपने उसी अद्भुत एवं उत्कृष्ट सनातन वैष्णव स्वरूप का दर्शन कराया, जिसे युद्ध के प्रारंभ में अर्जुन ने देखा था। [महाभारत, आश्वमेधिकपर्व, अध्याय 55, श्लोक 4-6]

168. संजय ने युद्धभूमि से लौटकर धृतराष्ट्र को भीष्म की मृत्यु का समाचार सुनाया था। [महाभारत, भीष्मपर्व, अध्याय 13]

के बारे में पूछते हैं।"[169]

"यानी युद्ध की घटनाएँ संजय ने अपनी आँखों से देखकर उनके बारे में महाराज धृतराष्ट्र को बाद में सुनाया था।" श्रीमंत जी डॉ. वर्मा की बात समझते हुए बोले, "महाभारत में वर्णित युद्ध की सारी घटनाएँ हो नहीं रही थीं, बल्कि हो चुकी थीं।"

"बिलकुल! श्रीमद्भगवद्गीता तो महात्मा संजय की स्मृति का प्रतिबिंब मात्र है।" डॉ. वर्मा बोले।

"पर इससे गीता की प्रामाणिकता पर क्या फर्क पड़ता है?" जयंत ने पूछा।

"सबसे बड़ा तो यह कि श्रीमद्भगवद्गीता और उसमें बताए कृष्ण के विराटस्वरूप को कृष्ण और अर्जुन ने नहीं, बल्कि महात्मा संजय ने सत्यापित किया। अर्जुन के साथ महात्मा संजय ने भी कृष्ण के विश्वरूप के दर्शन किए। यह बात संजय गीता के अंत में स्वीकारते हैं।"[170] डॉ. वर्मा बोले, "कृष्ण ने अपना विराटस्वरूप दिखाने के लिए अर्जुन को दिव्य-दृष्टि प्रदान की।[171] साथ ही बताया कि उनके इस रूप के दर्शन दुर्लभ[172] हैं जिसे अर्जुन के अतिरिक्त किसी ने पहले नहीं देखा था।"[173]

"इसका मतलब कृष्ण ने सिर्फ अर्जुन के अभिमान को हवा देने के लिए कहा कि उनके विराट रूप के दर्शन अर्जुन के अलावा किसी ने नहीं किए हैं।" जयंत बोला, "महात्मा संजय ने कृष्ण के दिव्य रूप को नहीं देखा होता तो वह

---

169. धृतराष्ट्र बोले- हे संजय! धर्मभूमि कुरुक्षेत्र में एकत्रित, युद्ध की इच्छा वाले मेरे और पांडु पुत्रों ने क्या किया? [श्रीमद्भगवद्गीता, अध्याय 1, श्लोक 1]

170. संजय महाराज धृतराष्ट्र से बोले- हे राजन् ! श्रीहरि के उस अत्यंत विलक्षण रूप को पुनः-पुनः स्मरण करके मेरे चित्त में महान आश्चर्य होता है और मैं बार-बार हर्षित हो रहा हूँ। [श्रीमद्भगवद्गीता, अध्याय 18, श्लोक 77]

171. परंतु मुझको तू इन अपने प्राकृत नेत्रों द्वारा देखने में निःसंदेह समर्थ नहीं है; इसीलिए मैं तुझे दिव्य अर्थात् अलौकिक चक्षु देता हूँ; उससे तू मेरी ईश्वरीय योग शक्ति को देख। [श्रीमद्भगवद्गीता, अध्याय 11, श्लोक 8]

172. श्रीभगवान बोले- मेरा जो चतुर्भुज रूप तुमने देखा है, यह सुदुर्दश है। अर्थात इसके दर्शन बड़े ही दुर्लभ हैं। देवता भी सदा इस रूप के दर्शन की आकांक्षा करते रहते हैं। [श्रीमद्भगवद्गीता, अध्याय 11, श्लोक 52]

173. हे अर्जुन! अनुग्रह पूर्वक मैंने अपनी योग शक्ति के प्रभाव से यह मेरा परम तेजोमय, सबका आदि और सीमा रहित विराट रूप तुझको दिखलाया है, जिसे तेरे अतिरिक्त दूसरे किसी ने पहले नहीं देखा था। [श्रीमद्भगवद्गीता, अध्याय 11, श्लोक 47]

उसका वर्णन धृतराष्ट्र को कैसे सुना पाते।"[174]

"अब इसका निर्णय मैं आप लोगों पर छोड़ता हूँ। मेरा विश्लेषण सही है या गलत, मैं नहीं जानता। आप लोग इससे असहमत हो सकते हैं।" डॉ. वर्मा मुस्कुराए, "अपने कामों से खुद को एक मिथक सत्य के रूप में स्थापित कर चुके कृष्ण के शब्दों में ज्ञानियों ने जीवन के अनेक रंगों को छिपा पाया। श्रीमद्भगवद्गीता के हर श्लोक के अनगिनत अर्थ निकल आए। एक ग्वाले ने दुनिया को सिखाया कि निष्काम भाव से युद्ध करना भी अहिंसक हो सकता है और इतिहास में एक युगपुरुष और महामानव के रूप में अमर हो गया।"

"उचित कहा, डॉ. वर्मा! कृष्ण का व्यक्तित्व और उनकी सोच कैसी थी इसकी एक झलक हमें मौजूदा इतिहास और ग्रंथों में मिलती है। लेकिन ये जानकारियाँ भी उनके व्यक्तित्व को समझाने में अधूरी हैं। महाभारत के सभी पात्र इतने गूढ़ हैं कि उनके व्यक्तित्व की गहराई समझने के लिए हमारा पूरा जीवन कम पड़ जाए। उनके बारे में हमें जो पता है वो इतिहासकारों की नजरों से छनकर आया उनके असली व्यक्तित्व का एक छोटा-सा अंश है।" श्रीमंत जी बोले, "डॉ. वर्मा! आपका विश्लेषण कमाल का है।"

"आपने बहुत अच्छी बात कही, श्रीमंत जी! हमें इतिहास के किसी पात्र, उसके व्यक्तित्व और उसके निर्णयों की विवेचना करने का अधिकार है, उन पर उँगली उठाने का नहीं। क्योंकि हम लाख कोशिश करने पर भी नहीं जान सकते कि उन्होंने किस मनोस्थिति और व्यवस्था के तहत वे निर्णय लिए जिनकी आज हम आलोचना कर रहे हैं और किन हालात में उनका व्यक्तित्व वैसा बना जैसा आज हम जानते हैं।" डॉ. मजूमदार बोले।

"हमारे लिए आसान है उनके निर्णयों की आलोचना करना और कहना कि उन्हें ये करना चाहिए था, वो नहीं करना चाहिए था, उन्होंने ऐसा किया होता तो भविष्य ऐसा होता, या वैसा होता। क्योंकि हम जानते हैं कि घटनाक्रम ने उनके निर्णय के बाद कैसे पलटी मारी और उसका भविष्य पर क्या प्रभाव पड़ा।"

---

174. संजय ने युद्धभूमि से लौटकर धृतराष्ट्र को भीष्म के मारे जाने का समाचार सुनाया। इसके बाद धृतराष्ट्र द्वारा युद्ध के विषय में पूछे जाने पर संजय ने उन्हें युद्ध की सभी घटनाओं का विवरण दिया जिसमें श्रीमद्भगवद्गीता प्रसंग शामिल है। यह स्पष्ट करता है कि महाभारत युद्ध की समस्त घटनाओं का वर्णन महात्मा संजय ने अपनी स्मृति के आधार पर किया था। [महाभारत, भीष्मपर्व, अध्याय 13, श्लोक 1-2; अध्याय 14-42]

श्रीमंत जी बोले, "लेकिन भविष्य में कोई नहीं झाँक सकता है। उन्होंने अपनी सोच और तत्कालीन परिस्थितियों की समझ के अनुसार वो निर्णय लिए जो उन्हें उस समय उचित लगे।"

"महाभारत का युद्ध भारतवर्ष के इतिहास का वो काला अध्याय है जो युगों-युगों तक भुलाया नहीं जा सका। इस युद्ध के परिणामस्वरूप भारत में ज्ञान और विज्ञान के साथ वीर क्षत्रियों का अभाव हो गया। विकास का चरम छू रही स्वर्णिम वैदिक संस्कृति और सभ्यता देखते ही देखते धरातल पर आ गई।" डॉ. वर्मा बोले, "समय के शक्तिशाली चक्रों में उलझकर महाभारत कथा बिखर गई, लेकिन उसके गर्भ से उत्पन्न 18 अध्यायों की गीता अपनी संपूर्णता के साथ जीवित रही।"

"आपने महाभारत को बिखरी हुई क्यों कहा?" जयंत ने पूछा।

"महर्षि वेदव्यास द्वारा रचित महाभारत के बारे में हमारा संपूर्ण ज्ञान मनुष्यलोक में बचे एक लाख श्लोकों पर आधारित है, शेष 59 लाख अन्य लोकों में प्रचलित हुए।"[175] डॉ. वर्मा बोले, "तुम कह सकते हो कि इन एक लाख श्लोकों को पढ़कर हम पूरी महाभारत पढ़ने का भ्रम पाल लेते हैं। इसमें भी कुछ श्लोक तो इतने गहरे और गंभीर हैं कि उनके कई मतलब निकलते हैं।"

"इन एक लाख श्लोकों से रोहन के संकेतों को समझने में क्या मदद मिलेगी?" प्रियंका हताशा से बोली, "महाभारत कथा और विशेषकर गीता की अनगिनत व्याख्याओं के मायने रोहन के केस से जोड़कर काम की बात निकालना तो भूसे के ढेर से सुई निकालने जितना कठिन काम है।"

"भूसे के ढेर से सुई निकालना!" जयंत सोचते हुए अचानक उछल पड़ा, "रोहन ने अपने अकाउंट से 60 लाख रुपए निकालकर एक लाख रुपए छोड़े और यही एक लाख की रकम उसने अपनी वसीयत में प्रियंका भाभी के नाम छोड़ी। ये दोनों संख्याएँ महाभारत के लुप्त हुए श्लोकों और बचे हुए श्लोकों की संख्या से मिलती हैं।"

विराट ने जयंत को घूरा।

---

175. भगवान वेदव्यास द्वारा बनाई 60 लाख श्लोकों की संहिता के 30 लाख श्लोक देवलोक में, 15 लाख श्लोक पितृलोक में और 14 लाख गंधर्व लोक में समाहित हुए। शेष 1 लाख श्लोक मनुष्यलोक में महाभारत के नाम से प्रतिष्ठित हुए। महर्षि वेदव्यास ने मनुष्य लोक में महाभारत का प्रवचन किया और जनमेजय और हजारों ब्राह्मणों के प्रश्न करने पर अपने शिष्य वैशम्पायन को उन्हें महाभारत कथा सुनाने की आज्ञा दी। [महाभारत, आदिपर्व, अध्याय 1, श्लोक 96-98; श्लोक 105-107]

"जरा सोचो! रोहन की पांडुलिपि और इराक से मिली पांडुलिपि पर एक जैसा लेप है। रोहन की पांडुलिपि के ऊपर वही निशान था जो लॉकर के भीतर था। उस निशान से मिलता-जुलता निशान इराक से मिली पांडुलिपि के ऊपर भी है। दोनों पांडुलिपियों का जुड़ाव महाभारत से है। रोहन के फ्लैट में मछलियों से मिले संकेतों का रास्ता महाभारत कथा से होकर गुजरा था।" जयंत पूरे जोश से बोला।

"तो क्या सूर्यकवच और इन पांडुलिपियों का महाभारत से कुछ कनेक्शन है?" डॉ. मजूमदार के रोंगटे खड़े हो गए।

"अगर 12,000 वर्ष पुराना सूर्यकवच अभी भी चालू रह सकता है, तो ऐसा क्यों नहीं हो सकता है?" जयंत बोला, "हमें अब तक मिले सभी सुरागों को महाभारत कथा से जोड़कर देखना चाहिए। क्या पता कोई अच्छी खबर हमारा इंतजार कर रही हो।"

सभी सोचने पर मजबूर हो गए। जयंत की बातें अजीब थीं, पर इस केस में कौन-सी बात साधारण थी।

"अगर सूर्यकवच और ये पांडुलिपियाँ महाभारत से जुड़ी हैं तो क्या सूर्यकवच द्वारा दर्शाई जगहों पर मिली लाशों का भी महाभारत से कुछ कनेक्शन हो सकता है?" डॉ. मजूमदार सोचते हुए बोले, "डॉ. वर्मा! क्या आप रोहन की हमशक्ल लाशों के मिलने की तारीख बताएँगे?"

"पहली हमशक्ल लाश 24 मार्च, दूसरी 3 अप्रैल, तीसरी 8 अप्रैल को, और चौथी व पाँचवीं लाश 10 अप्रैल को मिली थी।" डॉ. वर्मा ने उत्तर दिया, "कोई खास बात?"

"और 26 फरवरी को रोहन का एक्सीडेंट हुआ!" डॉ. मजूमदार सिर झुकाकर कमरे में टहलते हुए सोचने लगे, "अगर लाशों के मिलने की तारीखों को महाभारत से जोड़ा जाए तो मुझे कुछ डरावने इत्तफाक उभरते दिख रहे हैं।"

"हम सुनने को बेसब्र हैं।" जयंत बोला।

"18 दिन चले महाभारत के युद्ध में कौरवों के पाँच सेनापति थे- भीष्म, द्रोणाचार्य, कर्ण, शल्य और दुर्योधन। युद्ध में भीष्म दसवें दिन, द्रोण पंद्रहवें दिन, कर्ण सत्रहवें दिन और शल्य और दुर्योधन अठारहवें दिन मारे गए थे।"[176] डॉ.

---

176. महाभारत, आदिपर्व, अध्याय 2, श्लोक 30-31

मजूमदार बोले, "चौंकाने वाली बात यह है कि कौरवों के सेनापतियों की संख्या और उनके मारे जाने का फासला रोहन की हमशक्ल लाशों की संख्या और उनके मिलने के दिनों का फासला लगभग एक समान है।"

डॉ. मजूमदार की बात सुनकर सभी सन्न रह गए।

"तो क्या रोहन की हमशक्ल लाशों, पांडुलिपियों और सूर्यकवच का संबंध महाभारत कथा से है?" घबराए हुए श्रीमंत जी ने पूछा।

"अगर रोहन के कमरे से मिली पांडुलिपि भी महाभारत से जुड़ी हुई तो यह बात पूरी तरह साफ हो जाएगी।" प्रियंका बोली।

"यह महज एक इत्तफाक नहीं हो सकता है। हमें इस लाइन पर खोजबीन जारी रखनी होगी।" जयंत ने सुझाया।

"यह इतना आसान नहीं होगा, जयंत। मुझे लगता है कि हमारे अलावा कोई है जो इन सभी बिखरे सिरों की कहानी जानता है। इसलिए वह सूर्यकवच और इन पांडुलिपियों को पाने के लिए जमीन-आसमान एक किए हुए है।" डॉ. वर्मा ने चेताया, "शायद इन सिरों के पीछे एक नहीं, कई पार्टियाँ हों। शायद कुछ सिरे उनके हाथ लग चुके हों।"

"शायद कुछ सिरे हमारा इंतजार कर रहे हों।" विराट बोला, "हमें उन्हें ढूँढना होगा।"

"पर कैसे? हम तो ये भी नहीं जानते कि कितनी पांडुलिपियाँ ढूँढ़नी हैं।" प्रियंका बोली।

"अगर रोहन को सूर्यकवच और इस 'लंबी कहानी' के बारे में पता था और वह चाहता था कि हम इस कहानी को समझें तो उसने हमें उन तक पहुँचाने का रास्ता भी बनाया होगा।" डॉ. मजूमदार ने सुझाया, "जैसे उसने अपनी वसीयत के जरिए हमें मछलियों में छुपे संकेतों तक पहुँचाया।"

"शायद मछलियों के संकेतों में हमें कुछ और जवाब मिलें। मेरे आदमी जयंत की बताई जगह से सामान लेकर आते होंगे।" डॉ. वर्मा बोले, "मैं रोहन की पांडुलिपि के अनुवाद और उसके घर से मिली पर्चियों में मिले संकेतों को नेशनल लेबोरेट्री के विशेषज्ञों से तुड़वाने की कोशिश करता हूँ।"

"उम्मीद है आने वाली सुबह हमारे लिए नई संभावनाओं से भरी होगी।" डॉ. मजूमदार मुस्कुराते हुए बोले।

संतुलन

आश्रम में कोई कोलाहल नहीं था। प्रतिदिन नियम से गूँजने वाली वैदिक ऋचाएँ आज शांत थीं। दैनिक कार्यों की कोई शीघ्रता नहीं थी। कहीं कोई हलचल नहीं थी। बस सन्नाटे में डूबा डरावना ठहराव था।

आश्रम के द्वार पर खड़े वृद्ध यज्ञ-निदेशक को वह सन्नाटा अपने भीतर पसरता लग रहा था। हताशा, क्रोध और दुख में डूबे उस पीड़ादायक सन्नाटे में उनका हृदय विदीर्ण हो रहा था। आँखों से बहने को तैयार आँसुओं के तूफान को उन्होंने अपने संयम के बाँध से रोका हुआ था। वह जानते थे कि उनकी आँखों से आँसू की एक बूँद भी टपकी तो अपने साथ सदियों पुराने मुमुक्षुओं के वचन को भी बहा ले जाएगी।

वह आश्रमवासियों से भेंट करने की इच्छा से इतनी लंबी यात्रा करके आए थे। किंतु आश्रम के मुख्य द्वार पर वह जड़ हो गए थे। आश्रम के भीतर वह कैसे जाते और जाते तो किसके लिए? क्या आश्रम में बिखरे अनगिनत शवों से भेंट करते? जवान पुरुष, नवयुवतियाँ, वृद्ध, विकलांग, बच्चे, दुधमुँहे शिशु, पशु- आश्रम में कौन जीवित बचा था? अंग-भंग शव पूरे आश्रम में बिखरे हुए थे। मानो वे आदर-सम्मान के अधिकारी आश्रमवासी नहीं कदमों के तले रौंदी जाने वाली धूल हों।

सदैव वैदिक ऋचाओं से गुँजायमान और मन को प्रफुल्लित करने वाली दिव्य हवन सामग्री से सुगंधित रहने वाला आश्रम आज बूचड़खाना बना हुआ था। सुगंधित हवन सामग्रियों से सदैव मनमोहक रहने वाले वातावरण में शवों की सड़न घुली थी। जो शव सड़े नहीं थे वे सड़ने के कगार पर थे। कुछ जानवरों का भोज बन गए थे। आश्रम में उनका अंतिम संस्कार करने के लिए भी कोई जीवित नहीं बचा था। शवों की संख्या इतनी अधिक थी कि उनके अंतिम संस्कार के

लिए पूरे आश्रम को बड़ी चिता बनाना ही एकमात्र उपाय था।

"उसे अधिक समय तक थामना असंभव है, महामानव!" प्रधान के स्वर में अनिश्चित भविष्य की चिंता घुली थी, "युगों से अपनी शक्तियों का विस्तार करते हुए वह कुंजियों के निकट है। उसके सहयोगी बढ़ते जा रहे हैं और साथ ही मुमुक्षुओं पर उनका आक्रमण। हमारी प्रथम रक्षा-पंक्ति ध्वस्त हो चुकी है।"

यज्ञ निदेशक जानते थे, मुमुक्षुओं के लिए यह सूचना किसी शाप से कम नहीं थी।

"वह शीघ्र ही केंद्रों पर आक्रमण करेगा।" यज्ञ निदेशक गहरी आवाज में बोले मानो अपने शत्रु का दिमाग पढ़ रहे हों, "प्रथम के आदेशानुसार सभी सुरक्षा कवच सक्रिय किए जाएँ!"

"महामानव! यह सुझाव है, अथवा आदेश?" प्रधान के मन में संशय था।

"प्रथम सुझाव नहीं देते हैं!" यज्ञ निदेशक कठोर स्वर में बोले, "इस परिस्थिति में तो कदापि नहीं। यज्ञ की रक्षा के लिए मुमुक्षुओं को इस अग्निपरीक्षा से गुजरना होगा।"

"वह हमारी शक्ति से कई गुना अधिक शक्तिशाली हो सकता है।" प्रधान चिंता से बोले।

"हमें उसकी शक्ति के भय से अधिक अपनी शक्ति पर विश्वास हैं।" यज्ञ निदेशक बोले, "केंद्रों की सुरक्षा अनुमान के भरोसे नहीं छोड़ी जा सकती है।"

"महामानव! प्रथम रक्षा-पंक्ति उनके आक्रमण में समाप्त हो चुकी है। उसकी पुनर्स्थापना में समय लगेगा। ऐसे में यदि सुरक्षा कवच सक्रिय हुए तो वे अप्रभावी होंगे और सभी केंद्रों की सुरक्षा संकट में पड़ जाएगी।" प्रधान बोला।

"कवचों की सुरक्षा बढ़ाओ और प्रथम रक्षा-पंक्ति को शीघ्रता से पुनर्स्थापित करो।" यज्ञ निदेशक ने आदेश दिया।

"ये उपाय उसे साधने के लिए पर्याप्त नहीं होंगे!" प्रधान के मन पर सैकड़ों चिंताएँ हावी थीं।

"केंद्र रक्षक?"

"वो उसे कुछ देर के लिए रोक सकते हैं, किंतु उससे युद्ध करने में सक्षम नहीं हैं।"

"हम उसे अपनी सीमा नहीं लाँघने देंगे। अपने वचन और सम्मान की रक्षा

कैसे होती है यह मुमुक्षु उसे सिखाएँगे।" यज्ञ निदेशक तटस्थ, किंतु चेतावनी पूर्ण स्वर में बोले। कुछ देर चुप्पी साधे वह शून्य में ताकते रहे। फिर प्रखर और दृढ़ स्वर में बोले, "नीलकमल को केंद्र की सुरक्षा में तैनाती का आदेश दो।"

"पूज्य! नीलकमल की उपस्थिति शक्ति-असंतुलन बढ़ा देगी।" प्रधान घबराए, "वह इसे मुमुक्षुओं की तरफ से युद्ध की घोषणा समझेगा।"

"वह क्या समझेगा और क्या नहीं, और समझकर क्या कदम उठाएगा इसका निर्णय उसे करने दो। उसमें निर्णय क्षमता होती तो वह मुमुक्षुओं पर अकारण आक्रमण करने से पूर्व निर्णय लेता।" यज्ञ निदेशक दृढ़ता से बोले।

"किंतु..." प्रधान कहने को हुए, पर यज्ञ निदेशक ने हाथ उठाकर उन्हें संकेत कर रोक दिया।

"अब निर्णय वे नहीं, हम लेंगे। अपना वार विफल होने पर वो बौखलाए हुए है। उन्होंने युद्ध-घोष कर मुमुक्षुओं को चुनौती दी है। मुमुक्षु उनकी चुनौती स्वीकारते हैं। मुमुक्षु उन्हें सिखाएँगे कि युद्ध किसे कहते हैं।" यज्ञ निदेशक अपने निर्णय पर अविचल थे।

"यह परिषद के नियमों का उल्लंघन होगा।" प्रधान ने चेताया, "क्या स्थिति सँभालने का कोई अन्य उपाय नहीं है?"

"नीलकमल परिषद के नहीं, 'प्रथम' के आदेशों के अधीन हैं!" यज्ञ निदेशक ने स्पष्ट किया, "और 'प्रथम' केंद्र की रक्षा हेतु कोई भी निर्णय लेने के लिए स्वतंत्र हैं।"

"महामानव! केंद्र की स्थापना के पश्चात नीलकमल सदियों से सुप्त हैं।" प्रधान की आवाज चिंताग्रस्त थी, "उन्हें जाग्रत करने की सदियों पुरानी प्रक्रिया कारगर होगी इसमें मुझे संशय है।"

"इस संशय को दूर करने का यही उत्तम अवसर है।" यज्ञ निदेशक बोले, "यह अवसर चूका तो कदाचित रक्षा करने के लिए नीलकमल के पास कुछ शेष ही न बचे।"

"यदि नीलकमल अपना वचन पूर्ण करने में असफल रहे तो यह इतिहास भी नहीं बचेगा।" प्रधान की झिझक अभी शेष थी।

"इतिहास अपनी रक्षा करने में सक्षम है। तुम मात्र अपना कर्तव्य पालन करो!" यज्ञ निदेशक वार्तालाप अधिक खींचना नहीं चाहते थे, "नीलकमल उन्हें

सृष्टि के पुरातन नियमों का आदर करना सिखाएँगे।"

प्रधान ने सिर झुकाकर आज्ञा स्वीकारी, किंतु उनके मन पर छाए चिंता के बादल और गहरा गए। परिषद स्थापना के पश्चात पहली बार कोई मुमुक्षुओं के प्रथम सुरक्षा कवच को भेदने में सफल हुआ है। मुमुक्षुओं के व्यूह तोड़ने में सिद्ध हो चुके उस असाधारण और दिव्य योगी को रोकने में यदि सदियों से सुप्त पड़े नीलकमल अक्षम रहे, तो मुमुक्षु के पुरातन वचन की रक्षा कैसे होगी?

आने वाला समय गहरे मनहूस अंधकार में डूबा था। मुमुक्षुओं की एक भूल और यह अंधकार युगों तक पृथ्वी पर छाया रहने वाला था। मुमुक्षुओं के अथक प्रयासों के पश्चात भी मानवता पुनः उस युद्ध की तरफ अग्रसर थी, जिसे रोकने की शपथ मुमुक्षुओं ने उठाई थी।

स्वप्न

"रोहन!" श्रीमंत जी चीखते हुए उठे। आँखें फाड़-फाड़कर चारों तरफ देखा। वह सही-सलामत अपने बिस्तर पर थे। सामने विराट खड़ा था।

"पापा!" विराट ने टेबल से पानी भरा गिलास उठाकर श्रीमंत जी को दिया, "आप ठीक हैं?"

श्रीमंत जी ने पानी पीकर गहरी साँस ली।

"डॉ. वर्मा की टीम ने भैया के कमरे से मिली पांडुलिपि का अनुवाद कर लिया है।" विराट ने चहकते हुए बताया, "आप फ्रेश हो जाएँ। थोड़ी देर में नाश्ते के साथ हम उसे पढ़ेंगे।"

कुछ देर बाद श्रीमंत जी तैयार होकर डॉ. वर्मा के पास पहुँचे। वहाँ प्रियंका, विराट, डॉ. मजूमदार और जयंत पहले से मौजूद थे। सभी के चेहरे खुशी से दमक रहे थे।

"डॉ. वर्मा! यकीन नहीं होता कि आपकी टीम ने कुछ ही घंटों में रोहन की पांडुलिपि का अनुवाद कर लिया।" श्रीमंत जी मुस्कुराते हुए बोले।

"लगता है आप अनुवाद की प्रतीक्षा में रात भर जागे हैं।" डॉ. वर्मा हँसकर बोले।

"नई जगह जल्दी नींद कहाँ आती है।" श्रीमंत जी बोले, "डॉ. वर्मा! अब क्या आपका इरादा हमें पूरे दिन इंतजार करवाने का है?"

"अरे नहीं! मैंने नाश्ते के साथ ही पांडुलिपि पढ़ने की व्यवस्था की है।" डॉ. वर्मा बोले, "खास बात यह है कि रोहन की पांडुलिपि भी महाभारत से संबंधित है। इराकी पांडुलिपि में जो नए किरदार हमें पढ़ने को मिले थे उनमें से कई किरदार रोहन की पांडुलिपि का भी हिस्सा हैं।"

"यानी आप रोहन की पांडुलिपि पढ़ चुके हैं!" जयंत ने डॉ. वर्मा को घूरा।

"माफी चाहता हूँ, पर मुझसे इंतजार नहीं हुआ!" डॉ. वर्मा झेंप गए, "लेकिन उन्हें पढ़कर साफ हो गया है कि रोहन की पांडुलिपि और इराकी पांडुलिपि में लिखी कहानी एक ही कहानी का हिस्सा है।"

"तो दोनों पांडुलिपियों में लिखी कहानियाँ जुड़ रही हैं?" प्रियंका बोली।

"पूरी तरह नहीं, पर इराकी पांडुलिपि में उठे कई सवालों के जवाब हमें रोहन की पांडुलिपि में मिले हैं।" डॉ. वर्मा बोले, "ये एक बड़ी कामयाबी है!"

"रोहन की पांडुलिपि के ऊपर बने निशान के बारे में क्या पता चला?" डॉ. मजूमदार ने पूछा, "उसका इस मामले से क्या नाता है?"

"जितना आपने खोजा उससे अधिक नहीं, डॉ. मजूमदार!" डॉ. वर्मा बोले, "पर हम सही ट्रैक पर आगे बढ़ रहे हैं। मेरी टीम मछलियों से मिले संकेतों की जाँच में जुटी है। उम्मीद है हमारी मंजिल नजदीक होगी।"

"तो नाश्ते का इंतजार क्यों है?" श्रीमंत जी उत्सुकता से बोले, "उससे पहले रोहन की पांडुलिपि पढ़ लेते हैं। हमारे प्रश्नों के उत्तर जितनी जल्दी मिल जाएँ उतना अच्छा है।"

"मुझे आपसे यही उम्मीद थी।" डॉ. वर्मा ने मुस्कुराते हुए अपने बैग से कुछ फाइलें निकालकर सभी में बाँटी, "लीजिए! अपना इंतजार समाप्त कीजिए।"

अथ शपथपर्वः

अध्याय 1

प्रभात बेला दूर थी। वन के सुनसान ऊबड़-खाबड़ मार्ग पर मशाल की रोशनी में आचार्य रुद्रदेव मथुरा से साथ आए वृद्ध, स्त्रियों और बच्चों से लदी बैलगाड़ी हाँक रहे थे। यात्रा के लिए जैसे-तैसे एक ही बैलगाड़ी की व्यवस्था हो पाई थी। सभी उसमें सवार होकर हस्तिनापुर के लिए निकले थे।

थके तन और मन से बोझिल आचार्य का कृष्ण-वर्ण चेहरा निस्तेज और गांभीर्य की गहरी परत से ढँका था। आँखों की नमी से धुँधलाई दृष्टि के कारण संपूर्ण वन कोहरे से ढँका प्रतीत हो रहा था। न मार्ग समझ आ रहा था, न बैलगाड़ी की गति का अनुमान लग रहा था। मन में विचारों का ताँता लगा हुआ था, किंतु उन विचारों से कोई जुड़ाव महसूस नहीं हो रहा था।

यंत्रवत गाड़ी हाँकते हुए वो बीच-बीच में अपनी पत्नी शैला को देख लेते थे जो उनके कंधे से सिर टिकाए अपनी सूनी आँखों से वृक्षों के बीच से झाँक रहे आसमान में टिमटिमाते नक्षत्रों को एकटक ताक रही थी। रो-रोकर उसकी आँखें सूज गई थीं, किंतु आँसू थम नहीं रहे थे।

आचार्य ने शैला के आँसू पोंछकर स्नेहवत उसके बालों पर हाथ फेरा। अपना सिर उनकी गोद में रख सुबकती हुई शैला किसी निष्प्राण देह की भाँति लुढ़क गई। आचार्य चुपचाप उसे देखते रहे। दुख के अथाह सागर में हिचकोले खाती शैला और उन्हें मूक संवाद की यही कमजोर डोर जोड़े हुई थी।

अचानक बैलगाड़ी तेज झटके से रुकी। लगा जैसे उसका चक्र किसी अवरोध से टकराया हो। आचार्य ने आगे झाँका। मार्ग में न कोई अवरोध दिखा, न बैलों के रुकने का कारण समझ आया। उन्होंने बैलों को हाँक लगाई, पर वे रंभाते हुए अपने स्थान पर जमे रहे।

आचार्य मशाल उठाए बैलगाड़ी से नीचे उतरे। शैला भी घबराकर उतरी और

उनके साथ चल पड़ी।

साथ आए लोग भी बैलगाड़ी रुकने से उठ गए। पहले लगा कि समय पूर्व हस्तिनापुर पहुँच गए हैं, किंतु स्वयं को वन में पाकर उन्हें अचंभा हुआ। आचार्य और शैला बैलगाड़ी में नहीं दिखे तो उनकी व्याकुलता बढ़ गई। फिर देखा आचार्य मशाल थामे अपनी पत्नी शैला के साथ मार्ग पर आगे जा रहे थे। समझ नहीं आया कि सुनसान वन में वह कहाँ जा रहे थे। कौन-सी विपदा आन पड़ी थी?

आचार्य ने मशाल हिलाकर सभी को गाड़ी में बैठे रहने का संकेत किया। रात्रि में सुनसान वन में सभी का बैलगाड़ी में रहना ही सुरक्षित था। यह भी स्पष्ट नहीं था कि मामला क्या है और बैल क्यों रुके थे।

मशाल के प्रकाश में आचार्य ने देखा कि मार्ग सुनसान और निष्कंटक था। आस-पास कोई संकट नहीं था। बैलगाड़ी के सभी चक्र सुरक्षित थे। बैल थके तो नहीं, किंतु विचलित हुए जमीन पर अपने खुर मारते हुए रंभा रहे थे। आचार्य नीचे झुके तो देखा कि बैलों के खुरों में मटमैला कपड़े का टुकड़ा फँसा था। कपड़ा हटाने के लिए हाथ बढ़ाया तो वहाँ एक दुबला-पतला बालक लेटा दिखा। कदाचित बैलों ने उस बालक को कुचल दिया था। इसी कारण से वे आगे नहीं बढ़ रहे थे।

आचार्य घबराए। वह सावधानी से बैलों को हाँक रहे थे। यह बालक उन्हें दिखाई कैसे नहीं दिया? देखते तो अवश्य ही बैलों का मुँह मोड़ लेते। जाने कौन है, कहाँ से आया और कब बैलों के नीचे आ गया।

तुरंत बैलों को हटाकर उन्होंने बालक को उठाया। राहत की बात थी कि वो जीवित था। केश अस्तव्यस्त थे। पसीने और मिट्टी से लथपथ उसके दुबले-पतले बदन पर कई खरोंचें थीं। साँसें धौंकनी की तरह चल रही थीं। आचार्य ने अनुमान लगाया कि उसकी आयु तीन-चार वर्ष के आस-पास होगी। उन्होंने आस-पास देखा, किंतु उस बालक के अतिरिक्त कोई नहीं दिखा।

शैला बैलगाड़ी से कुल्हड़ में जल भरकर लौटी। उसने बालक के चेहरे पर पानी के छींटे देकर उसके गालों पर थपकियाँ मारीं। कुछ देर बाद मिचमिचाते हुए उसने अपनी आँखें खोलीं। आचार्य को देखते ही वह भय से सिमट गया।

उसे सुरक्षित देख आचार्य और शैला ने राहत की साँस ली। शैला ने उसे

आचार्य की गोद से उतारा और जल में अपना पल्लू भिगोकर उसका मुँह साफ किया। फिर कुल्हड़ में जल भरकर उसे दिया। वह एक साँस में सारा जल गटक गया। शायद लंबे समय से प्यासा था। जल पीने से प्राप्त तृप्ति उसके भोले-भाले चेहरे पर एक हल्की मुस्कान के रूप में उभरी।

"यहाँ क्या कर रहे हो, तुम्हारे माता-पिता कहाँ हैं?" शैला ने उसे पुचकारते हुए पूछा। उसकी बड़ी-बड़ी आँखें, छोटे होंठ, मासूमियत से भरे अंडाकार साँवले चेहरे ने प्रथम दृष्टि में शैला को मोह लिया था।

"वहाँ!" वह अटकती आवाज से बोला और मार्ग से थोड़ा दूर इशारा किया।

आचार्य तुरंत मशाल लेकर उधर गए। देखा वृक्षों के निकट पड़ी टूटी चारपाई पर कोई दुबला-पतला व्यक्ति लेटा था। उसके निकट पहुँचकर आचार्य सारा मामला समझे। चारपाई पर पड़ा व्यक्ति जीवित नहीं, मृत था।

आचार्य उलटे पैर लौटे और शैला को सारी बात समझाई।

"इन्हें यहाँ कौन लाया है?" आचार्य ने बालक से पूछा, "क्या हुआ था इन्हें?"

"मैं लाया हूँ!" बालक अपने अश्रु पोंछते हुए बोला, "वो मेरे पिता हैं। लकवाग्रस्त हैं और कुछ दिनों से ज्वर से पीड़ित हैं। मैं इन्हें उपचार के लिए हस्तिनापुर वैद्य जी के पास ले जा रहा हूँ।"

"हस्तिनापुर! इस टूटी चारपाई पर... घसीटते हुए!" आचार्य का कलेजा मुँह को आ लगा, "तुझे पता है कि हस्तिनापुर कितनी दूर है? बैलगाड़ी से जाएगा तो कल दोपहर तक पहुँचेगा। पैदल दो दिन लगेंगे।"

"चलूँगा तो पहुँच ही जाऊँगा!" वह बाल-सुलभता से बोला।

आचार्य बालक को देखते रह गए। वो नन्ही जान नहीं जानता था कि उसके पिता का देहांत हो चुका है और वो उनकी लाश चारपाई पर रखे खींचते हुए विषम वन मार्ग से हस्तिनापुर ले जा रहा था।

"तुम्हारी माँ कहाँ हैं?" शैला ने पूछा।

"वो नहीं हैं!" हर साँस के साथ उसके दुबले-पतले बदन की पसलियाँ झाँक रही थीं।

"हे प्रभु!" आचार्य को अपना सीना फटता लगा। बालक के कंधे को स्नेह से सहलाकर पूछा, "निकट के किसी ग्राम में तुम्हारा कोई परिचित है?"

उत्तर में वो बच्चा आचार्य को अपनी सूनी आँखों से ताकता रहा।

आचार्य को उसकी चिंता हुई। ये बालक अकेला वन में क्या करेगा? इसके पिता का अंतिम संस्कार कैसे होगा?

"यह स्थान रुकने योग्य नहीं है!" बैलगाड़ी में बैठे किसी ने चेताया।

आचार्य सोच में पड़ गए। इस नन्ही जान को पिता की लाश के साथ वन में अकेला छोड़ना अनुचित होगा। रात्रि में वन मार्ग असुरक्षित था। जंगली जानवरों के साथ मगध सैनिकों और दस्यु दलों का भी भय था। अँधेरे में मार्ग ढूँढ़ना सुलभ नहीं था। बिना साधन के यह बच्चा अपने पिता की लाश को हस्तिनापुर कैसे ले जाएगा?

बैलगाड़ी में स्थान सीमित था। आचार्य ने अन्य नागरिकों से परामर्श कर उन्हें उस बच्चे को बैलगाड़ी में बैठाने के लिए सहमत किया। बच्चे की व्यवस्था हो गई तो उसके पिता की लाश की व्यवस्था के बारे में सोचा। बैलगाड़ी में लाश रखने के लिए स्थान नहीं था। लाश बैलगाड़ी में रखते तो कई लोगों को पैदल चलना पड़ता। वृद्ध नागरिक, औरतों और बच्चों के लिए पैदल यात्रा करना दुष्कर था। लंबे मार्ग में शव के सड़ने और उससे संक्रमण फैलने का भी संकट था।

शव को छोड़ना भी अनुचित था। वन में पड़े-पड़े तो निश्चित सड़ता, अथवा जंगली जानवरों से दुर्गति को प्राप्त होता। यदि यहाँ अंतिम संस्कार किया तो रात्रि में चिता की अग्नि से दस्यु दलों के साथ मगध और यादव सैनिक आकर्षित होकर अनावश्यक रूप से बैलगाड़ी में सवार नागरिकों की जान पर भारी पड़ सकते थे। अंतिम संस्कार के लिए प्रातः तक वन में रुकना भी दुष्कर था।

आचार्य ने सोच-विचार किया। उन्होंने अपना कंबल उठाया और कुछ नागरिकों के साथ शव के पास पहुँचे। सभी ने लाश को कंबल में लपेटकर उसे रस्सियों से बाँधा और उसे उठाकर बैलगाड़ी तक लाए। फिर कंबल में लिपटे शव को रस्सियों से बाँधकर बैलगाड़ी के नीचे ऐसे लटकाया कि उसके चलने पर वह सुरक्षित रहे।

"आगे इनके अंतिम संस्कार की व्यवस्था करनी होगी।" आचार्य बोले। शेष नागरिक इस उपाय से संतुष्ट दिखाई दिए।

बालक को शैला की गोद में बैठाकर उन्होंने बैलगाड़ी आगे बढ़ाई। नागरिक पहले की भाँति ऊँघने लगे। सिर्फ आचार्य, शैला और उस बच्चे की आँखों से

नींद उड़ी हुई थी।

"क्या नाम है तेरा?" शैला ने बच्चे के बालों को सहलाते हुए पूछा।

"वैकुल!" शैला की गोद में बैठे-बैठे वह बोला।

"तेरे चेहरे पर अग्नि जैसी लालिमा है!" शैला के चेहरे पर भीनी मुस्कान खिंच आई, "मैं तो तुम्हें शोण के नाम से पुकारूँगी। तुझे पसंद है यह नाम?"

"शोण!" बच्चे का चेहरा बाल-सुलभ मुस्कान से खिला। उसे अपना नया नाम पसंद आया था।

"हम कहाँ जाएँगे?" उसने तनिक सहमते हुए पूछा।

"जहाँ जाएँगे, साथ जाएँगे! तू चिंता मत कर!" कहकर शैला ने अपनी टोकरी से फल निकालकर उसे दिया।

फल देख उसकी आँखों की चमक यकायक ऐसे बढ़ गई मानो दुर्लभ खजाना हाथ लगा हो। पहले झिझकते हुए शैला को देखा, फिर धीरे से उसके हाथ से फल लेकर खाने लगा। जिस बेसब्री से खा रहा था, देखकर लग रहा था कि लंबे समय से भूखा था। एक फल समाप्त होने से पूर्व शैला ने उसके हाथ में दूसरा फल थमा दिया।

बैलगाड़ी हाँकते आचार्य देख रहे थे कि शैला का मुरझाया और उदास चेहरा शोण को देखते हुए प्रसन्नता से दमक रहा था।

"शोण!" आचार्य की आँखों में कुछ प्रश्न तैरे, "इसका क्या अर्थ है, शैला?"

"महादेव ने मेरी गोद सूनी नहीं रहने दी।" कहते हुए शैला ने शोण का माथा चूम लिया।

"शैला!" आचार्य की आवाज में अविश्वास उत्पन्न हुआ, "किसी दूसरे की धरोहर..."

"दो इंसान कब से एक-दूसरे से पराए होने लगे? जीवन तो परमपिता का आशीर्वाद है।" शोण को निहारते हुए शैला ने आचार्य की बात काटी, "हमारा अनिरुद्ध लौट आया है, आचार्य!"

आचार्य शैला को ताकते हुए अवाक रह गए। उसकी करुणामय आँखों में शोण के प्रति वात्सल्य हिलोरें मार रहा था। इस वात्सल्य में कोई कृत्रिमता नहीं थी। उचित-अनुचित का भेद भूलकर शैला उस बच्चे को अपने साथ रखने का

मन बना चुकी थी।

वह शैला से बहुत कुछ कहना चाहते थे, पर अपने आँसू भीतर ही समेट कर चुप रहे। अपना भीतरी बिखराव थामना उनके लिए आसान था, किंतु यदि शैला बिखर गई तो वह उसे समेट नहीं पाते। उसे कैसे समझाएँ कि इस अनाथ बालक को उसके किसी परिचित के पास पहुँचाना उचित होगा। न जाने किसका बालक है, किस हाल में यहाँ पहुँचा।

थामते हुए भी आचार्य की आँखें गीली हो गईं। उन्होंने शैला से मुँह फेरकर अपने आँसू पोंछे। उनका हृदय शैला के हृदय की तरह गहरा नहीं था जो सारे संसार की पीड़ा पीकर भी अपनी ममता नहीं भूलता।

कैसी विडंबना थी? क्षण भर पहले मिले एक अनजान बच्चे की चिंता में शैला कुछ प्रहर पहले हुई अपने इकलौते पुत्र अनिरुद्ध की मौत का दुख भी भूल गई थी।

अध्याय 2

बैलगाड़ी मार्ग पर आगे बढ़ रही थी। आचार्य के बोझिल मन को प्रत्येक पल सदी जितना लंबा लग रहा था। रात्रि और मार्ग दोनों समाप्त होते नहीं लग रहे थे।

शोण शैला की गोद में सिर रख सो गया था। वह उसे निहारते हुए उसके बालों को सहला रही थी। यकायक उसे आचार्य की सुध आई। देखा विश्राम का अभाव उनके चेहरे पर प्रत्यक्ष झलक रहा था।

"आचार्य! आप तनिक विश्राम कर लें। गाड़ी मैं हाँक देती हूँ।" शैला ने अनुरोध किया।

"तुम्हें मार्ग का अनुमान नहीं है!" आचार्य बोले, "अँधेरे में..."

तभी वन के सन्नाटे को तोड़ते हुए घोड़ों की टापें सुनाई दीं। सामने अँधेरे में मशालों का प्रकाश टिमटिमाया और कुछ घुड़सवार मशाल थामे उनकी तरफ आते दिखाई दिए। कदाचित मगध टुकड़ी अथवा दस्यु दल था।

आचार्य ने शीघ्रता से सभी नागरिकों को सचेत किया। आनन-फानन में सभी लाठियाँ सँभालकर बैठ गए। शोण भी डर के मारे शैला से चिपक गया।

घुड़सवार समीप आए तो उन्हें पहचानकर सभी ने राहत की साँस ली। वह सशस्त्र यादव घुड़सवारों की टुकड़ी थी। आते ही उन्होंने बैलगाड़ी को घेर लिया।

"कौन हो तुम लोग, किधर जा रहे हो?।" एक घुड़सवार ने कड़ककर पूछा। उसके साथी बैलगाड़ी जाँचने लगे।

"श्रीमान! मैं आचार्य रुद्रदेव हूँ। अपने साथी आश्रमवासियों के साथ हस्तिनापुर प्रस्थान कर रहा हूँ।" आचार्य ने उत्तर दिया।

उनका एक साथी घोड़े से उतरकर बैलगाड़ी के पास पहुँचा। आचार्य को देख उसने झुककर उन्हें प्रणाम किया।

"आचार्य! आप शेष नागरिकों के साथ क्यों नहीं गए?" उसने पूछा।

उसकी बलिष्ठ कद-काठी, चुस्त चाल, पौरुष से दमकता चेहरा और तेजोमय नेत्रों को देख आचार्य को वो घुड़सवार परिचित लगा। दिमाग पर बल डाला तो स्मरण आया। वो यादव नायक कृतवर्मा थे।

कृतवर्मा से मिले अनपेक्षित आदर से आचार्य को अचरज हुआ। आचार्य मथुरा में इतने प्रसिद्ध नहीं थे कि यादव नायक उन्हें देख पहचान जाएँ। नायक से उनकी कभी भेंट भी नहीं हुई थी। कदाचित उनका कोई परिचित आचार्य का शिष्य रहा होगा। रात्रि में वन में उनसे औचक भेंट होने की उम्मीद नहीं थी। अब मिल गए तो ऐसे कठिन समय में उनसे परिचय मिलता देख सभी की हिम्मत बँध गई थी।

"उनके साथ जाना था, किंतु वृद्ध नागरिकों का सामान बाँधने में विलंब हो गया।" आचार्य बोले, "ऊबड़-खाबड़ मार्ग के कारण बैलगाड़ी की गति मंथर रही और हम उनसे पीछे रह गए।"

"वे यहाँ से कुछेक कोस दूर हैं। उनकी सुरक्षा के लिए साथ में कुछ यादव सैनिक हैं।" कृतवर्मा बोले, "इस समय आपको मथुरा लौटना चाहिए। यह मार्ग असुरक्षित है। मगध टुकड़ियाँ यहाँ भ्रमण करती रहती हैं।"

"मार्ग असुरक्षित है तो हम कहाँ जाएँ? मथुरा और ब्रज-क्षेत्र का कौन-सा अंचल जरासंध से सुरक्षित है? मथुरा लौटे तो पुनः यात्रा का अवसर नहीं मिलेगा।" बैलगाड़ी में सवार एक वृद्ध तेज स्वर में बोला।

कृतवर्मा और आचार्य ने एक-दूसरे को ताका। वृद्ध की चिंता जायज थी। जरासंध के आक्रमणों से असुरक्षित मथुरा से नागरिकों का पलायन आम बात थी। नागरिकों की सुरक्षा के लिए महाराज उग्रसेन, कृष्ण, बलराम और समस्त यादव गण समर्पित थे, किंतु उनका प्रयास नागरिकों को आश्वस्त करने के लिए अपर्याप्त था।

"यहाँ से कुछ कोस पर एक कच्चा मार्ग आरंभ होता है। उससे आप मगध सैनिकों की दृष्टि में आए बिना अतिशीघ्र हस्तिनापुर पहुँच सकते हैं।" कृतवर्मा ने सुझाया।

"किंतु मुझे वन के कच्चे मार्गों का ज्ञान नहीं है।" आचार्य बुझे स्वर में बोले।

"कुछ घुड़सवार आपके साथ भेजता हूँ। वे आपको सुरक्षित हस्तिनापुर सीमा तक छोड़ देंगे।" कृतवर्मा ने सुझाया।

"आपका कोटि-कोटि धन्यवाद!" आचार्य हाथ जोड़कर बोले।

"क्या मार्ग में आपको कोई अन्य पथिक अथवा जीवित व्यक्ति दिखाई

दिया?" कृतवर्मा ने आस-पास दृष्टि घुमाते हुए पूछा।

"जिस मार्ग से हम आए हैं उस पर तो कोई जीव दिखाई नहीं पड़ा।" आचार्य विनम्रता से बोले।

"कोई पशुधन?"

"नहीं!"

"मगध सैनिक?"

"वे मिलते तो हम यहाँ नहीं होते!" बैलगाड़ी में सवार वृद्ध ने टोका।

"उचित है। आप यहाँ से शीघ्रता से प्रस्थान कीजिए। यह स्थान नागरिकों के लिए असुरक्षित है।" कहकर कृतवर्मा ने कुछ घुड़सवारों को बैलगाड़ी के साथ जाने का संकेत किया।

"प्रस्थान से पूर्व एक निवेदन करना चाहता हूँ।" आचार्य विनम्रता से बोले।

"निःसंकोच आदेश दें, आचार्य!" कृतवर्मा मृदुलता से बोले।

"मार्ग में मिला एक शव हमारे साथ है।" आचार्य ने बैलगाड़ी के नीचे बंधे कंबल में लिपटे शव की तरफ संकेत किया, "उसके अंतिम संस्कार की व्यवस्था हो जाए तो कृपा होगी।"

कृतवर्मा के चेहरे पर पीड़ा उभरी। उन्होंने अपने साथियों को कुछ समझाया। सभी ने मिलकर बैलगाड़ी के नीचे से कंबल में बंधे शव को निकालकर अपने घोड़े पर लाद लिया।

आचार्य नीचे उतरे। शोण को गोद में उठाया और बोले, "अपने पिता को अंतिम प्रणाम करो!"

नन्हे शोण ने छोटे-छोटे हाथों को जोड़कर घोड़े पर लदे अपने पिता के पार्थिव शरीर के सामने सिर झुकाया। आचार्य, शैला और अन्य नागरिकों ने भी शोण के दिवंगत पिता को अंतिम प्रणाम किया।

"क्या नाम है तुम्हारा?" कृतवर्मा ने स्नेह से शोण के सिर पर हाथ फेरते हुए पूछा ।

"वैकुल।" उसने सुबकते हुए उत्तर दिया।

"नहीं, शोण!" तुरंत उसके स्वर को दबाते हुए शैला का तेज स्वर गूँजा।

शोण का मासूम चेहरा खिल उठा। अपनी नन्ही बाहें फैलाए वह शैला से चिपका और जोर से बोला, "शोण!"

कृतवर्मा ने आचार्य को देखा। दोनों में कुछ मूक संवादों का आदान-प्रदान हुआ। फिर कृतवर्मा ने शोण को देखा। उसके बाद अपने साथी के घोड़े पर लदी शोण के पिता की लाश को।

पता नहीं कृतवर्मा ने क्या देखा और क्या समझा, किंतु उसके पश्चात उन्होंने शोण से कोई प्रश्न नहीं किया।

"तुम अकेले नहीं हो..." कहते-कहते कृतवर्मा ने अपने शब्दों को थामा, "...शोण!" उनके शब्दों में शोण के नाम पर पर्याप्त भार था, "संपूर्ण मथुरा जनपद में अनगिनत माताओं की कोख उजड़ी है। इस कठिन समय में पूरा यादव कुल तुम्हारे साथ है। परमात्मा तुम्हारे पिता को शांति प्रदान करें और तुम्हें इस पीड़ा को सहने की शक्ति दें।"

कृतवर्मा अपने घोड़े पर सवार हुए।

"मुझे क्षमा करें, नायक! जिस क्षण मातृभूमि को मेरी आवश्यकता है, मैं उसे त्याग रहा हूँ।" आचार्य रूँधे गले से बोले। चेहरे पर अपराध-बोध झलक आया।

"शस्त्र थामने के अतिरिक्त मातृभूमि की सेवा के अन्य मार्ग भी हैं, आचार्य! कदाचित मातृभूमि को आपसे इसी सेवा की आवश्यकता थी।" कृतवर्मा की तेजोमय आँखों ने आचार्य की आँखों में झाँका। शब्द जैसे सीधे आत्मा से निकल रहे थे, "देखकर प्रसन्न हूँ कि आपने अपनी गरिमा के अनुरूप निर्णय लिया।"

आचार्य कुछ कहते उससे पूर्व कृतवर्मा अपने साथियों के साथ घोड़े दौड़ाते हुए मथुरा की तरफ प्रस्थान कर गए।

बैलगाड़ी पुनः हस्तिनापुर की दिशा में बढ़ चली। सशस्त्र यादव घुड़सवारों का साथ मिलने से नागरिकों की हिम्मत बँध गई। कुछ देर इधर-उधर की बातचीत करने के बाद अधिकतर पुनः ऊँघने लगे।

बैलगाड़ी हाँकते हुए आचार्य को कृतवर्मा के कहे शब्द रह-रहकर चुभ रहे थे। यादव नायक के कथन का क्या तात्पर्य था? मातृभूमि से पलायन कर आचार्य ने उसकी कौन-सी सेवा की थी? क्या यादव नायक ने जाते-जाते उन पर व्यंग्य कसा था कि देखो, मथुरा के साहसी आचार्य कैसे अवसर मिलते ही दुम दबाकर भाग खड़े हुए। मथुरा में इन कायरों की सुरक्षा भी करनी पड़ती और इनकी उपस्थिति से सैन्य बलों का मनोबल भी गिरता। इनके पलायन से मथुरा की सुरक्षा पर चढ़ा एक बोझ कम हुआ।

आचार्य ने ठंडी साँस छोड़ी। यादव नायक ऐसा सोचते हैं तो उचित सोचते हैं। कठिन समय में संसाधनों का युक्तिसंगत उपयोग आवश्यक है। सशस्त्र बलों को मगध राज के विरुद्ध लगाना ही यादवों के लिए उचित होगा।

आचार्य अपनी दिमागी उधेड़बुन में उलझे हुए थे और इधर शैला चुपचाप उन्हें ताकते हुए उनके मंथन की थाह लेने में जुटी थी।

"आप रुष्ट हैं, आचार्य? आपकी आज्ञा के बिना मैंने इतना बड़ा निर्णय किया।" शैला के शब्दों में क्षमायाचना के साथ एक विनती थी, "इससे कुछ अपनत्व महसूस हुआ तो इसे छोड़ नहीं पाई।"

"रुष्ट नहीं, चिंतित हूँ। यादव नायक के समक्ष स्वयं को तुच्छ और अपमानित महसूस कर रहा हूँ। यादव नायक सोचते होंगे कि शिष्यों को मातृभूमि की सेवा करने की शिक्षा देने वाला आचार्य अवसर आने पर स्वयं पीठ दिखाकर भाग खड़ा हुआ। मेरी शिक्षा अव्यावहारिक और पंगु साबित हुई।"

"पलायन का निर्णय सभी आश्रमवासियों का था। उस सामूहिक निर्णय का सम्मान करने पर आप कैसे दोषी हुए, आचार्य?" शैला सहानुभूति से बोली, "कंस वध के पश्चात स्वयं महाराज उग्रसेन और कृष्ण मथुरा को कंस के समर्थकों से सुरक्षित रखने का प्रयास कर रहे हैं। अब जरासंध कृष्ण के वध की शपथ लेकर मथुरा पर लगातार चढ़ाई कर रहा है।[177] नागरिकों को मथुरा से सुरक्षित निकालने के लिए प्रतिबद्ध महाराज उग्रसेन स्वयं चाहते हैं कि नागरिक मथुरा छोड़कर दूसरे नगरों की तरफ प्रस्थान करें। यदि मथुरा में अधिक नागरिक होंगे तो उनकी सुरक्षा में अतिरिक्त बलों की आवश्यकता होगी।"

"जरासंध के विरुद्ध महाराज उग्रसेन की विवशता स्पष्ट है, किंतु राज्य पर आए संकट के दौरान एक नागरिक के तौर पर मुझे उनका सहयोग करना चाहिए था।" आचार्य की व्याकुलता छलक आई, "किंतु अनिरुद्ध के देहांत के पश्चात मथुरा में रहना मेरे लिए दूभर था। हस्तिनापुर प्रस्थान करने के अतिरिक्त मेरे पास कोई विकल्प भी तो नहीं है।"

"मथुरा की पावन मिट्टी से अपनी पीढ़ियों पुरानी जड़ें उखाड़कर हस्तिनापुर

177. कृष्ण द्वारा अपने दामाद कंस के वध से तिलमिलाए जरासंध ने अपनी 23 अक्षौहिणी सेना के साथ मथुरा पर आक्रमण किया। [श्रीविष्णुपुराण, अंश 5, अध्याय 22, श्लोक 1-3] इसमें मगधराज जरासंध की दस अक्षौहिणी, दुर्योधन की पाँच अक्षौहिणी सेना, विंध्यदेश की पाँच अक्षौहिणी, तथा बंगदेश के महाबली नरेश की तीन अक्षौहिणी सेना शामिल थी। [श्रीगर्गसंहिता, श्रीद्वारकाखंड, अध्याय 1, श्लोक 10-16]

की नई धरती में बसने की सोच से मैं भी असहज हूँ।" शैला बोली, "परमात्मा हमारे साथ है। मथुरा से दूरी होने पर भी हमारी आत्मा वहाँ सदैव बसी रहेगी। हमारी साँसों पर अनिरुद्ध और मथुरा की मिट्टी का अधिकार है।"

"मथुरा और हस्तिनापुर की जीवनशैली विपरीत है। जीवनयापन की पूरी व्यवस्था नए सिरे से करनी होगी।" आचार्य के चेहरे पर एक पीड़ा भरी विवशता उभरी, "ऐसे में एक अनजान बच्चे के पालन-पोषण का दायित्व हम कैसे सँभाल पाएँगे?"

"यह दायित्व नहीं, अपितु परमात्मा का आदेश है। हम इस आदेश का अनादर नहीं कर सकते हैं, आचार्य!" शैला बोली, "शोण के स्थान पर हमारा अनिरुद्ध होता तो क्या हम अपने दायित्व से विमुख होते?"

"शोण के प्रति हमारा दायित्व अपने पुत्र के प्रति हमारे दायित्व से कई गुना बड़ा है। हमारे किसी भी दायित्व से बड़ा इस बच्चे के पालन-पोषण का दायित्व है।" आचार्य बोले, "क्या हम इस दायित्व का निर्वाह करने में समर्थ हैं?"

"यदि शोण हमारा दायित्व नहीं होता तो परमात्मा इसे हमें नहीं सौंपते, आचार्य!" शैला ने समझाया।

"मानता हूँ कि परमात्मा की इच्छा के आगे सभी विवश हैं, किंतु यह तर्क समस्या का समाधान नहीं है। समस्या के न होने का भ्रम चिंताओं से मुक्त नहीं करता है। समस्या के समाधान हेतु प्रयास करने होते हैं। अनगिनत अज्ञात पीड़ाओं से पार होना पड़ता है।" आचार्य व्यथित होते हुए बोले, "कुछ क्षण के लिए अपनी भावनाओं से उठकर वास्तविकता स्वीकारो।"

"जब तक हम जीवन जीना नहीं भूलते हैं, तब तक जीवन के संकटों से हमें भयभीत होने की कोई आवश्यकता नहीं है।" कहकर शैला ने मुँह दूसरी तरफ मोड़ लिया।

आचार्य चुप हो गए। शैला उनकी बातों को सुनने और समझने वाली नहीं थी। उसने मुँह फेरकर जता दिया था कि उसे इस विषय पर वार्तालाप करने में कोई रुचि नहीं है। रात्रि भर शैला से तर्क-वितर्क करते रहने पर भी आचार्य उसका मन नहीं बदल पाते। शोण उसकी आँखों और दिल में जैसे बस गया था। उसके मोह में वो उससे जुड़ी उन सभी चिंताओं को दरकिनार कर रही थी जिन्हें आचार्य सहज देख पा रहे थे।

अपने पुत्र अनिरुद्ध की अकाल मृत्यु से मुरझाई और मृतप्राय हो चली शैला में शोण ने जैसे नए प्राण फूँक दिए थे। एक प्रहर पूर्व मिले अनजान शोण को वह अनिरुद्ध का स्थान दे चुकी थी। एक भ्रम से छूटकर वह दूसरे भ्रम में आन फँसी थी।

शैला के लिए आचार्य इस भ्रम को जीवित रख सकते थे। इससे शैला और शोण दोनों प्रसन्न रहेंगे। किंतु आचार्य के लिए इस भ्रम के साथ जीना सहज नहीं था। वह शैला की तरह भविष्य की चिंताओं की अवहेलना नहीं कर सकते थे। जानते थे कि दायित्व उठाने के लिए उन्हें उससे जुड़ी चिंताओं का भार भी अपने कंधों पर उठाना था। मात्र भार ही नहीं उठाना था, अपितु भविष्य में उठने वाले समस्त प्रश्नों के लिए स्वयं को तैयार भी रखना था। शोण को अपने पुत्र का स्थान देकर यदि वह उसके पालन-पोषण में चूके तो वह शैला के साथ शोण के भी अपराधी होंगे।

अपनी मानसिक उधेड़बुन में उलझे आचार्य ने कुछ कोस बाद कृतवर्मा द्वारा बताए कच्चे मार्ग पर बैलगाड़ी मोड़ी। मार्ग कच्चा और ऊबड़-खाबड़ था, किंतु सुरक्षित था।

समय व्यतीत करने के लिए यादव घुड़सवारों का वार्तालाप आरंभ हो गया।

"श्रीकृष्ण मानते हैं कि अगले आक्रमण के पश्चात मथुरा का बल-वीर्य इतना क्षीण हो जाएगा कि वह दुःसह जरासंध का सामना करने योग्य नहीं रहेगी।" एक घुड़सवार बोला, "जरासंध और उसके सहयोगियों की 23 अक्षौहिणी सेना के सम्मुख मथुरा और यादव गणसंघ की सेना तो दूर, समूची जनसंख्या भी नहीं है।"

"मथुरा जरासंध से भयभीत है, किंतु कृष्ण के रहते जरासंध कभी सफल नहीं होगा। यादव तीव्रता से शक्ति संगठन कर रहे हैं। समूची मथुरा जरासंध का सामना करने के लिए तैयार खड़ी है। दूर-दूर के ग्रामों से जवान पुरुष यादव-सेना में सम्मिलित होने मथुरा आ रहे हैं। हर घर के सदस्य सेना में सम्मिलित होकर धर्मयुद्ध लड़ने का प्रण कर रहे हैं। इस समय तो युद्ध करना है। केवल युद्ध ही नहीं करना है, बल्कि जरासंध की शक्ति और उसके अहं को इतना क्षतिग्रस्त करना है कि मथुरा की दिशा में मुँह करने से पहले भी उसे सोचना पड़े।"

"मुझे तो वह किशोर कृष्ण और उसका बड़ा भाई बलराम अभिशप्त लगते हैं। जब से उनके कदम मथुरा में पड़े हैं मथुरा का सुख-चैन छिन गया है। न

कृष्ण जरासंध के दामाद मथुरा राज कंस[178] का वध करते, न जरासंध का क्रोध मथुरा पर फूटता। कृष्ण-बलराम का मथुरा छोड़ना ही उसके भविष्य के लिए उत्तम होगा। वे मथुरा में नहीं होंगे तो जरासंध उस पर आक्रमण नहीं करेगा।"

"तेरा दिमाग सठिया गया है जो अनर्गल बक रहा है?" उसके साथी ने डपटा, "उस दुष्ट कंस का पक्ष ले रहा है जिसने एक ज्योतिषी की भविष्यवाणी से भयभीत हो अपनी बहन देवकी के सातों पुत्रों को अपना काल मानकर उनकी हत्या कर दी और अपने पिता महाराज उग्रसेन के विरोध करने पर उन्हें भी कैद कर लिया!"[179]

"जिसका काल आता है उसे एक मामूली कंकड़ भी पर्वत जितना भारी लगता है। महाराज कंस के साथ यही हुआ।" तीसरा घुड़सवार भी उनकी चर्चा में कूद पड़ा, "कंस का वध कृष्ण ने नहीं, बल्कि उसके स्वयं के पापों ने किया है। यादवों का अनादर, अपने पिता उग्रसेन को कैद करने और देवकी के नवजात पुत्रों की हत्या करने का परिणाम कंस ने अपने प्राणों से चुकाया।"

"सत्य कहा! कंस के अत्याचारों से बचने के लिए नंद जी अपने कुटुंबियों और सजातियों के साथ गोकुल से नंदगाँव और फिर वृंदावन आकर बस गए। किंतु कंस ने उनका पीछा नहीं छोड़ा। उसने कृष्ण को मारने के लिए बकासुर, धेनुकासुर समेत कई राक्षस भेजे, किंतु कृष्ण के हाथों सभी काल को प्राप्त हुए।"[180]

"जरासंध का बैर मथुरा से नहीं, कृष्ण से है। कृष्ण संपूर्ण यादव शक्ति के उत्थान का प्रतीक हैं। यह जरासंध को गवारा नहीं है।" तीसरा बोला, "वैसे कृष्ण

178. मगधराज जरासंध की दोनों कन्याओं (अस्ति और प्राप्ति) का विवाह कंस से हुआ था। [श्रीहरिवंशपुराण, विष्णुपर्व, अध्याय 34, श्लोक 5-6]

179. अपनी बहन देवकी का वसुदेव से विवाह संपन्न होने के पश्चात जब कंस उसे विदा कर रहा था तभी आकाशवाणी हुई कि वसुदेव-देवकी की आठवीं संतान कंस का वध करेगी। यह सुनकर कंस ने अपनी बहन को मारने का निश्चय किया। [श्रीगर्गसंहिता, गोलोकखंड, अध्याय 9, श्लोक 10-15] वसुदेव और देवकी को कैद करने के बाद कंस ने देवकी के प्रत्येक बालक को जन्म लेते ही मार डाला। जब कंस के पिता यदुकुल नरेश राजा उग्रसेन ने कुपित होकर कंस का विरोध किया तो कंस ने उनके समर्थकों का वध कर उन्हें भी कैद कर लिया। [गोलोकखंड, अध्याय 10, श्लोक 11-20]

180. योगमाया से यह जानकर कि उसका अंत करने वाले का जन्म हो चुका है, कंस ने असुरों को आदेश दिया कि दस दिन के भीतर जन्मे सभी बालकों का वध कर दिया जाए। [श्रीगर्गसंहिता, गोलोकखंड, अध्याय 11, श्लोक 68] कंस के भेजे असुर और राक्षस जैसे पूतना, शकट और तृणावर्त का कृष्ण ने वध किया। कंस के उत्पात से बचने के लिए नंदराज सभी गोपों के साथ ब्रज से प्रस्थान कर वृंदावन आ बसे। [श्रीगर्ग संहिता, श्रीवृंदावन खंड, अध्याय 1, श्लोक 6-9]

चतुर हैं! इतने आक्रमणों के बाद भी जरासंध मथुरा में कदम नहीं रख पाया है।"

"मुझे कृष्ण चमत्कारी प्रतीत होते हैं। सुना है उन्होंने बचपन में हमउम्र बालकों को एकत्र कर गोप सेना बनाई थी जिसके भय से कंस के अधिकारी ब्रज में कदम रखने से डरते थे।" दूसरा हँसते हुए बोला, "कंस जैसे शक्तिशाली और अत्याचारी राजा का सामना करने के लिए जैसा साहस चाहिए था वह कृष्ण में था। कृष्ण ने वर्षों से कंस के अत्याचार के बोझ से दबी प्रजा को मुक्ति दिलाई। इसलिए जरासंध के लगातार हमले झेलते हुए भी यादव कृष्ण के पक्षधर हैं। श्रीकृष्ण स्वयं सैनिकों से मिलते हैं, व्यवस्थाएँ देखते हैं, रसद आदि का इंतजाम करते हैं। उनके दर्शन मात्र से जैसे सैनिकों में नवीन ऊर्जा का संचार होता है।"

"जरासंध अपने दामाद के वध का प्रतिशोध कृष्ण और बलराम के साथ संपूर्ण यादव कुल से लेने के लिए आतुर है। कृष्ण ने कंस के पिता उग्रसेन को भोज, वृष्णि और अंधक वंशी यादवों के सहयोग से मथुरा का राजा घोषित किया[181], किंतु जरासंध का क्रोध समस्त यादव कुल का विनाश करके ही शांत होगा।" पहला बोला, "अब या तो उसके हाथों यादव कुल का समूल नाश होगा, या इतिहास के पन्नों में यादव अपना स्वर्णिम अध्याय लिखेंगे।"

"किसका अंत किसके हाथ होगा यह भविष्य बताएगा।" उसका साथी हँसते हुए बोला, "कृष्ण और बलराम हैं तो मथुरा है।"

आचार्य चुपचाप उनका वार्तालाप सुनते रहे। उनके वार्तालाप ने कुछ क्षणों के लिए सही, पर आने वाली चिंताओं से उनका मन सुविधा से भटका दिया था।

---

181. श्रीहरिवंशपुराण, विष्णुपर्व, अध्याय 33, श्लोक 54

अध्याय 3

शैला ने कुटिया की चौखट पर कदम रखा ही था कि शोण बदहवास भागता हुआ आया और उसको धकेलता हुआ कुटिया में घुस गया। शैला के कदम डगमगाए और सिर पर रखी मटकी से छलके जल से वह भीग गई। मटकी नीचे रख अपने वस्त्रों को सँभालते हुए उसने शोण को गुस्से से घूरा।

पसीने और धूल-मिट्टी से सना शोण श्रमिक लग रहा था। अपने मैले-कुचले वस्त्र और उलझे लंबे केशों को सँवारते हुए वह शैला की आड़ में छुपकर बड़ी-बड़ी आँखों से कुटिया के द्वार को टुकुर-टुकुर ताक रहा था।

"बित्ते भर का छोरा पूरी दुनिया सिर पर उठाए रहता है।" शैला ने गुस्से से शोण के कान उमेठते हुए उसे खींचकर आगे किया, "तेरी यह हालत कैसे हुई? आज कहाँ उत्पात मचाया है?"

"कान छोड़ो, माते! पीड़ा हो रही है।" शोण ने घिघियाते हुए शैला से अपना कान छुड़ाया और वापस उसकी ओट में छुप गया, "उत्पाती मैं नहीं, व्यापारियों के बच्चे हैं। वे सदैव की भाँति विसर्पियों की बस्ती में कामगारों को प्रताड़ित कर रहे थे। मैंने तो उन्हें ऐसा करने से रोका था।"

"रोका था तो तू छुप क्यों रहा है?" शैला ने कड़क आवाज में पूछा, "और तू विसर्पियों की बस्ती में क्या करने गया था? कितनी बार समझाया है कि विसर्पियों की बस्ती अस्वच्छ है। वह स्थान क्रीड़ा के लिए अनुपयुक्त है। वहाँ घने वृक्ष हैं। हिंसक जानवर और विषधर हैं। तू समझता क्यों नहीं?"

"विसर्पियों की बस्ती है तो क्या हुआ, माते?" शोण ने मासूमियत से पूछा, "विसर्पी मेरे मित्र हैं। हम साथ क्रीड़ा का आनंद लेते हैं।"

"व्यापारियों के बच्चों से क्या तेरा पिछले जन्म का बैर है जो उनसे लड़ता है?" शैला ने डपटा।

"तो क्या करूँ? वे विसर्पियों की बस्ती में जाकर उत्पात मचाते हैं। कभी उनका पशुधन खोल देते हैं, कभी उनकी फसल नष्ट कर देते हैं। कभी क्रीड़ा के बहाने विसर्पी बच्चों को यमुना में धकेल देते हैं, कभी उन्हें पत्थरों से मारते हैं, तो कभी उनका भोजन छीनते हैं।" शोण ने मुँह बिचकाया, "मुझे नहीं अच्छा लगता यह सब!"

"और आज कौन-सा पहाड़ टूट पड़ा जो तू उनसे लड़कर आया?" शैला ने खीजते हुए पूछा।

"वे शरण्या का भोजन छीनकर भाग रहे थे। वह बेचारी भूखी रह जाती। मैंने उन्हें रोका तो वे उलटा मुझ पर ताने मारने लगे।" शोण तुनकते हुए बोला, "मैंने उन्हें गड्ढे में गिरा दिया और उनसे भोजन छीनकर शरण्या को वापस लौटा दिया।"

"शरण्या- वो विसर्पियों के प्रधान सौभालिक की पुत्री?" शैला ने अपनी आँखें तरेरीं, "तेरी मति मारी गई थी जो शरण्या के लिए व्यापारियों के बच्चों से लड़ पड़ा? तुझे कुछ हो जाता तो?"

"मुझे क्या होता, माते!" शोण ने शैला की बात को हँसी में उड़ाया, "वह तो व्यापारियों के बच्चों का मेरे हाथों कोई अहित न हो, इसलिए मैंने मात्र शरण्या का भोजन छीनकर उन्हें गड्ढे में गिराया था। शरण्या नहीं होती तो मैं उन्हें और दंड देता।"

"और मैं तुझे!" शैला ने उसकी पीठ पर हल्की चपत लगाई, "उसके पश्चात क्या हुआ? व्यापारियों के बच्चों को अधिक चोट तो नहीं लगी?"

"वह देखने का मौका कहाँ मिला?" शोण का स्वर कातर हो चला, "वहाँ व्यापारी आ पहुँचे। उनसे डरकर शरण्या भागी और उसे बचाने के लिए मुझे वहाँ से भागना पड़ा।"

शैला ने अपनी हँसी छूटने से रोकी।

"तू उन म्लेच्छ विसर्पियों से दूर रह। उनका धर्म और मान्यताएँ आर्य धर्म से विपरीत हैं। वे आर्यों से घृणा करते हैं। नगर में उनका प्रवेश सीमित है। उनके लिए तू व्यापारियों के बच्चों से बैर मत ले!" शैला शोण के बदन से धूल-मिट्टी झाड़ते हुए बोली।

"माते! क्या धर्म और मान्यताएँ भिन्न होने से कोई म्लेच्छ हो जाता है?"

शोण ने प्रश्न दागा, "विसर्पी भी जीव हैं। क्या उन्हें जीवन का अधिकार नहीं है?"

"अवश्य है!" शैला बोली।

"फिर व्यापारी उन्हें उनके अधिकारों से क्यों वंचित करते हैं? वे उनसे कड़ा परिश्रम कराते हैं। उचित पारिश्रमिक देने के स्थान पर उन्हें अपमानित और बहिष्कृत करते हैं। अक्सर विसर्पियों की बस्ती में जाकर उन्हें प्रताड़ित करते हैं। क्या नियम तोड़ने वाले व्यापारियों को अपराधियों की भाँति दंड नहीं मिलना चाहिए?" शोण ने पूछा।

"हे प्रभु! कैसे समझाऊँ इसे?" शैला ने अपना माथा पीटा, "किसे, क्या दंड मिलना चाहिए इसका निर्णय करने वाला तू कौन होता है?" उसने अपने पल्लू से शोण का मुँह साफ किया, "अभी दुनियादारी की समझ नहीं है तुझे। अपने अध्ययन में ध्यान लगा।"

"आचार्य कहते हैं कि कोई जन्म से नहीं अपितु अपने कर्मों और विचारों से उच्च अथवा म्लेच्छ होता है।" शोण बोला।

"आचार्य सही कहते हैं।" शैला बोली।

"फिर विसर्पियों को उनके कुल के लिए क्यों दंडित किया जाता है?" शोण ने भोलेपन से पूछा, "यदि वे म्लेच्छ हैं तो दंडित करने के स्थान पर हमें उनके उद्धार के लिए उनकी सहायता करनी चाहिए। उनसे घृणा करके तो हम वही गंदगी अपने भीतर फैला रहे हैं जिसका दोष हम विसर्पियों पर मढ़कर उन्हें दंडित करते हैं। हमारा मन मैला है तो हममें और म्लेच्छों में क्या फर्क हुआ? किसी को प्रताड़ित करना यदि पाप है, तो सामर्थ्य होते हुए भी निर्दोष की रक्षा नहीं करना तो महापाप हुआ, माते!"

"उचित कहा तुमने!" ऊर्जा से परिपूर्ण एक भारी-भरकम पुरुष वाणी कुटिया में गूँजी।

गेरुआ वस्त्र धारण किए, भ्रुवों के मध्य ललाट पर दमकता कुमकुम का तिलक, रुद्राक्ष-माला से बँधे सिर के काले-लंबे केश, हवा में रह-रहकर लहराती घनी दाढ़ी और गले में रुद्राक्ष व स्फटिक की अनेक मालाएँ लादे आचार्य रुद्रदेव को कुटिया के द्वार पर खड़ा देख शैला और शोण चौंक गए। तीखे नयन-नक्श और गंभीर चेहरे से झाँकती उनकी गहरी और बड़ी-बड़ी आँखें शोण पर टिकी थीं।

शोण के शब्द गले में घुट गए। उसे स्मरण नहीं रहा कि सांध्य-वंदन के लिए

आचार्य के लौटने का समय हो चला था।

"आचार्य!" शैला सकपकाई, "शोण की..."

शैला को शांत रहने का संकेत कर आचार्य शोण के पास पहुँचे।

शोण की सिट्टी-पिट्टी गुम हो गई। जीभ तालू से ऐसी चिपकी कि मुँह से शब्द नहीं फूटा। दृष्टि झुकाए सोच रहा था कि यहाँ लौटने से उत्तम था कि शरण्या के साथ विसर्पियों की बस्ती में चला जाता और आचार्य का क्रोध शांत होने पर लौटता। अब क्या करता? शैला माता से अपना दोष स्वीकार कर उसने आचार्य से क्षमा माँगने का अवसर भी गँवा दिया था। आज आचार्य के सामने उसके कोई तर्क नहीं चलने वाले थे। दंड मिलना अवश्यंभावी था।

"व्यापारियों के बच्चों से पूरी घटना सुन चुका हूँ। अपने परिजनों के साथ वे तुम्हें दंडित करने की इच्छा से आए हैं।" आचार्य गंभीर वाणी में बोले, "घटना का दोषी कौन है इसका निर्णय लेने से पूर्व तुम्हारा पक्ष जानना चाहता था... वो भी जान लिया!"

"कैसा निर्णय, आचार्य!" शैला घबराई, "इसमें शोण का कोई दोष नहीं है। वह तो..."

आचार्य शैला की बात की कोई प्रतिक्रिया दिए बिना शोण को अपने साथ आने का संकेत कर कुटिया से बाहर निकल गए।

बेचारगी से शैला को देख शोण मन मसोसकर मुँह लटकाए यंत्रवत आचार्य के पीछे चला। उसकी चिंता में व्याकुल शैला घबराई हुई उसके पीछे कुटिया से निकली। बाहर निकलते ही उसका दिल धक्क रह गया। क्रोध और रोष से भरे कई व्यापारी अपने बच्चों के साथ खड़े थे। बच्चों के कपड़े धूल-मिट्टी से सने और कटे-फटे थे। बदन पर चोट और खरोंचें थीं। व्यापारियों के साथ लाठियों से लैस उनके कामगारों की भीड़ थी।

उनके पीछे मैले-कुचले कपड़ों में हाथ जोड़े डरे-सहमे विसर्पी खड़े थे। नाटे, दुबले-पतले, प्रभावशाली लचकदार बदन, भूरी-श्याम वर्ण त्वचा और अंडाकार चेहरे पर छोटी गोलाकार आँखें उन्हें भीड़ में अलग पहचान दे रही थीं। उनके साथ विसर्पियों के प्रधान सौभालिक अपनी इकलौती पुत्री शरण्या के साथ खड़े थे। भय से शरण्या उनकी आड़ में सिमटी जा रही थी।

मामला गंभीर लग रहा था। रोष में व्यापारी रह-रहकर विसर्पियों पर अनर्गल

आक्षेप लगा रहे थे। कुछ क्रोधवश आचार्य को घूर रहे थे।

शैला का चेहरा झुक गया। आचार्य के समक्ष आदर से सिर झुकाने वाले व्यापारी उनसे विवाद करने के लिए उनकी कुटिया में खड़े थे। नगर की परिधि से कोसों दूर रहने वाले अछूत विसर्पी आज सारी सामाजिक सीमाओं को लाँघकर आश्रम के भीतर खड़े थे। आचार्य स्वयं को बेहद अपमानित महसूस कर रहे होंगे।

व्यापारियों की भीड़ और शैला का तनाव से भरा उदास चेहरा देख शोण की हिम्मत जाती रही। स्पष्ट था कि आज आचार्य के क्रोध के समक्ष सदैव उसकी ढाल बनने वाली शैला माता भी नहीं थीं।

"क्या निर्णय लिया आपने, आचार्य?" सबसे आगे खड़े व्यापारी ने उखड़े स्वर में पूछा।

"दंड निर्धारित करने से पूर्व यह तो निर्णय हो जाए कि अपराधी कौन है।" आचार्य शांत स्वर में बोले।

"निर्णय में कैसा असमंजस?" वह व्यापारी रोष से बोला, "आपका पुत्र शोण हमारे बच्चों को अकारण प्रताड़ित करता है। आज यह इन्हें गड्ढे में गिराकर भाग आया। इन्हें कुछ हो जाता तो? देखिए, हमारे बच्चे अभी भी डरे-सहमे हैं।"

"अवश्य!" कहकर आचार्य ने व्यापारियों के बच्चों को घूरा, "तुममें से प्रत्येक शोण से बलवान है। तुम सभी ने मिलकर उसका प्रतिकार क्यों नहीं किया?"

अपनी चोटों को सहलाते हुए चुप खड़े व्यापारियों के बच्चे में से किसी ने आचार्य से आँखें मिलाने का साहस नहीं किया।

"आप अपराधी को दंड देने के स्थान पर प्रताड़ित से प्रश्न कर रहे हैं, आचार्य।" एक व्यापारी चिढ़ते हुए बोला, "आपको नहीं दिखता कि घटना के पश्चात से हमारे बच्चे कितने भयभीत हैं?"

"मैं जो देख रहा हूँ उसे आप नहीं देख पा रहे हैं। कदाचित आप देखना नहीं चाहते हैं।" आचार्य शांत और सधी वाणी में बोले, "इनकी दृष्टि मेरे प्रति आदर से नहीं, किंतु अपराध-बोध से झुकी है। क्या यह सत्य नहीं कि ये अकारण विसर्पियों को प्रताड़ित करने के दोषी हैं?"

"आप हमारे बच्चों के शिक्षक हैं।" एक व्यापारी बोला, "हम आपका आदर करते हैं और इसलिए आपके पुत्र शोण का अहित करने से गुरेज करते हैं,

परंतु आप अकारण विसर्पियों के पापों का दोष हमारे बच्चों के माथे मढ़ रहे हैं।"

"कैसे पाप?" आचार्य ने उलटे प्रश्न दागा।

"आपका पुत्र म्लेच्छ विसर्पियों की संगत में रहता है, क्या यह पाप नहीं है?" वह खीजे और उखड़े स्वर में बोला।

"मुझे लगा कि आप शोण को आपके बच्चों को प्रताड़ित करने के दोष का दंड देने की इच्छा से आए हैं।" आचार्य तपाक से बोले, "यकायक आपके आरोपों में अंतर कैसे उत्पन्न हो गया?"

वह व्यापारी हड़बड़ाकर चुप हुआ। उसके स्थान पर उसका साथी रोष से बोला, "शोण हमारे बच्चों को प्रताड़ित करने का दोषी है, किंतु असली दोषी ये विसर्पी हैं जिनसे दुष्प्रेरित होकर शोण हमारे बच्चों को प्रताड़ित करता है।"

"उचित कहा!" दूसरा व्यापारी बातचीत में कूद पड़ा, "विसर्पी आर्य समाज पर कलंक हैं। इनके सान्निध्य से आर्य संस्कृति भ्रष्ट होती है।"

"यदि विसर्पी भ्रष्ट हैं और इनके संपर्क मात्र से भ्रष्टता फैलती है तो जिस वायु में विसर्पी साँस लेते हैं, जिस धरती पर ये विचरते हैं, जिस जल से अपनी प्यास बुझाते हैं, वे भी भ्रष्ट हुए।" आचार्य कड़े स्वर में बोले, "विसर्पियों के संपर्क में आई भ्रष्ट वायु, भूमि और जल का उपयोग करने पर हम सब भी धर्म-भ्रष्ट हुए। इन धर्म-भ्रष्ट विसर्पियों की सेवा लेने वाले सभी आर्य धर्म-भ्रष्ट हुए। विसर्पियों की भाँति हम भी म्लेच्छ हुए। यदि म्लेच्छों को दंडित करना धर्माचरण है तो धर्मानुकूल हम सभी दंड के भागी हुए।"

आचार्य के तर्क काटने का व्यापारियों को कोई उपाय नहीं सूझा। सभी एक-दूसरे का चेहरा ताकते हुए बगलें झाँकने लगे।

"आचार्य का आदर उसकी शिक्षा आत्मसात करके होता है। शिक्षा का अपने जीवन में पालन न करने वाला शिष्य कहलाने का अधिकारी नहीं है।" आचार्य गंभीरता से बोले, "मैंने अपने शिष्यों को किसी का अनादर करने की शिक्षा नहीं दी है। यदि मेरे किसी शिष्य से यह पाप हुआ है, तो उसने मेरी शिक्षा का अपमान किया है। ऐसे शिष्य का मैं तुरंत परित्याग करता हूँ।"

"आचार्य! हमारे बालकों ने आपकी शिक्षा का अनादर नहीं किया है। वे तो शोण की उद्दंडता के लिए आपसे उसे उचित दंड देने की माँग कर रहे हैं।" व्यापारी बोला। इस बार उसके स्वर में अहंकार और रोष के स्थान पर आदर

और विनय था।

"ये मेरी शिक्षा का आदर करते तो आज यहाँ सिर झुकाए नहीं खड़े होते!" आचार्य रोष से बोले, "इनके सिर इनके कुकर्मों के बोझ से झुके हैं। इन्होंने मेरी शिक्षा का अपमान किया। किसी जीव को तुच्छ मानना इस सृष्टि के सृजनकर्ता परमपिता ब्रह्मा का अपमान है। ऐसे शिष्य जीवन में किसी सुख के अधिकारी नहीं हो सकते हैं।"

"ऐसा न कहें, आचार्य!" एक व्यापारी हाथ जोड़ते हुए गिड़गिड़ाया, "ये आपके शिष्य हैं।"

"मेरे शिष्य दूसरों के आदर-सम्मान में झुकते हैं। मैंने अपने शिष्यों परपीड़ा हरने की शिक्षा दी है, उसका आनंद लेने की नहीं।" कहते हुए आचार्य का गला रूँध आया, "शिक्षित व्यक्ति सभी जीवों की पीड़ा को अपनी पीड़ा मानता है और उनके सुख को अपना सुख। परपीड़ा में सुखी होने वाला न शिक्षित कहलाने के योग्य है, न मेरा शिष्य। ऐसे अपराधी को दंडित करना धर्म है। कदाचित मेरी शिक्षा में कोई त्रुटि रही जो मैं इन्हें सुमार्ग पर ले जाने में असफल रहा। इनका गुरु होने के नाते इनके दोषों के लिए मैं दंड का भागी हूँ। मुझे दंडित करो!"

व्यापारियों का रोष ठंडा पड़ गया। आत्मग्लानि में न आचार्य से क्षमा माँगने का साहस हो रहा था, न उनसे दृष्टि मिलाकर तर्क-वितर्क करने का। समझ नहीं पड़ रहा था कि खड़े रहें तो किस आधार पर और बात अधूरी छोड़ दें तो कैसे।

"आचार्य! आपकी शिक्षा दोष-रहित है।" एक व्यापारी साहस करके बोला, "हम आपकी शिक्षा के ऋणी हैं। गुरु का ज्ञान नहीं, अपितु शिष्य का अज्ञान उसके पतन का कारण होता है। क्षमा करें! हम अपने बच्चों को उचित संस्कार देने में चूके हैं।"

"आचार्य! अपना दुखड़ा हम किसे सुनाएँ?" एक व्यापारी कातरता से बोला, "आपको ज्ञात होगा कि वर्षों पूर्व कृष्ण द्वारा मथुरा से निष्कासित कालिया नाग[182] के कुटुंब से जुड़े कई विसर्पी हस्तिनापुर के निकट आ बसे थे। हमने इनकी

---

182. कंस के आदेश पर कालिया नाग कंस की निंदा करने वाले पर प्रहार करता था। [श्रीहरिवंशपुराण, विष्णुपर्व, अध्याय 2, श्लोक 27] श्रीकृष्ण द्वारा परास्त होने पर कालिया नाग अपने परिवार के साथ उनकी शरण में आ गया। तब श्रीकृष्ण ने उसे परिवार सहित यमुना को छोड़कर समुद्र में जाने का आदेश दिया और साथ ही वचन दिया कि सर्पों के शत्रु गरुड़ उन पर प्रहार नहीं करेंगे। [श्रीहरिवंशपुराण, विष्णुपर्व, अध्याय 12, श्लोक 37-44]

हर संभव सहायता की। इन्हें रहने के लिए स्थान दिया, रोजगार दिया, पेट भरने को भोजन दिया। इनके उचित मान-सम्मान के साथ उनकी सुरक्षा की। किंतु इन्होंने हमारी सहृदयता का अनुचित लाभ उठाया।"

"आप ऐसा क्यों समझते हैं?" आचार्य ने पूछा, "शरणार्थियों की सहायता कर आपने अपने धर्म का पालन किया।"

"नाग जीवनपर्यंत मधुपान करे तो भी उसकी जीभ विष-बुझी रहेगी। उसके मुँह से विष ही निकलेगा, मधु नहीं।" दूसरा व्यापारी खीजते हुए बोला, "हम इस सत्य को भूल गए। इनकी सहायता कर हमने अपने विनाश की नींव रखी। हस्तिनापुर सीमा से सटी इनकी बस्तियाँ देखते-देखते खांडव वन तक पसर गईं।"

"आचार्य! इन्होंने हमारे पूर्वजों की भूमि हमसे छीन ली। खेती योग्य उपजाऊ भूमि बंजर और विषाक्त हो गई। वन के घने वृक्ष और विषाक्त वातावरण के भय से अब वहाँ कोई नहीं जाता है। वन के नाम पर वहाँ वीरान और भयावह दलदल ही बचे हैं।" एक और व्यापारी बोल पड़ा।

"तक्षक और उसके सशस्त्र नाग बलों ने इंद्र के सहयोग से खांडव वन पर आधिपत्य स्थापित कर लिया।" व्यापारी का साथी बोला, "वन के अधिकतर जीव-जंतुओं को उन्होंने मार डाला। जानवरों का भक्षण कर नाग उनके शवों और अंगों को यमुना नदी में बहा देते हैं। यमुना नदी का जल दूषित होने लगा है। अब तो स्वच्छ जल लेने के लिए हमें कोसों दूर जाना पड़ता है।"

"हमने इन्हें आर्य भूमि पर कदम ही न रखने दिया होता तो उचित होता। नाग और विसर्पी आर्य स्त्रियों को बहला-फुसला कर अपने प्रेमपाश में फाँसकर उनसे विवाह रचाते हैं। नाग कुल से जुड़ने के बाद उनका आर्य संस्कृति से नाता टूट जाता है। वे नाग संस्कृति का पालन करने लगती हैं। नाग और आर्य के संयोग से उत्पन्न संतानें आर्य संस्कृति और परंपराओं का अपमान करती हैं। नाग और आर्य के गुणों से मिश्रित और स्वभाव से भिन्न विसर्पियों का एक नवीन जाति के रूप में उत्थान हो रहा है।" दूसरा व्यापारी बोला, "हम कब तक आर्य संस्कृति की दुर्गति होते देखते रहें?"

"आचार्य! नाग और विसर्पी आर्यों को नष्ट कर देंगे। नागों की विस्तार प्रवृत्ति किसी से गुप्त नहीं है। कालिया नाग को पराजित कर कृष्ण ने ब्रजभूमि को उसके पाश से मुक्त किया। अब खांडव वन नागराज तक्षक के विष से

झुलस रहा है। उसके विष की तपिश से हस्तिनापुर और निकट के सभी अंचल सहमे हुए हैं।" एक व्यापारी क्रोध से बोला, "आप ही बताएँ कि हम नाग और विसर्पियों को आर्यों की पावन भूमि दूषित करने और आर्यों का विनाश करने की छूट कैसे दें!"

"नागों और विसर्पियों का विनाश हो।" व्यापारियों के सामूहिक घोष से आश्रम गूँज उठा। पहले से भयभीत विसर्पी डरकर एक-दूसरे से सिमट गए।

"कृपया आश्रम की मर्यादा का सम्मान करें!" आचार्य ने हाथ उठाकर उन्हें शांत किया।

"अवश्य! हर मर्यादा के सम्मान का दायित्व मात्र आर्यों का ही तो है!" भीड़ में से किसी ने कटाक्ष किया।

"क्योंकि मर्यादा का मान मात्र शक्तिशाली ही रख सकता है।" आचार्य शांत वाणी में बोले, "सृष्टि का मूल सामंजस्य और संतुलन है। नाग, विसर्पी और आर्य, सभी सम्मानजनक जीवन के हकदार हैं। सभी का दायित्व है कि सांसारिक नियमों का पालन करते हुए एक-दूसरे का आदर करें।"

"तो क्या निर्णय है आपका, आचार्य?" भीड़ में से एक दबी-कुचली आवाज निकली।

व्यापारियों का कोलाहल एक झटके से शांत हो गया।

"सामाजिक सामंजस्य के लिए न्याय और व्यवस्था का आदर आवश्यक है। अत्याचार के प्रतिकार के लिए उद्दंडता और नियम भंग करने का अधिकार किसी को नहीं है। नियमों के उल्लंघन का दंड सभी को समान मिलना चाहिए, किंतु दंड देने का अधिकार मात्र दंडाधिकारी को है।" आचार्य बोले, "मेरे पुत्र शोण ने विसर्पियों को प्रताड़ित करने का विरोध कर उचित किया, किंतु वह आपके बच्चों को पीड़ा पहुँचाने का अपराधी है। अल्प वय के कारण शोण राजदंड से सुरक्षित है, किंतु उसका पिता होने के नाते मैं उसे अवश्य दंड दूँगा।"

"आचार्य..." शैला शोण के बचाव में बोली, लेकिन आचार्य ने हाथ उठाकर उसे चुप कर दिया।

"मेरा निर्णय है कि व्यापारियों के बच्चों को प्रताड़ित करने का दोषी शोण दंडस्वरूप पाँच दिवस व्यापारियों के यहाँ निःशुल्क श्रम करेगा।" आचार्य बोले।

सभी व्यापारी हैरान खड़े रह गए। सुनकर भी विश्वास नहीं हुआ कि आचार्य

ने वाकई अपने पुत्र को दंड दिया था।

शैला ने पल्लू मुँह में ठूँसकर चेहरा घुमा लिया। आँखों से आँसू टपक पड़े। नन्हे शोण को व्यापारियों के यहाँ श्रम करना होगा यह सोच-सोचकर उसकी छाती फटने लगी। दुष्ट व्यापारी एक नन्हे बच्चे को दंड दिलाने पर तुले थे। शोण के स्थान पर यदि उनका पुत्र होता तो क्या वे उसे दंडित करने की माँग करते? आचार्य की मति भी जैसे मारी गई थी। व्यापारियों की मंशा समझते तो उनके उकसाने पर शोण को दंड नहीं सुनाते।

"शोण ने आपको जो कष्ट दिया उसके लिए मैं आपसे क्षमाप्रार्थी हूँ।" आचार्य अपने दोनों हाथ जोड़कर व्यापारियों के सामने झुक गए, "आप शोण और मुझे क्षमा करें।"

"आचार्य! क्षमा माँगकर हमें पाप का भागी न बनाएँ!" व्यापारी हाथ जोड़ आचार्य के चरणों में लोट गए।

विसर्पी और उनके प्रधान सौभालिक भी आचार्य के निर्णय से औचक थे। अविश्वास और असमंजस में भरे वे कभी आचार्य को देखते, तो कभी शोण को। समझ नहीं पा रहे थे कि आचार्य ने वाकई अपने पुत्र शोण को दंड सुनाया था, अथवा उनसे सुनने में त्रुटि हुई थी।

शोण के किस दोष के लिए आचार्य ने उसे दंडित किया? दोष कैसा भी हो, किसी का भी हो, दंडित तो हमेशा विसर्पी होते आए हैं। आर्यों के साधारण अभियोग पर भी विसर्पियों को कठोर दंड मिलता। किसी भी अभियोग में विसर्पियों का कोई पक्ष नहीं होता। अभियोग को सत्य मानकर विसर्पियों को दंड सुनाया जाता। विसर्पियों के प्रधान सौभालिक अपने साथियों के साथ हमेशा की तरह आज भी दंडित होने की आशंका से आए थे। दंडित होने पर उन्हें क्या अंतर पड़ता? कुछ दिनों की पीड़ा सहकर बदन पुनः दंडित होने के लिए तैयार हो जाता।

आज पहली बार दंडित होने के स्थान पर विसर्पियों को सहानुभूति और सम्मान मिला। हस्तिनापुर में पहली बार किसी ने उनका पक्ष लिया और उनके भाग्य का दंड अपने पुत्र पर लाद दिया। वर्षों की वितृष्णा और सामाजिक बहिष्कार झेलने वाले विसर्पियों को आचार्य ने जीवित समझ वो सम्मान दिया जिसके लिए वे तरसते रहे।

आत्मसम्मान की अनुभूति से सौभालिक की आँखें भीग गईं। अश्रुपूर्ण नेत्रों

से उन्होंने शोण को देखा। दंड सुनकर वह शांत खड़ा था। उन्होंने शोण को आशीर्वाद देने के लिए हाथ उठाया, किंतु फिर झिझकते हुए यह सोचकर रोक लिया कि कहीं उनका आशीर्वाद बेचारे शोण पर और मुसीबत न लाद दे।

मासूम शोण को देखते हुए सौभालिक को अपनी चुप्पी भारी लगने लगी। अधिक देर स्वयं को नहीं थाम पाए। अधीरता से बोल पड़े, "आचार्य, यह आपने क्या किया? संसार में घृणा के पात्र विसर्पियों के लिए अपने पुत्र को अपराधी ठहरा दिया!" उनका गला रूँध गया, "शोण निर्दोष है। मैं इस घटना का दायित्व अपने माथे लेकर दंडित होने के लिए आपके समक्ष उपस्थित हूँ। शोण के स्थान पर मैं व्यापारियों के यहाँ निःशुल्क श्रम करूँगा। पाँच दिन, दस दिन, बीस दिन... जितना आप निर्धारित करें।"

"उसकी आवश्यकता नहीं है।" आचार्य बोले, "शोण को सामाजिक नियम और उचित-अनुचित का भेद ज्ञात होना आवश्यक है। यह दंड उसे समाज में अपने दायित्व का बोध कराने के लिए आवश्यक है।"

"किंतु इस शिक्षा के लिए उसे दंडित करना तो आवश्यक नहीं।" भर्राए गले से सौभालिक बोले, "नन्हा बालक दंड कैसे सहेगा?"

"उसने अपराध किया तो उसका दंड भी उसे भुगतना होगा!" आचार्य तटस्थता से बोले, "उसे सीखना होगा कि उसके प्रत्येक निर्णय की- चाहे उसके मूल में समाज की भलाई छुपी हो- यह समाज प्रतिक्रिया देगा। समाज में सकारात्मक परिवर्तन लाने के लिए उसे इन प्रतिक्रियाओं का सामना करने के लिए अपना मानसिक एवं शारीरिक विकास करना होगा।"

सौभालिक चुप हो गए। भय था कि अधिक बोले तो कोई नया बखेड़ा न खड़ा हो जाए। फिर वह हाथ जोड़कर आचार्य के समक्ष झुक गए, "हम आपका धन्यवाद कैसे करें, आचार्य! आपके चरणों में अर्पित करने के लिए हमारे पास मात्र अपने अश्रु हैं।"

"अपने धर्म का पालन करके!" आचार्य ने सौभालिक के कंधे थामकर उन्हें उठाया, "परम ब्रह्म की सत्ता में कोई जीव किसी से विलग नहीं है। भरतखंड के स्वर्णिम भविष्य हेतु नाग, आर्य और विसर्पियों के बीच सामंजस्य आवश्यक है।"

"मैं यह समझता हूँ। अपने कुल में मैंने इसी शिक्षा का प्रसार किया है।" सौभालिक सिर झुकाए बोले, "किंतु मैं विवश हूँ। आर्यों से विसर्पियों का मामूली

टकराव मेरे आदर्शों को छिन्न-भिन्न कर देता है। उचित शिक्षा और मार्गदर्शन के अभाव में विसर्पियों में आर्यों के प्रति रोष बढ़ रहा है।"

"आर्य और विसर्पियों के वैमनस्य की काट यदि शिक्षा है तो इस पुण्य कार्य में सर्वप्रथम योगदान मेरा होगा। मैं आपकी पुत्री और अन्य विसर्पी बच्चों को शिक्षा दूँगा।" आचार्य बोले, "किंतु मुझे वचन दें कि आपका कुल मेरी शिक्षा का सदुपयोग करेगा। विसर्पी कभी भी आर्यों के अहित का कारण नहीं बनेंगे।"

सौभालिक का चेहरा सुखद आश्चर्य से भर गया। आँखें फाड़े वह आचार्य के चेहरे को ताकते रह गए। लगा जैसे जो सुना वह उनका कोई स्वप्न था जो आँखें खुलने पर लुप्त हो जाएगा। एक अद्भुत और अकल्पनीय स्वप्न को यथार्थ के धरातल पर साकार होते देख विश्वास नहीं हुआ।

"आचार्य!" सौभालिक रूँधे गले से बोले, "अवश्य ही पूर्व जन्म के किसी घोर पाप के कारण हमने विसर्पियों के कुल में जन्म लिया है, किंतु हमारी रगों में आर्य रक्त है यह भी एक अटल सत्य है। आर्य धर्म हमारा मूल है। हम अपने मूल का अहित कभी नहीं चाहेंगे।"

"तो इस जन्म में अपने उद्धार का प्रयास करो!" आचार्य बोले, "सृष्टि की प्रत्येक उत्पत्ति के पीछे एक गहरा उद्देश्य होता है। विसर्पियों का जन्म भी अकारण नहीं हुआ है। अपने मूल को पहचानकर अपने कर्म निर्धारित करो। विसर्पियों की मुक्ति का यही एकमात्र मार्ग है।"

"आचार्य! मेरा कुल आपकी शरण में है। हमारा मार्गदर्शन करें। आपकी प्रत्येक आज्ञा का अक्षरशः पालन होगा।" कहकर सौभालिक तनिक झिझके, "किंतु मुझे भय है कि विसर्पियों का सहयोग करने पर आपको समाज से निष्कासित न कर दिया जाए।"

"उसकी चिंता आप मत कीजिए। जिस सामाजिक व्यवस्था का मूल आपसी प्रेम और आदर न हो उसे मैं त्यागना उत्तम समझता हूँ।" आचार्य दृढ़ता से बोले। फिर वह व्यापारियों की तरफ मुड़कर बोले, "किंतु मुझे पूर्ण विश्वास है कि आर्य संस्कार ऐसा नहीं होने देंगे और आर्यों और विसर्पियों के बीच यह खाई पाटने में मुझे आप सभी का सहयोग मिलेगा। वचन दें कि आर्य और विसर्पी एक-दूसरे का आदर-सम्मान करेंगे। आने वाली पीढ़ियों में सामंजस्य और एक-दूसरे के प्रति प्रेम और आदर भाव स्थापित करने के लिए आवश्यक है कि विसर्पियों और

आर्यों की कटुता को यहीं विराम दिया जाए।"

"आचार्य! आप हमारे पूज्य हैं। आपका प्रस्ताव हमें स्वीकार है।" सभी व्यापारी हर्ष से बोले, "हम अपने बच्चों के कृत्यों के लिए क्षमा माँगते हैं। वचन देते हैं कि जब तक विसर्पी आर्य धर्म का पालन करेंगे हम उनका अनादर नहीं करेंगे।"

"यशस्वी भवः! आयुष्मान भवः!" आचार्य ने प्रसन्नता से अपना हाथ उठाकर व्यापारियों को आशीर्वाद दिया।

कुछ देर बाद व्यापारी अपने बच्चों के साथ आश्रम से चले गए। रह गए बस सौभालिक अपनी पुत्री शरण्या और विसर्पी साथियों के साथ।

"मेरी इच्छा है कि कल प्रातः आपकी बस्ती के सभी विसर्पी बच्चे मेरी शाला में नियमित अध्ययन के लिए उपस्थित हों।" आचार्य सौभालिक से बोले, "क्या आपके लिए उन्हें मेरी शाला में भेजना संभव होगा?"

"आपके आशीर्वाद से सब कुछ संभव है, आचार्य!" सौभालिक की आँखों से आँसू की कुछ बूँदें छलक कर गालों पर लुढ़क आईं। मुरझाए चेहरे से वह झिझकते हुए बोले, "किंतु हम आपका शुल्क देने में असमर्थ हैं।"

"आप अपने कुल के साथ सदैव धर्म मार्ग पर अग्रसर रहने का वचन दें!" आचार्य बोले, "यही मेरा शुल्क होगा!"

सौभालिक हाथ जोड़े खड़े रहे। दीनता के बोझ ने उनका सिर झुका दिया। जो आचार्य अपने शिष्यों के अपराधों को अपने माथे लेने के लिए तैयार है, जिसने अपने पुत्र को समाज के नियमों का आदर सिखाने के लिए दंडित दिया, जो धर्म और समाज के बंधनों से ऊपर उठकर विसर्पियों में ज्ञान का दीपक प्रज्ज्वलित करने का प्रयास कर रहा है, उससे शुल्क की चर्चा कर सौभालिक ने स्वयं को स्वयं की दृष्टि में हीन बना दिया था। इतना हीन कि आचार्य का माँगा शुल्क देने के लिए उन्हें विचार करना पड़ रहा था।

"आचार्य! आपने मेरे कुल के उद्धार का मार्ग प्रशस्त किया है। वचन देता हूँ कि हम आपकी शिक्षा और आपके दिखाए मार्ग का सदा अनुसरण करेंगे।" कहते हुए सौभालिक ने अपनी पुत्री को आगे किया, "अपने आचार्य को प्रणाम करो, शरण्या!"

दुबली-पतली शरण्या ने सहमते हुए सौभालिक की आड़ से झाँककर

आचार्य को प्रणाम किया।

"आयुष्मान भवः!" आचार्य ने उसके सिर पर हाथ फेरा, "कल अध्ययन के लिए शाला समय से आना।"

शरण्या की छोटी-छोटी आँखें प्रसन्नता से फैल गईं।

आचार्य को प्रणाम कर सौभालिक अपने साथियों के साथ आश्रम से लौटे तो भयमुक्त मन और आत्मा के साथ।

सौभालिक की उँगली पकड़े चलती शरण्या ने जाते-जाते पीछे मुड़कर शोण को देखा। आचार्य के निकट खड़ा शोण उसे ही देख रहा था।

एक-दूसरे को देखते हुए दोनों के अधर मुस्कुराते हुए उठ गए।

अध्याय 4

शोण का चेहरा वसंत ऋतु में खिले पुष्पों की भाँति खिल उठा। विसर्पियों के जाते ही वह बाहें फैलाकर आचार्य से चिपट गया। आँखों में आचार्य के प्रति आदर और प्रेम उमड़ आया।

"मैं और शरण्या सहपाठी होंगे!" वह प्रसन्नता से चीखा।

आचार्य ने झुककर शोण को बाँहों में उठाया। मुस्कुराते हुए उसके घने बालों में स्नेह से हाथ फेरा और बोले, "स्मरण रहे कि नियमित शिक्षा के साथ तुम्हें कल से दंडस्वरूप व्यापारियों के यहाँ निःशुल्क श्रम भी करना है।"

"वो तो सरल है!" शोण आचार्य की बाँहों से कूदा और कुटिया से बाहर भाग गया।

"शीघ्र लौटना! सांध्य वंदना का समय..." शैला पीछे से चिल्लाई, किंतु शोण जा चुका था।

"वह प्रसन्न है, आचार्य!" शैला मुस्कुराते हुए आचार्य की तरफ पलटी।

"उसकी प्रसन्नता मैं तुम्हारी आँखों में देख रहा हूँ।" आचार्य बोले।

शैला झेंप गई। फिर धीरे से बोली, "आपने सभी के हित में उचित निर्णय लिया। शोण अभी छोटा है। उसमें सही-गलत की समझ नहीं है। उसकी तरफ से मैं क्षमा..."

"धर्मानुकूल कार्य में कैसा अपराध और उसकी कैसी सजा, शैला?" आचार्य बोले।

"क्या आप उससे क्रोधित नहीं हैं?"

"भला-बुरा सोचकर संसार को मोहित करने के लिए वाक्य-पाश बनाए जाते हैं। शोण भले-बुरे का भेद भूलकर सत्य कहता है। ऐसा कटु सत्य जो मन और आत्मा को चुभता है। ऐसे कटु सत्य का सामना करने के स्थान पर हम

उससे बचने का उपाय ढूँढ़ते हैं।" आचार्य बोले, "शोण का तर्क उचित है। ये कैसा समाज है जिसमें एक-दूसरे के प्रति आदरभाव नहीं है। 'सर्वजन हिताय सर्वजन सुखाय' का मूल मंत्र हमारी सामाजिक व्यवस्था से लुप्त हो रहा है। हमारे समाज में धर्म और न्याय व्यवस्था से विपरीत कई कुरीतियाँ जन्म ले रही हैं। उन कुरीतियों का विरोध करने के स्थान पर हम उन्हें सामाजिक व्यवस्था का हिस्सा मान लेते हैं। शोण ने इन कुरीतियों का प्रतिकार कर मेरी दृष्टि में स्वयं को प्रशंसा का पात्र बनाया है।"

"जाने वो क्या सोचता है, क्या समझता है और क्या करता है। मैं उसे बहुतेरा समझाती हूँ, किंतु उसके तर्कों के आगे विवश हो जाती हूँ।" शैला बोली।

"अल्पायु में झेले दुखों और कष्टों ने उसकी सोच को गहराई प्रदान की है। वो परिणामों पर सोच-विचारकर निर्णय लेता है। वो समाज के प्रति अपने कर्तव्यों के विषय में जागरूक है।" आचार्य बोले, "नगर के बाहर वनों की सीमा में और विसर्पियों की बस्तियों में जहाँ हर कोई जाने से डरता है, उसका पसंदीदा स्थान है। कई विसर्पी बच्चे उसके घनिष्ठ मित्र हैं। उनकी रक्षा के लिए वह आर्य बालकों से लड़ता है। दूसरों के लिए लड़ने वाला कभी कमजोर नहीं होता है। अवश्य ही उसने किसी महान कोख से जन्म लिया है।"

"फिर आपने उसे दंडित क्यों किया?" शैला ने भ्रमित हो पूछा।

"दूसरों के लड़ने के लिए उसे स्वयं को शक्तिशाली बनाना होगा।" आचार्य बोले, "यह दंड उसे सशक्त बनाएगा।"

"किंतु व्यापारी तो पूर्णतः विसर्पियों के विरुद्ध हैं?" शैला चिंता से बोली।

"उनका पक्ष भी उचित है।" आचार्य बोले, "नागों और विसर्पियों के बढ़ते प्रभुत्व से सभी जातियाँ विचलित हैं। नागराज तक्षक संसार पर नाग पताका लहराने की इच्छा रखते हैं। उनकी महत्त्वाकांक्षा अन्य जातियों के अस्तित्व पर संकट है। नागराज आर्यों को अपना प्रमुख शत्रु मानते हैं। वह आर्यों और उनके हितों पर प्रहार करने का कोई अवसर नहीं चूकते हैं। नाग और आर्यों के इस टकराव में विसर्पियों पर अस्तित्व का संकट मँडरा रहा है। वे नाग और आर्य दोनों के कोप का शिकार बन रहे हैं।"

"स्वभाव से मृदुल विसर्पी किसी का अहित नहीं करते हैं, किंतु तब भी मात्र अपमानित होते हैं।" शैला बोली।

"आर्य विसर्पियों को नागों के विस्तार के रूप में देखते हैं।" आचार्य बोले, "विसर्पी आर्यों के प्रति अपनी निष्ठा साबित करने का कितना भी प्रयास करें, आर्य उन्हें हेय दृष्टि से ही देखेंगे। उन्हें आर्य मानकर नाग भी उनका तिरस्कार करते हैं। नाग और आर्यों के मध्य विसर्पी त्रिशंकु बने झूल रहे हैं। कृष्ण ने कालिया नाग को मथुरा से निष्कासित कर नागों और आर्यों के वैमनस्य को शांत करने का प्रयास अवश्य किया, किंतु उनका यह प्रयास भी विसर्पियों पर भारी पड़ गया।"

"विसर्पी इस स्थिति से कैसे निपटेंगे?" शैला ने पूछा।

"आर्य, नाग और विसर्पियों में संतुलन स्थापित करना कठिन है। नागराज के कृत्यों से क्रोधित आर्यों का धैर्य चुक रहा है। आर्य-नागों का विरोधाभास बढ़ता जा रहा है। इस खाई को पाटने में अनेक पीढ़ियाँ लगेंगी। वह भी तब जब इस विषय में तत्काल गंभीर प्रयास हों।"

"आपने विसर्पी बच्चों को शिक्षा देने का वचन देकर उचित किया। शिक्षा से विसर्पियों को सम्मानजनक जीवन जीने का अवसर मिलेगा।" शैला व्याकुलता से बोली, "नगर व्यापारी आपके निर्णय से सहमत अवश्य हुए, किंतु वे प्रसन्न नहीं थे।"

"विसर्पियों को शिक्षा देने का मेरा निर्णय किसी को प्रसन्न करने के लिए नहीं, अपितु सामाजिक विसंगतियों के विरोध में था। जानता हूँ कि मेरा निर्णय वर्षों पुरानी इस जातिगत असमानता को पाटने के लिए अपर्याप्त है, किंतु विसर्पियों को शिक्षित कर मैं आर्यों और विसर्पियों के मतभेदों को कम करने में अपना योगदान तो कर सकता हूँ।" आचार्य ने समझाया।

"तो आप विसर्पी बालकों को आर्य शिक्षा देंगे?" शैला ने पूछा।

"सुपात्र के प्राप्त होने पर मेरा ज्ञान स्वतः उसकी तरफ बहने लगता है। विसर्पियों को शिक्षा देने में मुझे क्यों आपत्ति होगी?" आचार्य बोले, "प्रश्न यह है कि मैं इस प्रयास को कब तक जारी रख पाऊँगा।"

"आप ऐसा क्यों कह रहे हैं?" शैला ने पूछा।

"हस्तिनापुर की राजनीति में मेरी शिक्षा धूमिल हो रही है। शिक्षकों ने विद्या को वस्तु बना दिया है। अब शिक्षा सुपात्र को नहीं, अपितु उसका मोल देने वाले को प्राप्त होती है।" आचार्य के शब्दों में विवशता थी, "मैं इस व्यवस्था को समाप्त करने में असमर्थ हूँ, किंतु इस व्यवस्था से दूर रहकर अपने मूल्यों के

अनुरूप शिक्षा देने का प्रयास करता रहूँगा।"

"आपका तात्पर्य पांडवों और कौरवों के आचार्य द्रोण से है?" शैला ने अनुमान लगाया, "भरतखंड में शिक्षा के बदले वेतन लेने वाले वह विरले आचार्य हैं। उनकी देखा-देखी अन्य आचार्य भी अपनी शिक्षा का मूल्य निर्धारित करने लगे हैं।"

"मेरा तात्पर्य उस प्रत्येक आचार्य और ज्ञानी से है जो अपनी शिक्षा और ज्ञान को क्रय-विक्रय की वस्तु समझता है। शिक्षा पात्र की नहीं, वरन उचित मूल्य की मोहताज हो गई है। शिक्षा को वस्तु मानने वाले शिक्षक और छात्र शिक्षा का आदर कैसे करेंगे? शिक्षा का अनादर होगा तो उसका विकास कैसे होगा?" आचार्य के भीतर दबी व्यथा शब्दों के रूप में निकली, "किसी भिन्न जीवन पद्धति का आचरण, अथवा धन का अभाव किसी को शिक्षा से वंचित करने का कारण बने यह तो शिक्षा का अपमान है।"

"शिक्षा का महत्त्व जीवन से अधिक है। आपने अपना ज्ञान निःसंकोच होकर बाँटा है। आपकी शिक्षा से विसर्पियों का उद्धार होगा।" शैला बोली।

"कदाचित तुम विसर्पियों को निःशुल्क शिक्षा देने के मेरे निर्णय से असहज हो।" आचार्य के चेहरे पर उलझन घिरी थी, "तुम्हें होना भी चाहिए। मेरे प्रत्येक निर्णय की चोट तुम ही सर्वाधिक महसूस करती हो। निःशुल्क शिक्षा देकर मैं ज्ञान प्रसारित कर सकता हूँ, किंतु अपने परिवार का जीवनयापन नहीं कर सकता हूँ। मैं तुम्हारा दोषी हूँ। मेरे आदर्शों और मूल्यों ने तुम्हें उन सुख-संसाधनों से वंचित रखा जो अन्य आचार्यों के पास सहज उपलब्ध हैं।"

"आवश्यकता से अधिक संसाधनों का संचयन मनुष्य के पतन का कारण बनता है। परमात्मा की कृपा से हमें कोई कमी नहीं है। पेट भरने के लिए भोजन है, तन ढँकने के लिए वस्त्र हैं, सिर छुपाने के लिए यह देवालय स्वरूप कुटिया है। एक-दूसरे के प्रति आदर-सम्मान है। दूसरों की पीड़ा समझने के लिए भावनाएँ हैं। हम किस बात का शोक मनाएँ? मेरा समय इस देवालय में प्रभु का गुणगान करते हुए बीतता है।" शैला सहजता से बोली, "मुझे अपने प्रभु पर पूर्ण विश्वास है। हमें जिस वस्तु की आवश्यकता होगी, वह तुरंत उसे हम तक पहुँचा देंगे। इस उत्तम सुख के होते हम किस अभाव का शोक करें, आचार्य?"

आचार्य के मन का बोझ कुछ हल्का हुआ, किन्तु चेहरा चिंताग्रस्त रहा।

"आप किसी और बात से भी व्यथित हैं, आचार्य?" शैला ने कुरेदा।

"हस्तिनापुर में बसे हमें तीन वर्ष बीत चुके हैं, किंतु मेरा मन यहाँ रमा नहीं है।" आचार्य बुझे स्वर में बोले, "जिस विष से बचने के लिए हमने मथुरा से प्रस्थान किया था, वो हस्तिनापुर की जड़ों में गहराई से घुला, भरतखंड को दीमक की भाँति समाप्त कर रहा है।"

"महाराज पांडु और देवी माद्री के देहांत के बाद देवी कुंती पांडु-पुत्रों के साथ हस्तिनापुर अपने परिवार के साथ सुख शांति से जीवनयापन के लिए आई थीं,[183] लेकिन कौरवों ने उनका स्वागत राजनीतिक प्रतिद्वंद्वी के रूप में किया।" शैला बोली, "पांडु-पुत्रों और कौरवों का वैमनस्य राजभवन से निकलकर हस्तिनापुर के जनसाधारण में चर्चा का विषय बन गया है। पांडवों को मारने के लिए दुर्योधन के असफल प्रयास अब किसी से गुप्त नहीं हैं।"

"गंगापुत्र भीष्म ने युधिष्ठिर को हस्तिनापुर का भावी महाराज घोषित किया, किंतु उनका यह निर्णय भी कौरव-पांडवों के टकराव को रोकने में असफल रहा।[184] दुर्योधन हस्तिनापुर सिंहासन पर युधिष्ठिर के अधिकार को नकारता है। उसके लिए पांडव उसकी राजनीतिक महत्त्वाकांक्षा में सबसे बड़ी बाधा हैं।"

"दुर्योधन पांडवों को अपने मार्ग से हटाने का प्रयास करता रहता है।[185] लाक्षागृह की योजना उसके ऐसे प्रयासों की कड़ी थी।" शैला बोली।

"कौरव-पांडवों का प्रतिद्वंद्व एक विषाक्त वटवृक्ष का रूप ले चुका है जिसे लगातार विष से पोषित किया जा रहा है। जिस वृक्ष का सामीप्य मृत्यु-तुल्य है वह भविष्य में कितना विषैला और स्याह होगा यह सोचकर सिहर जाता हूँ।" आचार्य बोले।

"पांडव अपने भाग्य और उपाय से सुरक्षित बचते रहे, किंतु उन्हें समाप्त किए बिना दुर्योधन शांत नहीं बैठेगा। हर कोई आने वाले प्रलय की आहट भाँपकर भयभीत है।" शैला बोली, "जिस संकट से जनसाधारण सहमा है उसे कुरुवंश के ज्ञानी क्यों नहीं महसूस नहीं कर रहे हैं? गंगापुत्र भीष्म, विदुर, द्रोणाचार्य जैसे

---

183. महाभारत, आदिपर्व, अध्याय 125

184. महाभारत, आदिपर्व, अध्याय 138

185. दुर्योधन ने भीम को विष देकर मारने का प्रयास किया। इसके पश्चात उसने पांडवों को कुंती सहित लाक्षागृह में मारने का प्रयास किया, किंतु पांडव सकुशल बच निकले। [महाभारत, आदिपर्व, अध्याय 127, 143-148]

ज्ञानी दुर्योधन और कौरवों को क्यों नहीं सुधारते?"

"साधारण और असाधारण का यही भेद होता है, शैला! साधारण व्यक्ति कोई भी कदम उठाने से पहले दुनियादारी की सोचता है, किंतु असाधारण व्यक्ति दुनियादारी के नियमों का निर्धारण करता है। उसका प्रत्येक उचित निर्णय समाज की नींव सशक्त करता है और अनुचित निर्णय उस नींव को अशक्त करता है।" आचार्य बोले, "ज्ञानियों ने दुर्योधन के जन्म के समय ही महाराज धृतराष्ट्र को उसे त्यागकर अपने कुल की रक्षा करने का सुझाव दिया था, किंतु उनकी चेतावनी महाराज धृतराष्ट्र ने पुत्र-स्नेह में ठुकरा दी।"[186]

"दुर्योधन से महाराज का अत्यधिक लगाव उसकी उद्दंडता का मुख्य कारण है। महाराज का पुत्र मोह तो समझ आता है, किंतु आचार्य द्रोण तो कौरव और पांडवों के गुरु हैं। वह अपने शिष्यों के मध्य द्वंद्व रोकने का प्रयास क्यों नहीं करते हैं?"

"आचार्य द्रोण कौरव-पांडवों के बीच उत्पन्न प्रतिद्वंद्विता को समाप्त करने में सकारात्मक भूमिका निभा सकते हैं, किंतु उनकी नैतिकता पर वेतन का बोझ है। कुरु-वंश के गुरु से अधिक वो हस्तिनापुर के सेवक हैं। उनकी प्राथमिकता अपने दाता को प्रसन्न करना है, राज परिवार का बिखराव रोकना नहीं।"

"भीष्म धृतराष्ट्र और दुर्योधन को सुमार्ग पर ला सकते हैं।" शैला बोली।

"भीष्म अपनी व्यक्तिगत प्रतिज्ञा से बँधे हैं।[187] उनकी प्रतिज्ञा ने उन्हें हस्तिनापुर सिंहासन से विलग किया और कुपात्रों को उस सिंहासन पर बैठने का अवसर मिल गया।" आचार्य बोले।

"हस्तिनापुर से उत्तम तो मथुरा थी।" शैला उदास हुई, "वहाँ कृष्ण तो थे!"

"मथुरा भी पूर्ववत कहाँ रह गई है। जरासंध के लगातार आक्रमणों ने उसे तोड़ दिया है। जरासंध कालयवन को भी मथुरा पर आक्रमण करने के लिए उकसा रहा है। जरासंध के हमलों से व्यथित कृष्ण मथुरा त्यागने का मन बना चुके हैं।"

"हे प्रभु! सुना है कालयवन बड़ा दुर्जन है। उसकी विशाल सेना ने हर तरफ

---

186. महाभारत, आदिपर्व, अध्याय 114, श्लोक 25-40

187. अपने पिता शांतनु का विवाह सत्यवती से कराने के लिए देवव्रत ने राज्य का त्याग कर जीवनपर्यंत ब्रह्मचर्य का पालन करने का प्रण किया। यह भीषण प्रतिज्ञा लेने वाले राजकुमार देवव्रत 'भीष्म' के नाम से विख्यात हुए। [महाभारत, आदिपर्व, अध्याय 100]

विनाश किया है। यादव जरासंध के मथुरा पर लगातार आक्रमणों से पहले ही अशक्त हैं। यदि कालयवन भी मथुरा पर टूट पड़ा तो यादव कहाँ जाएँगे?" शैला चिंता से बोली, "कदाचित राक्षसों और दुर्जनों का विनाश करने के उद्देश्य से कृष्ण स्वयं जरासंध को मथुरा पर आक्रमण के लिए उकसाते हैं।"

"इसके विषय में कृष्ण ही जानें।" आचार्य हँसे, "ज्ञानी पंडित उन्हें विष्णु का अवतार मानते हैं। कंस और उसके दुष्ट मायावी राक्षसों का संहार करने वाला अवश्य ही दिव्य होगा।"

"मुझे कृष्ण की नहीं, आपकी चिंता है, आचार्य!" शैला व्याकुलता से बोली, "जिस निर्णय में आपको शांति मिले, वो लीजिए। मेरा सुख आपसे है, किसी स्थान विशेष से नहीं।"

आचार्य हँसकर चुप हो गए। वह निर्णय ले सकते तो असमंजस में क्यों होते। मथुरा से हस्तिनापुर पलायन का निर्णय उन्होंने लिया था, लेकिन क्या मिला? दक्षिणा से अपने परिवार का जीवनयापन भारी पड़ रहा था। मथुरा लौटना संभव नहीं था। समस्त भरतखंड राजनीति में सिमटी घुटन में छटपटा रहा था। कब तक भागे, कहाँ भागे, और किसके लिए?

अपनी उधेड़बुन में उलझे वह सांध्य वंदना की तैयारी के लिए कुटिया से बाहर निकले। देखा कुछ दूर पर दो किशोर बालक उनकी कुटिया पर दृष्टि जमाए खड़े थे। वे व्यापारियों के बच्चों से भिन्न थे। उनके छरहरे बदन पर धोती बँधी थी। गले में जंगली पुष्पों की मालाएँ झूल रही थीं। एक का कद लंबा-चौड़ा था तो दूसरे के बदन पर अजीब नीलापन था। दोनों के नयन-नक्श आकर्षक थे।

कुछ देर वहीं खड़े रहने के बाद वो दोनों चुपचाप लौट गए। आचार्य को उनका व्यवहार विचित्र लगा, किंतु दिमाग पर हावी सांध्य-पूजन की शीघ्रता ने उन्हें उनके विषय में सोचने का अधिक अवकाश नहीं दिया।

अध्याय 5

भीम ने देखा कि कृष्ण चलते हुए मंद-मंद मुस्कुरा रहे हैं। भीम को कृष्ण सदैव दूसरी दुनिया में विचरते प्रतीत होते। उनकी देह इस दुनिया में होती, किंतु मन और आत्मा कहीं और।

भीम खीजा। कृष्ण हठ करके उसे हस्तिनापुर नगर भ्रमण के बहाने अपने साथ लाए, फिर इस कुटिया के सामने खड़ा कर दिया। अब चुपचाप लौट रहे थे। टहलना था तो पकवान चखते हुए राजभवन के उद्यान में टहल लेते।

"क्या वहाँ तुम्हारे परिचित हैं?" भीम ने व्यग्र हो पूछा, "उनसे भेंट क्यों नहीं की?"

"भेंट के लिए ये उचित क्षण नहीं था।" कृष्ण ने उत्तर दिया।

"तो क्या उनसे भेंट के लिए यहाँ पुनः आना है?" भीम ने पूछा।

"ये तो समय निर्धारित करेगा।" कृष्ण मुस्कुराए।

"फिर हम यहाँ क्यों आए थे?" भीम उनके आधे-अधूरे उत्तरों से खीजा।

"भरतखंड के भविष्य की नींव की मजबूती भाँपने।" कृष्ण बोले।

"अर्थात?" भीम ने असमंजस से पूछा। कृष्ण ऐसे घुमा-फिरा कर बात करते हैं कि उनकी बात किसी को समझ न आए। कैसी नींव? कैसा भविष्य? हस्तिनापुर में कई महत्त्वपूर्ण कार्यों को छोड़ कृष्ण यहाँ किससे भेंट करने आए थे? यदि भेंट के लिए यह उचित समय नहीं था तो कृष्ण यहाँ क्यों आए? आए थे तो जिससे मिलना था उससे मिले क्यों नहीं?

कृष्ण मुँह सिले अपनी गति से आगे बढ़ते रहे। उन्होंने यह भी नहीं देखा कि भीम उनसे पीछे रह गया है।

भीम खीजकर उनके पीछे चल पड़ा। कृष्ण न उत्तर देना चाहें, तो न दें। उनके उत्तर न देने से कौन-सा प्रलय आने वाली थी।

अध्याय 6

"शरण्या!" शोण ने जोर से पुकारा।

शोण को अपने पीछे आता देख सौभालिक ने अपने साथियों को बस्ती में जाने दिया और स्वयं शरण्या के साथ उसकी प्रतीक्षा में रुक गए।

"आचार्य समय के पाबंद हैं। सूर्योदय से पूर्व शाला में उपस्थित हो जाना।" पास आकर शोण हाँफते हुए बोला।

"शिक्षा आरंभ होने से पूर्व ही सहपाठी बन गए।" सौभालिक हँसे और शरण्या और शोण के साथ बस्ती की तरफ बढ़े, "यह भी उचित रहा। अब शरण्या शाला में असहज नहीं होगी।"

तभी बस्ती से कुछ विसर्पी लड़के हाथ में मोटे-लंबे डंडे थामे सौभालिक के पास पहुँचे और उन्हें घेर लिया। कदाचित वे उनके लौटने की प्रतीक्षा कर रहे थे।

"कहाँ थे, काका? हम आपको ढूँढ़ने जा रहे थे।" उनमें से सबसे बड़े लड़के ने सौभालिक से पूछा। उसके बदन पर चढ़ी धोती ऐसी मैली-कुचली थी जैसे अभी धूल में लोट लगाकर आया हो।

"सुना उन आर्यों ने तुझे पुनः तंग किया।" उसने अक्खड़ता से शरण्या से पूछा, "बता कहाँ हैं? आज उन्हें सबक सिखाते हैं।"

"ये किसे पकड़ लाई?" उसके एक साथी ने शोण को घूरते हुए पूछा।

"ये आचार्य रुद्रदेव का पुत्र शोण है।" कहकर सौभालिक ने उन्हें शरण्या और व्यापारियों के बच्चों के साथ हुई घटना सुनाई।

"ये आर्य बिना दंड के सुधरने वाले नहीं हैं।" एक लड़के ने अपनी आँखें तरेरते हुए शोण को ऊपर से नीचे घूरा। अपने साथियों में वो सबसे बड़ा और तगड़ा था, "तुम यहाँ क्यों आए? क्या तुम्हें पता नहीं कि हमारी बस्ती में आर्यों का प्रवेश वर्जित है?"

"तुम कौन हो?" शोण ने तुनकते हुए उलटे प्रश्न दागा, "तुम्हें कभी बस्ती में देखा नहीं।"

"मैं अमेय हूँ!" वह हट्टा-कट्टा लड़का अपनी छाती तानते हुए तुनका, "और हम तुझे क्यों परिचय दें? तुम हमारी बस्ती में हो। परिचय तो तुम्हें देना चाहिए।"

"इसका साहस देखो! हमारी बस्ती में खड़े होकर हम से हमारा परिचय माँग रहा है।" उनका दूसरा साथी अपना हाथ हवा में लहराते हुए शोण की तरफ बढ़ा।

शरण्या ने बीच में पड़कर सभी को शांत किया।

"ये मेरे भाई हैं- अमेय, गुणक, हेतल, भौमिक, प्रत्यूष, नचिक, इतिश, सबर, प्रदोष और कौस्तुभ। हमारे साथ बस्ती में रहने आए हैं।" शरण्या ने बताया, "और यह शोण है।"

"आर्य हो?" इतिश ने शोण को घूरते हुए हेकड़ी से पूछा।

हेतल को देख शोण ने बड़ी कठिनाई से अपनी हँसी रोकी। वो अपने साथियों में सबसे दुबला-पतला था। साँस लेते हुए उसके बदन की सारी हड्डियाँ भीतर से झाँक पड़ती। पिद्दी भर का छोकरा, उस पर हेकड़ी ऐसी जैसे पूरे संसार का एकक्षत्र स्वामी हो। शोण ने अनुमान लगाया कि उसने व्यापारियों के बच्चों पर जितनी शक्ति का प्रयोग किया था यदि उसका एक-चौथाई भी वो हेतल पर करे तो वो कई हाथ दूर गिरेगा। और ऐसा गिरेगा कि उठने में काफी समय लगेगा। कदाचित उसकी कुछेक हड्डियाँ ही टूट जाएँ।

"तुम सभी की तरह मनु की संतान हूँ।" शोण ने उत्तर दिया।

सौभालिक जोर से हँस पड़े। शरण्या और अमेय की भी हँसी छूट पड़ी। उनकी देखा-देखी गुणक, भौमिक, प्रत्यूष और नचिक भी हँसने लगे।

इतिश ठगा-सा खड़ा रह गया। उसे तो उम्मीद थी कि विसर्पियों की बस्ती में उनके समक्ष शोण भयभीत होगा, किंतु वह तो निर्भीक खड़ा उलटे उनकी खिल्ली उड़ा रहा था।

"शरण्या के भाई हो तो कल से तुम्हें भी आचार्य की शाला में शिक्षा ग्रहण के लिए आना होगा।" शोण बोला।

"यह कैसी बेसिर-पैर की बातें कर रहा है?" सबर अचरज से बोला। उसकी कद-काठी अमेय जैसी थी। चेहरा तनिक चौड़ा था, "क्या आर्यों का

समझदारी से कोई नाता नहीं होता है?"

"साथ अध्ययन करेंगे तो बातें भी समझ में आ जाएँगी" शोण बोला।

"कौन बोला हम तेरे साथ अध्ययन करेंगे?" अमेय आँखें नचाते हुए अक्खड़ता से बोला।

"ये बोले!" कहकर शोण सौभालिक की तरफ पलटा, "आपने आचार्य को बस्ती के सभी बच्चों को अध्ययन के लिए शाला में भेजने का वचन दिया है। इन्हें भी शाला आना होगा।"

"आचार्य को दिए वचन को झुठलाऊँ तो मैं नरक भोगूँ।" सौभालिक मुस्कुराए, "शरण्या के साथ ये सभी शाला अवश्य जाएँगे।"

अमेय और उसके साथियों के चेहरे सौभालिक की बात सुनकर उतर गए। आर्यों के साथ अध्ययन की बात से वे असहज हुए। सौभालिक काका को आर्य शोण की बातें मानते देख भी उन्हें हैरानी हुई।

"आर्य हमारी छाया भी अपने शरीर पर पड़ना पाप समझते हैं। हम उनके साथ अध्ययन कैसे करेंगे?" भौमिक रुआँसा हुआ।

"अपने गुरु भाई के साथ अध्ययन करने में तो तुम्हें कोई आपत्ति नहीं होगी?" शोण बोला।

"गुरु भाई!" अमेय ने चौंककर शोण को घूरा, "ये कब पैदा हुआ?"

"तुम शोण के साथ शिक्षा प्राप्त करोगे तो गुरु भाई-बहन कहलाओगे।" सौभालिक ने उन्हें समझाया, "गुरु का मान माता-पिता से उच्च होता है। तुम निश्चिंत और समर्पित हो आचार्य से अपनी शिक्षा ग्रहण करो।"

अमेय और उसके साथी असमंजस में खड़े रहे। पहले लगा कि सौभालिक काका उपहास कर रहे हैं। फिर सौभालिक काका और शोण की बातों को सच्चा जान उनके चेहरे खिल उठे।

"तो हम वाकई गुरु भाई हुए?" हेतल ने चहकते हुए पूछा, "हम सभी शाला में आर्यों के सहपाठी होंगे?"

"उसके लिए तुम्हें शाला में अध्ययन के लिए आना होगा।" शोण मुस्कुराते हुए बोला।

"अवश्य! अवश्य!" अमेय प्रसन्नता से अपना डंडा नीचे फेंक शोण से लिपट गया। उसकी देखा-देखी हेतल, गुणक, भौमिक, प्रत्यूष, नचिक, इतिश,

सबर, प्रदोष और कौस्तुभ भी शोण के गले आ लगे।

सभी गले मिलकर अलग हुए तो शोण का ध्यान अमेय के हाथ से छूटकर गिरे डंडे और जंगली बेलों से गुँथी रस्सियों पर गया। विचित्र डंडा था। बाँस के लचकदार डंडे पर काँटेदार जंगली बेलें ऐसी लपेटी थीं कि डंडे को सहजता से पकड़कर उससे बेलें फैलाकर उन्हें चाबुक की भाँति प्रयोग किया जा सके। बाँस की प्राकृतिक लचक ने उसे एक घातक शस्त्र में बदल दिया था जो शत्रु पर वार कर तेजी से पलट सकता था।

"ये क्या है? किसने बनाया?" शोण ने उस डंडे को उठाकर पूछा।

"हमने बनाया है!" अमेय बोला, "जंगल में जानवरों का शिकार करने में मदद मिलती है। हमने इसे कंटक नाम दिया है।"

शोण ने कंटक को उलट-पलट कर देखते हुए उसे हवा में हिलाया। हल्का झटका लगते ही कंटक से लिपटी कँटीली जंगली बेलें खुलकर हवा में सनसनाईं और कई हाथ दूर तक फैल गईं।

"ध्यान से!" अमेय ने शोण के हाथ से कंटक छीना, "जंगली बेलें तुम्हारी खाल उधेड़ देंगी।"

शोण का कौतुक थमा नहीं था। कंटक छोड़ उसने नीचे गिरी जंगली बेलों से गुँथी रस्सियों को उठाया और पूछा, "यह क्या है?"

"इसे नागपाश कहते हैं। जैसे नाग अपने शिकार पर लिपटकर उसे जकड़ता है, यह पाश भी अपने शिकार को फाँस लेता है। इसमें फँसकर शिकार जितना भागने का प्रयास करता है यह उस पर उतना कसता जाता है।" अमेय ने बताया, "एक बार जो इसकी पकड़ में आया उसका छूटना असंभव है।"

"यह बेहद अद्‌भुत है!" शोण बोला।

"इतने में ही चक्कर खा गए।" इतिश हँसा, "अमेय, हेतल और भौमिक वन में मिली हर प्राकृतिक वस्तु को अस्त्र-शस्त्र में बदल सकते हैं। इनके आविष्कृत हथियारों से हमने कई जानवरों का आखेट किया हैं। इन्होंने तो स्वयं के निर्मित हथियारों का भंडार जमा कर रखा है।"

"किंतु हमारे हथियार शरण्या के समक्ष तिनके हैं।" भौमिक चहकते हुए बोला।

"वो कैसे?" शोण ने उत्सुकता से पूछा।

"इसके भोले चेहरे पर मत जाना। यह बड़ी शातिर है। इसे वन में मिलने वाली सभी जड़ी-बूटियों का ज्ञान है। अद्‌भुत और दुर्लभ जड़ी-बूटियों को ये पलक झपकते वन से खोज निकालती है। उनसे ये अद्‌भुत चूर्ण बनाती है। कुछ चूर्ण बीमारियों में औषधि की तरह काम करते हैं, कुछ आखेट करने में। इसने एक विशेष चूर्ण का आविष्कार किया है जिसकी साधारण मात्रा का सेवन विशालकाय हाथी को भी बेसुध कर दे।"

"सच?" शोण की आँखों की चमक बढ़ गई, "अध्ययन के पश्चात क्या तुम लोग मुझे ये सब सिखाओगे?"

"गुरु भाई को सिखाना हमारा दायित्व है!" अमेय चहकते हुए बोला, "तुमने हमारी बहन की रक्षा की है। हम तुम्हारे ऋणी हैं।"

"गुरु भाई-बहनों में ऋण का कोई स्थान नहीं है।" शोण बोला, "हम सभी एक साथ एक दूसरे से शिक्षा लेंगे।"

"हम तो कभी शाला में गए नहीं। जानते ही नहीं कि शिक्षा कैसे अर्जित होती है।" भौमिक बुझे स्वर में बोला, "कहीं आचार्य हमसे क्रोधित न हो जाएँ।"

"जो ज्ञान तुम्हें नहीं है, उसे तुम आचार्य से ग्रहण करो।" शोण बोला।

"तुम अपने पिता को आचार्य क्यों कहते हो?" शरण्या ने हँसते हुए पूछा।

"हमारे माता-पिता हमारे प्रथम गुरु होते हैं। हमारे कानों को छूने वाला प्रथम स्वर उनके मुख से निकलता है। वही सर्वप्रथम हमारे मुख में सरस्वती स्थापित करते हैं। हमारे कदमों को हमारा भार लेने के लिए उपयुक्त बनाते हैं।" शोण बोला, "इसलिए मैं उन्हें आचार्य कहता हूँ।"

"शिक्षा से हमारा यथार्थ परिवर्तित नहीं होगा।" भौमिक बुझे स्वर में बोला, "हमारा जीवन कीड़े-मकोड़ों की तरह अनावश्यक है। जीवनपर्यंत आर्यों और नागों की ठोकर खाना ही हमारी नियति है। हम आचार्य की शिक्षा के योग्य नहीं हैं।"

"इस सृष्टि में कोई जीव अनावश्यक नहीं है। सृष्टि में प्रत्येक कण का अपना विशेष महत्त्व है। प्रभु श्रीराम को भी लक्ष्य प्राप्ति के लिए वानरों की सहायता लेनी पड़ी थी।" शोण बोला, "हम अपने सतत प्रयासों से स्वयं को अपनी निर्धारित भूमिका के अनुरूप बना सकते हैं।"

"हम अपनी भूमिका कैसे ज्ञात कर सकते हैं?" अमेय ने पूछा।

"आचार्य कहते हैं कि परम सत्ता के समक्ष अपने कर्मों के समर्पण से हम अपने जन्म के उद्देश्य का ज्ञान प्राप्त कर सकते हैं। कर्म, ज्ञान और समर्पण से हमें अपने उस स्वरूप का साक्षात्कार होगा जो जन्म, कर्म, मृत्यु, संस्कार, जाति और धर्म से पृथक है।"

"हम विसर्पियों का कोई आराध्य नहीं है। फिर हमारा उद्धार कैसे होगा?" हेतल ने पूछा।

"अपने आराध्य की प्रतीक्षा करने से उत्तम है अपने उद्धार के सूत्रधार स्वयं बनो। स्वयं अपने उद्धार-मार्ग का सृजन करो। इस सृष्टि में सभी जीव अपने हिस्से का कर्म करने के लिए बाध्य हैं। जो चेष्टा करता है, सृष्टि उसके कर्म फलित करती है।" शोण बोला, "हम तुच्छ नहीं, इस सृष्टि के निर्माता दिव्य परमात्मा के अंश हैं। हमें अपनी दिव्यता से जुड़े सत्य को सदैव स्मरण रखना है।"

"तुम इतनी गहरी बातें कैसे कर लेते हो?" भौमिक अपना सिर खुजाते हुए बोला।

"आचार्य की शिक्षा का परिणाम है। उन्होंने ही मुझ जैसे तुच्छ पत्थर को अपने मन-मंदिर में स्थान देकर उसका सम्मान किया।" शोण बोला, "वह मेरे गुरु और रक्षक हैं। मैं उनकी शिक्षा और आशीर्वाद का ऋणी हूँ।"

"तो तुम हमारी भी रक्षा करोगे?" हेतल शोण को ताकते हुए बोला।

"मैं तुम्हारी शिक्षा और आत्मोत्थान की यात्रा में तुम्हारा साथ दूँगा, किंतु तुम्हारी रक्षा का वचन नहीं दूँगा।" शोण बोला।

"क्यों नहीं?" शरण्या ने पूछा।

"रक्षा कमजोर की होती है। शक्तिशाली तो स्वयं के साथ दूसरों का भी रक्षक होता है।" शोण बोला, "मैं अपने भाई-बहनों को शक्तिशाली बन दूसरों का सहारा बनते देखना चाहता हूँ।"

"तुम्हारी बातों से डर लगता है।" शरण्या बुझे स्वर में बोली, "इससे पूर्व जिस आर्य ने हमसे बात करने के लिए मुँह खोला उसके मुँह से हमारे लिए द्वेष और अपमान में बुझे अपशब्द निकले।"

"किसी से आदर की उम्मीद करने से पूर्व स्वयं अपना आदर करना सीखो!" शोण बोला, "आत्मसम्मान होगा तो संसार तुम्हारा सम्मान करेगा।

विसर्पी आर्य और नाग के सहयोग के बिना भी अपना अस्तित्व बनाए रख सकते हैं। आवश्यकता है तो उन्हें अपने स्वरूप को पहचानने की।"

"इसी उम्मीद से विसर्पी हस्तिनापुर आए थे। नगर में स्थान नहीं मिला तो नगर सीमा के निकट अपनी बस्ती बसा ली। नगर में छोटे-मोटे श्रम कार्य कर हम अपना जीवनयापन करने लगे।" अमेय बोला, "किंतु इतने वर्षों में भी हमें न हस्तिनापुर में और न आर्यों के हृदय में स्थान प्राप्त हुआ।"

"इसका अर्थ यह तो नहीं कि तुम अपने सम्मान की इच्छा ही भुला दो!" शोण बोला।

"उचित कहा, शोण! आचार्य का धन्यवाद जो उन्होंने हम विसर्पियों को शिक्षा देना स्वीकारा। हम लोग उनके सदैव ऋणी रहेंगे।" शरण्या बोली।

"जीवनपर्यंत उनका ऋणी बनने से उत्तम होगा कि तुम उनकी शिक्षा से अपना और अपने कुल का उद्धार करो।" शोण बोला, "वचन दो कि आर्य और विसर्पियों के बीच जिस मित्रता का सूत्रपात आचार्य ने किया है तुम लोग उसका कभी अनादर नहीं करोगे।"

"तुम भाग्यवान हो जो तुम्हें आचार्य जैसे पिता मिले हैं।" शरण्या बोली, "वो पूरे संसार को अपना परिवार मानते हैं और पराए कष्ट को अपना कष्ट। वो सत्य के लिए लड़ते हैं। हर आर्य तुम दोनों जैसा क्यों नहीं है?"

"निःसंदेह मैं अत्यंत भाग्यवान हूँ।" शोण बोला। मन के किसी कोने में वर्षों से छिपा बैठा सूनापन अँगड़ाई लेकर उठ खड़ा हुआ। इससे पूर्व वह सूनापन सशक्त होकर उसके मन पर हावी होता, उसे चीरते हुए मथुरा से निकली एक बैलगाड़ी दिखाई दी। फिर उसमें सवार आचार्य और माता शैला के मुस्कुराते चेहरे दिखे। शोण को भयभीत करने वाला सूनापन न जाने कहाँ दुबक गया।

शोण आँखें मूँदे मंद-मंद मुस्कुराने लगा।

"क्या हुआ?" शरण्या ने उसे झकझोरा।

"तुम्हारे लिए सत्तू लाया था।" शोण सकपकाते हुए बोला, "व्यापारियों के बच्चों से ऐसा उलझा कि तुम्हें देना ही भूल गया।"

"सत्तू!" शरण्या चहक कर बोली, "कहाँ है?"

"यहाँ लाते हुए उसकी सुगंध से विचलित हो मैं उसे खा गया।" शोण भोलेपन से बोला।

शरण्या ने शोण को गुस्से से घूरा और फिर उसे धक्का देकर गिरा दिया।

"चिंता मत करो! माता कल फिर भेज देंगी।" वह हँसते हुए उठा।

"उसमें हमारा बराबर का हिस्सा होगा!" हेतल ने आँखें मटकाई।

"यह तो शरण्या पर निर्भर है।" कहकर सौभालिक जोर से हँसे। उनकी बात समझकर शरण्या, शोण, अमेय और उसके साथी भी एक-एक कर हँसने लगे। संध्या के मंद-मंद वायु के झोंकों के बीच उनके ठहाके गूँजने लगे।

हँसते-हँसते सौभालिक की आँखों में जल छलक आया, किंतु उनकी हँसी नहीं थमी। याद नहीं इससे पहले कब इतना खुलकर वो हँसे थे। जीवन ने विचित्र मोड़ लिया था। वो आचार्य के यहाँ दंड पाने गए थे, किंतु लौटे थे मान-सम्मान और विसर्पी बच्चों की शिक्षा का वचन लेकर। दिव्य आत्माएँ फलों से लदे वृक्षों के समान होती हैं। पत्थर मारने वाले को भी वे शुभ फल देती हैं।

हँसी-ठिठोली करते बच्चों को देख उन्होंने प्रार्थना की कि वे सदैव यूँ ही खुश रहें।

अध्याय 7

सांध्य-पूजन की व्यवस्था करते हुए शैला ने भाँपा कि शाला से लौटने के बाद से आचार्य का चेहरा किशोरवय ऊर्जा से दमक रहा था। हस्तिनापुर में आने के बाद पहली बार वो इतना प्रसन्न थे।

"आज हाट में व्यापारियों से भेंट हुई।" आचार्य स्वयं ही बताने लगे, "वे शोण के काम से प्रसन्न हैं। उन्होंने बताया कि दंड समाप्ति के पश्चात भी शोण पिछले एक वर्ष से उनके गोदामों में परिश्रम कर रहा है। व्यापारियों से प्राप्त पारिश्रमिक से वो नगर के दरिद्र परिवारों के लिए भोजन की व्यवस्था करता है।"

"इस विषय में शोण ने मुझे कुछ नहीं बताया।" शैला अचरज से बोली।

"मुझे उस पर गर्व है। उसके मन में सभी के लिए दया और करुणा है।" आचार्य प्रफुल्लता से बोले।

"सौभालिक बता रहे थे कि शोण शाला से लौटकर उनकी बस्ती में विसर्पी बच्चों के साथ समय बिताता है। कुछ उनसे सीखता है, कुछ उन्हें सिखाता है। बस्ती में उसके मेल-मिलाप से विसर्पी बच्चों के साथ वयस्कों का भी स्वभाव परिवर्तन हो रहा है। उनकी हिंसक प्रवृत्ति शांत हो रही है। छोटी-छोटी बातों को तूल देने के स्थान पर वे वार्तालाप से मुद्दे सुलझाने लगे हैं। उनके मन में बसा आर्यों के प्रति वैमनस्य और झिझक दूर हो रही है। आर्य पद्धतियों का वे आदर करने लगे हैं।"

"यह तो बेहद सकारात्मक बदलाव है, आचार्य!" शैला प्रसन्नता से बोली, "ऐसे वातावरण में विसर्पी बच्चों का ध्यान ज्ञान-अर्जन में अवश्य लगेगा।"

"यही हो रहा है, शैला!" आचार्य बोले, "विसर्पी बच्चों में विद्या अर्जन की गहरी ललक है। कई तो आर्य बच्चों से भी अधिक कुशाग्र हैं। अपने पाठों को शीघ्रता से कंठस्थ कर लेते हैं। मैं उनके कौशल से प्रभावित हूँ।"

"शिक्षा ग्रहण करने के साथ वे अपने परिजनों के कार्यों में भी हाथ बँटाते हैं।" शैला बोली, "कठिन जीवन उनका सबसे बड़ा शिक्षक है।"

"उचित कहा! उन्होंने अपने सबक ग्रंथों से नहीं, जीवन की कठिनाइयों का सामना करते हुए सीखे हैं।" आचार्य बोले, "मैं उनका शिक्षक हूँ, किंतु जीवन के कई गहरे सबक मैं उनसे सीख रहा हूँ।"

"और शोण की शिक्षा के विषय में आपके क्या विचार हैं?" शैला ने उत्सुकता से पूछा।

"अध्ययन से अधिक उसकी रुचि क्रीड़ा और व्यायाम में है।" आचार्य हँसे, "वो प्रातः विसर्पियों की बस्ती तक दौड़कर जाता है। फिर सभी विसर्पी बच्चों को एकत्र कर उन्हें लेकर शाला में उपस्थित होता है। शाला में अध्ययन करने के पश्चात वो पुनः विसर्पियों की बस्ती जाता है।"

"हाँ! वो रात्रि में अपने दिन भर के क्रियाकलाप मुझे बताता है।" शैला हँसी, "वो विसर्पियों से नदी में तैरना और वन में शिकार करना सीख रहा है। सौभालिक से वो भूमिगत गृहों की निर्माण-कला और जड़ी-बूटियों के विषय में ज्ञान अर्जित कर रहा है।"

"उसने मुझे कभी अपनी इन गतिविधियों के बारे में क्यों नहीं बताया?" आचार्य किंचित संदेह से बोले।

"मैं उसकी माँ हूँ।" शैला मुस्कुराई, "वो मुझसे कुछ नहीं छिपाता है।"

"मुझ जैसे तुच्छ ब्राह्मण से उसे क्या मिल रहा है!" आचार्य व्यथित होकर बोले, "अपने सीमित संसाधनों से मैं उसकी शिक्षा की उत्तम व्यवस्था नहीं कर सकता हूँ।"

"क्या आचार्य द्रोण आपकी मदद कर सकते हैं? उन्होंने हस्तिनापुर के राजकुमारों की शिक्षा के लिए आश्रम की स्थापना की है।" शैला बोली, "इसके लिए भीष्म से उन्हें उचित स्थान और संसाधन भी प्राप्त हुए हैं। शोण को वहाँ दीक्षा देने में उन्हें क्या आपत्ति होगी?"

"राजकुल को दीक्षा देने वाले आचार्य द्रोण एक तुच्छ ब्राह्मण के पुत्र को दीक्षा देने में क्यों रुचि लेंगे?" आचार्य उखड़े स्वर में बोले, "पहले सोचा था कि द्रोणाचार्य के आश्रम में अपनी सेवाएँ देकर उनसे शोण की शिक्षा का आग्रह करूँ, किंतु जब ज्ञात हुआ कि वह आश्रम की गतिविधियों में किसी का दखल

सहन नहीं करते हैं तो मुझे अपना निर्णय वापस लेना पड़ा।"

"जैसे अपने पुत्र अश्वत्थामा को राजकुल के लिए सुरक्षित आश्रम में शिक्षा[188] देकर आचार्य द्रोण स्वयं आश्रम के नियमों का बड़ा पालन कर रहे हैं।" शैला बोली, "जिन नियमों का मान वह स्वयं नहीं रखते उन्हें दूसरों पर कैसे लागू कर सकते हैं?"

"नियम उन्होंने बनाए हैं। उन्हें किस पर, कब लागू करना है इसका निर्णय लेने का उन्हें पूर्ण अधिकार है!" आचार्य एक फीकी मुस्कान के साथ बोले।

"आचार्य! आप हतोत्साहित न हों। मुझे विश्वास है कि आप शोण की शिक्षा का सर्वोत्तम प्रबंध करेंगे।" शैला बोली।

"प्रयास कर रहा हूँ। मैंने कृष्ण और बलराम के गुरु आचार्य सांदीपनि[189] से शोण को शिक्षा देने का अनुरोध किया, किंतु शोध कार्यों में व्यस्तता के कारण आचार्य अधिक छात्रों को शिक्षा देने में असमर्थ हैं।" आचार्य बोले, "मैं अपनी तरफ से शोण की शिक्षा का प्रबंध करने का भरपूर प्रयास कर रहा हूँ, किंतु ये सच है कि मैं उसकी शिक्षा के मार्ग में रोड़ा हूँ।"

"कदापि नहीं, आचार्य! हमसे शोण के लिए जो उत्तम बन पड़ेगा, हम करेंगे।" शैला ने समझाया, "शोण आपको अपना आदर्श मानता है। स्वयं में वो आपकी छवि ढूँढ़ते हुए आपका अनुसरण करता है। आप व्यथित होंगे तो वो भी होगा।"

"सोचता हूँ तुम्हारे बिना मेरा जीवन कैसा होता?" आचार्य बोले।

"आपके पूजन में प्रतिदिन विलंब होता।" शैला खिलखिला कर हँसी।

आचार्य चौंके। फिर वो भी हँस पड़े।

---

188. आचार्य द्रोण का पुत्र अश्वत्थामा कौरव-पांडवों के साथ शिक्षा ग्रहण करता था। [महाभारत, आदिपर्व, अध्याय 131]

189. कृष्ण और बलराम ने गुरु सांदीपनि से शिक्षा ग्रहण की थी। [श्रीहरिवंशपुराण, विष्णुपर्व, अध्याय 33]

अध्याय 8

विसर्पियों की बस्ती की तरफ बढ़ता शोण अमेय, गुणक, हेतल, भौमिक, प्रत्यूष, नचिक, इतिश और सबर को बस्ती के बाहर खड़ा देख चौंका। उनके चेहरों पर प्रतिदिन दिखने वाला उत्साह नहीं था। उनके बीच सदैव होने वाली हास-परिहास से भरी नोक-झोंक भी नहीं थी। उनके उतरे चेहरे बता रहे थे कि वे शाला जाने के लिए शोण की प्रतीक्षा में नहीं, बल्कि किसी गंभीर विषय पर वार्तालाप करते खड़े थे।

शोण ने देखा कि शरण्या, प्रदोष और कौस्तुभ उनके साथ नहीं थे। आते ही पूछ बैठा, "शरण्या कहाँ है? प्रदोष और कौस्तुभ भी दिखाई नहीं दे रहे। शाला जाने में विलंब हो रहा है। उन्हें अनुपस्थित देख आचार्य क्रोधित होंगे।"

"मैं स्वयं देख लेता हूँ उन्हें।" उत्तर न मिला तो शोण बड़बड़ाते हुए तेज कदमों से बस्ती की तरफ बढ़ा।

"रुको!" अमेय ने उसे रोका, "वे तीनों बस्ती में नहीं हैं। तुम भी वहाँ न जाओ तो उचित होगा।"

"बस्ती में नहीं हैं तो कहाँ गए?" शोण ने पूछा, "और मैं वहाँ क्यों नहीं जाऊँ?"

"तुम्हें ज्ञात नहीं यहाँ क्या हुआ?" इतिश ने ताना मारा, "अब तक तो विसर्पियों की दुर्गति की कहानी हस्तिनापुर के गली-कूचों में ठहाकों के साथ परोसी जा रही होगी।"

"क्या मतलब है तुम्हारा?" शोण सकपकाया, "बताओ शरण्या कहाँ है?"

"सुनने से कुछ बदल सकता हो तो सुन लो।" भौमिक उखड़े स्वर में बोला, "प्रातः मथुरा को प्रस्थान करती यादव घुड़सवारों की एक टुकड़ी बस्ती में आई थी। वे थके हुए थे तो सौभालिक काका ने उन्हें अपनी कुटिया में विश्राम करने

का स्थान दिया।"

"फिर?" शोण ने पूछा।

"प्रदोष और कौस्तुभ के साथ शाला जाती शरण्या को यादव घुड़सवारों ने देखा तो वे उसे बलात उठाकर अपने साथ ले जाने लगे।" गुणक का गला रूँध गया, "सौभालिक काका, शरण्या, प्रदोष और कौस्तुभ ने विरोध किया तो यादव सैनिकों ने उन्हें मार-मारकर बेसुध कर दिया। फिर वे शरण्या, प्रदोष और कौस्तुभ को बंधक बनाकर अपने साथ ले भागे।"

शोण अपने स्थान पर खड़े-खड़े जैसे जड़ हो गया। क्रोध से उसका जबड़ा भिंच गया।

"सौभालिक काका ने होश आने पर बस्ती में सभी को एकत्र किया, पर तब तक घुड़सवार भाग चुके थे। अभी तक शरण्या, प्रदोष और कौस्तुभ की कोई सूचना नहीं मिली है।"

"सौभालिक काका कैसे हैं?" शोण ने चिंता से पूछा।

"कैसे होंगे? शरण्या को स्मरण कर बार-बार बेसुध हो जाते हैं। प्रदोष और कौस्तुभ का परिवार उनके साथ है।" नचिक बोला, "रो-रोकर सभी का बुरा हाल है।"

"मैं उनसे मिलता हूँ।" शोण बस्ती की तरफ बढ़ा।

"बस्ती वाले बेहद रोष में हैं, शोण! वे आर्यों को मारने पर उतारू हैं। तुम वहाँ गए तो बात और बिगड़ सकती है।" अमेय धीरे से बोला, "इसलिए हम तुम्हें रोकने के लिए खड़े थे।"

शोण गहरी साँस छोड़कर वहीं रुक गया।

"हम नगर रक्षकों से मदद ले सकते हैं!" शोण ने सुझाया।

"नगर रक्षकों का अधिकार क्षेत्र नगर सीमा तक सीमित है। नगर सीमा से बाहर हुए किसी अपराध को लेकर उनका कोई दायित्व नहीं है।" अमेय हताशा से बोला, "नीच विसर्पियों के साथ हुए किसी अपराध में तो कदापि नहीं।"

"ऐसा नगर रक्षकों ने तुमसे कहा?" शोण ने क्रोध से पूछा।

"विसर्पियों का कोई रक्षक नहीं है, शोण!" अमेय ने मायूसी से सिर झुकाया।

"आर्य विसर्पियों को धर्म-भ्रष्ट कह दुत्कारते हैं, किंतु आर्यों के विश्वासघात

का क्या?" प्रत्यूष क्रोध से बिफरा, "हमने यादवों को अतिथि मान उनका आदर-सम्मान किया, किंतु देखो बदले में हमें क्या मिला?"

"उन दुष्टों को आर्य कहना पूरी आर्य जाति का अपमान है।" शोण बोला।

"शरण्या के अपहरण से क्रोधित बस्ती वाले जब यहाँ से गुजरने वाले आर्य व्यापारियों पर हमला करने की योजना बना रहे थे तो सौभालिक काका उनके सामने चट्टान की तरह डट गए।" प्रत्यूष रूँधे स्वर में बोला, "बोले- मैंने आचार्य को वचन दिया है कि विसर्पियों से आर्यों का अहित नहीं होगा। शरण्या को सदैव के लिए क्यों न खोना पड़े, आचार्य को दिया मेरा वचन नहीं टूटेगा।"

शोण ने सिर झुका लिया। मन गहरे मंथन में था। मंथन में क्रोध और आक्रोश था। इस अन्याय का प्रतिकार आवश्यक था।

"सौभालिक काका का वचन नहीं टूटेगा!" शोण क्रोध से बोला, "उन दुष्ट यादवों को स्मरण कराना होगा कि आर्य अपने वचन का मान कैसे रखते हैं।"

"तुम्हारे व्यर्थ के दावों से शरण्या, प्रदोष और कौस्तुभ नहीं लौटेंगे।" अमेय बुझे स्वर में बोला।

"आचार्य ने विसर्पियों और आर्यों से एक-दूसरे का हत न करने का वचन लिया है, किंतु यह वचन न विसर्पियों को अपनी आत्मरक्षा करने से रोकता है और न किसी अधर्मी को अपने कुकृत्यों के लिए दंडित होने से सुरक्षित करता है।" शोण बोला, "मैं यादवों से शरण्या, प्रदोष और कौस्तुभ को सुरक्षित वापस लाऊँगा। उनकी रक्षा भी होगी और आर्य-विसर्पियों के टकराव की स्थिति भी उत्पन्न नहीं होगी।"

"तेरी मति मारी गई है, शोण? वे सशस्त्र यादव सैन्य घुड़सवार हैं, एक धक्के से गिरने वाले व्यापारियों के बच्चे नहीं।" गुणक चीखा, "इस वन में उन्हें ढूँढ़ना कठिन है। अब तक वे न जाने किस दिशा में, कितनी दूर पहुँच चुके होंगे। कदाचित वे मथुरा में प्रवेश कर चुके हों। उन तक द्रुत गति से पहुँचने के लिए हमारे पास न अश्व हैं, न कोई वाहन।"

"अपहृत विसर्पियों को मथुरा ले जाने का साहस उन कायरों में नहीं होगा।" शोण ने अनुमान लगाया।

"जैसे वे वन में हुए तो हम उनका सामना कर सकते हैं!" सबर बिफरा, "हो सकता है आगे वे अन्य यादव टुकड़ियों के साथ किसी शिविर में हों। हमारे

पास न उत्तम हथियार हैं, न हम उनकी तरह युद्धकला में पारंगत हैं। हम उनके समक्ष एक क्षण भी नहीं टिक सकेंगे।"

"गुरु भाई-बहनों की रक्षा करना मेरा दायित्व है।" शोण झुँझलाया, "मुझे कोई अंतर नहीं पड़ता कि वे दुष्ट सशस्त्र हैं या निःशस्त्र। वन में हैं, मथुरा में हैं, अथवा कहीं और। मैं उन्हें पाताल से भी ढूँढ़ निकालूँगा।"

"तेरा दिमाग सड़ गया है क्या?" अमेय ने बिफरते हुए शोण को धक्का मारा।

"मुझे स्वयं से अधिक शरण्या, प्रदोष और कौस्तुभ की चिंता है।" वह अमेय को परे धकेलते हुए चीखा।

"और हम?" अमेय ने पूछा।

"तुम सभी सुरक्षित रहो, इसलिए तो मैं उन्हें ढूँढ़ने अकेला जा रहा हूँ।" शोण बोला।

"कोई इस मूढ़ को समझाओ!" अमेय शोण का मार्ग रोककर चीखा, "इसका दिमाग घूम गया है। स्वयं को हमारा गुरु भाई कहता है और हमें छोड़कर उन्हें ढूँढ़ने अकेला जा रहा है।"

"मेरे लिए चिंतित होने की आवश्यकता नहीं है!" शोण क्रोध से बोला, "नहीं लौटा तो सब से कह देना कि यादव तीन विसर्पियों के साथ मुझे भी उठा ले गए।"

अमेय, गुणक, हेतल, भौमिक, प्रत्यूष, नचिक, इतिश और सबर शोण की बात सुनकर अवाक रह गए। जब उसे मुड़कर वन की तरफ जाते देखा तो अमेय भागकर उसके पास पहुँचा।

"मेरा रास्ता छोड़!" शोण ने उसे घूरा।

"मैं भी तेरे साथ चलूँगा।" अमेय भी अड़ गया।

"मैं उन्हें ढूँढ़ने अकेला जा रहा हूँ।" शोण ने तेज आवाज में दोहराया।

"हम सभी तुम्हारे साथ यादव घुड़सवारों को ढूँढ़ने चलेंगे।" नचिक बोला, "आपसी विवाद में पड़ने से बेहतर होगा हम अपना ध्यान उन्हें ढूँढ़ने पर लगाएँ।"

शोण ने नचिक को ताका, फिर सिर हिलाकर सहमति जताई।

"दिमाग ठंडा हो गया हो तो तनिक सोचो कि हम यादवों तक पहुँचेंगे कैसे?" भौमिक धीरे से बोला।

"वन के विषय में विसर्पियों से उत्तम ज्ञान यदा-कदा यहाँ से मथुरा जाने

वाले उन सैन्य घुड़सवारों के पास तो कदापि नहीं होगा।" शोण बोला।

"हम यादवों का सामना कैसे करेंगे?" अमेय ने पूछा।

"ये वन हमारा शस्त्रागार है। हम अपनी बुद्धि से सशस्त्र यादवों का सामना करेंगे।" शोण बोला।

"योजना क्या है तुम्हारी?" अमेय ने चौंकते हुए पूछा।

शोण ने विचारों को एकत्र कर दिमाग में अपनी योजना का खाका खींचा।

"प्रत्यूष और नचिक- तुम तुरंत आचार्य को इस घटना की जानकारी देकर उन्हें बस्ती के हालात से अवगत कराओ। संभव हो तो आचार्य के साथ नगर रक्षक टुकड़ियाँ लेकर तुरंत बस्ती लौटो। आचार्य से सौभालिक काका को भावनात्मक बल मिलेगा और वे दोनों मिलकर बस्तीवासियों को अनावश्यक कदम उठाने से रोकेंगे।"

"गुणक, हेतल, भौमिक और मैं शरण्या को ढूँढ़ने वन में जाएँगे।" शोण बोला, "अमेय! जंगली बेलों से गुँथी रस्सियाँ और कंटक लेकर तुरंत हमारे पास पहुँचो। उनके प्रयोग का यही अवसर है।"

"निश्चिंत रहो! मैं शीघ्र उन्हें लेकर उपस्थित होता हूँ।" कहते हुए अमेय बस्ती की तरफ भागा।

"कोई जानता है कि शरण्या द्वारा बनाए चूर्ण कहाँ हैं?" शोण ने पूछा।

"मुझे पता है।" हेतल बोला, "यह भी ज्ञात है कि किस चूर्ण का क्या प्रयोग है।"

"उन्हें एकत्र कर ले आओ। हमें उनकी आवश्यकता पड़ेगी।" शोण बोला, "इतिश और सबर! तुम दोनों बस्ती में सूचना पहुँचाओ कि हम शरण्या, प्रदोष और कौस्तुभ को ढूँढ़ने निकल गए हैं। आचार्य के बस्ती में आने तक सभी को शांत रखने का दायित्व तुम्हारा है। इस घटना की आँच आर्य-विसर्पियों के सुधरते संबंधों पर नहीं पड़नी चाहिए।"

"शोण, पुनर्विचार कर लो!" भौमिक ने चेताया, "साथ में अधिक लोग होंगे तो बेहतर होगा।"

"अधिक लोग साथ हुए तो यह घटना आर्य-विसर्पी टकराव में बदल सकती है। पूरी बस्ती पर संकट आ सकता है।" शोण बोला।

"यदि हम किसी संकट में फँस गए?" हेतल ने पूछा।

"कहना कि मेरे दबाव में तुम इस योजना में सम्मिलित हुए थे।" शोण

बोला।

"नहीं!" भौमिक दृढ़ता से बोला, "जो भी परिणाम रहे, हम उसे साझा करेंगे।"

"मुझे अपने गुरु भाइयों से यही उम्मीद थी।" शोण ने भौमिक का कंधा थपथपाया। वह गुणक की तरफ पलटा, "गुणक! यादवों को वन में छुपने के लिए कौन-से स्थान सुलभ हो सकते हैं?"

गुणक ने वन की भौगोलिक स्थिति, उपलब्ध मार्ग, मौसम और घुड़सवारों की गति का अनुमान लगाया और एक तरफ दौड़ा। शोण और भौमिक उसके पीछे भागे।

हेतल इतिश और सबर के साथ बस्ती की दिशा में, और प्रत्यूष और नचिक आचार्य की शाला की दिशा में सरपट दौड़ पड़े।

अध्याय 9

शाला में प्रभात वंदना के लिए उपस्थित छात्रों पर दृष्टिपात करते हुए आचार्य रुद्रदेव ने महसूस किया कि शोण और विसर्पी बच्चे अनुपस्थित थे। पिछले दो सालों में वे सभी प्रतिदिन नियम से प्रभात वंदना में उपस्थित रहे, इसलिए उनका बिना किसी पूर्व सूचना के शाला से अनुपस्थित होना उन्हें अटपटा लगा।

क्या वे अस्वस्थ हैं? सभी विसर्पी बच्चों के एक साथ अस्वस्थ होने की संभावना कम थी। क्या वे बस्ती छोड़कर चले गए? ऐसा होता तो सौभालिक अवश्य आचार्य को इसकी सूचना देते। और शोण क्यों अनुपस्थित था? प्रातः विसर्पी बस्ती जाने के पश्चात वह लौटा क्यों नहीं था?

प्रातः वंदना समाप्त कर छात्र कक्षा में जाने लगे, पर शोण और विसर्पी बच्चों की प्रतीक्षा में आचार्य का ध्यान शाला के मुख्य द्वार पर अटका रहा। अब तो बच्चों की चिंता में मन व्यथित होने लगा। कहाँ गए सब? किसी विपदा में तो नहीं फँस गए? कहीं आर्यों से उनकी पुनः झड़प तो नहीं हो गई? क्या शोण किसी संकट में है?

तभी मुख्य द्वार से प्रत्यूष और नचिक भागते हुए शाला में घुसे। पसीने से लथपथ और चेहरों पर हवाइयाँ लिए वे जैसे प्राण हाथ में लिए आए थे। दोनों पेट पकड़कर गहरी साँसें भरने लगे।

"तुम्हारे साथी कहाँ हैं?" आचार्य सकपकाए।

प्रत्यूष और नचिक आ तो गए थे, पर आचार्य को कुछ बताने का उनका साहस नहीं हुआ।

"तुम अकेले क्यों हो? कहाँ हैं तुम्हारे सहपाठी? शोण कहाँ है?" आचार्य ने पुनः पूछा।

"आचार्य! हम भारी विपत्ति में हैं।" डरा-सहमा प्रत्यूष अटकते शब्दों से

बोला, "वो शोण..."

"अब क्या नया उत्पात मचाया है उसने?" आचार्य की धड़कनें बढ़ गईं।

डरते-सहमते जैसे-तैसे दोनों ने साहस जुटाकर आचार्य को पूरी घटना बताई।

आचार्य अवाक रह गए। तीव्र सिहरन उनके बदन में थिरक गई। तनाव और घबराहट से चेहरा पसीने से भीग गया। उचित-अनुचित का निर्णय लेने में कुछ देर वह पशोपेश में रहे। क्या करें? किसकी सहायता लें? अब तक शोण अपने साथियों के साथ वन में दूर निकल गया होगा। कदाचित यादव सैनिकों से उसकी भिड़ंत भी हो गई हो। सैनिकों ने उन्हें बंदी तो नहीं बना लिया? यादव घुड़सवारों पर हमला मथुरा पर हमला माना जाएगा और शोण को राजद्रोह में मृत्युदंड मिलेगा। उसकी भूल विसर्पियों पर भी भारी पड़ेगी। यदि उनके हाथों किसी यादव सैनिक का हत हुआ तो यादव सेना का क्रोध विसर्पियों की बस्तियों पर भी टूट सकता है। हो सकता है अभी तक शोण और उसके साथी यादवों के हाथों...

सभी संभावनाएँ गंभीर थीं और कुछ कदम उठाने के लिए आचार्य के पास समय और उपाय दोनों की कमी थी। बिना समय गँवाए वो प्रत्यूष और नचिक के साथ शाला से निकलकर विसर्पियों की बस्ती की तरफ भागे।

अध्याय 10

गुणक का अनुसरण करते हुए शोण, हेतल और भौमिक वन में बढ़ते हुए बस्ती से दूर निकल आए थे। यादव घुड़सवारों का अब तक कोई सुराग नहीं मिला था। जंगली झाड़ियों से ढँकी धरती पर घोड़ों के खुरों के चिह्न ढूँढ़ना सहज नहीं था।

शोण शरण्या के लिए चिंतित और यादवों के न मिलने से हताश था। हेतल शरण्या के चूर्ण की पुड़ियों से भरी पोटली ले आया था, किंतु सशस्त्र यादवों से टकराव की स्थिति में चूर्ण जाने कितने कारगर सिद्ध होंगे। अमेय अभी तक रस्सी और कंटक लेकर नहीं आया था। पता नहीं वो मार्ग भटक गया, बस्तीवालों ने उसे रोक लिया या फिर वो बस्तीवालों को साथ ला रहा था।

सौभालिक काका कैसे होंगे? क्या प्रत्यूष और नचिक आचार्य और नगर रक्षकों को लेकर विसर्पियों की बस्ती पहुँच पाए? क्या आचार्य विसर्पियों का क्रोध शांत कर पाए या वे अभी भी यादव का हत करने की ताक में हैं?

"तुम्हें विश्वास है वे यहाँ से निकले हैं?" चिंता में भरे शोण ने गुणक से पूछा।

उत्तर में गुणक ने सामने झाड़ियों की तरफ संकेत किया। वहाँ की झाड़ियाँ आस-पास की अन्य झाड़ियों की तुलना में कहीं अधिक झुकी और दबी-कुचली थीं। कोई उन्हें रौंदकर गुजरा था। वे यादव थे या नहीं, कहना कठिन था।

तभी पीछे से पत्तों की सरसराहट हुई और झाड़ियों की आड़ से पसीने से लथपथ अमेय निकला। उसके कंधों पर जंगली बेलों से गुँथी अनेक मोटी और मजबूत रस्सियाँ लदी थीं और हाथ में जंगली कँटीली बेलों में गूँथा गया शोण का प्रिय कंटक था।

"सही समय पर आए, अमेय!" शोण ने अमेय के हाथ से कंटक लिया। उसके कंधों से रस्सियाँ उतारकर सभी ने बाँट लीं।

"उनकी कोई सूचना मिली ?" अमेय ने हाँफते हुए अपना पसीना पोंछा।

"नहीं! पर प्रतीत होता है वे इसी मार्ग से गए हैं।" गुणक बोला।

"वे मथुरा तो नहीं पहुँच गए ?" अमेय ने अंदेशा जताया।

"वन में घोड़ों की गति सीमित रहती है इसलिए मेरा अनुमान है कि वे अभी मथुरा से कई कोस दूर होंगे।" गुणक बोला, "वे मथुरा जाकर अपने पाप का भांडा क्यों फोड़ेंगे ? उनके छुपने के लिए वन ही उत्तम स्थान है।"

"कहीं यादव सैनिकों ने उन्हें..." हेतल डरते-डरते बोला।

"...तो वचन देता हूँ कि इस वन से उन यादव सैनिकों के शव उठेंगे।" शोण ने क्रोध से अपने दाँत पीसते हुए हेतल को घूरा।

सभी सहम गए। शोण को इतना क्रोधित उन्होंने कभी नहीं देखा था। प्रतीत हो रहा था कि उसने यादव सैनिकों को दंडित करने की शपथ ली थी और शपथ पूरी कर ही उसे शांति मिलेगी।

सभी चुपचाप गुणक का अनुसरण करते हुए वन में बढ़ने लगे।

उन्हें आगे बढ़ते हुए कुछ ही समय बीता था कि आस-पास घोड़ों की हिनहिनाहट के साथ कुछ पुरुष स्वर सुनाई दिए।

शोण ने सभी को नीचे झुकने का संकेत किया। गुणक के साथ वह रेंगता हुआ स्वर की दिशा में बढ़ा और झाड़ियों की ओट से दूसरी तरफ झाँका।

शरण्या, प्रदोष और कौस्तुभ वहाँ रस्सियों से बँधे धरती पर पड़े थे। उनका मुँह वस्त्र ठूँसकर बंद किया हुआ था। राहत थी कि वो तीनों सुध में थे।

उनके आस-पास कई सैनिक एक बड़े घेरे में बैठे भोजन और मदिरा का आनंद लेते हुए हँसी-ठट्ठा कर रहे थे। वृक्षों से बँधे उनके घोड़ों पर उनके कवच, तलवारें, ढालें और बरछियाँ लदी थीं। कुल 11 सैनिक थे।

एक यादव की वेशभूषा बाकी सैनिकों से भिन्न थी। सभी उससे सम्मान से पेश आ रहे थे। कदाचित वो उनका नायक था।

"आखेट में आनंद न मिले तो आखेट कैसा ?" एक सैनिक मदिरा के मद में झूमते हुए बोला, "वन में जानवर यदि किसी को मारकर खा जाए तो किसे चिंता होगी ?"

"वन का आनंद मथुरा में कहाँ मिलेगा ?" निकट बैठे उसके साथी ने अपनी खीसें निपोरी।

"यह अनुचित और यादव सेना के मूल्यों के विपरीत है।" उनके एक साथी ने विरोध किया।

"तू मूल्यों की चिंता में क्यों मर रहा है?" नायक ने उसे डपटा। मदिरा के नशे से उसका बदन झूम रहा था। आँखें सुर्ख होकर चढ़ रही थीं, "हम यादव सैनिक हैं। हम निर्धारित करेंगे कि किसके साथ कैसा व्यवहार होना है।"

"इन्होंने हमें आश्रय दिया।" उस यादव सैनिक के चेहरे पर विवशता भरा विद्रोह था, "अपने आश्रयदाता का अहित करना न धर्मानुकूल है, न क्षत्रिय धर्म के अनुरूप है। उचित होगा कि हम इन्हें सुरक्षित विसर्पियों की बस्ती वापस ले जाएँ।"

"इन जानवरों के धर्म की चिंता छोड़ तू अपने आनंद की चिंता कर!" नायक उसे डपटते हुए बोला, "ऐसा अवसर पुनः प्राप्त नहीं होगा।"

"श्रीमान! इन्हें जाने दें। यह अनुचित है!" वह गिड़गिड़ाया।

"कायर!" क्रोधित नायक ने उसकी छाती पर जोरदार लात मार उसे धकेला, "तू यादवों के नाम पर कलंक है।"

पीड़ा से बिलबिलाते हुए उस सैनिक ने मदद के लिए अपने साथियों को देखा, पर वे तो मदिरा के नशे में चूर उस पर व्यंग्य कर रहे थे।

"तू इन विसर्पियों की मुक्ति चाहता है?" पात्र में भरी मदिरा गटककर नायक चीखा। उसकी आँखों में दुष्टता गहरा गई, "उसके लिए तुझे हमारे एक आदेश का पालन करना होगा। बोल, करेगा?"

"कैसा आदेश, श्रीमान?" उस सैनिक ने कातरता से पूछा।

नायक ने निकट पड़ी एक मोटी डाल उठाकर उसकी तरफ फेंकी।

"पता लगा इस विसर्पी की चमड़ी कितनी मोटी है।" नायक ने शरण्या की तरफ संकेत किया, "इसकी चमड़ी के हर हिस्से पर इस डाल की छाप होनी चाहिए!"

नायक का आदेश सुन उसके साथी अपनी जाँघों पर हाथ फेरते हुए शरण्या को देखते हुए भद्दे इशारे करने लगे।

"मनोरंजन प्रबंधन में हमारे नायक सर्वोत्तम हैं!" नशे में झूमते हुए एक यादव सैनिक बोला, "आज देखेंगे इन विसर्पियों का लहू कितना गाढ़ा है।"

"इस कोमल कली की सुगंध मुझे मदहोश कर रही है। इसकी शिराओं

में अवश्य मदिरा बहती है।" उसके साथी ने शरण्या को घूरा। "इसे कौन नहीं चखना चाहेगा?"

"मैं नायक का आदेश मानने से इनकार करता हूँ।" विरोधी यादव सैनिक का स्वर प्रखर हुआ, "किसी निर्दोष को प्रताड़ित करने के लिए मैं यादव सैन्य बल में सम्मिलित नहीं हुआ हूँ।"

"फिर तेरे जीवित रहने का कोई औचित्य नहीं है। मथुरा पहुँचकर सूचना दे देंगे कि मार्ग में विसर्पियों के हमले में तू मारा गया।" नायक ने अपना मदिरा पात्र यादव सैनिक के मुँह पर फेंका, "बाँधो इस भाँड को भी इन विसर्पियों के साथ!"

नायक के आदेश का तुरंत पालन हुआ। शीघ्र ही वो यादव सैनिक जंगली बेलों से बँधा प्रदोष और कौस्तुभ के निकट पड़ा था।

"विसर्पियों के दलाल!" नायक ने उसके मुँह पर थूका।

विवशता और अपमान में उस यादव सैनिक के आँसू निकल आए। उसने बंधक बने शरण्या, प्रदोष और कौस्तुभ को कातर दृष्टि से देखा, जैसे उनकी रक्षा करने में असमर्थ रहने पर उनसे क्षमा माँग रहा हो।

"श्रीमान! सुना है जरासंध के सेनानायक अपने सैनिकों के मनोरंजन के लिए मोटे मूल्य पर दासियों को क्रय करते हैं।" नायक के निकट बैठे सैनिक ने अपनी खीसें निपोरी, "इस विसर्पी दासी का कितना मोल मिलेगा?"

"पूर्णिमा के चंद्र जैसा इसका सुवर्ण मुख देखो!" उसका साथी अपने होंठों पर जीभ फेरते हुए शरण्या के बदन को अपनी दृष्टि से तोलते हुए बोला, "लंबे बाल, सुंदर नयन, चंचल और पतली कमर! ये तो मुख्य दासी बनने योग्य है!"

"तेरे बदन पर ये वस्त्र कहाँ से आए? अवश्य ही किसी आर्य से चुराए होंगे।" शरण्या को घूरते हुए उसने उसके मुँह में ठुँसा कपड़ा निकाल फेंका, "नायक आज्ञा हो तो जाँच करूँ?"

"चोरी की जाँच करने के लिए आज्ञा की क्या आवश्यकता है?" कहकर नायक क्रूरता से हँसा।

"मेरे निकट मत आना!" शरण्या गुस्से से चीखी।

"स्वर्ग की अप्सराओं जैसे नखरे हैं इसके!" उस सैनिक ने नीचे से मोटी शाखा उठाकर शरण्या पर वार किया।

शरण्या बचने के लिए दूसरी तरफ घूमी। इस प्रयास में शाखा उसके दाहिने

कंधे को छीलकर निकली। वह दर्द से बिलबिला गई।

"मुझे जीवित मत छोड़ना!" शरण्या यादव सैनिक को घूरते हुए क्रोध से चीखी, "वरना तुम जीवित नहीं बचोगे!"

क्रोध और अपमान से बिफरा सैनिक पुनः हरकत में आया और उसके हाथ में थमी शाखा ने पिछली बार से अधिक शक्ति और गति से शरण्या के बदन का संपर्क किया। शरण्या के कंधे की खाल उधड़ गई। लहू छलक पड़ा। उसने चीखते हुए उस सैनिक को क्रोध से घूरा।

"तुम लोग वहशी हो गए हो!" बंदी यादव सैनिक चीखा। उसने लेटे-लेटे ही शरण्या को प्रताड़ित करने वाले सैनिक के पैरों पर लात मारी, "छोड़ दो इन्हें!"

"बड़ा लगाव है तेरा इन विसर्पियों से! बड़ी पीड़ा हो रही है इनकी पीड़ा से तुझे!" मदिरा के नशे में धुत यादव ने बंदी सैनिक के सिर पर लात मारी, "रुक! पहले तेरी पीड़ा दूर करता हूँ।"

मदिरा के नशे में झूमते हुए उसने निकट पड़ा एक बड़ा पत्थर उठाया और चीखते हुए यादव सैनिक के सिर पर पटक दिया।

भयभीत बंधक की चीख और सिर दोनों उस पत्थर के नीचे कुचल गए। फटे सिर से रक्त और मांस के टुकड़े छितराकर आस-पास की झाड़ियों और वृक्षों से जा चिपके।

शरण्या, प्रदोष और कौस्तुभ भय से चीख उठे, किंतु उनकी चीख यादव सैनिकों के जोरदार हर्षोल्लास में दब गई।

अपने साथी को मारकर वह सैनिक शाखा उठाकर शरण्या की तरफ पुनः पलटा। बिना किसी चेतावनी के उसका हाथ हवा में घूमा और शाखा शरण्या के बदन को उधेड़ने लगी। अन्य सैनिकों के मुँह से अपशब्दों की संख्या और तीव्रता शरण्या के बदन पर पड़ती शाखा के आवाज के साथ बढ़ने लगी। शरण्या की चीखें उन्हें रोमांचित कर रही थीं।

शोण और गुणक ने अपनी उबकाई रोकी। इससे अधिक वे नहीं देख पाए। मदिरा और शक्ति में मदांध यादव सैनिक दुष्टता की सभी सीमाएँ लाँघ रहे थे। न उन्हें अपने पद की गरिमा का स्मरण था, न यादव संस्कारों का। ऐसे लोगों से दया की उम्मीद करना मूढ़ता थी।

दोनों रेंगते हुए अपने साथियों के पास लौटे। जो देखा, सभी को तुरत-फुरत

बताया।

"हमें शीघ्र उन्हें बचाना होगा। क्या हम बस्ती से सहायता लाएँ?" हेतल ने सुझाया।

"उसका समय नहीं है।" शोण बोला, "हो सकता है जब तक हम लौटें, यादव सैनिक तीनों को मार डालें या उन्हें लेकर कहीं और भाग जाएँ।"

"शोण उचित कह रहा है।" शरण्या की हालत देखकर गुणक भयभीत और चिंताग्रस्त था, "बस्ती से मदद लाने गए तो शायद हमारे पास बचाने के लिए कुछ न बचे। जो करना है हमें शीघ्र करना होगा।"

"क्या हम उन्हें समझाने का प्रयास करें?" अमेय ने सुझाया।

"जिन्होंने अपने साथी को नहीं छोड़ा वे हमारी बात क्यों मानेंगे?" गुणक बोला, "जाने वे शरण्या, प्रदोष और कौस्तुभ के साथ कैसा दुर्व्यवहार करेंगे!"

"हम उन्हें कुछ करने का अवसर नहीं देंगे।" शोण बोला।

"पर हम पाँच लोग 11 सशस्त्र सैनिकों से शरण्या, प्रदोष और कौस्तुभ को कैसे छुड़ाएँगे?" अमेय घबराया।

"हम वन की सहायता लेंगे!" शोण ने सुझाया, "तुम्हारे बनाए अस्त्र और शरण्या के विषैले चूर्ण हमारी मदद करेंगे।"

"हमने उन्हें आखेट के लिए बनाया है, सशस्त्र सैनिकों का प्रतिकार करने के लिए नहीं।" अमेय की बात में हिचक थी।

"आखेट ही करना है इन जानवरों का।" शोण अमेय की आँखों में झाँकते हुए बोला, "और कैसे करना है, सुनो!"

अध्याय 11

आचार्य को देख सौभालिक हाथ जोड़कर खड़े हुए। फिर झुककर अपनी हथेलियों के बीच मुँह छिपाकर फफक कर रो पड़े। उनके साथ खड़े विसर्पी आचार्य की उपस्थिति से असहज हुए। क्रोध और अपमान में बुझी सुगबुगाहट होने लगी।

सौभालिक को गले से लगाकर आचार्य ने उन्हें सहारा देकर बैठाया।

"आचार्य! किसी अनर्थ की चिंता से मेरे प्राण सूख रहे हैं।" अश्रुपूर्ण आँखों के साथ सौभालिक अटकते हुए बोले। चेहरा चोटिल और सूजा था। गले और हाथ-पाँव पर भी छोटी-मोटी चोटें थीं। देह से अधिक मन और आत्मा चोटिल थे, "शरण्या को कुछ हुआ तो मैं उसकी स्वर्गीय माँ को क्या उत्तर दूँगा?"

"प्रत्यूष और नचिक से उस दुर्भाग्यपूर्ण घटना के बारे में सुन चुका हूँ।" आचार्य ने सहानुभूति से उनके कंधे पर हाथ फेरा, "समझ नहीं आता एक इंसान दूसरे इंसान के प्रति इस प्रकार जानवरों जैसा बर्ताव कैसे कर सकता है।"

"आचार्य! उनका अपहरण हुए दो प्रहर व्यतीत हो चुके हैं। बस्ती के लोग उन्हें ढूँढ़ने निकले हैं, लेकिन अभी तक उनकी कोई सूचना नहीं है।" निकट खड़ा सौभालिक का संबंधी उतरे चेहरे से बोला, "न जाने तीनों बच्चे किस हाल में होंगे।"

"परमात्मा उनकी रक्षा करें!" आचार्य उन्हें ढाढ़स बँधाते हुए बोले, "यहाँ आते हुए मैंने सीमा रक्षकों को इस घटना के विषय में सूचित किया है। उनमें से कुछ हस्तिनापुर से निकली यादव घुड़सवार टुकड़ी को पहचानते हैं। वे सीमा रक्षकों के साथ वन में अपहृत विसर्पियों को ढूँढ़ने निकले हैं। एक टुकड़ी इस घटना की सूचना देने मथुरा गई है। उम्मीद है कि शीघ्र ही हमें शुभ समाचार प्राप्त होगा।"

"हे प्रभु! ऐसा ही हो!" सौभालिक हाथ जोड़ते हुए बोले, "यदि वह यादव घुड़सवार टुकड़ी मथुरा नहीं पहुँची तो?"

"यादव बल अपने घुड़सवारों को पहचान लेगा। यदि हस्तिनापुर के सीमा रक्षक उन्हें वन में ढूँढ़ने में असफल रहे तो यादव बल उन्हें ढूँढ़ लेगा।" आचार्य बोले।

"आचार्य! उन्हें वन में ढूँढ़ने गए शोण, गुणक, हेतल, भौमिक और अमेय भी अभी लौटे नहीं हैं।" सबर बोला।

आचार्य के चेहरे पर चिंता, भय, प्रसन्नता और गर्व मिश्रित कई भाव एक साथ तैर गए। इस गंभीर स्थिति में इस सूचना को सुनकर उनका मन विचलित हुआ, किंतु शीघ्र ऐसे शांत हो गया जैसे सब कुछ नियंत्रण में हो।

"वे उन्हें लिए बिना नहीं लौटेंगे!" आचार्य बुदबुदाए। बोलते हुए न उनके मन में कोई संदेह था, न शब्दों में।

"किंतु यादव घुड़सवार सशस्त्र हैं!" सौभालिक ने चिंता जताई।

"वे भी निहत्थे नहीं हैं!" सबर दृढ़ता से बोला, "उनके पास अमेय के अस्त्र और शरण्या द्वारा आविष्कृत चूर्ण हैं।"

"अब मुझे यादवों की चिंता होने लगी है।" आचार्य गंभीरता से बोले।

सौभालिक और सभी विसर्पी चौंककर आचार्य को ताकने लगे। इधर सभी विसर्पी बच्चों की चिंता में घुल रहे थे, उधर आचार्य को सशस्त्र यादव घुड़सवारों की चिंता सता रही थी। निहत्थे विसर्पी बालक सशस्त्र यादवों के लिए कैसे चुनौती होंगे? इस विकट स्थिति में आचार्य को उपहास सूझ रहा था, या वो अपना मानसिक संतुलन खो बैठे थे?

"इससे पहले कोई अनर्थ हो, हमें उन्हें ढूँढ़ना होगा।" सौभालिक घबराए, "वे यादवों से टकराए तो पूरी बस्ती पर विपत्ति आन पड़ेगी।"

"मैं जानता हूँ वे किस दिशा में गए हैं।" इतिश बोला।

"आप अकेले नहीं जाएँगे, काका! हम आपके साथ चलेंगे।" कई बस्ती वाले एक साथ बोल पड़े।

"आचार्य की प्रतीक्षा करने से उचित था कि हम उन्हें ढूँढ़ने निकल जाते। अनावश्यक इतना समय व्यय किया!" सौभालिक के पास खड़ा उनका संबंधी तुनकते हुए बोला।

"हम सभी का उन्हें ढूँढ़ने जाने जाना अनावश्यक है। यादव सैनिक और हस्तिनापुर से नगर रक्षक उन्हें ढूँढ़ते हुए बस्ती आ सकते हैं। संभवतः उनके साथ बच्चे भी हों। उनसे वार्तालाप करने के लिए बस्ती में कोई होना चाहिए।" आचार्य बोले, "कुछ लोग यहाँ रुकें। शेष वन में बच्चों को ढूँढ़ने चलें।"

सौभालिक ने सहमति जताई।

कुछ लोग बस्ती में रुके, शेष आचार्य और सौभालिक के साथ बच्चों को ढूँढ़ने वन में निकले। जिसे जो मिला अपनी सुरक्षा के लिए उसे लेकर चल पड़ा। किसी ने कुल्हाड़ी, कुदाल और फावड़ा उठाया, तो किसी ने छैनी और हथौड़ी। कई अपने हल उठाकर चल पड़े।

इतिश और सबर के साथ प्रत्यूष और नचिक सभी की अगुआई करते हुए चलने लगे।

अध्याय 12

वृक्ष की शाखाओं पर पत्तों की आड़ में छुपे बैठे अमेय, गुणक और भौमिक ने देखा कि हेतल ने अपनी पोटली से पुड़िया निकाली और उसमें भरा चूर्ण सैनिकों की तरफ फेंका। उसमें से मटमैला गुबार हवा में तैर गया। यादव सैनिक सुरक्षित अपने स्थानों पर बैठे रहे, किंतु हेतल के निकट कंटक थामे बैठा शोण अपना मुँह हाथ से ढँककर झुक गया।

"ये क्या था ?" उस चूर्ण की तीव्र दुर्गंध से शोण की उबकाई छूट गई। लगा जैसे निकट कोई शव सड़ रहा हो।

हेतल खिसिया गया। दुर्गंध से विचलित होकर उसने भी अपना मुँह और नाक ढँक ली। उसने शोण की योजनानुसार यादव सैनिकों पर शरण्या के विषैले चूर्ण से हमला किया था, किंतु हमले का परिणाम उसकी उम्मीदों के विपरीत रहा तो उसका क्या दोष ? बस्ती से चलते समय उसने शरण्या के चूर्णों को पहचानने का दावा किया था। अब शोण से कैसे कहे कि चूर्ण चुनने में वो चूक गया।

अपनी झेंप छुपाने के लिए वो शरण्या को कोसते हुए पोटली में रखी पुड़ियाँ टटोलने लगा। जाने कैसे चूर्ण बनाए थे उसने, समझ नहीं आ रहा था कि किस चूर्ण का क्या उपयोग है। उपयोग है भी, अथवा नहीं।

शोण का माथा ठनका। उसके मन में कोई शंका नहीं बची थी कि हेतल शरण्या के चूर्ण तो ले आया था, किंतु उनके उपयोग के बारे में वो ज्ञान-शून्य है। हेतल की बेवकूफी उलटे उन्हीं पर भारी पड़ सकती थी। उससे मदद की उम्मीद व्यर्थ थी। उचित हुआ यह बात शीघ्र स्पष्ट हो गई। उसकी इच्छा हुई कि यादवों पर हमला करने से पूर्व कंटक से मार-मार कर हेतल को दोहरा कर दे।

हेतल के फेंके चूर्ण का बस इतना असर हुआ कि कुछ यादव उठकर दुर्गंध का कारण जानने के लिए आस-पास देखने लगे । जंगली घास की आड़ में छुपे

हेतल और आस-पास के वृक्षों पर चढ़े अमेय, गुणक और भौमिक पर उनकी दृष्टि नहीं पड़ी।

शोण ने कमरबंद से कुछ पत्थर निकालकर एक हाथ में पकड़े, दूसरा हाथ कंटक पर कसा। यादवों पर पत्थर बरसाते हुए वो जंगली घास की आड़ से निकलकर उनकी तरफ भागा।

शोण की तरफ पीठ किए बैठा सैनिक उसकी आवाज सुनकर जैसे ही पलटा, शोण के फेंके पत्थर ने उसकी खोपड़ी फोड़ दी। दूसरे पत्थर ने उसके साथी की नाक की हड्डी तोड़ डाली। दोनों लहूलुहान हो वहीं ढेर हो गए।

वृक्ष पर घात लगाए बैठे अमेय, गुणक और भौमिक के हाथों से अनेक फंदे हवा में लहराए और शेष सैनिकों के ऊपर बरस पड़े। सैनिकों के उन फंदों में फँसते ही उन्होंने उन्हें खींचकर ऊपर उठा लिया। कई सैनिक फंदों में फँसकर हवा में झूल गए। कोई अपनी गर्दन और फंदे के बीच हाथ फँसाकर अपनी रुकती साँसों से जूझने लगा, तो कोई हवा में उलटा लटके अपने पैर पर बँधे फंदे को निकालने की कोशिश करने लगा। वे जितना छूटने का प्रयास कर रहे थे, फंदे उतने उन पर कसते गए। छूटने की आपाधापी में उनके प्राण दूभर होने लगे। कुछ फंदों में लटके बेसुध हो गए।

मदिरा के नशे में धुत नीचे बैठे अन्य सैनिक समझ नहीं पाए कि यकायक उनके साथी हवा में उलटे कैसे लटक गए। स्थिति भाँपकर वे सँभले। वृक्षों पर तैनात अमेय, गुणक और भौमिक को पकड़ने के लिए उन्हें खासी मेहनत करनी पड़ती, पर नीचे खड़ा शोण उनका सहज शिकार था।

"ठहर उत्पाती!" कुछ यादव शोण को पकड़ने के लिए उसकी तरफ बढ़े।

उनसे शिकार चुनने में भूल हुई। सोच रहे थे कि उन्हें आते देख शोण डरकर भाग खड़ा होगा, पर वो अपना कंटक लहराते हुए उन पर टूट पड़ा। चपलता से डंडे का संचालन करते हुए उसने यादवों पर घातक वार किए। किसी का सिर फूटा, किसी की हड्डियाँ टूटी। कई डंडे पर लगी कंटीली झाड़ियों से जख्मी हुए। एक तरफ शोण उन्हें उलझाए था, दूसरी तरफ वृक्ष से ताबड़तोड़ पत्थर बरसाते हुए अमेय, गुणक, और भौमिक यादवों का काल बने थे।

यादवों से घिरे शोण ने अपनी कलाइयों को हल्का झटका दिया और कंटक से बँधी कँटीली झाड़ियाँ नाग फनों की तरफ फुफकारते हुए फैल गईं। साँय-साँय

की डरावनी ध्वनि करती हवा में कँटीले चक्र की भाँति घूमते हुए शोण का कंटक यादवों की खाल उधेड़ने लगा।

सैनिक हतप्रभ थे। वृक्ष से बरसते फंदे और पत्थर उन्हें बंदी और घायल कर रहे थे, तो कँटीली झाड़ियों से उनकी खाल उधड़ रही थी। वे शोण से बचाव करें, पत्थरों और फंदों से बचें, या अपने बदन से काँटे निकालें। कई सैनिक दर्द से बिलबिला कर गिर पड़े। कुछ हड़बड़ाहट में अमेय, गुणक और भौमिक के फेंके फंदों में उलझकर हवा में तैर गए। शेष गिने-चुने सैनिक शोण से लोहा ले रहे थे।

यादव नायक ने अपना सिर पीटा। मदिरा के नशे में चूर उसके बेवकूफ साथी अपने अस्त्र-शस्त्र भूलकर निहत्थे ही उन विसर्पी बालकों से उलझे हुए थे।

"इन दुष्ट विसर्पियों को पकड़ो!" यादव नायक चीखा।

नायक का आदेश सुनकर सैनिक सँभले। मदिरा के नशे और अफरातफरी में वे अपने अस्त्र-शस्त्र भी नहीं ढूँढ़ पाए। जैसे-तैसे अपनी ढालें उठाईं और उसकी आड़ में शोण के डंडे और कँटीली झाड़ियों के वार से बचते-बचाते वे उसकी तरफ बढ़े और उसे घेर लिया।

शोण को यादव सैनिकों से घिरा देख हेतल झाड़ी से निकला। उसने कुछ सैनिकों को धक्का देकर शोण से दूर हटाया और हड़बड़ाते हुए अपनी पोटली से चूर्ण की पुड़िया निकालकर उन्हें उन पर फेंकने लगा।

यादव हेतल की हरकतों को देख हँसने लगे। आँखें मूँदे, हाथ-पैर मारते हुए वो विदूषक की भाँति अनर्गल बड़बड़ाता हुआ अपनी पोटली से कुछ पुड़िया निकालकर उसमें भरा चूर्ण यहाँ-वहाँ फेंक रहा था।

अनजाने में सही, हेतल की बेवकूफी में यादव सैनिक उलझ गए। कुछ दुबले-पतले विसर्पी बच्चों से विशेष संकट न महसूस कर वे इसे क्रीड़ा समझकर इसका आनंद उठाने लगे थे। कदाचित मदिरा मद से कुंठित सोच ने उन्हें अपने ऊपर आए संकट का भान नहीं होने दिया था। न उन्होंने बदन पर कवच चढ़ाए थे, न अस्त्र-शस्त्र उठाए थे। कुछ निहत्थे, कुछ ढाल उठाए शोण से उलझे थे। हेतल ने अपनी हरकतों से यादवों को विश्वास दिला दिया कि उनके सामने कोई गंभीर चुनौती नहीं है।

किंतु भिड़ंत लंबी खिंचने पर यादव सैनिकों को लाभ होता। अमेय के सभी फंदे उपयोग में आ गए थे। गुणक और भौमिक के पास भी इक्का-दुक्का फंदे

बचे थे। सभी के पास रखे पत्थर भी समाप्त हो रहे थे। वृक्ष से उतरकर पत्थर एकत्र करने का समय नहीं था। वृक्ष पर चढ़े रहकर वे सैनिकों से कुछ समय के लिए ही सुरक्षित रह सकते थे। इस स्थिति में वे शोण की अधिक मदद नहीं कर सकते थे। शोण कंटक की मदद से सैनिकों से अकेले लड़ते हुए तेजी से थक रहा था। यदि यादव सैनिक अपने हथियार उठा लेते तो उनका सामना करना सभी के लिए दुष्कर हो जाता।

यादव नायक अपने साथियों से दूर सुरक्षित खड़ा था। उसे विश्वास था कि सुप्रशिक्षित सैनिक हमलावरों को सरलता से धर दबोचेंगे। अमेय को यादव सैनिकों को बड़ा झटका देने के लिए यही उचित समय लगा। उसने गुणक और भौमिक को संकेत किया। तीनों वृक्ष से कूदे और अपने डंडे लहराते हुए सैनिकों पर पीछे से टूट पड़े।

हेतल की क्रीड़ाओं का आनंद लेते सैनिक इस औचक आक्रमण के लिए तैयार नहीं थे। इधर गुणक और भौमिक ने डंडों से वार करते हुए उनका घेरा कमजोर किया और उधर शोण दुगने जोश से अपना कंटक लहराता हुआ उन पर टूट पड़ा।

"देख क्या रहे हो मूर्खों?" यादव नायक क्रोध से चीखा, "इन्हें जीवित मत छोड़ना!"

नायक का ध्यान भटकने का अमेय ने लाभ उठाया। वो शरण्या, प्रदोष और कौस्तुभ की तरफ दौड़ा, किंतु बीच में नायक ने उस पर तलवार से वार किया। अमेय फुर्ती से झुककर वार से बचा, किंतु अगले पल नायक ने उसके मुँह पर शक्तिशाली प्रहार कर उसे मूर्छित कर दिया।

क्रोध से भरा नायक अपनी तलवार उठाए उसे मारने के लिए लपका, लेकिन तब तक गुणक और भौमिक मूर्छित अमेय को देख चुके थे। दोनों ने कंटक घुमाकर कँटीली बेलें नायक के पैरों का लक्ष्य करके फैलाई। बेलें नायक के पैरों में पूरी तरह नहीं उलझी, किंतु इतनी अवश्य उलझी कि उसके पैर हवा में उठ गए। उसके सँभलने से पूर्व गुणक ने कंटक को झटका देकर नायक को धक्का दिया।

कँटीली बेलों में उलझा नायक गुणक के साथ औंधे मुँह नीचे गिरा। तलवार उसके हाथ से छिटक गई। उसके गिरते ही गुणक ने उसकी पीठ पर चढ़कर

उसे दबाया और भौमिक ने तत्परता से नायक के हाथ-पैरों को जंगली बेलों से बाँध दिया।

अमेय की मूर्छा छँटी। देखा गुणक और भौमिक यादव नायक को दबोच चुके थे। बाकी यादव सैनिक शोण और हेतल से उलझे हुए थे। वो रेंगते हुए शरण्या, प्रदोष, और कौस्तुभ के पास पहुँचा और उन्हें बंधन-मुक्त किया।

सभी ने यादवों के अस्त्र-शस्त्र एकत्र कर उन्हें बेलों से बाँधकर कुछ घोड़ों की पीठ पर लादा और उन्हें खूँटों से खोलकर भगा दिया।

"बस्ती से मदद लेकर तुरंत लौटो।" अमेय ने शरण्या, प्रदोष और कौस्तुभ को एक घोड़े पर बैठाया, "इन्हें हम सँभाल लेंगे।"

अमेय को गुस्से से घूरते हुए शरण्या घोड़े से उतरी।

"अब क्या?" अमेय ने अचरज से पूछा।

"वो मूर्ख हेतल मेरे चूर्ण नष्ट कर देगा।" शरण्या तुनकते हुए बोली, "मैं यहाँ रुककर चूर्ण का सदुपयोग करूँगी। बस्ती से मदद लाने के लिए प्रदोष और कौस्तुभ पर्याप्त हैं।"

"तुम्हारी हालत!" अमेय अचरज से बोला। शरण्या के वस्त्र अस्त-व्यस्त और उधड़े थे। बदन पर शाखा से पड़ी चोटों के ताजे चिह्न थे।

किंतु शरण्या उसकी बात सुनने के लिए वहाँ कहाँ थी। वो भागकर हेतल के पास पहुँच गई थी। अमेय अवाक खड़ा शरण्या के विषय में सोच रहा था कि तभी प्रदोष और कौस्तुभ भी घोड़े से नीचे कूद पड़े।

"तुम्हें क्या हुआ?" अमेय ने झुँझलाते हुए पूछा।

"हम सभी साथ ही बस्ती लौटेंगे।" घोड़े को वृक्ष से बाँध वे दोनों शरण्या के पीछे भागे।

"शोण और उसकी योजना!" अमेय खीजते हुए उनके पीछे भागा, "यहाँ सभी अपने मन के स्वामी हैं। ठीक है! जिसे जो समझ में आए करो।"

शरण्या भागकर हेतल के पास पहुँची। उसके हाथ से पोटली छीनकर उसने अपनी कमर में बाँध ली।

"अब होगा बराबरी का मुकाबला!" शरण्या को देख हेतल खुशी से चीखा।

"तुझसे मैं बाद में निपटती हूँ!" शरण्या ने हेतल को घूरकर अपनी पोटली में झाँका, "पहले इन दुष्ट यादवों का मनोरंजन हो जाए।"

पोटली से कुछ पुड़िया निकालकर वो शोण के पास पहुँची और उसे खींचकर यादवों से दूर किया। फिर उसने पुड़िया में भरा चूर्ण यादवों के ऊपर उछाल फेंका।

यादवों को लगा उनके ऊपर धूल गिरी हो। अपने बदन पर उन्हें असंख्य चींटियाँ रेंगती लगीं, फिर वे अपना चेहरा खुजलाने लगें। धीरे-धीरे खुजली बढ़ते हुए उनकी गर्दन और छाती तक फैल गई।

शीघ्र वे लड़ना भूलकर अपना बदन खुजलाने लगे। खुजलाते हुए उनके चेहरे सूजने लगे। त्वचा पर लाल चकते उभर आए। शीघ्र खुजली इतनी तीव्र हो गई कि त्वचा चीरकर मांस और हड्डियों तक पहुँचने लगी। खुजली से परेशान यादव अपने बदन आपस में रगड़ने लगे। ऐसे भी चैन नहीं मिला तो वे वृक्षों से अपने बदन रगड़ने लगे। शोण की कँटीली झाड़ियों और कंटक के वार से दोहरे हो रहे यादवों के लिए शरण्या का चूर्ण कोढ़ में खाज साबित हुआ।

"आत्मसमर्पण, अथवा दुर्गति!" अमेय ने नायक के मुँह पर कंटक रख चेताया।

नायक की सारी हेकड़ी धूल चाट चुकी थी। यकीन नहीं हो रहा था कि युद्ध-कला में प्रवीण होते हुए भी वह मुट्ठी भर दुबले-पतले निहत्थे विसर्पियों का बंधक बना था। उसके साथी जख्मी थे। कुछ फंदों में फँसे हवा में झूल रहे थे, शेष विक्षिप्तों की तरह अपने बदन की खाल उधेड़ रहे थे। न उनके पास रक्षा के लिए अस्त्र-शस्त्र थे, न घोड़े जिन पर सवार होकर वे भाग पाते। सभी को अपने प्राणों की चिंता थी। न बंदी नायक उनकी मदद करने की अवस्था में था, और न वे सैनिक अपने नायक की मदद की स्थिति में थे।

अमेय की बात मानने में नायक को भलाई लगी। अपना बदन ढीला छोड़ वो वहीं लुढ़क गया।

प्रदोष और कौस्तुभ दौड़कर अपने साथियों के गले मिले। प्रसन्नता से सभी की आँखें भर आईं। सभी ने हवा में जंगली बेलों से झूल रहे सैनिकों को उतारकर उन्हीं बेलों से उनके हाथ-पाँव बाँधे। घोड़ों पर रखे वस्त्रों से शरण्या ने अपना बदन ढँका।

"तुमसे डर लगने लगा है!" शोण शरण्या की पीठ थपथपाते हुए बोला।

"लगना भी चाहिए!" शरण्या आँखों में शोण के प्रति कृतज्ञता लिए मुस्कुराई,

"तुम मेरे लिए आए?"

"गुरु भाई-बहन की रक्षा के वचन कैसे विमुख होता?" शोण ने उत्तर दिया, "क्षमा करना! आने में तनिक विलंब हो गया।"

"नहीं!" शरण्या मुस्कुराई, "तुम सही समय पर आए।"

"तुम कौन हो? हमने तुम्हारा क्या अहित किया है?" बंधक नायक उखड़े स्वर में बोला।

"तुम इस कन्या और इसके भाइयों के अपहरण के दोषी हो।" शोण कड़ाई से बोला।

"तुम तो आर्य लगते हो। इस विसर्पी कन्या में तुम्हारी रुचि है तो तुम ले जाओ!" यादव नायक ढिठाई से बोला, "कहते तो मथुरा से और रूपसी कन्याएँ तुम्हारी सेवा में भेज देता। एक विसर्पी कन्या के लिए व्यर्थ का उत्पात करने की क्या आवश्यकता थी?"

"अपने दूषित विचार अपने भीतर रख, दुष्ट!" शोण ने डंडा नायक के मुँह पर मारा। रक्त-वमन करते हुए नायक दोहरा हो गया।

"तुम्हें भी हम अपने साथ लेकर जाएँगे।" हेतल इठलाते हुआ बोला, "अपनी शक्ति का बड़ा घमंड था तुम्हें। अब कहाँ भागोगे?"

"इनके पैर खोल दो। ये भागने लायक नहीं है।" शरण्या ने कटाक्ष किया, "इनकी खुजली का उपचार मात्र मेरे पास है।"

"उम्मीद है यह मनोरंजन तुम्हें जीवनपर्यंत स्मरण रहेगा।" शोण यादव नायक को घूरते हुए बोला, "वन में आखेट करने के लिए बल और साहस के साथ बुद्धि भी आवश्यक होती है।"

"क्षमा!" नायक गिड़गिड़ाया, "हमें मुक्त करें! आर्य धर्म में निहत्थे पर वार करना वर्जित है।"

"चुप रहो! अन्यथा मेरे पास चूर्ण की कमी नहीं है।" शरण्या ने चेतावनी दी।

नायक सहमकर चुप हो गया।

"इस दुष्ट और इसके साथियों को घोड़े पर लादकर बस्ती ले चलो। इनके दंड का निर्धारण सौभालिक काका करेंगे।" शोण बोला।

"और इसका?" हेतल ने सिर कुचले यादव सैनिक के शव की तरफ संकेत किया।

"अपने क्षत्रिय धर्म का पालन करने वाले इस वीर का शव सम्मानजनक अंतिम संस्कार का अधिकारी है।" शोण बोला, "इसके शव को घोड़े पर लादकर बस्ती ले चलो।"

"हम आपके बंधक हैं। आपकी शरण में हैं। इस खुजली से हमें मुक्त कीजिए।" यादव सैनिक वृक्ष की छाल से अपना बदन रगड़ते हुए गिड़गिड़ाए।

"हमारे साथ चलो, अथवा खुजलाते हुए यहीं प्राण त्याग दो।" कहकर अमेय ने नायक को घोड़े से बाँध दिया।

खुजली से व्यथित यादव वृक्षों से अपना बदन रगड़ते हुए धीरे-धीरे शोण के पीछे चलने लगे।

"कहा था न हम तुम्हें बचा लेंगे।" हेतल शरण्या को देखकर मुस्कुराया।

सभी ने हेतल को गुस्से से घूरा। इतना होने पर भी उसकी हेकड़ी कम नहीं हुई थी।

"जो चूर्ण तुमने बर्बाद किए हैं, वो तुमसे न बनवाए तो मेरा नाम भी शरण्या नहीं!" शरण्या ने हेतल के कान खींचे।

"विशेषकर वो दुर्गंध वाला चूर्ण!" शोण ने मुँह बनाया।

"वो चूर्ण नहीं था!" शरण्या खिलखिलाकर हँसी, "उसके बारे में जानोगे तो स्वयं से घिन होने लगेगी।"

हेतल अपनी होने वाली दुर्गति के बारे में सोचकर सिहर गया।

अध्याय 13

"ठहरो!"

उस तेज-तर्रार आवाज को सुन आचार्य, सौभालिक और साथ चल रहे विसर्पी रुके। देखा पीछे से कुछ कवचधारी सशस्त्र घुड़सवार उनकी तरफ आ रहे थे।

"तुम कौन हो?" इतिश ने तुनकते हुए पूछा।

"हस्तिनापुर से आई कौरव सीमा-रक्षक टुकड़ी। मैं इनका नायक हूँ।" घुड़सवार बोला, "तुम में से आचार्य रुद्रदेव कौन हैं?"

"मैं हूँ!" आचार्य उसके पास आए।

"आपने विसर्पियों के अपहरण की सूचना दी थी?" कौरव नायक ने पूछा, "हम विसर्पियों की बस्ती गए थे। ज्ञात हुआ कि आप वन की तरफ निकले हैं तो आपको ढूँढ़ते हुए यहाँ चले आए।"

"ढूँढ़ते तो चले आए, किंतु हमारे बच्चों की कोई सूचना भी लाए हो?" एक विसर्पी ने उखड़े स्वर में पूछा।

"ढूँढ़ तो रहे हैं! वे कोई जंगली घास-फूस तो हैं नहीं जिसे इच्छानुसार हाथ बढ़ाकर तोड़ लें।" कौरव नायक बिफरते हुए बोला, "वरना स्वयं ढूँढ़ लो। हमसे सहायता क्यों माँगते हो?"

"सहायता इन्होंने नहीं, मैंने माँगी थी।" आचार्य ने झगड़ा बढ़ने से रोका।

"आचार्य! आपको अकेले यहाँ नहीं आना चाहिए था। वन में दस्यु दल, नाग और मगध सैनिक विचरते रहते हैं।" कहते हुए कौरव नायक थमा और साथ खड़े विसर्पियों पर दृष्टिपात किया, "कोई भी आप पर हमला कर सकता है।"

"आप अपनी चिंता करें! मैं यहाँ सुरक्षित हूँ।" आचार्य बोले, "हम अपने बच्चों को लेकर ही लौटेंगे।"

“आचार्य! हम आपकी मदद के लिए आए हैं, किंतु आप सभी की सुरक्षा के लिए हमारे पास प्रबंध नहीं है।” कौरव नायक ने उन्हें समझाया, “मेरे साथी अपहृतों को ढूँढ़ रहे हैं। सूचना है कि मथुरा से यादव सैन्यबल भी उन्हें ढूँढ़ने निकल पड़ा है। उचित होगा आप सभी बस्ती लौट जाएँ।”

“नहीं!” आचार्य बोले, “हम विसर्पी बच्चों के साथ ही लौटेंगे।”

“आचार्य! मैं आपकी भावनाओं का सम्मान करता हूँ, किंतु वन में सभी विसर्पियों की सुरक्षा करने लायक मेरे पास बल नहीं है।” कौरव नायक ने विवशता जताई, “आप चाहते हैं कि हम अपहृत बच्चों को ढूँढ़ें तो तुरंत अपना हठ छोड़कर बस्ती लौट जाएँ। यदि आप बस्ती लौटना नहीं चाहते हैं तो मेरा निवेदन है कि आप यहाँ से अधिक दूर न जाएँ।”

आचार्य ने कुछ पल सोचा। कौरव नायक का कथन उचित लगा। अनावश्यक जिद से उनके साथ अनेक प्राण संकट में पड़ सकते हैं। इस समय उनका ध्यान अपहृत विसर्पियों को बस्ती में सुरक्षित लौटाने पर होना चाहिए, अनावश्यक विवाद में पड़ने पर नहीं।

“उचित है! आप हमारे बच्चों को ढूँढ़ने जाएँ। हम यही खड़े रहकर उनकी प्रतीक्षा करेंगे।” आचार्य नायक से बोले, “इससे हम दोनों के वचनों का मान रहेगा।”

“कुछ लोग इनके साथ रहो।” नायक ने अपने साथियों को आदेश दिया, “शेष मेरे साथ आओ।”

नायक अपने साथियों के साथ आगे बढ़ा कि वन के दूसरी तरफ से कुछ घुड़सवार आते दिखाए पड़े।

“तुम कौन हो?” कौरव नायक ने झल्लाते हुए पूछा।

“यादव सेनानायक कृतवर्मा के आदेश से हम हस्तिनापुर से निकले यादव घुड़सवारों को ढूँढ़ रहे हैं।” उन घुड़सवारों में से एक बोला, “मैं इस टुकड़ी का नायक हूँ।”

“हम भी उन्हें ही ढूँढ़ रहे हैं।” आचार्य बोले।

“और कोई रह गया है जिससे आपने मदद की गुहार लगाई हो?” कौरव नायक ने झुँझलाते हुए आचार्य से पूछा, “हम अपहृत विसर्पियों को ढूँढ़ने चलें या किसी और के आने की प्रतीक्षा करें?”

"वे मथुरा नहीं पहुँचे हैं। मथुरा को वन से जोड़ने वाले कुछ मार्गों की हम जाँच कर चुके हैं, किंतु वे कहीं नहीं मिले।" यादव नायक चिंता से बोला, "अवश्य ही वे वन में होंगे।"

"किंतु कहाँ?" कौरव नायक बोला, "इस वन का कोई ओर-छोर नहीं है। इसकी सीमाएँ अस्पष्ट हैं। वन में नाग, गरुड़, इंद्र, दानव और दस्युओं की भारी उपस्थिति है। पता नहीं कौन, कब, कहाँ से निकल आए। ऐसे में हम उन्हें कहाँ ढूँढ़ें? इस पूरे वन में उन्हें ढूँढ़ने के लिए हमारे पास बल और समय दोनों नहीं है।"

"हम हाथ पर हाथ धरे तो नहीं बैठ सकते हैं!" एक विसर्पी बोला, "हमें शीघ्रता करनी होगी। सूर्यास्त के पश्चात वन में उन्हें ढूँढ़ना दूभर होगा।"

"हमें जितने मार्ग ज्ञात थे हम छान चुके हैं। कई और यादव टुकड़ियाँ उन्हें ढूँढ़ रही हैं। उम्मीद है हमें शीघ्र कोई सूचना मिलेगी।" यादव नायक बोला।

"हम मथुरा जाने के कच्चे वन मार्गों में उन्हें तलाश सकते हैं।" इतिश ने सुझाया।

"प्रतीत होता है तुम इस वन के बारे में हमसे बेहतर जानते हो।" कौरव नायक बोला, "हमारा मार्गदर्शन करो।"

"आपकी मदद कर मुझे प्रसन्नता होगी।" इतिश बोला।

अध्याय 14

झाड़ियों में सरसराहट हुई। साथ ही कुछ कदमों की आहट आई। इतिश चौंकते हुए उस दिशा में बढ़ा। उसे अधिक दूर नहीं जाना पड़ा। उधर से घोड़ों की टापों के साथ कुछ मानव कदमों की आहट स्पष्ट सुनाई देने लगी।

कौरव घुड़सवार ने देखा, उधर से घोड़ों के साथ धीमी चाल से चलते हुए कई लोग उनकी दिशा में आ रहे थे।

"ये तो यादव नहीं लगते हैं।" कौरव घुड़सवार उन्हें देखता हुआ बोला, "वे थके और घायल हैं। उनके वस्त्र अस्तव्यस्त हैं। विक्षिप्तों की भाँति रह-रहकर स्वयं को वृक्षों से रगड़ रहे हैं। कुछ विसर्पी किशोर उन्हें खदेड़ते हुए ला रहे हैं। एक विसर्पी कन्या भी उनके साथ है। क्या आपने इनसे भी मदद की गुहार लगाई थी?"

"नहीं! ये वही हैं जिन्हें हम ढूँढ रहे हैं!" इतिश प्रसन्नता से चीखते हुए उधर भागा। उसके पीछे आचार्य, सौभालिक और शेष विसर्पी।

शरण्या, प्रदोष और कौस्तुभ के साथ शोण, अमेय, हेतल, गुणक और भौमिक को देख इतिश की खुशी का ठिकाना नहीं रहा।

"तुम इन्हें सुरक्षित लाने में कामयाब रहे, मित्र!" वह लपककर शोण से चिपक गया।

शरण्या को भींच कर सौभालिक की अश्रु-धारा बह चली। प्रदोष और कौस्तुभ के परिजन भी उन्हें गले लगाकर हर्ष से रो पड़े।

यादव और कौरव घुड़सवार सकपकाए से उन्हें देखते हुए मामला समझने का प्रयास कर रहे थे। वे सशस्त्र यादवों से विसर्पी बच्चों को छुड़ाने आए थे, किंतु यहाँ तो यादव विसर्पी बच्चों के बंधक बने थे। बंधक यादव नायक तो पहचाना जा रहा था, किंतु जंगली बेलों में जकड़े हुए उसके साथी सशस्त्र बल

कम, गरीब भिक्षुक अधिक लग रहे थे। लाल चकतों से भरे, खाल उधेड़े उनके जख्मी बदन को देखकर घिन आ रही थी। चेहरे सूजकर लाल हो रहे थे। कभी वृक्षों से, कभी आपस में, कभी जमीन में लोट लगाकर वे अपना बदन रगड़ रहे थे। उनकी दुर्गति देख रहा था कि उन्होंने विसर्पियों का अपहरण नहीं, विसर्पियों ने उनका आखेट किया गया था।

कौरव नायक के चेहरे पर कुटिल हँसी थिरक आई। ऐसे भीरु सैनिकों के दम पर यादव अपनी खोखली शक्ति का ढोल पीटते हैं।

"आपको पूरा विश्वास है कि ये ही आपके दोषी हैं?" कौरव नायक के प्रश्न में व्यंग्य मिश्रित था, "ये तो खड़े होने की स्थिति में भी नहीं हैं।"

"यह इनके पापों की सजा है। जो अपमान इन्होंने विसर्पियों का किया है, ये स्वयं भी उसी अपमान के भागी हैं।" शोण दृढ़ता से बोला।

"इनकी ये दुर्गति कैसे हुई?" अपने साथियों की दुर्दशा देख यादव नायक ने आश्चर्य से पूछा।

"हुई नहीं, हमने की है।" शरण्या बिफरी।

"तुमने!" यादव नायक चकराया, "किसने किसका अपहरण किया था?"

"ये विसर्पी हमारा मनोरंजन करने के बहाने हमारे साथ चले आए। अवसर देख इन्होंने छल से हमारे अस्त्र-शस्त्र छीनकर हमें बंदी बना लिया और हमसे मुद्राओं की माँग करने लगे। हमारे इनकार करने पर इन्होंने हमारे साथी का वध कर दिया।"

"क्या ये सच है?" यादव नायक ने कड़क आवाज से पूछा, "आचार्य! आप तो कह रहे थे कि यादवों ने विसर्पियों का अपहरण किया है, किंतु सारे विवाद की जड़ ये उद्दंड विसर्पी लगते हैं।"

"यह असत्य है!" सौभालिक ने उत्तर दिया, "सत्य यह कि इस नायक ने अपने साथियों के साथ विसर्पियों का अपहरण किया। अब पकड़े जाने पर ये अपना दोष विसर्पियों पर मढ़ रहा है।"

"हमने नहीं, इन्होंने अपने साथी का वध किया। हम तो मृत यादव सैनिक का शव सम्मानजनक अंतिम संस्कार के लिए अपने साथ लाए हैं!" शोण रोष से बोला।

"इन दुष्ट विसर्पियों की नीचता की कोई सीमा नहीं है!" बंदी यादव नायक क्रोध से चीखा, "इन्होंने हमारे साथी का वध कर हमें अकारण बंदी बनाया और

यादव शक्ति को चुनौती दी।"

"झूठे! दुष्ट!" कुछेक विसर्पी क्रोध से उफनते हुए बंधक नायक के पास आए, "तुझे जीवित रहने का अधिकार नहीं है।"

"ठहरो!" यादव नायक घोड़े से उतरा और अपनी तलवार लहराते हुए उसने बंधक यादवों को अपनी आड़ में लिया, "यहाँ उत्पात मत मचाओ। अपराधी और उसके दंड का निर्णय यादव सेनानायक करेंगे।"

"इन्होंने हमारे बच्चों का अपहरण किया है। ये हमारे दोषी हैं!" एक विसर्पी क्रोधवश बोला, "इन्हें हम दंड देंगे।"

"हमें यादव सेनानायक पर विश्वास नहीं है!" दूसरे विसर्पी ने उसका समर्थन किया, "वो यादवों का ही पक्ष लेंगे।"

"तुमने सुना नहीं? इनका न्याय यादव सेनानायक करेंगे। तब तक ये मेरी सुरक्षा में हैं।" यादव नायक अपनी तलवार म्यान से निकालकर कठोर स्वर में बोला।

"यदि न्याय हथियारों से होना है, तो हम भी पीछे नहीं हटेंगे।" विसर्पियों के बीच से कोई चीखा। कई आक्रोशित विसर्पी बंधक यादवों की तरफ बढ़े, "यह वन हस्तिनापुर और मथुरा की सीमा से परे है। इन दुष्ट यादवों का न्याय हम करेंगे।"

"यह वन हस्तिनापुर सीमा के निकट है। इसकी रक्षा का दायित्व हमारा है!" कौरव नायक ने अपनी तलवार म्यान से खींचकर निकाली और यादव नायक के गले से सटाई, "हमारे समक्ष अपनी शक्ति प्रदर्शन करने का दुस्साहस मत करना।"

"यादव कुरुओं को भी झुकाने का सामर्थ्य रखते हैं।" यादव नायक कड़क आवाज से बोला, "देखता हूँ, हमें यहाँ कौन रोकता है।"

"आप सभी संयम रखें!" मामला उलझता देख आचार्य बोले, "मुझे विश्वास है कि यादव सेनानायक इस घटना के सभी पक्षों पर विचार कर उचित निर्णय लेंगे। यदि उन्होंने इस मामले में कोई निर्णय लेने से इनकार किया तो हम यादव और कौरव राजसभा में न्याय की माँग करेंगे।"

"क्या यादवों ने हमारे बच्चों का अपहरण यादव और कौरव राजसभा से अनुमति लेकर किया था?" एक विसर्पी बिफरते हुए चीखा, "सभी नियम हम

पर क्यों लागू होते हैं? क्या व्यवस्था बनाए रखने का दायित्व मात्र हमारा है? इन दुष्ट आर्यों के सामने न्याय व्यवस्था पंगु क्यों हो जाती है? इनके लिए सभी नियम क्यों भुला दिए जाते हैं? जिस न्याय और व्यवस्था का इनके लिए मान नहीं, उसका मान हम क्यों करें? हम क्यों इनके अत्याचार सहें?"

"आपका विरोध उचित है, किंतु आचार्य का कथन न्यायसंगत है।" सौभालिक ने सभी को समझाया, "मुझे विश्वास है कि यादव सेनानायक हमें न्याय देंगे।"

"किस स्वप्न में विचर रहे हो, काका? यदि ये बच्चे साहसी नहीं होते तो यादव इन्हें जीवित नहीं छोड़ते।" दूसरा विसर्पी बोला, "न्याय माँगा नहीं, शक्ति से अर्जित किया जाता है। हमारे बच्चों ने वही किया। मैं कहता हूँ इन बंदी यादवों को यहीं मार डालो।"

"सावधान!" घने वृक्षों के बीच चेतावनी भरी तेज-तर्रार आवाज गूँजी, "यादव सेनानायक अपने अंगरक्षक बल के साथ उपस्थित हुए हैं।"

वृक्षों की आड़ से कई कवचधारी यादव घुड़सवार निकले और सभी को घेर लिया। उनकी संख्या और तैयारी देख प्रतीत हो रहा था जैसे वे किसी छोटे युद्ध के लिए आए हों। हाथों में चर्म से बने दस्ताने थे। घोड़ों पर धनुष, ढाल, तलवार, किरीट और विभिन्न प्रकार के अस्त्र-शस्त्र लदे थे।

उनके बीच से एक घुड़सवार निकला और घोड़े पर बैठे-बैठे उसने बंधक यादवों और विसर्पियों को देखा।

यादव और कौरव सैनिकों के हथियार झुक गए। यादव सेनानायक और उनके सशस्त्र अंगरक्षक बल की औचक उपस्थिति से सहमकर विसर्पी बंधक यादवों से दूर होने लगे। पल-भर में सारा विरोध और कोलाहल शांत हो गया।

अध्याय 15

आचार्य यादव सेनानायक कृतवर्मा को देखते ही पहचान गए। इतने वर्षों में उनकी कद-काठी अधिक सुदृढ़ हो गई थी। चेहरा भी पहले से अधिक कृष्ण-वर्ण और चोटों से भर गया था।

घोड़े से उतरकर उन्होंने बंधक यादव नायक और सैनिकों पर मानो अपनी दृष्टि से वज्रपात किया।

बंधक यादवों के प्राण हलक में आ लगे। यादव सेनानायक का अपने अंगरक्षक बल के साथ पधारना स्पष्ट संकेत था कि वो दोषी को कठोर दंड देने की मंशा से यहाँ उपस्थित हुए हैं।

कृतवर्मा टहलते हुए घोड़े पर लदे यादव सैनिक के शव के पास पहुँचे।

"प्रणाम, यादव श्रेष्ठ!" आचार्य हाथ जोड़कर बोले।

"कैसी विडंबना है, आचार्य।" कृतवर्मा गंभीर, भारी स्वर में बोले, "हमारी भेंट जीवन और मृत्यु के निर्णय से जुड़ी परिस्थितियों में क्यों होती है?"

"क्योंकि यही परिस्थितियाँ जीवन का असली मूल्य निर्धारित करती हैं।" आचार्य ने उत्तर दिया।

आचार्य को कृतवर्मा का व्यवहार कचोटा। आचार्य को पहचानकर भी उन्होंने उनके प्रणाम का उत्तर देने की साधारण औपचारिकता का निर्वाह भी नहीं किया। आचार्य से वो जैसे मन मारकर बात कर रहे थे। क्या वो आचार्य और उनके बीच के सामाजिक स्तर का अंतर दर्शा रहे थे? कि मूढ़ आचार्य! मैं सेनानायक हूँ। मेरे सामने झुको, मेरा सम्मान करो!

"श्रीमान! आपने स्वयं आने का कष्ट क्यों उठाया?" आचार्य के शब्दों पर इस बार औपचारिकता का भार था।

"घटना यादव टुकड़ी से जुड़ी थी, आचार्य! सेनानायक होने के नाते मुझे

भी इस घटना का दोष लगता है।" कृतवर्मा उखड़े स्वर से बोले, "मुझे बताया गया था कि यादव घुड़सवार टुकड़ी ने विसर्पियों का अपहरण किया है, किंतु..."

"हमें भी यही बताया गया था, श्रीमान!" कौरव नायक झिझकते हुए बोला, "हमने यही संदेश मथुरा प्रेषित किया था।"

"सूचना सत्यापित किए बिना तुमने उसे प्रेषित किया!" कृतवर्मा कौरव नायक को घूरते हुए सख्ती से बोले, "क्या कौरव सेना में साधारण सैन्य औपचारिकताओं का पालन करने योग्य अनुशासन भी शेष नहीं रहा?"

कौरव नायक ने अपना सिर झुका लिया।

"श्रीमान! विसर्पियों ने हमारे साथ छल किया है।" बंधक यादव नायक गिड़गिड़ाया, "हमारे साथी का वध कर ये हमें यहाँ बंधक बना कर ले आए हैं।"

"तुम्हें अपना पक्ष रखने का अवसर मिलेगा।" कृतवर्मा ने उसे क्रोध से घूरा।

"श्रीमान..." बंदी यादव नायक अपना वाक्य पूरा कर पाता उससे पूर्व कृतवर्मा ने उसकी छाती पर लात मारकर उसे नीचे गिरा दिया।

पीड़ा से बिलबिलाता बंदी यादव नायक समझ नहीं पाया कि सेनानायक कौरवों और इन म्लेच्छ विसर्पियों के समक्ष अपने सैनिकों पर क्यों क्रोधित हो रहे हैं। ऐसे तो यादव सेना उपहास का पात्र बन जाएगी।

"इन डेढ़-पसली, निहत्थे बालकों के समक्ष अपनी टुकड़ी के साथ समर्पण करने वाला यादव नायक पद के लिए अयोग्य है।" कृतवर्मा क्रोध से उफने।

खुजली से दूभर हो चले बंदी यादव सैनिक सहम गए। सेनानायक की उपस्थिति से उनमें उम्मीद जागी थी कि वह उनकी हालत देखकर उन्हें मुक्त कराएँगे और विसर्पियों को उनके दुस्साहस के लिए दंडित करेंगे। किंतु यहाँ तो पासा ही उलटा पड़ गया था। स्वयं को कोसते हुए सभी सोच रहे थे कि किस दुर्बुद्धि के उकसावे में आकर उन्होंने विसर्पियों का अपहरण किया। अपहरण किया भी तो वन में क्यों रहे, विसर्पियों को लेकर मथुरा और हस्तिनापुर की सीमा से दूर किसी दूसरे प्रदेश क्यों नहीं भाग गए। वहाँ होते तो ये विसर्पी और यादव सेनानायक उन्हें इतनी सुविधा से नहीं ढूँढ़ पाते।

यदि भाग नहीं सकते थे तो अपहृत विसर्पियों को मार डालते। न ये जीवित रहते और न इनके अपहरण का कोई साक्ष्य बचता। रही बात इनके परिवारजनों की तो इन म्लेच्छों के पास कोई साक्ष्य नहीं था कि विसर्पी बच्चों का अपहरण

यादव सैनिकों ने किया है। वे अपना सिर पटक-पटक कर मर जाते, पर उनकी कोई नहीं सुनता।

यादव सेनानायक के यहाँ आने से मामला दबाने का अवसर उनके हाथ से जाता रहा था। विसर्पियों के बंधक बनने से उत्तम था कि वे उनसे लड़ते हुए अपने प्राण त्याग देते। जान पर मुसीबत बनी खुजली से भी बचते और सेनानायक के समक्ष इस सार्वजनिक अपमान से भी।

"श्रीमान! इनसे दूर रहें!" शरण्या ने कृतवर्मा को बंदी यादवों के पास जाने से रोका, "ये संक्रमित हैं। इनके संपर्क से आप भी संक्रमित होंगे।"

अपनी पोटली से एक पुड़िया निकालकर शरण्या ने उसमें भरा चूर्ण खुजली से व्यथित बंधक यादवों पर उछाला।

खुजली से राहत मिली तो बंधक यादवों को अपनी सुध आई। वृक्षों से बदन रगड़ते हुए उनके वस्त्र चीथड़े हो गए थे। लज्जित हुए वे घोड़ों और अस्त्र-शस्त्रों की आड़ में स्वयं को छुपाने लगे।

कृतवर्मा की हैरानी बढ़ गई। जिन प्रशिक्षित यादव सैनिकों के युद्ध कौशल से शक्तिशाली मगध भी भयभीत रहते हैं, जिन्होंने अपने शौर्य की अनगिनत गाथाएँ लिखी हैं, उन्हें विसर्पी बच्चों ने भीगी बिल्ली बना दिया था।

"इन्हें किसने बंदी बनाया?" कृतवर्मा ने कड़ककर पूछा।

अमेय, गुणक, हेतल, भौमिक, प्रत्यूष, नचिक, इतिश, सबर, प्रदोष और कौस्तुभ हक्के-बक्के खड़े थे। अपने साथियों के साथ सुरक्षित लौटने की प्रसन्नता उनके चेहरों से उड़ गई थी। न्याय की गुहार लगाना भूलकर उनके सिर दंड के भय से झुक गए थे।

उनकी मनोदशा शोण से छुपी नहीं थी। विसर्पियों और यादवों का आत्मसम्मान दाँव पर लगा था। दोनों पक्षों में से कोई भी झुकने के लिए तैयार नहीं था। भावनाओं के तेज प्रवाह में समस्त तर्क बह गए थे। उचित-अनुचित का निर्णय लेकर दोषी को दंडित करना टेढ़ी खीर थी। यादव सेनानायक का क्रोध उफान पर था। यादवों को बंधक बनाने वाले को वो दंडित करेंगे। ऐसे में कौन उन्हें उत्तर देकर बला अपने सिर लेता।

"श्रीमान! आपका दोषी मैं हूँ!" शोण कृतवर्मा के समक्ष सिर झुका लिया।

शोण को देख कृतवर्मा की स्मृतियों से एक धुँधला चेहरा झाँका। याद करने

का बहुतेरा प्रयास किया, पर वो चेहरा अस्पष्ट और अपरिचित रहा।

"ये सब तुमने अकेले किया या अपने साथियों के सहयोग से?" कृतवर्मा ने प्रश्न दागा।

"उन्हें सहयोग देने के लिए मैंने विवश किया था।" शोण धीरे से बोला, "पूरी घटना का दोषी मैं हूँ।"

"तुमने यादव सैनिकों पर हमला क्यों किया?" कृतवर्मा ने पूछा।

"अपने भाई-बहनों को उनसे छुड़ाने के लिए।" शोण ने उत्तर दिया।

"तुम्हारे भाई-बहन?" कृतवर्मा चौंके, "तुम विसर्पी हो?"

"नहीं, आर्य हूँ!" शोण बोला।

"फिर विसर्पी तुम्हारे भाई-बहन कैसे हुए?"

"रिश्ते रक्त से नहीं, मन से होते हैं।" शोण धीरे से बोला, "मैंने एक सच्चे आर्य की भाँति रिश्ते निभाते हुए सत्य का साथ दिया। सत्य किस रूप में प्रकट हुआ उस पर ध्यान नहीं दिया।"

"इन कीड़े-मकोड़े विसर्पियों के लिए तुमने अपने प्राण दाँव पर लगा दिए? यादव सैनिक का वध किया?" कृतवर्मा ने पूछा।

"आप जिन्हें कीड़ा-मकोड़ा कहते हैं, मैं उन्हें अपना परिवार मानता हूँ। उनकी रक्षा के लिए अपने प्राण भी दे सकता हूँ।" शोण दृढ़ता से बोला, "जरासंध भी यादवों को कीड़ा-मकोड़ा समझता है। वह यादवों को इस पृथ्वी से मिटाना चाहता है। क्या उसकी समझ और शक्ति यादवों को अपनी रक्षा करने से रोक पाई? शक्ति के दंभ का देर-सबेर टूटना निश्चित है, किंतु शक्ति से डरकर अन्याय सहना मौत से भी बदतर है।"

"भूलो मत कि तुम्हारे हाथ यादव सैनिक के लहू से सने हैं।" कृतवर्मा बोले।

"हमने धर्मानुसार मात्र अपनी रक्षा की। हम इन्हें मारने की इच्छा रखते तो इनमें से कोई भी जीवित नहीं बचता। यादव सैनिक का वध हमने नहीं, इसके साथियों ने किया है। हम तो उसका शव सम्मानजनक अंतिम क्रिया हेतु लाए हैं।" शोण दृढ़ता से बोला।

"क्या तुम्हारे आचार्य ने तुम्हें नहीं सिखाया कि न्याय मात्र शक्तिशाली कर सकता है?" कृतवर्मा अपनी तलवार पर हाथ फेरते हुए हँसे।

"मेरे आचार्य ने मुझे सिखाया है कि वीर की वीरता उसके अस्त्र-शस्त्र के ज्ञान में नहीं, अपितु उसकी संकल्प-शक्ति में होती है। अपने आदर्शों के लिए प्राण दाँव पर लगाने वाला, अपनी विद्या का सदुपयोग कर अपने आदर्शों के लिए निहत्था भी अंतिम साँस तक लड़ता रहने वाला वीर होता है।" शोण ने ताना मारा, "वीरता के दंभ में अपने आदर्श भूलने वाला तो कायर होता है।"

कृतवर्मा ने देखा शोण निडर था। न उसकी आवाज भय से काँप रही थी, न उसकी दृष्टि झुक रही थी। बोल रहा था तो कृतवर्मा से आँखें मिलाते हुए। मुँह से निकल रहा प्रत्येक वाक्य सत्य से ओतप्रोत, आत्मा से निकलता लग रहा था। हर वाक्य निश्छल सत्य से प्रेरित, निर्भीक और दृढ़। कृतवर्मा ने बंदी यादव नायक को आँखों के संकेत से खड़ा होने का आदेश दिया।

"तो इन्होंने तुम्हें छल से बंदी बनाया है?" कृतवर्मा ने पूछा।

"मैं सेनानायक के समक्ष असत्य बोलने का साहस कैसे कर सकता हूँ?" बंदी नायक अपनी वाणी में मधुरता घोलते हुए बोला। सेनानायक के सहयोग से उसकी हिम्मत बँध गई थी।

"प्रमाणित करो!" कृतवर्मा का चेहरा कठोर हो चला।

बंदी नायक कृतवर्मा का चेहरा ताकते हुए खड़ा रहा। वो कैसे स्वयं को निर्दोष प्रमाणित करें?

"इसे मुक्त करो!" कृतवर्मा ने यादव सैनिकों को आदेश दिया।

कृतवर्मा के आदेश का तुरंत पालन हुआ। शीघ्र ही यादव नायक को जंगली बेलों के बंधन से मुक्त किया गया।

"तुम्हें यादव सम्मान की रक्षा करने का अवसर देता हूँ।" कृतवर्मा ने अपनी मंशा स्पष्ट की, "तुम्हें निःशस्त्र इस किशोर को द्वंद्व युद्ध में परास्त करना है।"

नायक की बाँछें खिल गईं। इस बित्ते भर के बालक को परास्त करना तो उसके बाएँ हाथ का खेल था। वन में वो मदिरा के मद में असावधान था, अन्यथा बस्ती के सभी विसर्पी मिलकर भी उसे परास्त नहीं कर पाते। बड़ी चतुराई से सेनानायक ने उसे अपने अपमान का बदला लेने का सुअवसर दिया था। इस अवसर से यादवों का मान सुरक्षित रहेगा और सेनानायक पक्षपात के दोषी भी नहीं होंगे।

विसर्पियों में सुगबुगाहट आरंभ हो गई। यादव सेनानायक से उन्हें न्याय की उम्मीद थी, किंतु वो दोषी का पक्ष ले रहे थे।

"महानायक! आप यादव नायक के अपराध का दंड शोण को दे रहे हैं!" सौभालिक बिफरते हुए बोले, "ये अन्याय है!"

"इनके द्वंद्व युद्ध में हस्तक्षेप करने वाला मृत्युदंड का भागी होगा।" कृतवर्मा ने दहाड़ते हुए सभी को चेताया।

"तो यही रहा!" शरण्या तुनककर कृतवर्मा के सामने आकर खड़ी हुई, "हम तो दंडित होने के अभ्यस्त हैं। अब हम इन दुष्ट यादवों का वध करके पूरा दंड भोगेंगे!"

"हम सब शोण के साथ हैं।" अमेय क्रोध से शरण्या के साथ खड़ा हुआ। उसके साथ गुणक, हेतल, भौमिक, प्रत्यूष, नचिक, इतिश, सबर, प्रदोष और कौस्तुभ भी आ खड़े हुए, "दंड इन यादवों को मिलना चाहिए, शोण को नहीं!"

"ठहरो!" शोण ने उन्हें रोका, "मुझे यादव सेनानायक की चुनौती स्वीकार है।"

"मेरे आचार्य ने मुझे अन्याय के समक्ष सिर झुकाने की शिक्षा नहीं दी है। मैं उनकी शिक्षा का अनादर करूँ तो जन्म-जन्मांतर तक नरक भोगूँ।" शोण दृढ़ता से बोला, "अन्याय किसी भी रूप में हो मैं अपने पूर्ण सामर्थ्य से उसका सामना करूँगा।"

"शोण!" शरण्या के मुँह से दर्द भरी आह निकली।

"आचार्य, इसे रोकिए!" घबराए सौभालिक ने आचार्य से गुहार लगाई।

आचार्य अपने स्थान पर चुपचाप खड़े रहे। न उन्होंने सौभालिक के अनुरोध पर कोई प्रतिक्रिया दी, न उन्होंने शोण को रोकने का प्रयास किया।

"आचार्य! मुझे क्षमा करें! अपने गुरु भाई-बहनों की रक्षा करना मेरा धर्म है। अपने धर्म से विमुख होकर न स्वयं का सामना कर पाऊँगा, न आपका।" शोण ने झुककर आचार्य के चरणों का स्पर्श किया, "मुझे अपना आशीर्वाद प्रदान करें।"

सौभालिक का दिल जोर से धड़क उठा। मन में उम्मीद जगी कि आचार्य शोण को इस द्वंद्व युद्ध के लिए आज्ञा नहीं देंगे। उन्हें यह आज्ञा देनी भी नहीं चाहिए। यह द्वंद्व युद्ध नहीं, छल था। कुटिल यादव अपनी मान-मर्यादा की रक्षा के लिए कितना नीचे गिर सकते हैं, यह द्वंद्व युद्ध उसका साक्षात प्रमाण था। शोण इसमें कभी विजयी नहीं होगा। हो भी गया तो यादव मान की रक्षा के लिए सेनानायक उसे परास्त करने का कोई दूसरा उपाय सोच लेंगे।

"परिणाम की चिंता से मुक्त हो अपने धर्म का पालन करो, पुत्र!" आचार्य ने शोण के सिर पर हाथ फेरा।

सौभालिक जैसे आकाश से धरती पर आ गिरे। क्या आचार्य की बुद्धि घास चरने गई है? यादव सेनानायक की जो मंशा सभी स्पष्ट देख रहे हैं, आचार्य उसकी उपेक्षा क्यों कर रहे है? क्या उन्हें शोण के प्राणों की चिंता नहीं है? यदि है तो अपहृत विसर्पियों की सहायता के लिए तत्परता से बस्ती पहुँचने वाले आचार्य अपने पुत्र के प्राणों के प्रति उदासीन क्यों हैं? शोण नादान है, किंतु आचार्य तो समझदार हैं। वह शोण को इस द्वंद्व युद्ध में जाने से रोक सकते हैं। शोण उनकी आज्ञा कभी नहीं टालेगा। लेकिन आचार्य तो उसे मृत्यु के मुख में भेज रहे हैं।

"आपको हमारी शपथ, आचार्य! शोण को रोकिए!" सौभालिक गिड़गिड़ाते हुए उनके चरणों में गिर पड़े। अभी भी एक उम्मीद थी कि उनके अनुरोध पर आचार्य शोण को द्वंद्व युद्ध में भाग लेने से रोक लेंगे। किंतु आचार्य को अविचलित देख उनकी हिम्मत टूट गयी और वो रोते-बिलखते अपना माथा उनके चरणों में पटकने लगे, "वो आपका आदेश नहीं टालेगा, आचार्य! उसे रोकिए!"

"मैंने शोण को धर्म पालन सिखाया है, धर्म-बिमुखता नहीं।" आचार्य गहरी वाणी में बोले, "मैं उसके धर्म पालन में बाधक नहीं बनूँगा। यदि धर्म में उसकी निष्ठा अटूट है, तो धर्म स्वयं उसकी रक्षा करेगा।"

"हे प्रभु! ये क्या अनर्थ हो रहा है!" सौभालिक अपना सिर पीटते हुए बैठ गए। स्वयं को कोसते हुए सोचने लगे कि वो शरण्या के अपहरण की सूचना दबाए रहते, अथवा अपहृत विसर्पियों को ढूँढ़ने जाने से शोण और उसके साथियों को रोक लेते तो ये नौबत नहीं आती।

कदाचित विसर्पी अमंगली ही होते हैं। पैदा होते ही उनके साथ दुर्भाग्य जुड़ जाता है, जो जीवनपर्यंत उनके साथ रहता है। अमंगली विसर्पियों का साथ देने वाले दुर्भाग्य प्राप्त करते हैं। जिन विसर्पियों के उत्थान के लिए आचार्य और शोण प्रयासरत थे, वही विसर्पी उनकी दुर्गति का कारण बने थे।

अध्याय 16

शोण और यादव नायक को छोड़कर सभी पीछे हट गए। वन का वह स्थान अस्थायी अखाड़ा बन गया।

"देखूँ कितना बल है तेरी भुजाओं में!" यादव नायक अपनी जंघा पर ताल ठोकते हुए बोला।

"तुम अपनी पसंद का हथियार उठाने के लिए स्वतंत्र हो!" कृतवर्मा शोण से बोले।

कृतवर्मा का प्रस्ताव सुनकर नायक चौंका, फिर उसने स्वयं को समझाया। सशस्त्र शोण नायक के समक्ष चुनौती नहीं था। वो यदि द्वंद्व में मारा गया तो सेनानायक ये कहकर सुरक्षित बच सकते हैं कि मैंने शोण को अवसर दिया था अपनी पसंद का हथियार चुनने के लिए और उसने चुना भी, किंतु वो तब भी परास्त हो गया तो मैं क्या करूँ?

"निःशस्त्र के विरुद्ध हथियार उठाना द्वंद्व युद्ध के नियमों का उल्लंघन है।" शोण ने शालीनता से कृतवर्मा का प्रस्ताव ठुकराया।

यादव नायक मन ही मन मुस्कुराया। शोण अप्रशिक्षित होने के साथ मूर्ख भी था। कदाचित यह नीच और मूर्ख विसर्पियों की संगति का परिणाम था जो वह अनावश्यक औपचारिकताओं में पड़कर अपनी विजय की संभावनाओं को स्वयं कम कर रहा था।

नायक दुगने उत्साह से अपनी भुजाएँ फड़काते हुए शोण की तरफ बढ़ा। शोण उससे बचने के लिए दूसरी तरफ झुका, किंतु नायक ने उसकी छाती पर अपना कंधा मार उसे गिरा दिया।

"तू तो एक ही वार में धूल चाटने लगा।" नायक परिहास से बोला।

"मेरे पास तुम्हारा अहित करने का कोई कारण नहीं है!" शोण उठकर

बोला, "विसर्पियों का अपहरण करने का दंड हम तुम्हें दे चुके हैं। तुम्हारे शेष अपराधों का दंड निर्धारण यादव सेनानायक करेंगे।"

"निर्णय की प्रतीक्षा करने वाले मूर्ख और कायर होते हैं।" नायक जोर से हँसा, "शक्तिशाली तो अपना निर्णय स्वयं लेता है।"

"कदाचित यह हम दोनों के मूल्यों का अंतर है।" कहते हुए शोण उठा।

"यह साहस और भीरुता का अंतर है!" नायक उसकी तरफ लपका।

शोण ने छलाँग लगाकर स्वयं को बचाया।

"ठहर कायर! कहाँ भागता है?" नायक ने उसे मारने के लिए हाथ घुमाया।

शोण एक बार फिर चपलता से उससे छिटककर दूर हो गया।

यादव नायक खिसियाया। पैंतरा बदलकर उसने कमर झुकाई और बाहें फैलाए शोण के पैरों का लक्ष्य करके उसकी तरफ बढ़ा। शोण के पास पहुँच कर उसने अपने पैरों को झटका दिया और हवा में उछलते हुए उसके पैरों को पकड़ने के लिए हाथ बढ़ाए।

शोण ने बड़ी सफाई से नायक के पैंतरे को विफल किया और उसके गिरते ही अपना पैर उसके सिर पर रख वो उछलकर उससे दूर खड़ा हो गया।

"नायक ने तो शोण के चरणों में अपना सिर अर्पित कर दिया।" घेरे में खड़ा एक विसर्पी मुँह फाड़कर हँसा। उसके साथ उसके साथी और कौरव और यादव सैनिक भी दबी आवाज में हँसने लगे।

नायक का क्रोध भड़क गया। सुप्रशिक्षित नायक एक निहत्थे बालक को नहीं पकड़ पा रहा था- इससे बड़ा उसका अपमान क्या होगा? सेनानायक ने यादव सम्मान की रक्षा के लिए इस द्वंद्व का निर्णय लिया था। कहीं अब वो अपने निर्णय पर पछता तो नहीं रहे?

क्रोध में भरे नायक ने उस विसर्पी की गर्दन दबोच कर तेज धक्का देकर नीचे गिराया और उसकी छाती पर अपनी लात से शक्तिशाली प्रहार किया। रक्त-वमन करते हुए वह विसर्पी पीड़ा से बिलबिला उठा।

शोण ने नायक को धक्का देकर हटाया और घायल विसर्पी को सहारा देकर वृक्ष से टिका कर लिटाया।

"यही नहीं करना था।" क्रोध से भरा वो नायक की तरफ पलटा।

"क्या?" नायक के चेहरे पर फैली कुटिलता दुगनी हो गई।

"मुझे तुम पर हमला करने का कारण देना!" कहते हुए शोण ने नायक की नाक पर जोरदार मुक्का मारा।

नायक की आँखों के आगे अँधेरा छा गया। इससे पहले कि वो सँभलता, शोण ने अपनी उँगलियाँ उसकी आँखों में घुसेड़ दीं।

नायक की आँखों के आगे छाया अँधेरा गहराया और उस अँधेरे में अनगिनत तारे झिलमिला उठे। आँखों में गर्म तरल पदार्थ बहता महसूस हुआ, फिर उसका पूरा चेहरा दर्द से झनझना उठा।

वो चीखते हुए अपनी आँखें सहलाते बैठ गया। उसके हाथ आँखों से बहते रक्त से सन गए, पर उसे अपने रक्त का रंग सिर्फ काला लगा। वही काला रंग जो उसके आस-पास फैला था। उस काले रंग के अतिरिक्त उसे कुछ नहीं दिख रहा था। न शोण, न वन, न अपने साथी और न अपनी आँखों से बहता रक्त।

शोण ने नायक का एक पैर पकड़कर उठाया और उसके घुटने पर अपना दबाव बनाते हुए उसने उसे अपनी पूरी शक्ति से विपरीत दिशा में मोड़ दिया। यादव नायक की टाँग की हड्डी कड़कड़ाते हुए टूटी और वो चीखते हुए वहीं ढेर हो गया।

उसे प्रणाम कर शोण आचार्य के पास पहुँचा और उनके चरण स्पर्श किए। आँखों की नमी पोंछते हुए भाव विह्वल आचार्य ने शोण को अपनी बाहों में भर लिया।

सुप्रशिक्षित और शक्तिशाली यादव नायक को एक दुबले-पतले निहत्थे बालक के हाथों परास्त होते देख हर कोई वैसे ही स्तब्ध था जैसे एक ग्वाले के हाथों शक्तिशाली कंस का अंत होते देख संसार हुआ था।

अमेय और कौस्तुभ शोण को गले लगाकर झूम उठे।

"आपका कोटि-कोटि धन्यवाद, प्रभु!" अपने आँसू पोंछते हुए सौभालिक रूँधे गले से बोले, "अन्यथा मैं जीवन भर स्वयं का सामना नहीं कर पाता।"

द्वंद्व देख रहे विसर्पियों में हर्ष की लहर दौड़ गई। उत्साह से एक-दूसरे को गले लगाते हुए सभी शोण की जय-जयकार करने लगे। एक क्षण में वहाँ उत्सव जैसा माहौल बन गया। हर कोई प्रसन्नता से झूम उठा।

चारों तरफ मचे कोलाहल के बीच कृतवर्मा शोण के पास पहुँचे।

"मैं तुम्हारे युद्ध कौशल से प्रभावित हूँ!" कृतवर्मा बोले, "किंतु तुमने इसका वध क्यों नहीं किया?"

"विसर्पियों का अपहरण करने का दंड मैं इसे पहले दे चुका था।" शोण बोला, "किंतु इसने पुनः विसर्पियों का अपमान किया तो मुझे इसे पुनः दंड देने के लिए विवश होना पड़ा।"

कृतवर्मा मुस्कुराए। परास्त नायक अपनी दुर्गति कराए धरती पर औंधे मुँह पड़ा था। उचित रहा जो शोण ने अस्त्र चुनना ठुकराया। सशस्त्र होता तो नायक का जाने क्या हश्र करता?

"इसके स्थान पर यदि मैं स्वयं होता तो क्या तुम द्वंद्व युद्ध के अपने निर्णय पर पुनर्विचार करते?" कृतवर्मा ने पूछा।

"नहीं!" शोण दृढ़ता से बोला, "किंतु मुझे यकीन है कि सदैव धर्म-मार्ग पर अग्रसर रहने वाले, यादव मान के रक्षक और मेरे पिता का अंतिम संस्कार करने वाले महात्मा के हाथ किसी दुष्कृत्य के लिए कभी नहीं उठेंगे।"

"अपना परिचय दो, वीर!" कृतवर्मा प्रसन्नता से बोले।

"आचार्य रुद्रदेव का पुत्र शोण!" शोण अपने मुँह से लहू साफ करते हुए बोला।

"शोण? आचार्य रुद्रदेव का पुत्र?" कृतवर्मा चौंके। स्मृति पर छाया कोहरा छँटते ही वर्षों पुरानी वो रात्रि उनके दिमाग में घूम गई, "किंतु उनका पुत्र तो... तुम उनके साथ हस्तिनापुर आए थे... तुम वैकुल हो?"

"नहीं!" शोण खाँसा, "आचार्य रुद्रदेव का पुत्र शोण! यही मेरा एकमात्र परिचय है!"

कृतवर्मा अब समझे कि शोण उन्हें परिचित क्यों लग रहा था।

"आचार्य की संगति में तुम आर्यों का शत्रु कैसे बन गए?" कृतवर्मा के प्रश्न में शोण के प्रति चिंता थी।

"राक्षसी संस्कृति का पालन करने वाला प्रत्येक आर्य मेरा शत्रु है, श्रीमान!" शोण बोला, "उनका नाश करना मेरा दायित्व है।"

"राक्षसी संस्कृति!" कृतवर्मा कुछ क्षण असमंजस में खड़े रहे। फिर उन्होंने बंधक यादवों से पूछा, "यहाँ क्या हुआ था?"

"यह विसर्पी कन्या और इसके साथी हमारा मनोरंजन करने के बहाने हमारे पीछे चले आए थे।" यादव सैनिक ने रटा-रटाया उत्तर दिया, "ये हमसे मुद्राओं की माँग करने लगे..."

कृतवर्मा का हाथ घूमा और वो सैनिक रक्त वमन करते हुए गिरा।

"सच कहो, अपनी कहानी नहीं!" कृतवर्मा क्रोध से दहाड़े।

बंधक सैनिकों की साँस अटक गई। अपने नायक की दुर्गति देखने के पश्चात वह समझ गए थे कि उनका असत्य उनकी रक्षा में असमर्थ है। सत्य बोले तो कदाचित सेनानायक उन्हें क्षमा दे।

सभी हाथ जोड़कर भय से थरथराते हुए कृतवर्मा के चरणों में आ गिरे।

"हमें क्षमा कर दीजिए, श्रीमान! हम तो नायक के आदेश का पालन कर रहे थे।" उनमें से एक थरथर काँपते हुए बोला, "बस्ती में इस विसर्पी कन्या के रूप-रंग ने हमें मोहि.."

बिजली की गति से कृतवर्मा की तलवार म्यान से निकली और उस सैनिक का सिर लहू की फुहार छोड़ते हुए धरती पर लुढ़क पड़ा। उसकी मस्तक-विहीन निष्प्राण देह कृतवर्मा के कदमों में गिरी।

"मस्तक काटकर इन सभी के शव वृक्षों से लटका दो!" लहू सनी अपनी तलवार बंदी यादवों की तरफ लहराते हुए कृतवर्मा दहाड़े, "यादवों के अस्त्र धर्म रक्षार्थ उठें, किसी को प्रताड़ित करने के लिए नहीं। इस नियम का उल्लंघन करने वाले की यही गति होगी। महादेव को साक्षी मानकर मैं यह शपथपूर्वक वचन देता हूँ।"

आनन-फानन में यादवों की तलवारें लहराईं और बंधकों के मस्तक और देह अलग कर म्यान में लौटीं।

"यहाँ तुम्हारा काम खत्म हुआ!" कृतवर्मा कौरव नायक से बोले।

कौरव नायक उन्हें प्रणाम कर अपनी साथियों के साथ लौट गया।

"मुझे क्षमा करना, शोण!" कृतवर्मा ग्लानि-मिश्रित स्वर में बोले, "मैं तुम्हारा अपराधी हूँ। दंड भुगतने को प्रस्तुत हूँ।"

"अपराधी नहीं, आप मेरे लिए प्रेरणा-स्रोत हैं।" शोण आदर से सिर झुकाकर बोला।

"तुमसे भेंट करना मेरे लिए गर्व का विषय है। तुम निडर ही नहीं, दयालु भी हो!" कृतवर्मा मुस्कुराए, "जानने को उत्सुक हूँ कि तुमने इन्हें बंदी कैसे बनाया?"

शोण ने यादव सैनिकों से विसर्पियों को छुड़ाने की पूरी घटना सुनाई।

"धन्य है यह पावन भूमि जिसने तुम जैसे वीर पुत्रों को जन्म दिया!" कृतवर्मा गदगद हो बोले। फिर उन्होंने अपने साथियों को आदेश दिया, "इन वीरों का उपचार करो! इनके लहू की एक बूँद भी यदि धरती पर गिरी तो मुझे घोर पाप लगेगा।"

फिर वो विसर्पियों से हाथ जोड़कर बोले, "इस विकट परिस्थिति में उत्कृष्ट धैर्य का परिचय देने के लिए मैं आप सभी का आभारी हूँ!"

कृतवर्मा के बदले व्यवहार से विसर्पी सकपकाए। मित्रवत व्यवहार की आड़ में सेनानायक कौन-सा नया दाँव चल रहे थे?

"जिस वीरता की आप प्रशंसा कर रहे हैं, यदि आप आरंभ से उसका साथ देते तो हम इस अपमान से बच जाते।" सौभालिक हाथ जोड़कर बोले।

"क्षणिक रूप से तो अवश्य बच लेते, किंतु जीवनपर्यंत इस पीड़ा से पीड़ित रहते।" कृतवर्मा मुस्कुराए, "इस घटना का अपराधी मैं प्रथम दृष्टया भाँप गया था।"

"तो आपने दोषियों को तुरंत दंडित क्यों नहीं किया?" सौभालिक ने पूछा।

"हीरों की कीमत आँकने के लिए उन्हें परखना चाहता था। मैं जानने के लिए उत्सुक था कि इन बच्चों की यादव सैनिकों पर जय मात्र एक संयोग थी, अथवा अर्जित थी।" कृतवर्मा मुस्कुराते हुए बोले, "अपने से कई गुना शक्तिशाली सशस्त्र शत्रु को पराजित करने के लिए इन वीरों ने एक उत्कृष्ट योजना बनाई और उसे सटीकता से पूर्ण किया। इनके साहस और सूझबूझ की जितनी प्रशंसा की जाए, कम है।"

"द्वंद्व में शोण के प्राण जा सकते थे।" शरण्या तुनकते हुए बोली, "और ये मूर्ख उस दुष्ट नायक के विरुद्ध हथियार उठाने से इनकार कर रहा था।"

"वीरों का सबसे बड़ा शत्रु घमंड होता है। अपने घमंड में चूर नायक द्वंद्व आरंभ होने से पूर्व ही पराजित था।" कृतवर्मा मुस्कुराते हुए बोले, "अनुकूल परिस्थितियों में शोण ने युद्ध के नियमों के अनुरूप निःशस्त्र के विरुद्ध निःशस्त्र लड़ने का निर्णय लेकर अपनी मानसिक और आत्मिक शक्ति का परिचय दिया। उसके लिए अपने प्रतिद्वंद्वी की पराजय से अधिक अपने आदर्शों की विजय महत्त्वपूर्ण थी। जय-पराजय का भेद भूलकर उसने युद्ध किया और अपने से कई गुना शक्तिशाली नायक को परास्त किया। ऐसे योद्धा से मृत्यु भी उसका आत्मसम्मान नहीं छीन सकती है।"

आचार्य को लगा जैसे कृतवर्मा अपने संवादों से किसी उद्‌देश्य की भूमिका तैयार कर रहे हों।

"तुम सभी ने उपलब्ध संसाधनों का सदुपयोग कर अपनी सूझ-बूझ और संगठन शक्ति से अपने से कई गुना शक्तिशाली शत्रु को परास्त किया। तुम बधाई के पात्र हो।" कहकर कृतवर्मा ने अपने गले में पड़ी मोतियों की माला उतारकर शरण्या को दी।

"श्रीमान! क्या आप परिहास कर रहे हैं?" सौभालिक को सेनानायक की बातों पर भरोसा नहीं हुआ।

"कदापि नहीं!" कृतवर्मा बोले, "मुझे इन वीरों पर गर्व है। मथुरा जरासंध के आक्रमणों से असुरक्षित है। मुझे यादव सेना में निडरता से शत्रु सेना को मुँह-तोड़ उत्तर दे सकने वाले इन जैसे वीरों की आवश्यकता है। इन्हें यादव सेना में सम्मिलित करने में मुझे प्रसन्नता होगी।"

सौभालिक हक्के-बक्के रह गए। सेनानायक अपने प्रस्ताव पर गंभीर थे, किंतु यादव सेना में विसर्पियों के सम्मिलित होने का प्रस्ताव यकीनन विचित्र था। ये प्रस्ताव आर्य समाज के सामाजिक ताने-बाने की जड़ हिलाने वाला था। अपने शरीर पर विसर्पियों की छाया पड़ना भी पाप समझने वाले आर्य विसर्पियों को समाज की मुख्य-धारा में सम्मिलित होते देख क्यों प्रसन्न होंगे? क्या प्रस्ताव से पूर्व सेनानायक ने इस पक्ष पर विचार किया?

"हम विसर्पी हैं, सेनानायक!" सौभालिक ने कृतवर्मा को स्मरण कराया। शब्दों में गर्व नहीं, हीनता छुपी थी, "हम यादव सेना में..."

"युद्धभूमि मात्र साहसी वीरों का सम्मान करती है, किसी जाति विशेष का नहीं!" कृतवर्मा बोले, "ये वीर अपने साहस, पराक्रम और सूझ-बूझ का परिचय देकर यादव सेना के लिए अपनी पात्रता सिद्ध कर चुके हैं। इनकी प्रतिभा को जातिवाद के बोझ से धूमिल करना अनुचित होगा।"

"इन्हें लड़ते देखे बिना ही आपने इन्हें उत्तम योद्धा मान लिया!" सौभालिक अचरज से बोले, "यहाँ ये अपने भाग्य से बच गए, किंतु युद्धभूमि में भाग्य इनकी ढाल नहीं बनेगा।"

"युद्ध में विजय हेतु भाग्य से अधिक कौशल की आवश्यकता होती है।" कृतवर्मा बोले, "परपीड़ा को अपनाने वाला, दूसरों की रक्षा को अपना धर्म मानने

वाला और धर्म निर्वाह में अपने प्राणों को दाँव पर लगाने वाला ही एक सच्चा योद्धा होता है।"

"मुझे युद्ध का अनुभव नहीं है!।" शोण सकपकाते हुए बोला, "और न मेरे साथियों को!"

"यादव टुकड़ी की हालत देख कौन कहेगा कि तुम में साहस और बुद्धि की कमी है?" कृतवर्मा हँसे, "परिपक्वता उम्र से नहीं, अभ्यास और अनुभव से आती है। यादव सेना में सम्मिलित होकर तुम अभ्यास से अपना युद्ध-कौशल विकसित कर सकते हो।"

सौभालिक का चेहरा सुखद आश्चर्य से खिल उठा। साथ खड़े सभी विसर्पी भी सेनानायक के प्रस्ताव से अचंभित थे। इस दुखद घटना के ऐसे सुखद अंत की कल्पना किसी ने नहीं की थी।

"किंतु हमारी शिक्षा?" शरण्या अभी भी झिझक रही थी।

"मैं तुम्हारी शिक्षा और तुम्हारे परिवारों के जीवनयापन का दायित्व लेता हूँ।" कृतवर्मा बोले।

सौभालिक के साथ सभी विसर्पियों के चेहरे खिल उठे।

"तुम्हारा क्या निर्णय है, शोण?" कृतवर्मा ने पूछा।

"मुझे जीवन देने वाले आचार्य ही मेरे जीवन के निर्णायक हैं। ये निर्णय वही लेंगे।" शोण बोला।

कृतवर्मा उसके चेहरे को ताकते रह गए। इस वय में ऐसी दृढ़ संकल्प शक्ति, ऐसा समर्पण! स्व-भाव और अहंकार का कोई चिह्न नहीं। विजय का कोई घमंड नहीं। मन में किसी के प्रति कोई मैल नहीं। न खोने का दुख, न पाने की खुशी। कहीं कोई दिखावा, कोई दुराग्रह नहीं। मात्र उचित और अनुचित का भेद जानने वाली एक सीधी-सच्ची समर्पित सोच। आचार्य ने शोण को निःसंदेह उत्तम शिक्षा प्रदान की थी। कृतवर्मा के मन में शोण के साथ आचार्य के प्रति सम्मान भी कई गुना बढ़ गया।

"आपको अपने वीर पुत्र पर गर्व होना चाहिए!" कृतवर्मा आचार्य से बोले।

"शोण ने जो उचित समझा उसने किया। आपने अपने क्षत्रिय धर्म का पालन किया, यादव! इसमें मेरी कोई भूमिका नहीं थी।" सिर झुकाकर आचार्य बोले।

"जिस दिन आप जैसे आचार्य को हम क्षत्रियों के समक्ष सिर झुकाना पड़े,

वो प्रलय का दिन होगा। आप हमें पाप का भागी नहीं बनाएँ!" कृतवर्मा मधुरता से बोले, "कदाचित हमारी नियति में जीवन के ऐसे विचित्र मोड़ों पर ही भेंट होना लिखा है। इस वीर को यादव सेना में सम्मिलित करने की अनुमति देकर मुझ याचक को सम्मानित करें, आचार्य!"

"श्रीमान! सेनानायक को अनुमति देने वाला मैं कौन होता हूँ?" आचार्य संकोच से बोले।

"एक वीर पुत्र का पिता!" कृतवर्मा आदर से बोले।

आचार्य की आँखों की नमी बढ़ गई। वर्षों पूर्व जो खो बैठे थे, वो परमात्मा कई गुना कर उन्हें पुनः लौटा रहा था।

"आपका उस रात्रि का ऋण अभी भी मेरे कंधों पर है, यादव श्रेष्ठ! किंतु आप जानते हैं कि शोण के प्रति निर्णय लेने का मुझे कोई अधिकार नहीं है।" आचार्य की आँखों में नमी और शब्दों में विवशता थी।

"शोण आपका पुत्र है। एक पिता को अपने पुत्र के लिए निर्णय लेने का अधिकार है।" कृतवर्मा मृदुलता से बोले, "जन्मदाता से अधिक जीवन को उद्देश्य प्रदान करने वाला महान होता है। मिट्टी का मोल उसे थामने वाले हाथ निर्धारित करते हैं। शिल्पकार के हाथ लगने पर मिट्टी भगवान की मूरत के रूप में सम्मान पात्र बनती है। कुम्हार के हाथों में वह मिट्टी पात्रों में ढलती है, जिसका देवालय और मदिरालय दोनों में उपयोग होता है। वही मिट्टी कारीगरों द्वारा निर्मित मार्गों में पड़कर चरणों के नीचे कुचली जाती है। भिन्न हाथों की संगति एक ही मिट्टी को सम्मान और अपमान का पात्र बनाती है।"

आचार्य सिर झुकाए कृतवर्मा की बात सुन रहे थे।

"आपका दायित्व तपस्या से कम नहीं है, आचार्य! कदाचित किसी पूर्वजन्म में आपने शोण के प्रति अपने कर्तव्यों में कोई कमी छोड़ी थी, जिसे पूर्ण करने का अवसर आपको इस जन्म में प्राप्त हुआ है।" कृतवर्मा बोले, "इसे यादव सेना में सम्मिलित होने की आज्ञा देकर अपनी तपस्या सार्थक करें।"

आचार्य के चेहरे पर स्मित मुस्कान थिरकी। कृतवर्मा का प्रस्ताव उचित था। शोण की शिक्षा के लिए यह उत्तम अवसर था। सेनानायक का मार्गदर्शन उसके व्यक्तित्व के विकास में सहायक होगा। आचार्य के सीमित संसाधन तो शोण के उत्थान में मात्र बाधक ही थे।

"तुम्हारी क्या इच्छा है, पुत्र?" आचार्य ने गहरी साँस लेकर पूछा।

"मथुरा मेरी मातृभूमि है। यादव मेरा कुल। अपनी मातृभूमि और कुल की रक्षा में प्राण न्योछावर करने में मुझे गर्व होगा।" शोण बोला।

"पुत्र, शक्ति-संचरण से अधिक कठिन तपस्या है शक्ति का सदुपयोग। वचन दो कि अपनी शक्ति और ज्ञान का सदुपयोग समाज और संसार के कल्याण हेतु करोगे। तुम ऐसी कोई चेष्टा नहीं करोगे, जिससे आर्यावर्त अथवा आर्य धर्म का कोई अहित हो।"

पूज्य, आर्यों का अहित करने से पूर्व मेरे प्राण देह त्याग देंगे। मेरा संपूर्ण जीवन और शक्ति आर्य हित के लिए समर्पित है।" शोण ने झुककर उनके चरणों को चूमा, "आपकी शिक्षा और आशीर्वाद मुझे मेरे मार्ग से कभी भटकने नहीं देंगे!"

"फिर तुम्हारा हर निर्णय मुझे स्वीकार है।" आचार्य प्रसन्नता से बोले, "मेरा आशीर्वाद तुम्हारे साथ है। सदैव धर्म मार्ग पर अग्रसर रहो। निर्भीक होकर अपने कर्तव्यों का पालन करो।"

"किंतु शैला माता..." मन में चल रहा मंथन सिलवटों के रूप में शोण के माथे पर उभरा।

आचार्य सोच में पड़ गए। शोण के बदन पर मामूली खरोंच भी जिस शैला की नींद उड़ा देती है, वह उसे अपने से दूर भेजने के लिए कैसे सहमत होगी। वह भी उस सैन्य जीवन के लिए जिसमें सदैव जीवन का संकट बना रहता है।

"उन्हें मैं समझा दूँगा!" आचार्य मुस्कुराए। शैला को मनाने की कोई योजना तुरंत तो नहीं सूझी, किंतु विश्वास था कि वह कोई न कोई उपाय अवश्य ढूँढ़ निकालेंगे।

"कुछ यादव टुकड़ियाँ कल प्रातः तक्षशिला प्रस्थान करेंगी।" कृतवर्मा आचार्य की आँखों में झाँकते हुए बोले।

आचार्य उनका अभिप्राय ताड़ गए। स्पष्ट था कि शैला को समझा-बुझाकर शोण की शिक्षा के लिए सहमत कराने के लिए उनके पास आज रात का ही समय था।

अध्याय 17

कुटिया के पास पहुँचकर शोण ठिठका। दिन भर की भागा-दौड़ी से वो थककर चूर था, लेकिन उसकी अंतिम परीक्षा अभी शेष थी।

माता को बताने के लिए उसके पास बहुत कुछ था, किंतु कैसे बताता? यादव सैनिकों से झड़प, नायक से द्वंद्व युद्ध, और यादव सेना में भर्ती की बात सुनकर उनकी साँस ही रुक जाएगी। शोण पर तो उनकी ममता उमड़ आएगी, किंतु आचार्य पर पूरी घटना का दोष मढ़कर उनका क्रोध फूट पड़ेगा। सीधे-सरल स्वभाव वाले आचार्य माता के सामने हथियार डालकर चुप्पी साध लेंगे। शोण से जुड़े प्रश्नों पर तो माता और आचार्य की सुलह होने का प्रश्न ही नहीं उठता है। न माता समझती है, न आचार्य उन्हें समझा पाते हैं।

आचार्य ने यादव सैनिकों को विसर्पियों की बस्ती में छोड़कर उचित किया। उन्हें शोण के साथ देखकर शैला माता विचलित होती। आते समय शोण वैद्य से अपनी चोटों का उपचार भी करवा आया था। अपने घाव माता को दिखाकर उन्हें पीड़ा नहीं देना चाहता था। माता के प्रश्नों से बचने का कोई उपाय नहीं था। दोनों के आने में विलंब होने पर उन्होंने प्रश्नों की लंबी शृंखला तैयार करके रखी होगी। शोण के लिए पृथक प्रश्न और आचार्य के लिए पृथक। उनके एक प्रश्न में कई प्रश्न छुपे होंगे।

जैसी उन्हें उम्मीद थी, शैला उनकी प्रतीक्षा कर रही थी।

"ये तुझे क्या हुआ?" शैला शोण के बदन पर लगे औषधीय लेप देखकर चिंतित हुई।

"वृक्ष से फिसलकर गिर गया था!" आचार्य बोले, "चिंता की बात नहीं है। साधारण चोटें हैं।"

शैला ने महसूस किया कि उन दोनों के व्यवहार और चेहरे के भाव बेमेल

थे। जैसे किसी गहन चिंतन को मुस्कान से छुपाने के प्रयास में जूझ रहे हों। सूर्यास्त हुए काफी समय हो चला था, किंतु आचार्य सांध्य-वंदना छूटने से व्याकुल नहीं थे। अक्सर आचार्य के समक्ष प्रश्नों का ताँता लगाए रहने वाला शोण भी बेहद शांत था। इतनी देर कहाँ लगाई दोनों ने?

शैला आचार्य और शोण पर दृष्टि जमाए उनके बोलने की प्रतीक्षा करने लगी। मौन को मौन ने काटा। आचार्य और शोण का मौन तोड़ने में अक्सर असरदार साबित होने वाली उसकी चुप्पी आज भी काम कर गई।

"आज अनायास ही यादव सेनानायक कृतवर्मा से भेंट हुई।" आचार्य बोल पड़े, "शोण की शिक्षा की बात चली तो उन्होंने तक्षशिला में अपने गुरुकुल का नाम सुझाया। साथ ही उन्होंने गुरुकुल में शोण की अनुशंसा के लिए हामी भर दी।"

शोण चकराया। प्रतीत हो रहा था कि बस्ती से लौटते हुए आचार्य माता के लिए पूरी कहानी बुन चुके थे।

"आपने क्या निर्णय लिया?" शैला का चेहरा खिल उठा।

"उनका प्रस्ताव उचित है। गुरुकुल में शिक्षा का उत्तम प्रबंध है। न विषयों की कमी है, न आचार्यों की।" आचार्य बोले, "कुशाग्र बुद्धि के छात्रों के लिए वृत्ति की व्यवस्था भी है।"

"और तुझे?" शैला ने शोण से पूछा।

शोण ने सहमति में सिर हिलाया। आचार्य की सुनाई कहानी का समर्थन करने के अतिरिक्त उसके पास क्या चारा था। आचार्य की कहानी जाने कब कौन-सा मोड़ ले ले। उनके और माता के वार्तालाप के बीच फँसने से उत्तम तो चुप रहकर तटस्थ रहना था।

"मात्र एक उलझन है!" आचार्य धीरे से बोले, "शोण को गुरुकुल के लिए अभी प्रस्थान करना होगा। मथुरा से कुछ यादव सैनिक तक्षशिला जा रहे हैं। ये उन्हीं के साथ जाएगा।"

शोण ने आचार्य की ओर देखा। कितनी सहजता से उन्होंने अपने शब्दों के जाल में माता को फाँस लिया था। उसे शैला माता के भोलेपन पर तरस आया। साथ ही उनके भोलेपन का लाभ उठाने के लिए आचार्य और स्वयं पर क्रोध भी।

"अभी!" शैला का चेहरा एक झटके से उतर गया। तुरंत शोण को अपने से भींचा और रुआँसी हो बोली, "कुछ दिन पश्चात चला जाता तो..."

"सोचा तो मैंने भी यही था, किंतु यात्रा लंबी है। अतिशीघ्र निकलना ही उत्तम होगा।" आचार्य धीरे से बोले, "लंबी यात्रा में यादव सैनिकों के साथ यह सुरक्षित रहेगा।"

शोण के घने बालों में उँगलियाँ फेरते हुए उदास शैला की आँखों से चंद बूँदें टपक पड़ीं।

"उचित है!" शैला बुझे स्वर में बोली, "मैं इसके लिए यात्रा के आवश्यक सामान बाँध देती हूँ। तनिक शीघ्र बताते तो वन से ताजे फल बटोर लाती।"

शोण आचार्य को ताकता रह गया। कितनी सरलता से उन्होंने उसकी शिक्षा के बारे में शैला माता को बता भी दिया और उनसे सारे तथ्य भी छिपा लिए। वह हर्ष और रोमांच से भर गया। वह वाकई भरतखंड में सर्वश्रेष्ठ यादव सेना में प्रशिक्षण के लिए जा रहा था।

किंतु फिर उसकी आँखें नम होकर झुक गईं। उसकी शिक्षा का आरंभ शैला माता से बोले झूठ से हो रहा था। धिक्कार है उसे! जिस माता ने उसे अपने ममता के आँचल से ढाँकने में एक क्षण नहीं लगाया, उन्हें अपनी महत्त्वाकांक्षाओं की पूर्ति के लिए उसने क्षण भर में छोड़ दिया।

"किंतु माता आप और आचार्य..." शोण मायूसी से बोला।

"तुम अपने अध्ययन पर ध्यान केंद्रित करो!" शैला बोली, "चिंता क्यों करते हो? अध्ययन पूर्ण होने पर तुम्हें यहीं लौटना है।"

शोण का मन दुख, भय और रोमांच के मिश्रित भावों से भर आया। पुराने घावों से जैसे मवाद रिसने लगा। माता ने कुछ-कुछ वही कहा था जो उसके पिता ने अपने अंतिम समय में मथुरा छोड़कर हस्तिनापुर जाने से पहले कहा था।

"आप मेरी जीवनदात्री हैं, माते! आपका ऋण चुकाने का समय आया, तो मैं आपसे दूर जा रहा हूँ।" शोण बिलख पड़ा।

"कैसा अनर्गल वार्तालाप कर रहा है?" शैला क्रोध से चीखी, "कैसा ऋण?"

"हर अनाथ को आप जैसी देवात्माओं के सान्निध्य का वरदान नहीं मिलता है।" शोण रूँधे गले से बोला, "इस ऋण को मैं जन्म-जन्मांतर तक नहीं चुका पाऊँगा।"

आचार्य और शैला सन्न रह गए। क्या हो गया था शोण को? कुछ क्षण

पहले शिक्षा का अवसर पाकर वह उत्साहित था और अब अचानक वयस्कों की भाँति गहरी बात करने लगा था।

"तुम हमारे पुत्र हो यही एक सत्य है। देह-जनित क्षणिक रिश्तों में मत उलझो, पुत्र! इन रिश्तों का बंधन देह-त्याग के साथ मिट जाता है।" आचार्य ने शोण को गले से लगाकर उसके आँसू पोंछे, "हमारी आत्मा तुम से जुड़ी है। आत्मा और आत्मा के इस सनातन जुड़ाव को जन्म-जन्मांतर तक कोई दूरी नहीं मिटा सकती है।"

"भूत का शोक मनाने में समय व्यर्थ करोगे तो भविष्य का उत्सव मनाने का समय नहीं मिलेगा। मन से प्रत्येक बोझ उतार कर अपने नवजीवन का स्वागत करो!" शैला ने स्नेह से शोण का माथा चूमा, "शुभ कार्यों के लिए उदास चेहरे से प्रस्थान करना अपशकुन होता है।"

शैला अपने छलकते आँसुओं को समेटते हुए भीतर गई और प्रज्ज्वलित दीपक के साथ कुमकुम-चावल से भरा दोना लेकर लौटी। शोण के माथे पर कुमकुम-चावल से तिलक किया और उसके हाथ पर सूती धागे का कलावा बाँधा। फिर काँपती मुस्कान और डबडबाई आँखों से उसने शोण की आरती उतारकर उसके माथे को चूमा।

आचार्य का मन प्रसन्न था। इस प्रसन्नता पर शोण के बिछोह का दुख और उसके जीवन से जुड़े इस महत्त्वपूर्ण निर्णय को शैला से छुपाने के अपराध-बोध का बोझ भी हावी था। निर्णय लिया कि उचित समय देखकर वह शैला को शोण के यादव सेना में सम्मिलित होने की सूचना अवश्य देंगे।

अध्याय 18

यादव सैनिकों और अपने विसर्पी साथियों के साथ शोण गांधार से मथुरा और मगध को जोड़ने वाले उत्तरापथ से तक्षशिला पहुँचा। मथुरा और हस्तिनापुर से दूर इतना लंबा भ्रमण करने का सभी का प्रथम अवसर था। सैन्य शिक्षा की संभावनाओं से सभी उत्साहित और रोमांचित थे।

गंदर्भ देश गांधार की राजधानी तक्षशिला नगरी विश्व में विद्या और शिक्षा के महान केंद्र के रूप में प्रसिद्ध थी। राजगृह, मिथिला और उज्जयिनी जैसे भरतखंड के दूर-दूर क्षेत्रों से अनेक राजकुमार और अन्य छात्र वहाँ विश्व प्रसिद्ध गुरुओं से उच्चस्तरीय विद्याओं के अध्ययन के लिए आते थे। वहाँ के पाठ्यक्रम में आयुर्वेद, धनुर्वेद, हस्तविद्या, व्याकरण, दर्शनशास्त्र, गणित, ज्योतिष, गणना, संख्यांक, वाणिज्य, सर्पविद्या, तंत्र शास्त्र, संगीत, नृत्य और चित्रकला आदि प्रमुख विषय थे। तक्षशिला राजनीति और शस्त्र विद्या की शिक्षा का सर्वश्रेष्ठ केंद्र थी।

वहाँ से कुछ दूर सिंधु नदी के निकट यादवों ने गरुड़ राज के सहयोग से विशेष विद्यालय स्थापित किए थे, जिनमें आयुर्वेद और विधिशास्त्र की विभिन्न शाखाओं की शिक्षा प्रदान की जाती थी। सामान्य विद्यालय के छद्म रूप में वे असल में यादव बलों को उन्नत सैन्य शिक्षा देने वाली विद्यापीठ के हिस्से थे। विद्यापीठ में प्रत्येक अस्त्र-शस्त्र की शिक्षा देने के लिए पृथक विभाग था। युद्ध पद्धतियों की शिक्षा के साथ सैन्य व्यूह ज्ञान के लिए पृथक पाठ्यक्रम थे। विभिन्न व्यूह की संरचना, उनका कब और कहाँ उपयोग उपयुक्त होगा, उन्हें कैसे सुरक्षित रखा जाए, अथवा तोड़ा जाए- ऐसे अनगिनत सैन्य विषयों में अनुभवी आचार्य और प्रशिक्षक छात्रों को शिक्षित करते थे।

विद्यापीठ में यादवों के साथ गंदर्भ और गरुड़ प्रशिक्षु भी थे। अपने भाइयों के साथ विद्यापीठ में शरण्या के कदम रखते ही प्रशिक्षुओं में विसर्पियों का

नाम भी जुड़ गया था। किसी प्रशिक्षु से जाति, कुल, नगर, अथवा देश का कोई भेदभाव नहीं था। सभी की मान्यताएँ, जीवनशैली, भोजन, युद्ध पद्धतियाँ एक-दूसरे से भिन्न थीं, किंतु विद्यापीठ में उनकी शिक्षा, अनुशासन और उनसे अपेक्षित व्यवहार में कोई भेद नहीं था। विद्यापीठ के नियम और कठोर दंड सभी के लिए एक समान थे। अधिक दोष होने पर केंद्र से निष्कासित करने का प्रावधान भी था।

समय सीमित था। सीखने को बहुत कुछ था। विद्यापीठ में कदम रखने के बाद समय पंख लगाकर उड़ने लगा। सामान्य नागरिक जीवनशैली का कठोर अनुशासित सैन्य जीवनशैली से टकराव आरंभ हुआ। विद्यापीठ के कड़े अनुशासन में प्रशिक्षुओं की प्रत्येक गतिविधि नियमबद्ध थी। सूर्योदय से पूर्व जागना, कई कोस की दौड़, फिर नदी में तैराकी और स्नान, उसके पश्चात सूर्य नमस्कार। इसके पश्चात अल्पाहार और मध्याह्न तक युद्ध पद्धतियों का अध्ययन। फिर वन, कंदराओं और अन्य दुर्गम स्थानों पर एकल एवं सामूहिक युद्धाभ्यास। सांध्य-पूजन से पूर्व अस्त्र-शस्त्रों का कठोर अभ्यास, फिर रात्रि भोज और अध्ययन। इस लयबद्ध दिनचर्या में त्रुटि की कोई गुंजाइश नहीं थी। दिन भर कठोर परिश्रम के पश्चात जब सभी शय्या पर लेटते तो उनकी आँख दूसरे दिन प्रातः घंटे की ध्वनि से ही खुलती।

धीरे-धीरे ये कठिन दिनचर्या सभी के जीवन का हिस्सा बन गई। सब कुछ नियमबद्ध और सामान्य हो चला।

जहीहि भीतिं भज भज शक्तिम्। विधेहि राष्ट्रे तथानुरक्तिम्। कुरु कुरु सततं धेयस्मरणम्। सदैव पुरतो निधेहि चरणम्।[190]

विद्यापीठ के मुख्य द्वार पर अंकित इस नीति-वाक्य को शोण ने आत्मसात कर लिया। उसका मन उदास होता तो ये श्लोक उसमें नवीन ऊर्जा और स्फूर्ति का संचार करता। भूत की चिंता छोड़कर भविष्य की प्रतीक्षा में अपने वर्तमान को समर्पित करने को उसने अपने जीवन का मूल-मंत्र बना लिया।

विद्यापीठ में अध्ययन के दौरान उसका साक्षात्कार कृष्ण के अछूते सत्य से हुआ। जिस कृष्ण को कालिया नाग और उसके परिवार को विस्थापित कर नागों और आर्यों के मध्य द्वेष बढ़ाने का दोषी माना जाता था, वह कृष्ण असल में अलौकिक जननायक निकले। कृष्ण ने यादवों में आत्मविश्वास जगाकर उन्हें

---

190. अर्थात- डर को छोड़ दो और ताकत को याद करो। उसी प्रकार अपने देश से प्रेम (भी) करो। (और) लगातार अपने उद्‌देश्य को याद रखो। सदैव आगे कदम रखो।

संगठन और समर्पण की महाशक्ति का आभास कराया। बिखरे हुए यादवों को एकजुट कर उन्हें अपने सम्मान की रक्षा करने के लिए प्रेरित और सन्नद्ध किया। कृष्ण के अद्वितीय नेतृत्त्व ने यादवों को शक्तिशाली महाराज जरासंध और उसके सहयोगियों के विरुद्ध अभेद्य दीवार बना दिया। जरासंध मथुरा पर लगातार आक्रमण कर रहा था, किंतु यादव शक्ति उसके मथुरा विजय के स्वप्न को धूल चटा रही थी।

श्रीकृष्ण की अलौकिक शक्तियों के बारे में जानते हुए उसका मन और आत्मा श्रद्धा से नतमस्तक होकर उनसे एकाकार होते गए। मन में उनके प्रति रहा-सहा द्वेष भी जाता रहा। भीतर से उभरी शांति सभी दिशाओं में फैल गई। द्वेष और शत्रुता के स्थान पर मात्र कर्तव्यपरायणता और मुक्ति का उन्मुक्त भाव शेष रहा।

प्रकृति की न्याय-व्यवस्था कितनी सहजता से जटिल और दूरगामी निर्णय सुना देती है यह शोण ने अध्ययन के दौरान समझा। उसके साथ हुई प्रत्येक घटना जैसे उसके जीवन को सार्थक बनाने के लिए निर्धारित की गई थी। प्रकृति ने उसके सिर से माता-पिता का आश्रय छीनकर उसके बदले में उसे वरदानस्वरूप आचार्य और शैला माता जैसे विशाल हृदयी की गोद में डाल दिया। तक्षशिला आने के पश्चात उसे उन दोनों से भेंट करने का अवसर नहीं मिला, किंतु उनकी ममता और आशीर्वाद की शीतलता वो तक्षशिला में भी महसूस करता था।

समय सरकता गया और कई मास के कड़े प्रशिक्षण के पश्चात सभी प्रशिक्षुओं को उन्नत प्रशिक्षण के लिए विषय चुनने का अवसर मिला। अमेय और गुणक ने धनुर्विद्या; हेतल, भौमिक, प्रत्यूष और नचिक ने तलवारबाजी; और इतिश, सबर, प्रदोष और कौस्तुभ ने घुड़सवारी चुनी। इसके अतिरिक्त अमेय, हेतल और भौमिक ने अस्त्र-शस्त्रों के अनुसंधान में अपनी रुचि दिखाई।

शोण और शरण्या दोनों को गुप्तचरी में गहन दिलचस्पी थी। दोनों ने अपनी विशेषज्ञता के लिए उसे ही चुना। गुप्तचरी के अतिरिक्त शरण्या ने सर्प विद्या, आयुर्वेद, विष और रासायनिक पदार्थों के अध्ययन में अपनी रुचि बनाए रखी। दिनचर्या से समय निकालकर वो वन में घूमकर जड़ी-बूटियों को एकत्र करती। कुछ ही मासों में वो सभी प्रांतीय जड़ी-बूटियों को पहचान गई थी।

धीरे-धीरे व्यस्त दिनचर्या ने सभी का मिलना-जुलना सीमित कर गया, किंतु अवसर मिलने पर जब सब मिलते, आचार्य की शाला और बस्ती के जुड़े वार्तालाप समाप्त नहीं होते।

अध्याय 19

वृक्ष की शाखा पर वृद्ध ने निकट बैठी वृद्धा को कोहनी मारी।

"जाग रही हूँ।" वृद्धा कुनमुनाई।

"वही जाँच रहा था।" वृद्ध बोला।

वृद्धा ने मुँह बिचकाया। रात्रि में सुनसान वन में इस वृक्ष पर बैठे-बैठे वृद्ध को ठिठोली सूझ रही थी। मन हुआ कि धक्का देकर उसे वृक्ष से नीचे गिरा दे, किंतु कुछेक हड्डी टूटने के अतिरिक्त वृद्ध की जबान पर लगाम नहीं लगती।

"क्या लगता है।" उसने पूछा, "यहाँ तो दूर-दूर तक तुम्हारे अतिरिक्त कोई जंगली जानवर भी नहीं दिख रहा है।"

"सूचना पक्की है। वे यही से निकलेंगे।" वृद्ध फुसफुसाया, "अपना मुँह बंद करो और ध्यान वन पर केंद्रित करो।"

दोनों के बीच शांति पसरी तो काफी देर छाई रही। बस उनके अस्तित्व की साक्षी उनकी साँसों की आवाज बची रही।

कुछ मंद स्पंदन उस शांति को चुनौती देते हुए उभरे। यदि वृद्ध और वृद्धा सावधान नहीं होते तो वे स्पंदन उनकी पकड़ में नहीं आते। दोनों सचेत हुए। अँधेरे में समझ नहीं आया कि स्पंदन कैसे थे और किधर से आ रहे थे।

शीघ्र स्पंदन तीव्र हुए और एक से अनेक होकर कई दिशाओं में फैलते हुए उधर बढ़ने लगे। शीघ्र वे इतने तीव्र हो चले कि जिस वृक्ष पर वृद्ध और वृद्धा बैठे थे वह भी थरथराने लगा। विचित्र बात थी। आँखें फाड़े वृक्ष और झाड़ियों में देखते हुए भी वृद्ध और वृद्धा उन कंपनो का स्रोत नहीं समझ पाए।

"उधर कोई है!" वृद्धा ने फुसफुसाते हुए एक तरफ संकेत किया।

"वृक्ष और झाड़ियों के अतिरिक्त वहाँ कुछ नहीं है।" वृद्ध ने उस दिशा में देखा, "कोई जानवर होगा।"

"यदि सभी कुछ आँखों से दिखता तो हमारे यहाँ आने की आवश्यकता क्या थी?" वृद्धा फुसफुसाई।

तभी कुछ और झाड़ियाँ हिलीं। वृद्धा की दृष्टि उधर घूमी। वृक्ष और झाड़ियों की आड़ से कुछ बैलगाड़ियाँ झाँकीं। उन पर जंगली झाड़ियों और बेलों का आवरण था जिसने उन्हें वन के प्राकृतिक वातावरण का हिस्सा बनाकर छिपा दिया था। वृद्धा की दृष्टि उधर नहीं गड़ी होती तो रात्रि के अंधकार में उन्हें पहचानना अत्यंत दुष्कर था।

"नागरिक बैलगाड़ियाँ!" वृद्धा फुसफुसाई, "इनकी संख्या तो देखो!"

अब तक वृद्ध की दृष्टि भी उन बैलगाड़ियों पर पड़ चुकी थी।

"वन में इतनी भारी संख्या में नागरिक बैलगाड़ियों का क्या काम?" वृद्ध फुसफुसाया।

"ये नागरिक बैलगाड़ियाँ नहीं लगती हैं।" वृद्धा चौंकी। उन बैलगाड़ियों की सुरक्षा में अप्रत्याशित संख्या में भालाधारी, धनुर्धर और घुड़सवार तैनात थे। सभी छद्म वेशभूषा धारण किए वन के वातावरण में छुपते हुए आगे बढ़ रहे थे।

"हे प्रभु! बैलगाड़ियों के साथ मगध वाहिनियाँ हैं!" वृद्धा बुदबुदाई।

"मगध वाहिनियाँ! नागरिक बैलगाड़ियों की सुरक्षा के लिए!" वृद्ध अचरज से बोला।

"नागरिक बैलगाड़ियाँ इतनी भारी नहीं होतीं कि उनके चलने से धरती काँप उठे।" वृद्धा उधर दृष्टि जमाए बोली, "इन बैलगाड़ियों का आकार बड़ा है। इनमें हृष्ट-पृष्ट और शक्तिशाली बैल जुते हैं। गाड़ियों के चक्र भारी और सख्त धातु के हैं जिसके कारण धरती पर गहरे चिह्न उभर रहे हैं। चक्रों की आवाज दबाने के लिए उन पर चर्म चढ़ा है।"

"ये नागरिक वाहन नहीं, सैन्य वाहन हैं। बैलगाड़ियों के पट बंद हैं। उनमें कई छिद्र बने हैं, जिनसे भीतर बैठे हुए बाहर दृष्टि रखी जा सकती है।" वृद्ध बोला, "अवश्य ही इन बैलगाड़ियों के भीतर सशस्त्र बल भी होंगे।"

"नागरिकों को इतनी कड़ी सुरक्षा की क्या आवश्यकता है?" वृद्धा बुदबुदाई, "इन बैलगाड़ियों में ऐसा क्या है जिसके लिए इतनी भारी सुरक्षा है?"

"छापामार दस्ते, कोई विशिष्ट व्यक्ति या कुछ और विशेष!" वृद्ध बोला।

"यहाँ मथुरा के निकट उत्सव मनाने तो नहीं आए होंगे।" वृद्धा बोली।

"हम तो आए हैं।" वृद्ध के चेहरे पर शरारती मुस्कान थिरकी, "और उत्सव मना कर लौटेंगे!"

दोनों चुपके से नीचे उतरे और झाड़ियों की ओट लेकर दबे पाँव बैलगाड़ियों की तरफ बढ़े।

"मथुरा का सर्वनाश हो! महाराज जरासंध की जय हो!" वृद्ध चिल्लाते हुए मगध सैनिकों की तरफ भागा।

"मति-भ्रष्ट हो गई है क्या?" वृद्धा घबराई। उसने वृद्ध को धक्का देकर गिराया और उसका मुँह बंद करने लगी।

लेकिन वृद्ध की आवाज मगध सैनिकों का ध्यान खींच चुकी थी। वे उसे पकड़ने के लिए भागते हुए आए।

वृद्ध ने वृद्धा को धक्का देकर अपने ऊपर से हटाया और बौखलाया हुआ आस-पास पड़े पत्थर उठाकर मगध सैनिकों पर फेंकने लगा।

"अब कैसे बचेगा कृष्ण?" वृद्ध चीखा, "सर्वशक्तिमान महाराज जरासंध की जय!"

तुरंत ही अनेक मगध सैनिकों ने उसे घेर लिया।

"कौन हो? यहाँ क्या कर रहे हो?" मगध नायक ने अपनी तलवार उसके गले से सटाते हुए कड़क आवाज से पूछा।

"तुम यादव हो!" वृद्ध चीखा, "मैं तुम्हें जीवित नहीं छोड़ूँगा!"

मगध नायक हैरान था। कौन थे ये वृद्ध और वृद्धा? वन में क्या कर रहे थे? दोनों की हालत दयनीय थी। देह कमजोर और झुर्रियों से ढँकी थी। गाल भीतर धँसे थे, पैरों पर छालें और खरोंचें थीं। कई दिनों के भूखे-प्यासे लग रहे थे।

"इन्हें क्षमा करें, श्रीमान!" वृद्धा रोती-बिलखती मगध नायक के पैरों में गिर गई, "हम बदकिस्मत हैं। पहले यादव सैनिकों ने बलपूर्वक हमारे इकलौते पुत्र को सेना में भर्ती करने के लिए हमसे छीन लिया। फिर उन्होंने उसे शक्तिशाली मगध सैनिकों से लड़ने भेज दिया। जिन कायर यादवों के लिए उसने प्राण त्यागे उनके लहू में इतनी गर्मी भी नहीं बची कि मगध सैनिकों से उसका शव ला पाते!" वृद्धा की आँखों से आँसू फूट पड़े, "दुष्ट यादवों ने हमारी सहायता करना तो दूर, हमें धक्के मारकर मथुरा से निष्कासित कर दिया। तब से अपने पुत्र के शव को देखने के लिए भटक रहे हैं।"

मगध सैनिकों की तलवारें झुक गईं। वृद्धा की दर्दनाक कहानी से उनके हृदय पसीज गए।

"जैसा कायर कृष्ण, वैसे कायर उसके अनुयायी यादव!" मगध नायक उपहास से बोला।

"श्रीमान! मथुरा से निष्कासन के पश्चात हमने ठान लिया कि मगधराज के चरणों में गिरकर अपने पुत्र का शव लेकर ही लौटेंगे।" वृद्धा सुबकते हुए बोली, "तब से वन में इस आस से भटक रहे हैं कि प्रभु हमारी सुन ले और कोई हमें मगध तक पहुँचा दे।"

"इन्हें क्या हुआ है?" मगध नायक ने वृद्ध को घूरते हुए पूछा।

"पुत्र-शोक में अपना मानसिक संतुलन खो बैठे हैं। हर किसी को यादव सैनिक मानकर उसे मारने दौड़ पड़ते हैं।" वृद्धा सुबकते-सुबकते बोली, "आप बताएँ! हम बेसहारा कहाँ जाएँ? अपना यादव कुल ही जब अपना नहीं रहा तो किसी और से मदद की क्या उम्मीद लगाएँ। कंद-मूल खाकर अपने पुत्र के शव को ढूँढ़ते हुए वन में भटक रहे हैं।"

"मेरा पुत्र जीवित है!" वृद्ध विक्षिप्त की भाँति अपना सिर झटकते हुए उठा, "वह सर्वशक्तिमान महाराज जरासंध की सेवा में है। दुष्ट यादव उसका तनिक भी अहित नहीं कर सकते हैं।"

"चुप हो जाओ! पुत्र तो गया अब क्या हमारे प्राण हरकर तुम्हें शांति मिलेगी?" वृद्धा विवश और हताश हो चीख पड़ी, "यादव सैनिकों के समक्ष यादवों का अपमान करने का परिणाम जानते हो?" रोते-रोते वह मगध सैनिकों के पाँवों में गिरकर गिड़गिड़ाई, "हमें जीवित जाने दें, श्रीमान! अपना पुत्र खोने के पश्चात हम ही एक-दूसरे का सहारा हैं। आपको आपके कृष्ण की दुहाई!"

मगध नायक अनिर्णय की स्थिति में था। वृद्ध और वृद्धा पर कैसे विश्वास करें। ये बहरूपिए या यादव गुप्तचर हो सकते हैं जो मगध सेना की थाह लेने आए हों। कदाचित इनके साथी मगध सेना पर घात लगाकर हमला करने की ताक में आस-पास छुपे बैठे हों।

स्थिति पर तनिक और विचार करने पर वह मन ही मन मुस्कुराया। इनके कितने साथी होंगे- एक...दो...दस....बीस अथवा सहस्त्र! मगध सेना को परास्त करने के लिए इन्हें पूरे संसार की सेना यहाँ एकत्र करनी होगी। कायर यादव

संसार भर में भीख का कटोरा लिए मदद माँगते घूम रहे हैं, किंतु महाराज जरासंध के भय से उन्हें कोई सहायता नहीं दे रहा है।

ये दोनों कमजोर, निहत्थे वृद्ध तो मगध सैनिकों को यादव सैनिक समझकर ही भय से मरे जा रहे हैं। जानते हैं कि कोई चतुराई दिखाने से पूर्व इनकी साँसों की डोर कट जाएगी। यदि इनकी बात में सच्चाई हुई तो ये मगध सेना की मदद कर सकते हैं। दोनों मथुरा से निष्कासित हैं। यादवों से अपने पुत्र की मौत का प्रतिशोध लेने के लिए तड़प रहे हैं। इनके प्रतिशोध की ज्वाला को हवा देकर यदि मथुरा की तरफ मोड़ दिया जाए तो?

"तुम्हें यहाँ यादव सैनिक दिखाई दिए?" मगध नायक ने पूछा।

"आप ही दिखाई दिए, श्रीमान! बड़ी कृपा होगी यदि आप हमें जाने दें!" वृद्धा हाथ जोड़कर बोली, "महाराज जरासंध दयालु एवं कृपानिधान हैं। सुना है उनके पास से कोई खाली हाथ नहीं लौटता है। वह अवश्य हमारे पुत्र का शव ढूँढ़ने में हमारी सहायता करेंगे।"

"तुमने उचित सुना है।" मगध नायक दो वृद्ध मथुरावासियों के मुँह से मगधराज की शक्ति का गुणगान सुनकर चकित हुआ।

"हमारे शरीर में इतना बल नहीं कि उन्हें ढूँढ़ने दूर-सुदूर जा सकें।" वृद्धा बुझे स्वर में बोली, "हम तो इसी उलझन में हैं कि मगधराज से कैसे संपर्क साधा जाए।"

"निश्चिंत हो जाओ! तुम मगध सैनिकों की सुरक्षा में हो।" मगध नायक बोला।

"मगध सैनिक!" वृद्धा के चेहरे पर सुखद आश्चर्य तैर गया। चेहरा प्रसन्नता से ऐसे खिला, मानो कोई वरदान प्राप्त किया हो, "आप यादव सैनिक नहीं हो?"

"हमारी वेशभूषा देखकर तुम्हें लगता है कि हम यादव सैनिक हैं?" मगध नायक खीजा।

"अपने प्राण बचाने के लिए मगध सैनिकों की वेशभूषा धारण करना कायर यादवों के लिए कौन-सा बड़ा काम है!" वृद्धा ने तुनकते हुए उत्तर दिया, "इसलिए पूछना उचित लगा।"

"हमारा विश्वास करो! हम मगध सैनिक हैं!" मगध नायक ने दोहराया।

"आप कहते हैं तो विश्वास कर लेती हूँ।" वृद्धा हाथ जोड़कर बोली, "वही मैं सोचूँ कि यादव सैनिक रात्रि में वन में विचरने का साहस कहाँ से ले आए।

मगध सैनिकों के भय से वे तो मथुरा सीमा से बाहर कदम रखने में भी घबराते हैं।"

आस-पास खड़े मगध सैनिकों की छाती गर्व से फूल गई।

"परमात्मा ने हमारी प्रार्थना सुनकर हमें महाराज जरासंध की शरण में पहुँचा दिया।" वृद्धा प्रसन्नता से बोली।

"हम कहीं नहीं जाएँगे!" वृद्ध चीखा, "मथुरा और यादवों का विनाश देखकर ही मेरी आत्मा को शांति मिलेगी।"

"यदि तुम्हें मथुरा गढ़ी में प्रवेश का मार्ग ज्ञात है तो हम तुम्हें मथुरा छोड़ देंगे!" मगध नायक बोला।

"हम मथुरा लौटकर क्या करेंगे?" वृद्धा ने चिंता से पूछा।

"यादवों से अपने पुत्र की मौत का प्रतिशोध लेना है तो हमारा कहना मानो!" मगध नायक बोला।

वृद्धा ने कुछ पल सोच-विचार किया।

"गढ़ी तो यादवों से सुरक्षित है। प्राचीरों और द्वारों पर सशस्त्र बल तैनात है।" वह बोली, "किंतु ब्रज से एक सँकरा मार्ग है, जो गढ़ी के भीतर अश्वशाला तक जाता है।"

मगध नायक की आँखें चमक उठीं। महाराज जरासंध तो यह सूचना सुनकर उसे स्वर्ण-मुद्राओं में तुलवा देंगे। मूढ़ यादव मथुरा की गढ़ी पर आँखें फाड़े बैठे रहेंगे और मगध सेना गढ़ी में प्रवेश कर मथुरा पर मगध ध्वजा लहरा देगी। बिना किसी मार-काट की विजय!

"किंतु मथुरा में प्रवेश करके क्या होगा?" वृद्ध उदास हुआ, "हम दो वृद्ध कितने यादवों को मार पाएँगे?"

मगध नायक ने वृद्ध की मूढ़ता पर मन ही मन अपना सिर पीटा, किंतु वो प्रसन्न था। वृद्ध और वृद्धा की सरलता उसके लिए मथुरा विजय का साधन थी।

"मगधराज अपने शरणागत की हर इच्छा पूर्ण करते हैं। तुम भाग्यशाली हो जो तुम्हें मथुरा के विनाश का साक्षी बनने का अवसर मिला है।" मगध नायक बोला।

"तुम सच कह रहे हो!" वृद्ध चहकते हुए बोला, "तुम मेरे पुत्र की मौत का प्रतिशोध यादवों से लोगे?"

"उस बहरूपिए कृष्ण और उसे भगवान मानने वाले मथुरावासियों से भी! मगधराज का क्रोध मथुरा को भस्म कर देगा।" नायक ने मुस्कुराते हुए उन्हें अपने

साथ आने का संकेत किया।

दोनों मगध वाहिनियों के साथ चलने लगे। कुछ कोस चलने के बाद उन वाहिनियों के व्यूह टूटने लगे। साथ आई बैलगाड़ियाँ कतारों में तैनात होने लगीं। मगध वाहिनियाँ उन्हें सुरक्षित करने लगीं।

वृद्ध और वृद्धा आँखें फाड़े उनकी गतिविधियों को देखने लगे। मथुरा दूर थी, तो लगा कदाचित मगध वाहिनियाँ विश्राम के लिए रुकी थीं।

मगध वाहिनियों के व्यूहबद्ध होने के बाद छद्म आवरण से ढँकी बैलगाड़ियों के पट खुलने आरंभ हुए। पट खुले तो बैलगाड़ियों की आड़ में छुपी सच्चाई देखकर वृद्ध और वृद्धा दंग रह गए। विचित्र हथियार था- वृहद और मजबूत, किसी लौह गदा की भाँति। अनगिनत यंत्रों और सुरक्षा चक्रों से लैस। उसकी देखरेख के लिए विशेषज्ञों का पूरा दल तैनात था।

"कृष्ण और उसकी मथुरा के विनाश का आरंभ!" मगध नायक प्रसन्नता से बोला और बोलता गया। वृद्ध और वृद्धा उसकी बातें सुनते रहे। उसकी बात समाप्त हुई तो वृद्ध प्रसन्नता से झूम उठा।

"सर्वशक्तिमान महाराज जरासंध की कीर्ति अक्षय रहे!" वृद्ध हाथ मारते हुए नाचने लगा, "यादवों का सर्वनाश हो!"

मगध सैनिकों उसे देख हँसे। शीघ्र ही मथुरा में दुबके यादव अपने स्वयं-भू ईश्वर कृष्ण और बलराम के साथ मगध सैनिकों के चरणों में अपने प्राणों की भीख माँगते पड़े होंगे। संसार मगध शक्ति की झलक से स्तब्ध रह जाएगा।

अचानक नाचते हुए वृद्ध के कदम डगमगाए। चेहरे पर पीड़ा उभरी, अपनी छाती दबाते हुए वह झुका और निढाल हो नीचे गिर पड़ा।

मगध सैनिकों ने वृद्ध को हिलाया-डुलाया और उसकी साँस और नब्ज टटोली। वृद्ध निष्प्राण था।

मृत पति की छाती पर हाथ पटकते हुए वृद्धा दहाड़ें मारकर रो पड़ी।

एक अनजान वृद्ध और वृद्धा के साथ समय व्यर्थ करने में मगध सैनिकों को कोई दिलचस्पी नहीं थी, विशेषकर जब मगधराज की महत्त्वाकांक्षी योजना अंतिम चरण में थी।

वृद्धा को वृद्ध के शव के साथ छोड़कर वे आगे बढ़ गए।

वृद्धा का करुण रुदन देर तक वन में गूँजता रहा।

अध्याय 20

कृतवर्मा के शिविर में सेवक भागते हुए आया। उन्हें प्रणाम किया और हाँफते हुए बोला, "श्रीमान! एक वृद्ध आपसे तुरंत भेंट के इच्छुक हैं। कहते हैं भेंट किए बिना नहीं लौटेंगे।"

कृतवर्मा ने सेवक को उन्हें लाने का संकेत किया।

कुछ समय पश्चात एक वृद्ध अपनी वृद्धा पत्नी के साथ कृतवर्मा के शिविर में आए। उन दोनों के चेहरे टटोलकर कृतवर्मा ने झुककर उन्हें प्रणाम किया।

"कैसे हो, काका?" कृतवर्मा ने पूछा, "बड़े दिनों बाद आना हुआ।"

वृद्ध ने सकपकाकर पत्नी की तरफ देखा। सेनानायक उन्हें भूले नहीं थे।

"मगध सेना गदा प्रहार के लिए तत्पर है!" वृद्ध बोला, "उद्गम गिरिव्रज और लक्ष्य मथुरा है। गदा का संधान आरंभ हो चुका है। बचाव के लिए अधिक समय नहीं है।"

वृद्ध ने वन में मगध सैनिकों से जुटाई सारी जानकारियाँ कह सुनाई। गदा की स्थिति क्या है, उसकी संहारक शक्ति कितनी है, उसका प्रभाव क्षेत्र कितना है, किस दिशा में गदा प्रहार होगा, वह कितना मारक सिद्ध होगा, उसका क्या प्रभाव होगा और कितने समय तक प्रभावी रहेगा।

सुनकर कृतवर्मा का चेहरा सख्त हो चला। मथुरा से सटे अंचलों में तैनात यादव गुप्तचर उन्हें नियमित रूप से मगध सेना से जुड़ी गतिविधियों की सूचना प्रेषित कर रहे थे। पिछले कुछ दिवसों से मगध वाहिनियों की गतिविधियाँ अप्रत्याशित रूप से शिथिल थीं। सूचना थी कि यादवों से मिल रही लगातार पराजय से मगध के सहयोगी राज्यों में फूट पड़ गई थी। कुछ सहयोगी राज्य मगध से अपना सैन्य सहयोग समाप्त करने का निर्णय ले चुके थे, किंतु मगधराज के क्रोध से भयभीत वे सैन्य सहयोग जारी रखने के लिए विवश थे। मगध

सेनानायकों ने अपनी सेना का मनोबल बढ़ाने के लिए शीघ्र मथुरा पर मगध ध्वजा लहराने का वादा किया था।

गुप्तचरों से मिली सूचनाओं के आधार पर कृष्ण और यादव सेनानायकों को अंदेशा था कि जरासंध मथुरा पर किसी गुप्त हथियार से आक्रमण की योजना बना रहा है, किंतु किसी अचूक जानकारी के अभाव में निर्णय लेना कठिन था।

वृद्ध की सूचनाओं से स्पष्ट था कि विगत मासों से मगध सेना की गतिविधियों में आई शिथिलता गदा प्रहार की सफलता के लिए आवरण थी।

"गदा प्रहार के लिए मगध वाहिनियों ने गिरिव्रज में अस्थायी केंद्र स्थापित किया है। गदा संचालन में तैनात कुछ बैलगाड़ियाँ वन के दलदल में फँसकर निष्क्रिय हो गई हैं, किंतु अभी तक नई बैलगाड़ियाँ वहाँ पहुँच चुकी होंगी।" वृद्ध ने काँपते स्वर में बताया, "केंद्र और गदा की सुरक्षा में अत्याधुनिक अस्त्र-शस्त्रों से सुसज्जित मगध वाहिनियाँ छद्म वेष में तैनात हैं। हम प्रत्यक्ष आक्रमण से गदा निष्क्रिय नहीं कर सकते हैं।"

वृद्ध के बताए आँकड़ों से कृतवर्मा ने अनुमान लगाया कि गदा संधान में एक-दो प्रहर अवश्य लगेगा। स्पष्ट है कि आक्रमण रात्रि में ही होगा। ऐसे में मथुरा के रक्षार्थ यादवों के पास एक प्रहर से भी कम समय था।

"मुझे अविलंब उनकी गतिविधियों की प्रत्येक सूचना मिले!" आदेश देकर कृतवर्मा शिविर से निकले।

वृद्ध और वृद्धा एक-दूसरे को ताकते हुए शिविर में खड़े रहे।

"तुम्हें लगता है उन्होंने हमें पहचान लिया?" वृद्धा ने पूछा।

"निःसंदेह!" वृद्ध के चेहरे पर मुस्कान थिरकी।

"हमसे क्या कमी रह गई, शोण!" वृद्धा खीजी।

"इसका विश्लेषण करने से पहले हमें मथुरा को गदा प्रहार से सुरक्षित करना है।" शोण शिविर से बाहर भागा, "जानती हो ऐसी परिस्थितियों में क्या करना है?"

"निश्चिंत रहो!" शरण्या उसके साथ भागते हुए बोली।

"अगली बार धड़कनें थामने के लिए कोई बेहतर चूर्ण देना।" भागते हुए शोण मुँह बिचकाते हुए बोला, "अभी तक मुँह कड़वा है।"

"अवश्य!" उसके साथ भागती शरण्या अपने दाँत पीसते हुए बोली।

अगली बार वह शोण को ऐसा चूर्ण देगी जो उसे जीवन भर स्मरण रहेगा।

अध्याय 21

शोण और शरण्या से प्राप्त गुप्त सूचनाओं के आधार पर यादवों ने गदा प्रहार के संभावित लक्ष्यों को चिह्नित किया। कृष्ण और बलराम सहित सभी यादव राजाओं को सूचना पहुँचाई गई। गदा प्रहार से नागरिकों की सुरक्षा के लिए अनेक बचाव दल दूर-सुदूर के प्रांतों में भेजे गए। जिन क्षेत्रों में गदा प्रहार की संभावनाएँ सर्वाधिक थीं उन्हें तुरत-फुरत खाली करवाया गया। जितना बन पड़ा, उतना पशुधन भी हटाया गया। अधिकतर अंचल जरासंध के आक्रमण की आशंका से पहले ही नागरिक विहीन हो चुके थे, इसलिए बचाव दल को अधिक परिश्रम नहीं करना पड़ा।

मथुरा पर जरासंध के गदा प्रहार[191] की आशंकाएँ अंततः सत्य सिद्ध हुईं। कृतवर्मा का अनुमान सटीक निकला। गदा प्रहार रात्रि में ही हुआ। यकायक आकाश भयानक शब्द के साथ फटा। रात की स्याह चादर को चीरते हुए सूर्योदय हुआ और असहनीय ऊष्मा उबल पड़ी। आकाश से उल्कापात होने लगा। धरती थरथरा गई। नगर-गाँवों में कोलाहल मच गया। स्त्री-पुरुष और बच्चे भयभीत होकर अपने-अपने घरों से बाहर निकल आए। घरों में दरारें पड़ गईं। कई घर भरभरा कर ढह गए। कई लोग हताहत हुए। चारों ओर चीत्कार और भयपूर्ण रुदन गूँज उठा। सभी अपने प्राणों की चिंता में दूभर होने लगे। वातावरण विषाक्त धुएँ से भर गया। दम-घोंटू हवा में साँस लेना कठिन हो गया।

गदा प्रहार से उभरा प्रकाश मथुरा के साथ दूर-सुदूर ब्रज के अनेक अंचलों

---

191. जरासंध ने कृष्ण से बदला लेने के लिए गिरिव्रज से एक बड़ी भारी गदा निन्यानवें बारजोर से घुमाकर फेंकी। वह गदा मथुरा से निन्यानवें योजन दूर जाकर गिरी। उस समय कृष्ण मथुरा में थे, किंतु उस गदा से उनका कुछ भी नहीं बिगड़ा। मथुरा के समीप जिस स्थान पर गदा गिरी थी, वह गदावसान के नाम से प्रसिद्ध हुआ। [महाभारत, सभापर्व, अध्याय 19, श्लोक 23-25]

में देखा गया। ऋतु-प्रभाव में अभूतपूर्व बदलाव आ गए। जरासंध के गदा प्रहार के उपचारार्थ श्रीकृष्ण ने वरुणास्त्र का प्रबंध कर रखा था। गदा प्रहार की दिशा में वरुणास्त्र चलाया गया। अस्त्र के प्रभाव से वर्षा होने लगी और असह्य गर्मी से घबराए, कुम्हलाए लोगों को शांति मिली। वर्षा ने वातावरण तनिक शीतल किया, किंतु धरती सुलगते अंगारों जैसी तपती रही।

श्रीकृष्ण, बलराम, सात्यकि, कृतवर्मा, सत्यक, श्वफलक, उत्तमौजा और उद्धव अपने दल-बल के साथ नगर में घूमते हुए लोगों की मदद और उन्हें आश्वस्त करने में जुटे रहे। समूची रात्रि इसी आपाधापी में बीती।

सूर्योदय तक निश्चित हुआ कि गदा प्रहार से भांडीर[192] का एकांत वन क्षेत्र प्रभावित हुआ था। उद्धव यादव सैनिकों के साथ भांडीर का निरीक्षण करने निकले। उनके पीछे कृष्ण अन्य यादव राजाओं के साथ लोगों की मदद में जुटे रहे। दिन भर नगर में मुनादी करवा कर नागरिकों को आश्वस्त किया गया।

गदा प्रहार से सैकड़ों योजन में फैले भांडीर वन क्षेत्र के अनगिनत वृक्ष स्वाहा हो गए। राख की मोटी परतों से संपूर्ण वन क्षेत्र ढँक गया। वन की राख के प्रभाव से वरुणास्त्र प्रेरित वर्षा-जल भी काला हो गया। दूर-दूर तक वर्षा के जल में भीगे काले जले हुए वृक्षों की कतारें बिछ गईं। धुएँ के गाढ़े आवरण में हर दिशा एक समान बन गई। वन के अनगिनत पशु-पक्षी गदा से उत्पन्न अग्नि में जल कर अथवा विषाक्त वायु में दम घुटने से मारे गए।

किंतु मथुरा सुरक्षित थी। जनमानस प्रसन्न था कि श्रीकृष्ण ने अपनी अलौकिक शक्तियों से जरासंध की इस चेष्टा को व्यर्थ किया।

शोण और शरण्या अपने प्रथम अभियान की सफलता से प्रसन्न थे।

और अपनी विफलता से बौखलाए जरासंध का क्रोध मगध सेनापतियों पर टूट रहा था।

---

192. वर्तमान में मध्य प्रदेश का भांडेर नगर

अध्याय 22

"प्रणाम श्रीमान!" शिविर में प्रवेश करते शोण के चेहरे पर अभियान की सफलता दमक रही थी।

"तुम्हारी प्रशंसा सुन-सुनकर मैं उकता चुका हूँ। गदा प्रहार की विफलता लंबे समय तक जरासंध पर हावी रहेगी।" कृतवर्मा प्रसन्नता से बोले, "अन्य यादव सेनानायकों के साथ वासुदेव और महाराज उग्रसेन भी तुम्हारे कार्य से प्रभावित हैं। असंख्य प्राणों की रक्षा के साथ तुमने यादव सम्मान में कई गुना वृद्धि की है। तुम्हारे अभियान की सफलता से उत्साहित जरासंध के कई जनपदों ने यादवों से जरासंध के विरुद्ध उनकी सहायता की गुहार लगाई है।"

"धन्यवाद, श्रीमान!" शोण ने आदर से सिर झुकाया, "एक प्रश्न था!"

"झुर्रियों से भरे चेहरे पर तुम्हारी युवा आँखें बेमेल थीं।" शोण के प्रश्न पूछने से पूर्व कृतवर्मा ने उत्तर दिया, "वन के अंधकार में तुम्हारी त्रुटि छुप गई, किंतु शिविर में मशालों के प्रकाश में वो उजागर हो गई।"

"ओह!" शोण बुझे स्वर में बोला।

"युद्धभूमि क्षमा माँगने का अवसर नहीं देती है, शोण!" कृतवर्मा ने चेताया, "एक साधारण त्रुटि जय को पराजय में और जीवन को मृत्यु में बदल सकती है।"

"श्रीमान! आपको पुनः शिकायत का अवसर नहीं मिलेगा।" शोण बोला।

"मुझे तुम पर गर्व है, शोण! तुम्हारे समर्पण और परिश्रम से सभी प्रशिक्षक प्रभावित हैं।" कृतवर्मा बोले, "मैं तुम्हें ऐसा सर्वश्रेष्ठ और उत्कृष्ट योद्धा बनते देखना चाहता हूँ जो दूसरों के लिए आदर्श हो। इसलिए तुम्हारी मामूली त्रुटि भी मुझे चुभती है।"

"आपकी उम्मीदों को पूर्ण करना मेरे लिए गर्व की बात होगी, श्रीमान!" शोण आदर से बोला।

"वासुदेव और महाराज उग्रसेन कुछ महत्त्वपूर्ण कार्यों में मेरी सहायता चाहते हैं। उन कार्यों में व्यस्तता के चलते तुम्हारे प्रशिक्षण में अधिक समय देना मेरे लिए असंभव होगा।" कृतवर्मा बोले, "चाहता था कि तुम्हारा प्रशिक्षण पूर्ण होने तक यहाँ रुकूँ, किंतु इन परिस्थितियों में यह भी संभव नहीं होगा। मुझे शीघ्र प्रस्थान करना होगा।"

"श्रीमान! पुनः कब लौटेंगे?"

"कह नहीं सकता कि हमारी पुनः भेंट कब और किन परिस्थितियों में होगी!" कृतवर्मा बोले, "होगी भी या नहीं।"

"तो मेरे लिए क्या आज्ञा है, श्रीमान?" शोण ने विनम्रता से पूछा।

"सेनानायक सात्यकि को तुम्हारी आवश्यकता है।" कृतवर्मा आसन से उठकर टहलने लगे, "मुझे विश्वास है कि उनके प्रस्ताव में तुम्हें दिलचस्पी होगी।"

"किस विषय में, श्रीमान?" शोण ने अचरज से पूछा।

"वही जानें। लेकिन उनके अनुरोध को साधारण समझने की भूल मत करना!" कृतवर्मा हँसे, "वह बिना सोचे-विचारे कभी किसी से कुछ नहीं माँगते हैं, इसलिए उनके अनुरोध में मुझे तुम्हारे लिए अपार संभावनाएँ दिखती हैं।"

"आप नहीं जानते कि उन्हें मेरी आवश्यकता क्यों है?" शोण ने पूछा।

"नहीं! और मैं जानना भी नहीं चाहता हूँ। उन्होंने पहली बार मेरे किसी प्रशिक्षु के विषय में मुझसे इतने विस्तार से बात की है, इसलिए मुझे विश्वास है तुम्हारे चुनाव के लिए उनके पास गहरा कारण होगा।" कृतवर्मा गंभीरता से बोले, "उनका अनुरोध मेरे और तुम्हारे लिए गर्व की बात है। मैं उनका यह अनुरोध ठुकराना नहीं चाहता हूँ।"

"ठुकराने की आवश्यकता भी नहीं है, श्रीमान! मैं उनसे शीघ्र भेंट करूँगा!" शोण बोला।

"वन में पशु सिंह का संस्कार करके उसे राजा घोषित नहीं करते, बल्कि सिंह अपनी क्षमताओं और योग्यता के बल पर स्वयं राजत्व ग्रहण करता है। तुम्हारे जैसे अपार संभावनाओं वाले प्रशिक्षु का चुनाव सात्यकि ने अवश्य यादव हित में किया होगा।" कृतवर्मा बोले।

"यदि मेरा चयन गदा प्रहार अभियान की सफलता से प्रेरित है तो अभियान में मेरी सहभागी शरण्या का भी चयन होना चाहिए था।"

"कयासों में समय व्यर्थ मत करो, शोण! कदाचित सात्यकि को शरण्या की आवश्यकता नहीं है।" कृतवर्मा बोले, "और अपने प्रश्न अपने नए सेनानायक के लिए सुरक्षित रखो। उन्हें भी तो ज्ञात हो कि उन्होंने किस मुसीबत को अपने माथे लिया है।"

"शरण्या मेरी गुरु बहन है। मुझे उससे कोई संकट नहीं है।" शोण बोला।

"हमारे करीबी ही हमारे संकट का प्रबल कारण बनते हैं, शोण!" कृतवर्मा गंभीरता से बोले, "शस्त्रों को साध लिया तो वे तुम्हारे रक्षक हैं, अन्यथा वही तुम्हारी मौत का कारण बनते हैं।"

"मैं श्रीमान के कथन का तात्पर्य नहीं समझा!" शोण सकपकाया।

"तुम्हारे नए सेनानायक तुम्हारी प्रतीक्षा कर रहे हैं।" कृतवर्मा मुस्कुराते हुए फुसफुसाए, "उन्हें प्रतीक्षा करवाना उचित नहीं होगा।"

"मुझे प्रस्थान की आज्ञा दीजिए, श्रीमान!" कहकर शोण ने कृतवर्मा के चरण स्पर्श किए, "आप मेरे आदर्श हैं। आपके आशीर्वाद की छाया मुझ पर सदैव रहे।"

"सदैव आगे बढ़ते रहो। तुम्हें सभी के हृदय में स्थान प्राप्त हो और सभी के लिए तुम्हारे हृदय में स्थान हो!" कृतवर्मा ने उसके सिर पर हाथ फेरा, "इस जीवन रूपी युद्धभूमि में हर व्यक्ति अपना युद्ध लड़ता है। मेरी कामना है कि तुम अपना युद्ध लड़ने के साथ उनके लिए भी लड़ सको जो स्वयं का युद्ध नहीं लड़ सकते हैं। जिनका कोई रक्षक नहीं, तुम उनके रक्षक बनो।"

"मैं श्रीमान के प्रत्येक सुझाव को आत्मसात करने का प्रयास करूँगा!" शोण बोला।

"हमारी प्रत्येक मुलाकात भविष्य की किसी सुखद घटना का आधार बनी है।" कृतवर्मा बोले, "उम्मीद है पुनः भेंट होने पर तुम्हारे पास मुझे सुनाने के लिए कुछ नई गाथाएँ होंगी।"

"मैं प्रयास करूँगा कि आप निराश न हों!" शोण बोला।

"हस्तिनापुर भ्रमण के दौरान आचार्य से भेंट होगी। तुम्हारी सफलता के बारे में सुनकर वह प्रसन्न होंगे!" कृतवर्मा बोले।

"उन्हें मेरा प्रणाम कहें, श्रीमान!" शोण ने अनुरोध किया, "शिक्षा पूर्ण होने से पूर्व उनसे भेंट करना मेरे लिए संभव नहीं होगा।"

"तुम उनसे अतिशीघ्र भेंट करोगे!" कृतवर्मा ने शोण के सिर पर हाथ फेरा।

अध्याय 23

आधे प्रहर से भी कम समय में वह अविश्वसनीय घटना विद्यापीठ में अग्नि की तरह फैलकर सभी की जबान पर चढ़ गई थी। जिसने सुना, वो आश्चर्यचकित और अवाक रह गया।

शरण्या भी अधिक समय तक उस सूचना की उपेक्षा नहीं कर पाई। इस बारे में उसे शोण का सबसे करीबी मित्र अमेय ही सटीक सूचना दे सकता था। विद्यापीठ में कोई कुछ भी कहे, अमेय के पास इस घटना की पूरी जानकारी होगी।

अमेय उसे व्यायाम शाला के बाहर मिला। साथ में हेतल और भौमिक भी थे। हेतल अमेय के कंधे पर सिर रख रो रहा था और भौमिक उसे समझाने का प्रयास कर रहा था।

"क्या चल रहा है?" शरण्या ने घबराते हुए पूछा।

हेतल ने रोते-रोते अटकते हुए जो देखा-सुना था शरण्या को कह सुनाया।

"शोण विद्यापीठ छोड़कर जा रहा है?" शरण्या का गला रूँध आया। तो विद्यापीठ में फैली अफवाह एक कटु सत्य थी।

"वह विद्यापीठ छोड़कर नहीं गया है, उसे यहाँ से निष्कासित किया गया है। दोनों बातों में धरती-आसमान का अंतर है!" अमेय खीजते हुए चीखा, "तोड़-मोड़कर दोहराने से तथ्य बदल नहीं जाएगा।"

"शोण विद्यापीठ के कुशाग्र प्रशिक्षुओं में से एक है!" शरण्या बोली, "क्या उसे निष्कासित करने से पूर्व आचार्यों ने विचार नहीं किया?"

"शोण विद्यापीठ के नियमों से ऊपर नहीं है। उसके निष्कासन का निर्णय विद्यापीठ के नियमों के अनुरूप है।" अमेय बोला।

शरण्या अपना माथा पकड़ घबराई हुई इधर-उधर घूमती रही।

"लेकिन शोण के निष्कासन की नौबत क्यों आई?" शरण्या ने पूछा।

"सेनानायक कृतवर्मा ने शोण के हाथों सेनानायक सात्यकि के लिए संदेश प्रेषित किया था। सेनानायक सात्यकि आखेट के लिए गए थे तो शोण शिविर के बाहर उनकी प्रतीक्षा करने लगा।" अमेय बुझे स्वर में बोला, "कुछ देर बाद सेनानायक से भेंट करने कुछ और लोग आए। उनकी शिविर रक्षकों से कुछ कहा-सुनी हो गई। कहा-सुनी हाथापाई में बदल गई। वे लोग शिविर रक्षकों पर भारी पड़ने लगे तो रक्षकों की सहायता के लिए शोण उनसे उलझ गया।"

"शोण को भी दूसरों के मामले में उलझने की बुरी आदत है!" शरण्या अपने दाँत पीसते हुए बुदबुदाई।

"वे लोग शिविर को आग लगा कर शोण को उसमें धक्का देकर भाग गए।" अमेय उतरे चेहरे से बोला, "रक्षकों ने शोण को तो बचा लिया, लेकिन इस घटना से उसमें दृष्टि-दोष उत्पन्न हो गया। दृष्टि-दोष के कारण उसे सैन्य शिक्षा के लिए अयोग्य घोषित कर दिया।"

"मुझे यकीन नहीं हो रहा है।" शरण्या बुदबुदाई, "सेनानायक कृतवर्मा ने शोण के निष्कासन पर आपत्ति नहीं जताई? वो उसका निष्कासन रोक सकते थे।"

"शारीरिक दोष के कारण विद्यापीठ से प्रशिक्षुओं का निष्कासन साधारण बात है। इसमें कृतवर्मा क्या कर सकते हैं?" अमेय बोला।

"शोण का निष्कासन साधारण बात नहीं है!" शरण्या चीखी, "वह साधारण प्रशिक्षु नहीं है। यह तथ्य सेनानायक से गुप्त नहीं है। मैं सेनानायक और आचार्यों से शोण का निष्कासन स्थगित करने के लिए अनुरोध करूँगी।"

"कई प्रशिक्षुओं और आचार्यों ने विद्यापीठ की उच्च समिति से शोण के निष्कासन पर पुनर्विचार करने का अनुरोध किया, किंतु उनका अनुरोध ठुकरा दिया गया।" अमेय हताश और बुझे स्वर में बोला, "विद्यापीठ के नियम और निर्णय हमारे विचारों के अधीन नहीं हैं। शोण का निष्कासन अपरिवर्तनीय है। वो विद्यापीठ के लिए अयोग्य है। विद्यापीठ में उसके कदम पुनः नहीं पड़ेंगे। यही सत्य है।"

"मुझे शोण से मिलना होगा। जाने उस पर क्या बीत रही होगी!" शरण्या बुदबुदाई।

"कोई लाभ नहीं। वो प्रातः विद्यापीठ छोड़कर हस्तिनापुर के लिए प्रस्थान कर चुका है।" अमेय बोला।

शरण्या धक्क रह गई।

"ये तुम मुझे अब बता रहे हो!" वो गुस्से से चीखी, "और क्या शेष है बताने के लिए?"

"जाते समय शोण ने किसी से भेंट नहीं की। प्रातः अपनी शय्या से उठा और किसी को बिना बताए विद्यापीठ से चला गया। बाद में सभी को उसके निष्कासन की सूचना मिली। फिर सेनानायक कृतवर्मा से उसके हस्तिनापुर लौटने के बारे में ज्ञात हुआ।" अमेय बुझे स्वर में बोला।

"वह अभी अधिक दूर नहीं गया होगा। मैं उससे मिल सकती हूँ।" शरण्या की आँखें नम हो गईं। भीतर की विवशता और छटपटाहट चेहरे पर झलक रही थी।

"शोण के निष्कासन के पश्चात विद्यापीठ में निषेधाज्ञा लागू है। प्रशिक्षुओं को विद्यापीठ के भीतर रहने का आदेश है। तुमने निषेधाज्ञा का उल्लंघन किया तो शोण के साथ तुम्हारे लिए भी इस विद्यापीठ के द्वार सदैव के लिए बंद हो जाएँगे!" अमेय ने चेताया, "मेरा यकीन करो! शोण ऐसा कभी नहीं चाहेगा।"

"क्या हम कुछ नहीं कर सकते हैं?" शरण्या हाथों में अपना मुँह छिपाकर सुबक उठी।

"शरण्या! निर्णय लिया जा चुका है और शोण इस निर्णय को स्वीकार कर विद्यापीठ छोड़ चुका है।" अमेय ने उसे समझाया।

"सैन्य विद्या शोण की तपस्या थी। ये विद्यापीठ उसका देवालय। इन दोनों को त्यागकर वो क्या करेगा?" शरण्या सुबकते हुए बोली, "कितना उत्साहित था वो यादव बल की वेशभूषा धारण कर आचार्य और माता शैला से मिलने के लिए। वो उन्हें क्या बताएगा उसने विद्यापीठ क्यों छोड़ी? उसके निष्कासन की सूचना सुन आचार्य और माता शैला पर क्या गुजरेगी?"

"हमारे यहाँ आने का कारण शोण था!" हेतल सुबकते हुए बोला, "वह हमें यहाँ ले आया, किंतु हमें छोड़ गया।"

शरण्या की अश्रुधारा उसके भीतर सुलग रही विवशता को बुझाने में असमर्थ थी। कैसी विडंबना थी कि शोण जैसा सदाचारी, कर्मठ और विद्यापीठ का सर्वश्रेष्ठ प्रशिक्षु अपने कर्मों का पालन करते हुए विद्यापीठ से निष्कासित हो गया।

रह-रहकर उसके मन में टीस उभर रही थी- शोण ने जाने से पूर्व उससे एक बार भी मिलना उचित नहीं समझा!

अध्याय 24

कुटिया के बाहर शोण ठिठककर रुका। तक्षशिला से हस्तिनापुर की लंबी यात्रा की थकान यकायक कई गुना होकर उस पर हावी हो गई थी।

साथ लाई फलों की टोकरी और कंधे पर टँगे झोले पर उसने हाथ फेरा। तक्षशिला से उन्हें उठाए वो यहाँ तक तो पहुँच गया था, पर न कुटिया में जाते बन रहा था, न यहाँ से लौटते। हस्तिनापुर आने के स्थान पर कहीं और चला जाता तो आचार्य और शैला माता का भ्रम कुछ और समय बना रहता।

अब उसके लौटने से आचार्य और माता की उम्मीदें एक झटके में टूटकर बिखर जाएँगी। उन्हें कैसे बताएगा कि वह विद्यापीठ से निष्कासित होकर लौटा है। शैला माता तो जानती ही नहीं कि वह तक्षशिला में कोई सामान्य शिक्षा नहीं, अपितु सैन्य प्रशिक्षण ग्रहण कर रहा था। उसके लौटने का समाचार आस-पास फैलेगा तो कई सवाल उठेंगे। शोण क्यों लौटा? कब जाएगा? नहीं जाएगा तो क्यों? आचार्य और माता पर चारों तरफ से प्रश्न-वर्षा आरंभ होगी। वे कितने प्रश्नों का सामना कर पाएँगे? आचार्य और माता ही क्यों, वह स्वयं कितने प्रश्नों का सामना कर पाएगा?

तो क्या वह यहाँ से कहीं दूर भाग जाए? आचार्य और माता को तनिक पीड़ा होगी, किंतु समय के साथ दोनों सँभल जाएँगे। कदाचित कुछ समय पश्चात दोनों शोण को ही भूल जाएँ। उनके लिए यही उचित होगा। जीवनपर्यंत उन्हें अधूरे स्वप्नों की पीड़ा देने से उत्तम होगा कि उनके सारे स्वप्न एक झटके में समाप्त हो जाएँ।

मन सहसा सहम गया। आचार्य और शैला माता के प्रति अपने दायित्वों से बचकर भागने का कुविचार उसके मन में आया कैसे? आचार्य और माता को जिस समय उसके सहारे की आवश्यकता है, वह अपने कर्तव्यों से विमुख हो

भागने की सोच रहा है। उस बेसहारा को सहारा देने वाले का एकमात्र सहारा भी छीनने की उसने कैसे सोची? उसके बिना आचार्य और माता कैसे जीवन व्यतीत करेंगे? वह स्वयं क्या उनके बिना जी पाएगा?

एक गहरी साँस लेकर उसने कुटिया में प्रवेश किया। कदमों में असमंजस और झिझक थी। भूत का भय, भविष्य की अनिश्चितता और वर्तमान की चिंता उसके दिल और दिमाग पर हावी थी।

कुटिया में सब कुछ वैसा था, जैसा वो छोड़ गया था। यदि कुछ बदला था तो शोण और उसका दृष्टिकोण।

दीपक के प्रकाश में माता रात्रि भोज की व्यवस्था में जुटी थी। आचार्य ने सांध्य-पूजन समाप्त किया था।

शोण ने फलों की टोकरी नीचे रखी। शैला उसे देखकर चौंकी। फिर उठकर उसने प्रसन्नता से शोण को गले से लगा लिया।

"आप दोनों कैसे हैं?" शोण ने उनके चरण स्पर्श कर पूछा।

"हम कैसे होंगे, पुत्र? जैसे तुम छोड़ गए थे, वैसे ही हैं। वही पुरानी दिनचर्या। हमारे संसार में कुछ घटित नहीं होता। सब कुछ अचल है।" आचार्य मुस्कुराए, "तुम कैसे हो? तक्षशिला में तुम्हारी शिक्षा कैसी चल रही है? पहले से दुर्बल हो गए हो। यह अधिक श्रम का परिणाम है, अथवा किसी चिंता का?"

शैला ने तिनकों से बना आसन भूमि पर बिछाया, "उसे बैठकर साँस तो लेने दीजिए, आचार्य! यात्रा से थका हुआ है।"

आसन पर बैठकर शोण ने झोले से वस्त्र निकालकर शैला माता और आचार्य के हाथों में रखे।

शैला का चेहरा प्रसन्नता से खिल उठा। वस्त्र को निहारते हुए वो उसे सहलाने लगी। तनिक कमजोर लग रही थी। चेहरा थका और आँखें काले घेरों में घिरी थीं। बोलते हुए हाँफ रही थी।

"माते, आप अस्वस्थ हैं?" शोण ने चिंता से पूछा।

"कहाँ अस्वस्थ हूँ?" शैला बोली, "हमारी छोड़, तू अपनी सुना! सेनानायक कृतवर्मा बता रहे थे कि तुम्हारा विद्यापीठ से मन उचट गया है।"

"क्या सेनानायक कृतवर्मा यहाँ आए थे?" शोण सहमा।

"तुम्हें लगता है हमें तुम्हारी कोई सूचना नहीं है?" आचार्य मुस्कुराए,

"कृतवर्मा तुम्हारी भेजी भेंटों के साथ यहाँ आते रहते हैं। उनसे हमें तुम्हारे विषय में सूचना मिलती है। उन्होंने बताया कि तुम व्यापार करने के इच्छुक हो।"

"व्यापार!" शोण सकपकाया। अचरज की बात थी कि सेनानायक उसे बिना बताए आचार्य और शैला माता को उसके नाम से भेंट भेज रहे थे। उन्होंने शिक्षा के दौरान सभी प्रशिक्षुओं के परिवारों के जीवनयापन का जो दायित्व लिया था वो उसे निभाते रहे। व्यापार की आड़ में सेनानायक उसके विद्यापीठ से निष्कासन की बात दबा गए थे।

"पुत्र! हम जानते हैं कि तुम व्यापार के लिए इच्छुक हो, किंतु धन की कमी के कारण आगे बढ़ने में झिझक रहे हो।" आचार्य मधुरता से बोले, "तुमने विद्यापीठ से जो धन भेजा था, वो पूरा हमने सुरक्षित रखा है। तुम उससे अपना व्यापार आरंभ कर सकते हो। अधिक धन की आवश्यकता होगी तो हम ये कुटिया बेच देंगे। हस्तिनापुर के कुछ व्यापारी इसका अच्छा मूल्य देने के लिए तैयार हैं।"

शोण की इच्छा हुई कि धरती फटे और वह उसमें समा जाए। विद्यापीठ में प्राप्त पारितोषिक का कुछ हिस्सा जो वह आचार्य और माता को उनके जीवनयापन के लिए भेजता था, वह उन दोनों ने उसके भविष्य के लिए सुरक्षित रखा था। अपनी शिक्षा में व्यस्त उसे ज्ञात भी नहीं हुआ कि आचार्य उसके वेतन से नहीं, बल्कि विद्यार्थियों से मिलने वाली सीमित दक्षिणा से स्वयं और माता का जीवनयापन कर रहे हैं। कष्ट झेलते हुए भी दोनों उसकी उन्नति के विषय में सोच रहे थे।

"आपको ऐसा नहीं करना चाहिए था, आचार्य!" शोण रूँधे गले से बोला, "मैं आपके स्वप्नों को पूरा नहीं कर पाया। उलटा बोझ बनकर लौट आया हूँ।"

"हमारे स्वप्न तो तुम हो!" आचार्य ने शोण को अपनी बाँहों में भर लिया, "और हमारी इच्छा है कि तुम सब चिंताओं को छोड़कर अपने व्यापार पर ध्यान दो। हमसे जो सहयोग बन पड़ेगा अवश्य करेंगे। हमारा सभी कुछ तुम्हारा ही है, पुत्र!"

"व्यापार के लिए धन की चिंता करने की आवश्यकता नहीं है, आचार्य!" शोण बोला, "विद्यापीठ से जितना पारितोषिक प्राप्त हुआ है उससे छोटा-मोटा व्यापार सुलभता से आरंभ हो जाएगा। हस्तिनापुर में कई आर्य व्यापारी भी मेरा

सहयोग करने के लिए तैयार हैं।"

"यह तो उत्तम है!" शैला बोली, "तो तुमने क्या सोचा है?"

"मैंने निर्णय लिया है कि हस्तिनापुर में आप लोगों के साथ रहकर व्यापार करूँगा। मथुरा वीरान हो चुकी है। यादवों के लिए कृष्ण और बलराम ने पश्चिमी तट पर नवीन नगरी द्वारका स्थापित की है!" शोण बोला, "सोचता हूँ व्यापार का आरंभ वहीं से करूँ। उस नवीन नगरी में व्यवस्थाएँ नई हैं। उसका तीव्रता से विकास हो रहा है। वहाँ व्यापार की अपार संभावनाएँ हैं।"

"द्वारका! कृष्ण की बसाई दिव्य नगरी!" शैला चहकते हुए बोली, "सुना है विश्वकर्मा द्वारा निर्मित उस अद्भुत नगरी में ऊँची-ऊँची अट्टालिकाएँ हैं, मनभावन उद्यान हैं। उसकी छटा के समक्ष इंद्रलोक की छटा फीकी है।"

"हाँ माते! वही द्वारका!" शोण बोला।

"द्वारका भ्रमण की इच्छा तो हमारी भी थी, पुत्र! किंतु तुम्हारी माता का स्वास्थ्य लंबी यात्रा के लिए उपयुक्त नहीं है। हमने हस्तिनापुर में निवास करने का निर्णय लिया है।" आचार्य कातर स्वर में बोले, "आश्रम से मिली दक्षिणा से हम दोनों का यापन सुविधा से हो जाता है। जैसे इतने वर्ष बीत गए, जीवन के शेष वर्ष भी आश्रम की सेवा करते हुए व्यतीत हो जाएँगे।"

"मैं द्वारका अकेले नहीं आप लोगों के साथ जाऊँगा। हम तीनों द्वारका भ्रमण पर चलेंगे।" शोण हठ से बोला।

"हमारे भ्रमण की चिंता मत करो, पुत्र! हम यहाँ सुख से हैं, किंतु तुम्हारा हस्तिनापुर से दूर रहना ही उत्तम होगा।" आचार्य बोले, "यहाँ मात्र राजनीतिक उथल-पुथल और षड्यंत्र बचे हैं।"

"वो सब देखा जाएगा, किंतु भ्रमण से पूर्व माता का स्वस्थ होना आवश्यक है।" शोण बोला।

शैला भोजन की व्यवस्था करने भीतर गई तो आचार्य को देख शोण ने सकुचाते हुए अपनी दृष्टि झुका ली।

"कुछ कहने की आवश्यकता नहीं है, पुत्र!" आचार्य फुसफुसाए, "सेनानायक मुझे तुम्हारे निष्कासन की घटना बता चुके हैं।"

"आचार्य! मैं क्षमा..." शोण का गला भर्रा गया।

"पुत्र! परमात्मा तुम्हें तुम्हारे लक्ष्य के लिए उपयुक्त बनाने के लिए प्रयासरत

है।" आचार्य गंभीरता से बोले, "अपनी इच्छा थोपकर उसके कार्य में व्यवधान उत्पन्न मत करो। नदी का लक्ष्य समुद्र होता है और आत्मा का परमात्मा। सृष्टि के इस सामान्य नियम में हम सभी के जीवन का उद्‌देश्य छिपा है। बीज के वृक्ष बनने तक परम-सत्ता पर धैर्यपूर्वक विश्वास रखो।"

"माता को मेरी सैन्य..." शोण ने झिझकते हुए पूछा।

"उसे अपने भ्रम में सुखी रहने दो!" आचार्य ने जैसे शोण को आदेश दिया।

शोण आचार्य को ताकता रह गया। वह सदैव उनके समक्ष मात्र प्रश्नों के साथ उपस्थित हुआ है। कभी स्वयं के अस्तित्व, तो कभी एक पराजित प्रशिक्षु की मनोस्थिति में उलझे प्रश्न लिए। आचार्य के पास उसके प्रत्येक प्रश्न का उत्तर होता है। बद से बदतर हालात में भी न उनका धैर्य चुकता है, न मन का संतोष। कदाचित इसी मनोस्थिति को ज्ञानी स्थितप्रज्ञता कहते हैं।

शोण स्वयं पर हँस पड़ा। वो वाकई मूढ़ था। अपने मन की व्यथा वो उनसे छुपाने का प्रयास कर रहा था, जिन्होंने रात्रि के गहन अंधकार में उसकी पीड़ा भाँपकर उसे अंगीकार किया था।

अध्याय 25

शोण द्वारपाल को पहचान नहीं पाया। कोई नया द्वारपाल था। नियमित होता तो शोण को रोककर अपने तेवर नहीं दिखाता।

"श्रीमान! मैं नियमित व्यापारी हूँ। नगर प्रधान मुझे जानते हैं। उनसे पूछेंगे तो वह अवश्य मुझे नगर प्रवेश की आज्ञा देंगे।" शोण ने अनुरोध किया।

"जानते होंगे, अवश्य जानते होंगे! तुम्हें ही क्यों, वह तो हस्तिनापुर के सभी व्यापारियों को जानते हैं, तो?" द्वारपाल अक्खड़ता से बोला, "हम तो बिना अनुमति पत्र के न किसी को जानते हैं, और न किसी को नगर में प्रवेश की अनुमति देते हैं।"

शोण खीज उठा। वो द्वारपाल को समझाते हुए थक गया था, पर वो अपनी बात पर अड़ा था। भूल शोण की थी। पिछली बार द्वारका से प्रस्थान करने से पूर्व वो नया अनुमति पत्र लेना चूक गया। अब नया द्वारपाल न उसे नगर में प्रवेश करने दे रहा था, न उसे नगर-प्रधान से भेंट करने की अनुमति दे रहा था। शोण को बैलगाड़ी पर लदे अनाज की चिंता थी। यदि वो शीघ्र वितरित नहीं हुआ तो सड़कर उसकी कीमत दो कौड़ी की नहीं रहेगी।

"क्या समस्या है?" एक तेज-तर्रार आवाज आई।

द्वारपाल ने तुरंत झुककर अपने नायक को प्रणाम किया।

"श्रीमान! अनुमति पत्र के बिना ये द्वारका में प्रवेश लेने का बहाना बना रहा है।" द्वारपाल बोला।

शोण और नायक एक-दूसरे को देख चौंके।

अमेय... नहीं नायक अमेय यादव वेशभूषा और कवच पहने अपने पूरे प्रशासनिक रोब में शोण के सामने था। विद्यापीठ से निष्कासन के पश्चात वर्षों बाद उसे देख विद्यापीठ से जुड़ी कई मधुर स्मृतियाँ शोण के मन में जाग्रत हो गईं।

"इसका दायित्व मैं लेता हूँ। इसे द्वारका में प्रवेश की अल्पकालीन अनुमति प्रदान की जाए।" नायक ने द्वारपाल को आदेश दिया। फिर वह शोण से बोला, "नया अनुमति पत्र ले लेना अन्यथा नगर से प्रस्थान नहीं कर पाओगे।"

अमेय के पीछे नगर में प्रवेश करते हुए शोण की आँखें उस पर गड़ी रहीं।

"तुमसे पुनः भेंट कर प्रसन्नता हुई, अमेय! कवच और पोशाक तुम पर फब रही है, यादव वीर!" शोण गर्व से बोला।

अमेय रुका और पलटकर शोण को अपने गले से चिपका लिया, "तुम्हारे बिना यह पदवी अधूरी है, शोण!"

"पता होता कि तुम द्वारका में हो तो पहले भेंट करने चला आता।" शोण हँसते हुए बोला।

"हम तो अब आदेशों के दास हैं, मित्र!" अमेय बोला, "पिछली संध्या वाहिनी को द्वारका प्रस्थान का आदेश मिला और आज प्रातः हम यहाँ उपस्थित हो गए।"

"सब कुशल-मंगल तो है? विद्यापीठ में आचार्य और सहपाठी कैसे हैं?" शोण ने पूछा, "उनसे भेंट होती है?"

"सब पूर्ववत हैं!" अमेय ने उत्तर दिया, "तुम्हें सभी आचार्य स्मरण करते हैं।"

"शरण्या और बाकी साथी कहाँ हैं?" शोण ने उत्सुकता से पूछा, "उनकी शिक्षा भी तुम्हारे साथ समाप्त हुई होगी।"

"हमारी शिक्षा समाप्त हुए तो कई मास बीत चुके हैं, शोण! शरण्या सर्वश्रेष्ठ प्रशिक्षु घोषित हुई। बाकी साथियों ने भी अच्छा प्रदर्शन किया। सभी अपने विभागों में व्यस्त हैं। नियुक्ति के पश्चात किसी से भेंट नहीं हुई।" कहते हुए अमेय रुका, "तुम्हारी कमी सभी को खल रही थी। तुम हम सभी के लिए उदाहरण हो, शोण! तुम्हारे विद्यापीठ छोड़ने से सभी दुखी थे।"

"मैं विवश था, मित्र!" शोण बुझे स्वर में बोला, "यूँ समझ लो कि मेरी इच्छा और विधि की इच्छा में मेल नहीं हुआ। अब मेरी जीविका का साधन यही छोटा-मोटा व्यापार है।"

"समझता हूँ, शोण! उस दुर्भाग्यपूर्ण घटना में तुम्हारा कोई दोष नहीं था। जानते हो, शरण्या के सर्वश्रेष्ठ प्रशिक्षु घोषित होने पर भी सौभालिक काका

तनिक भी प्रसन्न नहीं थे। बोले कि शरण्या को सर्वश्रेष्ठ घोषित होना ही था। उसे चुनौती देने के लिए शोण जो विद्यापीठ में नहीं था।" अमेय ने फीकी मुस्कान फेंकी। साथ में आँखों से कुछ बूँदें टपक गईं, "स्वयं शरण्या भी कहाँ प्रसन्न थी। तुम्हारे बिना उसकी सफलता अधूरी थी। हम सभी की सफलता अधूरी थी।"

"पीड़ा देने वाली स्मृतियाँ भूलना ही उत्तम होता है।" शोण बोला, "मैं तुम सभी के लिए प्रसन्न हूँ, अमेय!"

"सौभालिक काका तुम्हें बहुत स्मरण करते थे। उन्होंने बताया था कि तुम व्यापार के लिए दूर-सुदूर देशाटन के लिए जाते हो।" अमेय बोला, "तुम्हारा व्यापार कैसा चल रहा है?"

"उचित चल रहा है, मित्र!" शोण बोला, "व्यापार के कारण देशाटन का अवसर मिल जाता है। कई बार सोचा कि सौभालिक काका से भेंट करूँ, किंतु अवसर प्राप्त नहीं हुआ। इस बार उनसे अवश्य भेंट करूँगा। वो कैसे हैं?"

"दूर-सुदूर प्रांतों में व्यापार के लिए भ्रमण करते हो और अपने घर की तुम्हें सुध नहीं है!" अमेय बोला, "क्या तुम्हें खांडव वन के विषय में कोई सूचना नहीं है?"

"अवश्य है!" शोण अमेय की बात का तात्पर्य नहीं समझा, "अग्नि के सहयोग से कृष्ण और अर्जुन ने खांडव वन में नागों के गुप्त सैन्य ठिकानों पर आक्रमण कर नागराज तक्षक को अपने दुर्ग से खदेड़ दिया था।"[193]

"क्या तुम खांडव वन से जुड़े विसर्पियों के नरसंहार के बारे में कुछ नहीं जानते?" अमेय बिफरा, "तुम्हारा दोष नहीं है। कृष्ण-अर्जुन की विजय गूँज में खांडव वन का काला सत्य दब गया। खांडव वन में पराजित तक्षक का क्रोध मथुरा और हस्तिनापुर से विस्थापित विसर्पियों पर टूटा। रातों-रात नागों ने विसर्पियों की बस्ती उजाड़ दी। उनके घर जला दिए। विरोध करने वालों को जीवित जला दिया गया। विसर्पियों के शव बस्ती में सड़ते रहे। विसर्पी स्त्रियों को नागों ने बलात नागलोक में कैद कर दिया। जीवन की आस से समर्पण करने वालों को नागों का आजीवन दासत्व मिला।"

"शरण्या और सौभालिक काका का क्या हुआ?" शोण ने पूछा। इतना कुछ हो गया और उसे सूचना भी नहीं हुई।

"शरण्या और सौभालिक काका का क्या हुआ?" उसने पूछा।

---

193. महाभारत, आदिपर्व, अध्याय 224

"उस नरसंहार में किसके साथ क्या हुआ, कौन जीवित रहा, कौन मारा गया- कहना मुश्किल है।" अमेय बोला, "शरण्या और सौभालिक काका के शव नहीं मिले। पता नहीं वे जीवित बचे या मारे गए। भाग गए या उन्हें नागराज ने कैद कर लिया।"

"कैद! यानी नागलोक में?"

"नागलोक के अतिरिक्त नागों का कोई सुरक्षित सैन्य ठिकाना नहीं है जहाँ वे विसर्पियों को बंदी बनाकर रखें!" अमेय बोला, "विसर्पियों को कहाँ बंदी बनाकर रखा है इसकी सूचना मिल भी जाए तो भी क्या हो सकता है।"

"शरण्या तो अपनी रक्षा करने में सक्षम थी। उसने अपनी रक्षा क्यों नहीं की?"

"अकेली शरण्या क्या करती। उसके आने से पूर्व विसर्पी नागराज के समक्ष आत्मसमर्पण कर चुके थे। सौभालिक काका का साथ देने की इच्छा से उसने भी शेष विसर्पियों की तरह नागराज की सेवा करना स्वीकारा।" अमेय बोला, "विसर्पी नागराज का सामना करते तो किसकी सहायता से? भरतखंड में विसर्पियों के लिए नागों से लोहा लेने का साहस किसमें है?"

"यादव चाहें तो ऐसा कर सकते हैं!" शोण बोला, "नागराज को खांडव वन से खदेड़ने वाले कृष्ण नागलोक को भी ध्वस्त कर सकते हैं।"

"सहायता उसकी होती है जिसकी सहायता से कोई लाभ प्राप्त हो। धन एवं राज्य हीन विसर्पियों की सहायता से यादवों को क्या लाभ होता? उलटे उनके गले नागराज की शत्रुता पड़ती।" अमेय बोला।

"नागराज दुष्ट है! वह आर्यों के विरुद्ध विसर्पियों का प्रयोग करेगा। क्या सौभालिक काका ने इसका विरोध नहीं किया?"

"सौभालिक काका को जानते हुए भी तुम ये प्रश्न पूछ रहे हो!" अमेय रोष में बोला, "विसर्पियों की रक्षा के लिए वो नागों के सामने अपने परिवार सहित चट्टान बनकर खड़े रहे। शरण्या के अतिरिक्त उनके सभी संबंधी नागों से लोहा लेते हुए मारे गए।"

"कृष्ण और अर्जुन ने खांडव वन भस्म कर नागों के सैन्य शिविर नष्ट कर दिए तो इसमें विसर्पियों का क्या दोष था?" शोण का मुँह कसैला हो गया।

"अशक्त का कोई मित्र नहीं होता है, शोण! विसर्पियों की गति वृक्ष से टूटकर नीचे गिरे पुष्पों की हुई। वे सभी के पैरों तले कुचले गए।"

शोण ने गहरी साँस ली। नागराज ने विसर्पियों पर हमले के लिए उचित समय चुना था। कौरव-पांडव आपसी द्वेषाग्नि में झुलस रहे थे और यादव अपनी नई स्थापित नगरी द्वारका का विकास करने में जुटे थे। नागराज ने अवसर का लाभ उठाकर विसर्पियों को निगल लिया।

"कैसी विडंबना है, शोण! जो यादव विसर्पियों के दर्द पर आँखें मूँदे रहे, जो नागराज के विरोध का साहस भी नहीं जुटा पाए, वही यादव शीघ्र समस्त जंबूद्वीप के भूपतियों को जीतने के लिए राजसूय यज्ञ का आयोजन कर रहे हैं।"[194] अमेय बोला, "किंतु अपने अस्तित्व की अंतिम लड़ाई लड़ते विसर्पियों की चिंता इन शक्तिशाली यादवों को नहीं है।"

"नागराज को महादेव शिव से अभय प्राप्त है। इसी कारण से यादव नागलोक पर हमला करने से कतराते हैं।" शोण ने तर्क रखा।

"ऐसा है तो विद्यापीठ में मिले सारे सबक यादव शौर्य की तरह खोखले हैं।" अमेय बोला, "अपने शत्रु की शक्ति के अनुसार अपने आदर्श बदलने वाला साहसी नहीं दंभी और कायर होता है। स्वयं को साधने में असमर्थ संसार का मार्गदर्शन क्या करेगा!"

"कदाचित नागों से टकराव का यह उचित समय नहीं है, अन्यथा कृष्ण उन्हें अभी तक दंडित कर चुके होते।" शोण दृढ़ता से बोला, "जैसा उन्होंने खांडव वन में किया।"

"तुम्हारा तात्पर्य है कि विसर्पियों की रक्षा नहीं करना यादवों का नीतिगत निर्णय था?" अमेय ने तुनकते हुए पूछा।

"शत्रु को कब, कहाँ और कैसे परास्त करना है इसका चुनाव कर उचित समय की प्रतीक्षा करना कायरता नहीं, सूझबूझ भरी नीति होती है।" शोण बोला, "मुट्ठी भर यादवों के दम पर जरासंध की कई अक्षौहिणी सेना को परास्त करने वाले कृष्ण नागराज की शक्ति से क्यों भयभीत होंगे? खांडव वन में नागराज के सैन्य ठिकाने ध्वस्त करना भरतखंड से नागों के प्रभुत्व को समाप्त करने की दिशा में उठाया एक महत्त्वपूर्ण कदम था। नाग-विसर्पी टकराव से तटस्थ रहने का निर्णय लेने के पीछे कृष्ण की कोई दूरगामी सोच अवश्य होगी।"

"यह तुम्हारे सिर पर चढ़ा कृष्ण का मोह बोल रहा है।" अमेय तुनककर

---

194. श्रीगर्ग संहिता, विश्वजितखंड, अध्याय 2

बोला, "साँप को उसके अंडों के भीतर ही मार देना चाहिए। घायल नाग को जीवित छोड़कर उससे भलाई की उम्मीद लगाना मूढ़ता है। इस भ्रम से मुक्त होकर संसार का साक्षात्कार करो। यहाँ विजय आदर्शों से नहीं नीति से प्राप्त होती है। क्या यह कटु सत्य तुम्हारे कृष्ण से छुपा है?"

"मेरे कृष्ण!" शोण को अपने कानों पर विश्वास नहीं हुआ, "वो तुम्हारे कोई नहीं हैं?"

"हाँ! तुम्हारे कृष्ण! जो अवसर पड़ने पर सिर्फ भागने में अभ्यस्त हैं।" अमेय बिफरा।

"कृष्ण रणभूमि में टिकें अथवा उसे छोड़कर भागें, पराजित सदैव उनका शत्रु ही होता है।"

"राजनीति में घटनाओं का लाभ ही नहीं उठाया जाता है, लाभ के लिए घटनाओं को जन्म भी दिया जाता है। तुम्हारे कृष्ण अपनी स्वार्थ सिद्धि के लिए ही निर्णय लेते हैं।" कहते हुए अमेय गहरी साँस लेकर रुका, , "मुझे नगर निरीक्षण पर निकलना है, शोण! समय मिला तो तुमसे पुनः भेंट करूँगा।"

"अवश्य मित्र!" शोण धीरे से बोला। मन हो रहा था कि वो अमेय से सौभालिक काका और शरण्या के बारे में अधिक पूछे, किंतु उसकी बेरुखी भाँप इतना ही बोला, "तुमसे भेंट करके प्रसन्नता हुई।"

"अनुमित पत्र के बिना तुम नगर छोड़कर नहीं जा सकते!" जाते-जाते अमेय ने शोण को स्मरण कराया और मुड़कर तेज कदमों से अपने रास्ते चला गया।

शोण सूनी आँखों से उसे जाते देखता रहा। उसकी आँखों से ओझल होने तक अमेय ने एक बार भी मुड़कर उसे नहीं देखा।

उतरे चेहरे और बुझे मन से शोण अपनी बैलगाड़ी हाँकते हुए नगर हाट की तरफ बढ़ने लगा। वो समझ चुका था कि मात्र मार्ग ही नहीं, अमेय और उसके लक्ष्य भी बदल चुके हैं।

। इति शपथपर्वः संपूर्णः।

मत्स्यावतार

"अब कोई शक नहीं है कि दोनों पांडुलिपियाँ एक ही कहानी का हिस्सा हैं। पात्र और घटनाएँ आपस में जुड़ने के साथ महाभारत की घटनाओं से भी जुड़ रही हैं!" डॉ. मजूमदार बोले, "वैसे डॉ. वर्मा! आपकी टीम ने पांडुलिपि में महाभारत के रेफरेंस जोड़ने का काम बखूबी निभाया है।"

"पात्रों के अलावा पांडुलिपियों की घटनाएँ बिखरी हुई लग रही हैं।" प्रियंका बोली, "चिरपुंजपर्व में आचार्य रुद्रदेव की शख्सियत काफी पावरफुल लगती है, लेकिन वही आचार्य रुद्रदेव शपथपर्व में एक सामान्य जीवन व्यतीत करते मामूली आचार्य से अधिक नहीं हैं।"

"शोण के बारे में भी यही कहा जा सकता है।" विराट बोला, "चिरपुंजपर्व में वो नागों के विरुद्ध एक वेल प्लांड मिलिट्री मिशन को पूरा करता है, पर शपथपर्व में उसे यादव विद्यापीठ से निकाल दिया गया और उसे अपना सैन्य जीवन छोड़कर एक साधारण व्यापारी बनना पड़ा।"

"रोहन की साधारण वसीयत ने जिस तरह संकेतों को छुपाने का असाधारण काम किया है उसे देख लगता है कि ये पांडुलिपियाँ गुप्त और महत्त्वपूर्ण हैं।" डॉ. मजूमदार बोले, "इनके और भी हिस्से हो सकते हैं जो हमारे हाथ नहीं लगे हैं।"

"हमारा काम पांडुलिपियों को पढ़कर खत्म नहीं हुआ है।" डॉ. वर्मा बोले, "ये समझना बाकी है कि रोहन की वसीयत, हजारों साल पुराने सूर्यकवच और इन पांडुलिपियों में क्या है जिसके चलते इनके लिए इतनी मोटी रकम दाँव पर लगी है।"

"रोहन की डॉ. वर्मा से बातचीत देख मुझे उम्मीद जागी थी कि पांडुलिपियाँ, रोहन और सूर्यकवच के बीच का संबंध दोनों पांडुलिपियों को पढ़ने के बाद समझ में आएगा।" जयंत बोला, "लेकिन ऐसी कोई बात खुलकर नहीं आई।"

"ये पांडुलिपियाँ रोहन की वसीयत का सिर्फ एक हिस्सा हैं। मछलियों में मिले संकेत और सूर्यकवच के बारे में जानना बाकी है, पर हम महाभारत

और खासकर कृष्ण को अपनी जाँच का केंद्र बनाकर आगे बढ़ सकते हैं। जैसे वसीयत में हमें श्रीकृष्ण और अर्जुन की तस्वीर का संकेत मिला जिसकी मदद से हम गीता और मछलियों तक पहुँचे।" डॉ. वर्मा बोले।

"इस पूरी कवायद की पीछे कोई ख़ास मकसद जरूर है। रोहन ने वसीयत बनाई, वसीयत में संकेतों को छोड़ा और उन संकेतों के लिए कृष्ण का सहारा लिया। उसने घर की घड़ियों को खास वजह से बंद किया तो संकेत छुपाने के लिए मछलियों का इस्तेमाल करने के पीछे भी कोई वजह होगी।" डॉ. मजूमदार बोले।

"कृष्ण का ध्यान आता है तो उन्हें माखन चुराते हुए, उँगली पर गोवर्धन पर्वत उठाए, गायों के सामने खड़े होकर बांसुरी बजाते, गोपियों के साथ नृत्य करते, कालिया नाग के ऊपर नृत्य करते हुए, कुरुक्षेत्र में अर्जुन को गीता ज्ञान देते, या युद्ध में चक्र उठाए भीष्म को मारने के लिए बढ़ते हुए देखता हूँ।" श्रीमंत जी बोले।

"कृष्ण से जुड़े ये सारे प्रसंग बड़े प्रसिद्ध हैं। लेकिन रोहन ने पर्चियाँ छुपाने के लिए मछलियों का सहारा लिया जो मेरे मुताबिक द्रौपदी स्वयंवर का प्रतीक है।" डॉ. मजूमदार बोले, "...या फिर मछलियों का कृष्ण से कुछ और जुड़ाव है जो मैं पकड़ नहीं पाया हूँ।"

तभी कमरे का दरवाजा खोल एक व्यक्ति दाखिल हुआ। डॉ. वर्मा को कुछ बताकर और उन्हें एक फाइल देकर वो लौट गया।

डॉ. वर्मा उस फाइल में लगे पन्नों में कुछ देर उलझे रहे।

"डॉ. मजूमदार! आपका शक सही था।" डॉ. वर्मा बोले, "रोहन की वसीयत और मछलियों में छिपे संकेत एक ही व्यक्ति की तरफ संकेत कर रहे हैं।"

"ऐसा मानने की कोई वजह?" डॉ. मजूमदार ने पूछा।

"ये मैं नहीं, मछलियों में छुपे संकेत कह रहे हैं।" डॉ. वर्मा मुस्कुराए।

"यानी आपकी टीम ने..." श्रीमंत जी खुशी से चहके।

"...मछलियों से मिले संकेतों को तोड़ लिया है।" डॉ. वर्मा का चेहरा खिल उठा, "और सारे संकेत उसी शख्स से जुड़े हैं जिसने आपको इन पर्चियों तक पहुँचाया है।"

"रोहन?" प्रियंका बोली।

"नहीं, श्रीकृष्ण!" डॉ. वर्मा बोले, "या साफ शब्दों में कहें तो भगवान विष्णु जिनके कृष्ण अवतार थे। डॉ. मजूमदार का कैलकुलेशन बिलकुल ठीक था।"

"तो क्या कहानी है इन संकेतों की?" प्रियंका ने उतावलेपन से पूछा।

"मछलियों से मिले संकेत ब्राह्मी लिपि के अक्षर हैं। इस लिपि का विकास मौर्य काल में ईसा से करीब 400 वर्ष पूर्व हुआ था। 400 ईस्वी और उससे पहले ब्राह्मी में कई शिलालेख हमें मिले हैं।[195] तीसरी शताब्दी में सम्राट अशोक के शासन के दौरान निर्मित शिलालेखों में ब्राह्मी लिपि का उपयोग हुआ है।"[196]

"यानी ब्राह्मी करीब 2000 से लेकर 2400 वर्ष पुरानी लिपि है।" प्रियंका बोली, "मछलियों में मिले ब्राह्मी लिपि में लिखे संकेतों का क्या मतलब है?"

"ये रहे मछलियों से मिले संकेत!" डॉ. वर्मा ने फाइल से एक कागज निकाल कर टेबल पर रखा–

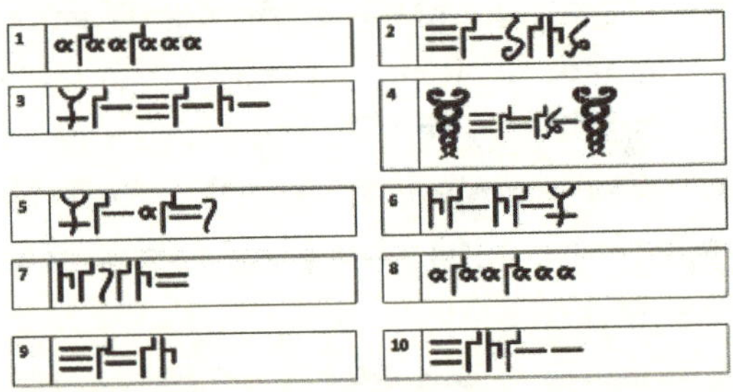

"ये इन संकेतों का अनुवाद है।" उन्होंने फाइल से दूसरा कागज निकालकर टेबल पर रखा–

1	0.00.000	2	3.18.56
3	4.13.151	4	3.2.61
5	4.10.27	6	5.15.14
7	5.7.52	8	0.00.000
9	3.2.5	10	3.5.11

195. Heinrich Luders(1912). "A list of Brahmi inscriptions: from the earliest times to about A.D. 400 with the exception of those of Asoka". Indological Book House, Varanasi.

196. Salomon, R. (1995). "On the Origin of the Early Indian Scripts". Journal of the American Oriental Society, 115(2), 271-279. doi:10.2307/604670

"डॉ. वर्मा! हमें कुछ समझ नहीं आ रहा है!" विराट दोनों कागजों को देखते हुए बोला।

"डॉ मजूमदार ने मछलियों को कृष्ण से जोड़ने का काम बखूबी निभाया, पर कृष्ण का असली पहलू भगवान विष्णु से जुड़ा था।" डॉ. वर्मा दोनों कागजों को देखते हुए मुस्कुराए, "द्वापर युग में जन्मे कृष्ण भगवान विष्णु के अवतार माने गए हैं।[197] उन्हीं भगवान विष्णु का एक अवतार मछली रूप में था।"

"यानी मछली और कृष्ण का एक संकेत हुआ- भगवान विष्णु!" डॉ. मजूमदार की आँखों की चमक बढ़ गई, "इन मछलियों को श्री विष्णु का अवतार दर्शाने के लिए इस्तेमाल किया गया?"

"पर्चियों के संकेत यही कह रहे हैं।" डॉ. वर्मा बोले, "इन पर्चियों तक पहुँचने का सफर रोहन की वसीयत से शुरू हुआ। उसने वसीयत में परमपिता परमेश्वर से अपने परिवार का मार्गदर्शक बनने का अनुरोध किया। कृष्ण श्री विष्णु के अवतार थे। यानी कृष्ण को समझना महाविष्णु के एक अंश को समझने के समान हुआ।"

"तो मछलियों तक पहुँचना पहेली का सिर्फ एक हिस्सा था!" विराट बोला, "आगे की पहेली समझने के लिए हमें विष्णु की शरण में जाना होगा। अगर रोहन ने मछलियों के संकेत तक पहुँचाने के लिए श्रीकृष्ण और गीता का प्रयोग किया तो विष्णु तक पहुँचने के लिए हमें..."

"...उनके बारे में जानना होगा।" डॉ. वर्मा ने मुस्कुराते हुए विराट की बात पूरी की, "श्री विष्णु के बारे में जानने के लिए श्रीविष्णुपुराण एक उत्तम ग्रंथ है। इसमें भूमंडल का स्वरूप, ज्योतिष, राजवंशों का इतिहास, कृष्ण चरित्र आदि विषयों की तार्किक प्रस्तुति है।"

"रोहन की वसीयत किसी खजाने की रक्षा के लिए लगाए गए तिलिस्मी दरवाजों की तरह लगने लगी है।" जयंत खीजते हुए बोला, "जैसे-तैसे हम मछलियों में छुपी इन पर्चियों तक पहुँचे थे, पर अब लग रहा है हम जहाँ से शुरू हुए थे अभी भी वहीं खड़े हैं।"

"शायद थोड़ा आगे।" डॉ. वर्मा मुस्कुराए, "मेरी टीम ने पर्चियों के अनुवाद

---

197. श्रीहरिवंशपुराण, हरिवंशपर्व, अध्याय 41; महाभारत, आदिपर्व, अध्याय 63, श्लोक 19; श्रीविष्णुपुराण, अंश 4, अध्याय 24, श्लोक 108; अंश 5, अध्याय 1, श्लोक 64

से मिली संख्याओं का श्रीविष्णुपुराण से मिलान किया तो पता चला कि ये संख्याएँ पुराण में लिखे श्लोकों से मिलती हैं। पर्चियों में लिखी पहली संख्या पुराण का अंश, दूसरी अध्याय, और तीसरी श्लोक संख्या का संकेत है।"

"यानी 3.2.5 हो गया श्रीविष्णुपुराण के तीसरे अंश के दूसरे अध्याय का पाँचवाँ श्लोक!" जयंत एक पर्ची देखते हुए बोला।

"बिलकुल ठीक!" कहकर डॉ. वर्मा ने एक और कागज फाइल से निकाला, "इस कागज में पर्चियों के नंबर से मिलते हुए श्रीविष्णुपुराण के श्लोक और उनके अनुवाद[198] लिखे हैं। सिर्फ पहली और आठवीं पर्ची पर लिखी संख्या कोई श्लोक नहीं दर्शाती है।"

1.	0.0.000	---	---
2.	3.18.56	होमैर्जपैस्तथा दानैरुपवासैश्च भक्तितः। पूजाभिश्चानुदिवसं तन्मना नान्यमानसः।।	वे प्रतिदिन तन्मय होकर अनन्यभाव से होम, जप, दान, उपवास और पूजन आदि द्वारा भगवान की भक्तिपूर्वक आराधना करने लगे।
3.	4.13.151	ममैवायं पितृधनमित्यतीव च सत्यभामापि स्पृहयाञ्चकार।	तथा 'यह मेरी ही पैतृक संपत्ति है' इस तरह सत्यभामा ने भी उसके लिए अपनी उत्कट अभिलाषा प्रकट की!
4.	3.2.61	भूतं भव्यं भविष्यं च सर्वभूतान्महात्मनः। तदत्रान्यत्र वा विप्र सद्भावः कथितस्तव ।।	हे विप्र! इहलोक और परलोक में भूत, भविष्य और वर्तमान में जितने भी पदार्थ हैं वे सब महात्मा भगवान विष्णु से ही उत्पन्न हुए हैं- यह सब मैं तुमसे कह चुका हूँ!
5.	4.10.27	जीर्यन्ति जीर्यतः केशा दंता जीर्यन्ति जीर्यतः। धनाशा जीविताशा च जीर्यतोऽपि न जीर्यतः।।	अवस्था के जीर्ण होने पर केश और दाँत तो जीर्ण हो जाते हैं, किंतु जीवन और धन की आशाएँ उसके जीर्ण होने पर भी जीर्ण नहीं होतीं।
6.	5.15.14	वसुदेवसुतौ तत्र विष्णोरंशसमुद्भवौ। नाशाय किल सम्भूतौ मम दुष्टौ प्रवर्द्धतः।।	वहाँ वासुदेव के विष्णु अंश से उत्पन्न दो पुत्र हैं। मेरे नाश के लिए उत्पन्न हुए वे दुष्ट बालक वहाँ पोषित हो रहे हैं!

198. हिंदी अनुवाद साभार: श्रीविष्णुपुराण, गीता प्रेस, गोरखपुर

7.	5.7.52	न यस्य जन्मने धाता यस्य नान्ताय चान्तकः। स्थितिकर्त्ता न चान्योऽस्ति यस्य तस्मै नमः सदा ।।	जिनके जन्म में विधाता और अंत में काल हेतु नहीं है तथा जिनका स्थितिकर्ता भी कोई अन्य नहीं है उन्हें हम सर्वदा नमस्कार करती हैं।
8.	0.00.000	---	---
9.	3.2.5	छायासंज्ञा ददौ शापं यमाय कुपिता यदा । तदान्येयमसौ बुद्धिरित्यासीद्यमसूर्ययोः।।	एक दिन जब छाया रूपिणी संज्ञा ने क्रोधित होकर [अपने पुत्र के पक्षपात से] यम को शाप दिया, तब सूर्य और यम को विदित हुआ कि यह तो कोई और है।
10.	3.5.11	याज्ञवल्क्यस्ततः प्राह भक्त्यैतत्ते मयोदितम्। ममाप्यलं त्वयाधीतं यन्मया तदिदं द्विज।।	याज्ञवल्क्य ने कहा- "हे द्विज! मैंने तो भक्तिवश आपसे ऐसा कहा था, मुझे भी आपसे कोई प्रयोजन नहीं है; लीजिए, मैंने आपसे जो कुछ पढ़ा है, वह यह मौजूद है।"

"क्या यह चौथे नंबर का श्लोक बाकी श्लोकों से कुछ खास या अलग है?" जयंत ने पूछा।

"इसके साथ बना चिह्न नाग का प्रतीक लग रहा है। इसके कई मतलब हो सकते हैं।" डॉ. वर्मा बोले, "नागों को हमेशा गुप्त राजों से जोड़कर रखा जाता है। हो सकता है इस श्लोक को किसी विशेष गुप्त बात को दर्शाने के लिए इस्तेमाल किया गया हो।"

"फिर तो पर्चियों की पहेली अभी भी अधूरी है।" जयंत खीजा।

"हम शायद अभी वसीयत के तिलिस्म का सिर्फ एक दरवाजा खोल पाए हैं।" डॉ. वर्मा बोले, "या शायद पहला दरवाजा खोलने के निकट हैं।"

"वसीयत की परतें खोलते-खोलते कहीं हमारी जिंदगी न गुजर जाए।" विराट हताशा से बोला।

"शायद पूरा पहाड़ खोदने पर हमें कोई चूहा भी नहीं मिले!" डॉ. वर्मा ने साफ किया।

"पर हम पहाड़ खोदना बंद नहीं करेंगे।" श्रीमंत जी दृढ़ता से बोले, "इतना आगे आए हैं तो और आगे बढ़ेंगे। क्या पता कौन से कदम पर इस पहेली का

उत्तर हमारा इंतजार कर रहा हो।"

"शायद पांडुलिपियों के बाकी खंड मिलने पर हमें आगे बढ़ने का कोई रास्ता दिख जाए।" प्रियंका ने सुझाया।

"वे कितने हैं, कहाँ हैं, हैं भी या नहीं- इस बारे में हम कुछ नहीं जानते हैं।" डॉ. वर्मा बोले, "और उन्हें ढूँढ़ने वाले हम अकेले नहीं हैं।"

"सूर्यकवच और मछलियों से मिले संकेत के बारे में छानबीन कर शायद हमें कोई नया रास्ता दिख जाए।" डॉ. मजूमदार बोले, "या कोई नई पहेली!"

"और तब तक हमें यहीं रहना होगा?" विराट ने बुझे स्वर में पूछा।

डॉ. वर्मा ने बेफिक्री से अपने कंधे उचकाकर हामी भरी।

तभी तेज आवाज के साथ दरवाजा खुला और कुछ व्यक्ति घबराए हुए कमरे में दाखिल हुए। उन्होंने एक कागज डॉ. वर्मा को दिया जिसे देखते ही उनके चेहरे का रंग उड़ गया।

"हमें यहाँ से निकलना होगा!" उन व्यक्तियों के साथ कमरे से बाहर भागते हुए डॉ. वर्मा घबराए हुए तेज आवाज से बोले, "जल्दी चलिए! हमारे पास समय नहीं है।"

सभी घबराए हुए डॉ. वर्मा के पीछे दौड़ पड़े।

"क्या हुआ, डॉ. वर्मा? इस कागज में क्या है?" जयंत ने पूछा।

"ये सूर्यकवच से दो मिनट पहले निकले संकेत हैं।" डॉ. वर्मा तेज कदमों से कॉरिडोर में बढ़ते हुए बोले।

"व्हॉट! तो क्या फिर कोई एक्सीडेंट होने वाला है?" श्रीमंत जी चौंके, "क्या आपके आदमी उस जगह पहुँच गए हैं?"

"उन्हें नहीं, हमें जाने की जरूरत है, श्रीमंत जी!" डॉ. वर्मा घबराए हुए बोले।

तभी एक तीखे कान-फोडू सायरन की आवाज से कॉरिडोर गूँजा। सभी ने हैरानी ने डॉ. वर्मा को घूरा।

"...क्योंकि संकेत इसी जगह के हैं।" डॉ. वर्मा ने अपनी बात पूरी की।

सभी के पैरों के नीचे से धरती खिसक गई।

"तुम अपना मुँह कुछ देर के लिए बंद नहीं रख सकते थे?" प्रियंका दाँत पीसते हुए विराट के कान में फुसफुसाई, "बड़ी तकलीफ हो रही थी न तुम्हें

यहाँ... अब भुगतो!"

"इसका मतलब..." श्रीमंत जी घबराए हुए बोले।

"...हमारे पास अपनी जान बचाने के लिए 10 मिनट से भी कम समय हैं।" डॉ. वर्मा का चेहरा पसीने से भीग गया, "आप लोग मेरे साथ चलिए।"

"ये सायरन!" डॉ. मजूमदार ने पूछा।

"ये साइरन इमरजेंसी का संकेत है।" डॉ. वर्मा कॉरिडोर में भागते हुए बोले, "मत भूलिए, सूर्यकवच के संकेतों द्वारा दर्शाई जगहों पर हमेशा मौत हुई है। हमें ये जगह खाली करनी होगी।"

"ये जगह...?" श्रीमंत जी का मुँह डर से खुला रह गया, "...पर हम हैं कहाँ?"

"जमीन से 300 फीट नीचे बने डीआरडीओ के एक न्यूक्लियर बंकर में!" डॉ. वर्मा ने कॉरिडोर के अंत में बने दरवाजे को धक्का देकर खोला और भागते हुए वहाँ से कुछ कदमों की दूरी पर बनी सीढ़ियों से ऊपर चढ़ने लगे, "और यह जगह कोई पब्लिक पिकनिक स्पॉट नहीं जहाँ कोई भी, कभी भी टहलता हुआ चला आए।"

"और सूर्यकवच और इराकी पांडुलिपियाँ?" जयंत ने तेज आवाज में पूछा। सायरन की तीखी आवाज में कुछ साफ सुनाई नहीं दे रहा था।

"वो सुरक्षित हैं!" डॉ. वर्मा भागते हुए चीखे, "फिलहाल अपनी जान बचाओ। पहेली सुलझाने के लिए जिंदा रहना जरूरी है।"

"हम रोहन की हमशक्ल लाशें नहीं छोड़ सकते हैं।" जयंत बोला।

"उनकी चिंता छोड़ो।" डॉ. वर्मा सीढ़ियाँ चढ़ते हुए चीखे।

सायरन की लगातार गूँजती कान-फोडू आवाज के बीच सभी घबराए हुए सीढ़ियाँ चढ़ने लगे।

लेकिन जयंत रुक गया। डॉ. वर्मा जिस आसानी से रोहन की लाशों को छोड़कर जाने की बात कर रहे थे वह उसे पच नहीं रही थी। उनके मुताबिक उन्होंने इस केस में बड़ी कीमत चुकाई थी। बड़ी कीमत चुकाने के बाद मिली ट्रॉफियों को वह इतनी आसानी से कैसे छोड़ रहे थे? क्या ये श्रीमंत परिवार को भटकाने के लिए उनकी कोई चाल थी? रोहन के कमरे से मिली पांडुलिपियाँ और मछलियों से मिले संकेत हाथ लगने के बाद श्रीमंत परिवार में उनकी कौन-

सी दिलचस्पी बची थी।

"आप लोग निकलो!" जयंत सीढ़ियों से उतरने लगा, "मैं रोहन की अमानत के बिना यहाँ से नहीं जाऊँगा।"

"जयंत, क्या बचपना है?" श्रीमंत जी चीखे, "कोई सामान तुम्हारी जान से बढ़कर नहीं है। तुम अकेले कैसे सभी लाशों को..."

सायरन की तेज आवाज में शायद जयंत के कानों में श्रीमंत जी की बात नहीं पहुँची। सीढ़ियों से उतरकर वो कॉरिडोर की तरफ भागा और देखते-देखते सभी की आँखों से ओझल हो गया।

"जयंत! नहीं!" श्रीमंत जी चीखते हुए उसे रोकने के लिए उसके पीछे भागे।

विराट ने उन्हें पकड़कर रोका और उन्हें खींचते हुए सीढ़ियाँ चढ़ने लगा।

एक तेज धमाके से पूरा कॉरिडोर धुएँ और अँधेरे से घिर गया। छत में लगे आग बुझाने के ऑटोमैटिक यंत्र सक्रिय होकर पानी की फुहारें छोड़ने लगे। कॉरिडोर तक पहुँचने वाली सीढ़ियों में दरारें उभर आईं थी और वे कभी भी धसक सकती थी।

सोचने का समय नहीं था। जान बचाने के लिए सभी तेजी से सीढ़ियाँ चढ़ने लगे।

तभी एक तेज धमाके के साथ कॉरिडोर की छत ढह गई।

सायरन चीख रहा था और मलबे में बदल चुके कॉरिडोर में गए जयंत का कोई अता-पता नहीं था।

[कथा जारी रहेगी]